CARL GOODMAN

Das kalte Licht des Todes

Ein Fall für Detective Eva Harris

GOLDMANN

Buch

Am ersten Tag ihres neuen Jobs wird Detective Inspector Eva Harris zum Tatort eines bizarren Verbrechens gerufen. In einer vornehmen und gut gesicherten Wohngegend mitten im idyllischen Surrey wurde eine Frau in ihrem eigenen Haus ermordet. Der Täter hat ihr nicht nur die Augen entfernt, sondern sein Opfer auch vollständig ausbluten lassen. Kein Tropfen blieb in der Leiche zurück, und keine Spur der Täters am Tatort. Evas Vorgesetzte glaubt, dass ein Serienkiller zugeschlagen hat, der bereits Jahre zuvor mehrere Frauen getötet hat und nie gefasst wurde. Doch Eva verfolgt bald noch eine zweite Spur. Und die führt zu einem exzentrischen Künstler und einer alten Kirche …

Autor

Carl Goodman ist Designer und Medienberater, der für seine Animationsprojekte bereits zweimal mit einem BAFTA Award, dem wichtigsten britischen Filmpreis, ausgezeichnet wurde. Er lebt im englischen Surrey und schreibt bereits am nächsten Thriller mit DI Eva Harris.

Carl Goodman

Das kalte Licht des Todes

Ein Fall für Detective Eva Harris

Thriller

Aus dem Englischen
von Marie-Luise Bezzenberger

GOLDMANN

Die Originalausgabe erschien 2021 unter dem Titel »20/20«
bei Hera Books, UK

MIX
Papier | Fördert gute Waldnutzung
FSC® C014496

Penguin Random House Verlagsgruppe FSC® N001967

1. Auflage
Deutsche Erstveröffentlichung Februar 2023

Umschlaggestaltung: UNO Werbeagentur GmbH, München
Umschlagfoto: David Lyons / arcangel images; FinePic®, München;
Paul Knight / Trevillion Images
Redaktion: Susanne Bartel
AB · Herstellung: ik
Satz: KCFG – Medienagentur Neuss
Druck und Bindung: GGP Media GmbH, Pößneck
Printed in Germany
ISBN 978-3-442-49279-4

www.goldmann-verlag.de

Es ist nicht so, wie Sie denken.

Die Worte hallten in ihrem Kopf wider, wallten und waberten wie ein Echo in einer Höhle oder wie die letzten Töne einer fast vergessenen Melodie. Sie konnte nur verschwommene Umrisse erkennen, satte Farben und winzige weiße Funken in abgrundtiefer Schwärze. Die Welt schien weit weg zu sein, als komme sie ihr aus dem All immer näher. Nein, nicht näher, dachte Irina, während sie zu verstehen versuchte, was sie fühlte. Es war, als würde sie die Welt auf Nimmerwiedersehen verlassen.

Es ist nicht so, wie Sie denken.

Etwas war kaputtgegangen, irgendetwas in ihrem Verstand. Ihre Gedanken waren zerbrochen und zersplittert, als hätte sie eine Verletzung erlitten, die sie noch nicht begriff. Es war alles gut gewesen, das wusste sie immerhin. Sie erinnerte sich noch, dass sie gedacht hatte, es sei ein ganz normaler Tag, ein fauler Tag. Mischa war mit dem Auto zum Einkaufen gefahren und würde erst in einer Stunde zurück sein, vielleicht auch später. Grigori war früh nach London aufgebrochen, und sie war allein.

Kein Grund zur Eile. Sie würde aufstehen, Kaffee aufsetzen, duschen und sich dann irgendwann anziehen und sehen, was auf Facebook los war. Vielleicht würde sie sich überlegen, was es zum Mittagessen geben sollte, die Mädels aus dem Club anrufen, sich mit ihnen in einem Café treffen und über Mode reden oder über Tennis oder darüber, wer es mit wem trieb.

Paket für Sie.

Ein Paket? Irina erinnerte sich an das hartnäckige Surren des Telefons, ein Anruf von dem Wachmann am Tor der Wohnanlage. Sie war nach unten getappt, ohne sich die Mühe zu machen, sich etwas überzuziehen, und hatte nackt in der Wärme der Küche gestanden und den Hörer abgenommen. Ein Paket?

Sie müssen unterschreiben.

Sie erinnerte sich nicht, etwas bestellt zu haben. Vielleicht war die Sendung für Grigori, aber der hatte nichts gesagt. War ja auch egal. Eine lästige Störung. Heutzutage wurde anscheinend alles als Paket verschickt. Ein listiges Lächeln. Vielleicht war der Paketbote ja attraktiv. Vielleicht sollte sie ihm nackt die Tür öffnen. Ein schneller Fick, während sie unterschrieb, von dem sie den Mädels dann beim Lunch erzählen konnte. Sie wusste noch, dass sie sich vorgestellt hatte, wie sie gegen die Wand der Veranda gedrückt wurde und die Beine um einen muskulösen jungen Körper schlang, während ihr Hintern an dem frisch lackierten Holz scheuerte. Eine alberne Fantasie. Sie war nicht so schamlos, nicht wie einige der anderen jungen Frauen im Tennisclub. Und außerdem würde sie Grigori selbst in ihren kühnsten Träumen niemals wirklich betrügen.

Ich lasse ihn rein.

Irina war wieder nach oben gegangen und hatte einen Morgenmantel angezogen, knöchellang und aus ziemlich schwerem Stoff. Sehr anständig, nichts Freizügiges. Nichts, was den muskelbepackten Paketboten aus ihrer Fantasie reizen würde. Wahrscheinlich würde der sich als fetter alter Glatzkopf erweisen, hatte sie gedacht, während sie darauf wartete, dass die Gegensprechanlage erneut surrte. Als das geschah, hatte sie auf den Knopf gedrückt, der das hohe Holztor der Zufahrt zum Haus öffnete.

Danach war alles irgendwie unscharf.

Ich kann mich nicht bewegen.

Alles war hell. Alles war verschwommen. Ihre Gedanken krochen im Schneckentempo. Sie stolperten durch ihren Kopf, und ihr Verstand war unfähig, ihnen zu folgen. Sie fühlte sich schwach. Sie konnte die Arme nicht heben. Ihre Beine konnte sie nicht einmal fühlen. Was zum Teufel passierte mit ihr?

Es ist nicht so, wie Sie denken.

Jemand hatte das gesagt. Aber wer? Sie erinnerte sich, die Tür geöffnet zu haben. Der Fahrer hatte den Lieferwagen vor dem Haus geparkt, auf dem hellen Kies der Auffahrt, die sich innerhalb der hohen Backsteinmauern um eine Rasenfläche bog. Ein weißer Lieferwagen, eine Uniform. Er hatte ein braunes Päckchen in der Hand gehabt. Ein Buch, hatte Irina gedacht. Vielleicht hatte Grigori ja ein Buch bestellt. Der Fahrer war groß und schlank, sein Gesicht konnte sie nicht sehen. Er trug eine Baseballkappe und blickte auf den Boden, als betrachtete er dort etwas ganz genau. In der Hand hatte er so ein Gerät, eins von denen, auf denen man unterschreiben konnte, auch wenn das Gekritzel nie wie die eigene Unterschrift aussah. Gleich würde er es ihr reichen, Worte wären nicht notwendig. Dann fiel es Irina wieder ein. Er hatte sich vorgebeugt und ihr das Ding gegen die Brust gerammt.

Schmerzen. Wie sie es noch nie erlebt hatte. Sie dachte, sie hätte einen Herzinfarkt. Sie wusste noch, dass er über ihr gestanden hatte, am Kragen ihres Morgenmantels gezogen und den Mantel geöffnet hatte.

Es ist nicht so, wie Sie denken.

Das hatte er zu ihr gesagt, als sie auf dem Boden lag und sich bemühte, nicht zu sterben. Und dann nichts weiter, bis jetzt.

Wo war sie?

Sie war immer noch in ihrem Haus. Auch wenn alles um sie herum verschwommen war, konnte sie doch vertraute Umrisse draußen vor dem Fenster ausmachen. Das Grün englischer Eichen, das Blau eines wolkenlosen Septemberhimmels. Eine solche Schwäche in ihren Gliedern und ihrem Kopf.

Wo war sie?

Im Esszimmer. Das erkannte sie jetzt an dem Fenster. Sie saß aufrecht. Auf einem Stuhl, vom Tisch abgewandt. Es gelang ihr, nach unten zu schauen. Sie versuchte zu schreien, hatte aber nicht die Kraft dazu.

Er hatte sie ausgezogen. Sie war nackt, Handgelenke und Fußknöchel an den Stuhl gefesselt. Den Kopf konnte sie nicht bewegen. Irgendetwas steckte in ihrem Hals. Es verursachte einen dumpfen Schmerz, und ganz gleich, wie sehr sie sich anstrengte, sie konnte ihren Kopf nicht dazu zwingen, sich zu bewegen. Panik überkam sie, ein jäher

Adrenalinschub. Angst, Angst davor, was er ihr antun würde, was er tun würde, wenn er mit ihr fertig war. Sie zerrte an den Fesseln, doch sie konnte die Hände nicht bewegen.

Ein Schatten, der sich im Raum regte.

Er war noch da. Natürlich war er noch da. Sie versuchte, sich zu wappnen. Was würde zuerst kommen? Würde er sich zwischen ihre Beine drängen oder in ihren Mund? Was würde er ihr antun?

Es ist nicht so, wie Sie denken.

Das hatte sie ihn sagen hören, sie war sich ganz sicher. Der Schatten kam näher. Jetzt stand er über ihr, ein dunkler Schemen, der ihr die Sicht nahm. Aus weiter Ferne fühlte sie seine Hand an ihrem Kopf, ein sanfter Druck an ihrer Wange, fest, aber nicht grob. Etwas auf ihrem Gesicht, feucht, das Rieseln von Flüssigkeit. Dann ganz unerwartet Licht.

Licht von oben, aus einem seltsamen Winkel. Es ergab keinen Sinn. Das immer heller werdende Licht, die Schwäche in ihrem Kopf und ihren Gliedern, der Druck in ihrem Gesicht, das nasse Gefühl, nichts davon ergab einen Sinn. Und dann doch. Dann begriff sie, was er tat, und sie versuchte abermals zu schreien.

Ein Silberschimmern, das über die spitz zulaufende Schneide aus Chirurgenstahl glitt. Die gerundete Klinge eines Skalpells, in der sich ein makelloser Septemberhimmel spiegelte, als er es behutsam, beinahe zärtlich auf sie zubewegte.

EIN ANDALUSISCHER HUND

1. Kapitel

Merkwürdiges Wetter.

Heiß und kalt zugleich, dachte Eva Harris, während sie die Tür des Zivilfahrzeugs zuknallte und auf ein blau-weißes Absperrband zuging, das in der frischen Morgenbrise flatterte. In den Nachrichten sagten sie dazu Altweibersommer, doch dieser Name wurde dem bizarren Widerspruch aus kaltem Nordwind und schwülem Sonnenschein, der von einem grellblauen Septemberhimmel herabströmte, nicht gerecht.

Kühle Windböen scheuchten trockene Blätter zu Wirbeln auf, die um sie herum flogen wie krallenbewehrte Gespenster. Heiß und kalt zugleich, dachte Eva erneut. Die Worte kamen ihr vor wie eine Metapher für irgendetwas, obgleich sie im Moment nicht erkennen konnte, wofür. Sie zog ihren Mantel fester um sich und schlug den Kragen gegen den Wind hoch, obwohl die noch tief stehende Sonne ihr bereits den Rücken wärmte. Mit raschen Schritten ging sie auf den Polizisten zu, der hinter dem Absperrband wartete und ihr entgegenblickte.

Ihr war klar, dass sie auffiel. Eva, eine recht hochgewachsene Frau mit kurzem blondem Haar und dem Körper einer Tänzerin, betrachtete die Welt mit Argwohn. Sie starrte sie aus hellgrünen Augen an, sah unter gewölbten dunklen Brauen hervor, die ein schmales ovales Gesicht mit hohen, fast schon slawisch anmutenden Wangenknochen in ein Oben und Unten teilten. Ihre Haut war blass und makellos. Ihr Haar war zu stufigen Stacheln geschnitten, kaum einen Zentimeter lang, die die Eleganz ihrer Schädelform unterstrichen. Eva war durchaus imstande, in den Spiegel zu schauen und zu wissen, dass sie umwerfend aussah, doch sie hatte sich selbst davon überzeugt, dass ihr straffer und sehniger Körper die Konsequenz von Sport und Notwendigkeit war, nicht von Affektiertheit. Ihre Hände waren lang und schlank, ihre Fingerknöchel jedoch, besonders die der ersten und zweiten Gelenke, hart und schwielig. Eine Folge des stundenlangen Eindreschens auf Sandsäcke oder Punchingballs. Ihre Miene spiegelte ausnahmslos das Misstrauen wider, mit dem sie dem Leben begegnete. Sie wirkte vorsichtig, berechnend und erfahrener, als es von jemandem in ihrem Alter zu erwarten gewesen wäre. *Mein Gott,* dachte Eva, als sie an die Absperrung trat, *ich sollte gar nicht hier sein.*

Doch als sie vor dem Band stehen blieb, blickte der Constable mit ernstem Gesicht auf sie herab und hob es für sie an. Ohne Schuhe war Eva eins achtundsiebzig groß, der drahtige Polizist jedoch maß bestimmt über eins fünfundachtzig. Keine Spur des Gedankens, der ihm mit Sicherheit durch den Kopf ging, zeigte sich auf seinem Gesicht. Sie war gelinde beeindruckt. Nichts an ihm sagte: *Die ist aber ganz schön jung für einen DI.*

Eva duckte sich unter dem Absperrband hindurch und blieb neben ihm stehen. »Wer beaufsichtigt den Tatort?«

»Sergeant Moresby«, antwortete der Constable. »Er ist

gerade auf der anderen Seite vom Haus. Sie können ihn nicht verfehlen.«

Es war das zweite Mal heute Morgen, dass sie diesen Namen hörte. Eva wusste nicht, was er damit meinte, dass sie ihn nicht verfehlen könne, doch sie nickte und machte sich auf den Weg ums Haus herum. Ein kleiner Sieg, dachte sie, einer, den sie im Stillen für sich verbuchte. Wenigstens hatte sie ihn nicht gefragt: *Wer ist hier zuständig?* Die Antwort des Constable hätte nur lauten können: *Sie.*

Ich bin zuständig. Insgeheim machte dieser Gedanke ihr eine Heidenangst. Der erste Tag eines frischgebackenen Detective Inspector in einer neuen Dienststelle, und hier war sie an einem Tatort, und zwar an einem analogen Tatort. Dies war nicht etwa ein Cyberverbrechen. Eigentlich hatte Eva damit gerechnet, dass sie ihre erste Stelle als DI in der Stadt antreten würde, wo sie sich mit digitaler Forensik befassen und komplexe Betrugsfälle lösen würde. Dafür war sie ausgebildet, auf diesem Feld brillierte sie.

Ganz schön jung für einen DI. Nun ja, mit siebenundzwanzig mochte das vielleicht stimmen, jedenfalls in allen anderen Bereichen außer dem der Cyberkriminalität, und genau auf diesem Gebiet hätte Eva Harris sich gern hervorgetan. Sie hatte sich als Leiterin eines Teams aus intelligenten und sogar noch jüngeren Analysten gesehen, die alle an Schreibtischen hinter Bildschirmen saßen, alle eine Armlänge von der wirklichen Welt entfernt. Eva, Informatikerin mit einer Leidenschaft für Komplexität und mit einem ebenfalls komplexen persönlichen Hintergrund, war mehr als bereit für digitale Ermittlungen und für das Entwirren der Windungen von Darknets und Dark Webs. Das war ihre Absicht gewesen, die geplante Flugbahn ihrer jungen Karriere, doch jemand anderes hatte andere Pläne mit Eva Harris. Jemand wollte sie hier haben, an diesem spezifischen Ort, und zwar aus komplexen persönlichen Gründen. Sie wusste genau, warum. Es kotzte sie an, doch sie verstand die gnadenlose Logik dahinter und wusste, dass es keinen Sinn hatte, sich dagegen zu wehren. Ob es ihr nun gefiel oder nicht, sie war hier, jetzt, und sie hatte eine Aufgabe zu erledigen. *Friss oder stirb,* dachte Eva, während sie den Rücken durchstreckte und sich zwang, das Gefühl der Enttäuschung tief in ihrem Innern zu begraben. Und trotzdem belastete es sie. Sie war noch nicht einmal auf dem Revier gewesen.

Heute Morgen um sechs unter der Dusche hatte sie das Telefon gehört, als das dampfende Wasser sie gerade richtig wach gemacht hatte. Der Officer aus der Zentrale hatte sich entschuldigt. Detective Chief Inspector Sutton werde es erst später schaffen, sagte er; ob es DI Harris etwas ausmachen würde, ihren Dienstwagen abzuholen, bevor sie aufs Revier kam?

Das an sich schien kein großes Problem zu sein, auch wenn Eva die Vorstellung bei ihrem neuen Team hatte hinter sich bringen wollen. Wieder hatte sich das belastende Gefühl, in eine Situation hineingeworfen worden zu sein, über die sie keine Kontrolle hatte. Es überraschte sie nicht, dass Sutton da sein wollte, wenn sie auf dem Revier eintraf, und wenn auch nur, um sie vorzustellen und den Erwartungshorizont zu skizzieren. Eva hatte zugestimmt und war mit einem Taxi zu dem Autohaus in der Portsmouth Road gefahren, von dem die Polizei der Grafschaft Fahrzeuge für Zivilbeamte leaste. Der Wagen schien gut in Schuss zu sein, dunkelblau und noch ziemlich neu. Sie wollte gerade losfahren, als ihr Handy abermals klingelte. Wieder die Zentrale, diesmal jedoch war es dringend. Könnte DI Harris wohl auf kürzestem Weg zu einem gemeldeten Vorfall fahren, bitte? Sergeant Moresby sei bereits vor Ort. *Vielleicht ist es ja eine Routinesache,* hatte sie gedacht, während sie dem Navi die Adresse diktierte, die ihr der Officer von der Zentrale genannt hatte, doch das kurze Gespräch, das dann folgte, hatte diese Hoffnung rasch zunichtegemacht.

Eva blieb kurz auf dem Rasen des Vorgartens stehen und versuchte, so viel wie möglich in sich aufzunehmen. Das Haus war riesig. Es musste ein Vermögen wert sein, denn es stand in einer exklusiven Villenanlage im Speckgürtel von Surrey, ungefähr dreißig Kilometer vom Stadtzentrum Londons entfernt. Eine rasche Handyrecherche ergab, dass St Jude's Hill über viertausend Quadratkilometer groß war, auf dieser Fläche aber nur vierhundert Häuser standen, alle durch alte Bäume und getrimmte Hecken voneinander abgeschirmt und durch schmale, gewundene Straßen miteinander verbunden. Die Zentrale hatte ihr nicht allzu viele Details genannt, nur dass der Vorfall als Mord klassifiziert wurde. Das hätte Sergeant Moresby gesagt.

Als sie um die Hausecke bog, wurde ihr klar, was der Constable gemeint hatte. Sergeant Will Moresby, wahrscheinlich fünfzehn Jahre älter als sie, stand neben dem Haus wie ein Gorilla. Wie ein Silberrücken, der über sein

Revier wachte. Nicht ganz so groß wie der Constable, aber fast doppelt so schwer, mit dichtem schwarzem Haar und dicken Augenbrauen, die ohne den Einsatz eines Rasierers in der Mitte zusammengewachsen wären. *Der wiegt bestimmt mindestens zweieinhalb Zentner,* dachte Eva und starrte ihn an. Nicht viel davon sah aus wie Fett.

Moresby bemerkte sie sofort und kam herübergestapft. »Guten Morgen«, knurrte er. »Tut mir leid, dass ich Sie gleich am ersten Tag hier rauszerre. Ich würde Sie ja gerne in Surrey willkommen heißen, aber ich fürchte, Surrey zeigt sich heute Morgen nicht gerade von seiner allerbesten Seite.«

Er sah wirklich aus wie ein Gorilla, dachte Eva im Stillen, während sie nach etwas suchte, was sie sagen könnte. Die Uniform spannte über seinen Muskeln. Riesige Hände baumelten am Ende seiner Arme, und beim Gehen beugte er sich ein ganz klein wenig nach vorn. Sie konnte sich vorstellen, wie er seine Wut auf irgendein unseliges Objekt seines Verdrusses herausbrüllte, wahrscheinlich kurz bevor er dem oder der Betreffenden sämtliche Gliedmaßen ausrenkte. Trotzdem, stellte sie fest, als sie den Mut aufbrachte, seinem Blick zu begegnen, seine dunkelbraunen Augen waren nicht unfreundlich. Aus irgendeinem anderen Grund als durch seine schiere Masse machte er augenblicklich Eindruck auf sie. *Kein rachsüchtiger Mensch,* dachte sie. *Was man sieht, ist wahrscheinlich das, was man bekommt.*

»Viel habe ich von der Zentrale nicht erfahren«, sagte sie nach kurzem Zögern. »Ist die Leiche im Haus?«

»Ja«, antwortete er. »Wir können sofort reingehen, wenn

Sie möchten, aber die Kollegen von der Spurensicherung haben gesagt, sie hätten gern noch ein bisschen Zeit, um sicher zu sein, dass sie auch alles auf die Reihe bekommen haben.« Er hielt kurz inne. »Wenn's was hilft, könnte ich Ihnen ein bisschen was über den Laden hier erzählen, während die da drin alles klarmachen?«

Ein entscheidender Moment, das spürte sie sofort. Wer würde sie sein? Die arrogante, dominante DI-Zicke, die auf Chefin machte und erwartete, dass alle nach ihrer Pfeife tanzten, oder eine intuitive Polizeibeamtin, die zuhörte und tatsächlich zur Kenntnis nahm, was andere dachten? Wenn sie es aus dieser Perspektive betrachtete, schien die Antwort eindeutig zu sein.

»Okay, Sergeant«, sagte Eva. »Dann führen Sie mich doch mal ein bisschen herum.«

Moresby führte sie zum Ende des Grundstücks, auf einen grasbewachsenen Hügel, der sanft zur Gartenmauer hin abfiel, die hier aus alten Ziegelsteinen bestand und größtenteils von Rhododendron- und Lorbeerbüschen verborgen wurde. Durch eine schmale Lücke in dem üppigen Blattwerk konnte Eva fast bis zur Straße dahinter sehen. Der Anblick irritierte sie; sie wusste nicht, wieso. Vielleicht waren es die dunklen, schweren Büsche oder die Bäume, deren zackige, überhängende Äste eine Art Käfig vor dem Himmel bildeten. Es kam ihr vor, als hinge eine unnatürliche Düsternis über der Gegend mit den schmalen Straßen. Ein Ort, wo gelogen wurde, dachte Eva, wo Geheimnisse bewahrt und begraben wurden. Überall um sie herum zitterten und raschelten herabfallende Blätter in der Brise. Als sie versuchte, das Gefühl düsterer Vorahnung zu ignorieren, sagte etwas im finstersten Winkel ihres Verstandes: *Tu's nicht.*

»Ich glaube, die haben hier in den Zwanzigern angefangen zu bauen«, sagte Moresby, während er den Zweig eines Busches zur Seite bog, um das Sichtfenster etwas zu verbreitern.

Jetzt konnte Eva durch die Lücke zumindest noch die Dächer einiger nahe gelegener Häuser ausmachen. Es dauerte einen Moment, bis sie begriff, warum er ihr diese Aussicht zeigte. Die Abgeschiedenheit überraschte sie. Hier im Herzen der wohlhabenden Home Counties nahe London hatte dergleichen bestimmt seinen beträchtlichen Preis.

»Das hier ist eine der teuersten Wohnanlagen im ganzen Land«, fuhr Moresby fort. »Passiert nicht oft, dass Immobilien hier für unter zehn Millionen Pfund auf den Markt kommen. Früher war's mal ein beliebter Treff für alternde Rockstars und Hedgefonds-Manager, aber im Laufe der Jahre haben sich reiche Ausländer die meisten Häuser unter den Nagel gerissen.« Seine XXL-Gesichtszüge knautschten sich zu einem Stirnrunzeln zusammen. »Das kann manchmal ein Problem sein.«

»Wieso?«

»Es macht sie zu Zielscheiben. Wenn viele reiche Ausländer dicht beieinanderwohnen, können Gangs manchmal der Versuchung nicht widerstehen. Und nicht nur Gangs. Hier hat's auch schon politische Intrigen gegeben.« Er ließ den Zweig zurückschnellen. »Es heißt, inzwischen gehört ein Drittel der Häuser hier Russen.«

»Machen die Ärger?«

»Die Russen?« Ein Achselzucken. »Kaum. Oh, ab und an läuft mal eine Party aus dem Ruder, aber nichts, worüber man in Wallung geraten würde. Wir hatten allerdings auch schon ein paar üble Einbrüche. Vor ein paar Jahren hat eine Gang eine Familie festgehalten und die Frau gefoltert. Sie haben ihr kochendes Wasser über den Rücken gegossen, bis der Ehemann den Code für den Schmucksafe rausgerückt hat. Ist schwer, so was zu verhindern. Hier gibt es 'n Security-Mann am Tor, aber Fort Knox sieht anders aus. Der Reiz der Anlage besteht zum Teil darin, dass es hier immer noch verhältnismäßig sicher ist, trotz einiger aufsehenerregender Vorfälle. Ist 'ne reiche Gegend. Auf der einen Seite haben Sie Esher, auf der anderen Weybridge, und Cobham ist gleich die Straße runter. Wenn hier Aston Martins und Maseratis vorm Supermarkt halten, zuckt keiner mit der Wimper.«

»Und was ist dann das Problem?«

Moresby stopfte einen Moment lang die Hände in die Taschen seiner Uniform und sah aus, als versuchte er, ihr durch seine Körperhaltung etwas mitzuteilen. »Einfach nur der Umgang mit denen«, sagte er nach kurzem Zögern. »Hier ist es anders als irgendwo sonst im UK. Das Ganze ist mehr eine Offshore-Steueroase als eine private Wohnanlage. Jeder hier ist so reich wie Krösus, hat Anwälte für alles und jedes und kann nach Belieben raus aus dem Land und wieder rein. Ich rechne immer schon halb damit, dass meine Jungs ihre Pässe vorzeigen müssen, wenn sie hier reinwollen. Erwarten Sie nicht, dass die sich so benehmen wie wir gemeine Sterbliche. Selbstherrlich reicht als Beschreibung vorn und hinten nicht aus.«

Eva war dankbar für die Warnung. »Ich verstehe«, sagte sie. »Danke für die Info. Trotzdem haben wir einen Mord.«

»Richtig«, bestätigte Moresby und runzelte nicht mehr nur die Stirn, sondern machte zusätzlich noch ein ausgesprochen finsteres Gesicht. »Und zwar keinen schönen. Ein weiteres Problem ist«, setzte er hinzu, während er ihr voran zum Haus zurückging, »ich glaube, mit diesem Arschloch hatten wir schon mal zu tun.«

Ein mit weißem Plastik abgedecktes Zimmer.

Moresby trat als Erster ins Haus, vorbei an dem Constable, der an der Haustür Wache stand. »Die Leiterin der Spurensicherung heißt Judy Wren«, ließ er sie über die Schulter hinweg wissen. Dann senkte er die Stimme. »Hat bestimmt inzwischen jedes Staubkorn markiert.«

Das war ein Kompliment, entschied Eva. Wenn sie recht darüber nachdachte, fiel auf, wie schnell der Einsatz am Tatort organisiert worden war. Als sie hier angekommen war, hatten Tatortermittler bereits das Grundstück durchkämmt und aufmerksame Constables den abgesperrten Bereich überwacht. Außerdem war die Zentrale umfassend informiert worden, auch wenn die Kollegen ihr nicht viel hatten erzählen können. Das alles war Moresbys Werk, wurde ihr klar. Er war professionell, ohne überheblich zu sein; das gefiel ihr, stellte sie fest. Doch was als Nächstes kam, gefiel Eva überhaupt nicht.

In dem Zimmer stank es nach Tod. Der Geruch, der ihr

beim Eintreten entgegenwallte, war der von Leichen, aus denen sämtliche verbliebenen Flüssigkeiten ausgetreten waren. Sie fuhr ein wenig zurück, als ihr der ätzende Gestank die Tränen in die Augen trieb. Als sie dessen Ursprung erblickte, hätte sie beinahe gewürgt.

Großer Gott. Sie erkannte, dass es eine Frau war, weil der Leichnam nackt an einen Stuhl gefesselt war. Kabelbinder waren um ihre Handgelenke und Knöchel geschnürt. Schlaff herabhängender Unterkiefer, nach hinten gekippter Kopf. Falsch, dachte Eva und zwang sich, genau hinzuschauen. Der Kopf war mit einem Nylongurt in dieser Haltung fixiert worden, der um die Stirn gelegt und dann hinter ihr festgemacht worden war. Weiße Haut, unnatürlich weiß, fast schon mumifiziert, so schien es jedenfalls. Der Stuhl stand in einer Lache, die der Leichnam selbst erzeugt hatte. Urin und Fäkalien hatten sich vermengt und waren als Brei die Beine der Toten hinuntergelaufen und in den dunkelbraunen Teppich gesickert. Doch das war es nicht, was Eva am meisten zu schaffen machte. Es war nicht der Zustand ihrer Haut oder das Miasma des Todes, das sie traf wie eine Ohrfeige. Es waren die Augen. Leere Höhlen dort, wo sie hätten sein sollen. Zwei klaffende Öffnungen vorn im Schädel. Jemand hatte sowohl die Ober- als auch die Unterlider abgetrennt und die Augäpfel herausgeschnitten.

»Irgendjemand hat gesagt, heute ist Ihr erster Tag?« Eine durch einen Mundschutz gedämpfte Stimme. »Möglicherweise nicht gerade der Einstand, den Sie sich erhofft haben.«

Judy Wren, vermutete Eva. Eine drahtige Frau, nach den

Fältchen um ihre Augen herum zu urteilen, etwa Mitte fünfzig. Mit einer kleinen Taschenlampe in der Hand stand sie über dem Leichnam und leuchtete in die leeren Augenhöhlen.

»Gefrühstückt habe ich nicht, falls Sie das meinen«, sagte Eva und trat vorsichtig auf die Tote zu.

»Ist wahrscheinlich besser so«, erwiderte Wren. Dann richtete sie sich auf. »Darf ich vorstellen? Irina Stepanow, dreiundvierzig Jahre alt und Herrin des Hauses. Wurde heute Morgen um kurz nach halb zehn von ihrer Haushälterin gefunden, als die vom wöchentlichen Einkauf zurückkam. Die steht zurzeit unter Beruhigungsmitteln«, fügte sie hinzu.

»Das wundert mich nicht.« Eingehend betrachtete Eva die Leiche. Irgendetwas daran, diese unnatürliche Blässe, verstand sie nicht. »Was in Gottes Namen ist mit ihr passiert?«

»Ich bin gerade dabei, das festzustellen«, antwortete Wren. Sie nahm ein Skalpell von einem Tablett mit mehreren Instrumenten auf einem Klapptisch. »Swan and Morton, unsteril, Zehnerklinge«, sprach sie halblaut in ein winziges Mikrofon, das an ihren Kunststoffoverall geklippt war. »Mache einen zwanzig Zentimeter langen Schnitt an der Innenseite des linken Unterarms.« Noch ehe Eva wegschauen konnte, hatte Wren den noch immer an den Stuhl gefesselten Arm gedreht und die Klinge angesetzt. Dann stieß sie das Skalpell ins Fleisch und zog es gleichmäßig abwärts, setzte einen langen Schnitt. Die Haut des Arms teilte sich.

Eva sah Muskeln und Sehnen, als die Wunde aufklaffte, sogar Blutgefäße, als Wrens Skalpell sie durchtrennte. Was sie nicht sehen konnte, war auch nur ein Tropfen Blut.

»Damit ist bewiesen«, sagte Wren in ihr Mikrofon, »das Opfer ist exsanguiert worden.«

Es dauerte einen Moment, bis die Worte zu Eva durchgedrungen waren. »Ich bin etwas später dazugestoßen«, sagte sie zu Wren. »Können Sie mir bitte sagen, was Sie bis jetzt gefunden haben?«

Wren trat von dem Leichnam weg und zog ihren Mundschutz herunter. »Selbstverständlich«, antwortete sie. »Aber hätten Sie etwas dagegen, wenn wir rausgehen? Ich brauche ein bisschen Luft.«

Nein, Eva hatte überhaupt nichts dagegen. Ihr ging es genauso. Gleich hinter der Haustür blieben sie auf der Veranda stehen, die sie vor der Septembersonne und dem Nordwind schützte. Wren zog die Kapuze ihres Schutzanzugs herunter und enthüllte einen wirren eisgrauen Haarschopf. »Ich werde jetzt nicht behaupten, das Ganze wäre nicht bizarr«, sagte sie. »Das ist es nämlich. Das mit den Augen haben Sie ja gesehen. Sie wurde nackt an einen Stuhl gefesselt, und irgendjemand – und zwar jemand, der über entsprechende Fähigkeiten verfügt, würde ich sagen – hat ihr sorgfältig die Augenlider abgeschnitten und dann die Augen entfernt. Aber bevor er das getan hat, hat er beschlossen, sie ausbluten zu lassen. Und ich vermute, bevor er *das* getan hat«, betonte Wren, »hat er sie sediert. Und dass er sie wiederum *davor* auch noch betäubt hat.«

Eva blinzelte. »Also kein impulsiver Mord.«

Wren lachte bellend auf. »Auf gar keinen Fall. Noch kann ich das nicht bestätigen, aber ich glaube, das Opfer könnte mit einer Elektroimpulswaffe außer Gefecht gesetzt worden sein, einem Taser. Und zwar einer mit Elektroden, nicht einer, der Nadeln an Drähten verschießt. An ihrem Sternum sind Spuren«, Wren deutete auf ihr eigenes Brustbein, »die dazu passen könnten. Schlaffe Muskulatur deutet auf ein nicht-topisches Sedativ hin; das Mittel dürfte gespritzt worden sein. Und hier wird's interessant.« Eva wartete, während die Forensikerin ihre Gedanken ordnete. »Ich konnte nur eine Einstichstelle finden, und die ist am Hals.«

Jetzt war sie es, die wartete, während Eva die Informationen verarbeitete. Wrens Miene verriet nichts. Ein Test also, vermutete Eva, aber keine Prüfung. Wren wollte sehen, ob Eva aufgrund der Informationen, die sie ihr gegeben hatte, zu demselben Schluss kam, der in ihrem Kopf bereits Gestalt angenommen hatte. Ein Puzzle, wenngleich nur ein kleines. Eine mentale Übung, in der Eva nach ihrer grausigen ersten Begegnung mit Irina Stepanow ganz kurz Trost finden konnte.

»Ausbluten«, sagte sie nach einem Moment des Nachdenkens, »heißt, dem Körper das gesamte Blut entziehen, stimmt's? Normalerweise wird dieser Begriff mit Verbluten gleichgesetzt. Dafür muss das Blut ja irgendwo rauskommen, aber ich habe keine klaffenden Wunden an dem Opfer gesehen, außer der, die Sie ihm gerade zugefügt haben.« Sie ließ sich die Fakten noch ein wenig durch den Kopf gehen, bis sich die Puzzleteile zu einem logischen Bild zusammensetzten. »O Scheiße.«

»Genau.« Wren schnitt eine Grimasse, machte endlich ihren Gefühlen Luft. »Das ist so verdammt kaltherzig, nicht wahr?«

»Ich nehme mal an, es gibt keinerlei Hinweise auf sexuellen Missbrauch, obwohl sie splitternackt an den Stuhl gebunden ist?«

Wren schüttelte den Kopf.

»Aber eine Einstichstelle am Hals. Also hat der Mörder was getan? Eine Art Venenkatheter benutzt?«

»Darauf würde ich tippen. Eine Kanüle in der Halsschlagader, mit einem Schlauch dran, um das Blut abzulassen. Bedenken Sie, dass rund um das Opfer kein Blut zu sehen war; es wurde also beseitigt, ebenfalls mit großer Sorgfalt.«

Eva wandte sich ab und fing an, auf und ab zu gehen. »Und keinerlei Einstichstelle, wo das Sedativ verabreicht worden ist? Das heißt, er hat es wahrscheinlich an derselben Stelle injiziert. Was wiederum darauf hindeutet, dass der Mörder aus irgendeinem Grund verheimlichen wollte, um was für ein Sedativ es sich gehandelt hat?«

»Er hat das Blut beseitigt und versucht, die Einstichstelle zu verbergen. Das ist eine Arbeitshypothese. Falls im Körper noch Rückstände des Sedativs vorhanden sind, sind die längst vom interstitiellen Bindegewebe absorbiert und durch Autolyse kontaminiert worden. Sobald Zellen nicht mehr mit Sauerstoff versorgt werden, nimmt ihre Azidität zu. Das betrifft sämtliche injizierten körperfremden Substanzen, die noch im Gewebe sind, sodass sie wahrscheinlich nicht mehr zu identifizieren wären. Außerdem ist es ziemlich schwer, alles Blut aus einem Leichnam rauszukriegen. In diesem Fall hätte der hydrostatische Druck durch den weit oben gelegten Katheter allerdings dabei geholfen. So kann man auch ein Aquarium mit einem dünnen Schlauch entleeren: Solange eine Druckdifferenz besteht, läuft das Wasser weiter ab.«

Eva machte ein finsteres Gesicht. »Einen Körper ausbluten zu lassen ist nun doch etwas anderes, als ein Aquarium zu entleeren.«

»Ist ja nur eine Analogie«, entgegnete Wren. »Aber ich weiß nicht, wieso verheimlicht werden sollte, was für ein Sedativ benutzt wurde. Keine Ahnung, was einem das bringt.«

Eva schloss kurz die Augen. »Im Moment müssen wir den Grund nicht kennen. Wir müssen nur wissen, wie der Täter vorgegangen ist. Im Körper eines Menschen sind ungefähr viereinhalb Liter Blut. Was macht man mit viereinhalb Litern Blut?«

»Also, in den Ausguss kippt man die nicht, es sei denn, man hat's eilig. Da kann zu viel nachzuweisen sein, im U-Rohr oder im Überlauf. Wenn man wirklich etwas verbergen will, ist das zu riskant. Man könnte es in der Toilette runterspülen, aber dann wäre da trotzdem noch die Frage, was man mit dem Behälter macht.«

»Ausspülen?«

»Sehen Sie hier irgendwo einen Behälter?«

Da war etwas dran. Wieder dachte Eva über das Problem nach. »Hat er's mitgenommen?«

Wren strich sich skeptisch mit einem Finger übers Kinn.

»Außer um irgendwas zu verbergen, was sich im Blut befand, fällt mir nichts ein, was dafürspricht, das Blut abzulassen. Ich meine, es hat doch keinerlei Wert, oder? Wenn man etwas mit der DNA anstellen will, braucht man nur eine kleine Blutprobe und nicht viereinhalb Liter. Es gibt nichts, weswegen es sich lohnen würde, einen Eimer voll stinknormalem O-Rhesus-positiv-Blut zu behalten. Die Blutgruppe weiß ich von ihrem Hausarzt«, setzte sie hinzu, als sie Evas hochgezogene Braue sah.

»Die Augen hat er wahrscheinlich mitgenommen. Warum also nicht auch das Blut?«

Wren schien zufrieden damit zu sein, die Rolle des Advocatus Diaboli zu spielen. »Na ja, Augen sind Organe, sie sind einzigartig. Ein Paar Augen könnte man in der Manteltasche verstecken. Vielleicht hat er ja einen Grund, sie mitzunehmen; als Trophäe oder so. Aber Blut ist doch einfach nur Blut. Und wie erklärt man, dass man viereinhalb Liter schwappende rote Flüssigkeit mit sich herumschleppt, falls jemand fragt? Das behindert einen doch nur. Alles andere an dieser Tat ist genau durchdacht worden. Wieso sich also damit belasten, das Zeug durch die Gegend zu karren, wenn's nah am Tatort ein Dutzend Stellen geben muss, wo man es entsorgen kann?«

Die Logik der Theorie war nicht von der Hand zu weisen, dachte Eva, und nur schwer zu widerlegen. Sie musste die Tatsache ignorieren, dass sie ihrer eigenen Ansicht nach gar nicht hier sein sollte. Was wusste sie, was sie nutzen konnte? Hierfür brauchte sie Ockhams Rasiermesser, beschloss sie nach kurzem Überlegen. Auch *lex parsimoniae* oder das Sparsamkeitsprinzip genannt. Wenn man sich die verschiedenen für ein Problem infrage kommenden Lösungen ansah, wählte man die einfachste, die am wenigsten Hypothesen enthielt.

»Der Behälter«, sagte sie zu Wren. »Der, in dem er das Blut aufgefangen hat. Der ist noch hier. Er muss noch hier sein. Wir haben bloß noch nicht nach ihm gesucht.«

2. Kapitel

Eva suchte das Gelände ab, bis sie Moresby fand, der weiter seine Runden drehte. Der wuchtige Sergeant unterhielt sich hinter dem Haus mit einem seiner Constables, doch beide verstummten und wandten sich zu ihr um, als sie näher kam.

»Darf ich Sie kurz unterbrechen? Ich habe gerade mit Wren gesprochen, und wir glauben, es gibt da etwas Spezifisches, wonach wir suchen sollten.« Moresby nickte, nur eine winzige Geste, aber eine, die ihr signalisierte, dass sie alles bekommen würde, was sie brauchte. »Dem Opfer ist das Blut abgezapft worden, durch einen Schlauch am Hals. Die Frage ist: Wo ist es geblieben? Im Zimmer sind keinerlei Blutspuren, und nichts weist darauf hin, dass es innerhalb des Hauses entsorgt wurde, jedenfalls bis jetzt. Wir suchen nach einem Behältnis, das vier bis fünf Liter fassen kann.«

Moresby drehte sich langsam zurück und sah den Constable an, der neben ihm stand und dessen Augen plötzlich schmal geworden waren. »Kommt Ihnen daran irgendwas bekannt vor?«

»Ein bisschen schon, Sarge«, antwortete der Mann, dessen Blick beim Sprechen zwischen Eva und Moresby hin- und herwanderte. »Als sie das erste Mal übers Gelände sind, haben die von der Spurensicherung ein paar Sachen gefunden, die nirgendwo richtig hinzupassen schienen, sie aber nicht für Beweismaterial gehalten. Vielleicht ist das, was Sie suchen, ja dabei.«

Moresby nickte. »Zumindest sollten wir uns das Zeug noch mal ansehen. Wenn, dann ist es in dem Teil vom Garten, den wir zuerst abgesucht haben.«

Er ging ihnen um die Hausecke herum voraus und hielt auf eine Terrasse zu, wo sich Kletterrosen an altersschwachen hölzernen Gittern emporwanden.

Im Gehen stellte Eva ihm Fragen. »Wie war das vorhin gemeint, als Sie gesagt haben, Sie glauben, Sie haben mit diesem Täter schon einmal zu tun gehabt?«

Moresby verzog das Gesicht. Seine Miene drückte Schmerz aus. »Ist jetzt ungefähr vier Jahre her, da hatten wir eine Mordserie mit ein paar ziemlich brutalen Verstümmelungen. Drei Frauen, alle ermordet und zerschnitten. Die Einzelheiten sind verständlicherweise zurückgehalten worden. Den Mörder haben wir nie gefasst.«

»Und er hat einfach aufgehört?«

Moresby zuckte die Schultern. »Ja. Na ja, jedenfalls haben wir ihn nie gekriegt. Wie gesagt, die Verstümmelungen waren auffällig, vor allem an den Augen. Irgendein Schlaumeier hat gesagt, das wäre wie in so einem französischen Schwarz-Weiß-Film aus den Zwanzigern.«

Aus irgendeinem Grund, den Eva nicht sofort verstand, löste dieser letzte Satz etwas in ihrem Innern aus. Dann begriff sie. Eine Erinnerung aus ihrer Studienzeit tauchte plötzlich ungebeten auf und mit ihr ein Titel.

»Un Chien Andalou?«, fragte sie Moresby. »Das war ein

früher surrealistischer Film von Luis Buñuel und Salvador Dalí.« Offensichtlich hatte sie richtig geraten. Eva sah den überraschten Blick des Sergeants und zuckte die Achseln. »Ich habe Informatik studiert, aber auch ein paar Kurse in Medienwissenschaft belegt, dafür gab's Extrapunkte. Der Film ist bei Filmemachern echt berühmt. *Ein andalusischer Hund.* Dabei sollte er gar keinen Sinn ergeben, sondern nur schockieren.« Eva dachte daran zurück, wie sie den zwanzig Minuten langen Film zum ersten Mal gesehen hatte. »Und das tut er immer noch, bis heute. Ich nehme an, Sie beziehen sich auf die Nahaufnahme von dem Mädchen? Die Stelle, wo der Mann ihr mit einem Rasiermesser das Auge in der Mitte durchschneidet?«

Moresby schnaubte. »Ich habe mich auf gar nichts bezogen, aber ja, das war's wohl. Der französische Titel ging einem nicht gerade leicht von der Zunge, also hat der Täter einen anderen Namen bekommen, zumindest auf dem Revier. Wir haben nicht gewagt, ihn an die Presse zu geben.«

»Wie hieß er denn?«

»Der Augenschlitzer.«

Eva machte ein finsteres Gesicht, sagte jedoch nichts.

Als sie in den Rosengarten kamen, trabte der Constable voraus. »Wie gesagt, die von der Spurensicherung fanden das hier ein bisschen komisch«, erklärte er, »aber nicht merkwürdig genug, um es als Beweis zu dokumentieren.« Vorsichtig zog er die emporklimmenden Ranken eines Rosenbuschs auseinander, damit ihm die Dornen nicht die Haut zerkratzten.

Unter dem Busch erkannte Eva Plastik. Ein Fünf-Liter-

Mineralwasserkanister, auf dem das Logo eines Supermarktes aus der Gegend prangte, war unter den Blättern versteckt. Sie bemerkte das Unbehagen des Mannes.

»Ich fand's ja schon ein bisschen ungewöhnlich, Ma'am, weil es im Haus einen Wasserfilter gibt. Das Wasser hier ist sehr hart. Viele Leute hier haben Filter, also warum Wasser kaufen? Aber es schien nichts weiter zu bedeuten.«

Sie beschloss, ihn vom Haken zu lassen. »Tut's vielleicht auch nicht, trotzdem hätte ich es gern, dass sich die Spurensicherung das Ding mal ansieht.«

Moresby rief Wren an, die kaum zwei Minuten später erschien. »Der Behälter ist heute ausgespült worden«, verkündete sie kurz darauf. »Da unten ist noch ein bisschen Wasser drin.« Dann betrachtete sie den Rand der Öffnung eingehender und grinste. »Aber hier im Gewinde klebt noch ein bisschen dunkle Flüssigkeit. Im Moment kann ich noch nicht genau sagen, ob das Blut ist, aber es sollte gerade eben für eine Analyse reichen.« Sie blickte zu Eva, Moresby und dem Constable auf. »Nicht schlecht«, lobte sie.

Evas Miene war noch immer düster. »Und wo ist das restliche Blut? Hat er das hier draußen in einen Ablauf gekippt?«

Wren erhob sich, den nunmehr eingetüteten Kanister in der Hand. »Blut ist reich an Nährstoffen. So viele kleine Komponenten, von denen sich alle möglichen Lebewesen liebend gern ernähren würden.«

Eva drehte den Kopf zur Seite. »Fuck!«

»Stimmt.« Wren schnitt eine Grimasse. »Ich werd's überprüfen, aber ich denke, die Würmer freuen sich gewaltig.«

Wren kniete sich auf ein Bodenbrett und stocherte mit einem schmalen Messer in der Erde rund um die Rosenbüsche herum. Sie waren voller kadmiumgelber Blüten, die im grellen Septembersonnenschein zu leuchten schienen. Eva knöpfte ihren Mantel auf, behielt ihn aber an. *Dieser gottverdammte Wind,* dachte sie, während sie Wren beim Graben zusah. Kalt und trocken, wirbelte er welke Blätter und Staub auf, reizte ihre Augen und wehte alles Mögliche über den Tatort, was nach dem, was sie bisher wusste, entscheidendes Beweismaterial sein könnte. Ohne einen für sie erkennbaren Grund machte der Wind sie wütend. Der Wind und dieses übernatürliche Gefühl, das ihr schon den ganzen Morgen zu schaffen machte. Das Gefühl, dass ihr hier etwas entging.

»Wie ist der Täter in die Anlage gekommen?« Die Frage war nicht an Moresby gerichtet, doch Eva erwartete, dass er sie beantworten würde.

Das tat er auch. »Wir gehen davon aus, dass er als Paketbote getarnt war. Weißer Lieferwagen, eine unauffällige Uniform und ein Amazon-Päckchen mit Namen und Adresse des Opfers drauf. Der Wachmann am Tor hat ihn reingelassen.«

»Ist das üblich?«

»Absolut. Hier gibt's etwa vierhundert Häuser, da kann man nicht komplett dichtmachen. Die Zufahrtstore sind teilweise überhaupt erst eingebaut worden, damit die Leute aus der Gegend, die nicht hier wohnen, nicht immer die Abkürzung durch die Anlage nehmen.«

»Okay.« Eva versuchte, die Fakten im Kopf zu einer Art

Venn-Diagramm zusammenzufügen. »Hat der Wachmann am Tor das Kennzeichen notiert?«

»Ja, es war ein falsches Nummernschild. War übrigens clever, das Kennzeichen gehört zu einem Lieferwagen von einem Mann in Slough. Dieselbe Marke und dieselbe Farbe.«

»Und woher wissen Sie, dass es nicht dieser Wagen war?«

»Durch einen glücklichen Zufall. Der echte ist heute früh auf der M14 geblitzt worden.«

Eva knirschte mit den Zähnen. »Na, das ist doch mal ein Glücksfall, oder?«

»Stimmt. Aber ich lasse das auch gerade überprüfen.«

Inzwischen sollte sie es ja eigentlich wissen. Sie bedachte Moresby mit einem kurzen Lächeln und einem anerkennenden Nicken. »Und was ist hinterher passiert? Wann ist der Täter weggefahren?«

Wieder knautschte sich Moresbys Gesicht zu einem Stirnrunzeln zusammen. »Das festzustellen ist schwieriger. Die Fahrzeuge, die die Anlage verlassen, werden nicht so umfassend dokumentiert wie die, die reinfahren.« Er zuckte die Achseln. »Kommt vor.«

So was kam wirklich vor; das verstand sie. *Selbst mit besten Absichten verschleißen Systeme.* An dieses Zitat erinnerte sie sich von einer Vorlesung über Datenmanagement her. Die Diskrepanz der Aussage war in ihrem Kopf hängen geblieben. »Was wäre also normalerweise passiert, nachdem der Lieferwagen des Täters die Anlage verlassen hätte?«

»Er wäre irgendwo von einer Verkehrsüberwachungskamera gefilmt worden; eigentlich müsste man ihn anhand der Aufzeichnungen finden. Hier in der Gegend gibt's jede Menge ANPR-Kameras, sogar auf ein paar von den größeren Tankstellen.«

Automatic Number Plate Recognition, automatische Kennzeichenerfassung; mit dieser Technik war Eva vertraut. Die Zulassungsstelle benutzte sie, um der Polizei Fahrzeuge zu melden, die ohne Zulassung oder Versicherung unterwegs waren. Etwas machte ihr dennoch zu schaffen, wirklich zu schaffen. Es war ein Gedanke, der mit aller Kraft auszubrechen versuchte, einer, der sich genauso anfühlte wie all die anderen winzigen Trigger und Gefühle, die ihr Bewusstsein piesackten, seit sie am Tatort eingetroffen war. Eine Art Kopfhautkribbeln, etwas, das sich direkt vor ihren Augen verbarg.

Als sie schließlich etwas sagte, kamen ihr die Worte nur langsam über die Lippen, als nähmen die Gedanken dahinter erst noch Gestalt an. Und so war es auch. »Der Täter war also schlau genug, dem Lieferwagen ein falsches Kennzeichen zu verpassen. Aber war er auch schlau genug, von den ANPR-Kameras zu wissen?«

Moresby schwieg.

Eine rhetorische Frage, beschloss sie, natürlich war der Täter schlau genug. »Und wenn die ihn erwischen, könnten wir den Lieferwagen dahin verfolgen, wo er ihn abgestellt hat, egal, wo.« Sie konnte sehen, dass Moresby allmählich begriff. *Lex parsimoniae,* dachte Eva. Warum kompliziert, wenn's auch einfach geht, Dummerchen.

Sie sah sich um, betrachtete Wren, die noch immer ihrer gruseligen Gartenarbeit nachging, und die Spurensicherungsbeamten, die jeden Grashalm umdrehten. Nicht nötig, sie jetzt schon aufzumischen, entschied sie. Sie wandte sich wieder Moresby zu.

»Sergeant, warum machen wir beide nicht mal einen Spaziergang?«

Eva ging voraus durch die Absperrung, wo sporadische Windböen das blau-weiße Band noch immer erzittern ließen. Die Straße war still. Ein halbes Dutzend Polizeiwagen und ein paar schwarze Vans der Spurensicherung standen auf der Einfahrt zum Haus, etwas weiter dahinter sah sie ihr Auto, das sie zur Hälfte auf dem grasbewachsenen Seitenstreifen geparkt hatte.

So ziemlich überall sonst würden in einer solchen Situation Gaffer herumstehen, dachte sie, als sie auf die Straße hinaustraten. Eine Menschentraube, die sich am Absperrband drängte und den diensthabenden Constable mit Fragen nervte. Leute, die die Hälse reckten und hofften, einen Blick auf eine Leiche zu erhaschen, die auf eine Bahre gehoben wurde, oder auf einen Verdächtigen, der in Handschellen aus dem Haus geführt wurde. Hier nicht. Die Straße war verlassen, nichts regte sich in den Häusern auf der anderen Seite, als verstünden die Bewohner die wahre Natur von Gewalt und waren klug genug, sich von ihr fernzuhalten.

»Sie glauben, der Lieferwagen ist noch hier.«

Es war keine Frage. Moresby sprach leise und kniff wegen des Staubes, den die Brise aufwirbelte, die Augen zusammen. Hinter dem Tor wandten sie sich nach rechts, entgegengesetzt der Richtung, aus der Eva in die Anlage gefahren war.

Sie versuchte gar nicht, es abzustreiten. »Das Einzige, was man über diesen Mord bisher mit Sicherheit sagen kann, ist, dass er geplant war. Nichts daran war spontan, nicht einmal der Mineralwasserbehälter, in den der Täter das Blut des Opfers abgelassen hat. Ich würde eine kleine Summe darauf wetten, dass er sogar den mitgebracht hat, weil er wusste, dass die Leute in den Häusern hier Wasserfilter haben und er vor Ort wahrscheinlich kein passendes Behältnis findet. Also hat er selbst dieses Detail geplant.«

»Dem widerspreche ich nicht. Und ich wette auch nicht gegen Sie.«

»Er weiß von den ANPR-Kameras. Ich meine, das muss er wissen, auf der Tankstelle an der Anschlussstelle der A3 sind an jeder Zapfsäule Schilder, die darauf hinweisen.«

»Sie gehen davon aus, dass es ein Er ist.«

Das ließ sie kurz stutzen. »Ich würde sagen, die Wahrscheinlichkeit liegt bei über achtzig Prozent. Hat der Typ am Tor bestätigt, dass der Fahrer ein Mann war?«

»Ich glaube, nicht. Er hat gesagt, die Person am Steuer hätte das Fenster geöffnet und das Päckchen rausgehalten; ihr Gesicht hat er nicht gesehen. Oh.« Moresby blieb stehen, als wäre ihm gerade etwas eingefallen. »Er hat gesagt, der Fahrer hätte Handschuhe getragen. Wie man sie fürs Autofahren anzieht oder vielleicht fürs Fahrradfahren.«

Eva überlegte kurz. »Aber um den Mord zu begehen, wird er sie ausgezogen haben. Ich wette, dafür hat er OP-Handschuhe benutzt.« Ein paar Hundert Meter vom Haus entfernt gabelte sich die Straße, und sie blieben stehen.

»Schauen Sie sich die Abfolge der Ereignisse vor dem

Mord an. Das Päckchen war vorbereitet, damit ist klar, dass das Opfer nicht spontan ausgesucht worden ist. Die Haushälterin war nicht da, er wusste also, wann er aufkreuzen musste. Der Lieferwagen war präpariert, er hatte eine Uniform an, und er wusste, wo er hinmusste. Wenn Wren recht hat, hat er die Frau mit einer Art Taser außer Gefecht gesetzt und sie sediert. Dann hat er sie ausgezogen und mit Kabelbindern, die er dabeigehabt haben muss, an einen Stuhl gefesselt. Anschließend hat er ihr eine Kanüle mit einem Katheter in die Halsschlagader gestochen und ihr Blut in einen Behälter laufen lassen, den er ebenfalls mitgebracht hatte. Er hat ihr die Augenlider abgetrennt und ihre Augäpfel entfernt, wahrscheinlich mit chirurgischen Instrumenten, und auch die muss er schon bei sich gehabt haben, denn ich bezweifle, dass im Haus Skalpelle herumlagen. Das ist ein Riesenaufwand, um da reinzukommen und das Verbrechen zu begehen. Wird er den Weg aus der Anlage weniger gut vorbereitet haben?«

Die Frage bedurfte keiner Antwort. »Und was machen wir jetzt?«

Eva deutete auf die Straße. »Welche Richtung nehmen Sie?«

Moresby nahm die linke Abzweigung, Eva hatte sich für die rechte entschieden. Das war kein Zufall; Eva hegte noch einen weiteren Verdacht, von dem sie dem hünenhaften Sergeant noch nichts zu sagen wagte. Für alle Fälle hielt sie ihr Funkgerät in der rechten Hand, mit dem Daumen auf dem Rufknopf.

Sie wusste, dass es kein Aberglaube war und auch kein

hypothetischer sechster Sinn. Mustererkennung, rief Eva sich ins Gedächtnis, ist die stärkste kognitive Fähigkeit des Menschen. Unser Gehirn hat gelernt, Muster und Strukturen wahrzunehmen, um Raubtiere im Unterholz und Beute in der Savanne zu entdecken. Eine reflexive Fähigkeit ohne übergeordnete Funktionen. Wenn wir aus dem Augenwinkel sehen, dass etwas nach uns geworfen wird, wissen wir instinktiv, ob wir uns ducken oder es auffangen sollen. Durch diese Fähigkeit erkennen wir im Chaos einen Sinn, anscheinend ohne jemals zu wissen, wie genau dieser Prozess beschaffen war.

Die Straße bog sich allmählich nach rechts und stieg sacht an. Der St Jude's Hill war kein besonders hoher Hügel, in Surrey gab es nur sanfte Geländewellen. Als Eva die Karte auf ihrem Handy betrachtete, stellte sie fest, dass die Straße wieder zur hinteren Seite des Grundstücks führte, auf dem Irina Stepanow gewohnt hatte. Tausend Fragen meldeten sich in ihrem Kopf. Sie bemühte sich, sie bis auf eine zu ignorieren. Nur diese eine musste sofort beantwortet werden. *War er noch hier?*

Im Kopf zeichnete Eva weitere Venn-Diagramme, ließ Kreise aus Orten und Sachverhalten einander überlappen und dachte daran, wie gründlich der Mord geplant worden war. Nichts war dem Zufall überlassen worden. Warum es also riskieren, die Anlage fluchtartig zu verlassen und dabei gesehen oder sogar gefasst zu werden, wenn man sich doch auf einem viertausend Quadratkilometer großen Gelände ein Versteck suchen konnte und nur abwarten musste, bis die Leute von der Spurensicherung ihren Job gemacht hatten? *Wenn man dreist genug ist,* dachte Eva, *wäre das das Klügste.*

Scheiße, konnte sie das tatsächlich in Betracht ziehen? Der Mord war so kaltblütig begangen worden, so klinisch präzise, dass sie feststellte, sie konnte es. Noch wagte sie nicht, Moresby davon zu erzählen, denn das würde offenbaren, wie berechnend ihre eigenen Gedankengänge waren, und dafür kannte sie ihn noch nicht annähernd gut genug.

Hundert Meter weiter blieb sie auf der Straße stehen und lauschte. Vogelgezwitscher, das ferne Dröhnen des Verkehrs auf der A3, sonst nichts. *Überhaupt nichts,* dachte Eva und machte noch ein paar Schritte. Die Häuser waren schweigende Blasen in diesem Netz aus schmalen Straßen, die von dichten Hecken und hohen alten Bäumen gesäumt wurden. Und jedes behielt seine Geheimnisse für sich. Als sie sich umdrehte, sah sie das Dach der Villa der Stepanows; über Rhododendronsträuchern waren rote Dachziegel und Satellitenschüsseln gerade eben noch auszumachen. Eva wollte sich schon abwenden, als ihr noch etwas anderes auffiel. Mit einem Gefühl des Triumphs ging sie darauf zu, weil sie wusste, was sie finden würde. Einen weißen Lieferwagen, hinter Büschen versteckt.

Sie drückte auf den Knopf ihres Funkgeräts. »Moresby«, sagte sie, als sie hörte, dass sie Empfang hatte. »Ich glaube, ich hab ihn. Ungefähr zweihundert Meter die Straße runter.«

»Bin unterwegs.«

Eva stellte sich vor, wie er kehrtmachte und losrannte.

Sie sah sich um. Sonst war nichts Ungewöhnliches zu

sehen, kein Lebenszeichen, keine Bewegung. Sie schlich um die Büsche herum bis zu der Stelle, wo der Lieferwagen geparkt war. Auf dem Randstreifen und von der Straße aus gerade eben nicht zu sehen, von dichtem Laub und dem Schatten einer Konifere verborgen. Es musste der Wagen des Täters sein. Dieselbe Farbe und dieselbe Marke. Eva spähte durchs Heckfenster, doch die Scheiben waren dunkel getönt. Sie konnte nichts sehen. Um den Wagen herum ging sie nach vorn.

Das Fenster auf der Fahrerseite war offen. Vorsichtig beugte sie sich hinein. Im Zündschloss steckte noch ein Schlüssel. Ein Geruch. Vielleicht eher ein Gestank wie im Krankenhaus. Irgendein Putzmittel. Der Lieferwagen war gereinigt worden. Auf dem Beifahrersitz ein braunes Päckchen mit dem Amazon-Logo darauf. Sonst nichts. Sie zog den Kopf aus dem Wagen.

Fast wäre sie draufgegangen.

Sie brauchte den Bruchteil einer Sekunde, um das zu verarbeiten, was sie vor sich sah. Das Gesicht vermummt, eine dünne schwarze Sturmhaube unter der Kapuze einer schwarzen Regenjacke. Die Augen versteckt. Hinter einer Art Rennradbrille, rund und insektenartig, dunkelrot und mit reflektierenden Gläsern, in denen Eva ihr eigenes Spiegelbild erblickte. Eine schwarze Hose. Aus leichtem Stoff, aber mit aufgesetzten Taschen wie bei Armeeklamotten. Schwarze Sportschuhe, knöchelhoch. Schwarze Handschuhe, dünn, aber mit Polstern über den Knöcheln. Er war mindestens eins achtzig groß, schlank, aber kräftig gebaut, und er kam auf sie zu und hielt etwas in der Hand.

Eva schrie auf. Vielleicht quietschte sie auch nur, der Laut blieb ihr in der Kehle stecken. Reflexartig riss sie den Arm und dabei mit der Hand den Stoff ihres Mantels nach vorn, doch sie spürte es trotzdem. Ein jähes Knistern. Eine gezackte weiße Flamme tanzte zwischen Kupferelektroden, die aus einem schwarzen Plastikgehäuse hervorragten. Wren hatte recht gehabt, dachte sie in dem Moment, als die Stromladung über den Mantelstoff raste, ihre Haut traf, ihre Kopfhaut kribbeln ließ und sämtliche Haare auf Kopf und Körper anhob. Der Drecksack hatte einen Taser.

Eva taumelte zurück. Er zögerte den Bruchteil einer Sekunde lang. Sie konnte sich denken, wieso. Er überlegte, ob er sie unschädlich gemacht hatte. Gleich würde er merken, dass ihr Mantel den direkten Körperkontakt verhindert hatte, und noch einmal auf sie losgehen. Wenn sie sich umdrehte und davonrannte, würde er ihr den Taser vermutlich zwischen die Schulterblätter rammen. Sie tat das einzig Sinnvolle, was ihr einfiel. Sie trat zu.

Sie zielte auf seine Kniescheibe, obgleich sie wusste, dass sie kaum eine Chance hatte, wirklichen Schaden anzurichten. Sie traf sein Bein dicht über dem Knie, gerade heftig genug, um ihm wehzutun. Sie hörte ihn knurren. Ganz kurz griff er nach der schmerzenden Stelle. Eva knallte ihm die Handwurzel gegen die Schläfe, so fest sie konnte.

Gedämpftes Brüllen. Ein Schrei lodernder Wut. »Du *Scheiß*schlampe! Ich bring dich um, *verdammte Scheiße*!« Und das würde er auch tun. Das wusste sie. Sie wollte sich wegdrehen, doch er stieß mit dem Taser nach ihr. Diesmal traf er ihre Hand.

Schmerz explodierte in ihrem Arm. Sie wusste nicht, ob sie schrie. Unerträglich, als hätte er mit einem Hammer auf sie eingedroschen. Der Elektroschock fuhr ihr bis in die Schulter; ihr Arm zuckte und krampfte, als gehörte er nicht zu ihr, als wäre er besessen. Sie konnte sich nicht bewegen. Wieder stürzte er sich auf sie.

Hinter ihr ein Röhren. Ein jähes Aufbrüllen, krude und animalisch. Moresby, den ausziehbaren Schlagstock gezückt; er schwang ihn wie ein Breitschwert. Die Gestalt vor ihr zischte. Sie konnte sich nicht bewegen, konnte nicht ausweichen. Er nahm den Taser in die linke Hand, griff mit der rechten zu und knallte ihren Kopf gegen die Seite des Lieferwagens.

Grelle Lichter in ihrem Kopf, gleißend hell. Die nächsten paar Sekunden existierten nicht. Dann hörte sie Moresby brüllen und fluchen und einen erstickten Schrei. Eva wandte sich um. Fühlte Blut aus ihrem aufgeplatzten Ohr am Hals herabrieseln. Sah Moresby drei Meter entfernt am Boden liegen. Sah die schwarz gekleidete Gestalt über ihm knien und ihm den Taser gegen den Hals drücken. Moresby zuckte und krampfte wie ein Frosch, der bei lebendigem Leib gebraten wird. Der Kerl brachte ihn um.

Eva konnte nichts anderes tun. Sie rannte auf ihn zu. Schrie. Kein hohes Kreischen; ein Urschrei ganz tief aus dem Bauch heraus, von irgendeiner Stelle in ihr, von der sie nichts gewusst hatte. Während ihr linker Arm nutzlos herabhing, trat sie mit allem zu, was sie aufbieten konnte. Genau in seine Rippen.

Sogar ihr Fuß schmerzte dabei. Er bog den Rücken

durch, ließ beinahe den Taser fallen. Eva schrie abermals. Trat ihm gegen den Kopf. Diesmal nicht ganz so effektiv, aber heftig genug, dass er von Moresby herunterrollte. Sie schickte sich an, ein drittes Mal zuzutreten, aber er war schon auf den Beinen. Der Taser knisterte in seiner Hand, doch dann ging er aus. *Keine Ladung mehr,* dachte Eva. Und dann schlug er ihr die Faust ins Gesicht.

Sie erwartete noch mehr, doch es kam nichts. Als sie sich auf die Seite drehte, erhaschte sie einen flüchtigen Blick auf ihn; er raste auf einem schwarzen Mountainbike die Straße hinunter. Moresby rührte sich nicht.

Sie kroch zu ihrem Funkgerät hinüber, das im Gras lag, drückte auf den Panikknopf und schrie hinein: »Officer verletzt! Verdächtiger flieht auf Mountainbike, Officer verletzt!« Einen Moment lang war es still. *»Scheiße!«,* brüllte Eva in das Funkgerät, während sie Moresby anstarrte, der auf dem Rücken lag. »Ich brauche einen *Scheiß*rettungswagen! *Sofort!*«

Sie kniete sich über ihn und rammte mit dem rechten Arm abwärts. Allmählich kehrte das Gefühl in den linken zurück, doch für Herzdruckmassage war er noch nicht zu gebrauchen. War das überhaupt nötig? Sie wusste es nicht. Trotzdem bearbeitete sie Moresbys Brustbein. Blut tropfte aus ihrem Ohr auf sein Gesicht. An seinem Hals sah sie die dunkelvioletten Spuren des Tasers, wo das Gerät Tausende von Volt in seinen Körper geschickt und ihm die Haut versengt hatte. Sie horchte auf Atemgeräusche, konnte jedoch keine hören. Vielleicht war es ja gar nicht sein Herz. Vielleicht hatte sich seine Speiseröhre durch den Elektroschock verkrampft und die Luftröhre abgedrückt. Sie wusste nicht, was sie tun sollte. In der Ferne konnte sie die Sirenen hören. Aber vielleicht würden sie nicht rechtzeitig hier sein, und sie wusste nicht, was sie tun sollte.

Und dann wusste sie es doch. Mit ihrem schlaffen linken Arm drückte sie Moresby den Unterkiefer hinunter und schob ihm zwei Finger der rechten Hand tief in den Rachen. Was sie fühlte, erschreckte sie zu Tode. *Großer Gott,* dachte sie, *er hat seine Zunge verschluckt.*

Evas Nägel schrammten über Moresbys Rachenschleimhaut, als sie versuchte, das schlaffe Organ wieder in seinen Mund zurückzuholen. Es ging nicht. *Scheiße,* es ging einfach nicht! Sie stieß ihm vier Finger in den Mund, kratzte und wühlte in seinem Rachen. Massierte seinen Hals. *Er ist tot,* dachte sie. *Er muss tot sein.* Dann übergab Moresby sich.

Ein Schwall säuerlich riechender Flüssigkeit ergoss sich über ihre Hand und ihren Arm. Er bäumte sich auf, bog den Rücken durch; dann rollte er sich herum und warf sie ab. Sie schlug hart auf, dunkler Asphalt, während Moresby auf der Seite lag und sich die Seele aus dem Leib kotzte. Fast eine Minute lang. Danach konnte er sprechen. Eva lag auf dem Rücken und starrte das Astgewirr über ihr an.

Das Erste, was Moresby fragte, war: »Sind Sie okay?« Das Zweite war: »Haben wir ihn?«

3. Kapitel

Fast drei Stunden später kam Eva endlich auf dem Polizeirevier von Kingston an. Sie stellte ihren Wagen auf dem Parkplatz hinter dem Gebäude ab – einem Backsteinbau, kaum einen Steinwurf weit von der Themse entfernt – und ging zum Empfang.

Ihr Ohr pochte schmerzhaft. Als die Rettungshelfer eingetroffen waren, hatten sie sich sofort um Moresby gekümmert, doch da hatte der Sergeant bereits aufrecht dagesessen. Sie hatten sein Herz abgehört; mehr Sorgen jedoch machten ihnen die Verbrennungen an seinem Hals. Als Eva ihnen berichtete, was sie getan hatte, wechselten die beiden – ein Mann und eine Frau – einen kurzen Blick. »Erbrechen auslösen, um die Zunge aus den Atemwegen zu kriegen«, bemerkte die Frau. »Echt originell.«

Sie bestanden darauf, dass Moresby zur weiteren Beobachtung ins Krankenhaus kam, obgleich er ihnen mit vorhersagbarer Unvermeidlichkeit versicherte, dass ihm nichts fehle. Als sie mit ihm fertig waren, flickten sie Evas Ohr zusammen. Fast schon neidisch sah sie zu, wie der Rettungswagen davonfuhr. Moresby mochte fast umgekommen sein, doch irgendjemand würde den Tatort übernehmen und die Suche nach dem Mörder organisieren müssen, der inzwischen kilometerweit weg sein würde. Doch wie sich herausstellte, brauchte sie nicht viel zu tun. Moresbys

Leute waren an diesem Vormittag ungemein nachsichtig mit ihr.

Später wollte sie in ihre Wohnung zurückfahren, um zu duschen und sich umzuziehen, doch ab dem frühen Nachmittag schickte Sutton ihr eine SMS nach der anderen. Da sie am Tatort nichts mehr hatte tun können, hatte sie widerwillig ihr Auto gesucht und eine Adresse in das Navi geknurrt. Sie stank; sie stank und hatte Schmerzen. Und der Drecksack war ihnen entwischt.

Detective Chief Inspector Corrine Sutton machte keinen glücklichen Eindruck. Ein Constable führte Eva in das Büro im dritten Stock, wo Sutton saß, ein Bein auf den Schreibtisch gelegt. Beinahe hätte Eva eine Braue hochgezogen, doch dann sah sie, dass der Fuß eingegipst war. Sie versuchte, ihn nicht anzustarren. »Guten Tag, Ma'am«, sagte sie, bemüht, wenigstens den Anschein von Professionalität zu wahren.

Sutton legte den Kopf zurück und lachte. Es war ein freudloses Lachen. »Wie zum Teufel kommen Sie darauf, dass dies ein guter Tag ist?« Eva wusste nicht, was sie antworten sollte, doch Sutton deutete auf den Stuhl vor dem Schreibtisch. »Ich werde nicht aufstehen, und Sie sehen aus, als müssten Sie sich hinsetzen.« Als es den Anschein hatte, dass sie sich nicht klar genug ausgedrückt hatte, tat sie genau das. »Setzen Sie sich, DI Harris.«

Beeindruckend war das Büro nicht gerade, doch damit hatte Eva auch nicht gerechnet. Wenigstens hatte man von hier aus so etwas wie eine Aussicht. Hinter den alten Reihenhäusern, deren Erdgeschosse zumeist Läden oder Restaurants beherbergten, konnte sie gerade noch das blaugraue Band der Themse im Nachmittagssonnenschein glitzern sehen und die grünen Bäume in den königlichen Parks auf der Hampton-Court-Seite des Flusses. Hier im Büro fielen Eva eine Handvoll Fotos auf. Sie zeigten Sutton mit irgendwelchen Vorgesetzten, während sie irgendwelche Auszeichnungen entgegennahm. Der Standort der Bilder erschien Eva recht verräterisch: ganz hinten im Büro auf einem grauen Metall-Aktenschrank. Als hätte Sutton sie dort hingestellt, weil es nun einmal sein musste, nicht weil sie ihr etwas bedeuteten. Zwischen ihnen stand noch ein anderes Bild, ein Familienfoto. Das Sonnenlicht hatte es verblassen lassen.

Verlegen nahm Eva Platz; ihr war bewusst, dass sie stank und dass ihre Bluse Blutflecken hatte. Sutton ignorierte ihr Unbehagen und deutete beiläufig auf ihren Fuß in dem neongelben Gipsverband. »Ich dachte, heute werde ich das Ding ganz los. Aber ich sollte wohl nicht meckern, am Morgen war ich noch bis übers Knie eingegipst.«

Und plötzlich war der Rest des Tages bis zu einem gewissen Grad verständlich. »Das wusste ich nicht, Ma'am«, beteuerte Eva. »Hatten Sie einen Unfall?«

Sutton machte ein finsteres Gesicht. »Insofern, als jemand es nicht geschafft hat, mich umzubringen. Anfahren mit Fahrerflucht bei einem Einsatz vor acht Wochen. Der Typ hat sein Auto dabei gegen einen Baum geknallt und seine Visage gleich mit, also sind wir irgendwie quitt.« Ihre Miene blieb düster. »Und Sie, DI Harris? Wie war Ihr Tag bisher wirklich?«

Besonders groß war Sutton nicht, entschied Eva, als sie sie über den Schreibtisch hinweg anstarrte. Vielleicht eins fünfundsechzig, Anfang bis Mitte vierzig, langes dunkles Haar mit einem strengen Pony. Ihr Teint verriet dunkelhäutige Vorfahren in ferner grauer Vergangenheit. Harte Augen, stellte Eva fest. *Memo an mich selbst*, dachte sie, während sie im Geist ihre Antwort formulierte, *leg dich nicht mit dieser Frau an.*

»Ich hab schon bessere erlebt, Ma'am«, gab sie schließlich zu. »Moresby wird wieder, das ist wohl die Hauptsache. Leider ist der Verdächtige auf einem Mountainbike entkommen.«

»Nach allem, was ich gehört habe, ist mir nicht klar, was Sie dagegen hätten tun können«, meinte Sutton. »Wenigstens haben Sie ihn gesehen.« Sie hielt ganz kurz inne. »Und Moresby ist definitiv okay?«

Eva sah sich auf sichererem Terrain. »Ja, Ma'am, erfreulicherweise. Ich kenne ihn gerade mal fünf Minuten, aber ich habe den Eindruck, dass er ein toller Officer ist.«

Sutton brachte ein halbes Lächeln zustande. »Sie haben ja keine Ahnung«, erklärte sie Eva. »Männer wie Will Moresby gibt's nicht oft.« Dann verfinsterte sich ihr Gesicht wieder. »Ich bin mir nicht ganz sicher, was ich von Ihnen halten soll, DI Harris.«

Jetzt kommt's, dachte Eva. Das, worauf sie den ganzen Vormittag lang gefasst gewesen war. »Mir wurde gesagt, ich soll damit rechnen, dass es ein paar Probleme geben könnte, Ma'am.«

»Ach ja? Von wem? Vergessen Sie's«, blaffte Sutton. »Ich

will's gar nicht wissen. Dann haben Sie ja sicher mit der schwierigen Frage *gerechnet,* die sich mir stellt, DI Harris. Einerseits kriege ich einen frischgebackenen DI mit vergleichsweise wenig praktischer Berufserfahrung in meine Dienststelle gesetzt, ohne dass auch nur meine Meinung dazu gehört wird. Andererseits hat besagter DI ein paar verdammt beeindruckende Qualifikationen vorzuweisen, zumindest auf dem Papier.« Sutton lehnte sich auf ihrem Stuhl zurück. Jäh zeigte sich kaum verhohlene Wut in ihrem Gesicht. Eva brauchte einen Moment, um zu begreifen, dass die nicht gegen sie gerichtet war. »Und als hypothetische dritte Komponente«, fuhr sie fort, »sind wir wahnsinnig unterbesetzt, vor allem, was strafrechtliche Ermittlungen angeht. So geht's jeder Dienststelle in London und den angrenzenden Grafschaften. Zehn Jahre lang waren wir nichts als ein politischer Fußball, und jetzt fliegen uns die Folgen von Einsparungen und irgendwelchen Hintergedanken des Innenministeriums um die Ohren. Wir sind *am Arsch,* DI Harris. Wir haben nicht den Hauch einer Chance, unsere angestrebte Aufklärungsquote zu erreichen, geschweige denn für die Sicherheit der Bürger dieses geistig umnachteten Landes zu sorgen. Also bin ich einerseits extrem unglücklich darüber, einen unerfahrenen DI auf den Schreibtisch geklatscht zu kriegen, andererseits brauche ich alle Hilfe, die ich kriegen kann.« Eva wusste nicht, was sie antworten sollte, also saß sie schweigend da und wartete darauf, dass Sutton fortfuhr.

»Sie kommen eigentlich aus dem Bereich Cyberkriminalität?«

»Ursprünglich war ich bei der MPCCU, Ma'am«, sagte Eva. Bei der Metropolitan Cyber Crime Unit, der Abteilung für Internetkriminalität der Londoner Polizei. »Ich habe Informatik studiert. Eigentlich bin ich als Analystin bei der MPCCU eingestiegen, habe aber Gelegenheit bekommen, ein breiteres Spektrum abzudecken. Anschließend bin ich nach Southampton zurückgegangen und habe als DS gearbeitet. Ich habe die übliche Ausbildung absolviert und vor fast drei Monaten meine Prüfung gemacht.«

»Vor drei Monaten«, bemerkte Sutton gedehnt. »Echt jetzt?«

»Ich habe durchaus praktische Erfahrung, Ma'am, aber ich gebe zu, befördert worden bin ich zu einem großen Teil wegen technischer Kenntnisse. Internetkriminalität gehört immer häufiger zur Polizeiarbeit, und …«

Sutton hob die Hand. »Das weiß ich alles. Ich sage ja gar nichts dagegen, Harris, und auch nichts gegen Sie. Ich will nur genau wissen, was man mir hier ins Revier gesetzt hat. Wieso ist da zum Beispiel eine Lücke in Ihrem dienstlichen Werdegang?«

Eva spürte, wie sie rot anlief. »Eine Verletzung, Ma'am, bei einer Observierung. Ich war eine ganze Weile krankgeschrieben.« Sutton sah aus wie eine Kobra, kurz bevor sie zustieß, dachte Eva.

»Das weiß ich auch«, antwortete sie fast im Flüsterton. »Und ich kann es nachvollziehen. War's so schlimm, wie es sich anhört?«

Eva biss die Zähne zusammen. »Ich bin noch da, Ma'am.«

Sogar Sutton konnte sehen, wo die rote Linie gezogen wurde, und war klug genug, sie nicht zu überschreiten. Beide saßen in verlegenem Schweigen da, und Eva hatte nicht das Bedürfnis, es zu brechen. Sie hüllte sich in das Schweigen wie in einen Mantel. Sutton stellte diesen Mantel ein paarmal auf die Probe, fand ihn jedoch undurchdringlich und ging schließlich zum nächsten Thema über.

»Hier läuft also ein Mörder frei herum«, stellte sie fest. »Einer, der uns vielleicht nicht unbekannt ist.«

»Das hat Moresby auch gesagt, Ma'am. Drei Morde vor ungefähr vier Jahren?«

»Und keine Festnahme. Ich war damals noch nicht in Kingston, aber Moresby war schon hier. Da war irgendwas mit einem französischen Hund oder so.«

»Un Chien Andalou«, sagte Eva und erläuterte dann den Bezug zu dem surrealistischen Film.

»Hört sich an, als wäre unser Täter wieder da«, bemerkte Sutton.

»Vielleicht.« Sie versuchte nicht, ihre Skepsis zu verbergen. Sutton merkte es, schien dies aber fürs Erste ignorieren zu wollen. »Ich brauche jemanden, der den Fall leitet, während ich mich daran gewöhne, mein halbes Bein wiederzuhaben«, erklärte sie Eva. »Und das sind im Moment wohl oder übel Sie. Mit etwas Hilfe von einem kleinen, aber perfekt zusammengestellten Team«, fügte sie hinzu. Sie erhob sich mit nicht unerheblicher Mühe und stand schwankend neben ihrem Schreibtisch. »Dann gehen wir doch mal und machen Sie mit dem Team bekannt«, japste sie, als sie ihr Gleichgewicht gefunden hatte.

Eva öffnete ihr die Tür, und sie humpelte darauf zu.

»Harris.« Sutton stützte sich kurz am Türrahmen ab. »Geben Sie ihnen um Himmels willen einen Grund, Sie zu respektieren.«

Eva spürte, wie sich der Knoten in ihrem Bauch noch fester zusammenzog, während Sutton zur Einsatzzentrale vorausninkte. Dabei fielen ihr die vielen leeren Büros auf. Sie wusste, dass die Etatkürzungen die Dienststellen außerhalb von London Personal gekostet hatten, das hatte sie schon in Southampton gesehen. Kingston hatte es anscheinend besonders schlimm erwischt.

»Es war gut, dass Sie heute Morgen einspringen konnten«, meinte Sutton. »Das Team hat einen Fall abgeschlossen, der uns wochenlang wahnsinnig gemacht hat. Finanzielles Fehlverhalten. Die von der Staatsanwaltschaft sind totale Arschlöcher, wenn's ans Eingemachte geht. Früher hat man nur eine Erfolgschance von sechzig Prozent gebraucht, um Anklage zu erheben. Jetzt müssen wir einen von diesen Robenfuzzis überzeugen, dass die Chancen höher als achtzig Prozent sind, um auf den Knopf drücken zu können.«

Eva runzelte die Stirn. »Sollte das nicht eigentlich etwas für eine Spezialeinheit sein?«

»Sollte es«, nickte Sutton, »ist es aber nicht. Die Mittel sind nicht unbegrenzt; so sagt man uns jedenfalls.« Sie schaute kurz über die Schulter zurück. »War das in Southampton nicht so?«

Eine Fangfrage, entschied Eva. »Wir hatten eine andere Problemlage, Ma'am. Wegen des Hafens hatten wir viel mit Drogenhandel und damit zusammenhängenden Aktivitäten zu tun. Sehr oft konnten wir ohne das Drogendezernat und die Kriminalpolizei gar nichts machen.«

Sutton nickte. Also eine brauchbare Antwort. »Hier gibt's auch reichlich Drogen, aber meistens die vom oberen Ende der Preisskala. Und Leute, die die Netzwerke organisieren, allerdings nicht unbedingt hier im Land. Wir glauben, dass in St Jude's Hill ein paar mexikanische Drogenbarone hocken, kommen aber nicht an sie ran. Sind hier nicht aktiv, und die Behörden in Mexiko arbeiten praktisch für diese Typen, also werden sie so bald keine Anklage erheben.«

»Ganz schön frustrierend«, stellte Eva fest.

»Kann man wohl sagen«, pflichtete Sutton ihr bei.

Drei Personen saßen an Schreibtischen in der Einsatzzentrale. Als Sutton mit polterndem Gipsfuß eintrat, blickten sie auf. Sie musterte die drei mit fast gebieterischem Blick. »Das ist Detective Inspector Harris«, verkündete sie. »Seid nett zu ihr; sie hatte einen beschissenen Tag.« Dann wandte sie sich an Eva. »Detective Sergeants Flynn, Newton und Chakrabati. Sie sind gut«, erklärte sie, ohne die Stimme zu senken, »aber verraten Sie ihnen nicht, dass ich das gesagt habe.«

Rebecca Flynn, dachte Eva, *James Newton und Rajiv Chakrabati.* Wahrscheinlich hätte ihr Sutton bei lebendigem Leib die Haut abgezogen, wenn sie gewusst hätte, dass Eva die Personalakten der drei bereits gelesen hatte. Flynn war älter als Eva und hatte harte Gesichtszüge. Hier aufgewachsen, hatte Eva gelesen, mit viel Polizei im familiären Umfeld. Ihr Vater und ihr Bruder waren bei der Streife, ihr Großvater war Inspector und Freimaurer und ihre Mutter

Constable gewesen. Rebecca Flynn war die Erste in der Familie, die es zum Detective gebracht hatte. Ihre Aufklärungsrate unter den hiesigen Verbrechen war recht beachtlich, allerdings hatte Eva den Eindruck, dass so manches Lob seitens ihrer Vorgesetzten gelegentlich einen Hauch Entrüstung über ihre Methoden enthielt. Jemand, der kein Blatt vor den Mund nehmen würde, eine Polizistin, die einstecken konnte und schnell den Stab über anderen brach. Vor Flynn würde sie sich in Acht nehmen müssen, dachte Eva im Stillen.

Jamie Newton, wie er vorzugsweise genannt werden wollte, war in Evas Alter. Sportlich, attraktiv, ernst und aufrichtig. Außerdem nicht die allerhellste Kerze auf der Torte, doch was ihm in puncto IQ fehlte, machte er durch Gewissenhaftigkeit wett. Anscheinend mochten die Leute Newton; das war aus den Einträgen in seiner Akte ersichtlich gewesen. Tatsächlich sah er außergewöhnlich gut aus, stellte Eva fest. Wahrscheinlich könnte er ihr genauso viel über Hautpflegeprodukte und Beauty-Tricks erzählen wie über die Netzwerke der Finanzkriminalität, die das ganze Land durchzogen. Als Eva nach einem Adjektiv suchte, das Newton beschrieb, kam ihr sofort das Wort »aufrecht« in den Sinn. Mit ihm würde sie keine Probleme haben, beschloss sie.

Der Letzte der drei war Rajiv Chakrabati oder Raj, wie er genannt werden wollte. Auch er war ein paar Jahre älter als Eva und ging außerhalb seines Berufs noch etlichen anderen Aktivitäten nach, zumeist in der indischen Community. Er engagierte sich in Technik-Clubs für Kinder und in Wohltätigkeitsorganisationen, die Obdachlose betreuten. Beide Eltern waren Akademiker, die Mutter Ärztin und der Vater Buchhalter; wie er also zu einem DS geworden war, war nicht ganz klar. Raj hatte ein Gesicht, das auf echte Neugier auf das Leben schließen ließ. Eva hegte den Verdacht, dass sie Raj mögen würde, obgleich ihr klar war, dass sie sich diesen Luxus nicht leisten konnte.

Sutton sah aus, als wollte sie Eva gleich auffordern, sich vorzustellen, doch die hatte etwas anderes im Sinn. »Kann jemand bitte Notizen machen?«, fragte sie, bevor Sutton Gelegenheit hatte, noch etwas zu sagen. Alle vier stutzten, doch schließlich kapierte Newton, hielt einen Stift hoch und zog einen DIN-A4-Block zu sich heran.

»Der Täter ist etwa eins zweiundachtzig groß«, begann Eva, »wiegt siebzig bis achtzig Kilo und ist körperlich sehr fit. Er macht Krafttraining, fährt ganz sicher regelmäßig Rad und hat wahrscheinlich Kampfsport gemacht, aber als Freizeitsport, nicht im Rahmen einer militärischen Ausbildung.«

Sutton machte immer noch ein finsteres Gesicht. Eva fragte sich, ob sie diese Miene wohl jemals ablegte. »Woher wissen Sie das?«

»Weil er mir eine verpasst hat, Ma'am. Und zwar aus dem Stand; im Karateunterricht ist das ein *gyaku-zuki*. Dabei kommt die Faust aus der Achselhöhle und wird beim Zuschlagen gedreht. Mit den ersten beiden Fingerknöcheln voraus, das tut schweineweh.«

»Haben Sie Karate gemacht, Ma'am?«, erkundigte sich Flynn. Es klang beinahe unschuldig.

»Nur Selbstverteidigung an der Uni«, antwortete Eva. »Geht allerdings alles ein bisschen den Bach runter, wenn jemand tatsächlich versucht, einen umzubringen.« Flynn grinste unwillkürlich. »Er war komplett vermummt. Schwarze Sturmhaube, schwarze Kapuzenjacke, eine Art Sonnenbrille, wahrscheinlich fürs Fahrradfahren, nehme ich an. Rote reflektierende Gläser. Sah alles nach Sportklamotten aus. Und er hatte Handschuhe an, mit Polstern an den Fingergelenken. Ohne die hätte der Treffer sehr viel mehr wehgetan.«

»Haben Sie das Fahrrad gesehen, Ma'am?« Jetzt fing auch Raj an, sich Notizen zu machen.

»Ja, aber nur kurz«, antwortete Eva. »Ich glaube, der Rahmen war von Cannondale. War umlackiert worden mit Sprühlack.«

»Schwarz«, sagte Flynn trocken. Mit South-London-Akzent, so hart wie ihr Gesicht.

»Genau«, bestätigte Eva.

»Er ist also wieder da«, stellte Sutton fest.

Wird Zeit, alle mal richtig zu ärgern, dachte Eva. »Das bezweifle ich, Ma'am.«

Sutton schwieg, zog jedoch eine Braue hoch, die so scharf war wie eine Messerklinge.

»Nach dem, was ich von Sergeant Moresby gehört habe, war Ihr damaliger Täter ein Schlitzer. Dieser Typ schneidet, methodisch und sehr sorgfältig. Ich glaube nicht, dass es sich um dieselbe Person handelt.«

»Bauen Sie mich ruhig noch ein bisschen mehr auf.« Sutton überlegte kurz. »Ich verstehe, was Sie meinen, DI

Harris, aber selbst wenn es nicht derselbe Täter ist, könnte zwischen den beiden doch eine Verbindung bestehen. Zwei Augenschlitzer in einer Grafschaft, das kommt mir verdammt heftig vor. Und außerdem«, fügte sie hinzu, als Eva den Mund öffnete, um zu antworten, »wäre es nicht möglich, dass er sich verändert hat? Vielleicht hat er sich ja, wie sagt man noch mal, weiterentwickelt?«

Auf gar keinen Fall, dachte Eva, nickte Sutton aber trotzdem kurz zu. An ihrem ersten Tag sollte sie es besser nicht allzu weit treiben. »Als Anfang können wir mal davon ausgehen. Wir sollten uns alles zu den früheren Fällen besorgen und hier ausbreiten.«

Raj hob die Hand. Die Geste wirkte merkwürdig, wie in der Schule, doch als sie ihm in die Augen sah, war Eva sofort klar, dass er nur helfen wollte. »Das erledigen wir für Sie«, sagte er. »Geben Sie uns ein paar Stunden, dann haben wir die alten Sachen aus den Akten geholt und aufgehängt.«

»Das neue Material bitte auch«, antwortete sie. »Stellen Sie die Boards nebeneinander, damit wir sehen können, ob sich irgendetwas auf den ersten Blick überschneidet.« Was nicht der Fall sein würde; das wusste sie bereits. Aber wenigstens signalisierte sie so Bereitwilligkeit.

Sutton setzte sich auf einen Schreibtisch, um ihr Bein zu entlasten, und wandte sich an die drei Detective Sergeants: »Also, kommen Sie klar?«

»Denke schon, Ma'am«, sagte Flynn. »Bis Feierabend haben wir das erledigt.«

Ein Nicken. »Viel mehr können Sie auch nicht tun, bis

morgen früh der Bericht von der Spurensicherung kommt, also sollten Sie sich«, damit wandte sie sich wieder an Eva, »wahrscheinlich ein bisschen ausruhen.« Eva setzte zu einem Protest an, doch Sutton ließ sie nicht zu Wort kommen. »Eins auf den Schädel und eins in die Visage, das rechtfertigt ein paar freie Stunden. Morgen geht's hier rund, also erholen Sie sich, solange Sie können.«

»Keine Sorge, Ma'am«, versicherte Jamie Newton Eva, »wir kriegen das schon hin.«

Die Wahrheit war, sie fühlte sich beschissen und musste dringend duschen. »Danke«, sagte sie zu den dreien. »Wir sehen uns dann morgen früh.«

Sutton humpelte hinaus. Eva wollte ihr schon folgen, als Raj sich abermals zu Wort meldete. »Ma'am? Haben Sie noch einen Moment?« Jetzt machte er ein ganz anderes Gesicht, stellte sie fest, als sie sich wieder zu ihm umdrehte. Neugierig und fast ein wenig verdutzt. »Da ist ein Paket für Sie«, verkündete er.

Es lag gleich nebenan. Raj öffnete ihr die Tür und zeigte auf einen Tisch. Darauf stand ein schwarzer Karton mit einem neongrünen Logo, und neben dem Karton lag ein Zettel. Eva griff danach. *Hoffe, damit geht's schneller.* Unterschrieben war die Nachricht mit *Tisha.*

Leticia North, dachte Eva. Eine schlanke Frau afro-karibischer Herkunft, das Haar zu makellosen Cornrows geflochten, die ihr jedes Mal stundenlang zu schaffen machten, wenn sie sie straffen ließ. Tisha war technische Leiterin im Zentrum für Digitale Forensik in Vauxhall und eine der wenigen Freundinnen und Freunde, die Eva aus ihrer Zeit bei der MPCCU noch hatte. Die Pappe des Kartons war geknickt, als wäre er schon einmal benutzt worden.

»Ist heute Morgen gekommen, Ma'am«, erklärte Raj, der neben dem Tisch stand. Er war nicht so groß wie Jamie Newton und auch nicht so sportlich, hatte aber trotzdem eine ziemliche Ausstrahlung. Eva fielen die Bügelfalten in seinen Hemdsärmeln auf. Seine Schuhe waren blitzblank, aber sein Haar warf unordentliche Wellen, was darauf schließen ließ, dass er häufig mit den Fingern hindurchfuhr. Ein Ehering am Finger, stellte sie fest. Fast ohne es zu wollen, machte er einen ordentlichen Eindruck. Wahrscheinlich gab es da eine Ehefrau, die sich darum kümmerte, auch wenn er selbst nicht daran dachte. »Sie sehen nicht gerade aus wie eine Gamerin, wenn ich das mal so sagen darf.«

Sie öffnete den Karton. Darin war ein schwarzes Gehäuse ohne Deckel aus Metall und Plastik voller Computer-Komponenten.

Flynn streckte die Nase durch die Tür und las den Aufdruck auf dem Karton. »Was ist denn ein eGPU?«

Raj antwortete, bevor Eva etwas sagen konnte. »Eine External Graphics Processing Unit; ein externer Grafikprozessor. Kriegt man bei Amazon. Kann man an den Computer anschließen, und Spiele wie *Grand Theft Auto* sind plötzlich voll der Hammer.« Er sabberte praktisch schon, bemerkte Eva. Dann brummte er etwas auf Hindi vor sich hin und korrigierte sich. »Ich meine, die sind damit ganz toll. Das Ding hier ist ja total aufgemotzt, ich hab noch nie eine GPU gesehen, wo so viele Prozessoren drin waren. Wofür in aller Welt brauchen Sie die denn?« Plötzlich starrte er sie an. »Sie schürfen doch nicht etwa Kryptowährungen, oder, Ma'am?«

Dich werde ich im Auge behalten müssen, dachte Eva. Sie hob den Karton hoch. Er war mäßig schwer. Dann marschierte sie aus dem Zimmer und gab damit zu verstehen, dass das Gespräch, das noch gar nicht begonnen hatte, nunmehr zu Ende war. »Danke, dass Sie das mit den alten Fallakten übernehmen!«, rief sie Raj und Flynn über die Schulter zu. »Morgen früh um acht sehe ich sie mir an.«

4. Kapitel

Um fünf Uhr nachmittags war Eva wieder in ihrer Wohnung. Purer Luxus, begriff sie, und etwas, das wahrscheinlich nicht so bald wieder vorkommen würde.

Sobald die Tatortprotokolle, die forensischen Analysen und die Unterlagen aus den Akten der damaligen Fälle auf ihrem Schreibtisch lagen – wenn sie den denn irgendwann tatsächlich mal fand –, würden die Ermittlungen gewaltig Fahrt aufnehmen. Kein Problem für heute Abend, beschloss Eva, während sie ihr Auto in der Tiefgarage unter dem Wohnblock abstellte, in dem sie sich eingemietet hatte. Heute Abend wollte sie einfach nur wieder sauber sein.

Die Bluse war nicht mehr zu retten. Ihr Blut war auf die weiße Baumwolle getropft, und außer mit Bleiche würde den langen dunklen Schlieren mit nichts beizukommen sein. Wenigstens war ihr Mantel offen gewesen. Sie entdeckte Blutspritzer auf dem Kragen, aber nichts, was man mit ein bisschen Schrubben und ein paar Chemikalien aus dem Supermarkt die Straße runter nicht herausbekommen konnte. Dasselbe galt für den Blazer ihres Hosenanzugs. Eva zog alles aus, ließ die Sachen zu Boden fallen und ging unter die Dusche.

Nachdem sie fünf Minuten unter dem dampfenden Wasserstrahl gestanden hatte, machte sie sich behutsam daran, das Pflaster von ihrem Ohr zu lösen. Es brannte höllisch. Der Dreckskerl hatte ihren Kopf gegen eine Kante am Lieferwagen geknallt, sodass ihr Ohrläppchen eingerissen war und heftig geblutet hatte. Der Rettungshelfer hatte die Wunde geklebt und sie dann verbunden. Der Kleber müsste inzwischen seinen Zweck erfüllt haben, dachte Eva, zog das Pflaster ganz herunter und warf es in den Mülleimer unter dem Waschbecken. Als sie das Ohr im Badezimmerspiegel betrachtete, sah sie einen großen dunkelroten Blutstropfen aus der Wunde hervorquellen, der auf ihre Schulter zu fallen drohte. Sie trat wieder unter die Dusche und blieb noch einmal fünf Minuten dort stehen, bis sie sicher war, dass es nicht mehr blutete.

Im Schlafzimmer überprüfte sie ihren Körper auf weitere Verletzungen. Ihre Wange war dunkel angelaufen, wo die Faust des Mannes sie getroffen hatte, doch wenigstens blieb ihr die Peinlichkeit eines blauen Auges erspart. *Der Arsch hätte mir die Nase brechen können,* dachte sie, während sie die Prellung betastete. Das tat weh, also ließ sie es sein.

Dicht unter ihrer linken Brust, ein wenig seitlich, war ein weiterer blauer Fleck, so groß wie ihr Handteller. Sie hatte keine Ahnung, wann sie sich da gestoßen hatte, und eigentlich tat er auch nicht weh, also beachtete sie ihn nicht. Ein langer rosiger Hautwulst zog sich an der Innenseite ihres Oberschenkels vom Knie bis fast zum Schritt hinauf. Grottenhässlich, fand Eva, doch sie versuchte nicht mehr, ihn beim Schwimmen oder im Fitnessstudio zu verstecken. Der Wulst war eine Linie, die ihr Leben spaltete, es in ein Vorher und ein Nachher teilte. Jetzt war definitiv Nachher.

Eva schlüpfte in einen Jogginganzug und tat, was sie

konnte, um ihre Kleider wieder halbwegs sauber zu bekommen. Die meisten ihrer Habseligkeiten waren noch in Kartons verpackt, weil sie erst letzten Samstag eingezogen war. Die Wohnung war ein Glücksfall gewesen. Sie befand sich im fünften Stock eines neuen Wohnblocks, und wie von jedem einigermaßen hohen Gebäude in Kingston aus hatte man von ihr einen Blick auf die Themse, wenngleich auch aus ein paar Hundert Metern Entfernung. Eine von Eichen gesäumter grüner Streifen lag zwischen ihrem Wohnhaus und dem Fluss. Es wäre schön, am Ufer zu sitzen und dem Wasser beim Fließen zuzuschauen, dachte Eva, doch sie wusste, dass sie dazu kaum Gelegenheit haben würde, wenn die Ermittlungen erst einmal richtig Fahrt aufgenommen hatten.

Sie ging wieder ins Wohnzimmer und öffnete den Karton, den ihr Leticia North geschickt hatte. Auf einem kleinen Tisch am Fenster stand bereits ein zerschrammter Laptop. Es war nicht ihr Arbeitscomputer, der steckte noch immer in einer Umzugskiste. Auch der hier war eine Leihgabe von der MPCCU. Dass sie dort nicht wussten, dass sie ihn ihr geliehen hatten, schien für Eva ein unbedeutendes Detail zu sein.

Raj hatte natürlich recht. Der Kasten war ein externes GPU-Gehäuse und mit Prozessoren vollgestopft. Seine Hauptfunktion bestand darin, Spiele und 3-D-Grafikanwendungen irrwitzig schnell zu machen, und Raj hatte auch völlig richtig gemutmaßt, dass es nicht das war, was Eva damit anstellen würde. Auch wozu sie ihn benutzen würde, hatte er fast erraten. Der Unterschied zwischen dem

Grafikprozessor und dem Hauptprozessor des Computers entsprach in etwa dem zwischen der Computerleistung mit reduziertem und der mit umfangreichem Befehlssatz. Das hörte sich kompliziert an. Eva hatte schon viele Male versucht, das zu erklären, doch die einfachste Analogie, die ihr dazu einfiel, war der Unterschied zwischen der Multiplikation 7x5 und der Addition 7+7+7+7+7. Das Ergebnis war dasselbe, doch die simple Natur einer Addition bedeutete, dass die dumme, aber schnelle Grafikkarte eben irrwitzig schnell rechnen konnte. Geräte dieser Art waren außerdem ganz hervorragend für andere Aufgaben geeignet, die Zahlenverarbeitung im großen Stil erforderten, etwa für das Berechnen der Primzahlen, die für das Generieren von Kryptowährungen notwendig waren. Und um Passworte zu hacken, dachte Eva, während sie es einschaltete und es an den Laptop anschloss.

Tish wusste, was Sache war. Bestimmt war die eGPU bei einer Razzia eingesackt worden. Höchstwahrscheinlich hatte man sie als Teil der Haftungsmasse einem Drogendealer abgenommen, und Tisha hatte sie noch aufgepeppt. Auf dem Laptop war ein Disk Image, das Eva von einem anderen Laptop gemacht hatte, einem Laptop, der noch immer in einem Asservatenschließfach im Zentrum für Digitale Forensik in Vauxhall lag. Das Image war wie eine Fotokopie der Festplatte jenes Computers, akkurat bis zum letzten Byte. Es konnte dieselbe Software abspielen, dieselben Dateien öffnen, war aber durch ein Passwort geschützt.

Das Duplikat der verschlüsselten Passwort-Datenbank wurde ständig kopiert und überschrieben, während der brachiale Algorithmus, den Eva einprogrammiert hatte, sich durch die Permutationen wühlte. Sie hatte keine Ahnung, wie viele es sein könnten. Die Anzahl der möglichen Kombinationen wuchs exponentiell zur Zeichenzahl des Passworts. Für neun Zeichen könnte ein Monat nötig sein, für zehn ein Jahr, für elf könnte man eine Dekade brauchen. Der Grafikprozessor würde eine große Hilfe sein, er würde den Prozess um mehr als das Hundertfache beschleunigen. Sie sah zu, wie sich das Gerät mit dem Laptop verband und die Anzahl der Permutationen wuchs, die dieser pro Minute verarbeitete. Die Zahl in dem Zählfenster wurde zu einem verschwommenen Schemen, trotzdem konnte das Ganze Jahre dauern, wenn der Besitzer des Original-Computers ein zufälliges, komplexes Passwort verwendet hatte. Sie glaubte nicht, dass er das getan hatte.

Ich kannte dich doch, du Drecksack, dachte sie. *So clever warst du nicht.*

Sie hatte vorgehabt, früh ins Bett zu gehen. Jemand anderes hatte andere Pläne. Gegen halb zehn vibrierte ihr Handy. Eine SMS, stellte Eva fest. Als sie sah, von wem die Nachricht kam, verfinsterte sich ihre Miene.

Ich steige um 21:55 um, stand da. *Bin sieben oder acht Minuten lang auf dem Bahnsteig. Seien Sie dort.*

Kein Bitte oder Danke. Nur ein Befehl. Fast hätte sie ihr Telefon gegen die Wand gepfeffert. Sie wollte losbrüllen, ihm sagen, er solle sich zum Teufel scheren, doch sie wusste, das ging nicht. Dieser *Arsch,* dachte Eva. Dieser miese *Scheißkerl.*

Sie ging sich anziehen.

Fünfundzwanzig Minuten später überquerte Eva die Fußgängerbrücke zum Bahnhof von Kingston. Nicht weit von ihrer Wohnung führte diese Brücke über eine Unterführung unter den Bahngleisen. Der Eingang zum Bahnhof war ein paar Hundert Meter weiter, doch so weit brauchte sie nicht zu gehen. Vor den Bahnhofsgebäuden lag ein Abschnitt von etwa vierzig Metern, von der Brücke durch einen stacheldrahtgekrönten Drahtzaun getrennt, der sich direkt am Bahnsteig entlangzog. Die längeren Züge hielten hier an, die Pendlerzüge mit acht oder gar zwölf Waggons, die morgens nach London hineinrollten und abends erschöpfte Fahrgäste nach Hause karrten. Zwischen dem Zaun und dem gegenüberliegenden Bahnsteig war eine Asphaltfläche mit ein paar Metallbänken, mehreren Laternenpfählen, einem Schild mit dem Namen des Bahnhofs, einem Papierkorb inmitten von Chipstüten und sonst nichts. Nichts außer ihm.

Sie hasste ihn auf den ersten Blick, schon seine Silhouette. Ein großer Mann in einem langen Mantel, mit schmalem Gesicht, verkniffenen Zügen und behandschuhten Händen, der absolut nichts bei sich trug. Er wartete am Zaun. Es waren keine anderen Pendler auf dem Bahnsteig. Er sah zu, wie Eva näher kam. Sie konnte seinen Blick fühlen, obgleich sie sein Gesicht im Dunkeln und mit der Laterne hinter ihm nicht sah. Spürte, wie ihr die Galle in die Kehle stieg, als sie das eine Wort sagte, das er erwartete und das sie mehr als alles andere nicht aussprechen wollte. Sie zwang ihren Mund, die eine Silbe zu formen, auch wenn sie wie Gift schmeckte.

»Sir.«

Alastair Hadley schwieg. Einfach nur, weil er schweigen konnte. »Harris«, sagte er schließlich. Kein »DI«, keine Anrede, die Stimme so ausdruckslos wie eine Totenklage. »Wie war Ihr erster Tag?«

Das interessiert dich doch einen Scheiß, dachte Eva. Sie wollte ihm ins Gesicht spucken. Stattdessen antwortete sie: »Sie haben es ja bestimmt gehört, Sir.«

Insgeheim fragte sie sich, ob er sie zurechtweisen würde. Er entschied sich dafür, es nicht zu tun, doch der Entschluss wirkte halbherzig. »Natürlich habe ich's gehört.« Sie überlegte, ob er sich wohl zu ihrer Erkenntnis äußern würde, dass der Täter noch vor Ort gewesen war, doch sie bezweifelte es. Er enttäuschte sie nicht.

»Dann haben Sie jetzt also fünf von ihnen kennengelernt«, meinte Hadley. »Erster Eindruck?«

Sie würde sich fügen. »Moresby scheint ein guter Cop zu sein«, antwortete Eva. »Gründlich und effizient. Ich hatte keine Ahnung, dass Sutton verletzt ist.«

»Das ist irrelevant«, ließ Hadley sie wissen.

»Sie wäre eine Möglichkeit«, fuhr Eva fort. »Noch habe ich nicht genug. Ich besorge mehr«, setzte sie hastig hinzu, ehe er sie ermahnen konnte.

Hadley reagierte noch immer nicht. »Die anderen?«

»Flynn, Newton und Chakrabati. Soweit ich sehen kann, haut das Timing nicht hin. Das heißt nicht, dass nicht einer von ihnen für jemand anderen übernommen hat, aber bisher weist nichts darauf hin. Ich suche natürlich weiter.«

Jetzt blaffte Hadley sie doch an. »Ich bitte darum. Und der Kontakt, den ich Ihnen gegeben habe?«

Herrgott noch mal, dachte sie, *ich hatte echt viel um die Ohren.* »Es war ein ziemlich stressiger Tag«, erwiderte Eva.

»Es ist mir *scheißegal,* wie stressig er war«, fauchte Hadley. »Ich erwarte, dass Sie Kontakt aufnehmen. Wenn ich Ihnen einen *Scheißbefehl* gebe, erwarte ich, dass Sie ihn befolgen, egal, wie stressig Sie Ihr Leben gerade finden.«

Schweigend stand sie da und wartete auf den Rest der Tirade. Wieder enttäuschte Hadley sie nicht.

»Vergessen Sie eins nicht, Harris«, zischte er. »Sie gehören mir. Ihre Karriere gehört mir, Ihr Leben gehört mir. Ohne meine Erlaubnis atmen Sie nicht mal, verdammte Scheiße. Sie arbeiten für mich, Sie arbeiten für meine Abteilung. Ich werde Sie benutzen wie ein verschissenes Kleenex und mit Ihnen machen, was ich will. Und wenn ich Ihnen eine Anweisung erteile, befolgen Sie sie verdammt noch mal. Ist das klar?«

Sie wollte ihn umbringen. Sie wollte über den Zaun klettern, auch wenn sie sich an dem Stacheldraht die Hände aufreißen würde, auf den Bahnsteig springen, ihm die Faust gegen die Kehle rammen und ihn auf die Stromschiene stoßen. Sie verabscheute ihn. Sie wollte ihn tot sehen. Stattdessen ließ sie ihr Gesicht zu einer Maske werden und antwortete: »Hundertprozentig, Sir.«

Daraufhin ging er davon. Besprechung beendet, vermutete Eva. Sie sah seinem Rücken nach, während ein Zug in den Bahnhof rollte. Hadley stieg ein. Galle brannte ihr ganz hinten im Rachen. Sie musste ausspucken. Es piepste, und die Türen schlossen sich. Dann fuhr der Zug aus dem Bahnhof.

»Absolut, Sir«, flüsterte Eva. »Und eines Tages mache ich Sie *hundertprozentig* fertig, und zwar schon sehr bald.«

In dieser Nacht lag Eva wach, starrte an die Decke und fragte sich, wie es dazu gekommen war, dass ihr mit siebenundzwanzig nur gestohlene Computerhardware beim Schlafen Gesellschaft leistete.

Die Wahrheit war, sie hatte nie Polizistin werden wollen. Das stimmte vielleicht nicht so ganz, dachte sie, während sie dem fernen Bellen eines Stadtfuchses lauschte. Tatsache war, sie hatte die Möglichkeit nie auch nur in Betracht gezogen.

Die Universität war ihr wie ein anderes Universum erschienen. Jenes erste Jahr fern von der Enge eines klaustrophobischen Zuhauses; neue Freunde kennenlernen, neue Dinge lernen und eine Zeit lang mehr als nur ein bisschen über die Stränge schlagen. Besoffen auf Partys, besoffen beim Sex und heftige, durchaus nicht triviale Kater. Wie die meisten Studenten riss sie sich im zweiten Jahr zusammen und fing an, ihr Studium ernst zu nehmen. Sie arbeitete hart. Ein Bachelor in Mathematik und Informatik in Southampton, das war nicht ohne, machte jedoch Spaß. Eva genoss die Zeit und wollte nicht, dass sie endete. Deswegen hatte sie, als sie dann doch zu Ende gewesen war, einen zweiten Studienkredit aufgenommen und gleich noch den Master drangehängt.

Ein Haus tauchte in ihren Gedanken auf, das Haus, in

dem sie drei Jahre lang mit einem halben Dutzend anderer Studenten gewohnt hatte. Ihr Fenster war nach Westen hinausgegangen. Sie hatte die Schornsteine der Schiffe im Hafen sehen und zuschauen können, wie die Sonne über dem Meer unterging. Monatelang arbeitete sie in diesem Zimmer mit weiß getünchten Wänden und weiß gestrichenen Bodendielen an ihrem Computer und lauschte dem Kreischen der Möwen über ihr.

Eva erwog, als Nächstes ihren Doktor zu machen, doch das Geld war knapp, und sie hatte Angst, zu einer Dauerstudentin zu werden. Und es war ja auch nicht so, als hätte sie etwas in Southampton gehalten. Sie hatte ein paar Beziehungen gehabt, aber keine, die sie unbedingt hatte fortführen wollen. Der ausschlaggebende Faktor war schließlich, dass ihre Professorin, eine beängstigend kluge Rumänin, beschlossen hatte, in ihr Heimatland zurückzukehren. Als sie Eva den Grund für ihre Entscheidung anvertraute, war diese empört. Die rassistischen Beleidigungen waren schlimmer geworden, die ätzenden Bemerkungen über ihren Namen und ihren Akzent immer weniger subtil und immer krasser. Es sei Zeit zum Abflug, sagte sie zu Eva. Und Eva stellte fest, dass es ihr genauso ging.

Aber wohin? Sie hatte vier Jahre Freiheit genossen und konnte es nicht ertragen, nach Hause zurückzukehren. Sie brauchte einen Job. Das Problem löste sich auf einer Jobmesse. Der Repräsentant der Londoner Polizei warf einen Blick auf ihren Lebenslauf und zog dann wirklich sämtliche Register. Bisher war Eva noch nie auch nur auf die Idee gekommen, für die Polizei zu arbeiten, doch je länger sie sich unterhielten, desto mehr Möglichkeiten schienen sich ihr zu bieten. Kaum einen Monat später fand sie sich in einer Wohnung in London wieder, für die sie Wohngeld bekam, und wurde bei der MPCCU zur Analystin ausgebildet.

Eva stürzte sich in die Arbeit. Es gab jede Menge technische Herausforderungen und eine verblüffende Bandbreite an Tätigkeiten. Sie durchlief sämtliche Bereiche, von Finanzverbrechen bis zur Terrorismusbekämpfung. Sie fügte sich mit Leichtigkeit ein und genoss die Freiheit, die das Leben in der Hauptstadt mit sich brachte. Erst als sie anfing, bei der CEOP – Child Exploitation and Online Protection – zu arbeiten, kam sie endlich in der Realität an.

Die Arbeit im Zentrum zum Schutz von Kindern vor sexueller Ausbeutung schockierte sie. Korrupte Banker und fanatische Dschihadisten, das hatte sie irgendwie nicht berührt. Jeder rechnete doch damit, dass Banker korrupt und Dschihadisten fanatisch waren, daher war es keine Überraschung gewesen, herauszufinden, dass Wahrnehmung und Realität weitgehend deckungsgleich waren. In den Augen der Cops jedoch, die bei der CEOP arbeiteten, sah sie etwas anderes. Pädophilenringe und Kinderhändler, organisiertes Verbrechen und Einzeltäter, die Arbeit forderte ihren Tribut. Irgendwie waren die CEOP-Officers noch professioneller, noch vorsichtiger in ihren Worten und ihrem Handeln. Mit der Zeit verstand Eva, warum. Die Konsequenz eines Fehlers war der Stoff, aus dem Albträume gemacht wurden, und während ihrer Zeit bei der CEOP hatte sie wirklich Albträume.

Eines Abends erwischte es sie mit voller Wucht. Sie sah bei einer Razzia in einem Gebäude zu, wo ein Server Kinderpornografie in ein Darknet pumpte. Männer mit Schlagstöcken und Rammen stürmten hinein, Männer in Handschellen kamen heraus. Eva beobachtete alles aus sicherer Entfernung; viel gab es da nicht zu sehen. Vorher hatte sie die Zwiebelschichten des TOR-Browsers abgeschält, den die Typen benutzt hatten, und so den Server ausfindig gemacht. Als die Männer in Handschellen abgeführt wurden, wandte sich ein Detective Sergeant zu ihr um und sagte: »Das waren Sie. Sie haben die Schweine drangekriegt. Ohne Ihre Arbeit hätten wir sie nicht gefunden.« Das hatte sie erschüttert, nicht zuletzt, weil sie später das Material sah, das das Darknet ausgespien hatte. Es überstieg ihre Albträume dermaßen, dass sie nach Hause gehen musste. In dieser Nacht, als sie sich in der Stille ihres Zimmers die Augen ausweinte, tat Eva etwas, das sie noch nie getan hatte und nie wieder zu tun schwor. Sie trank sich mit Wodka ins Koma. Am nächsten Morgen meldete sie sich krank. Niemand schien sich zu wundern. Am Nachmittag, als der Kater langsam nachließ, starrte Eva sich im Spiegel an und gelangte zu einer furchtbaren, beängstigenden, beglückenden Erkenntnis. Dass das, was sie getan hatte, tatsächlich etwas bewirkt hatte.

Und so hatte sie Ja gesagt, als man ihr anbot, im Schnelldurchlauf Karriere zu machen, innerhalb weniger Jahre Detective Inspector zu werden und im Bereich Cyberkriminalität zu arbeiten. Sie hatte das Ganze kühl erwogen. Sie glaubte, die Risiken einschätzen zu können. »Sie werden zwei Jahre in verschiedenen anderen Bereichen arbeiten müssen«, hatte der Superintendent gesagt, der das Bewerbungsgespräch mit ihr führte. Schießausbildung, Einsatz mit Undercover-Einheiten, normale Polizeiarbeit. Das hörte sich nicht nach einem Problem an. Und es war auch keins gewesen, bis zu einer Nacht vor etwas über zwei Jahren, als jemand Eva Harris' Leben und ihre Karriere genommen und beides in Stücke gerissen hatte.

5. Kapitel

Raj Chakrabati stand mit einem Bündel Notizen in der Hand vor dem Whiteboard. Er sah genauso ordentlich aus wie am Vortag, fand Eva, bis auf sein Haar. Das war schwarz und ziemlich lang, und Raj war offensichtlich gerade mit den Fingern hindurchgefahren, bevor er sich erhoben hatte. »Sieben Verdächtige«, verkündete er. »Keiner besonders vielversprechend.«

Das hatte sie auch nicht erwartet, doch sie wusste, dass sie sich ihre Gedanken nach Möglichkeit nicht anmerken lassen durfte. Als sie sich die Opfer der damaligen Morde näher angesehen hatte, der Morde, die sie allmählich als den Original-Fall betrachtete, war der Kontrast zu Irina Stepanow ihr zu extrem erschienen. Kelly Gibson war neunzehn gewesen, Olivia Russell einundzwanzig und Grace Lloyd zwanzig. Alles Studentinnen, allerdings unterschiedlicher Fächer. Alle drei waren junge und attraktive Frauen, die mit Zeichen an ihren Leichnamen zurückgelassen worden waren, deren Bedeutung Eva noch nicht verstand. Sicher, die Augen waren ebenfalls entfernt worden. Daher Suttons Überzeugung, dass es derselbe Täter war, doch auch die Methode des Entfernens war ihr anders vorgekommen. Kelly Gibson war blond und recht groß gewesen; eine Frau mit grünen Augen, die Eva als gertenschlank bezeichnet hätte. Olivia Russell war ein wenig kleiner und dunkler gewesen, mit blauen Augen und kurzem Haar; sie sah aus, als hätte sie viel Sport getrieben. Tatsächlich hatte Eva in der Akte gelesen, dass Russell als Schwimmerin an Wettkämpfen teilgenommen hatte, am liebsten mochte sie die Hundert-Meter-Schmetterling. Auf den Fotos sah Eva etwas breitere Schultern, was dazu passte. Grace Lloyd war rothaarig gewesen, mit einer wilden Mähne, die an und für sich schon auffällig war, aber insgesamt ganz anders als die beiden anderen Mädchen. Sie war so groß wie Gibson und hatte als Amateur-Schauspielerin bei mehreren Universitäts-Aufführungen mitgewirkt. Ihre Figur war fülliger, aber nicht übermäßig. Drei junge Frauen, alle sehr attraktiv, aber alle verschieden. Nichts hatte auf gefährliche Gewohnheiten hingedeutet, etwa Alkohol, Drogen oder Promiskuität, oder zumindest auf nichts, was für Studentinnen ungewöhnlich gewesen wäre. Eva konnte keine offenkundige Verbindung zwischen ihnen erkennen.

Was, wie sie zugeben musste, ein weiteres Problem aufwarf, wenn es um den Versuch ging, logische Kulissen zu kreieren, in die man die Opfer stellen konnte. Wenn überhaupt, so stützte ihre äußerliche Verschiedenheit Suttons Theorie nur noch, dachte Eva, während sie das Whiteboard betrachtete. Irina Stepanow war deutlich älter, doch auch sie war eine auffallend attraktive Frau gewesen. In gewisser Hinsicht war das Alter das einzige Unterscheidungsmerkmal. Wenn dieser eine Faktor dem Täter aber nun weniger bedeutend erschienen war als ihr? Und doch waren auch die persönlichen Umstände unterschiedlich, so wie die genaue Natur der Verbrechen. Eine reiche Frau mittleren Alters und arme jüngere Studentinnen. Trotz der Fragezeichen über den Diagrammen, die Eva im Kopf entwarf, war sie immer noch überzeugt, dass die Annahme ihrer Vorgesetzten falsch war.

Raj wartete geduldig. Seine Bemerkung, dass die Verdächtigen nicht besonders vielversprechend seien, hing noch immer wie eine unbeantwortete Bitte um Erlaubnis in der Luft.

»Erzählen Sie uns trotzdem von ihnen«, sagte Eva.

Er zog seine Notizen zurate, während er auf die Fotos zeigte, die in einer horizontalen Reihe auf eines der Whiteboards geklebt worden waren. »Daniel Cox, inzwischen sechsundzwanzig Jahre alt, hat damals Produktdesign studiert. Anscheinend kannte er alle drei Frauen. Es gab zwar einige Beweise, laut denen er in der Nähe der ersten beiden Tatorte war, aber er hatte ein ziemlich wasserdichtes Alibi für den dritten Mord.«

»Also nur Indizien?«

»So ziemlich, ja«, antwortete Raj. »Der Nächste ist Thomas Wells, war damals hier Taxifahrer. Wells ist jetzt dreißig. Er könnte in Spanien leben, glauben wir.«

»Was ihn vermutlich als Täter für den Mord an Irina Stepanow ausschließt?«

»Wahrscheinlich, Ma'am«, bestätigte Jamie Newton. Auch wenn er sich träge auf seinem Stuhl gerekelt hatte, hörte er doch genau zu. Newtons Problem war, dass er einfach ein bisschen zu gut aussah. Im frischen weißen Hemd mit hochgekrempelten Ärmeln, die Krawatte ein klein wenig gelockert, sodass sie nicht ganz verbarg, dass der oberste Hemdknopf offen war, wirkte Newton eher so, als wäre er bei einem Fotoshooting und nicht in einer Einsatzzentrale auf einem Polizeirevier.

Und doch wirkte keine seiner Gesten oder Posen besonders einstudiert, dachte Eva. Newton sah einfach nur auffallend gut aus und konnte dagegen nicht viel machen. »Ich frage noch bei den Kollegen von der Grenzkontrolle an, aber wir glauben nicht, dass er in den letzten acht Monaten wieder im Land war.«

»Okay. Kevin Mason?«

»Ist inzwischen verheiratet, hat zwei Kinder und wohnt in Hampshire«, verkündete Raj. »Er hat in einem Sandwichladen gearbeitet, der bei vielen Studenten angesagt war. Jetzt hat er einen eigenen in Basingstoke.«

»Hört sich nicht gerade toll an«, bemerkte Eva.

»Es wird ein bisschen besser. Martin Ward ist ein Ganove hier aus der Gegend, definitiv ein Dealer und ein ganz übler Zeitgenosse. Wenn man ein bisschen schielt, kann man vielleicht sogar einen Killer in ihm sehen. Aber was die Nummer mit den Augen angeht, da bin ich mir bei ihm nicht so sicher.«

Eva trat näher an das Whiteboard heran. »Mathew Harred?«

»Ein komischer Typ«, meinte Raj, »insofern, als nicht ganz klar ist, wieso er überhaupt auf der Liste steht. Er ist Maler. Nicht ›Mal- und Tapezierarbeiten‹-Maler – angeblich ist Harred Künstler.« Er legte die Stirn in Falten. »Wobei, eigentlich ist das nicht fair; ich habe ein paar Fotos von seinen Sachen gesehen. Er scheint ziemlich gut zu sein.«

»Und warum ist er auf der Liste?«

»Eine von den Ermittlerinnen hatte damals so einen Spleen wegen einer Kirche in der Nähe von Virginia Water. Harred arbeitet da draußen, und jemand dachte, es könnte eine Verbindung zwischen den Mädchen und der Kirche geben. Aber die Akte ist ein bisschen dünn. Es gab ein paar Indizien, aber um ehrlich zu sein, sehr überzeugend sieht das alles nicht aus.«

Also nur ein weiterer Ermittlungsansatz, entschied Eva. Sie betrachtete das nächste Foto. »Robert Poole?«

»Ein mieser Drecksack, der ganz dringend einen Tritt in die Fresse braucht«, knurrte Flynn. Sie hatte die eine Hand zur Faust geballt, bedeckte sie jedoch mit der anderen. Flynn trug eine graue Bluse und eine dunkle Hose, flache Schuhe und gerade genug Make-up, dass ihr Gesicht ein wenig weicher wirkte. Straff zurückgebundenes Haar und kalte blaue Augen. Alles an Flynn sagte: Cop. »Ein übler, gewalttätiger Säufer, der nicht besonders helle ist und gern Frauen wehtut. Männern übrigens auch«, fügte sie achselzuckend hinzu.

Eva grinste. »Ein Freund von Ihnen?« Flynn erwiderte das Lächeln nicht. »David Mills?«, fragte sie rasch.

»Ein bisschen schmierig«, sagte Raj, »aber nicht in derselben Liga wie Poole. Ist Gelegenheitsarbeiter, nur er mit seinem Kastenwagen. Lohnt sich, bei ihm mal genauer hinzuschauen, finde ich.«

Sie ging an der Reihe der Fotos entlang und betrachtete nacheinander jedes einzelne. »Sehen Sie sich imstande, eine Favoritenliste zu erstellen?«

»Hab ich schon«, verkündete Raj, und Eva sah, dass Flynn ihm doch tatsächlich die Zunge herausstreckte. »Ward, Poole und Mills stehen ganz oben.«

»Ja«, stimmte Jamie Newton ihm zu. »Die anderen sehen inzwischen gar nicht mehr so schlimm aus.«

Eva warf Flynn einen kurzen Blick zu, die daraufhin nur nickte. Sie wandte den anderen den Rücken zu und hängte drei der sieben Fotos auf dem Whiteboard etwas höher. Gerade wollte sie sich wieder umdrehen, als etwas sie jäh innehalten ließ. »Was ist das für eine Kirche?« Ihr Finger lag auf der Stirn von Mathew Harred.

Raj sah in seinen Notizen nach. »Transzendental.«

Eva hängte auch dieses Foto höher. »Finden wir doch mal ein bisschen mehr über Mathew Harred heraus.«

Flynn lachte auf. »Warum denn?«

Eva spreizte die Finger. »Bloß so ein Gefühl«, gab sie zu. »Und außerdem, wüssten Sie nicht gern, was eine transzendentale Kirche ist?«

Eva überließ es Raj und Newton, die Verdächtigen zu lokalisieren. »Wir sollten mal bei der Spurensicherung nachhaken«, sagte sie.

»Judy Wren bummelt ganz bestimmt nicht«, erwiderte Flynn. Ihre Miene verriet Eva, dass sie ihren Vorschlag für unangebracht hielt.

»Ich weiß«, sagte sie. »Deswegen schicke ich auch gar nicht erst irgendwelche E-Mails. Schauen wir doch einfach mal bei ihr rein und sehen, was sie bis jetzt gefunden hat.«

Das Krankenhaus lag auf der anderen Seite eines Wirrwarrs aus Einbahnstraßen. Eva fuhr. Flynn schien sich allein mit ihr im Auto unbehaglich zu fühlen. Eva wahrte ein freundliches Schweigen und wartete darauf, dass die andere sich genötigt sah, es zu brechen. Ein paar Minuten lang hielt Flynn durch, dann wurde es ihr zu peinlich, und sie gab nach. »Wie ist Kingston denn so im Vergleich zu Southampton, Ma'am?«

»Ganz ehrlich, im Moment ist das noch schwer zu sagen. Wir hatten so viel mit Drogen zu tun, die über den Hafen reingekommen sind, da musste alles andere zurückstehen. DCI Sutton sagt, Sie haben hier auch Probleme mit Drogen?«

»Ja.« Flynns charakteristisches Knurren. Dunkelblondes Haar, offensichtlich gefärbt, zu einem straffen Pferdeschwanz gebunden. Flynn war fast so groß wie Eva, und auch sie verbrachte eindeutig viel Zeit im Fitnessstudio. Hart, da gab es keine zwei Meinungen, dachte Eva, während sie Flynn verstohlen musterte, doch wahrscheinlich nicht unerbittlich.

»Aber meistens weiche, jedenfalls im Stadtzentrum«, fuhr Flynn fort. »Jede Menge Jugendliche, jede Menge Studenten und Samstagabends jede Menge Partydrogen. Wenn man Hardcore-Zeug will, muss man ein bisschen näher an London ran, das ist auch noch unser Gebiet. Da gibt's ein paar Wohnsiedlungen zwischen hier und New Malden, wo's ziemlich heftig werden kann. Die zeige ich Ihnen später. Kein gutes Pflaster, um als Polizistin allein rumzulaufen, wenn Sie verstehen, was ich meine.«

Eva verstand. Sie bog auf den Parkplatz des Krankenhauses und sah ein paar Stellplätze, die für Polizeifahrzeuge reserviert waren. Flynn ging voraus zur Pathologie.

Als sie Judy Wren fanden, saß diese an einem Schreibtisch vor einer Trennwand und tippte auf der Tastatur ihres Computers herum. Das Fenster des kleinen Büros ging nach Westen, stellte Eva fest. Wahrscheinlich kam die Sonne am Nachmittag herum, erfüllte es mit warmem Licht und machte es zu einem Ort, wo man sich von den kalten, spiegelnden Flächen und den scharfen Instrumenten des Sektionssaales erholen konnte. »Ich beeile mich ja schon«, versicherte Wren, als sie hereinkamen.

»Ich weiß«, antwortete Eva, zog einen Stuhl heran und setzte sich neben den Schreibtisch. Flynn tat dasselbe. »Ich wollte nur wissen, ob Sie vielleicht ein paar vorläufige Highlights für uns haben.«

Wren zuckte die Schultern und drehte den Bildschirm des Computers zu ihnen herum. »Die Blutprobe, das bisschen, was da war, habe ich an Eurofins Forensics Services in Teddington geschickt. Ist ein privater Dienstleister, ein echt guter. Die haben dort Geräte, die wir uns einfach nicht leisten können. Sie haben eine vorläufige Analyse gemacht, aber es wird noch ein paar Tage dauern, bis die Ergebnisse endgültig bestätigt sind. Ich habe aber schon mit der Leiterin gesprochen«, fügte Wren hinzu. »Sie ist sich ziemlich sicher.«

»Sicher?«, fragte Flynn.

»Dass das Opfer vor dem Mord sediert worden ist«, sagte Eva.

»Die Analyse wird noch bestätigt«, sagte Wren, »aber die Rückstände deuten auf Propofol hin.«

Eve schüttelte den Kopf. »Tut mir leid, ich weiß nicht, was das ist.«

»Ein recht gebräuchliches intravenös verabreichtes Sedativ, das unter dem Namen Diprivan vertrieben wird. Wird von AstraZeneca hergestellt.« Wren schaute auf ihre Notizen auf dem Bildschirm. »Das handelsübliche Präparat besteht aus einem Prozent Propofol. Dazu zehn Prozent Sojaöl und 1,2 Prozent Eiphospholipid als Emulgator, 2,25 Prozent Glyzerin zum Einstellen der Tonizität und Natriumhydroxid, um den pH-Wert zu regulieren.«

Eva versuchte, den Ablauf der Ereignisse zu rekapitulieren. »Sie wurde also mit einem Taser ausgeschaltet, das wissen wir. Wie lange wäre sie da weg gewesen?«

»Das kann man schwer sagen. Sehr oft kommt es dabei auf die allgemeine Fitness an, auf die Muskelmasse und all so was. Es ist wirklich schwer einzuschätzen, wie ein Individuum auf Elektroschocks reagiert. In dieser Hinsicht ist das ein bisschen wie mit der Höhenkrankheit. Aber nehmen wir mal fünf bis zehn Minuten als Schätzwert. Das ist der Zeitraum, in dem sie zwar vielleicht nicht direkt bewusstlos war, sich aber ganz bestimmt nicht hätte bewegen oder Widerstand leisten können.«

»Sie ist also kampfunfähig«, fuhr Eva fort, »gelähmt, aber er hält es trotzdem für notwendig, sie zu sedieren. Warum? Warum ihr nicht einfach die Augen rausreißen und fertig?«

»Weil da nichts rausgerissen worden ist. Das war ein sorgfältiges Entfernen, eine Ausschälung, um genau zu sein.« Wren klickte kurz durch die geöffneten Fenster auf ihrem Bildschirm und fand ein Diagramm, das sie ihnen zeigte. »Es gibt sechs extraokuläre Muskeln, die das Auge steuern. Der Musculus rectus medialis und der Musculus rectus lateralis sind für seitliche Bewegungen zuständig, der Musculus rectus superior rollt das Auge nach oben, der Musculus obliquus superior nach unten und dreht es nach innen und außen. Der Musculus rectus inferior bewirkt kleine Bewegungen wie Außenrotation und Adduktion, genau wie der Musculus obliquus inferior, aber mit Aufwärts- anstatt mit Abwärtsbewegung. Die Muskelpaare arbeiten zusammen. Wenn einer sich zusammenzieht, gibt der andere nach. Das nennt man einen antagonistischen Prozess.«

»Warum die Augenlider abschneiden?«

»Weil es sonst schwerer wäre, die extraokuläre Muskulatur sauber zu durchtrennen«, erklärte Wren Eva. »Zumindest bei einer Operation ›im Felde‹ und nicht in einer Klinik.«

»Klasse«, bemerkte Flynn. »Muss ich das wirklich wissen?«

»Unser Täter hat es gewusst. Er hat diese Muskeln sorgfältig durchtrennt, zweimal, hat die Augäpfel rausgeholt und dann den Nervus opticus an der Basis gekappt.«

Eva runzelte die Stirn. »Aber warum?«

»Meine Vermutung wäre, dass er die Augen intakt lassen wollte.«

»Wozu denn?« Sie fuchtelte mit den Händen, suchte nach einer Eingebung. »Wegen eines Netzhautscans? Wegen irgendwelcher Security-Geschichten?«

Wren lachte trocken auf. »Bei einem toten, ausgelösten Auge kann man die Netzhaut gar nicht scannen. Da könnte so viel schiefgehen. Die Zellen im hinteren Teil des Auges fangen nämlich an abzusterben, sobald die Blutversorgung unterbrochen ist, das versaut den Scan. Und noch eine ganz andere Frage: Fällt Ihnen irgendetwas ein, wozu eine Vorstadthausfrau, egal, wie reich sie ist, einen Netzhautscan bräuchte?«

Ihr fiel nichts ein. Sie suchte einfach nur verzweifelt nach einem Motiv, das zu dem Verbrechen passte. »Dann also als eine Art Trophäe?«

Judy Wren zuckte die Schultern. »Verdammt will ich sein, wenn mir ein anderer Grund einfällt, so schräg einem das auch erscheinen mag.«

Eva spürte, wie ihre Schultern herabsackten. »Fuck«, sagte sie.

Flynn machte ein finsteres Gesicht. »Was ist denn jetzt los?«

»Ich war mir ziemlich sicher, dass wir es mit zwei separaten Fällen zu tun haben«, gestand Eva. »Der Stil des ursprünglichen Augenschlitzers und der dieses Täters hier erschienen mir einfach zu verschieden. Aber wenn irgendeine perverse Trophäenjagd das einzige Motiv ist, das uns einfällt …« Sie beendete den Satz nicht.

Flynn tat es für sie. »Dann ist es gut möglich, dass Sutton recht hat. Es könnte derselbe Bekloppte sein. Er hat nur enorm dazugelernt.«

Eva stand auf. »Wir sollten zum Revier zurückfahren«, sagte sie. »Wenn die Möglichkeit besteht, dass es derselbe

Täter ist, dann ist es noch viel dringender, die Verdächtigen von damals unter die Lupe zu nehmen.«

Trotz der Ermittlung stand Alastair Hadleys Drohung noch im Raum. Eva wusste, dass sie diesen Drecksack von Täter kein zweites Mal als Ausrede würde nutzen können. Während ihr Team damit beschäftigt war, die Verdächtigen von damals ausfindig zu machen, schlich sie sich für eine Stunde hinaus. Höchst ungern, doch sie wusste, dass sie keine andere Wahl hatte.

Die Adresse, die Hadley ihr gegeben hatte, lag halb den Kingston Hill hinauf, in einer Straße, die schließlich auf die A3 führte. Wie in St Jude's waren die Häuser ziemlich stattlich, aber die meisten waren sehr viel älter als die in der grünen Villenanlage. Eva parkte in der Kiesauffahrt von einem davon, das, wie sie schätzte, Ende des 19. Jahrhunderts erbaut worden war. Hohe Schiebefenster und gedeckte Farben; es sah aus, als wäre es erst vor Kurzem renoviert worden. Ein roter Sportwagen stand in der Einfahrt. Ein MG, sah sie, ziemlich alt, doch auch der war generalüberholt worden. An der Haustür war keine Klingel, nur ein schwerer Messingklopfer. Eva holte tief Luft und klopfte damit.

Nach etwa einer Minute öffnete ein dünner Mann mit Patriziergesicht und säuberlich gestutztem silbergrauem Haar die Tür. Er sah aus, als wäre er Anfang sechzig, doch sein Alter war Eva bereits bekannt. »Detective Chief Inspector Cowan«, sagte sie so gesittet, wie sie nur konnte, »ich bin …«

Unverhofft lächelte der Mann. »Ich weiß, wer Sie sind. Kommen Sie doch herein.«

Innen war das Haus hell und gemütlich. Als sie durch den Flur ging, sah sie ein paar Gemälde und Fotos, fast alle zeigten Landschaften in hellem Sonnenlicht.

»Etwas zu trinken«, schlug Cowan vor, als er sie ins Wohnzimmer führte. Anscheinend waren sie allein im Haus. »Kaffee?«

Eigentlich wollte sie keinen, doch sie nickte trotzdem. Cowan ließ sie in dem großen Raum voller geschmackvoller Andenken zurück, in dem zwei große rote Chesterfield-Ledersofas einander gegenüberstanden, nur durch einen niedrigen Couchtisch aus Mahagoni voneinander getrennt. Das Zimmer sah aus wie das Werk eines Innenarchitekten. Gleich darauf hörte sie etwas, das wie das Mahlwerk einer Kaffeemaschine klang, vermutlich in der Küche. Wenig später kam Cowan mit zwei Tassen zurück.

»Hadley hat mir gesagt, dass Sie vorbeikommen«, sagte er, als sie sich auf den beiden Sofas gegenübersaßen. »Ich kenne ihn von früher. Vor einigen Jahren habe ich beim SO15 gearbeitet, asymmetrische Bedrohungen. Alles von ökonomischer Kriegsführung bis hin zur Nutzung der sozialen Medien als Waffe. Hadley war auch da, hat irgendwelche Deals gemacht und Strippen gezogen. Wie in Gottes Namen hat dieser Dreckskerl Sie an den Haken gekriegt?«

Einen Moment lang wusste sie nicht, was sie sagen sollte. »Kennen Sie Superintendent Hadley gut?«

Cowan schnaubte. »Also ist er jetzt Superintendent, wie?

Tut so, als wäre er ein richtiger Cop? Hadley ist ein Spion, und zwar ein verdammt unangenehmer. Ich bezweifle, dass irgendjemand ihn gut kennt; er ist ein hinterhältiger Kerl, und, um es auf den Punkt zu bringen, vollkommen skrupellos. Andererseits liefert er Resultate. Und sammelt außerdem unterwegs Gefälligkeiten.« Mit kalten blauen Augen starrte er sie an. »Aber ich nehme an, das wissen Sie bereits.«

Das Unerfreuliche wusste sie schon. »Was hat er Ihnen über mich erzählt?«

»Über Sie persönlich? Gar nichts. Aber er hat erwähnt, dass Sie in Wirklichkeit nach Kingston geschickt worden sind, um meine Untersuchung fortzusetzen. Um zu klären, welche Officers Semjon Razins Organisation mit Informationen versorgt haben.«

Eva konnte ein Seufzen nicht unterdrücken. »Die Situation ist komplizierter geworden, Sir. Anscheinend läuft wieder ein Serienmörder frei herum. Um ehrlich zu sein, ich komme mir vor wie eine totale Hochstaplerin. Ich leite ein Team und ermittelte gleichzeitig gegen die Leute, aus denen dieses Team besteht.«

Er runzelte die Stirn. »Ist das nicht das, womit Sie gerechnet haben, als Sie sich dazu bereit erklärt haben?«

»Ich habe mich nicht direkt zu irgendetwas bereit erklärt, Sir.«

Cowan stellte seine Kaffeetasse ab. »Ich bin im Ruhestand. Mein Name ist Jeffrey, und ich will verdammt sein, wenn ich Sie mit Detective Inspector anrede. Also?«

»Eva«, sagte sie nach kurzem Zögern. Dann fügte sie hinzu: »Danke, Jeffrey.«

Sie kannte Cowan überhaupt nicht. Sie wusste nicht, ob sie ihm trauen konnte oder ob seine freundliche Leutseligkeit nur ein weiterer Test war, doch sie hatte es gründlich satt zu lügen. Hadley hatte sie angewiesen, Cowan zu besuchen, weil der sein Kontaktmann war. Er musste etwas wissen, dachte Eva im Stillen. Auf jeden Fall schien er Hadley zu kennen.

»Ich kann mir gut vorstellen, in was für einer Zwangslage Sie sind«, brummte Cowan. »Mir war klar, dass jemand Razin Informationen liefert, bevor ich in Pension gegangen bin, aber ich habe nie rausgefunden, wer. Genau wie Sie hatte ich mit meinem regulären Job zu viel zu tun.« Cowan war eindeutig mit dem Namen Razin vertraut.

Eva hatte Fotos und Videos gesehen, die aus einer Vielzahl von Quellen stammten. Semjon Razin, gebürtiger Ukrainer, galt als wichtigster Player im Drogengeschäft auf der europäischen Seite des Atlantiks. Ein hochgewachsener, hagerer Mann Mitte fünfzig mit einem grauen Haarschopf. Anscheinend trug Razin mit Vorliebe knöchellange Mäntel und bevorzugte einen Kleidungsstil, den sie eher mit einem Intellektuellen aus vorrevolutionären Zeiten assoziiert hätte. Außerdem hatte er einen Kinnbart, einen gewachsten Schnurrbart und eine kleine runde Brille mit einem so dünnen Gestell, dass es aussah, als wäre es aus Golddraht gefertigt. Seine Hände waren groß; er hatte ungewöhnlich lange Finger, bei denen sie an einen Geiger, einen Pianisten oder einen Würger denken musste. Anscheinend war er ein präziser Mensch. Sie konnte sich vorstellen, wie er einem Feind oder einem Konkurrenten einen pedantischen Vortrag hielt, bevor er seinen Leuten befahl, ihm die Kehle durchzuschneiden. Seine Augen waren schwarz, hatte sie bemerkt, oder vielleicht hatten sie auch nur so ausgesehen wegen des Schattens seiner außergewöhnlich buschigen Augenbrauen. Wenn er jemanden anstarrte, senkte er dabei den Kopf, sodass er ganz leicht nach oben schielte wie ein Metzger, der ein Stück Fleisch am Haken begutachtet. Er hielt sich in der Tat für einen Intellektuellen, hatte in dem psychologischen Gutachten gestanden, für einen Tschechow oder einen Tolstoi oder vielleicht für einen Konstantin Ziolkowski, seiner Zeit voraus und unverstanden. Obgleich die Fotos von ihm Farbaufnahmen waren, war das Bild, das Eva von ihm im Kopf hatte, in Schwarz-Weiß. Ein Mann, der nicht zeitgemäß ist, dachte sie. Vielleicht war er deshalb so mächtig geworden.

Eva hatte auch die Unterlagen gelesen, die Hadley ihr aufgenötigt hatte, und sich das eingeprägt, was ihr an operativen Details signifikant erschienen war. Wahrscheinlich hatte Razin das United Kingdom niemals betreten und würde das auch nie tun. Ungeachtet dessen hatten seine Leute hier eine effiziente und erwartungsgemäß skrupellose Organisation aufgezogen, die mit all dem handelte, was Razins Ansicht nach am profitabelsten war. Er saß am oberen Ende der Lieferkette, kontrollierte riesige Anteile der Produktion von Südostasien bis zum Mittleren Osten und unterhielt zugleich sowohl Lieferwege als auch Vertriebsnetze von Bukarest bis Birmingham.

Es überraschte Eva nicht weiter, dass Razin in Surrey aktiv war. Warum das Hadley so wichtig war, war allerdings etwas, das sie nicht verstand. »Ich dachte, Surrey hat kein übermäßig schlimmes Drogenproblem?«, sagte sie zu Cowan.

Er nippte an seinem Kaffee. »Kommt drauf an, was Sie mit schlimm meinen. Die Konsumrate ist im Vergleich mit dem landesweiten Durchschnitt tatsächlich nicht besonders hoch. Es ist der Gesamtwert der Transaktionen, der das Geschäft für ausländische Händler wie Razin attraktiv macht. Er vertreibt hier qualitativ sehr hochwertige Ware zu hohen Preisen. Das ist ein verblüffend lukrativer Markt und einer, der sehr gut geschützt ist. Unauffällig und diskret natürlich, aber trotzdem geschützt. Surrey ist viel zu profitabel, um Bandenkriege auf den Straßen zuzulassen wie in East London oder Greater Manchester, außerdem ist es für die großen Fische viel zu dicht vor der eigenen Haustür.«

»Wie hoch ist denn das Gesamtvolumen?«

»In ganz Surrey? Unseren Schätzungen nach knapp zweihundert Millionen im Jahr.« Cowan sah, wie ihr die Kinnlade herunterfiel. »Das schließt den Großhandel mit ein und außerdem das Geld, das hier durchläuft, weil eine Anzahl einflussreicher Individuen sich hier niedergelassen hat«, fügte er hinzu. »Die haben die Drogenindustrie nicht nur industrialisiert; durch ausgeklügelte Geldwäsche haben sie das Geschäft schon fast legitimiert.«

»Aber das ist ja ein Riesending«, meinte Eva. *Als ob er das nicht wüsste,* dachte sie.

»Stimmt«, pflichtete Cowan ihr bei und stellte seinen Kaffee abermals auf den Mahagonitisch. »Deswegen sind

Hadley und seine Spielkameraden ja auch so scharf darauf herauszufinden, wer ständig vertrauliche Informationen an Razins hiesige Filiale liefert, oder was immer er hier unterhält. Soweit ich weiß, sind dadurch fünf Operationen versaut und drei größere Verurteilungen verhindert worden.«

»Gab es Verdächtige? Als Sie in der Dienststelle von Kingston waren, meine ich.«

»Oh, jede Menge, aber nur sehr wenige Beweise. Ich glaube nicht, dass Hadley diese Nummer bis zum Ende durchdacht hat. Nichts für ungut, aber wenn ein ranghoher Polizeibeamter mit jahrzehntelanger Erfahrung den Maulwurf nicht ausfindig machen kann, wie groß ist dann die Chance einer jungen Kollegin, die ganz neu auf dem Revier ist?« Eine Frage, die keiner Antwort bedurfte. Eva stellte ihre Kaffeetasse ebenfalls ab. »Ich habe jemanden einen Blick in Ihre Personalakte werfen lassen«, sagte Cowan nach einem Moment des Zögerns. Dann setzte er hinzu: »Sie sind nicht ganz das, was ich unter einer normalen Polizistin verstehe.«

»Ich gebe mir Mühe, eine normale Polizistin zu sein«, erwiderte Eva. Schon wieder dieses Thema. Plötzlich war sie verlegen.

Cowan brummte erneut. »Ich mag meine Kollegen, die meisten jedenfalls. Aber mir fallen nicht viele ein, die einen solchen Mensa-IQ haben. Und Sie haben ein paar ganz beachtliche Einsätze hinter sich.«

»Nur wenige in kurzer Zeit«, antwortete sie leise. Er hatte ihre Akte gelesen. Und diese Tatsache nicht verschwiegen, ganz im Gegenteil.

Cowan sah aus, als wüsste er nicht recht, was er als Nächstes zu diesem Thema sagen sollte, also versuchte er es mit einem anderen Ansatz. »Noch mal zu meiner Frage von vorhin. Wieso arbeiten Sie für Hadley?«

Eva spürte, wie sie rot anlief. Allmählich begann sie, Cowan zu mögen. Er hatte eine brüske Direktheit an sich, die Vertrauen schaffte. Andererseits hatte sie ihn gerade erst kennengelernt. Sie brachte es nicht über sich, ihre Geheimnisse Menschen zu offenbaren, die sie seit Jahren kannte, geschweige denn einem Wildfremden. Als sie antwortete, wählte sie ihre Worte mit Bedacht. »Ich habe als DS in Southampton gearbeitet, als Teil meiner Ausbildung, bevor ich wieder zum Cybercrime gewechselt wäre. Vor etwas über zwei Jahren war ich dabei in eine Ermittlung involviert, die zu dem Vorfall geführt hat, durch den ich eine Zeit lang nicht arbeiten konnte. Danach hielt Superintendent Hadley es für angebracht, meine Beförderung zum DI zu beschleunigen.«

»Und deswegen glaubt er, Sie gehören ihm«, führte Cowan den Gedankengang fort. Dann hielt er inne und betrachtete sie. Schließlich gewann seine Neugier die Oberhand. »Mir ist natürlich klar, dass Sie mir rein gar nichts gesagt haben. Aber was in Gottes Namen ist Ihnen passiert?«

Eva schwieg einen Augenblick lang. Dann antwortete sie: »Tut mir leid, Jeffrey. Um die Wahrheit zu sagen, ist das alles noch ziemlich schmerzhaft.« Vielleicht standen die Details ja nicht in ihrer Akte. Sutton schien Bescheid zu wissen, aber möglicherweise hatte sie sich anderweitig über Evas Vergangenheit informiert.

Wieder einige Momente des Schweigens, dann nickte Cowan ganz leicht und wechselte das Thema. »Tja, was kann ich Ihnen sonst noch sagen? Ich neige dazu zu bezweifeln, dass DCI Sutton diejenige welche ist. Das Timing scheint bei ihr nicht hinzuhauen, wie Sie bestimmt bereits festgestellt haben.« Er sah sie an und nickte ganz leicht. »Obwohl ich akzeptiere, dass Razins Organisation professionell genug ist, um immer neue Leute einzusetzen; aber mein Verdacht war, dass es jemand in Uniform ist, wahrscheinlich jemand Ranghohes.«

Eva starrte ihn an. »Haben Sie spezifische Beweise?«

Erneut ein schwaches Achselzucken. »Nein, aber es waren einfach zu viele Zufälle.« Seine Augen wurden schmal, während er sie unverwandt ansah. »Vor etwas will ich Sie warnen, Eva. Lassen Sie diese Untersuchung nicht bekannt werden. Nicht einfach nur, weil Sie es sich dadurch mit Ihren Kollegen verderben, sondern weil Razins Leute Ihnen das sehr übel nehmen würden. Es hat bei meinen Leuten Unfälle gegeben.« Seine Miene verdüsterte sich. »Einer war tödlich. Ich weiß nicht«, fuhr er rasch fort, »sicher kann ich natürlich nicht sein, dass es da eine Verbindung gab. Ich sag's bloß. Seien Sie vorsichtig.«

Nicht dass er ihr damit etwas Neues erzählte. Sobald Hadley ihr die Operation aufgehalst hatte, war ihr klar gewesen, dass sie damit ein Risiko einging. »Ich bezweifle, dass irgendwelche Risiken Superintendent Hadley groß stören würden.«

»Darauf würde ich wetten«, erwiderte Cowan. »Und er ist kein Superintendent«, beharrte er. »Eigentlich ist er gar kein Officer der National Crime Agency. Als ich ihn gekannt habe, war Hadley beim Inlandsgeheimdienst. Ein fieser, erbarmungsloser Spion.«

»Der nur mein halbes Problem ist«, bemerkte Eva. Sie berichtete Cowan von dem Mord und von Wrens Untersuchungsergebnissen und sah, wie sich Betroffenheit auf seinen Zügen breitmachte.

»Großer Gott«, sagte Cowan, als sie geendet hatte. »Dann ist dieser miese Dreckskerl also wieder da. Ich glaube, Sie könnten da sehr viel mehr Ärger kriegen, als Sie denken.«

Eva spürte einen kalten Luftzug im Nacken. Sie wusste nicht, ob er echt war oder sie ihn sich nur einbildete. »Wieso?«

Cowan lehnte sich auf dem Sofa zurück. »Wegen der Analyse eines Profilers. Ich habe damals versucht zu verstehen, warum er aufgehört hat, was sein Motiv dafür gewesen sein könnte. Der Profiler hat gemeint, es gäbe da eine psychologische Blockade. Irgendein Ereignis oder eine Person hätte seinen Flow unterbrochen. Aber das war nicht unsere Sorge.«

Jetzt kommt's, dachte Eva. »Sondern?«

Er verschränkte die Finger ineinander und beugte sich vor. »Dass sich die Blockade eines Tages lösen würde. Und dass dieser Täter infolgedessen wahrscheinlich wieder anfangen und nicht mehr aufhören würde.«

6. Kapitel

Merkwürdiges Wetter.

Sie erinnerte sich, dass sie das gedacht hatte, als sie das Büro verlassen hatte. Eine tief stehende Septembersonne, die lange, scharf gezeichnete Schatten warf, kombiniert mit brennender, fast schon mediterraner Hitze und erstickender Schwüle. Als sie ins Freie trat, spürte sie fast sofort, wie ihr der Schweiß den Hals hinab- und zwischen die Brüste rann. »Bis später?«, hatte Karen gerufen. Auf einen Drink, das hatte sie damit gemeint. Wieder ein öder Abend, in einer Bar mit weit geöffneten Türen sitzen und zusehen, wie Autos vorbeifuhren, während man an hohen Gläsern mit eiskaltem Pinot Grigio nippte und ein ganz kleines bisschen betrunken wurde.

Warum zum Teufel nicht?

Es war ja nicht so, dass Jodie Swain etwas Besseres zu tun hatte. Eigentlich wäre sie an einem Abend wie diesem lieber nach Hause gegangen und hätte darauf gewartet, dass Michael aus dem Pendlerzug stieg, um ihn unter die Dusche zu zerren und ihn dort zu vernaschen, an der Wand der Duschnische, während Wasser und Schaum von ihren Körpern tropften. Eine lange Nacht mit Wein, Sex und wahrscheinlich Essen aus der Mikrowelle. *Tja, man kann nicht alles haben,* dachte sie.

Du kannst nichts davon haben, nicht heute Abend.

Michael war weg, fürs Erste jedenfalls. Acht Monate in Dubai, verdammte Scheiße. Sie hatte getobt, bis er ihr gesagt hatte, wie viel dieser Auftrag bringen würde. Steuerfrei, hatte er hinzugefügt. Da hatte sie verstanden.

Nicht dass sie selbst knapp bei Kasse gewesen wäre. Der Mietmarkt drehte gerade völlig frei, angetrieben von aberwitzigen Immobilienpreisen, und die Makler sahnten ordentlich ab. Sie hatte angefangen, mit einem Sportwagen zu liebäugeln. Vielleicht so ein Elektromodell, das von null auf hundert beschleunigte, fast bevor man das Gaspedal berührte, aber das hatte keine Eile. Michael würde im neuen Jahr wieder da sein, und dann konnten sie anfangen, Pläne zu machen. Es sei denn …

Eifersucht. Sie konnte nichts dagegen machen. Vielleicht würde er sich ja eine von diesen gertenschlanken, braunhäutigen Frauen mit langem dunklem Haar suchen, die die mittlere Führungsebene der Bank zu bevölkern schienen. Vielleicht würde er mit ihr einen Ausflug in die Wüste machen und sie dort flachlegen, nackte Leiber, die sich zwischen Sanddünen wanden und vereinigten. *Mein Gott,* dachte sie, während sie den Sicherheitscode eintippte, der die Haustür öffnete, *das ist nicht mal eine blöde Fantasievorstellung, das ist ein verdammtes Popvideo.* Die Tür fiel hinter ihr ins Schloss.

So verdammt heiß.

Im Büro war es gewesen wie in einer Sauna, und die anderen Frauen waren genauso genervt und gereizt gewesen wie sie. Sie brauchte wirklich eine Dusche, und sei es nur zum Abkühlen. Sie entriegelte die Fenster in der Wohnung und ließ die Balkontür weit aufschwingen. Sie wohnte im zweiten Stock. Hier, hinter den schweren Metalltoren, die den Wohnblock umgaben, war Sicherheit kein Problem. Und außerdem, dachte sie, während sie ihre Kleider auf das große Doppelbett fallen ließ, bestand in Weybridge die größte Gefahr darin, von inkompetenten Autofahrern umgenietet zu werden, die sich auf der Hauptstraße abmühten, ihre riesigen SUVs in lachhaft kleine Parklücken zu zwängen.

Die Milchglasscheibe des Badezimmerfensters war bald beschlagen, obwohl sie die Wassertemperatur weit heruntergedreht hatte. Lange Sonnenstrahlen zwängten sich trotzdem hindurch und fielen auf wabernde Dampfwolken, formten Muster, die sich in der feuchten Luft wanden und gegenseitig verschlangen.

Immer noch zu heiß.

Sie trat aus dem Wasserstrahl und öffnete das Fenster, ließ Luft und Lärm aus den Gärten hinter dem Haus herein. Das konstante Verkehrsbrummen, das Motorengeräusch der Autos, die die Queen's Road entlangkrochen; man konnte ihm nicht entkommen, nicht in Weybridge. Es sei denn …

Was zum Teufel war das?

Ein Geräusch aus dem Wohnzimmer, ein Poltern, als wäre etwas umgestoßen worden. *Mist,* dachte sie, während sie sich ein Handtuch griff und sich flüchtig abtrocknete, *ich wette, das ist eine verdammte Katze.*

Sie hatte die Balkontür offen gelassen. Die Katzen der Gegend waren rotzfrech, und auf dem Wohnzimmertisch standen ein paar Glasornamente. *Wenn du eins davon kaputt gemacht hast, dann schmeiß ich dich vom Balkon.* Mit dem Handtuch in der Hand stürmte sie ins Wohnzimmer, bereit, damit nach jedem marodierenden Kater zu schlagen.

Es war keine Katze.

Sie schrie los. Groß, der Kopf mit schwarzem Stoff vermummt, die Augen waren rot, oder was auch immer die Augen verdeckte. Fast leuchtend rot. Insektengleich und schillernd, sie konnte ihr Spiegelbild darin sehen. Rasch kam er auf sie zu. Er musste vom Stockwerk unter ihr heraufgeklettert sein. Er hielt etwas in seiner Hand. Sie versuchte, noch einmal zu schreien, brachte aber nur einen erstickten Laut zustande. Dann machte sie kehrt, wollte fliehen auf dem Weg, auf dem sie gekommen war. Er war hinter ihr. Sie kam bis zum Badezimmer. Vielleicht konnte sie aus dem Fenster klettern.

Da war doch gar kein Balkon!

Sie rannte trotzdem darauf zu, doch als sie durch die Tür flitzte, spürte sie etwas zwischen den Schulterblättern. Dann ein Aufblitzen. Blendend hell, aber hinter ihren Augen, nicht vor ihnen. Unbeschreiblicher Schmerz. Dann flog sie.

Sie landete auf dem Fliesenboden. Krampfte. Konnte sich nicht bewegen. Im nächsten Moment war er über ihr. Sie fühlte, wie sie auf den Rücken gerollt wurde. Sie konnte nicht aufhören zu zittern; sie wollte ihn wegstoßen, doch sie konnte sich nicht rühren. Er packte ihr Gesicht, hielt irgendetwas über sie. Drückte die Finger über und unter ihre Augen. Schwarze Handschuhe, nass vom Wasser der

Dusche, die immer noch lief. Er zog ihre Lider auseinander. Dann spritzte er ihr etwas ins Auge.

Es brannte wahnsinnig. Da schrie sie dann doch. Ein würgendes Geräusch drang aus ihrer zugeschnürten Kehle und hallte von den Kacheln der Duschnische wider. Er tat dasselbe am anderen Auge. Einen Moment lang, einen Moment des Grauens jenseits von allen anderen Momenten des Schreckens, dachte sie, es wäre Säure. Doch nach ein paar Sekunden hörte das Brennen auf.

Wieder packte er ihren Kopf. Drehte ihr Gesicht zum Fenster. Stach ihr etwas in den Hals. Eine Nadel, er hatte ihr etwas injiziert. Was immer es war, es fühlte sich kühl in ihren Adern an. Fast sah sie vor sich, wie die Flüssigkeit durch sie hindurchrieselte. Ihr Verstand wurde langsamer. Alles schien im Schneckentempo dahin zu kriechen.

Dann wurde die Welt hell, hell und verschwommen. Eine Zeit lang verstand sie nicht, doch dann begriff sie schlagartig. *Das kenne ich,* dachte sie, als er sich den Rucksack von den Schultern zerrte und in Zeitlupe anfing, Sachen daraus hervorzuholen, Dinge, die sie nicht sehen konnte. Sie spürte die Wassertropfen auf ihrem Rücken. Er hatte sich nicht die Mühe gemacht, die Dusche abzustellen. Mit gespreizten Armen und Beinen lag sie auf dem Badezimmerboden, während er … was genau tat?

Das kenne ich. Der Gedanke wollte nicht verschwinden. *Dieses Zeug in meinen Augen. Das kenne ich doch. Es erweitert meine Pupillen.*

Die Arme seitlich weggestreckt, die Beine gespreizt, rechnete sie damit zu fühlen, wie er mit Gewalt in sie eindrang, doch nichts dergleichen geschah. Daran schien er kein Interesse zu haben. Wieder beugte er sich über sie und schob etwas anderes in ihren Hals. Noch eine Nadel, diesmal mit einem Schlauch daran.

Die Welt wurde dunkel. Sie wusste nicht, warum. Vielleicht war es ja Abend. Vielleicht lag sie schon seit Stunden hier. Die Welt wurde zu einem Tunnel, und die Wände schlossen sich um sie. Ein Gedanke kam ihr, bevor die Dunkelheit sich endgültig herabsenkte. Etwas Bekanntes an ihm, irgendeine Bewegung oder die Art und Weise, wie er den Kopf drehte, um sie zu beobachten.

Ich kenne dich, dachte sie.

Dann nichts mehr.

Will Moresby erwartete sie am Tor der Wohnanlage. An seinem Hals klebte noch immer ein Pflaster, doch abgesehen davon sah er ganz gut aus, fand Eva. Er brachte ein Lächeln zustande, als er sie erblickte.

»Kommt mir vor, als wären wir schon mal hier gewesen«, bemerkte er, als er das Tor aufdrückte.

»Dieselbe Vorgehensweise?«, erkundigte sich Eva.

»Fast identisch«, brummte Moresby und hielt ihr mit einer Hand das Tor auf. Ein Gorilla, dachte Eva wieder, als sie seine Armmuskeln arbeiten sah, aber einer, den man auf seiner Seite haben will.

Moresby holte tief Luft. »Ich wollte nur sagen: Danke.« Er sah ihr beim Sprechen direkt in die Augen.

Eva fand seine Direktheit entwaffnend. *Will Moresby,* dachte sie. *Was man sieht, ist wirklich das, was man kriegt.*

Sie klopfte ihm leicht auf den Arm, als sie durch das Tor trat. Nicht gerade eine professionelle Reaktion, dachte sie, aber eigentlich war ihr das völlig egal. »Versuchen wir's beim nächsten Mal andersrum«, meinte sie. »Nächstes Mal treten *wir* dem Drecksack in den Arsch, bis der Arzt kommt, oder?«

»Aber hallo«, stimmte Moresby ihr zu und folgte ihr ins Haus. »Im zweiten Stock«, sagte er, während sie die Treppe hinaufstiegen. »Das Opfer wurde von einem Nachbarn gefunden, dem aufgefallen war, dass die Wohnungstür offen stand. Wir glauben, er ist durchs Fenster reingekommen. Er muss vom Stockwerk drunter auf den Balkon geklettert sein.«

Eva warf ihm einen raschen Blick zu. »Wäre das schwer?«

Moresby zuckte die Achseln. »Eigentlich nicht, nicht für jemanden, der halbwegs gut in Form ist, und wir wissen ja, dass der Arsch fit ist. Die Balkontüren haben Milchglasscheiben. Ist nur eine Vermutung, aber er hätte raufklettern und dann draußen warten können, bis sie nach Hause kommt und die Türen aufmacht. Ist ein ziemlich großer Balkon, da könnte man sich verstecken.«

»Also wieder ein gezielter Mord?«

»Scheint so«, pflichtete Moresby ihr bei.

Eva wappnete sich. Judy Wren hatte einen Klappstuhl mit Stoffsitz neben die Leiche gestellt. Darauf saß sie und starrte nach unten. »Die Ähnlichkeiten sind ganz offensichtlich«, verkündete sie, als Eva ins Badezimmer kam. »Passen Sie auf, wo Sie hintreten, es ist immer noch nass.«

Überall auf dem Boden waren Pfützen. Die Duschnische war groß, etwa vier Quadratmeter, schätzte Eva. Mehrere Duschköpfe sprühten aus den hellblauen Kacheln an den Wänden. Ein großes Milchglasfenster war ein wenig geöffnet. Eine Toilette, ein Bidet und ein Waschbecken an einer Wand des Badezimmers. Das Dekor sah teuer aus, fand Eva, als hätte ein Innenarchitekt es extra anfertigen lassen.

»Die Wohnung gehört Jodie Swain«, berichtete Wren. »Ihre Beschreibung passt auf die Leiche. Der Nachbar hat die Wohnung nicht betreten, er hat nur gerufen und keine Antwort bekommen, also hat er die Polizei verständigt.«

Eva zwang sich, neben dem Leichnam in die Hocke zu gehen. Dieselbe Blässe, dieselben sorgfältigen Verstümmelungen, stellte sie fest. »Irgendwas zum Todeszeitpunkt?«

»Gestern Abend«, antwortete Wren. »Ganz genau kann ich es nicht sagen, weil die Dusche noch an war und das Wasser die Körpertemperatur beeinflusst hat. Aber ich tippe darauf, dass sie von der Arbeit nach Hause gekommen und unter die Dusche gegangen ist, und er hat sie hier überfallen. Der Nachbar hat die Tür heute Morgen um etwa Viertel vor acht offen stehen sehen, und Will sagt, er und seine Leute waren etwa eine Viertelstunde später hier.«

Flynn und Raj erschienen in der Badezimmertür. »Scheiße, verdammte!«, keuchte Flynn.

»Besser hätte ich's auch nicht ausdrücken können, Detective Sergeant«, meinte Wren. »Was in aller Welt will der Kerl mit zwei perfekt extrahierten Augenpaaren?«

»Das muss ein Trophäensammler sein«, sagte Raj. »Ich meine, was denn sonst?«

In der Tat, was sonst? Eva erhob sich und wandte sich an Wren. »Hat er das Blut mitgenommen?«

»Na ja, im Körper ist keins mehr, falls Sie das meinen. Dieselbe Methode, ein Katheter in die Halsarterie, und der diastolische Druck erledigt den Rest.«

Eva furchte die Stirn. »Wie, überhaupt keins mehr? Das haben Sie neulich über Irina Stepanow gesagt, weil sie aufrecht saß. Der hydrostatische Druck aufgrund der Höhe, in der der Katheter gelegt wurde, hat da mitgeholfen, haben Sie gesagt. Aber hier liegt das Opfer doch auf dem Boden.« Sie zögerte, fuhr dann jedoch fort: »Müsste nicht an einem Punkt das Herz aussetzen, durch den hypovolämischen Schock? Und würde der minimale hydrostatische Druck den Blutfluss nicht negativ beeinflussen?«

Es hatte nicht anmaßend klingen sollen oder so, als wolle sie Wren infrage stellen, allerdings bezweifelte sie, dass die Forensikerin dergleichen übel nehmen würde. Doch Wren starrte sie ein paar Sekunden lang an. »Das ist sehr viel detaillierter, als man es auf der Polizeiakademie beigebracht kriegt«, bemerkte sie schließlich. »Wo kommt das her?«

Eva antwortete nicht. In diesem Moment wurde ihr klar, dass Wren gerade sehr viel mehr über sie erfahren hatte als über Jodie Swain. »Ehrlich gesagt haben Sie recht, und ich wollte gerade nachschauen, ob sich am Rücken Blut angesammelt hat«, fuhr Wren fort. »Helfen Sie mir, sie umzudrehen?«

Nicht kneifen, dachte Eva. *Das hast du dir selbst eingebrockt.* Sie schob die Hände unter Jodie Swains weißen, teigigen Leib.

»Auf drei«, sagte Wren. »Eins, zwei, drei.«

Sie rollten den Leichnam auf den Bauch. An seinem Rücken sah Eva ein paar kleine dunkle Stellen. Rasch stach Wren mit einer Spritze in eine davon und extrahierte ein bis zwei Kubikzentimeter fast schwarzer Flüssigkeit. Nachdem sie die Kanüle herausgezogen hatte, betrachtete sie den Rücken der Toten genauer. »Schauen Sie«, sagte sie und zeigte zwischen die Schulterblätter. »Verbrennungen. Er hat sie auch mit dem Taser bearbeitet.«

»Und wo ist der Rest von dem Blut?«

Mit dem Kopf deutete Wren auf den Abfluss in der Duschnische. »Er hat das Wasser laufen lassen. Ich schau's mir gleich an, aber ich bezweifle, dass ich diesmal eine Probe kriege.« Sie wedelte mit der Spritze herum. »Aber das hier wird reichen, um Propofol nachzuweisen.«

Flynn beugte sich über die Leiche, starrte die dunklen Stellen an, wo sich das wenige verbliebene Blut gesammelt hatte, und zog angewidert die Oberlippe hoch. »Warum gibt der Typ sich solche Mühe zu verbergen, dass er Sedativa benutzt hat?«

Eva überlegte eine Weile. »Judy, würde ein solches Medikament eine Chargennummer haben?«

Wren nickte. »Ganz bestimmt. Ohne eine derartige Qualitätskontrolle dürfte es nicht vertrieben werden.«

»Dann könnte man es also anhand der Chargennummer zurückverfolgen?«

»Ah«, meinte Wren, »ich verstehe. Aber, ja, Sie könnten es bis zu mehreren Stellen zurückverfolgen. Zum Großhändler, der den Barcode einscannt, bevor das Produkt verschickt wird. Und bis zu den Vertriebsstellen, die das fragliche Produkt erhalten haben und die der Großhändler im Falle eines Problems kontaktieren könnte.« Sie runzelte die Stirn. »Aber weiter kämen Sie nicht. Es ist unmöglich, die chemischen Bestandteile anhand einer Blutprobe bis zur fraglichen Charge zurückzuverfolgen, es sei denn, es hätte mit dem Medikament ein ganz bestimmtes Problem gegeben. Und ich kann mich nicht erinnern, schon mal erlebt zu haben, dass es für solches Zeug eine Rückrufaktion gegeben hätte.«

Wieder hockte sich Eva neben den Leichnam, um die Verbrennungen zwischen den Schulterblättern zu betrachten. Sie wollte jede mögliche Variante durchspielen. »Und wenn das Zeug abgelaufen war?«

Wren zuckte ein wenig zusammen. »Der Kerl knallt es ihnen einfach rein; ich kann mir nicht vorstellen, dass er sich wegen der Dosierung groß Gedanken macht. Wenn überhaupt, spritzt er ihnen wahrscheinlich zu viel. Aber das sieht man bei der chemischen Analyse nicht.«

Ein letzter Versuch. »Würde er das wissen?«

Sie konnte sehen, wie es in Wrens Kopf arbeitete. »Möglicherweise nicht. Sie glauben, das Blutablassen ist eine Vorsichtsmaßnahme?«

»Ich schau's mir nur aus allen Blickwinkeln an. Wir wissen also, dass er gut mit einem Skalpell umgehen kann. Das heißt aber nicht, dass er sich mit allen Varianten der forensischen Chemie auskennt.« Eva seufzte und erhob sich. »Wir müssen uns die Liste der Verdächtigen von damals noch mal vornehmen und nachsehen, ob einer von denen irgendwann mal eine medizinische Ausbildung gemacht hat«, sagte sie zu Flynn. Dann starrte sie wieder auf die Tote hinunter. »Und gehen Sie noch mal alle möglichen Verbindungen zwischen den Opfern durch. Dieser Typ ist gut. Ganz gleich, warum er das tut, er wird nicht aufhören.«

»Medizinische Einrichtungen?«, knurrte Sutton mit dem Fuß auf dem Schreibtisch. Ein Ausdruck gereizter Skepsis lag auf ihrem Gesicht.

»Ich weiß, Ma'am«, antwortete Eva, »aber betrachten Sie das Ganze aus einer Perspektive der Abwesenheit von Fakten.«

»Was?«

Ohne aufgefordert worden zu sein, sich zu setzen, ließ Eva sich auf den Stuhl vor Suttons Schreibtisch sacken. »An den Tatorten sind absolut null Beweise zu finden, abgesehen von einer Leiche. Keine DNA, keinerlei sekundäre Hinweise, nur ein Tropfen Blut im Deckelgewinde eines Mineralwasserkanisters. Okay, am ersten Tatort waren Fahrradspuren und ein paar Fußabdrücke, aber wir wissen noch nicht mal, wo er den Lieferwagen herhatte. Der Kerl kennt sich mit klinischer Hygiene aus, er ist penibel. Sie müssen das Risiko eines weiteren Mordes einschätzen, Ma'am. Anhand des bisher gefundenen Materials kriegen wir ihn nicht, bevor er wieder tötet.«

Sutton sah sie finster an. »Sie glauben, er wird wieder töten?«

»Er führt es uns doch regelrecht vor. Warum sollte er nicht?«

Sutton schwieg. »Dann erzählen Sie mal von Ihrer Idee mit den medizinischen Einrichtungen«, sagte sie, nachdem sie Zeit gehabt hatte, Evas Behauptung zu überdenken.

»Es geht um die Frauen«, begann Eva, »jedenfalls um die beiden letzten. Wir können entweder sagen, die Morde geschehen vollkommen beliebig und sind auf eine Art und Weise opportunistisch, die wir noch nicht verstehen, oder wir können davon ausgehen, dass es zwischen ihnen eine Verbindung gibt, die wir noch nicht entdeckt haben. Irina Stepanow und Jodie Swain haben ein paar Dinge gemeinsam. Sie waren beide Mitte vierzig, und sie sahen beide gut aus. Sie haben gut auf sich geachtet.«

»Die drei von damals waren Anfang zwanzig oder so.«

»Ein großer Unterschied.« Sie hob die Hand, bevor Sutton Einspruch erheben konnte. »Ich weiß. Die wahrscheinlichste Erklärung ist immer noch, dass unser Täter sich weiterentwickelt und sich vielleicht auf einen anderen Opferaspekt fixiert hat. Trotzdem scheint er sich bei Morden an einem Typ zu orientieren. Und sein Typ sind im Moment attraktive Frauen aus einer höheren Alterssparte.«

»Sie haben doch erst zwei Morde, mit denen Sie das begründen könnten.«

»Das stimmt, Ma'am. Wir können die Theorie ja noch mal überprüfen, wenn er das nächste Mal jemanden umbringt.«

Sutton seufzte. »Ich mache Ihnen noch keinen Druck wegen dieser Geschichte, aber die von der Polizeibezirksleitung werden mir welchen machen. Und die Medien sind auch schon am Rumschnüffeln. Noch wissen die nichts, aber das ist nur eine Frage der Zeit. Ich möchte nicht, dass wir aussehen, als hätten wir keinen blassen Dunst, vor allem, da wir ja keinen blassen Dunst haben. Also, wie haben Sie sich das vorgestellt?«

»Ich lasse von Jamie Newton eine Datenbank sämtlicher Kliniken und Praxen in einem Radius von dreißig Kilometern zusammenstellen. Das ist jetzt ein bisschen gewagt, aber er soll sich zuerst mal alles anschauen, was mit Behandlungen für Selbstzahler zu tun hat.« Sie sah, wie sich Suttons Augenbrauen hoben. »Behandlungen, die man als kosmetische Chirurgie klassifizieren könnte, auf jeden Fall keine Kassenleistungen. Botox, Facelifting, plastische Chirurgie. Das ist eine Vermutung, Ma'am, begründet auf der Tatsache, dass die letzten beiden Opfer ziemlich wohlhabend waren.«

»Wär's nicht leichter, sich solche Informationen von den Angehörigen zu besorgen?«

»Sicher, da ist Raj auch gerade dran. Das Problem ist, Grigori Stepanow ist abgetaucht, und Jodie Swains Lebensgefährte ist im Ausland. Wir werden ihn kontaktieren, aber jetzt mal ehrlich, wir müssen ihn vor Ort haben und psychologisch betreuen, bevor wir anfangen können, ihm solche Fragen zu stellen.«

»Und die Hausärzte?«

»Wren sagt, es gibt keinen Grund, warum die von Selbstzahler-Eingriffen wissen sollten.«

»Fuck.« Suttons Knöchel wurden weiß, als sie den Griff ihrer Krücke umklammerte. »Das Ganze ist ein Scheißalbtraum. Und was ist mit den Verdächtigen von damals?«

»Ein paar von denen haben wir erst mal eliminiert. Ein paar andere müssen wir uns noch anschauen.«

»Machen Sie das zur Priorität.«

»Ma'am?«

»Zu Ihrer Priorität«, bekräftigte Sutton. »Und nein, ich nerve hier nicht zum Spaß rum. Ich weiß, dass die Ihnen nicht besonders verdächtig erscheinen, und die Wahrheit ist, mir auch nicht, aber sie sind im Moment alles, was wir haben. Wenn sie nicht infrage kommen, stellen wir das fest und machen weiter. Wir müssen schneller werden. Die Medien können jeden Tag Wind von dieser Nummer bekommen, und dann ist hier die Hölle los.«

7. Kapitel

An diesem Abend zwang sich Eva dazu, sich den Film noch einmal anzusehen. Sie erinnerte sich noch daran, wie sie ihn zum ersten Mal gesehen hatte, bei einer Vorlesung über die Psychologie des Kinos. Medienwissenschaft hatte sich als Ablenkung von ihrem Hauptfach Informatik erwiesen, und sie hatte das Fach vor dem zweiten Studienjahr aufgegeben; die Vorlesungen jedoch, die sie besucht hatte, hatten sie zum Nachdenken angeregt.

Un Chien Andalou war als der berühmteste Kurzfilm bezeichnet worden, der jemals gedreht worden war, und das, obgleich es Luis Buñuels erster Film gewesen war. Zusammen mit Salvador Dalí und García Lorca hatte Buñuel das Zentrum der spanischen Surrealismus-Bewegung gebildet. 1929 hatte er den Film veröffentlicht und dafür unerwartet große Anerkennung erhalten. Der Film, eine beklemmende und bizarre Aneinanderreihung von Sequenzen, hatte keinerlei Plot und basierte stark auf dem freudianischen Symbolismus. Der Erzählfluss war als »Traumlogik« bezeichnet worden, allerdings kam das Ganze Eva mehr wie ein Albtraum vor.

Sie konnte nachvollziehen, wieso er jemandem auf dem Revier bei den damaligen Morden in den Sinn gekommen war. Beides schien das Werk eines Wahnsinnigen zu sein. Buñuel hatte den Film »im Großen und Ganzen nicht mehr als einen verzweifelten, leidenschaftlichen Aufruf zum Mord« genannt. Was hatte er zu bedeuten? Warum löste die Szene zwischen dem Mann – Buñuel selbst – und dem Mädchen solche Abscheu aus? Vielleicht wegen der schockierenden Detailliertheit. Sie wirkte wie ein Fenster zur Seele eines Psychopathen.

Eva suchte online nach einer unbearbeiteten Version. Es dauerte nur ein paar Minuten. Der Film war anscheinend für das Internet aufbereitet worden. Sie ließ sich vor ihrem Laptop nieder und sah zu, wie ein junger Mann, mit dem Habit einer Nonne bekleidet, ohne erkennbaren Grund vor der Wohnung einer jungen Frau vom Fahrrad fiel. Als man ihn das nächste Mal sah, diesmal in einem konventionelleren Anzug, fraßen sich Ameisen aus einem Loch in seiner Hand heraus. Auf der Straße unter ihm umringte eine feindselige, missbilligende Menge eine kurzhaarige, fast schon androgyne Frau, die mit einem Gehstock eine abgetrennte Hand umdrehte. Schließlich schickte ein Polizist die Leute weg, doch die Frau blieb mit sehnsüchtiger Miene mitten auf der Straße stehen, bis ein Auto sie überfuhr. Eindeutig erregt durch den Anblick des Todes, verging sich der junge Mann in der Wohnung an den Brüsten und am Gesäß der jungen Frau, bis sie ihn mit einer Axt abwehrte.

Es folgten weitere bizarre, unzusammenhängende Sequenzen, die verwirrten und schockierten. Ein Mord mit Schusswaffen, bei dem das Opfer am Ufer eines Flusses erneut erschien und den Rücken einer nackten Frau befingerte. Die faulenden Kadaver zweier Esel, in zwei Konzertflügel gestopft, zwei an Seilen dahingeschleifte, gefesselte Priester, eine Totenkopfmotte, die an der Wand einer Wohnung entlangkroch, ein Mann ohne Mund, der Haare aus den Achselhöhlen der jungen Frau stahl.

Und dann die Szene, in der Buñuel sein Rasiermesser wetzte und dabei zusah, wie eine Wolke über den Mond zog, und schließlich die Nahaufnahme, in der das Auge der willigen jungen Frau durchgeschnitten wurde. Die Kamera verweilte auf der glasigen Flüssigkeit, die ihr übers Gesicht lief.

Eva wusste, dass Buñuel ein totes Kalb mit gebleichter Haut verwendet hatte, um diese Illusion zu erzeugen. Natürlich hatte das schockiert, dachte sie, während sie zusah, wie das Rasiermesser das Auge teilte. Verstärkt durch eine geschickte Bearbeitung, war das Bild noch immer eins der widerlichsten der gesamten Filmgeschichte. Aber verriet es ihr irgendetwas?

Sie klappte ihren Laptop zu. Mehr denn je hatte *Un Chien Andalou* sie davon überzeugt, dass die Morde an Stepanow und Swain, so grotesk sie auch waren, von einem rationalen Individuum begangen worden waren. Die drei anderen Frauen jedoch, die Opfer von damals, die des Augenschlitzers, wie Moresby ihn genannt hatte, diese Morde waren nicht das Werk eines geistig gesunden Menschen und auch nicht das einer Person, auf die diese Bezeichnung auch nur annähernd zutraf. Irgendwo, dachte Eva, während sie das Licht ausmachte, verbarg sich ein Ungeheuer und wartete darauf, von Neuem losgelassen zu werden.

Am nächsten Morgen versammelten sie sich um acht Uhr wieder in der Einsatzzentrale. Obgleich es ihr immer noch schwerfiel, Suttons Behauptung zuzustimmen, dass hier eine Verbindung zu dem alten Fall bestand, hatte Eva doch nichts daran auszusetzen, wie die drei Detective Sergeants die verfügbaren Informationen miteinander verglichen hatten. Jetzt stand sie vor den Whiteboards, studierte das Ergebnis und achtete sorgsam darauf, mit ihrer Körpersprache Zufriedenheit auszudrücken.

Drei Opfer. Zuallererst prägte Eva sich ihre Namen ein. Kelly Gibson, Olivia Russell und Grace Lloyd, alle zu Hause umgebracht und verstümmelt, alle innerhalb eines Zeitraums von ungefähr drei Monaten. Das war jetzt knapp vier Jahre her. Ja, der Mörder hatte ihnen die Augen zerschnitten, stellte Eva fest, als sie die Fotos betrachtete. Der Bezug zu *Un Chien Andalou* schien also gegeben zu sein, wenngleich auf frivole Art und Weise. Der Täter war jedoch noch weiter gegangen. Der finale Akt, das Töten an sich, war mit einem weichen, stumpfen Gegenstand vollzogen worden. Im Autopsiebericht wurde spekuliert, dass es sich dabei um so etwas wie einen Gummihammer gehandelt haben könnte. Die Opfer waren totgeprügelt worden. Wie viel größer hätte der Unterschied zu dem Mord an Irina Stepanow noch sein können?, überlegte Eva. Das umsichtige, beherrschte Betäuben, Sedieren und dann Fesseln, damit sie sich nicht wehren konnte, die penible Art und Weise, wie die Schnitte gesetzt worden waren.

Und nach dem Totprügeln hatten bei den früheren Fällen die Verstümmelungen begonnen. Als sie sich die restlichen Details ansah, verstand sie, warum Sutton glaubte, dass die Morde von damals mit den jetzigen zusammenhingen. Sie verstand es, war aber trotzdem anderer Meinung. Längsschnitte, fast Streifen, die manchmal schon dicht unter den Augen begannen und bis zu den Füßen reichten. *Ästhetische Morde,* dachte Eva. Der damalige Täter hatte die Leichen auf beinahe künstlerische Art und Weise aufgeschlitzt. Sicher, das Vorgehen konnte man mit dem bei dem Mord an Irina Stepanow vergleichen, das Motiv jedoch war eindeutig nicht dasselbe.

Eva sah sich im Raum um. Drei Detective Sergeants, alle mit zu viel Arbeit, zu wenig Mitteln und unter Druck. Keiner von ihnen war ein schlechter Cop. Sie bezweifelte, dass Sutton ein schlechter Cop war, trotz Hadleys rachsüchtiger Ermittlungen. Die Akten der drei hatte sie schon gelesen, noch ehe sie auch nur in der Nähe von Kingston gewesen war. Blöd war keiner von ihnen. Sie musste sie lenken. Aber mit Herumkommandieren würde ihr das nicht gelingen.

Der Raum war ziemlich groß und von oben bis unten mit Informationen behängt; neben ihren drei Whiteboards lehnten drei weitere an der Wand. Eva rückte eins davon zu den anderen, suchte sich einen Stift und zog einen langen horizontalen Strich. Dann warf sie ihre Jacke über eine Stuhllehne und krempelte die Ärmel ihrer Bluse auf.

»Bevor wir uns das Beweismaterial vornehmen«, verkündete sie, »möchte ich über unseren Täter nachdenken. Nehmen wir mal kurz an, es war immer derselbe. Was ist er?« Sie betrachtete ihre Mienen. Die drei lehnten diese

Herangehensweise nicht ab, noch nicht jedenfalls. Sie verstanden sie nur nicht. »Ich möchte, dass wir ein Profil von dem Kerl erstellen, nach dem wir suchen.«

»Aber wir haben keinen Profiler«, wandte Flynn ein.

Eva grinste. »Wollen Sie mir etwa erzählen, Sie wollten nie wissen, wie ein Psychologe, der fünfhundert Piepen am Tag kriegt, sich seinen Lebensunterhalt verdient? Das ist keine Atomphysik. Versuchen wir's mal. An diesem Ende des Strichs«, sie malte ein Sternchen an den rechten Rand des Whiteboards, »haben wir einen totalen Psychopathen. Vollkommen durchgeknallt, im La-La-Land, Stimmen im Kopf, das komplette Augenschlitzer-Profil.« Sie trat an die andere Seite der Tafel. »Was haben wir also an diesem Ende?«

Sie sah, wie Flynns Augen schmal wurden. »Ist nicht jeder auf diesem Strich total irre? Von einem Ende bis zum anderen?«

»Sind Sie sicher? Weil, ich akzeptiere, dass diese Morde«, Eva zeigte auf die Fotos der drei Mädchen, »aussehen wie das Werk eines Psychopathen. Dieser hier«, jetzt zeigte sie auf Stepanows Bild, »war so gründlich geplant, dass es schon an Wissenschaft grenzt.«

»Ein Profi?«, überlegte Jamie Newton laut.

»Vielleicht«, meinte Eva. »Könnte also ein Auftragsmord am anderen Ende des Spektrums stehen?«

»Ich verstehe, was Sie da machen«, sagte Raj. »Was ist das Gegenteil von einem Wahnsinnigen?«

Sie hatte nicht damit gerechnet, dass Flynn antworten würde. Eva war überrascht, als sie ihre Worte hörte.

»Jemand mit einem Grund, ich meine, einem ganz spezifischen Grund. Ein Auftragsmord kommt dem schon nahe, das ist etwa zwei Drittel weiter auf der Linie. Das Gegenteil von einem Psychopathen ist jemand mit einem rationalen Motiv. Wir verstehen es bloß noch nicht.«

»Ganz genau«, bestätigte Eva, im Stillen beeindruckt. »Das ist das Spektrum. Wir müssen noch ein paar Zwischenschritte einfügen, aber daran müssen wir jedes einzelne Beweisstück messen. Ist dieser Typ ein Psychopath, oder hat er einen rationalen Grund, wie irrational der uns zunächst auch vorkommt?«

Flynn starrte das Whiteboard finster an. »Abgeblitzter Lover«, sagte sie nach kurzem Überlegen.

»Ganz schön extrem«, stimmte Eva zu, »aber fürs Erste ein guter Ansatz. Wo würden Sie den einordnen?« Mit voller Absicht hielt sie Flynn den Stift hin.

Flynn zögerte, doch dann nahm sie ihn und malte einen Stern, ungefähr ein Viertel der Gesamtlänge der Linie von dem Psychopathen entfernt.

»Finanzielles Motiv«, schlug Jamie Newton vor.

»Das ist ziemlich nahe am anderen Ende, meinen Sie nicht?«

Binnen weniger Minuten hatten sie sich ihr Spektrum erarbeitet. Es mochte grob und impressionistisch sein, doch zumindest lieferte es ihnen eine Anzahl verschiedener Blickwinkel auf den Mord, einen Satz Filter, durch die sie die Beweise betrachten konnten. Am Psychopathen-Ende der Skala waren wahrscheinlich noch ein paar Varianten mehr nötig, dachte Eva, doch das behielt sie erst einmal für sich. »Also, erzählen Sie mir noch mal von den ersten Opfern«, sagte sie.

Gibson, Russell und Lloyd, jeweils neunzehn, einundzwanzig und zwanzig Jahre alt. Attraktive Frauen, dachte Eva. Sex, ganz gleich, wie pervers, musste doch bestimmt als Motiv zumindest erwogen werden? Zu Hause getötet. In diesem Fall waren Studentenwohnheime das Zuhause. Das Einzige, was sie offenkundig alle gemeinsam hatten, war, dass sie an der Kingston University studiert hatten. Gibson Geschichte, Russell war kurz vor ihrem Abschluss als Grafikdesignerin gewesen, und Lloyd studierte Englische Literaturwissenschaft. Eva überflog die Berichte. Die Möglichkeit der Universität als Verbindung war allem Anschein nach erschöpfend abgehandelt worden, doch es würde nicht schaden, sich das noch einmal anzuschauen.

Trotz ihres Gesprächs mit Wren wollte ihr ursprünglicher Verdacht einfach nicht verschwinden. Es waren zwei Fälle, zwei Ermittlungen. Es mussten zwei sein. Diesen Gedanken musste sie den drei Detective Sergeants einflüstern und Sutton auch. Und die einzige Chance, das zu bewerkstelligen, bestand darin, einen Fall aufzubauen, der auf einem rationalen Motiv für den Mord an Irina Stepanow fußte. Gerade wollte sie anfangen, entsprechende Möglichkeiten auszuloten, als eines der Telefone in der Einsatzzentrale klingelte.

Flynn nahm ab. Gleich darauf verdüsterte sich ihre Miene. »Wir haben ein Problem«, meldete sie Eva. »Grigori Stepanow ist unten. Anscheinend versucht er gerade, das Revier auseinanderzunehmen.«

Der Mörder war erst mal egal; Grigori Stepanow sah aus wie ein Wahnsinniger. *Er hat jedes Recht, so auszusehen,* dachte Eva, während sie auf den Empfangstresen zuging, *aber das hilft doch niemandem.*

Zwei von Moresbys Männern waren da. Sie sahen aus, als wären sie jederzeit bereit, Stepanow gegen die Wand zu klatschen, sobald es ihnen jemand befahl. Stepanow hatte einen Stuhl gegen die Glasscheibe geschmissen, die den Officer am Empfang schützte. Abgesehen von den zwei Constables war er allein im vorderen Teil des Raums. Vermutlich hatten alle anderen Wartenden das Weite gesucht, als er durchgedreht war.

»Ich will den sprechen, der hier das Sagen hat!«, schrie Stepanow. *»Sofort!«*

Eva zuckte nicht. Sie würde sich von einem trauernden Witwer nicht einschüchtern lassen, und außerdem würden Moresbys Männer nicht zulassen, dass ihr etwas passierte. Sie drückte auf den Türöffner, entriegelte die Tür und betrat den Warteraum.

»Mr Stepanow«, sagte sie, so kühl wie der Herbstwind und so förmlich, wie ein Richter sein Urteil verliest, »ich bin Detective Inspector Harris. Ich leite die Ermittlungen zu dem Mord an Ihrer Frau. Danke, dass Sie aufs Revier gekommen sind.«

Wie nicht anders zu erwarten, machte Stepanow ein ungläubiges Gesicht. Einige der Gedanken, die ihm jetzt durch den Kopf gehen mussten, konnte sie sich vorstellen.

»Würde es Ihnen jetzt passen, Ihre Aussage zu Protokoll zu geben?«

Er wusste nicht, was er sagen sollte, so viel war offensichtlich. Ihr war klar, dass ein Teil seines Verstandes nach einem Polizeibeamten verlangte, der mehr hermachte als sie. Nach einem Mann, nahm sie an, wahrscheinlich älter als er, eine Art Vaterfigur, an die man sich wenden und gegen die man wüten konnte. »Ich will …«, setzte er mit lauter Stimme an, schien jedoch nicht imstande zu sein, den Satz zu vollenden.

Mein Gott, dachte Eva, während sie ihn betrachtete, *ich weiß, wie sich das anfühlt.* Sie trat so nahe an ihn heran, dass ihr Gesicht dicht vor seinem war, und senkte die Stimme. »Ich weiß. Sie wollen Ihre Frau wiederhaben. Ich verstehe.«

Er sackte zusammen, kollabierte beinahe. Vierundzwanzig Stunden Schock, Verwirrung, Wut und Verzweiflung explodierten in diesem einen Augenblick. Innerhalb einer Sekunde wurde Stepanow vom rasenden Wüterich zu einem wie ein Kind schluchzendes Wrack. Er schlang die Arme um den Kopf und kippte gegen die Wand. Er heulte. Ein lang gezogenes Katzenjaulen des Schmerzes, das Eva durch und durch ging.

Sie streckte den Arm aus, ignorierte die Vorschriften und legte ihm die Hand auf die Schulter. Wieder sackte er zusammen. Einen Moment lang dachte Eva, sie würde ihn auffangen müssen, doch es gelang Stepanow, sich aufrecht zu halten. Sie hielt ihr Gesicht weiter dicht bei seinem. »Warum setzen wir uns nicht hin und unterhalten uns?«

Sie setzten sich bei offener Tür in ein Vernehmungszimmer. Moresbys Männer standen draußen. »Ich zeichne dieses Gespräch auf«, erklärte sie ihm. Stepanow funkelte sie mit wilden, blutunterlaufenen Augen an wie ein Tier in einer Falle, doch Eva schüttelte den Kopf. »Sie sind nicht über Ihre Rechte belehrt worden, dies ist keine offizielle Vernehmung. Selbst wenn Sie verdächtig wären, wäre alles, was Sie hier sagen, nicht gerichtsverwertbar. Ich möchte nur nichts übersehen, Mr Stepanow. Wir brauchen jedes Detail, jeden Ihrer Gedanken. Können Sie das verstehen?«

Stepanow rührte sich kaum. Er war ein schlanker Mann Ende vierzig, mit grau meliertem Haar. Sein dunkler Anzug sah aus, als hätte er darin geschlafen, was wahrscheinlich auch der Fall war, und sein blassviolettes Hemd ebenfalls. Er duckte sich ein wenig, bemerkte Eva, krümmte sich auf seinem Stuhl vornüber und versuchte, möglichst nichts zu berühren. Als könne seine Haut es nicht ertragen, Kontakt mit der Welt um ihn herum zu haben.

»Ich verstehe gar nichts«, sagte er schließlich. Sein Atem ging unregelmäßig und stoßweise; er sah aus, als sei er kurz davor zu hyperventilieren.

Natürlich verstand er nichts, dachte Eva. Wer zum Teufel würde denn so etwas verstehen? Gleich darauf brachte einer der Constables einen Plastikbecher mit Wasser, stellte ihn vor Stepanow hin und trat wieder nach draußen. Stepanow starrte den Becher an, als wäre er ein fremdartiges Artefakt. »Was möchten Sie mir sagen, Mr Stepanow?«, fragte Eva.

Eine Suggestivfrage, gewollt banal. Sie hoffte, dass er das erkennen würde. Stepanow zögerte, schien fast drauf und dran zu sein, wieder loszuwettern, begriff dann jedoch anscheinend, warum sie die Frage gestellt hatte. Irgendwo mussten sie anfangen.

Er blickte nicht auf, als er antwortete. »Finden Sie den Mörder meiner Frau«, sagte er. »Und dann lassen Sie mich mit dem Dreckskerl in einem Zimmer allein.«

Eva faltete die Hände vor sich auf dem Tisch. »Schauen Sie«, sagte sie, »zuallererst muss ich Ihnen die offensichtlichen Fragen stellen. Wo Sie gestern waren, ob Sie irgendjemanden kennen, der vielleicht vorhatte, so etwas zu tun.«

Er verzog das Gesicht, antwortete aber trotzdem. »Ich bin zur Arbeit gefahren. In die City, das können Sie überprüfen. Und, was, glauben Sie, nur weil ich ein vermögender Exil-Russe bin, sitzt mir Putins Mafia im Nacken? Wäre das eine einfache Antwort für Sie?«

»Geradezu kindisch einfach«, erwiderte Eva. »Aber ich muss sicher sein, dass die Routinefragen gestellt und beantwortet worden sind, damit wir sie abhaken können.«

Er wollte reden. Das konnte sie sehen. Sie brauchte ihm nur die Erlaubnis dazu zu geben.

»In meinem Beruf«, erklärte Stepanow, »habe ich mit Aktien zu tun. Mit Fonds und Unternehmensanteilen, nichts Aufregenderes. Ich handle mit Firmenanteilen, die an der *Moskovskaya Birzha* gelistet sind, der Moskauer Börse. Ich arbeite für eine Bank. Ich verdiene gut. Das ist das ganze Ausmaß meines Fehlverhaltens.«

»Keinerlei Verbindungen, die die Ermittlungen später in Schwierigkeiten bringen könnten?«

Er sah erschöpft aus. »Ich bin Russe. Ob Sie's glauben oder nicht, wir sind nicht alle Verbrecher.«

Eva nickte. »Gab es irgendwelche Drohungen gegen Sie oder Ihre Familie?« Stepanow schüttelte den Kopf.

»Wirklich, ich glaube nicht, dass es etwas Persönliches war, nicht gegen meine Irina. Ich glaube, es war irgendein Teufel. Ein Verrückter, wenn Sie ihn so nennen wollen, aber trotzdem ein Teufel.«

Jeder glaubt, es war ein Wahnsinniger, dachte Eva im Stillen. Stepanow hatte wahrscheinlich nichts von den damaligen Morden gehört, doch auch er schien sofort zu diesem Schluss gekommen zu sein. Vielleicht war das ja zu erwarten. Auf den ersten Blick erschien der Mord so grauenhaft, dass nur ein Verrückter, ein Teufel, wie Stepanow ihn nannte, dazu fähig sein konnte. Doch sie hatte die penible Sorgfalt des Täters mit eigenen Augen gesehen. Sie musste daran glauben, dass die Beweise ihr irgendwann recht geben würden.

»Drehen wir jeden Stein um«, sagte sie zu Stepanow. »Wir werden den Ansatz verfolgen, dass es sich um einen Verrückten handelt, und dazu alle verfügbaren Mittel einsetzen. Aber wir müssen auch bedenken, dass der Täter ein Päckchen mit dem Namen Ihrer Frau darauf bei sich hatte. Woher hatte er ihren Namen? Wenn er ihn zufällig ausgesucht hat, woher hatte er ihn? Hatte er sie gesehen, vielleicht in einem Geschäft in der Nähe? Wenn ja, wie ist er dann an ihre Adresse gekommen? Ist er ihr nach Hause gefolgt? Dieser Mann war sehr umsichtig. Er hat alles sehr genau geplant.«

»Und trotzdem«, keuchte Stepanow, »habe ich gehört, jemand hätte ihn fast erwischt. Waren Sie das?«

Sie wählte ihre Worte mit Bedacht. »Ich bin ein kleines Stück vom Haus entfernt auf den Lieferwagen gestoßen. Der Täter war noch dort. Er hatte einen elektrischen Taser. Es tut mir sehr leid, aber er ist entkommen.«

Stepanow starrte sie an, als sähe er sie zum ersten Mal. Eva wusste, dass auf ihrer Wange allmählich eine dunkle Prellung sichtbar wurde und ihr Ohrläppchen an der eingerissenen Stelle noch immer tiefrot war. Sie war so ehrlich zu ihm gewesen, wie sie nur hatte sein können, und sie nahm an, dass er das merkte. Das arme Schwein steht immer noch unter Schock, dachte sie, und ich habe mich ihm gerade als Autoritätsperson präsentiert, die voll und ganz mit ihm fühlt. Hoffen wir nur, dass er sich nicht auf *mich* fixiert. Es gab da ein Risiko, das wusste sie, etwas Ähnliches wie das Stockholm-Syndrom. Stepanow war doch schon völlig erledigt; sie wollte es nicht noch schlimmer machen.

Seine Schultern sanken herab. Er schien kaum verhindern zu können, dass sein Kopf auf die Tischplatte schlug. »Ich werde mein Bestes tun, Ihnen zu helfen«, versicherte er Eva. »Ich werde alle Ihre Fragen beantworten, so gut ich kann.« Er schaffte es, noch einmal zu ihr aufzublicken. »Bloß nicht heute.«

8. Kapitel

Rebecca Flynn ging um das Auto herum. Sie hielt etwas in der Hand, sah Eva durch das Fernglas. Was war das? Sie bemühte sich, das Glas scharf zu stellen. Flynn versuchte, das Ding zu verbergen. Könnte eine Parfümflasche sein, dachte Eva. Dann wurde ihr klar, dass Flynn eine kleine Dose Pfefferspray dabeihatte.

»Sie mag den Kerl wirklich nicht besonders, stimmt's?«, fragte Eva.

»Nicht besonders«, brummte Will Moresby. »Aber da gibt's auch nicht viel zu mögen. Robbie Poole ist im Großen und Ganzen ein mieser Scheißer. Es kommt ganz drauf an, wie er reagiert, wenn er aufgefordert wird, aufs Revier mitzukommen. Er könnte auf sarkastisch machen und beschließen, dass es Spaß machen würde, uns die Zeit zu stehlen, bis ein Pflichtverteidiger aufkreuzt. Oder er könnte sich aufplustern und die übliche ›Ich kenne meine Rechte‹-Nummer abziehen. Ist beides möglich.«

»Und warum hat Flynn dann so darauf bestanden, ihn persönlich einzukassieren?«

Moresby grinste. »Sie will nur sein Gesicht sehen.«

Als sie ihn schließlich zu Gesicht bekam, fand Eva, dass Robbie Poole aussah wie ein Mensch, bei dem man auf die andere Straßenseite wechselte, um ihm aus dem Weg zu gehen. Er hatte ein schmales, blasses Gesicht, das schon zu einer hämischen Grimasse verzogen war, bevor er Flynn bemerkte. Ungefähr eins achtundsiebzig, schätzte Eva, dürr und mit nach hinten geklatschtem Haar. Er trug ein Hoodie, Jeans und Sportschuhe, aber so waren allem Anschein nach alle hier in der Wohnsiedlung gekleidet. Als er Flynn erblickte, zögerte er kurz. Flynn rührte sich nicht von der Stelle, sah Eva, als wolle sie Poole dazu herausfordern, sie zu ignorieren. Gleich darauf kam er mit den Händen in den Taschen und verächtlicher Miene auf sie zugelatscht.

»Und los geht's.« Moresby öffnete die Wagentür ein wenig. Nicht weit genug, dass Poole es bemerkt hätte. Eva beobachtete die beiden weiter, ließ jedoch das Fernglas sinken; sie waren nur etwa dreißig Meter entfernt. Sie konnte Pooles Gesichtsausdruck sehen, und das war genug.

Trotzdem ärgerte sie das Ganze. »Das lenkt uns doch nur ab«, meinte sie.

»Was lenkt uns ab, Ma'am?«

»Das hier. Ich weiß, wir müssen ihn von der Liste streichen, aber schauen Sie sich den Kerl mal an. Der hat doch kaum ein Dutzend Gehirnzellen in der Birne; auf keinen Fall kann der Stepanow und Swain umgebracht haben.«

»Aber er könnte damals die Mädchen kaltgemacht haben«, wandte Moresby ein.

Sie wies ihn nicht auf das offenkundige Problem hin, das diese Bemerkung offenbarte. Wenn auch nur in Gedanken, so hatte Moresby die beiden Fälle doch ebenfalls voneinander getrennt.

»Was macht er jetzt? Wird er pampig, oder haut er ab?«, überlegte Eva laut. Pooles Miene war im Moment nicht zu deuten, als dringe das, was Flynn zu ihm sagte, nur ganz allmählich zu ihm durch.

»Wenn er versucht, ihr eine zu knallen, verpasst sie ihm eine Ladung Pfefferspray, und zwar sofort.«

»Sie sieht aus, als ob sie genau das will«, knurrte Eva. »Provoziert sie ihn etwa?«

»So blöd ist Becks nicht«, erwiderte Moresby. »Sie weiß, wie weit …«

In diesem Moment trat Poole ohne jede Vorwarnung zu und versuchte, Flynn in den Bauch zu treffen. Fast wäre es ihr gelungen, rechtzeitig auszuweichen, doch der Tritt traf sie seitlich am Unterleib. Poole trat einen Schritt vor, um mit der Faust zuzuschlagen, doch sie hatte die Spraydose bereits hochgerissen. Allerdings konnte sie nicht richtig zielen, stellte Eva fest. Sie war schon aus dem Wagen gesprungen. Moresby war ihr ein kleines Stück voraus.

Flynn stolperte und ging zu Boden, die eine Hand in die Seite gepresst. Sie lag auf dem Rücken, hielt das Pfefferspray mit beiden Händen vor sich. Es sah aus, als wollte Poole ihr jetzt gegen die Beine treten.

»Polizei!«, brüllte Eva im Laufen.

Poole schaute zu ihr herüber und erblickte dann Moresby, der wie ein Expresszug auf ihn zudonnerte. Er machte kehrt und rannte davon.

Moresby war für sein Gewicht erstaunlich schnell, doch Eva war schneller. Sie sprintete hinter Poole her, der um einen der Wohnblöcke der Siedlung bog. *Nein, das läuft nicht,* dachte sie. *Das läuft verdammt noch mal überhaupt nicht.*

Poole war zwanzig Meter vor ihr. Er war ziemlich schnell, doch sie war schneller. Sie konnte ihn kriegen, da war sie sich sicher. Was zum Teufel sie dann tun würde, war eine andere Frage. Das hatte sie sich noch nicht überlegt.

Nach weiteren hundert Metern wurde Poole langsamer. Am Ende eines der Gebäude blieb er stehen und wandte sich zu ihr um. »Also, das war echt dämlich«, keuchte er. »Jetzt polier ich dir deine Scheißfresse, du blöde Schlampe.«

Hinter ihr war niemand. Eva nahm Kampfhaltung ein, so gut sie es von der Uni her noch konnte. *Nach den Knien treten, gestreckte Finger in die Augen,* wies sie sich im Stillen an.

Poole stürmte auf sie zu.

Option Nummer drei: aus dem Weg gehen. Sie trat zur Seite, gerade als er auf sie losgehen wollte, drehte sich auf dem Absatz um und trat ihm in die Kniekehle. Großen Schaden richtete der Tritt nicht an, doch er strauchelte, verlor kurz das Gleichgewicht, stolperte noch drei oder vier Schritte weiter. Dann fuhr er abermals zu ihr herum.

»Du hältst dich wohl für scheißclever!«, blaffte Poole sie an. »Aber jetzt bist du nicht mehr so clever, was?«

»Ich sag dir mal was, Sackgesicht«, fauchte Eva. »Ich bin verdammt noch mal cleverer als du, um einiges sogar.«

Poole wollte gerade die nächste unflätige Bemerkung vom Stapel lassen, als Moresby wie ein Schwerlaster in ihn hineinkrachte.

Moresby rammte Poole frontal. Anders hätte Eva es nicht beschreiben können. Er klatschte ihn mit einem

Bodycheck so heftig gegen eine Mauer, dass sie sich die Sterne fast bildlich vorstellen konnte, die der Mann bestimmt gerade sah. Pooles Kopf prallte vom Beton ab. Es war, als hätte er sämtliche Kontrolle über seine Gesichtsmuskeln verloren; alles sackte nach unten. Er ging zu Boden und lag stöhnend da.

Eva blickte auf ihn hinunter. »Perfektes Timing, Sergeant«, lobte sie Moresby. »Wie geht's Flynn?«

»Keine Ahnung«, antwortete er. »Und ich werd sie auch nicht fragen, nicht dass sie mir noch den Kopf abreißt.«

Genau in diesem Moment kam Flynn mit Gewittermiene auf sie zumarschiert. Eindeutig nicht verletzt, dachte Eva. Mit geballten Fäusten schritt Flynn auf sie zu und schaute dann ebenfalls auf Robbie Poole hinab, der halb betäubt am Boden lag. Eva wollte gerade etwas sagen, als Flynn sich bückte und dem Mann Pfefferspray in die Augen sprühte.

Poole schrie auf. Eva auch. »Detective Sergeant!«

Flynn sah verblüfft aus. »Tut mir echt leid, Ma'am«, sagte sie zu Eva, »hab mich geirrt. Ich hab doch glatt gedacht, dieser verschissene, saudämliche Schweineficker widersetzt sich der Verhaftung.«

Die Fäuste in die Hüften gestemmt, stand Eva vor Suttons Schreibtisch. Sutton gab sich alle Mühe, nicht belustigt auszusehen. »Poole hat eine Polizeibeamtin angegriffen und ist dann abgehauen. Wird es irgendjemanden überraschen, dass er gekriegt hat, was er verdient?«

»Er lag am Boden«, erwiderte Eva. »Moresby hatte ihm

eine Rippe gebrochen und ihm die Schulter ausgekugelt. Flynns Handeln war unangemessen.«

»Ehrlich gesagt«, entgegnete Sutton, »bin ich da anderer Meinung. Hätte sie eine Waffe gehabt und auf ihn geschossen, das wäre unangemessen gewesen. Poole ist ein mieser Scheißer, der bekommen hat, was er verdient. Finden Sie sich damit ab, Detective Inspector Harris.«

Sutton hatte wahrscheinlich recht, das musste Eva zugeben. Poole hatte Flynn vor der ganzen Siedlung gedemütigt, also hatte Flynn ihm gezeigt, wo der Hammer hängt. »Wollen Sie Poole vernehmen?«, erkundigte sich Sutton.

»Nein, das überlasse ich Jamie und Raj. Ich glaube nicht, dass uns das weiterbringt.«

»Ich auch nicht, aber es muss sein. Wie kommt Jamie denn bei Ihrer Datenbank mit den Arztpraxen und Kliniken voran?«

Eva sackte in sich zusammen. »Ich hatte keine Ahnung, dass es so viele Praxen und Privatkliniken gibt, die chirurgische Eingriffe für Selbstzahler anbieten. Am Anfang habe ich noch versucht rauszufinden, ob es andere Verbindungen zwischen den Opfern gibt, Botox-Behandlungen oder plastische Chirurgie, obwohl Irina Stepanow nichts von all dem hat machen lassen. Aber die Zahlen sind einfach ausgeufert. Ich habe Jamie gezeigt, wie man SQL-Anweisungen schreibt, damit er anfangen kann, die Praxen und Kliniken zu Gruppen zusammenzufassen, aber es ist immer noch eine Riesenmenge.«

Sutton runzelte die Stirn. »Wie man was schreibt?«

»Structured Query Language«, erklärte Eva. »Damit kann

man eine Datenbank effektiv befragen. Ist gar nicht so schwer.«

»Das will ich Ihnen dann mal glauben«, meinte Sutton. »Was haben Sie als Nächstes vor?«

»Die anderen auf der Liste der damaligen Verdächtigen befragen, denke ich. Und Jodie Swains Lebensgefährten, sobald er zurück ist und sich dazu in der Lage sieht. Die medizinischen Einrichtungen hier im Bezirk weiter nach allem Auffälligen durchsuchen und noch einmal mit Grigori Stepanow sprechen, sobald jemand rauskriegt, wo er steckt.«

»Was macht er, schmiedet er Rachepläne, oder versteckt er sich irgendwo in einem Loch?«

»Beides«, antwortete Eva. »Würden Sie das nicht auch tun?«

»Ich bin froh und schäme mich gleichzeitig, zu sagen, dass ich keine Ahnung habe«, antwortete Sutton.

Sie nicht, dachte Eva, *aber ich.*

Gegen elf Uhr abends kroch sie in ihre Wohnung. Es war Jamie Newton gelungen, ein paar gute SQL-Anweisungen zusammenzustellen, doch er war nicht gerade der Schnellste der Welt, wenn es ums Lernen ging. Andererseits gab er nicht auf, und dafür bewunderte sie ihn. *Nicht jedem fällt so was leicht,* ermahnte Eva sich. *Nicht jeder spürt dabei diesen Kick.*

Auf dem Tisch im Wohnzimmer waren der Laptop und der Grafikprozessor noch immer zugange. Der Algorithmus hatte bis jetzt fast vierzig Milliarden Permutationen durchprobiert. *Wahrscheinlich sind's mehr als acht Zeichen,* dachte Eva. Der Prozessor machte einen gewaltigen Unterschied; er wühlte sich hundertmal schneller durch die Kombinationen, als der Laptop es allein konnte. Doch wie lange es dauern würde, das Passwort zu knacken, hing davon ab, was für Zeichen verwendet worden waren. Das Ganze war ein Glücksspiel, das war ihr klar; trotz allem könnte es im wahrsten Sinne des Wortes eine Ewigkeit dauern. Sie holte sich ein kleines Bier aus dem Kühlschrank und öffnete die Flasche. *Einen Monat,* dachte sie. *Wenn das Passwort sich dann immer noch ziert, muss ich halt gegen ein paar Vorschriften verstoßen.*

Alles, was sie bisher unternommen hatte, war legal gewesen. Darauf hatte sie sorgfältig geachtet. *Größtenteils legal,* verbesserte sie sich. Das mit dem Disk Image war so gesehen kein Diebstahl, und der Prozessor war ja nur geborgt. Ihr war klar, dass Alastair Hadley beides anders sehen würde, allerdings würde er davon erst erfahren, wenn es zu spät war. Aber wenn sich das Ganze nun hinzog? Wenn sich herausstellte, dass das Passwort als zufällige Kombination aus großen und kleinen Buchstaben, Ziffern und Sonderzeichen wie Und-Zeichen und Ausrufungszeichen konstruiert war, dann würde wahrscheinlich sogar die Kapazität des Prozessors nicht ausreichen. *Dann muss ich eben etwas anderes versuchen,* sagte Eva sich.

Es gab noch zwei weitere Möglichkeiten, das Passwort zu knacken, und beide beinhalteten brachiale Gewalt. Die eine bestand darin, irgendwo an einen Supercomputer zu kommen. Einen wie dieses orangerote Cray-XC30-Monster, das im Keller vom Parallel Computing Centre der University of Edinburgh stand. Aber daraus würde nichts werden. Nie im Leben käme sie an ein solches System ran. Also die zweite Alternative, der Hacker-Ansatz. *Wie die Pfeifen, die ich ein ganzes Jahr lang ausgeschaltet habe. Wenn das hier nicht funktioniert, ende ich noch so wie eine von denen.* Ihr blieb nichts anderes übrig, das wusste sie; sie musste das Passwort knacken. Alles, im wahrsten Sinne des Wortes alles, der Rest ihres Lebens, hing davon ab. Also würde sie gegen Gesetze verstoßen, wenn sie musste. Obgleich es absolut illegal wäre, würde sie ihren Passwortknacker-Algorithmus in einem Botnet laufen lassen.

Solche Programme konnte man für ein paar Hundert Dollar von ukrainischen Hackern kaufen, doch das hatte Eva nicht nötig. Sie konnte sie sich selbst zusammenbauen. Im Internet gab es jede Menge Material, schlecht geschützte Server und Computer, die man mit Malware dazu bringen konnte, als Teil eines illegalen Zahlenverarbeitungs-Netzwerks zu agieren. Ein Roboter-Netzwerk, im Hacker-Slang Botnet genannt. Der Grafikprozessor, den Leticia North ihr geschickt hatte, steigerte die Arbeitsgeschwindigkeit ihres Laptops fast um das Hundertfache, doch Eva schätzte, dass sie eine halbe Million ahnungsloser Computer finden und benutzen könnte, wenn sie ihre Malware nur geschickt genug schrieb. Sie wusste, wie man das machte. Letzten Endes hatte sie für so etwas gelebt.

So oder so, dachte sie, während sie zusah, wie die Anzahl der Permutationen, die der Algorithmus durchprobiert hatte, im Zählfenster immer größer wurde, *ich knacke dich.*

Sonnenaufgang war am nächsten Morgen um sieben. Eva saß schon seit vor sechs Uhr an ihrem Schreibtisch. Die blutrote Sonne färbte den Himmel über dem Fluss. Ganz kurz wurde der Raum von tiefem Rot geflutet, doch als die Sonnenscheibe höher wanderte, wurde das Rot zu Gold.

Jamie Newton hatte innerhalb eines Radius von dreißig Kilometern fast vierhundert medizinische Einrichtungen ausfindig gemacht. Nie hätte Eva gedacht, dass es so viele geben könnte, doch als sie sich seine Zahlen vornahm, sah sie, dass er den Begriff »medizinische Einrichtung« recht großzügig interpretiert hatte. Auf seiner Liste standen Kliniken, aber auch Zahnarztpraxen, plastische Chirurgen und sogar Physiotherapeuten. Sie musste brauchbarere Kriterien finden, wenn sie aus den Daten irgendeinen Sinn herauslesen wollte.

Der Mörder hatte es für nötig gehalten zu verheimlichen, was für ein Sedativ er benutzt hatte. Das hieß, er nahm aus irgendeinem Grund an, dass man ihm dadurch auf die Spur kommen könnte. Das Problem dabei war, dachte Eva, während sie sich auf die Daten konzentrierte, dass er sich da irren könnte. Wren sagte, es sei unmöglich, anhand der chemischen Signatur des Medikaments die Chargennummer zu ermitteln, doch anscheinend war der Täter sich dessen nicht sicher. Bis zu einem gewissen Grad war das egal, dachte sie, während ihr Finger über die Tabellenspalten wanderte. Der Täter hatte die Opfer trotzdem sediert. Dank des Blutstropfens an dem Wasserkanister vom ersten Tatort hatte Wren den Markennamen des Sedativs herausgefunden. Auch wenn sie es vielleicht nicht weiter würden eingrenzen können, erschien es Eva wahrscheinlich, dass der Mörder mit einer der Kliniken oder Praxen in Verbindung stand, die dieses Mittel verwendeten. Ob sie allein mit Datenanalyse weiterkommen würde als bis hierhin, wusste sie allerdings nicht.

Zum Glück hatte der Hersteller des Mittels schnell auf ihre E-Mails geantwortet. Sie stellte fest, dass die Kontaktaufnahme seitens einiger von Judy Wrens Kollegen in dem freien Labor für forensische Chemie dabei hilfreich gewesen war. Der Hersteller hatte ihr einige Tabellen geschickt. Eva schrieb ein paar kurze Skripte, die die Daten zu einem für sie nützlichen Format anordneten, und machte sich dann daran, sie mit Jamie Newtons zusammengestoppelter Datenbank abzugleichen.

Am Ende glich sie die meisten der Daten anhand der Postleitzahl ab. Die Spezifika Firmenname, Adresse, Kontaktperson und Telefonnummer variierten manchmal je nach Liste, doch zumindest die Postleitzahlen stimmten überein. Als die Datensätze ihrer Ansicht nach richtig organisiert und abgeglichen waren, begann sie, sich mit den eigentlichen Daten zu befassen.

Innerhalb eines Radius von dreißig Kilometern gab es achtundsiebzig Einrichtungen, die das Sedativ verwendeten. Die Häufigkeit des Gebrauchs variierte wild. Manche ambulanten Praxen verwendeten es täglich, andere, wie zum Beispiel Zahnärzte, nur einmal im Monat. Sie ordnete die Einrichtungen nach der Einsatzfrequenz, doch diese Statistik lieferte ihr nichts Brauchbares. *Noch mal von vorn*, dachte Eva.

Selbst der Dreißig-Kilometer-Radius erschien willkürlich. Der andere Teil des Problems war, dass sie eigentlich an Individuen interessiert war und nicht an Kliniken oder Praxen, und in dieser Hinsicht gaben die Daten des Herstellers wenig her. »Kontaktdaten« bedeutete aus dessen Sicht lediglich »administrative Kontaktdaten«, begriff sie. Die Namen der Personen, die die letzten Bestellungen aufgegeben hatten; eine weitgehend nutzlose Information. Sie schob ihren Stuhl zurück und starrte auf den Bildschirm. Was wusste sie sonst noch?

Sie wusste – weil Judy Wren es ihr gesagt hatte –, dass der Mörder über Fachwissen verfügte. Er hatte die Augen mit sehr großer Sorgfalt entfernt. Zu was machte ihn das? Was für eine medizinische Ausbildung war nötig, um zu wissen, wie man auf fast forensische Art und Weise ein Auge herausschneidet? Einen Moment lang überlegte sie, ob es vielleicht tatsächlich jemand mit gerichtsmedizinischem Hintergrund war, doch die Exsanguination sprach dagegen. Der Täter ließ seine Opfer ausbluten, höchstwahrscheinlich, um zu verheimlichen, was für ein Sedativ er benutzt hatte, doch das war unnötig. Das Sedativ könnte sie nicht direkt zu ihm führen, selbst wenn die verschiedenen Chargen kleine chemische Unterschiede aufgewiesen hätten. Das war nicht das Handeln eines Menschen, der Forensik wirklich verstand. Es war das Handeln eines Menschen, der zwanghaft vorsichtig war.

Er ist von Natur aus kein Mörder. Davon war sie noch immer überzeugt. Nicht jemand, dessen vorrangiges Ziel es war, zu morden, sondern jemand mit einem anderen

Motiv, das die Morde erforderlich machte. Mord als Nebeneffekt, als Teil des Prozesses. Die Frage war, was das für ein Prozess war.

Rajs Bemerkung, dass der Täter ein Trophäensammler sein müsse, fiel ihr wieder ein. Das glaubte sie nicht, andererseits jedoch hatte sie auch keine bessere Erklärung. Was für ein Trophäensammler suchte sich denn ganz gezielt Opfer aus, um an ihnen solche peniblen chirurgischen Eingriffe durchzuführen? Unwillkürlich wanderte ihre Hand wieder zu dem Blatt Papier, auf dem die Namen der sieben Verdächtigen der früheren Mordfälle standen. Sie ging sie noch einmal durch.

Daniel Cox. Nicht nur war sein Alibi für die damaligen Morde verifiziert worden, er wohnte und arbeitete jetzt auch in Leeds. Außerdem gab es Zeugen, die seine Anwesenheit dort zur Zeit der jetzigen Morde bestätigten. Thomas Wells lebte in Spanien und war seit mehreren Monaten nicht mehr im UK gewesen. Kevin Mason war verheiratet und hatte Kinder, und es gab ungefähr hundert Zeugen, die um die Zeit, als Irina Stepanow ermordet worden war, Sandwiches bei ihm gekauft hatten. Robert Poole befand sich gegenwärtig in Polizeigewahrsam, bis Anklage wegen Angriffs auf eine Polizistin gegen ihn erhoben wurde, doch auch er hatte Alibis für die Tatzeiten. Raj hatte mit David Mills gesprochen, der zu den fraglichen Zeiten auf einer Baustelle gearbeitet hatte, also blieben nur noch Martin Ward und Mathew Harred.

Harreds Verbindung zu den früheren Fällen erschien eher unwesentlich, doch Eva wollte ihn trotzdem überprüfen.

Irgendetwas war da gewesen, demzufolge die Opfer zu einer kleinen Studentengruppe gehört hätten, die sich Hareds Werk angesehen hatten. Dennoch erschien es ihr weit hergeholt, dass er überhaupt als verdächtig gegolten hatte. Ward passte noch am ehesten ins Schema, vom Körperbau her und weil er wegen Einbruchs vorbestraft war. Aber war er ein Mörder?

Sie zog seine Akte aus einem anderen Stapel auf ihrem Schreibtisch. Flynn fand ihn vielversprechend, aber Flynn hatte auch Poole für tatverdächtig gehalten. Sicher, Flynn wusste, wer hier in der Gegend zu den bösen Jungs gehörte, aber sie schien ein bisschen sehr darauf erpicht zu sein, alte Rechnungen zu begleichen. Ward, dachte Eva. Ein genauerer Blick auf ihn sollte sich trotzdem lohnen.

Aber nicht noch eine Konfrontation, nicht, wenn sie es verhindern konnte. Eva blätterte Flynns Notizen über ihn durch. Ward war dafür bekannt, Clubs im Stadtzentrum zu frequentieren, die sowohl bei Studenten als auch bei den Einheimischen beliebt waren. Flynn glaubte, dass Ward dort mit Drogen handelte, aber Flynn würde so etwas eben auch glauben. Es hatte nie genug Beweise gegen ihn gegeben, um eine Untersuchung zu rechtfertigen, doch eine niederschwellige Observation würde hoffentlich zumindest dies klären. Wie das bei der Suche nach dem Mörder hilfreich sein sollte, konnte Eva nicht erkennen, aber andererseits war die Beweislage noch immer so dürftig, dass sie nichts ausschließen durfte.

Sie trommelte mit den Fingern auf den Schreibtisch. Und wo war Grigori Stepanow? Raj hatte sieben- oder achtmal versucht, ihn anzurufen, doch er war verschwunden. Verdächtig war er nicht, denn abgesehen von den Zeugen an seinem Arbeitsplatz gab es auch Aufnahmen von Überwachungskameras, die Stepanow zur Tatzeit im Bahnhof Waterloo Station zeigten. Trotzdem musste Eva mit ihm über Irinas medizinische Vorgeschichte sprechen. *Verdammt,* dachte sie, als sie sich von Neuem ihrem Computer zuwandte, *heute wird ein* richtig *langer Tag.*

Eva sah eine E-Mail. Sutton, stellte sie fest. Sie las sie, las sie noch einmal und schloss die Augen. Der Tag würde sogar noch länger werden, als sie gedacht hatte.

9. Kapitel

»Ich glaube nicht, dass es einer von Ihnen ist«, sagte Sutton und zog die Tür der Einsatzzentrale zu. »Ich muss es nur von Ihnen hören.«

»Natürlich nicht«, beteuerte Jamie Newton fast schon greinend. Schon der Gedanke empörte ihn, stellte Eva fest.

»Von uns redet keiner mit der Presse«, ergänzte Flynn. »Ist ja nicht so, als könnten wir die besonders gut leiden oder so.«

Sutton hob beschwichtigend die Hände. »Okay, ich weiß. Die von oben haben sich gemeldet; ich hab denen gesagt, dass es keiner von Ihnen war. Die Antwort war: ›Haben Sie sie denn gefragt?‹ Was ich hiermit erledigt habe, und jetzt kann ich die abblitzen lassen.« Sie lehnte sich an einen Schreibtisch und legte ihre Krücke darauf. »Also, wer zum Teufel war's dann?«

»Es ist keiner von Moresbys Leuten«, erwiderte Raj. »Nicht einmal stockbesoffen. Das würden sie ihm nicht antun, und außerdem, können Sie sich vorstellen, dass ein Journalist versucht, einen von denen unter den Tisch zu trinken?«

»Da stehen ganz schön viele Details drin«, bemerkte Eva. »Sogar *Un Chien Andalou* wird erwähnt.«

»Das ist nicht alles, was die erwähnen«, gab Flynn zurück. »Was heißt denn: ›DI Harris, bekannt für ihre Verbindung zu einem bedeutenden und gewalttätigen Drogendealer in South East England‹?«

Eva ging darüber hinweg. »Das war bloß ein Einsatz. Schnee von gestern.«

Flynn schien nicht überzeugt, beließ es jedoch dabei.

Raj dagegen nicht. »Woher kenne ich den Namen Colin Lynch?«

Sie ging dorthin, wo er vor seinem Computer saß. Ihre Kopfhaut prickelte. Hatte Raj den Namen wirklich laut ausgesprochen? »Da steht was über ihn drin? Habe ich gar nicht gesehen.«

»Das ist ein Update«, antwortete Raj. »Die Website baut die Story immer weiter aus. Ist das üblich?«

Ungläubig starrte Eva auf den Bildschirm, als hätte Raj sich das nur ausgedacht. Hatte er aber nicht. Da stand es in der Online-Ausgabe der Zeitung, eindeutig: *des bedeutenden Drogendealers Colin Lynch*.

Sutton kam ebenfalls zu ihnen herübergehumpelt. »Ich dachte, Lynchs Name hat in der Öffentlichkeit nichts zu suchen«, flüsterte sie Eva ins Ohr.

»Hat er auch nicht«, erwiderte Eva. »Er ist Teil einer laufenden Ermittlung, das ist sicherheitsrelevant. Ich habe keine Ahnung, wie die da drangekommen sind.«

Als Sutton die Einsatzzentrale verlassen hatte, setzte Eva sich hin und las den Bericht noch einmal. Raj hatte recht. Er war aktualisiert worden, seit sie ihn zum ersten Mal gesehen hatte. *Die Ermittlungen werden von DI Harris geleitet*, stand da jetzt, *die vor zwei Jahren bei einem Vorfall schwer verletzt wurde, an dem die Gang des bedeutenden Drogendea-*

lers Colin Lynch beteiligt war. Lynch galt als einer der mächtigsten Drogenhändler des Landes. Als Eva die letzte Ergänzung sah, schnappte sie nach Luft.

Lynch, führte der Artikel weiter aus, *der später bei einem Zwischenfall mit einer rivalisierenden Gang ums Leben kam, konnte sich der Festnahme sein Leben lang entziehen. Die mangelnden polizeilichen Erfolge warfen ernsthafte Fragen hinsichtlich der Integrität etlicher mit dem Fall befasster Beamter auf, die bis heute unbeantwortet geblieben sind.*

Wie erstarrt saß Eva da, unfähig, den Blick vom Bildschirm loszureißen. Zwei Gedanken gingen ihr durch den Kopf, schossen wie Meteore von irgendwo über ihr auf sie herab. Der erste war, dass dies eine Warnung sein musste. Irgendjemand wusste von den Ermittlungen gegen Semjon Razins Kontaktperson und schickte ihr eine Botschaft, indem er den Medien Informationen zuspielte. Der zweite war, dass Alastair Hadley Zustände kriegen würde.

Mit dem zweiten lag sie nicht falsch. Kaum eine Minute später brummte ihr Handy. Fünf Worte standen auf dem Display.

Rufen Sie mich sofort an.

»Ich habe keine Ahnung«, sagte Eva, noch ehe Hadley etwas sagen konnte. Sie stand in ihrem winzigen Büro und starrte auf die Straße hinunter. »Aber es war niemand von meinem Team. Das muss von Ihrer Seite gekommen sein, Sir.«

»Sie glauben, meine Leute sind nicht vertrauenswürdig?«, fauchte er sie an.

»Das habe ich nicht gesagt, Sir«, beharrte Eva, »aber hier

wissen sie gar nichts über Lynch, es kann also keiner von ihnen gewesen sein.« Noch während sie das sagte, regte sich ein Zweifel in ihr. Raj hatte gesagt, dass ihm der Name vertraut vorkam. Oder war das nur ein Irrtum gewesen? Doch das war nichts, was sie Hadley mitteilen wollte. Sie musste ihm eine Rückzugsmöglichkeit anbieten, damit er sie nicht durch den Wolf drehte. »Sir, wäre es möglich, dass irgendeine dritte Partei von Lynch weiß? Eine, auf die wir bisher noch nicht gestoßen sind?«

Hadley schwieg sehr viel länger, als ihr lieb war. Kurz überlegte sie, ob er aufgelegt hatte, doch laut ihrem Handy waren sie immer noch verbunden. »Sind Sie sicher, dass das Ganze nichts mit Ihnen zu tun hat?«, blaffte er schließlich.

Du verschissener Drecksack, dachte Eva, *immer musst du jemand anderem die Schuld geben.* Doch ihr war klar, dass sie nichts zu ihm sagen konnte, das dem auch nur nahekam. »Das würde mir doch nichts nützen, Sir. Allerdings glaube ich, dass es eine Warnung ist. Jemand weiß, dass wir Razins Kontakt auf den Pelz rücken, und will, dass wir uns zurückhalten.«

»Tja, das könnte ja stimmen, wenn Sie wirklich weiterkommen würden«, grollte Hadley. »Aber so, wie ich das sehe, vergeuden Sie lediglich Zeit. Ich will Fortschritte sehen, Harris«, setzte er noch hinzu. »Und wenn es nicht bald welche gibt, dann finden Sie raus, wie es einem als Ex-Cop im Knast ergeht.«

Der nächste Anruf kam am Abend darauf um Viertel nach acht.

Eva beugte sich gerade über Jamie Newtons Schulter und ging die Berichte seiner Datenbankrecherche durch. Flynn saß an ihrem Schreibtisch und tippte Notizen in ihren Computer, und Raj Chakrabati ging einen Stapel Aussagen durch – das Resultat einer Befragung der Anwohner der beiden Tatorte. Eva war klar, dass sie sich dringend Martin Ward vornehmen musste, den letzten unzweifelhaft kriminellen Verdächtigen auf der Liste von damals. Sie konnte nicht mit Sicherheit sagen, ob allein die Tatsache, dass Ward ein Drogendealer war, sich irgendwie vorteilhaft auf ihren Fall auswirken würde, doch ganz gleich, was dabei herauskam, sie musste diesen spezifischen Ansatz so bald wie möglich abschließen.

Sie blickte auf und sah, dass Rebecca Flynn sie wieder einmal beobachtete. Als Eva ihren Blick auffing, schaute sie rasch weg. Das machte sie schon den ganzen Tag so; Eva hatte keine Ahnung, wieso. Vielleicht hatte es etwas mit dem Artikel in der Online-Ausgabe der Lokalnachrichten zu tun. Was auch immer der Grund dafür war, allmählich ging es ihr auf die Nerven.

Das Telefon ganz vorn in der Einsatzzentrale klingelte. Sie empfand es als willkommene Ablenkung. Eva ging hin und nahm ab. Es war Moresby.

»Tut mir leid, Ihnen das sagen zu müssen«, knurrte er. »Aber wir gehen in die dritte Runde.«

Sie brauchte einen Moment, um zu begreifen. Als sie verstand, musste sie sich auf den Schreibtisch stützen. »Was und wo?«

»Wir sind in Stoke d'Abernon«, antwortete Moresby.

»Das ist gleich auf der anderen Seite von Cobham, ungefähr zehn Minuten Fahrt die Straße runter von da, wo Irina Stepanow umgebracht worden ist.«

»Wer ist das Opfer?« Flynn, Chakrabati und Newton blickten auf, als sie das sagte.

Eva hörte, wie Moresby tief Luft holte. »Macht's Ihnen was aus, herzukommen, bevor wir darüber reden? Ich glaube, dieses Opfer hier sollten Sie sich zuerst selbst anschauen, ohne vorgefasste Meinung.«

Sie wusste nicht, was sie sagen sollte. Inzwischen war ihr klar, dass Moresby auf gar keinen Fall irgendwelche Spielchen mit ihr spielen würde, es sei denn, er hielt es für absolut notwendig. Eva versuchte es mit einer anderen Frage. »Ist es genauso schlimm wie bei den beiden anderen?«

»O ja«, antwortete Moresby. »Ja, es ist genauso schlimm.«

Ein Dutzend Streifenwagen drängte sich an den offen stehenden Toren der Auffahrt; Blaulicht blitzte in der stillen Nachtluft. Wieder ein teures Haus, dachte Eva, als sie neben ihnen hielt, und vermutlich wieder ein reiches Opfer. Die Straße war mehrere Kilometer lang. Schmal und gewunden, begann sie vor dem Zentrum von Cobham und verlief größtenteils parallel zu der Straße, die schließlich nach Leatherhead hineinführte. Genau wie in St Jude's Hill waren die Häuser hier alle neu und groß. In den meisten Auffahrten sah sie Sportwagen und SUVs.

»Wir sind hier im Fußballer-Land«, erklärte Jamie Newton. »Chelseas Trainingsgelände ist gleich die Straße runter, und viele von den Spielern wohnen in der Gegend.« Newton saß neben ihr; Flynn und Chakrabati waren ihr in Flynns Auto gefolgt. »Aber ich weiß nicht, wieso Moresby so kryptisch war«, fuhr Newton fort. »Das passt gar nicht zu ihm.«

Es hörte sich fast so an, als verteidigte er den Sergeant, dachte Eva. Das war doch gar nicht nötig. Eins war ihr über Will Moresby klar geworden, und zwar, dass er stets einen guten Grund für das hatte, was er tat. Der Gedanke deprimierte sie. Was immer er diesmal für einen Grund hatte, sie bezweifelte, dass er ihr gefallen würde.

»Es gibt nur eine Möglichkeit, den Grund rauszufinden«, sagte sie zu Newton und stieg aus. Sie duckten sich unter dem Absperrband hindurch, das über die Auffahrt gespannt war. Flynn und Raj holten sie an der Haustür ein, wo Moresby persönlich Wache stand.

»In der Küche«, sagte er. »Judy Wren ist gerade gekommen, und die von der Spurensicherung sind noch am Aufbauen, also passen Sie auf, wo Sie hintreten.«

»Geben Sie uns einen Hinweis, Will?«, erkundigte sich Flynn.

»Nö.« Moresbys Miene verriet ihnen, dass er das nicht zum Spaß sagte.

Eva ging voraus. Wren und ihr Spurensicherungsteam machten sich im Flur vor der Küche einsatzbereit. »Handschuhe und Überschuhe anziehen«, wies sie Eva und die anderen an, als diese näher traten. »Und ich muss Ihnen doch nicht sagen, dass Sie nichts anfassen sollen, oder? Und auch nicht an die Wände oder die Möbel kommen.«

Sie taten wie ihnen geheißen. Eva betrat die Küche und

sah die Leiche. Nackt und an einen Stuhl gefesselt, fast genauso wie Irina Stepanow. Der offenkundige Unterschied war, dachte Eva, während sie langsam um den Leichnam herumging, dass es ein Mann war.

»Scheiße!«, keuchte Flynn, als sie hinter Eva eintrat. »Damit hab ich nicht gerechnet.«

Eva auch nicht. Der Mann sah aus, als wäre er etwa fünfzig. Grau meliertes, schütteres Haar, ein mäßiger Rettungsring um die Taille, bleiche, fast weiße Haut und Löcher, wo seine Augen hätten sein müssen.

»Der Name des Opfers ist Paul Markham«, verkündete Moresby von der Küchentür her. »Seine Frau hat ihn gefunden. Die Rettungshelfer haben sie sofort in die Notaufnahme gebracht. Das war kein Schock mehr, sie war schon eher katatonisch.«

»Wundert mich nicht«, meinte Flynn. Sie blickte kurz zu Eva hinüber, die nur dastehen und starren konnte.

Was bedeutete das für sie? Bei all den anderen Morden war ein sexuelles Motiv zumindest möglich gewesen, ganz gleich, wie bizarr und pervers das Ganze gewirkt hatte. Drei junge Mädchen, vor Jahren mit Schnitten verstümmelt, dann Stepanow und Swain, beide Mitte vierzig, aber beide nichtsdestotrotz attraktive Frauen. Wieder einmal versuchte sie, sich in ihren imaginären Trophäensammler hineinzuversetzen. Was die anderen Opfer betraf, gelang ihr das beinahe. Die hatten zumindest einen ästhetischen Aspekt gemeinsam, waren groß und schlank gewesen. Keine Riesenunterschiede, was Aussehen und Kleidung anging. Aber Markham? Markham war doch weit von allem entfernt, was ihrer Vorstellung nach für den vermummten Mörder attraktiv wäre, den sie in St Jude's Hill gesehen hatte.

»Ich brauche alles, was wir über diesen Mann in Erfahrung bringen können«, sagte sie zu den anderen. »Bankauszüge, Immobilienbesitz, Aufsichtsratsposten, Namen der Angehörigen, Club-Mitgliedschaften, Online-Chatrooms, in denen er aktiv war, Pornoseiten, auf denen er gesurft hat, das volle Programm. Und dann dasselbe für Stepanow und Swain. Da muss es eine Verbindung geben«, fuhr sie fort, während sie den Leichnam anstarrte. »Irgendwo muss einfach eine sein.«

10. Kapitel

Sie brauchte einen Sieg oder wenigstens einen kleinen Durchbruch. Jedenfalls irgendeine Art von Fortschritt. Paul Markham war ihr völlig unerklärlich, und jetzt saßen ihr sowohl die Presse als auch Hadley im Nacken. *Du musst langsam aus dem Quark kommen, Mädchen,* sagte Eva sich, *sonst ist deine Karriere als DI die kürzeste in der Geschichte der Menschheit.* Sie musste etwas modifizieren, eine Variable oder ein Detail, das ihre Sichtweise auf die Morde ändern könnte. Letzten Endes hatte sie nur die Verdächtigen von damals, das war alles.

Eva zwang sich, die Liste noch einmal durchzugehen. Unter denen, die übrig waren, stach nur ein Name heraus. Sie bezweifelte, dass Martin Ward ein brauchbarer Kandidat für die Rolle des Mörders war, doch zu irgendetwas musste er gut sein. Er war vorbestraft und hatte eine Reputation, und die Chance, dass er nicht mehr dealte, war zu klein, um sie ernsthaft in Erwägung zu ziehen.

Ein weiterer Gedanke kam ihr früh am nächsten Morgen, als sie an ihrem Schreibtisch saß und über den analogen Akten des Falls brütete. Ohne besonderen Grund nahm Eva sich ihren Laptop vor und durchsuchte die Datenbank des Police National Computer. Was sie fand, ergab keinen Sinn. In den analogen Akten, den Unterlagen und Ausdrucken in dem Pappordner, war Martin Wards

Geschäft mit harten Drogen eindeutig zu erkennen, doch im PNC war so gut wie nichts von den Beweisen dokumentiert. Vielleicht hätte es einen Unterschied gemacht, wenn dort alles festgehalten worden wäre, dachte Eva, während sie sich wieder den Akten zuwandte. Vielleicht hätte es dann jemand Ranghohes für angebracht gehalten, bezüglich Martin Ward etwas zu unternehmen.

Aber niemand hatte etwas unternommen. War das bloß ein Zufall? Ward hatte da ein nettes kleines Unternehmen laufen, wenn man den Beweisen in der Akte glauben konnte, doch keins der zuständigen Polizeiteams hatte versucht, ihm das Handwerk zu legen. Alastair Hadleys Behauptung, jemand würde eine schützende Hand über Razins Lieferketten halten, ging ihr durch den Kopf. Einen Problemlöser, so hatte er den Betreffenden genannt, jemanden, der Beweise aus der Welt schaffen konnte. Wenn er recht hatte, passte Ward zumindest in das Schema eines Menschen, der davon profitieren könnte.

Wird Zeit, mal für ein bisschen Wirbel zu sorgen, dachte sie. *Irgendwas tun ist besser, als nichts zu tun.* Sie klappte ihren Laptop und die Aktenordner zu. Als Mordverdächtiger mochte Ward eher unwahrscheinlich sein, doch Eva fragte sich, ob er ihr vielleicht bei der Suche nach demjenigen hilfreich sein könnte, der in Kingston Informationen weitergab. Sie beschloss, dass es an der Zeit war, Martin Ward einen Besuch abzustatten.

Eva wartete bis Samstagabend. Dann würde Ward am meisten zu tun haben. Er hatte etliche Nachtclubs zur Auswahl, doch Flynn tippte auf das Embers, den größten der drei Clubs im Stadtzentrum. Eva hatte keinen Grund, daran zu zweifeln.

Samstagabend in Kingston. Die Luft hüllte sie heiß und feucht ein; sie spürte den Schweiß auf der Haut. Die Temperatur hatte ein Plateau erreicht, doch die Luftfeuchtigkeit nahm noch immer zu. Ihr dünnes Baumwollkleid klebte ihr fast sofort am Leib, als sie das Revier verließ. Bald würde das Wetter umschlagen. Die Meteorologen sagten Gewitter voraus, und fast spürte sie die statische Ladung in den schweren, drückenden Wolken, die sich über der Grafschaft zusammenballten. Rasch sah sie auf ihr Handy. Elf Uhr. Nicht mehr lange, dann würden die Pubs zumachen und das Partytreiben richtig losgehen. Bis gegen drei Uhr früh, wenn die Clubs schließlich ihre Türen schlossen und die Gäste heimwärts wankten, würde gesoffen und getanzt werden. *Überall dasselbe,* dachte Eva. *Menschenmassen, betrunken oder zugedröhnt, auf der Suche nach einem Fick, einer Schlägerei oder beidem. Am Ende einer weiteren sinnlosen Woche des Rackerns für die Miete lassen die Leute Dampf ab.*

Irgendwo ein Stück die Straße hinunter warteten Moresby und ein Kleinbus voller Constables auf ihren Anruf. Flynn und Chakrabati drückten sich ganz in der Nähe herum. Jamie Newton war bereits im Club. Und laut ihm auch Martin Ward.

Hitze und Schweiß schlugen ihr ins Gesicht. Es mussten an die tausend Menschen im Club sein. Ein paar Hundert drängten sich auf der Tanzfläche, noch mehr saßen an

Tischen entlang der Hallenwände. Über sich sah Eva eine Empore, die sich fast um den ganzen Raum herumzog, mit noch mehr Tischen und einer zweiten Bar. Scheinwerfer flackerten und zuckten im Takt der Musik. In Haikäfigen, die von der Decke herabhingen, tanzten fast nackte Frauen wie wild zu ohrenbetäubendem Elektro-Beats.

Ward dürfte inzwischen zu Hochform aufgelaufen sein, dachte Eva, und an jeden mit einem Bündel Scheine LSD und Partydrogen verticken. Wenn er vorsichtig war, hatte er immer nur kleine Mengen dabei. Aber irgendwo in der Nähe würde er Nachschub gebunkert haben, der Abend musste sich ja lohnen.

Eva drängte sich durch ein Grüppchen, das dicht beim Eingang stand. Ein paar junge Männer warfen ihr einen flüchtigen Blick zu und schauten dann noch einmal hin. Sie hatte ihr kurzes Haar mit Wachs gestylt und trug ein kurzes schwarzes Kleid mit viereckigem Ausschnitt, das hinten tief blicken ließ und von langen schwarzen Lederschnüren zusammengehalten wurde. Als sie sich im Spiegel betrachtet hatte, hatte sie das Bedürfnis gehabt, noch etwas hinzuzufügen, also hatte sie Eyeliner aufgetragen und ihn seitlich zu schwarzen Punk-Schlieren verschmiert. Vielleicht hatte sie es damit übertrieben. Die Typen am Eingang schienen jedenfalls dieser Ansicht zu sein.

Sie fand Jamie Newton an die Bar im Erdgeschoss gelehnt, in einem schlichten weißen Hemd und hautengen schwarzen Jeans, das Haar zurückgegelt. Er schien ebenfalls einiges an Aufmerksamkeit zu erregen, bei mehreren Frauen und auch ein paar Männern. Newton wirkte vollkommen entspannt und lächelte alle und jeden an, die Männer eingeschlossen. Eva wurde nicht recht schlau aus ihm. Newton schien etwas so grundlegend Anständiges an sich zu haben, dass sie das Gefühl hatte, er müsste doch irgendwo irgendeine Marotte verbergen. Mochte er lieber Frauen oder Männer oder beides? Unbewusst schüttelte sie den Kopf. *Konzentrier dich,* befahl sie sich. *Das hier muss hinhauen.*

Newton schob ihr einen Drink hin, als sie sich neben ihn stellte. »Tonic Water«, sagte er leise, sodass nur sie es hören konnte. Sie nahm das Glas, nippte daran und sah sich in der Halle um. »Er steht drüben am Notausgang«, meinte Newton, als sie sich wieder zu ihm umwandte. »Hellblaues Hemd.«

Martin Ward sah genau so aus, wie sie es erwartet hatte. Ein aalglatter Typ, weltmännisch und fast echsenartig. Mit Mitte dreißig versuchte er, jünger zu wirken, wahrscheinlich der zahllosen Frauen wegen, die sich in seiner Nähe herumdrückten. »Er nimmt Einkaufslisten entgegen«, sagte Newton. »Ecstasy, Ketamin, Izzy, LSD, Nexus, Toonies, alles, was Sie wollen. Der Kerl ist eine wahre Chemiefabrik. Verschwindet immer wieder. Sieht aus, als nimmt er eine Bestellung auf und kommt dann nach so etwa fünf Minuten wieder und wickelt den Deal ab. Wo immer er das Zeug hat, weit kann's nicht sein.«

»Draußen?«, wollte Eva wissen.

»Becks und Raj glauben, er geht über die Straße, aber sie können nicht näher an ihn ran, ohne dass er sie sieht.«

Eva furchte die Stirn. »Wie kommt er raus?«

»Der Notausgang ist offen«, antwortete Newton. »Er drückt die Tür zu, aber sie rastet nicht ein. Das heißt, dass wahrscheinlich irgendwer vom Personal das Ganze im Blick hat.«

Das klang logisch. »Ich will näher ran«, sagte Eva. »Halten Sie mir den Rücken frei?«

Newton warf einen kurzen Blick auf ihr Kleid und lachte los. »Aber mit Vergnügen, wo Sie doch im Stealth-Modus unterwegs sind und so.«

Sie merkte, wie sie rot wurde. »Sehr freundlich von Ihnen, DS Newton«, erwiderte sie leise und in verlegenem Tonfall.

Jamie Newton grinste weiter.

Eva suchte sich einen Weg zur Tanzfläche und drängte sich durch die Menge. Newton hatte recht. Ward blieb in der Nähe des Notausgangs. Alle paar Minuten schob sich jemand an ihn heran und begann ein Gespräch mit ihm. Ward antwortete schnell, und entweder sagte dem Kunden der Preis zu oder nicht. Den meisten sagte er zu, stellte Eva fest. Ward machte sich Listen und gab ihnen dann etwas. Als sie sich noch näher heranmanövrierte, sah sie, was es war. Ward schrieb die Bestellungen auf einen Block aus Lotterielosen, wie man sie bei Dorffesten benutzt. Sie konnte sich nicht recht entscheiden, ob das altmodisch war oder dem Ganzen nur die Krone aufsetzte.

Anhand der Lose verteilte Ward Päckchen, nahm das Geld der Kunden entgegen und stopfte es in einen Beutel, den er unter seinem Hemd verborgen hatte, das ihm lose über die Jeans hing. Sie musste noch näher ran, so nahe, dass sie ihm durch den Notausgang folgen konnte, wenn er das nächste Mal Ware holte. Wenn sie herausfinden konnte, wo er seine Drogen gebunkert hatte, konnten Moresby und seine Männer den Rest erledigen. Doch wenn Ward glaubte, dass er beobachtet wurde, würde er einfach verschwinden. Er musste sich sehr sicher sein, was sein Drogenversteck betraf. Wenn er Verdacht schöpfte, könnte er sie einen Tag oder länger dort lassen, bis er sich wieder unbeobachtet wähnte. Dies war ihre einzige Chance.

Gerade wollte Eva Ward ansprechen, als an einem Tisch in der Nähe Gejohle laut wurde. Ein halbes Dutzend Frauen, alle betrunken, saß da und verglich Cocktailspieße. Nur eine machte ein verdrossenes Gesicht. Sie sah aus, als hätte sie gerade ein Spiel verloren. »Der Rest des Abends geht auf dich, Sonia!«, überschrie eine der anderen die Musik. »Du lässt uns doch nicht hängen, oder?«

Die Frau, die den kurzen Cocktailspieß gezogen hatte, stemmte sich auf die Beine. Blondes, schulterlanges Haar in kleinen Löckchen und ein weißes Kleid, das gerade eben ihr Hinterteil bedeckte. Sie schwankte im Stehen. Anfang zwanzig, schätzte Eva, und ein bisschen betrunkener als die anderen. Der Rest der Gruppe beobachtete sie, wartete auf ihre Reaktion. Gleich darauf schnippte sie mit den Fingern. »Bin in zehn Minuten wieder da«, verkündete sie den anderen, die mit erwartungsvollen Gesichtern um den Tisch herumsaßen. Wieder wurde gejohlt, als Sonia vom Tisch wegstolperte.

Sie hielt direkt auf Ward zu, der ihr mit verschränkten Armen entgegensah, und warf ihr Haar zurück, als sie vor ihm stand, mit dem Rücken zu Eva. Was sie zu Ward sagte, bekam Eva nicht mit, doch was immer es war, es kam nicht gut an. Vielleicht fragte sie nach einem Rabatt. Da war bei Ward nichts zu machen.

Kurz darauf versuchte Sonia es erneut. Diesmal trat sie näher an Ward heran, als wollte sie ihn anbetteln. Er reagierte nicht. Doch als sie sich vorbeugte und ihm etwas ins Ohr flüsterte, sah er sie an und zog eine Braue hoch. Wieder johlten die Frauen an dem Tisch, die das Ganze beobachteten. *Das kann nicht dein Ernst sein,* dachte Eva. *Bist du wirklich bereit, so was für ein paar Drogen zu machen?*

Vielleicht ja. Nach einem weiteren kurzen Wortwechsel trat Ward zurück in den Schatten. Die Frau folgte ihm. Ganz kurz sah Eva Straßenlaternenlicht, als die Tür des Notausgangs aufging und sich wieder schloss. Sie wartete einen Moment, dann zog sie ihr Handy aus der Handtasche, verließ die Tanzfläche und drückte die Tür ebenfalls auf.

Draußen fühlte sich die Luft fast genauso schwül und feucht an wie drinnen. Eva wartete gleich neben dem Notausgang und sah zu, wie Ward und Sonia das Ende der Gasse neben dem Club erreichten. Als sie nach rechts abbogen, trabte sie hinter ihnen her. Das einzige Zugeständnis an Praktikabilität, das sie heute Abend gemacht hatte, bestand darin, dass sie anstelle von hochhackigen Schuhen schwarze Sneakers trug. Die machten beim Laufen kein Geräusch. Mehr als einmal blieb sie hinter Müllcontainern stehen für den Fall, dass Ward beschließen sollte umzukehren. *Folge ihm,* tippte sie in ihr Handy. Dann schickte sie die Nachricht an Newton, Flynn, Chakrabati und Moresby.

Über ihr flackerte etwas auf. Einen Moment lang dachte sie, es wäre ein Flugzeug, doch dann wurde ihr klar, dass gerade ein Blitz den Himmel erhellt hatte. Das Gewitter war näher als vorhergesagt. Vielleicht würde es mit der klebrigen Schwüle bald vorbei sein.

Ward und Sonia überquerten die Hauptstraße. Auf der anderen Seite führte er sie zu einer schmalen Lücke zwischen zwei Gebäuden, dann waren sie in einer Gasse verschwunden. Eva ließ eine Handvoll Autos vorbeifahren und folgte ihnen.

Die Gasse verlief zwischen zwei Häuserblocks. Zur Linken befand sich im Erdgeschoss ein heruntergekommener Second-Hand-Laden für Elektrogeräte. Rechts sah sie billige Büroräume. Die Gebäude berührten sich über einem schmalen Durchgang. Vielleicht waren sie sogar miteinander verbunden, doch im scharf gezeichneten Schatten der Straßenlaternen konnte sie das nicht erkennen. Sie wusste nicht, wo die Gasse hinführte. Zur Rückseite der Gebäude, nahm sie an, aber wie es dann weiterging, konnte sie nur vermuten.

Eva stand in der Gasse, während sich ihre Augen an die Dunkelheit gewöhnten. Irgendwo weiter vorn hörte sie das Klacken von hohen Absätzen auf Beton. Ward und Sonia waren nicht in eins der Gebäude gegangen. Einen Augenblick lang konnte sie sehen. Ein Blitz erleuchtete die Welt und erzeugte bläuliche Schatten in der düsteren Gasse. Dann wieder Finsternis, und sie ging weiter.

Sie zählte drei Türen in den Wänden. Kartons mit Gerümpel waren an der rechten Mauer aufgestapelt. Die Gasse machte einen scharfen Knick. Vor ihr immer noch das Klack-Klack hoher Absätze.

Als sie das Ende der Gasse erreichte, begriff sie. Die Gasse führte zu einem kleinen Parkplatz für höchstens zwölf Fahrzeuge, auf allen Seiten von vierstöckigen Gebäuden umgeben. Rasch schaute Eva nach oben. Die meisten Fenster, die in den kleinen Hof hinabstarrten, sahen aus wie Bürofenster. Nur ganz hinten waren ein paar, die vielleicht zu Wohnungen gehörten. Autos gelangten durch eine schmale Durchfahrt auf den Parkplatz, sie war mit einem schwarzen Gittertor versperrt, das sich bestimmt öffnete, wenn man auf einen Knopf an der Wand drückte.

Leise trat Eva in den Hof. Von irgendwoher konnte sie gedämpfte Stimmen hören. Sie schob sich an der Wand entlang, in Hauseingänge hinein, die ihr ein wenig Deckung boten, und wieder heraus, bis sie die beiden sehen konnte. Dann trat sie einen Schritt zurück und versteckte sich in einem Schatten. Keine sechs Meter von ihr entfernt standen Ward, Sonia in ihrem weißen Kleid und ein einsames Auto, alle von vier Strahlern beleuchtet, die an einem verzinkten Metallpfahl angebracht waren. Eva hob ihr Handy, vergewisserte sich, dass das Display so dunkel wie möglich eingestellt war, und begann zu filmen.

»Deine Freundinnen wollen also richtig Party machen«, hörte sie Ward sagen. »Das kann am Samstagabend ganz schön teuer werden.«

Sonia stand vor ihm. »Ich glaub nicht, dass wir genug

Kohle haben. Ich hab das Spiel verloren. Wie gesagt, meinst du, wir können über einen Preisnachlass reden?« Beim Sprechen trat sie näher an Ward heran. Der legte den Arm um ihre Taille.

»Ich denke, dass wir uns schon irgendwie einigen können. Aber es muss schnell gehen, ich muss wieder an die Arbeit.«

Die junge Frau runzelte die Stirn. »Und wo gehen wir dann hin?«

Ward lachte. »Wir sind schon da, Schätzchen«, verkündete er, während er ihr mit der Hand über den Rücken strich. »Stehst du etwa nicht auf frische Luft? Keine Angst, in den Gebäuden da ist keiner. Und das hier«, er holte eine kleine Metalldose aus der Hosentasche, hielt sie ihr hin und klappte den Deckel auf, »bringt dich in Stimmung.«

Eva hielt das Telefon ganz ruhig. Sie musste filmen, wie Ward der Frau Drogen gab. Nicht nur eine Nase voll aus der Schnupftabakdose, sondern etwas Eindeutigeres, etwas, das bewies, dass er dealte. Vielleicht würde sie ja Glück haben. Kurz darauf schien das Interesse der jungen Frau an ihm deutlich zuzunehmen.

Sie legte die Arme um Wards Hals und küsste ihn, lange und heftig. Wards Hände glitten ihren Rücken hinunter und legten sich um ihr Hinterteil. Eva sah, wie sie zufassten, wie er begann, ihr Fleisch zu kneten. Sonia drängte Ward gegen das Heck des Autos und schlang langsam ein Bein um ihn. Er streichelte ihren Schenkel und schob dann den Saum ihres Kleides hoch, sodass ein Stringtanga aus weißer Spitze sichtbar wurde. Er strich mit einem Finger darüber, schob ihn darunter und dann von hinten zwischen ihre Beine. Sie reagierte kaum. Was immer sie geschnupft hatte, musste inzwischen wirken. Kokain, nahm Eva an. Eine Dosis Koks in Kombination mit Alkohol, und sie war in einer ganz anderen Welt.

Ward zog den Stringtanga herunter und schob ihr das Kleid bis zur Taille hoch, dann drückte er sie ein wenig zurück und zog ihr den oberen Teil des Kleides über die Schultern. Sonia trug nichts darunter. Sie schien es kaum zu bemerken; sie presste ihren Mund weiter auf seinen, und ihre Zunge stocherte und leckte, während er ihre Brüste, ihren Hintern und dann ihren Schritt befingerte. Da stöhnte sie doch auf und drängte sich noch heftiger an ihn. Wieder ein Blitz. Diesmal von fernem Donnergrollen begleitet.

Gleich darauf löste Ward sein Gesicht von ihrem, legte die Hand um ihren Hinterkopf und drückte sie nach unten. Sie grinste; ihr war klar, was er wollte. Rasch griff sie nach seinen Jeans, öffnete den Gürtel und zerrte an dem Reißverschluss. Als sie ihm die Jeans bis zu den Knien hinuntergezogen hatte, kniete sie sich vor ihn und fing an zu lecken. Ward hielt die Hand an ihrem Hinterkopf, packte eine Handvoll Haar und stieß in ihren Mund. Etwa eine Minute blieb Sonia, wo sie war, dann zog er sie hoch und drehte sie so, dass sie am Kofferraum des Wagens lehnte.

Wieder Donnergrollen und jetzt auch ein paar Regentropfen. Sonia schob ihren Stringtanga ganz hinunter, zog ein Bein heraus und ließ ihn am Fuß des anderen baumeln. Ihr Kleid war um ihre Taille gewickelt. Noch einmal knetete Ward ihre Brüste und ihre Gesäßbacken, bevor er ihre

Beine auseinanderdrängte und von hinten in sie eindrang. Während er immer wieder zustieß, brach das Gewitter los.

Aus den ersten Regentropfen wurde ein Wolkenbruch. Sonia quietschte auf, doch Ward hatte nicht vor aufzuhören. Seine Hände umklammerten ihre Schenkel, während er pumpte; seine Fingerknöchel waren weiß. Sie hob ein Bein an, um sich auf dem Heck des Wagens abzustützen. Regen prasselte auf ihren Rücken, tropfte von ihren Brüsten. Das Haar klebte ihr nass am Gesicht, doch Ward machte weiter. Eva kam sich vor, als würde sie gerade einen Porno drehen. Sie verschickte eine SMS. *Bereithalten.*

Es dauerte noch eine Minute, dann endlich sackte Ward zusammen und drückte Sonia dabei auf den Kofferraum. Eine Weile lag er auf ihr, stemmte sich aber schließlich doch langsam hoch und schien den strömenden Regen gar nicht zu bemerken. Sie rollte sich auf den Rücken, glitt von dem Auto und zerrte ihr Kleid wieder zurecht. Dann stieg sie in ihren Stringtanga. Ward zog seine Jeans hoch. Sonia grinste ihn an. »War das einen Rabatt wert?«

Er nickte. »Ich zieh was ab.«

Jetzt kommt's, dachte Eva. *Bei meiner nächsten SMS,* ließ sie Moresby wissen.

Ward öffnete den Kofferraum des Autos. Eva sah, wie Sonias Augen riesengroß wurden. »Is' ja wie Aladdins Scheißschatzhöhle«, kicherte sie. »Was krieg ich denn?«

»Ich will trotzdem Kohle«, sagte Ward. »Geschenke kann ich mir nicht leisten.« Als sie Anstalten machte, sich zu beschweren, hob er die Hand. »Keine Angst«, beruhigte er sie. »Ich mag dich. Ich geb's dir zum Einkaufspreis.«

Vorsichtig trat Eva aus dem Hauseingang, das Handy noch immer erhoben. Sie schob sich hinter den beiden um sie herum, damit sie in den Kofferraum sehen konnte, bereit, zur SMS-Funktion zurückzuschalten, sobald sie freie Sicht hatte. Auch ihr rann der Regen übers Gesicht. Sie war klatschnass. Aber das war's wert, sagte sie sich, während sie zusah, wie Sonia Ward für sechs kleine Plastiktütchen ein Bündel Scheine gab. Eva filmte noch fünf Sekunden weiter, dann simste sie: *Jetzt.*

Vier Gestalten stürmten auf den Parkplatz. Drei kamen auf Ward und Sonia zu, eine rannte zur Einfahrt und drückte auf den Toröffner. Gleich darauf kam ein Einsatzwagen herangebrettert, Blaulicht blitzte im Regen. Ward wollte kehrtmachen, doch Eva brüllte seinen Namen. »Ich verhafte Sie wegen des dringenden Verdachts, dass Sie mit harten Drogen handeln!«, schrie sie und marschierte auf ihn zu, den Dienstausweis erhoben wie einen Talisman. Während zwei von Moresbys Leuten Ward Handschellen anlegten, ratterte sie den Rest ihres Textes herunter.

Sie leuchtete gerade mit der Handytaschenlampe in den Kofferraum von Wards Wagen, als Newton, Flynn und Chakrabati auftauchten. Sonia hatte recht gehabt, da drin sah es aus wie in einer Chemie-Schatzhöhle. Eva überschlug rasch im Geiste. In dem Kofferraum lag Ware im Wert von fast fünfzehntausend Pfund, das, was bereits verkauft worden war, nicht mitgezählt. Ward allein konnte unmöglich ein so großer Fisch sein, dass er regelmäßig solche Mengen umsetzte. Er musste für jemand anderen arbeiten.

Ward sah ungerührt zu, wie sie in dem Kofferraum

herumstöberte. Er spuckte aus. »Lass das Zeug bloß nicht nass werden, ich werd's bald wiederhaben wollen. Wenn du was probieren möchtest, hinterleg einfach 'nen Schuldschein. Ich akzeptiere Schecks und Bargeld.« Dann grinste er. »Ich könnte dir auch einen Rabatt anbieten.«

Eva warf einen kurzen Blick auf Sonia, die triefend im Licht der Scheinwerfer stand. »Ich verzichte«, sagte sie. »Sie wissen schon, dass da genug für zehn Jahre Knast drin ist?«

»Vergiss es, Süße«, gab Ward zurück. »Die Frisur und das Make-up sind übrigens geil. Extra für heute Abend?« Sie ging nicht auf seine Provokation ein, also beschloss er, es noch einmal zu versuchen. »Verlass dich drauf, wenn mein Anwalt mit euch Pfeifen durch ist, gibt's eins auf die Finger und dann die Ware zurück. Ihr habt doch keinen blassen Dunst. Ich weiß echt nicht, wieso ihr mich nicht einfach laufen lasst und fertig.«

Eva trat ganz dicht vor ihn hin. »Dein Anwalt? Meinst du nicht Semjon Razins Anwalt?«

Wards Miene versteinerte. Er sah sie einen Moment lang an. »Hör zu«, sagte er leise. »Du bist hier doch total überfordert. Lass die Finger davon. Das ist übrigens keine Drohung«, setzte er rasch hinzu. »Ich bin einfach nur nett zu dir.« Er meinte es ernst. Das konnte sie in seinen Augen sehen. Doch sie hatte recht gehabt. Ward war einer von Razins Männern.

»Ich lass es drauf ankommen«, erwiderte sie. »Grüß Razins Anwalt von mir.«

»Ich verarsch dich nicht«, beteuerte Ward, während sie zwei Constables zunickte, damit sie ihn mitnahmen. »Das hier wird für dich 'ne echt persönliche Geschichte werden. Mach keinen Blödsinn.«

»Sieht aus, als hätte ich das schon getan«, sagte Eva und ging.

11. Kapitel

»Er hat es nicht abgestritten?« Alastair Hadleys Gesichtsausdruck lag irgendwo zwischen ungläubig und argwöhnisch. Er stand im Eingang des Bahnhofs, vor dem Regen geschützt. Der Sonntagsfahrplan bescherte ihm diesmal zehn Minuten mehr auf dem Bahnsteig als bei ihrem letzten Treffen. Eva hoffte inständig, sie würde nicht Small Talk machen müssen, bis sein Zug kam.

»Er hat es praktisch bestätigt. Nicht wortwörtlich, aber er wollte, dass ich es weiß. Es war weniger eine Drohung als eine Warnung.«

»Vergessen Sie das«, wies Hadley sie an. »Ich habe es schon vergessen.«

Du stehst ja auch nicht in der Scheißschusslinie, dachte sie, antwortete jedoch nicht.

»Was hält Cowan davon?«, wollte er wissen.

»Ich war noch nicht bei ihm. Ich wusste nicht genau, ob es sicher ist, mich außerhalb der Arbeitszeit mit ihm zu treffen.«

»Der kann schon auf sich selbst aufpassen«, entgegnete Hadley. »Es gibt also keinerlei Verbindungen zwischen Ward und dieser anderen Ermittlung, an der Sie arbeiten?«

Bei dieser anderen Ermittlung, hätte Eva fast halblaut erwidert, *geht es mindestens um einen Dreifachmord.* »Das ist nicht ausgeschlossen, aber es erscheint nicht sehr naheliegend. Ward verkauft mit an Sicherheit grenzender Wahrscheinlichkeit Drogen, die er von Razins Leuten bekommt. Vermutlich ist er sowohl Dealer als auch Großhändler. Dass er für die Morde damals in Betracht gezogen worden ist, ist wahrscheinlich bloß ein Zufall. Jemand aus dem damaligen Team hatte ihn in Verdacht, Drogen an Studenten zu verkaufen, das war ein hinlänglich guter Grund, um seinen Namen auf die Liste zu setzen. Das hat uns jetzt den Vorwand geliefert, um ihn einzukassieren.«

Hadley starrte durch den Regen hindurch über die Straße. »Beobachten Sie ihn«, sagte er schließlich. »Achten Sie darauf, wer Ward besucht, wer mit seinem Anwalt redet, wo die Beweise hingebracht werden und wer den Papierkram abzeichnet. Irgendwas wird verschwinden. Irgendwas wird abhandenkommen.«

Eva stand schweigend da.

Etwas später seufzte Hadley: »Das ist wirklich wichtig, Harris. Hier geht es um einen der gefährlichsten Verbrecher, die es gibt, und darum, wie er das Gemeinwesen hier im Würgegriff hält. Wenn wir Razin hier schlagen, werden wir wichtig für alle Aktivitäten von Dublin bis Constanza. Wir können an diesen Scheißkerl rankommen«, er drehte sich um und sah sie finster an, »wenn Sie es nicht versauen.«

Eva sah ihm nach, als er in den Bahnhof zurückging. *Ich liefere dir Razins Mann schon noch,* dachte sie, während sie sich vergewisserte, dass er wirklich in den Zug stieg, *aber alles zu seiner Zeit. Zuerst kommt der Mörder von Irina Stepanow.*

Das Wetter war definitiv umgeschlagen. Eva wusste nicht, ob sie sich freuen oder enttäuscht sein sollte. Die stickige Schwüle war verschwunden, doch sie war durch fast konstanten heftigen Regen ersetzt worden. Graue Wolken jagten einander über einen bleiernen Himmel, wogten und waberten wie der Dampf eines unsichtbaren Kessels. Ein weiterer Blitz ließ die Welt den Bruchteil einer Sekunde lang erstarren, als sie ihren Wagen auf die kleine Straße am Eingang der Anlage von St Jude's Hill steuerte. Regen hämmerte ohrenbetäubend auf das Autodach. Die Straßen in Surrey waren überflutet. Sie sah, wie der Lieferwagen eines Supermarkts durch die Pfützen pflügte, die sich auf dem Asphalt zu einem See vereinigt hatten, und dunkelgraues Wasser hinter sich aufstieben ließ. Der Himmel hing tief über ihr, finster und bedrückend. *Mal sehen, ob wir's diesmal besser hinkriegen,* dachte sie, während sie darauf wartete, dass der Lieferwagen vorbeifuhr.

Eva bog in die Einfahrt von St Jude's Hill ein, hielt am Tor und zeigte dem Wachmann ihren Dienstausweis. Innerhalb der Villenanlage folgte sie der Wegbeschreibung, die Raj auf einen Post-it-Zettel gekritzelt hatte. »Sie können's nicht verfehlen«, hatte er ihr versichert. »Ist ungefähr so unauffällig wie Windsor Castle.«

Raj hatte übertrieben, dachte sie, als sie vor einer Art kleinerem Geisterschloss parkte, aber nicht sehr. Das Haus war im Pseudo-Tudorstil erbaut und dann erweitert worden. Ein vor Kurzem errichteter Anbau kündete von Spas und ähnlich zweifelhafter Opulenz. *Ein bisschen jenseits meiner Gehaltsklasse,* dachte Eva, während sie hineineilte. Sie versuchte, sich einzureden, dass das egal war. Sie war nie ein großer Tennisfan gewesen.

Drei Frauen saßen in der Kaffeelounge an einem Tisch und warteten auf sie. Bekannte von Irina Stepanow, die Raj kontaktiert hatte. Die Nachforschungen bei Jodie Swains und Paul Markhams Verwandten, Freunden und Bekannten hatten bisher wenig Interessantes ergeben. Swains Partner war seit weniger als einem Jahr mit ihr zusammen, und obgleich ihre Arbeitskollegen hilfsbereit gewesen waren, hatten sie Jamie Newton doch nichts berichtet, was unmittelbar nützlich gewesen wäre. Flynn war noch immer mit Markham beschäftigt, schien jedoch ein ähnliches Problem zu haben; ein Übermaß an weitgehend nutzlosen Informationen. Vielleicht würde bei diesen Frauen da am Tisch ja mehr herauskommen. Eva zögerte kurz, ehe sie sich für einen Gesichtsausdruck entschied. Überschäumender Charme, beschloss sie. Mädels unter sich.

»*Vielen,* vielen Dank, dass Sie bereit waren, sich mit mir zu treffen«, schnurrte sie beinahe, während sie ungefragt Platz nahm. »Das muss ja alles *so* furchtbar für Sie sein.«

Sascha Alexejewa, Isabel Williams und Devi Hoyer. Eine Russin, eine Engländerin und eine Amerikanerin, hatte Raj gesagt. Anhand des Akzents war es recht leicht zu erkennen, wer wer war. Alle drei waren ungefähr so alt wie Stepanow; alles attraktive Frauen, wenngleich jede mit einem ganz eigenen Stil. Hoyers Haar war kurz und dunkel, Williams war mehr der Typ Englische Rose und Alexejewa hatte ein kantiges, eher slawisches Gesicht. Ihre Kleidung war leger und teuer. Eva verspürte kein Bedürfnis, nach

Designer-Logos Ausschau zu halten, doch sie wusste, dass sie da waren. In schweigender Erwartung saßen sie an einem Tisch mit gestärktem weißem Leinentuch, der mit Silberbesteck und Tassen aus hauchdünnem Porzellan eingedeckt war. Weiß und Silber. Das und das weiche, indirekte Licht, das von außen in den Raum drang, ließ die drei fast ätherisch wirken.

»Haben Sie schon Verdächtige?«, wollte Devi Hoyer sofort wissen und versuchte, autoritär zu klingen.

Eva zuckte ein wenig zusammen und bedachte sie mit einem wissenden Lächeln. »Ich glaube, Ihnen ist klar, was ich auf diese Frage antworten muss«, antwortete sie vertraulich. Hoyer schien die Abfuhr nicht übel zu nehmen. Wenigstens war Eva auf sie eingegangen.

»Es ist ein Albtraum«, sagte Sascha Alexejewa. »Ich meine, wir haben wirklich keine Ahnung, wer es gewesen sein könnte.«

»Aber wissen Sie vielleicht, wo der arme Grigori Stepanow ist?«, fragte Eva und beugte sich dabei zu ihr vor. »Wir möchten unbedingt mit ihm sprechen.«

Isabel Williams schnappte nach Luft. »Er wird doch nicht etwa verdächtigt?«

Eva schüttelte den Kopf. »Ich denke, ich kann sagen, dass das nicht der Fall ist. Eigentlich machen wir uns bloß Sorgen um ihn.«

»So wie ich Grigori kenne«, bemerkte Hoyer mit einem raschen Blick zur Seite, der besagte, dass sie Grigori wirklich kannte, »versteckt er sich auf seiner Jacht. Wahrscheinlich dreht er Runden um die Isle of Wight.«

Eva nahm sich vor, Raj darauf anzusetzen. »Ein hilfreicher Tipp, vielen Dank. Was können Sie mir noch erzählen?«

Williams faltete die Hände vor sich auf dem Tisch, als sie zum Sprechen ansetzte. Zuerst hatte Eva gedacht, Hoyer wäre die Sprecherin der Gruppe, doch die ließ Williams offenkundig den Vortritt. Es dauerte einen Moment, bevor diese das begriff. Eva sah, wie sorgfältig sie ihre Worte wählte. Irina Stepanow musste für Isabel Williams jemand ganz Besonderes gewesen sein.

»Irina war wunderbar«, begann Williams. »Eine sehr liebe Freundin. Wir vermissen sie alle entsetzlich. Aber die Art und Weise, wie sie umgebracht worden ist …« Ihre Stimme brach. Dann schien ihr plötzlich etwas klar zu werden. Sie starrte Eva an. »Mein Gott, Sie waren dort! Sie sind die Polizistin, die ihn fast erwischt hätte.«

Jetzt fragte sich Eva doch, ob sie einen von den anderen hätte schicken sollen, um dieses Gespräch zu führen. »Fast. Er hatte einen Taser. Er hätte auch meinen Kollegen beinahe umgebracht.«

Williams' Blick schien sich zu verschleiern. »Haben Sie sie gesehen? Haben Sie sie wirklich gesehen?«

Eva konnte nicht lügen. »Ja«, antwortete sie, so sanft sie konnte. »Ich habe sie gesehen.«

Williams senkte den Kopf. Hoyer griff über den Tisch hinweg und legte ihr die Hand auf die Schulter. Schweigend saßen sie da, während Williams' Tränen auf das weiße Leinentischtuch tropften. »Entschuldigung«, sagte sie kurz darauf zu Eva. »Es ist nur … Warum hat er ihre Augen mitgenommen? Sie hat sich doch so darüber gefreut.«

Die Worte hingen eine Sekunde lang in der Luft, bevor Eva sie verarbeiten konnte. »Verzeihung, was?«

»Sie hat sich die Augen lasern lassen«, erklärte Hoyer mit einer beiläufigen Handbewegung. »Das hat wirklich toll geklappt; Irina war ganz aus dem Häuschen darüber, wie scharf sie plötzlich alles sehen konnte. Es ist einfach schrecklich, dass dieser Dreckskerl ihre Augen zerstört hat.«

»Lasern lassen?«

»Sie wissen schon, Sie haben doch bestimmt schon mal Werbung dafür gesehen. Besser als eine Brille oder Kontaktlinsen, sagt man. Hat Irina gesagt«, verbesserte Hoyer sich.

»Das war kein Lasern«, widersprach Williams. »Es war so ähnlich, aber nicht genau dasselbe. Sie hat's mir mal erklärt, aber mir ist dabei ganz flau im Magen geworden. Wenn's um Augen geht, bin ich ein Feigling.«

»Ich lasse das auch machen«, verkündete Sascha Alexejewa. »Ich gehe auch dahin, wo Irina war, eine Tagesklinik in Surrey. Der Arzt da ist fantastisch und sehr nett, hat Irina gesagt.«

Eva kam es vor, als würde sich ihr Gesichtsfeld verengen. Weiteratmen, ermahnte sie sich. »Irina Stepanow hat sich die Augen operieren lassen?«

»Viele Leute lassen das machen«, erwiderte Hoyer. »Das ist inzwischen fast genauso üblich wie das Tragen von Kontaktlinsen. Aber der Typ, bei dem Irina war – der ist zwar teuer, aber kann angeblich Wunder wirken.«

Eva schaffte es, ganz locker zu klingen. »Was ist das denn für eine Klinik?«

Hoyer zückte ihr Handy. »Ich kann Ihnen die Infos mailen«, bot sie Eva an.

Eva schluckte. »Ja, bitte.«

Sascha Alexejewa legte die Stirn in Falten. »Der Arzt wird doch nicht etwa verdächtigt, oder?«

»Wir müssen einfach nur sämtlichen Spuren nachgehen.« Sie wartete, während Devi Hoyer ihre Nachricht tippte.

»Fertig«, verkündete Hoyer gleich darauf.

Eva brachte ein Lächeln zustande.

»Und was ist mit Ihnen, Detective Inspector?«, erkundigte sich Sascha Alexejewa. »Die Presse scheint sich ja sehr für Sie zu interessieren. Was sind das alles für abgefahrene Geschichten über Sie in den Online-Zeitungen?«

Großer Gott, dachte Eva. *Was behaupten die denn* jetzt*?*

»Es heißt, Sie wären vor ein paar Jahren bei einem Einsatz fast ums Leben gekommen«, pflichtete Hoyer ihrer Freundin bei. Eva nahm sich im Stillen vor, den verantwortlichen Journalisten extrem voreingenommen unter die Lupe zu nehmen, doch Sascha Alexejewa schüttelte den Kopf.

»Genau das war's ja, was so komisch war. Offensichtlich ein Irrtum, aber man sollte doch meinen, so dumm und so unaufmerksam ist ein Journalist nicht.«

»Na, ich weiß nicht«, lachte Hoyer. »Was stand denn da drin?«

»Da stand nicht, sie wäre fast ums Leben gekommen«, sagte Alexejewa mit nachdenklicher Miene. »Da stand einfach nur: *Sie ist umgekommen.*«

Eva sackte auf die vordere Kante von Judy Wrens Schreibtisch. »Scheiße, wie haben wir das übersehen können?«

Wren zog eine Braue hoch und sah sie unverwandt an. »Sie meinen eigentlich: ›Scheiße, wie haben *Sie* das übersehen können?‹ Und zu meiner Verteidigung verweise ich auf Beweisstück Nummer minus-eins, nämlich auf den eindeutigen Mangel an Beweisen hinsichtlich Irina Stepanows Augen, was in einem nicht geringen Maß an deren vollständiger Abwesenheit liegt.«

»Was ist mit ihrer Krankenakte?«

»Sie haben echt keinen Schimmer, wie so was läuft, stimmt's?«

Wahrscheinlich nicht. »Erleuchten Sie mich doch bitte«, knurrte Eva und gab sich Mühe, ein wenig konziliant zu klingen.

Wren schob ihren Stuhl zurück und streckte die Beine vor sich aus. »Wenn Sie zum Optiker gehen und sich eine Brille oder Kontaktlinsen verpassen lassen, erfährt Ihr Hausarzt doch nicht automatisch davon, richtig? Dasselbe gilt für private Gesundheitsleistungen. Außerhalb der Klinik, die solche Operationen durchführt, wird so was nicht dokumentiert, und das betrifft alles, vom Augenlasern bis zu Brustimplantaten. Das Ganze ist erstaunlich wenig reglementiert. Ich meine, Sie würden Ihren Hausarzt ja nicht unbedingt wissen lassen wollen, dass Sie sich im Intimbereich ein Tattoo haben stechen lassen, oder?«

»Das ist doch nicht dasselbe.«

»Doch, soweit es die Reglementierung betrifft. Man kann sich auf eigene Kosten ausgewählten Operationen unterziehen, ohne dass die Krankenkasse oder auch nur der Hausarzt davon erfährt. So läuft das eben.«

»Aber eine Augenoperation?«

»Gelasert wird schon seit Jahren. Innenstadtpraxen machen ein Vermögen damit, im Fließbandverfahren Augen zu lasern. Bei Brustimplantaten und Penisvergrößerungen ist es dasselbe, genau wie bei Haarersatz, Lifting und Gott weiß, was noch alles. Kosmetische Chirurgie ist ein Riesengeschäft, oder ist Ihnen das noch nicht aufgefallen?«

»Augenoperationen sind doch keine Schönheitsoperationen.«

»Na ja«, meinte Wren, »das finde ich auch, aber die Regierung ist da anderer Meinung. Wenn Sie Grauen Star haben, zahlt die Kasse Ihnen neue Linsen, aber für alles andere gibt's eine Brille. Wenn Sie das nicht wollen, kommen noch Lasern oder RLE infrage, aber das sind beides individuelle Gesundheitsleistungen und damit quasi kosmetisch.«

»RLE?«

»Refractive Lens Exchange«, erklärte Wren. »Refraktiver Linsentausch. Wollen Sie's genauer wissen?«

»Vielleicht später«, antwortete Eva rasch. »Aber mit so was verdient man Geld?«

»Ärzte? Ein Vermögen. Und die Praxen und Kliniken auch. Lasern und ähnliche Angebote überholen in Sachen Augenkorrektur gerade Brillen und Kontaktlinsen, und zwar schnell. Das ist eine Riesenbranche, und sie wächst immer weiter.«

Eva überlegte eine Weile. »Dann ist es also nicht ungewöhnlich, dass sich Irina Stepanow die Augen hat operieren lassen?«

Wren prustete. »In ihrem Alter und bei ihrem Vermögen? Rückblickend wäre ich wohl überraschter gewesen, wenn sie's nicht getan hätte.«

Eva saß da und ließ sich alles durch den Kopf gehen, was Wren gesagt hatte. Vielleicht war das ja gar keine Spur; vielleicht war es nur ein Zufall. Aber nachverfolgen mussten sie es. Das musste ganz oben auf ihre To-do-Liste. Als sie wieder aus ihrem Tagtraum auftauchte, sah sie, dass Wren sie anstarrte. »Was ist denn?«

Wren löste die übereinandergeschlagenen Beine und beugte sich vor. »Also, warum hat die Presse Sie am Wickel? Scheint, als ob wir fast täglich ein neues Häppchen Eva Harris serviert bekommen. Aber das, was die zuletzt geschrieben haben? *Die Polizistin, die von den Toten auferstanden ist.* Was soll das heißen?«

Eva merkte, wie ihr der Unterkiefer herunterfiel. »Sie machen verdammt noch mal Witze, oder? Das haben die doch nicht im Ernst ausgegraben?«

»Ich weiß nicht, was ›das‹ ist«, erwiderte Wren, »also kann ich nicht sagen, was sie ausgegraben haben.«

Eva schloss die Augen. Razins Leute. Sie gaben ihr ein Zeichen, dass sie sich zurückhalten sollte. Fürs Erste noch auf die sanfte Tour. Sie setzten ihr Wissen und mehr oder weniger gutes Zureden ein, versuchten, zu zeigen, dass auch sie subtil sein konnten, aber nichtsdestoweniger war es eine Einschüchterungstaktik. Doch irgendjemandem musste sie vertrauen. Zumindest würde Wren die medizinischen Aspekte verstehen, dachte sie. Und so erzählte sie es ihr.

»Deswegen wissen Sie also so viel über hypovolämischen Schock«, stellte Wren nach kurzem Schweigen fest. »Verflucht noch mal, haben Sie eigentlich eine Ahnung, was für ein Glück Sie gehabt haben?«

Eva sah sie an und zog eine Augenbraue hoch. »Komischerweise ja. Jedenfalls haben die Ärzte mir das sehr detailliert erläutert.«

»Ich meine, klar, so etwas gab's schon mal, aber acht Minuten, das ist verdammt lange.« Wren runzelte die Stirn. »Sind Sie sicher, dass keine bleibenden Schäden zurückgeblieben sind?«

Einen Moment lang konnte sie nicht antworten. Ihr Geheimnis nach so langer Zeit jemand anderem anzuvertrauen, irgendjemandem, hatte Erinnerungen geweckt, die noch genauso schlimm waren wie an jenem Abend, an dem sie sich in ihren Kopf gebohrt hatten. »Kommt drauf an, was Sie mit Schäden meinen«, flüsterte sie schließlich beinahe. Wren wollte gerade etwas sagen, als die Tür ihres Büros aufging. Eva fuhr herum, um den Eindringling anzufunkeln, doch es war Moresby.

»'tschuldigung«, begann er. »Entschuldigen Sie, dass ich störe.«

Sein Gesicht, dachte Eva. Moresby war aschfahl. Sie konnte sich denken, warum. »O Gott, doch nicht schon wieder?«

»War ja nicht anders zu erwarten«, bemerkte Wren.

»Das hier schon«, entgegnete Moresby. Er holte sein

Handy aus der Tasche. »Der Kollege vor Ort hat es mir gerade geschickt. Weibliches Opfer, Anfang zwanzig, so, wie sich's anhört, Studentin. Wurde von ihrer Mitbewohnerin gefunden.« Er hielt ihnen das Handy hin, sodass sie das Bild auf dem Display sehen konnten.

Eine junge Frau, sorgfältig auf dem Boden arrangiert. Nackt, mit längs in den ganzen Körper geschnittenen Linien. Es folgte ein zweites Foto. Eine Nahaufnahme von den Augen. Die vergleichsweise krude Schnittführung war sofort offensichtlich.

»Un Chien Andalou«, sagte Wren halblaut. »Unser Augenschlitzer von damals.«

»Er ist wieder da«, bestätigte Moresby. Er sah Eva unverwandt an. »Sie hatten recht. Jetzt ist es sicher, dass es zwei Täter sind.«

ACHT MINUTEN LANG TOT

12. Kapitel

Vor zwei Jahren

Dunkelheit, von Sternen punktiert.

Die Sonne war an einem wolkenlosen Himmel untergegangen. Rechts vom Auto markierte eine Bruchsteinmauer die Grenze zu einer Weide. Zwischen dem Straßenrand und der Mauer verlief ein Graben. In ihm schwappte und plätscherte stinkendes Wasser; Jauche aus regendurchtränktem Erdreich lief durch den Entwässerungskanal ab und verwandelte den Boden in Schlamm.

Sie wurde langsamer und hielt an. Sie machte den Motor aus und wartete. Auf der anderen Seite der Landstraße befand sich eine T-Kreuzung. Noch war der Mond zwar nicht aufgegangen, doch der Himmel leuchtete hell. Das Sternbild des Orion stand tief über scherenschnittartigen Bäumen. Rigel und Betelgeuse schimmerten blau und rot, sodass sie selbst in der nächtlichen Finsternis auf dem Land die glänzenden Dachschindeln und die runden Schornsteinaufsätze der Winter's Gate Farm gut ausmachen konnte.

Auf dem Beifahrersitz des Zivilfahrzeugs hob ein Mann, der nur eine Silhouette war, das Funkgerät. Beim Sprechen schirmte er den grünen Schein der LED-Leuchte mit der Hand ab. Seine Stimme blieb ruhig und leise. Die Stimme eines Mannes, auf den Verlass war. Widersinnig war, dass sie dieser Gedanke traurig machte.

»KB47, DI Bradley und DS Harris in Position auf Posten Kilo. Stellen Sie sicher, dass Verstärkung auf Standby ist, erwarte Ankunft der Verdächtigen innerhalb der nächsten dreißig Minuten.«

In ihrem Headset rauschte und knisterte es. Sie stellte sich Sonnenflecken vor. Radiofrequenz-Hintergrundgeräusche, die anderthalb Kilometer entfernt entstanden sein konnten oder am Rand des Universums. Eine Frauenstimme antwortete aus dem Äther. »DI Bradley, hier KB47. Bestätige Verstärkung auf Standby, wartet auf Ihre Anweisungen. Waidmannsheil, Dom.«

Dominic Bradley antwortete nicht. Das brauchte er auch nicht. Das hier wollten sie alle. Die Kollegen im Kontrollraum, die Männer der bewaffneten Spezialeinheit, die einen guten Kilometer die Straße hinunter warteten, sie beide auf ihrem Beobachtungsposten. Eine Chance, einen Polizistenmörder zur Rechenschaft zu ziehen. Vielleicht auch, selbst wenn keiner von ihnen das zugegeben hätte, eine Chance, Rache zu nehmen.

PC Carrie Brenner war gerade einundzwanzig geworden, als Colin Lynch sie mit der Schaufel eines Bulldozers in zwei Teile geschnitten hatte. Auf Lynchs Schrottplatz war ein gestohlenes Fahrzeug gesichtet worden; sie war der Meldung nachgegangen. Es schien eine Routinesache zu sein. Als Brenner die Hecktüren des Lieferwagens geöffnet hatte, hatte sie mit allem gerechnet, aber nicht damit, ihn mit Drogen vollgepumpt vorzufinden. Heroin im Wert von nicht ganz zwei Millionen, hatte der Rechtsmediziner geschätzt.

Lynch hatte sie in einem Bulldozer über den Hof getrieben. Ein Vierzigjähriger, der mit einem sieben Tonnen schweren Baufahrzeug auf eine fünfzig Kilo schwere junge Frau losging, deren Schreie der Nachwelt dank ihres Funkgeräts erhalten geblieben waren. Die obere Hälfte ihres Körpers hatte er noch hundert Meter weitertransportiert und dann in die Schrottpresse gekippt. Ihre Beine hatte er dort liegen lassen, wo sie zu Boden gefallen waren.

Eva erinnerte sich an die Fassungslosigkeit. Nicht nur an die Wut auf dem Revier und darüber hinaus, sondern auch an die schiere Fassungslosigkeit darüber, dass Lynch und seine Crew auf niemandes Radar aufgetaucht waren. Einer der bedeutendsten Drogenhändler in Südengland, und bei der National Crime Agency gab es nicht mal ein Post-it über ihn. Viel war nicht nötig gewesen, um darauf zu kommen, dass Lynch geschützt wurde.

Dominic Bradley gab sich Mühe, den Hass in seiner Stimme zu verbergen, doch sie kannte ihn zu gut. »Ich will keine Risiken eingehen. Diese Arschlöcher sind zu gefährlich, um sich mit ihnen anzulegen. Ich brauche nur die Bestätigung. Ich brauche ein Foto von Colin Lynch.«

Detective Sergeant Eva Harris sah zu, wie er das Nachtsichtobjektiv der Kamera überprüfte. »Und ein Foto von allen, die bei ihm sind. Dann rufen wir die Spezialeinheit.«

Er nickte. Sie sah die Bewegung, weil sich sein Kopf dabei ganz kurz vor die Sterne im Gürtel des Orion schob. Dann drehte er sich zu ihr um, als wolle er noch etwas sagen, doch anscheinend konnte er nicht die richtigen Worte finden. Sie berührte seine Wange mit der Hand. »Es ist okay, Dom. Wirklich. Wir machen doch alle Fehler.«

»Du bist kein Fehler. Nicht für mich.«

Sie lächelte. Ein müdes Lächeln, doch Dom konnte es nicht sehen. Ein Mann, auf den Verlass war. Ganz bestimmt kein Mann, der für eine zehn Jahre Jüngere seine Frau und seine Kinder verlassen würde. Sie wollte ihm sagen, dass sie verstand, dass sie trotzdem Freunde sein konnten. Sie wollte, doch sie konnte nicht. Denn in diesem Moment wurde Eva Harris klar, dass das Sternbild des Orion vollständig verschwunden war.

Scheiße, verdammte!

Sie wusste nicht, ob sie laut aufschrie oder ob das nur in ihrem Kopf geschah. Die Sterne verschwanden hinter einem schwarzen Rechteck, das binnen Augenblicken von nichts zu etwas anwuchs, das den ganzen Himmel verdeckte. Sie versuchte, den Motor anzulassen, doch ihre Hand hatte kaum Zeit, den Zündschlüssel zu finden. Dann erfolgte der Aufprall.

Glassplitter flogen ihr ins Gesicht. Die Seite des Wagens barst. Krach, so laut, dass es wehtat. Kreischen, zerreißendes Metall. Ein jäher Seitwärtsschub, der sie verbog wie eine Stoffpuppe und sich anfühlte, als würden ihr die Gliedmaßen abgerissen. Der Sicherheitsgurt schnitt ihr in den Hals. Das Gefühl, durch die Luft zu fliegen. Etwas schlug ihr hart ins Gesicht, so heftig, dass es ihr vielleicht den Wangenknochen gebrochen hatte. Noch während die Welt sich um sie drehte, begriff sie. Es war Dominics Kopf gewesen.

Das Auto kippte und rollte, bis es gegen die Bruchsteinmauer prallte. Metall krachte an Stein. Wieder drehte sich die Welt, diesmal andersherum. Sie fühlte, wie der Wagen wegsackte. Dann umschlossen ihn die Ränder des Grabens, und er kam zum Stehen.

Sie konnte sich nicht bewegen. Nicht nur war sie eingeklemmt, der Gurt hielt sie kopfüber fest. Ihr schulterlanges blondes Haar streifte das zerbeulte Dach. Blut hämmerte in ihrem Kopf, sie konnte sich nicht rühren. Ihr ganzer Körper dröhnte, als wäre er eine Glocke, die soeben angeschlagen worden war. Sie versuchte, Blick und Gedanken zu fokussieren, doch es gab nichts, worauf sie sich fokussieren konnte.

Noch ein Geräusch. Das eines aufheulenden Dieselmotors. Sie wusste, was sie gerammt hatte; sie hatte es auf den Überwachungsaufnahmen von Lynchs Schrottplatz gesehen. Ein Scania-P38-Kipplaster mit einem an die vordere Stoßstange geschweißten Stahlbalken. Zehn Tonnen Metall, die dreißig Tonnen Schrott schleppen konnten, rasten aus der Schwärze der T-Kreuzung auf sie zu. Scheinwerfer flammten auf. Der Motor heulte.

O Gott. Er rammt uns noch mal.

Es gelang ihr, den Kopf zu Dom hinüberzudrehen, doch Dom rührte sich nicht. Genau wie sie hing er kopfüber in seinem Gurt. Aber sein Hals. Der Winkel seines Halses. Irgendetwas daran, im Gegenlicht der Scheinwerfer. Dann begriff sie. Die eine Hälfte seines Schädels war durch den Aufprall eingedrückt worden.

Die Scheinwerfer schwenkten herum. Sie kamen auf sie

zu. Wieder eine Kollision, diesmal weniger heftig. Das Auto ruckte, und sie brauchte einen Moment, um zu verstehen. Als sie begriff, überrollte sie eine Woge der Panik. Der Laster fuhr über sie hinweg. Jemand versuchte, sie in dem Graben zu versenken.

Sie schrie. Das Wagendach begann nachzugeben, und dunkles, stinkendes Wasser umfloss ihr Haar und ihre Kopfhaut. Eiskalt, und trotzdem stank es nach Schweinegülle und Jauche. Ihr Kopf versank allmählich darin. Das Zeug war in ihren Augen und Ohren. Da bewegte sie sich doch. Schlug um sich, als hätte sie einen Krampfanfall. Ihre Arme fuchtelten, ihre Hand stieß gegen etwas. Doms Funkgerät.

Ein Aufblitzen. Die Scheinwerfer bewegten sich abermals, als der Kipplaster zurücksetzte, um abermals Anlauf zu nehmen. Sie packte das Funkgerät, drückte auf den Panikknopf und schrie: »Officers verletzt!« Wieder und wieder heulte sie die Worte, während der Laster versuchte, den Wagen noch tiefer in den Schlamm zu drücken. Das Dach presste gegen ihren Kopf und ihren Hals. Sie würgte und spuckte, um den Schlamm nicht in den Mund zu bekommen. Plötzliche Nässe. In ihrem Schritt und an ihrem Schenkel. Das Gefühl von warmer Flüssigkeit, die über ihren Bauch lief, zwischen ihre Brüste rieselte, ihr über Hals und Kinn rann. Sie fürchtete den beißenden Geruch von Urin und erkannte den dicken, salzigen Geschmack von Blut.

Ein zweiter Motor, diesmal eines Autos. Gelächter, laut und rau. Eine zuschlagende Tür, durchdrehende Räder. Das

Geräusch eines mit Hochgeschwindigkeit davonfahrenden Wagens. Wasser in ihrem Mund, rasch dahinfließend und eisig kalt. Schmerzen in Kopf und Hals. Scharfer, unerträglicher Schmerz. Ein neues Geräusch. Sirenen.

Sie konnte die Zeit nicht messen, doch es schien, als wären zwischen dem Moment, als sie den Panikknopf gedrückt hatte, und dem, als die Straße über ihr abermals von Licht überflutet wurde, nur Minuten vergangen. Sie hörte Schritte, hörte, wie wenigstens eine Person in den Graben sprang. Das Licht einer Taschenlampe zuckte über ihr Gesicht. Jemand fluchte. Befehle wurden gebrüllt. Noch mehr Sirenen. Eiskaltes Wasser. Sie konnte ihre Hände nicht fühlen. Plötzlich dieser enorme Druck, an ihrem Hals und in ihrer Brust. Ihr Brustkorb tat weh. Er tat wahnsinnig weh.

Ein Platschen, wieder jemand, der ins Wasser sprang. Eine Frauenstimme. Noch ein Licht und ganz kurz grünes Nylongewebe. Ein Rettungshelfer, nahm sie an. »Eva, können Sie mich hören? Ich heiße Donna. Ich sorge dafür, dass Sie transportfähig sind, bevor wir Sie hier rausholen.«

Sie wusste, dass Donna log. Sie hing kopfüber in einem Autowrack, auf dem ein demolierter Kipplaster stand. Sie würden einen Kran brauchen, um sie hier rauszuholen. Ihr Kopf fühlte sich an wie Eis, und ihre Brust brannte. Das Wasser stieg immer weiter.

Eine Hand griff durch geborstenes Glas. Ein Arm in grünem Nylonstoff. Zwei Finger drückten seitlich gegen ihren Hals. Schwarze Punkte hinter ihren Augen. Dann ein gleißend helles, sengendes Licht. Eine Stimme schrie: »Ihr Herz setzt aus ...!«

Eva musste sich mit Gewalt in die Gegenwart zurückholen. Selbst noch nach zwei Jahren wachte sie manchmal nachts schweißgebadet auf und bekam keine Luft. Der Druck auf Hals und Brust war noch immer eine lebhafte, glasklare Erinnerung. Die Folgen des Abends bei der Winter's Gate Farm blieben ihr treu. Sie wusste, dass sie ihr immer treu bleiben würden.

Sie und Moresby hielten vor einem Wohnblock, der keine anderthalb Kilometer vom Revier entfernt in einem Studentenviertel lag. Diesmal hatte sich eine Menschenmenge versammelt. Fast zwanzig junge Leute wuselten vor dem blauen Absperrband herum, das quer vor dem Eingang gespannt war. Aber keine Gaffer, dachte Eva, als sie sich unter dem Band hindurchduckte. In ihren Mienen sah sie tiefe Betroffenheit und nacktes Entsetzen.

Moresby folgte ihr. Ein paar der Umstehenden stellten ihm Fragen; Eva ignorierten sie. Das lag an der Uniform, schloss Eva, und an der Tatsache, dass Moresby bei jedem wuchtigen Schritt Autorität ausstrahlte. Als sie sich umdrehte, sah sie, dass er stehen geblieben war und leise und freundlich mit einigen jungen Leuten sprach. Sie hörte zu, während er erklärte, was bisher bekannt war, was als Nächstes geschehen und wie lange es wahrscheinlich dauern würde. Sie reagierten auf ihn. Ein paar von ihnen bedankten sich bei ihm, aber so war Moresby eben, dachte Eva. Letzten Endes hatte er ihnen einfach nur die Wahrheit gesagt.

Das Apartment war im vierten Stock. »'ne Studentenwohnung«, sagte Moresby, während sie die Treppe hinaufstiegen. »So eine öffentlich-private Partnerschaft mit der Uni. Die Studenten kriegen sie billiger und bezahlen mit ihrem Studienkredit. Alle haben ein Wohnzimmer, ein Schlafzimmer, ein Bad mit Dusche und eine Küchenzeile. Sind anscheinend ziemlich gut in Schuss, wenn man bedenkt, dass die Bewohner alle paar Jahre wechseln.«

Etliche von Moresbys Männern bewachten den Zugang zu der Wohnung. Inzwischen kannte Eva die meisten von ihnen mit Namen. »Wer ist das Opfer?«

»Alicia Khan«, antwortete Moresby. »Jemand hat gesagt, sie hätte Computeranimation studiert, was immer das ist.«

Eva wusste es. »Eine Pixel-Pusherin«, erklärte sie, obwohl sie wusste, dass er sie nicht verstehen würde. Ihre Vertrautheit mit diesem Fach machte diese Information noch berührender. Khan, noch eine Studentin, die in dieselbe Falle getappt war wie Kelly Gibson, Olivia Russell und Grace Lloyd. Eva wusste, dass man für Computeranimation eine ungewöhnliche Mischung aus sowohl kreativen als auch technischen Fertigkeiten brauchte. Es war kein Studienfach für Weicheier, Khan musste also etwas Besonderes gewesen sein. Eine kluge junge Frau, begabt und mit einer strahlenden Zukunft vor sich, genau wie Gibson, Russell und Lloyd. Irina Stepanow hatte einen anderen Weg gewählt, doch das, dachte Eva, während sie die Einzelheiten des Falls durch einen Nebel der Traurigkeit hindurch im Kopf durchging, hieß nicht, dass sie weniger Recht gehabt hätte zu leben. Die Art und das Timing der Verbrechen bestärkten ihre Ansicht nur noch. Zwei Mörder und zwei völlig unterschiedliche Motive.

»Ist das Zimmer für die Spurensicherung geräumt worden?«, erkundigte sie sich bei Moresby.

Er nickte. »Ich hab es dichtmachen lassen. Aber Sie können wahrscheinlich mal den Kopf durch die Tür stecken.« Das war so ziemlich das Letzte, was sie wollte, doch Eva nahm allen Mut zusammen und tat es trotzdem.

Das Apartment war klein, wie Moresby gesagt hatte. Die Zimmer lagen zu beiden Seiten eines Raums, der als Flur bezeichnet werden konnte, obwohl er kaum zwei Meter lang war. Eva bog sich um den Türrahmen des Wohnzimmers herum und achtete sorgfältig darauf, ja nichts anzufassen oder zu berühren. In der Mitte des Zimmers lag Alicia Khan auf dem Rücken, das dunkle Haar um sie herum ausgebreitet. Sie war nackt, und der größte Teil ihrer Haut war weggeschnitten worden.

»Na, was haben wir hier doch für ein interessantes und erfinderisches Arschloch«, zischte Judy Wren von hinten über Evas Schulter hinweg. Eva hatte nicht gehört, wie sie an sie herangetreten war. »Ich hab ja echt gern mit Menschen zu tun, die Freude an ihrer Arbeit haben.« Ihre Stimme triefte vor Boshaftigkeit. Dann stupste sie Eva an. »Handschuhe und Überschuhe, DI Harris. Liegen an der Wohnungstür.«

Als Eva ins Zimmer trat, stand Wren über dem Leichnam und machte sich Notizen. »Nein, ich kann Ihnen nichts sagen«, wehrte sie ab, noch ehe Eva fragen konnte, »aber geben Sie mir zehn Minuten.« Behutsam legte sie ihren Notizblock weg, hob die Kamera und begann, Fotos zu machen.

Viele Fotos, stellte Eva fest, fast genug, um sie für jene Art Fotogrammetrie-Software zu verwenden, die Bilder wieder zusammenfügen konnte, um ein 3-D-Modell des Tatorts zu erstellen. Sie bezweifelte, dass das Wrens Absicht war. Wie üblich war die Forensikerin einfach nur gründlich.

»Also, hypovolämischer Schock«, bemerkte Wren, während sie durch den Sucher spähte. »Da stirbt man ja gern mal dran.«

Sie würde nicht lockerlassen, das konnte Eva sehen. Sie machte sich eine mentale Notiz, sich mit den Nachrichtenseiten zu befassen, die ihre Geschichte häppchenweise an die Öffentlichkeit brachten. Und zu versuchen, herauszufinden, wer ihnen diese Häppchen lieferte. So viele Einzelheiten der Ermittlung gegen Colin Lynch und zuletzt auch sein Tod waren von den beteiligten Behörden streng geheim gehalten worden; nur jemand ziemlich Ranghohes innerhalb der Polizei wäre in der Lage, an die Informationen zu kommen. Es musste jemand sein, der für Razin arbeitete. Ihr war klar, dass man ihr befahl, sich zurückzuhalten.

»In diesem Fall hat er mir das Leben gerettet«, sagte sie zu Wren, während die Ältere weiter Fotos machte. »Ein Stück der Windschutzscheibe hatte die Oberschenkelarterie in meinem Bein durchtrennt, durch den Blutverlust habe ich einen hypovolämischen Schock erlitten. Der hat einen Herzstillstand ausgelöst, was ironischerweise den Druck auf die Arterie verringert hat. Dass ich dabei kopfüber hing, hat wohl auch ein bisschen geholfen. Das Problem war, ich habe in dem Auto festgehangen, und die

Rettungshelfer konnten nicht an mich ran. Zum Glück hat außerdem mein Kopf in eiskaltem Wasser gesteckt.«

Wren hörte auf zu fotografieren und sah sie an. Eva war betroffen, als sie ihr Gesicht sah. Judy Wren schien über diese Information geradezu entzückt zu sein. »Im Ernst? Hat schon jemand einen wissenschaftlichen Artikel über Sie geschrieben?«

»Ach, halten Sie die Klappe, Judy«, knurrte Eva.

Wren schnaubte und machte sich wieder ans Fotografieren. »Hypovolämischer Schock und acht Minuten lang keine Herzaktivität, normalerweise würde das einen irreparablen Hirnschaden verursachen«, brummte sie halblaut, während sie drauflosklickte. »Wohlgemerkt, ich sage nicht, dass das nicht passiert ist.«

»Siehe meinen vorigen Kommentar.«

»Nur dass Ihr Kopf in eiskaltem Wasser gesteckt hat, das hat vermutlich die Auswirkungen des technisch gesehenen Totseins gemildert.«

»Das hat man mir jedenfalls gesagt.«

Wren achtete nicht auf den schroffen Tonfall. »Und wie sind Sie da rausgekommen?«

Eva zuckte die Achseln. »Ich schulde mein Leben einem Psychopathen.«

»Was?«

»Na ja, eigentlich nicht. Nur einem völlig durchgeknallten Feuerwehrmann, der nicht aufgeben wollte, als jeder andere, der bei klarem Verstand war, das bereits getan hatte. Er hieß John Wilson, und er hat beschlossen, dass es eine gute Idee wäre, den Laster, der auf mir geparkt war, mit einem Löschfahrzeug zu rammen. Totaler, kompletter, absoluter Irrsinn, nur hat's funktioniert. Das Feuerwehrauto hat ordentlich was abbekommen, aber dadurch konnte Donna, meine ebenfalls verrückte Lieblingsrettungshelferin, mir eine Infusion legen, bevor der Defibrillator zum Einsatz kam. Ich habe immer noch Kontakt zu beiden«, fügte sie ein bisschen wehmütig hinzu.

Wren ließ die Kamera sinken und sah sie an. »Und wie war das? Tot zu sein und so?«

Eva verdrehte die Augen. »Wie schlafen, nur ohne Träume. Im Ernst, ich erinnere mich an nichts.«

»Also ein Schleier aus Dunkelheit«, stellte Wren fest und fuhr fort, den Leichnam zu fotografieren.

»Halten Sie die Klappe, Judy.«

Die Erinnerung daran brachte ihre finstersten Ängste zurück, doch das durfte sie sich nicht anmerken lassen. Es würde ihre Schwäche offenbaren, die, die sie vor allen verborgen halten musste. Was war wirklich mit ihr geschehen? Sie erinnerte sich an die Fassungslosigkeit, als die Ärzte es ihr erzählt hatten, und noch immer krümmte sie sich innerlich bei der Erinnerung an eiskalte Schweinegülle in ihrem Mund und ihren Augen. Sie hatten ihr den Kopf rasiert, um ihn mit Sensoren zuzupflastern, die nach einem Hirnschaden geforscht hatten. Sie hatte das Haar fast genauso kurz gelassen, um nicht an die klebrige, glitschige Schweinerei erinnert zu werden, die versucht hatte, in sie einzusickern.

Sie dachte an den Anblick von Dom, der mit eingedrücktem Schädel neben ihr hing, schlaff und leblos. Dominic Bradley. Eine leidenschaftliche Affäre, die während einer spätnächtlichen Observation auf dem Rücksitz eines Autos begonnen und fast auf dieselbe Art geendet hatte. Sie hatten beide gewusst, dass es falsch war und nichts daraus werden konnte, aber sie hatten es trotzdem getan. Es war Wahnsinn gewesen. Hastiger, leichtsinniger Sex, oft an öffentlichen Orten; die Gefahr, entdeckt zu werden, hatte ihre Vereinigungen noch erregender gemacht. Doch sie hatten gewusst, dass es Unrecht war. Dom war verheiratet, er hatte zwei Kinder, er wollte seine Frau nicht verlassen, und Eva wollte auch nicht, dass er das tat, also hatten sie beschlossen, es sein zu lassen. Sie hätten einfach nur Freunde sein können, redete Eva sich hartnäckig ein. Sie glaubte, dass sie immer noch Freunde gewesen wären. Doch die Tatsache blieb bestehen: Ihr Herz hatte acht Minuten lang ausgesetzt, und was sie Judy Wren erzählt hatte, war nicht die Wahrheit. Sie erinnerte sich sehr wohl, doch das waren Erinnerungen, die sie mit niemandem teilen würde, ihrer geistigen Gesundheit zuliebe. Es waren verschwommene Eindrücke, die sie mit ins Grab zu nehmen beabsichtigte. Ein zweites Mal.

Eva fand es unmöglich, Wren trotz ihres bissigen Humors nicht zu mögen. Jetzt furchte die Pathologin die Stirn, senkte die Kamera und hockte sich neben den Kopf der Leiche. »Diese Schnitte«, meinte sie und deutete auf die Linien, die sich an dem ganzen Körper hinunterzogen, »gehen im wahrsten Sinne des Wortes nur bis unter die Haut. Er hat aufgepasst, nicht zu tief zu schneiden. Und sie hat auch weniger geblutet, als ich erwartet hätte.«

»Wieder Exsanguination?«

»Ich glaube nicht. Es gibt keinerlei Kampfspuren. Ich glaube, sie war schon eine Weile tot, als sie verstümmelt worden ist.«

Eva zwang sich, den Leichnam zu betrachten. Das Muster – sie wusste nicht, wie sie die vielen Schnitte sonst beschreiben sollte – erschien ihr sowohl beabsichtigt als auch vertraut. »Bridget Riley«, sagte sie halblaut, während Wren begann, den Schädel der Leiche vorsichtig abzutasten.

»Wieso kenne ich diesen Namen?«

»Sie war in den Sechzigern sehr populär. Die führende Größe der sogenannten Op-Art.«

»Ah«, sagte Wren. »Jetzt erinnere ich mich. Jede Menge parallele Linien, meistens schwarz-weiß. Ja, irgendwie sehe ich, was Sie meinen. In seinem Denken benutzt er den Leichnam als Leinwand.«

»Abartiger Dreckskerl«, fauchte Eva.

»Ein richtiger Psychopath diesmal«, pflichtete Wren ihr bei. Ihre Hände umfassten Alicia Khans Hinterkopf. »Ich frage mich, ob sie ihn wohl gekannt hat.«

»Keine Kampfspuren«, sagte Eva.

»Und ich habe möglicherweise gerade die Todesursache gefunden. Ich kann hier eine ziemlich heftige Delle unten am Scheitelbein fühlen. Bestätigen werde ich das später, aber im Moment vermute ich, dass ihr mit extremer Wucht auf den Hinterkopf geschlagen worden ist. Vielleicht mit etwas mit weichen Kanten, aber mit großem Gewicht? Einem Gummihammer? Jedenfalls mit so was in der Art. Die Haut unterm Haar ist abgeschürft, aber nicht aufgeplatzt. Er wollte nicht, dass sie blutet. Das gehört nicht zu seiner Ästhetik. Ich denke, sie war sofort tot.«

Eva zwang sich, sich neben Wren hinzukauern. Alicia Khans Augen waren in den Schädel gesackt. Er hatte sie zerschnitten, damit sie ihn nicht anstarren konnte, während er sie entstellte. »Nicht so wie bei den anderen«, stellte sie fest.

»Nein«, stimmte Wren zu. »Nicht im Geringsten.«

13. Kapitel

Wieder eine lange, gewundene Auffahrt, stellte Eva fest. Im Herzen dieser wohlhabenden Grafschaft schien so etwas fast *de rigueur* zu sein. Bei der schieren Menge an großen, Millionen teuren Häusern, die sie in den letzten paar Wochen gesehen hatte, gewöhnte sie sich allmählich an dergleichen. Irgendwann, das wusste sie, würde sie sich etwas Ländlicheres suchen müssen, das sie in die Realität zurückholte, jetzt jedoch hatte sie einen Job zu machen.

Das Chatham Centre befand sich in einem niedrigen, modernen Gebäude, das sich bemühte, mit seiner Umgebung zu verschmelzen. Das Schild neben dem Tor war dezent, diskret. Wenn man sich die Augen reparieren lassen wollte, dachte Eva, während sie ihr Auto parkte, dann war man hier wahrscheinlich genau richtig. Irina Stepanow hatte das getan, überlegte sie auf dem Weg zum Empfang. Die Frage war, wer noch?

Sir Robin Chatham verströmte Charme aus jeder Pore. Groß, schlank, gerade eben noch auf der richtigen Seite der sechzig und mit einem Patriziergesicht, das Eva an Jeffrey Cowan erinnerte, begrüßte er sie in der beeindruckenden Eingangshalle, wo eine umwerfend hübsche Asiatin an der Rezeption die Aufsicht führte.

»Detective Inspector.« Chatham ergriff ihre Hand. Einen hochnotpeinlichen Moment lang dachte Eva, er würde sie küssen. »Wie schön, Sie kennenzulernen. Ich wünschte, die Umstände wären andere.«

»In der Tat«, stimmte Eva ihm zu, als er ihr zu seinem Büro voranging. »Es tut mir leid, dass wir so mit der Tür ins Haus gefallen sind, aber wie Ihnen sicher klar ist, scheint unser Mörder nicht geneigt zu sein aufzuhören.« Flynn war ganz sicher mit der Tür ins Haus gefallen, dachte sie. Das würde auch die etwas gereizte Antwort erklären, die sie anfangs vom Chatham Centre bekommen hatte.

»Und ich hoffe, meine Assistentin hat nicht den Eindruck vermittelt, als wolle sie Sie bei Ihrer Arbeit behindern«, erwiderte Chatham. »Aber Ihnen ist Ihrerseits gewiss bewusst, dass wir hier über die persönlichen Krankengeschichten von Patienten sprechen. Sie können sich bestimmt vorstellen, was für Schwierigkeiten wir bekommen würden, wenn wir Ihnen die Akten ohne ihre Genehmigung aushändigen und sie Anstoß daran nehmen würden.«

»Und deswegen«, sagte Eva und griff in die Tasche, »habe ich auch eine gerichtliche Verfügung.« Sie reichte sie Chatham, der sie rasch überflog.

»Vielen Dank. Ist es in Ordnung, wenn ich das hier für unsere Unterlagen fotokopiere? Dann haben wir all die juristischen Feinheiten hinter uns.«

Eva nickte.

Chatham verschwand kurz. Als er zurückkam, gab er ihr die Verfügung zurück. »Um Ihre Frage zu beantworten: Irina Stepanow, Jodie Swain und Paul Markham waren hier alle Patienten. Allerdings muss ich sagen, dass das nicht weiter überraschend ist, schließlich waren sie recht wohlhabend, haben in der Gegend gewohnt und waren alle in den Vierzigern und Fünfzigern.« Er runzelte die Stirn. »Dass sie alle ermordet worden sind, noch dazu auf eine solche Art und Weise, ist natürlich sehr beängstigend für uns.«

»Und Sie sind nicht auf den Gedanken gekommen, sich bei uns zu melden, als Sie ihre Namen in der Zeitung gelesen haben?«

Er spreizte die Finger. »Das ist niemandem aufgefallen. Wir haben den Bezug ganz einfach nicht hergestellt. Wir haben wirklich einen ziemlich großen Kundenstamm.«

Das stimmte wahrscheinlich, gab Eva im Stillen zu. Und schließlich hatte die Polizei sich ja auch bemüht, die Details der Morde in der Presse herunterzuspielen. »Ich muss Ihnen ein paar naheliegende Fragen stellen. Ich nehme an, Ihnen fällt kein Grund ein, wieso drei Ihrer Patienten auf diese Weise umgebracht worden sind?«

»Großer Gott, nein!«, keuchte Chatham. »Ich meine, das ist doch grauenhaft. Wenn ich auf ein Motiv tippen sollte, dann würde ich wohl Neid sagen. Unsere Implantate sind ziemlich kostspielig.«

Eva ging im Geist die Informationen durch, die sie von der Website des Unternehmens hatte. Wenn sie es recht bedachte, tönte das Chatham Centre zwar groß von »perfekter Sehstärke« und »Spitzentechnologie«, viel Spezifisches war dort allerdings nicht zu finden gewesen. »Kontaktieren Sie uns, um mehr zu erfahren«, hatte der finale Slogan gelautet. »Implantate? Ich dachte, Sie machen Laserbehandlungen?«

Chatham machte ein etwas gequältes Gesicht. »Das tun wir auch, aber wir versuchen, es zu vermeiden. Heutzutage wirkt diese Technik so krude.«

Eva legte die Stirn in Falten. »Ist Lasern nicht hochmodern?«

Er lächelte ein wenig herablassend. »Bei Weitem nicht. Sicher, seit in den Neunzigern die fotorefraktive Keratektomie eingeführt wurde, gab es eine ganze Anzahl Verbesserungen. Heute gehören 3-D-Scans zu den Behandlungen, für eine detaillierte Topografie, und die Genauigkeit von computergesteuerten Lasern ist sehr beeindruckend.«

Sie bemerkte die Zurückhaltung in seiner Stimme. »Das hört sich an, als ob da gleich ein Aber kommt.«

Chatham grinste. »Aber. Das Problem beim Lasern ist, dass es eine befristete Lösung ist. Wir machen dabei einen 270-Grad-Schnitt in das Hornhautepithel, die Oberfläche des Auges, mit einer Trephine, das ist ein Instrument mit einer Klinge. Dann klappen wir den Epithellappen hoch und brennen die Oberfläche der Hornhaut darunter weg, um sie neu zu formen. Ich sage ›wir‹, aber eigentlich führt diesen Teil des Eingriffs ein Computer durch, nach vorher erstellten Scans. Der berechnet sogar, wie viel Neuformung nötig ist. Das Problem ist die Presbyopie, die Alterssichtigkeit. Das Verhärten der Linse, das mit Mitte bis Ende vierzig von Natur aus auftritt. Presbyopie ist ein Defekt der Augenlinse, also kann man da mit Hornhautlasern nichts ausrichten. Daher, sicher, Laserbehandlung bringt in jüngeren Jahren gute Resultate, aber wenn man ein bisschen älter wird …«

Eva schüttelte den Kopf. »Und was hat das mit unseren Opfern zu tun?«

»Nun ja«, antwortete Chatham, »alles, was ich sagen kann, ist, dass sie sich für einen anderen Behandlungsansatz entschieden haben. Für einen, den wir hier im Chatham Centre bevorzugen und der immer beliebter wird. Den refraktiven Linsentausch.«

Eva musste zur Sicherheit noch einmal nachfragen. »Und alle drei Mordopfer haben das machen lassen?«

»Laut unseren Unterlagen ja. Wir haben eine firmeneigene Prozedur mit einer Linse, die wir Bright Eyes nennen. Zumindest nennt unsere Marketingabteilung sie so. Ich könnte Ihnen ein Video zeigen.«

Eva zuckte zurück. »Muss das sein?«

Chatham lächelte und drehte einen Bildschirm so, dass sie ihn beide sehen konnten. »Nein. Aber eine visuelle Unterstützung könnte für das Verständnis schon hilfreich sein.« Nach ein paar Klicks mit einer Maus öffnete er eine grafische Darstellung des menschlichen Auges. »Ganz kurz das Wichtigste.« Er zeigte mit einem Finger auf das Bild. »Das ist Ihr Auge. Ganz vorn ist die Cornea, die Hornhaut, die vom Hornhautepithel bedeckt wird, das ist die äußerste Schicht des Auges. Hinter der Hornhaut ist die Iris. Das ist die farbige Sektion des Auges, die in Ihrem Fall, Detective Inspector, von sehr ansprechendem Grün ist.« Eva wusste nicht, wie sie reagieren sollte, doch Chatham fuhr sofort fort: »Das Schwarze in der Mitte der Iris ist die Pupille, die natürlich im Großen und Ganzen ein Loch im Sphincter der Iris ist, das sich je nach Lichteinfall erweitert oder zusammenzieht. Hinter all dem liegen die Linse, aufgehängt in der posterioren Kapsel, und die Muskeln, die sie komprimieren, um den Fokus zu kontrollieren. Hinter der Linse ist die Augenflüssigkeit, die den Augapfel ausfüllt und formt. Ganz hinten im Auge dann die Retina, die Netzhaut, mit Stäbchen und Zapfen bedeckt, das sind die Zellen, die auf verschiedene Wellenlängen und Intensitäten des Lichts reagieren. Die Wellenlänge einer Lichtwelle bestimmt die Farbe«, setzte er hinzu.

»Das weiß ich«, sagte Eva.

Er nickte. »Die Linse fokussiert das Licht auf die Retina, und die Zellen nehmen das Bild auf. Das Bild wird dann über den Nervus opticus zum Gehirn transportiert, der hinten am Auge ansetzt. So weit alles klar?«

»Kristallklar«, erwiderte Eva.

»Okay. Also, das Problem ist die Linse. Die ist nämlich recht häufig ein wenig verformt, was zu Kurzsichtigkeit, Weitsichtigkeit, Astigmatismus und all den üblichen Fehlsichtigkeiten führen kann. Wie gesagt, mit Laserchirurgie kompensiert man diese Defekte, indem man die Hornhaut neu formt. Aber es gibt eine bessere Lösung.«

»Und die wäre?«

»Die Linse zu ersetzen. Das ist so ziemlich der gängigste chirurgische Eingriff, den es gibt, genau das passiert nämlich bei einer Star-Operation. Aber die große Frage ist«, fuhr Chatham fort, während er den Bildschirm von ihr wegdrehte, »womit ersetzt man die Linse?«

Eva wartete. Ihr war klar, dass er ihr hier die Highlights einer redigierten Kurzfassung seiner Tätigkeit präsentierte, doch Robin Chatham sein Ding durchziehen zu lassen war die schnellste Methode, Antworten in Sachen Irina Stepanow, Jodie Swain und Paul Markham zu bekommen.

»Bei einer Standard-Operation, so wie die Kasse sie bei Grauem Star bezahlt«, fuhr Chatham fort, »bekommt man eine monofokale refraktive Linse eingesetzt. Ich erkläre das mal kurz. Als Grauen Star bezeichnet man die allgemein verbreitete Linsentrübung, die so ab sechzig, siebzig einsetzt, ausgelöst meistens durch zu häufige Bestrahlung mit Sonnenlicht. Eine monofokale Linse ist eine Linse, die nur auf eine bestimmte Distanz fokussiert, normalerweise auf die Ferne. Also brauchen Patienten, deren Linsen wegen Grauen Star durch monofokale Linsen ersetzt worden sind, für gewöhnlich trotzdem eine Lesebrille. Eine refraktive Linse ist wie die Linse in einer Kamera«, Chatham legte die gewölbten Hände aneinander, als wollte er die Form demonstrieren, »die im Großen und Ganzen der natürlichen Linse des Auges gleicht. Können Sie mir folgen?«

So kompliziert war das eigentlich gar nicht. »Bis jetzt ja«, antwortete Eva.

»Gut. Aber wenn man jetzt auf jede Distanz deutlich sehen will, wie würde das gehen? Eine refraktive Linse könnte man nicht verwenden, denn ohne eine komplizierte Fokussier-Ausstattung würde die nur für eine einzige Distanz funktionieren. Man bräuchte also eine andere. Und hier kommt die diffraktive Linse ins Spiel.«

»Diffraktion. Wie bei den Hologrammen auf Kreditkarten?«

»Genau«, bestätigte Chatham. »Eine diffraktive Linse,

manchmal auch Fresnel-Linse genannt, wird außerdem bei den Leuchtfeuern in Leuchttürmen verwendet, um deren Reichweite zu steigern. Sie sieht aus wie eine Reihe konzentrischer Kreise. Jeder Kreis ist ein Ring, mehr oder weniger geformt wie ein Donut, der für sich als unabhängige Linse agiert.« Er sah kurz auf die Uhr.

»Halte ich Sie auf?«, erkundigte sich Eva.

»Ich bin mehr als erfreut, Ihnen das, was wir hier tun, so gründlich zu erklären, wie es für Sie nötig ist, Detective Inspector«, versicherte Chatham. »Das Problem ist nur, ich habe gleich eine Patientin. Aber vielleicht ist das ja gar kein Problem.«

»Ich verstehe nicht.«

»Die beste Methode zu erklären, was wir machen«, antwortete Chatham, »ist, es Ihnen zu zeigen. Gehen wir«, fügte er hinzu und erhob sich. »Wir müssen uns für die OP fertig machen.«

Chatham führte sie zu einer Umkleide. Er klopfte an, bevor er die Tür öffnete, doch der Raum war leer.

»Das ist die Schwesternumkleide. Probieren Sie mal das hier.« Damit reichte er ihr einen Satz OP-Kleidung. »Wenn Sie fertig sind, gehen Sie durch diese Tür zum Waschen. Keine Angst, es ist keine sehr aufwendige Prozedur.«

Eva ließ ihre Straßenkleidung auf einem der Kleiderbügel zurück. Die Schwestern waren bestimmt schon im Operationssaal, vermutete sie. Ihr war ein wenig übel. Wollte sie wirklich neben Chatham stehen, während er irgendetwas mit irgendjemandes Auge anstellte, was immer es auch war? Doch Chatham machte einen enthusiastischen und gewinnenden Eindruck. Und es war ihre Pflicht, so viel herauszufinden, wie sie konnte.

Er erwartete sie nebenan, in einem Raum ohne Fenster, von LED-Röhren erhellt, in dem es nur ein großes Edelstahlwaschbecken und einen Spiegel gab. Sie folgte seinen Anweisungen, wusch sich die Hände und zog sich eine Maske über Mund und Nase und eine Plastikhaube über das Haar. Chatham berührte die Doppeltüren nicht mit den Händen, er drückte sie mit der Schulter auf, bevor er in den OP trat. »Guten Morgen allerseits«, grüßte er dabei. »Das hier ist Miss Harris; sie wird sich heute Morgen unser Verfahren ansehen.«

Sie sah drei Leute in dem großen Raum, der nur in der Mitte von in der Decke eingelassenen Strahlern erleuchtet wurde. Der Rest lag im Dunkeln. Auf etwas, das wie ein Kippstuhl aussah, erblickte sie eine Frau Mitte vierzig in einem OP-Kittel.

Da kam ihr ein Gedanke, einer, der sich in ihr Gehirn wühlte und ihr kalt wie Eis den Rücken hinunterlief. Die jähe Erkenntnis, dass sie sich mit vier Personen in einem Operationssaal befand, die alle über *genau* jene Fähigkeiten verfügten, die man brauchte, um die Morde zu begehen. Eva sah sich um. Sicher konnte sie nicht sein, aber die Statur von mindestens zwei der Anwesenden könnte der des Mannes entsprechen, mit dem sie in der Villensiedlung St Jude's Hill aneinandergeraten war. Doch konnte man das wegen der OP-Kluft nicht genau sagen. Der Anästhesist saß, deswegen konnte sie seinen Körperbau nicht richtig beurteilen. Die OP-Schwester, die die Geräte beaufsichtigte, stand hinter einem Sichtschirm. Und trotzdem, selbst wenn der Mörder hier war, würde er während einer Routine-Operation doch bestimmt nichts unternehmen? Sie verstand die Gründe des Täters nicht, rief Eva sich ins Gedächtnis. Sie wusste nicht, wozu er fähig war.

»In Wirklichkeit ist das ein recht kleiner Eingriff«, erklärte Chatham, während er seine Instrumente überprüfte. »Wir ersetzen Miss Donaldsons fehlerhafte Linse durch eine neue diffraktive Linse, die wir in Zusammenarbeit mit einem außergewöhnlichen Unternehmen in der Slowakei entwickelt haben, das Linsen designt und herstellt. Sie wissen ja vielleicht, dass der ehemalige Ostblock in Sachen optisches Design schon früher einen exzellenten Ruf hatte.«

Ein intravenöser Zugang war in eine Vene auf dem Handrücken der Frau gelegt worden. Der Anästhesist steckte eine Spritze auf und drückte eine kleine Menge Flüssigkeit in den Schlauch.

»Ein Sedativ«, sagte Chatham. »Der Eingriff findet bei leichter Sedierung und unter lokaler Betäubung statt.«

Eva hatte den Mann angestarrt, der das Medikament verabreichte, doch jetzt war sie schlagartig abgelenkt. Rasch sah sie wieder Chatham an. »Propofol?«

»Genau«, bestätigte er. »Die Lokalanästhesie erfolgt in zwei Stufen. Zuerst betäuben wir das Auge mit Tropfen, und dann setzen wir eine kleine Injektion direkt neben das Auge. Abgesehen davon, dass der Patient keinen Schmerz spürt, ist es natürlich sehr wichtig, dass sich das Auge während der Operation nicht bewegt.«

Der Anästhesist und der Chirurg wuselten ein paar Minuten lang geschäftig um die Frau herum. Eva beobachtete sie weiter, versuchte zu erkennen, ob einer der beiden derjenige gewesen sein könnte, der Moresby einen Taser gegen den Hals gerammt hatte, doch die weite OP-Kluft erschwerte ihr das.

Hinter den beiden sah Eva einen Bildschirm zum Leben erwachen. Eine Kamera war in Position gebracht worden, sodass eine riesige Nahaufnahme vom Auge der Patientin erschien. Das Oberlid wurde mit einer Metallklammer offen gehalten, und die Pupille war künstlich erweitert worden.

»Was ist denn so besonders an dem Verfahren, das Sie hier anwenden?«

»Größtenteils der Linsentyp, den wir implantieren.« Chatham zuckte die Schultern. »Ich könnte vielleicht auch die exzellente chirurgische Ausführung erwähnen, aber das wäre unbescheiden.« Rasch sah er die Leute um sich herum an und erntete von jedem ein Kopfnicken. »Dann fangen wir mal an.«

Eva sah wie gebannt auf den Bildschirm, angewidert, jedoch unfähig wegzuschauen.

Chatham machte einen kleinen Einschnitt seitlich in den Augapfel. Sie zwang sich hinzusehen, als die dünne Klinge gegen das Auge drückte. Ein kurzes Poppen, als das durchsichtige Gewebe an Spannung verlor, und dann war die Metallspitze im Auge der Frau.

»Im ersten Schritt entfernt man die Naturlinse. Wir verwenden Ultraschall, um sie zu zertrümmern; das nennt man in der Fachsprache Phakoemulsifikation.« Er benutzte eine zweite Metallsonde mit einer nur wenige Millimeter breiten Spitze.

»Spülung.«

Eva fuhr zusammen. Die Stimme war neben ihr ertönt; sie kam nicht von einem der Menschen im Raum, sondern von einer Maschine. Auf dem Bildschirm sickerte die Linse allmählich aus dem Einschnitt im Auge. Chatham stocherte weiter, bis sie draußen war.

»Spülung aus«, meldete die Maschine.

»An diesem Punkt würden die meisten Chirurgen eine zusammengerollte Kunstlinse einsetzen, aus demselben Material wie weiche Kontaktlinsen. Das Zeug eignet sich gut für monofokale Intraokularlinsen. Die Hersteller haben versucht, es auch für multifokale und trifokale Fresnel-Linsen zu verwenden, aber die optische Qualität ist ziemlich enttäuschend. Wir benutzen etwas anderes.«

Chatham hielt einen Behälter vor die Kamera, in dem ein seltsam geformtes Stück Plastik lag. »Das hier ist aus demselben Material wie harte Kontaktlinsen und optisch sehr viel zufriedenstellender.«

Das Ding sah ganz anders aus als jede Linse, die Eva je gesehen hatte. »Was ist das?«

»Das«, verkündete Chatham, »ist Bright Eyes, die erste quadfokale Intraokularlinse der Welt. Produziert deutliche, scharfe, artefaktfreie Bilder, und zwar für die Nähe, die Ferne und zwei Fokalabstände dazwischen. Das hier ist wahrscheinlich der signifikanteste Fortschritt in Sachen visuelle Schärfe, seit angeblich Gott das menschliche Auge erschaffen hat. Ein Werk der Wissenschaft und der Kunst. Wir haben die Natur wahrhaftig übertroffen.«

Er glaubte das. Er glaubte es wirklich. Sie hörte es in seiner Stimme. Eva starrte das Objekt an, das Chatham ehrfürchtig der Kamera präsentierte, und konnte die dünne, flache Scheibe der Fresnel-Linse erkennen. Sie war hin- und hergerissen zwischen dem Bemühen, die anderen Personen im Raum zu beobachten und zu sehen, ob ihr Verhalten auf böse Absichten hindeutete, und dem Versuch zu verstehen, was Chatham sagte. »Was sind denn das da für Dinger an der Seite?« Sie meinte zwei hakenförmige Gebilde, die der Linse beinahe die Form eines S verliehen.

»Die nennt man Haptiken. Damit positionieren wir die Linse und richten sie aus. Als Nächstes«, fuhr er fort und nahm die Linse aus dem Behälter, »vergrößern wir den Einschnitt.« Mit einem Instrument mit dünner Klinge verlängerte er den Schnitt beinahe halb um die Seite des Auges herum. Dann hob er das transparente Gewebe an, um den Schnitt zu überprüfen. »Und jetzt die Krönung.«

Sie rechnete mit einer großen Geste, doch Chatham trat von der Patientin zurück. Als Eva sah, was er tat, fiel ihr die Kinnlade herunter. »Das erledigt ein Roboter?«

»Ein automatisiertes Verfahren«, bestätigte Chatham. »Wie der Computer, der beim Lasern den Strahl lenkt, verwenden wir einen Computer, um den Einsetzvorgang zu steuern.« Ein plötzlicher Lichtblitz. Das Schimmern eines Edelstahlgeräts, das in das Auge stach, und es war vollbracht. »Ich halte mich für einen ausgezeichneten Chirurgen«, sagte Chatham, »aber diese Maschine ist bei allen

Implantationen um zwei Größenordnungen präziser, als ich es je sein könnte. Sie hat bis jetzt an die tausend solcher Eingriffe durchgeführt, ohne auch nur um eine Haaresbreite abzuweichen. Eine perfekte Linse und ein perfekter Operateur.« Er legte etwas, das aussah wie eine durchsichtige Kontaktlinse, über das Auge der Patientin, um es zu schützen, während es heilte. Dann bedeutete er der OP-Schwester, antibiotische Augentropfen zu verabreichen. »Was wir jetzt noch suchen, ist der perfekte Preis.«

»Ich verstehe nicht«, gestand Eva. Die anderen Anwesenden räumten auf. Der Anästhesist und ein weiterer Assistent schienen schwer damit beschäftigt zu sein und sich nicht mehr für die Frau auf dem Stuhl zu interessieren. Nur die Schwester befasste sich mit ihr, und von der Statur her konnte sie nicht die Person sein, die Eva in St Jude's Hill gesehen hatte.

»Dieses Verfahren ist gegenwärtig noch sehr teuer. Wir wollen die Kosten senken und glauben, dass wir das auch können. Überlegen Sie mal«, meinte Chatham, während sie zusahen, wie die Frau aus dem Operationssaal gerollt wurde. »Wenn wir den richtigen Preis hinbekommen, wird diese Operation die faktische Lösung fast sämtlicher Sehprobleme sein, die es gibt. Vergessen Sie Lasern und Kontaktlinsen. Mit einer einzigen Behandlung sorgt Bright Eyes dafür, dass Sie für den Rest Ihres Lebens perfekt sehen.«

Als Eva sich wieder umgezogen hatte, nahm Chatham sie mit, um sie dem Rest des Teams vorzustellen. Umgeben von Marketingmaterial saßen sie in einer Art Vorführraum. Über große HD-Bildschirme flackerten beeindruckende Statistiken und fliegende Logos. Der Name »Bright Eyes«, in geschmackvoller serifenloser Schrift, tauchte überall auf. Es waren drei Personen. Zwei Männer und eine Frau.

»Detective Inspector«, sagte Chatham, »darf ich Ihnen Nicola Milne, Neal Garrick und Jeremy Odie vorstellen? Nicola ist unsere fantastische leitende Optometristin. Neal behauptet manchmal, er wäre ebenfalls Augenchirurg.« Garrick gab ein belustigt-entrüstetes Schnauben von sich, woraufhin Chatham nachsichtig grinste. »Und Jeremy ist unser brillanter Businessmanager und hat die Beziehung zu unseren slowakischen Partnern geknüpft.«

Die drei schienen die Sorte Team zu sein, von der man gern Fotos in Broschüren oder Investorenunterlagen druckte. Alle waren Mitte bis Ende dreißig, schätzte Eva. Hätte sie sie ordnen müssen, so hätte sie gesagt, dass Garrick der Älteste war, aber nur um ein paar Jahre. Er hatte etwas Adrettes an sich, dieselbe Verspieltheit, die sie auch an Chatham bemerkt hatte. Sie konnte ihn sich gut im weißen Tennisdress vorstellen, wie er nach dem Spiel ans Netz gehüpft kam. Nicola Milne war schlank, hatte dunkle Augen und dunkles, welliges Haar, das gerade eben ihre Schultern streifte. Sie trug einen dunkelblauen, fast schwarzen Rollkragenpullover. Ihre Hose war schmal geschnitten. Aus irgendeinem Grund musste Eva dabei an einen Schwimmanzug denken. Milnes Bewegungen waren fließend und deuteten darauf hin, dass auch sie regelmäßig trainierte. Odie schien noch ein klein wenig fitter zu sein, doch das war nur ein erster Eindruck. Er sah aus wie jemand, der für Deals und Geldangelegenheiten zuständig war, doch als sie diese Einschätzung analysierte, wurde ihr klar, dass sie das wahrscheinlich nur gedacht hatte, weil er ein weißes Hemd und eine Krawatte trug. Braunes Haar, etwas länger, und ein Schatten am Kinn, der andeutete, dass er sich mehr als einmal am Tag rasieren musste. Odie schien der Einzige in dem Management-Team zu sein, der nicht direkt mit den Operationen zu tun hatte.

»Schön, Sie kennenzulernen«, sagte Odie. »Aber die Umstände sind wirklich schlimm.«

»Das stimmt«, pflichtete Eva ihm bei und setzte sich. »Kann mir jemand von Ihnen etwas über die Opfer sagen?«

»Ich glaube, zwei von ihnen habe ich operiert«, meinte Neal Garrick. »Ich will ganz ehrlich sein: Ich erinnere mich an die Namen, aber nicht an die Gesichter.«

»Mrs Stepanow habe ich operiert«, sagte Chatham. »An sie erinnere ich mich. Sie war hinterher recht überschwänglich.«

»Es ist eine verdammt gute Linse«, erklärte Odie Eva. »Die Rückmeldungen unserer Patienten sind positiver, als ich es je bei einem anderen chirurgischen Implantat erlebt habe. Aber, nein, abgesehen davon kann ich wirklich nichts weiter dazu sagen.«

Sie saß eine Zeit lang da und wartete auf mehr Informationen. Es kamen keine mehr. »Okay«, sagte Eva schließlich. »Nun, vielen, vielen Dank, dass Sie sich die Zeit genommen haben. Ich habe die Patientenunterlagen, also werde ich Sie jetzt nicht länger aufhalten. Natürlich könnten wir noch mehr Fragen haben, wenn wir die Akten durchgearbeitet haben, also fahren Sie bitte nicht irgendwohin, wo man Sie nicht erreichen kann. Und falls Ihnen in der Zwischenzeit noch etwas einfällt, melden Sie sich bitte sofort.«

Alle vier begleiteten sie zum Ausgang. Mit einem Nicken bekundete sie ihre Dankbarkeit, als sie ins Auto stieg. Sie hatte die Unterlagen, und sie hatte die digitalen Informationen, die sie von Chatham verlangt hatte. Was hatte sie sonst noch erwartet?

Erst als sie losfuhr, sah sie, dass Nicola Milne sie anstarrte. Jäh wurde Eva klar, dass Milne während des kurzen Gesprächs in dem Präsentationsraum kein einziges Wort gesagt hatte.

14. Kapitel

Flynn und Raj saßen in der Einsatzzentrale und brüteten über den Patientenakten. »Er hat Sie zuschauen lassen?«, fragte Flynn. »War das nicht voll eklig?«

Eva empfand keinerlei Bedürfnis, zu widersprechen. »Ich bin einfach nur platt, wie er das Ganze rübergebracht hat. Teuer, aber völlig normal. Die Frau sollte nach einer Stunde nach Hause gehen, und die Wunde würde innerhalb kurzer Zeit verheilen. Ich hätte gedacht, nach so einer Operation ist man tagelang außer Gefecht. Aber bei Chatham klang das Ganze wie ein Zahnarztbesuch.«

Raj verzog angewidert das Gesicht. »Die schneiden einem also einfach das Auge auf, kratzen die Linse raus und stecken da ein Stück Glas rein?«

»Plastik. Und er hat es auch sehr genau damit genommen, was für Plastik.« Eva runzelte die Stirn und ließ sich Chathams Erklärung noch einmal durch den Kopf gehen. »Er hat gesagt, das wäre wie bei harten und weichen Kontaktlinsen. Harte Linsen haben viel bessere optische Werte.«

»Aber besser als ein richtiges Auge?«

»Was soll ich Ihnen sagen?«, knurrte Eva. »Das hat er behauptet. Ich habe mich darauf konzentriert, mich nicht zu übergeben.« Raj hörte nicht mehr zu, das konnte sie sehen.

»Meine Oma hat sich den Grauen Star wegoperieren lassen, auf Kasse«, erzählte Flynn. »Sie fand's ganz toll.«

»Braucht sie noch eine Lesebrille?«

Flynn zog die Stirn in Falten. »Für ganz nahe Sachen hat sie eine. Sie stickt viel, aber sie ist jetzt auch schon fast neunzig. Fürs Zeitungslesen braucht sie die Brille nicht, das weiß ich. Sie sitzt da, liest und pöbelt dabei über das, was da steht, als gäb's kein Morgen.«

Eva lachte, Raj nicht. »Ist etwas, DS Chakrabati?«

Er legte den Kopf ein wenig schief und starrte auf seinen Bildschirm. »Bin mir nicht sicher.«

Eva zog eine Braue hoch. Flynn auch.

»Halten Sie es für einen Zufall, dass Stepanow, Swain und Markham im Abstand von nur wenigen Tagen operiert worden sind?«

Corrine Sutton sah völlig erschöpft aus. »Ich hatte keine Ahnung, wie viel Muskulatur in dem Bein flöten gegangen ist«, vertraute sie Eva an. »Und ich kann erst anfangen, sie wiederaufzubauen, wenn dieses Scheißding da an meinem Fuß weg ist. Falls ich also noch reizbarer und zickiger wirke als üblich …«

»Nichts für ungut, Ma'am«, antwortete Eva, »aber ich weiß nicht, was ›üblich‹ bedeutet.«

»Na ja, Sie natürlich nicht«, blaffte Sutton. »Haben Sie eine Ahnung, warum sich die Nachrichten-Websites mehr für einen DI mit mäßig interessanter Krankengeschichte interessieren als für einen psychopathischen Mörder mit der scheißfaszinierenden Obsession, den Leuten die Augen rauszuschneiden?«

Eva ignorierte die Frage. Es gab drei Lokalnachrichten-

Websites; zwei davon waren Spin-offs von alten Printmedien, die dritte war als reine Online-Ausgabe an den Start gegangen. Sie alle finanzierten sich über Werbeeinnahmen und sahen aus, als hielten sie sich nur mit äußerster Mühe über Wasser. Der größte Teil des journalistischen Flickwerks darin stammte aus anderen Online-Quellen. Zwei davon hatten sich geweigert, ihr mitzuteilen, woher sie die Informationen über sie hatten. Die dritte jedoch hatte sich kooperativer gezeigt. Als Eva zum Telefon gegriffen und nachgefragt hatte, hatte der Herausgeber zugegeben, dass sie von einer anonymen Quelle stammten, die sie mit Links, PDFs und ein paar JPEGs untermauert hatte. Als sie ihr den Bericht über Colin Lynch geschickt hatten, hatten sich Eva beinahe die kurz geschnittenen Haare gesträubt. Nur ein Polizeibeamter könnte Zugang zu diesen Informationen haben, und zwar ein ranghoher Polizeibeamter. Sie hatte das Material an Hadley weitergeleitet. Er hatte sich nicht bei ihr gemeldet, doch sie konnte sich seine Reaktion vorstellen.

»Es gibt da noch einen weiteren Ansatz«, sagte sie jetzt zu Sutton. Deren Augenbrauen hoben sich, während Eva ihr von dem »zufälligen« Timing der Operationen von Stepanow, Swain und Markham berichtete.

»Sie gehen dem doch nach, nehme ich an?«

»Raj ist gerade dran. Flynn und Newton sehen immer noch die anderen Patientenakten durch, und ich habe vor, die letzten paar Bezüge zu den Morden von damals abzuarbeiten. Wir sind noch dabei, Informationen über Alicia Khan zusammenzustellen, aber irgendwann im Laufe des

Tages kriegen wir den Bericht von der Spurensicherung und damit mehr Hintergrundinfos.« Eva hielt inne. Es gab da noch etwas, was sie mit Sutton besprechen wollte, doch das musste sie vorsichtig angehen.

Sie hatte es zufällig gehört, als sie aufs Revier gekommen war. Zwei Streifenpolizisten hatten sich darüber ausgekotzt. Die Tatsache, dass niemand sich die Mühe gemacht hatte, es ihr zu sagen, konnte dreierlei bedeuten. Entweder war die Nachricht ganz neu, oder alle waren deswegen so sauer, dass sie nicht darüber reden wollten. Oder sie wollten sie nicht mit etwas behelligen, das eine triviale Angelegenheit zu sein schien. Doch es war nicht trivial. Es traf genau ins Herz dessen, was sie hier in Kingston tun sollte, allerdings konnte sie das Sutton nicht sagen. »Wie ist Martin Ward auf Kaution rausgekommen?«

Sutton sackte auf ihrem Stuhl zusammen. »Indem er extrem clever war, verdammt. Ihnen ist doch klar, was er vertickt hat?«

Eva runzelte die Stirn. »Ich war der Ansicht, dass wir ihn mit einem Kofferraum voller Drogen erwischt haben.«

»Die laut Laborbericht allesamt legale Aufputschmittel waren. Neue psychoaktive Substanzen, so lautet der offizielle Begriff dafür. Jedenfalls in dieser Woche. Wards Anwalt hat eine Riesenperformance hingelegt, von wegen sein Klient böte Mittel an, die noch nicht als verboten eingestuft wären. Der Haftrichter hat Anlass zu berechtigten Zweifeln gesehen, also ist Martin Ward gegenwärtig wieder auf freiem Fuß.«

Eva biss die Zähne zusammen, sagte jedoch nichts.

Flynn explodierte, als Eva es ihr erzählte. »Das ist doch totaler Scheißschwachsinn. Ich hab das Zeug selber eingetütet, ich hab gesehen, was da drin war. Dieser schleimige Arsch hatte harte Drogen im Wert von an die fünfzigtausend Pfund im Auto. LSD, Ecstasy, Heroin und einen Haufen Designerscheiß, der auch verboten ist. Wie zum Teufel kann das Labor das mit legalen Aufputschmitteln verwechseln? Dafür müsste man doch blind oder bescheuert sein.«

»Oder gekauft«, ergänzte Jamie Newton halblaut. Er warf Eva einen raschen Blick zu, schaute dann aber weg.

»Ziehen wir mal keine voreiligen Schlüsse«, sagte sie ruhig. »Wir wissen, dass Ward nichts mit den Morden zu tun hat, wir wissen, dass er zum Tatzeitpunkt nicht in der Nähe auch nur eines der Opfer war und er noch in Gewahrsam war, als Alicia Khan umgebracht worden ist. Also hat er im Moment für uns keine Priorität. Wenn wir nachweisen können, dass die im Labor etwas durcheinandergebracht haben, dann können wir ihn jederzeit wieder festnehmen – vorausgesetzt, die Beweiskette kann wiederhergestellt werden. Ich wollte nur sicher sein, dass Klarheit über das Material herrscht, das wir beschlagnahmt haben.«

»Ich habe das Zeug zwei Stunden lang sortiert, nachdem wir ihn einkassiert hatten«, beteuerte Flynn. »Ich weiß, wie eine LSD-Pille aussieht. Wieso verdammt noch mal weiß ein Labortechniker das nicht?«

Eva sah Newtons Gesichtsausdruck. »Überlassen Sie das mir«, sagte sie zu den beiden. »Ich rede mit dem Labor. Ist bestimmt bloß eine Verwaltungspanne.«

»Aber 'ne verdammt große Panne«, maulte Newton vor sich hin.

»Stimmt«, pflichtete Eva ihm bei.

Jeffrey Cowan saß ihr mit finsterem Gesicht gegenüber. Nachmittagslicht fiel durch die hohen Fenster und ließ das ochsenblutfarbene Leder seiner Chesterfield-Sofas leuchten. Staubpartikel schwebten träge durch die Sonnenstrahlen. Abgesehen vom Ticken einer Uhr in einem anderen Zimmer war es still im Haus. Eva fragte sich, ob er allein lebte.

Wenn Hadley das nächste Mal mit ihr sprach, wenn er ihr Druck machte und mit seiner üblichen rachsüchtigen Galligkeit irgendeine Fortschrittsmeldung einforderte, würde sie ihm wenigstens sagen können, dass sie Cowan nach Kräften als Kontakt nutzte. Als Quelle für Hintergrundinformationen war er wahrscheinlich das Beste, was sie kriegen konnte, allerdings hielt sie es nicht für nötig, Hadley dafür Anerkennung zu zollen. Cowan hatte nie den Eindruck gemacht, als nähme er es ihr übel, dass sie seine Ermittlung übernommen hatte; er war nur skeptisch, was ihre Erfolgsaussichten anging. Das spielte keine Rolle, dachte Eva, während sie abwartete, bis er die Schilderung ihres Zusammentreffens mit Martin Ward zu Ende durchgekaut hatte. Es war jetzt ihre Untersuchung.

Cowan betrachtete die Staubpartikel. »Das ist eindeutig Razins Werk.«

»Offensichtlich«, stimmte Eva zu. »Obwohl es mich ja überrascht, dass er so dreist ist. Aber ich kann mir nicht vorstellen, dass Semjon Razin persönlich etwas davon weiß.«

»Nein. Das läuft so weit unterhalb seines Levels, dass er wahrscheinlich gar nichts davon erfährt. Wir wissen, dass er über eine lokale Infrastruktur verfügt, aber damit ist nicht Ward gemeint. Irgendjemand organisiert seine Aktivitäten in der Grafschaft, aber das dürfte ein Mittelsmann sein, kein einfacher Frontsoldat wie Ward.«

»Jemand, der in der Dienstelle ein paar Schrauben drehen kann?«

Cowan zuckte die Achseln. »Das hatte ich immer angenommen. Mehr als angenommen. Zufälle gab es viele, aber nie schlüssige Beweise.« Er lehnte sich auf dem Sofa zurück. Ein Sonnenstrahl traf ihn seitlich im Gesicht, und er kniff beim Sprechen die Augen zusammen. »Das Problem ist, wir haben dieses antiquierte Bild von organisiertem Verbrechen. Wir denken immer an die untere und mittlere Ebene, an die Schlägertypen, die als Vollstrecker und Handlanger agieren. Und natürlich, von diesen Typen gibt es jede Menge. Aber oberhalb davon ist eine differenzierte Schicht, die wir nicht oft in Betracht ziehen, weil wir sie so selten zu Gesicht bekommen. Denken Sie mal an irgendein großes, legales Unternehmen. Daran, was da für Kenntnisse in Sachen Marketing, Marktforschung, Lieferketten, Logistik, Finanzmanagement, Personalwirtschaft und so weiter vorhanden sein müssen. Und jetzt denken Sie an ein Kartell oder an eine Organisation wie die von Razin. Die macht auch einen Umsatz von Milliarden Dollar. Glauben Sie, die könnte es sich leisten, weniger professionell zu sein? Wir vergessen oft das Offensichtliche. Damit diese Organisationen wachsen, damit sie ihre Investitionen auf internationaler Ebene managen können, müssen sie lernen. Razin hat den Ruf eines skrupellosen Gangsters, aber selbst wenn das so ist, tut es nichts zur Sache. Razin ist clever, und er umgibt sich mit Leuten, die auch clever sind. Ward steht in dieser Pyramide ganz unten. Ward ist ein Fußsoldat. Er dient Razin treu, schafft seine Umsatzziele, und als Gegenleistung schützt ihn Razins Organisation. Razin muss Ward vorkommen wie ein Gott; sein Arm reicht bis ins Polizeirevier hinein, und er kann seine Verhaftung aufheben. Bestimmt ist Ward ganz starr vor Ehrfurcht, was nur dazu beitragen wird, Razins Reputation zu steigern, dabei hat Razin lediglich seine Investition abgesichert.«

Eva schüttelte den Kopf. »Aber wir haben doch immer noch die Drogen, ganz gleich, wie das Labor das Zeug nennt.«

Cowan lachte sie aus. »Seien Sie doch nicht naiv. Glauben Sie wirklich, das Zeug aus dem Kofferraum ist noch da? Irgendjemand hat es bestimmt ausgetauscht. Ich wette, inzwischen liegen die Drogen wieder in Wards Auto.«

»Sie glauben also, die Drogen in den Asservatentüten sind getauscht worden?«

»Ohne jeden Zweifel.«

Eva lächelte. Das Lächeln erreichte nicht ihre Augen. »Das wird dann aber für jemanden extrem unangenehm. Ich habe nämlich ein paar von den Päckchen an mich genommen und sie separat in der Asservatenkammer deponiert. Damit gibt es eine zweite Fallakte mit einer ordentlichen Ladung Stoff, den ich in einem anderen Labor testen lassen kann. Wenn sich das Zeug als harte Drogen erweist, wird die Diskrepanz verdammt offenkundig sein. Und wenn ich herausfinde, wer Zugang zu den Asservatentüten hatte, dann habe ich den Kreis der Leute, die Razins Komplize sein könnten, um einiges verkleinert, und damit einen Grund, einen Haftbefehl zu beantragen. Und wenn ich den habe, dann nehme ich die Betreffenden auseinander. Ich zerpflücke ihre sämtlichen Kontakte, ihre finanzielle und berufliche Vergangenheit, wo jeder von denen war und mit wem sie sich getroffen haben. Glauben Sie mir, wenn ich mit denen fertig bin, wird jemand darum betteln, mir den Rest erzählen zu dürfen.«

Cowan starrte sie an, als sei er sich nicht sicher, was er da vor sich hatte. »Ich hab's Ihnen doch schon gesagt, Sie spielen da ein gefährliches Spiel. Lehnen Sie sich nicht zu weit aus dem Fenster, denn Razin wird Sie rauskanten, da können Sie sicher sein.«

»Ich lasse das nicht einfach so laufen.«

»War's bei Colin Lynch auch so?«

»Lynch ist tot«, gab Eva scharf zurück. »Lynch wurde von einer rivalisierenden Gang getötet. Was mich betrifft, ist der Fall abgeschlossen.«

»Okay.« Cowan hob beschwichtigend die Hände. »Ich bin hier nicht der Feind. Ich sage einfach nur, dass Sie jetzt, da der Mörder von damals wieder aufgetaucht ist, drei Ermittlungen auf einmal am Hals hätten. Übernehmen Sie sich nicht.«

Sie konnte sehen, dass er sie nicht ärgern wollte. »Entschuldigung. Es ist nur so schwer, objektiv zu sein, wenn einem Hadley im Nacken sitzt.«

»Seien Sie einfach vorsichtig«, sagte Cowan. »Nehmen Sie sich in Acht.«

Mach ich, dachte Eva und betrachtete ihn, wie er da auf seinem Sofa saß und den Herbstsonnenschein genoss. *Und es sind nicht drei Fälle. Es sind vier.* Doch das konnte sie Cowan nicht sagen, also ging sie.

Was wusste sie? Sie zwang sich, im Geist Netzwerkdiagramme zu zeichnen, Gespinste aus Knoten und Verknüpfungen, die das repräsentierten, was für sie mittlerweile die vier Stränge waren, die sie in all ihren wachen Momenten in Beschlag nahmen. Die vier Kriminalfälle, die ihre Welt und ihr Leben vereinnahmten.

Zuerst der neue Fall, wie sie ihn nannte, die Ermordung und Verstümmelung von Irina Stepanow, Jodie Swain und Paul Markham, nicht zu verwechseln mit dem alten Fall, den Morden an Kelly Gibson, Olivia Russell und Grace Lloyd. Es mussten zwei separate Fälle sein, das Alter und die Lebensumstände der Opfer führten zwingend zu diesem Schluss. Nur das Entfernen der Augen hatte dazu geführt, dass beide Fälle miteinander verwechselt worden waren. Sutton sah das nicht ein. Obgleich sie eine ungemein disziplinierte Polizeibeamtin war, wollte Sutton das nicht sehen, weil die Möglichkeit, dass zwei psychopathische Augenschlitzer in der Gegend ihr Unwesen trieben, zu grauenvoll war, um näher darüber nachzudenken. Doch auch diese Vorstellung, vermutete Eva, war noch weit von der Wirklichkeit entfernt.

Die Morde von damals waren willkürlich gewesen, der

Täter hatte in ihnen geschwelgt und sich an seinem Tun ergötzt. Die jetzigen waren präzise, zielstrebig und spezifisch. Sie waren aus einem bestimmten Grund begangen worden, auch wenn sie keine Ahnung hatte, was das für ein Grund sein könnte. Sie waren aus einer Notwendigkeit heraus geschehen. Die damaligen waren aus Spaß verübt worden.

Nichts davon half ihr bei dem dritten Fall, dem eigentlichen Grund, warum sie von dem verschlagenen Alastair Hadley nach Kingston geschickt worden war. Hadley kannte ihr Geheimnis. Aus seiner Sicht machte sie das zum perfekten Opfer, das nach dem Maulwurf im Revier von Kingston zu suchen hatte, wer immer es auch sein mochte. Nach demjenigen, der Razin geholfen hatte, in der wohlhabenden Grafschaft gewaltige Geldsummen zu waschen. Im Augenblick schien die Liste der möglichen Verdächtigen bei dieser Untersuchung nicht kürzer zu werden. Doch das würde sich bald ändern, da war sie sich sicher. Die Kehrseite dieser Sicherheit war das Wissen, dass die Reaktion von Razins Maulwurf, Komplizen, Mittelsmann, Informanten oder wie sie ihn auch nennen wollte, brutal sein würde, wenn er oder sie herausfand, dass sie ihm oder ihr auf den Pelz rückte.

Und dann war da noch der letzte Fall; ihr Fall, ihre Privatermittlung. Der Prozessor zählte die Sekunden und führte innerhalb jeder kürzesten Zeitspanne Myriaden komplexer Berechnungen durch, jede einem Sandkorn gleich, das von einer Festungsmauer abgetragen wurde. Er würde sich durch die Mauer hindurchgraben, auch dessen war sie sich sicher. Und dann würde sie nicht nur die Wahrheit wissen, die Fakten hinter jenem letzten Fall, der ihr Leben zwei Jahre lang beherrscht hatte, sondern auch die Macht in Händen halten, entsprechend zu handeln. Vielleicht ihre tödlichere Waffe.

Eva hatte einmal eine Redewendung gehört, vor vielen Jahren. *Tai sabaki.* In der japanischen Kampfkunst bezeichnete sie den höchsten Schritt, den die Samurai von Okinawa angewandt hatten, die vom Tokugawa-Shogunat ihrer Schwerter beraubt und gezwungen worden waren, mit bloßen Händen gegen bewaffnete Feinde in Rüstungen anzutreten. Es war der letzte Schritt. Wenn das Schwert herabfuhr, um ihn in der Mitte durchzuhauen, verlagerte der Karateka mit einer Gleit- und Drehbewegung sein Zentrum und wich der schimmernden, rasiermesserscharfen Schneide des Katana aus, um einen *gyakuzuki* anzubringen, einen Faustschlag durch den hölzernen Brustpanzer, um das Herz des Angreifers zu zermalmen. Doch das Ganze hatte einen Haken: Diese Taktik funktionierte nur, wenn die Klinge des Schwertes am allernächsten war. Der Karateka musste dafür alles riskieren, musste es ultimativ darauf ankommen lassen, musste sich vollkommen auf die Bewegung einlassen und sich der Möglichkeit stellen, vom Schlüsselbein bis zum Schambein in zwei Hälften gespalten zu werden. Ein Augenblick, eine Zeitspanne, die viel kürzer war, als es dauerte, eine Münze zu werfen, entschied über Leben und Tod. Nur so hatten die Samurai gewinnen können.

Jetzt fühlte Eva es kommen. Es war fast da. Sie wartete, bereit für den Hauch der Klinge an ihrer Wange.

Der letzte Name auf der Liste ihrer »geerbten Verdächtigen« war Mathew Harred. Eva war versucht gewesen, es den anderen zu überlassen, ihm Fragen zu stellen, weil seine Verbindung zu den Morden von damals fast schon vernachlässigbar zu sein schien. Doch Flynn, Chakrabati und Newton waren vollauf mit anderen Ermittlungsansätzen beschäftigt, und es erschien ihr kontraproduktiv, sie dabei zu stören. Also sprach sie die Adresse in der Akte in ihr Navi, ließ den Motor an und fuhr durch den Herbstnebel, der dicht über dem Boden waberte, nach Virginia Water.

New Thought lag etwa anderthalb Kilometer vom Wentworth Golf Club entfernt an derselben Straße. Der Club war eine gefragte Location für Events, entnahm sie Wikipedia. Was sie gegenwärtig über Golf wusste, hätte auf die Rückseite einer Briefmarke gepasst, in Großbuchstaben, und Eva hatte die feste Absicht, dafür zu sorgen, dass es so blieb. Das Gebäude war eine umgebaute normannische Kirche, ein mittelalterlicher Monolith, der wie der Tennisclub von St Jude's Hill erweitert worden war. Es schien in der Grafschaft gang und gäbe zu sein, alte Gebäude mit schicken neuen Konstrukten aus Glas und aufgearbeiteten Materialien zu kombinieren. Das Resultat war eindrucksvoll und sah teuer aus, dachte Eva, während sie ihren Wagen parkte.

Fredrick Huss war kein großer Mann. Anfang fünfzig, schätzte Eva, mit säuberlich gestutztem weißem Bart und schütterem weißem Haar. Er begrüßte sie am Eingang des Gebäudes, das New Thought, wie sie vermutete, immer noch als Kirche bezeichnete.

»Ja«, bestätigte Huss und führte sie zu einem Besprechungszimmer, »aber nicht als Kirche im konventionellen Sinne. Wir sehen dies als einen Ort, wo gleich gesinnte Individuen zusammenkommen und ihre Gedanken und Erfahrungen miteinander teilen können. Das tun wir zu vereinbarten Zeiten, ein auf Praktikabilität basierender Brauch, aber unsere Mitglieder können uns jederzeit besuchen, Tag und Nacht.«

Eva sah sich um. Das Zimmer, in dem sie saßen, hatte große Ähnlichkeit mit einem Konferenzraum eines Unternehmens. Ein ovaler Tisch aus grau gebeiztem Holz, an dem zwanzig Personen Platz finden konnten, beherrschte seine Mitte, doch darum herum war noch immer viel Platz. Huss hatte zwei Stühle so platziert, dass sie einander direkt gegenüberstanden. Seine Körpersprache wirkte auf respektvolle Weise neutral.

»Ihre Kirche scheint recht wohlhabend zu sein«, bemerkte Eva.

Er lächelte sanft und nickte sachte. »Wir haben viele begüterte Mitglieder. Das ist ein interessantes Rätsel: Sind sie Mitglieder, weil sie begütert sind und unsere Ideale sie ansprechen, oder sind sie begütert, weil sie sich an unsere Ideale halten und sie in ihrem Alltagsleben anwenden? Schwer zu sagen.« Beim Sprechen legte er die Fingerspitzen aneinander. »Als Transzendentalisten glauben wir an die Macht des Individuums. Wir glauben, Individuen sollten die Freiheit haben, ihren eigenen Weg zu gehen, ungehindert von Konventionen, die die Gesellschaft und ihre Institutionen ihnen aufzwingen. Diese Konventionen haben unserer Ansicht nach die Reinheit des Individuums besudelt.«

»Es muss aber doch Gesetze geben.«

»Und es gibt auch Gesetze. Naturgesetze. Ist es nicht besser, als Mensch zu sagen: ›Ich werde das Richtige tun‹, als zu sagen: ›Ich werde das tun, wozu ich eben verpflichtet bin‹? Wir glauben daran, die Menschen zu ermutigen, das Beste zu sein, was sie sein können. Menschen müssen frei sein, um zu denken. Wir müssen die Freiheit haben, die richtigen Entscheidungen zu treffen, und sollten sie uns nicht blindlings aufoktroyieren lassen.«

Dieses Argument hatte sie schon öfter gehört. »Und wie würde Mord in diese Philosophie hineinpassen?«

Huss reagierte nicht übermäßig empört. »Einerseits würde Mord wie ein Widerspruch gegen die Naturgesetze wirken. Und trotzdem steht auf der anderen Seite der hypothetische Fall vom Mörder in der Zeitmaschine. Wenn man durch die Zeit zurückreisen und zum Beispiel Adolf Hitler umbringen könnte, bevor er Völkermord begeht, wäre das dann falsch?«

»Welche Kriterien würden Sie anwenden, um zu bewerten, ob so ein Handeln richtig oder falsch wäre?«

»Intuition. Die Macht des rationalen, intuitiven Denkens. Wenn Sie Ihren Geist öffnen würden, wüssten Sie das. Und Sie wissen es auch«, fügte er hinzu, und die Spur eines Lächelns spielte auf seinen Lippen. »Das merke ich.«

»Sagen Sie mir«, gab Eva zurück, »würden Sie töten, um ein Leben zu retten?«

Das war ein Zitat aus einem Songtext, und Huss begriff offenkundig, was sie meinte. »Genau.«

Es spielte keine Rolle. Eva schüttelte den Kopf. Das hier

half ihr nicht weiter, und es fühlte sich auch unangenehm persönlich an. »Vor vier Jahren sind hier in der Gegend drei Frauen ermordet worden; Kelly Gibson, Olivia Russell und Grace Lloyd. Es gab da eine Verbindung, wenn auch keine besonders enge, zu jemandem, der laut den Unterlagen für diese Kirche arbeitet, einem gewissen Mathew Harred. Wissen Sie, wo er sich aufhält?«

»Hat das etwas mit den Morden vor Kurzem zu tun?«

Das konnte Eva wohl kaum abstreiten. »Wir müssen sicherstellen, dass alle Ermittlungsansätze bis zum Ende verfolgt werden. Deswegen befragen wir auch noch einmal sämtliche Verdächtige früherer Fälle; reine Routine.«

»Mathew hätte niemals als verdächtig gelten sollen«, bemerkte Huss.

»Trotzdem«, erwiderte Eva.

Einen Moment lang saß Huss schweigend da. »Was mit diesen jungen Frauen passiert ist, war furchtbar«, sagte er schließlich. »Ein Verbrechen gegen das Naturgesetz. Wissen Sie Bescheid über ihre Verbindung zu Mathew und zu New Thought?«

»Ich hatte gehofft, Sie würden mich erleuchten.«

Wieder lächelte er, diesmal über ihre absichtliche Ironie. »Alle drei haben Mathew Modell gestanden, so wie eine ganze Anzahl anderer Frauen und auch Männer. Mathew ist Maler, und zwar ein ziemlich guter. Wir haben ein Bild bei ihm in Auftrag gegeben. Damals hat er daran gearbeitet. Und er arbeitet immer noch daran.«

Eva runzelte die Stirn. »Er arbeitet seit vier Jahren an einem Bild?«

Huss strahlte geradezu. »Es ist ein ziemlich großes Bild. Und beeindruckend detailliert. Ich glaube, die Polizisten von damals haben sofort verstanden, als sie es gesehen haben. Deswegen wurde gegen Mathew wegen seiner verschiedenen Verbindungen auch nicht weiter ermittelt.«

Er foppte sie, das merkte Eva. Eigentlich hätte es sie ärgern sollen, dass Huss hier Spielchen spielte, obgleich er wusste, dass sie mehrere Morde untersuchte, und doch schien an seiner Belustigung nichts Böswilliges zu sein. »Wo ist denn dieses Bild?«

»Hier«, antwortete Huss. »Und um Ihre nächste Frage zu beantworten: Ja, natürlich können wir es uns jetzt gleich ansehen.«

»Sind Sie mit den Werken von John William Waterhouse vertraut oder mit den Präraffaeliten?«, erkundigte sich Huss im Gehen.

Beides war ihr vage bekannt. In dem Medienkurs damals war auf bestimmte Maler verwiesen worden, und sie war sich sicher, dass auch Waterhouse erwähnt worden war. Eva holte ihr Handy aus der Tasche und gab den Namen über die Sprachfunktion in eine Suchmaschine ein. Huss warf ihr einen raschen Blick zu und lächelte sein wohlwollendes Lächeln.

»Ja«, sagte sie, als sie die Bilder sah, die auf dem Display auftauchten. »Er war in der viktorianischen Epoche populär, so viel weiß ich noch. Und ich glaube mich zu erinnern, dass er eigentlich nicht zu den Präraffaeliten gehört hat. Dafür war er zu spät dran. Er hat nur im selben Stil gemalt wie sie.« Rasch scrollte sie durch die Bilder. »Dramatisch, stilisiert und sexualisiert, so hat mein Dozent seinen Stil beschrieben.« Sie starrte die Gemälde an. »Das macht die Bilder aber nicht weniger eindrucksvoll«, gab sie zu.

»Ich bin froh, dass Sie so denken«, meinte Huss. »Mathews Werk ist nämlich mit seinem verglichen worden. Als Kirche haben wir vor mehreren Jahren beschlossen, dass es interessant wäre, das Thema Unendlichkeit zu erforschen und unseren Platz darin als transzendente Menschen. Wir haben einen Künstler ausgewählt, um unsere Gedanken und Ideen auszudrücken, aber wir haben entschieden, das im großen Umfang zu tun. Mathew arbeitet seit fünf Jahren an diesem einen Bild. Und es könnte noch etliche Jahre dauern, bis es fertig ist.«

Er stieß eine Doppeltür auf, und sie traten in ein Kirchenschiff, Teil der alten normannischen Kirche, das erweitert worden war, um einen höhlenartigen, kathedralengleichen Raum zu schaffen, an die sechzig Meter lang und fast fünfundzwanzig Meter hoch. Eine Wand war zur Gänze eingerüstet und teilweise mit durchscheinenden Kunststoffplanen verhängt. Scheinwerfer beleuchteten bestimmte Bereiche dieser Wand. Als sie die Teile des Bildes sah, die nicht von Planen verdeckt wurden, begriff Eva.

»Grundgütiger!«

Huss gluckste. »Stimmt, ungefähr am unteren Rand des obersten Drittels und ein Stückchen rechts, glaube ich. Zusammen mit Buddha und verschiedenen anderen Gottheiten.« Das Bild bedeckte die ganze Wand. Große Bereiche waren verhüllt, als wären sie noch unvollendet, andere waren deutlich sichtbar. Das, was sie sehen konnte, war außergewöhnlich und exquisit detailliert gemalt, fast so, als wäre ein Satz Fotos so zusammengefügt worden, dass sie ein Ganzes ergaben. »Mathew erschafft ein Fenster zur Vorstellung eines Transzendentalisten vom Universum«, erklärte Huss. »Und ich denke, Sie werden mir zustimmen, dass er das ausgezeichnet macht.«

»Es ist unglaublich«, bestätigte Eva. »Was genau sehe ich hier?«

»Wenn dies die Kirche einer traditionellen Religion wäre, würde ich sagen, das hier ist ein Gemälde vom Jenseits. Ist es aber nicht, und wir neigen auch weniger dazu, solche Dinge mit Etiketten zu versehen. Man könnte es als Unendlichkeit bezeichnen, als das Reich der Seelen, als das Multiversum. Vielleicht auch als die zusätzlichen Dimensionen der Stringtheorie oder als Feynmans Pfadintegrale. Ganz gleich, wie Sie es beschreiben wollen, es ist eine künstlerische Interpretation des existenziellen Definitionsbereichs, von dem wir als Transzendentalisten wissen, dass wir ihn wahrhaftig bewohnen, auch wenn wir in unserer gegenwärtigen, beschränkten Form nur einen leisen Schimmer davon wahrnehmen können. Mathew erschafft ihn rein intuitiv, einen wohlüberlegten Pinselstrich nach dem anderen.«

»Ich würde mich gern mit ihm unterhalten«, sagte Eva und starrte die Wand an.

»Das werden Sie auch«, versicherte Huss.

»Allein«, setzte Eva hinzu.

15. Kapitel

Ihre Schritte hallten in der leeren Kirche wider. Auf halbem Weg durch das ansonsten stille Kirchenschiff blieb Eva stehen und blickte zu dem Wandgemälde hinauf. Hinter Gerüststangen, Leitern, Plattformen und Planen war etwas, das ihr wie ein Tor zu einem anderen Universum erschien.

Sie verstand, was Huss gemeint hatte, als er Harred mit John William Waterhouse und den Präraffaeliten verglichen hatte. In dem Bild waren menschliche Gestalten zu sehen, viele menschliche Gestalten, und sie alle waren auf jene detaillierte Art dargestellt, die sie mit Waterhouse oder Rossetti assoziierte. Die Schatten jedoch hatten eine Tiefe, eine Schwärze, die mehr an Caravaggio erinnerte. Eva wusste nur wenig über Kunst, doch sie wusste, was ihr gefiel, und als sie den Blick über das Gemälde wandern ließ, entschied sie, dass ihr Mathew Harreds Arbeit gefiel.

Doch was war das, was sie hier vor sich sah? Fast erschien es ihr wie ein Werk romantischer Science-Fiction. Ein Bild eines Korridor-Universums, riesengroß und zylindrisch, das sich in die Unendlichkeit erstreckte. Eine asymptotische Kurve, erinnerte sich Eva von irgendwoher. Huss hatte die Stringtheorie erwähnt; darüber hatte sie in gefühlt grauer Vergangenheit einmal etwas gelesen. Calabi-Yau-Mannigfaltigkeiten, die eingerollten Dimensionen, von denen man glaubte, dass sie irgendwo unterhalb der Planck-

Länge existierten, dort, wo die moderne Physik Richtung Wahnsinn tendierte. Irgendwie hatte Harred das eingefangen, die Linse beängstigender Unendlichkeiten, die die Albträume der Wissenschaft heimsuchten. Gleichzeitig jedoch hatte er die schlichte Menschlichkeit seiner Figuren festgehalten. Auf einer Lichtung eines Waldes, der irgendwie über der Chromosphäre eines Roten Überriesen in der Umlaufbahn trieb, fand Eva die Gesichter von Kelly Gibson, Olivia Russell und Grace Lloyd.

Die jungen Frauen standen inmitten einer kleinen Menschengruppe, die anscheinend eine Schriftrolle betrachtete und diskutierte. Die Details waren präzise dargestellt; alles im Vordergrund war lebensgroß – die Frauen, die Schriftrolle, sogar die Bäume, die die Lichtung säumten und Protuberanzen verbargen, die aus der Oberfläche des stumpfroten Sterns hervorbarsten. Als Eva näher an die Schriftrolle herantrat, konnte sie die Worte darauf lesen.

O du, der du das Rad drehst und windwärts blickst, las sie. *Bedenke Phlebas, der einst stattlich und groß war wie du.*

»Phlebas der Phönizier, seit zwei Wochen tot.«

Eine Stimme ertönte über ihr. Eva schaute nach oben, doch das grelle Licht des Scheinwerfers, das auf sie herabschien, nahm ihr die Sicht. Über ihr bewegte sich etwas. Sie trat zurück, aus dem Scheinwerferstrahl heraus.

»Eliot fand ich schon immer toll. So dichte Worte, dass man fast darauf herumkauen kann.« Etwas kam auf sie zu, begriff sie. Etwas kam von der Decke herab.

»Ich hatte mal eine Akupunkteurin, eine Chinesin. Die hat sich gern über die Überlegenheit der chinesischen Kultur ausgelassen. Ich war nicht ganz ihrer Meinung, trotzdem habe ich mich an ihrem Stolz erfreut. Sie hat gern darauf hingewiesen, dass man für die Übersetzung von drei Zeilen Englisch nur eine Zeile Mandarin braucht. Ich habe mich gefragt, wie das sein kann. Eine Zeit lang habe ich darüber nachgedacht, aber dann ist mir das Offensichtliche klar geworden. Nehmen Sie das Wort ›hallo‹. Auf Englisch stellen wir es mit fünf linearen Strichen, einem Bogen, einem fast vollständigen Ovoid und einem vollständigen Ovoid dar. Auf Chinesisch besteht das Schriftzeichen für ›nǐ hǎo‹ aus siebzehn linearen Strichen. Es gibt keinen Unterschied. Die Informationsdichte ist dieselbe. Sie wird nur auf andere Stellen fokussiert.« Wie ein Avatar kam Mathew Harred von oben heruntergeschwebt.

Er trug ein Klettergeschirr, Jeans und ein olivgrünes T-Shirt, das locker über der Hose hing. Im selben Moment wusste Eva, dass Harred nicht der Mann war, der in St Jude's Hill versucht hatte, Moresby umzubringen. Harred konnte nicht der Mann sein, der Irina Stepanow ermordet hatte.

Eins neunzig, schätzte sie. Anfang vierzig, mit dem Körperbau eines Menschen, der stunden-, tage-, wochen- und jahrelang trainiert hatte. Harred verströmte Kraft. Jede Sehne seines Körpers schien gespannt, jeder Muskel straff. Er glitt am Seil herab, fühlte sich in seinem Klettergeschirr offenbar wie zu Hause. Als er den Boden erreichte, öffnete er die Schnalle, trat aus dem Geschirr heraus und streckte ihr die Hand entgegen. Ein erdiger Geruch ging von ihm aus. Leinöl, begriff Eva. Als sie vor ihm stand und ein wenig nach oben blickte, um ihm in die Augen zu sehen, begann sie im Geist damit, eine Liste der physischen Unterschiede zwischen Harred und dem Mann zu erstellen, dem sie in St Jude's Hill begegnet war. Doch gleich darauf gab sie es auf. Es brachte nichts. Er war größer, breiter und kräftiger als der schwarz gekleidete Mann, der versucht hatte, Moresby mit einem Taser zu töten. Sowohl Harreds Statur als auch sein lockeres Auftreten waren absolut anders. Sie waren sich noch nie begegnet, dessen konnte Eva sich sicher sein.

»DI Harris«, sagte sie. »Ich möchte über diese drei Frauen da reden.« Sie deutete mit der Hand auf das Bild, auf die Stelle, wo Gibson, Russell und Lloyd die Schriftrolle studierten.

»Ich kann Ihnen wahrscheinlich nicht viel erzählen, was nicht bereits gesagt worden ist«, antwortete Harred. »Inzwischen habe ich mehrere Hundert Menschen in verschiedenen Teilen des Bildes als Modell verwendet. Dass sie ermordet worden sind, ist ein höchst beunruhigender Zufall, aber ich bezweifle, dass es mehr war als das.«

Eva starrte die Gesichter der jungen Frauen an. »Halten Sie es nicht für mehr als einen Zufall, dass drei Frauen, die zu Tode gekommen sind, hier als Gruppe gemalt sind?«

Harred bedachte sie mit einem kleinen, betrübten Lächeln. »Nein. Ursprünglich waren sie auf verschiedenen Teilen der Wand. Nachdem sie ermordet worden waren, habe ich sie neu gemalt. Ich glaube, ich hatte das als eine Art Denkmal gedacht.«

Harred konnte Stepanow, Swain und Markham nicht

umgebracht haben. Er war nicht der Mann, den sie in St Jude's Hill gesehen hatte. Diese Gewissheit gestattete ihr, sich ein klein wenig zu entspannen. »Sie sind wirklich schön«, gab sie zu. Die Frauen trugen Seidengewänder, ganz im präraffaelitischen Stil. Eva konnte nicht umhin, die Feinheiten der Arbeit zu bewundern; die Haut der Figuren leuchtete beinahe. Sie wandte sich dem Rest des Gemäldes zu. »Was«, sie suchte nach der richtigen Formulierung, »bedeutet es?«

»Es ist natürlich ein Fantasiebild«, antwortete Harred. »Eine Vision von unserem Leben jenseits dieses Bezugsrahmens, ein Universum der unbegrenzten Möglichkeiten, in dem wir unser wahres Potenzial ausschöpfen können.«

Eva ließ ihren Blick über die Welten wandern, die er erschaffen hatte. »Es kommt mir ein bisschen apokalyptisch vor.«

Harred furchte die Stirn. »Ist das etwas, das Ihnen Angst macht? Ich meine, besonders heutzutage, in diesen unruhigen Zeiten? Fühlt es sich nicht an, als würde sich ein perfekter Sturm zusammenbrauen, verursacht durch unsere eigenen Versäumnisse? Sind wir Zeugen einer Ära des systematischen Versagens, der Singularität, in der schließlich alles zusammenbricht? Es ist nicht besonders schwer, sich das vorzustellen. Was man sich schwerer vorstellen kann, ist eine Lösung, vor allem, wenn so wenige von uns überhaupt wissen, wie ›das Gute‹ aussieht.«

Er hatte graue Augen, stellte Eva fest. Breite Schultern, gebräunte Haut, aschblondes Haar, das zum Bürstenschnitt geschoren war, und die Bartstoppeln eines Tages am Kinn.

Sein Blick hatte etwas Durchdringendes, das sie beunruhigend fand.

»Und Sie?«, fragte Harred. »Was bedeutet es für Sie? Wo sehen Sie Ihren Platz im Universum?«

Die Frage brachte Eva aus dem Gleichgewicht. »Ich weiß nicht recht, ob ich einen habe«, antwortete sie.

Er verspottete sie mit einem Lächeln. »Wie, die Polizistin, die von den Toten zurückgekehrt ist? Keinen Platz im Universum? Ich hätte ja gesagt, von uns allen trifft besonders auf Sie das Gegenteil zu. Das Universum kann es nicht ertragen, Sie loszulassen.« Er stand dicht vor ihr. So dicht, dass sie die Ölfarbe auf seiner Haut riechen konnte. »Wie war es?«

Wieder diese verdammte Frage, dachte Eva, nur kam ihr Harreds Interesse mehr wie pure Neugier vor. Die Frage bedrückte sie, zerrte an ihren Erinnerungen. Hier, vor diesem außergewöhnlich komplexen Werk, das er erschuf, verspürte sie den Drang, mehr zu sagen als jemals zuvor. Das Bedürfnis kam völlig überraschend, als hebe sich in einem abgedunkelten Raum plötzlich ein Vorhang. »Ein Gefühl, als würde ich fliegen«, gestand sie, noch ehe sie auch nur darüber nachgedacht hatte. »Über eine Landschaft fliegen. An Einzelheiten erinnere ich mich nicht, nur an Gefühle. Geschwindigkeit, wie die Luft vorbeirauscht. Euphorie.« Rasch sah sie Harred an, überlegte, ob sie ihm sagen sollte, was als Nächstes gekommen war. »Und an ein Gefühl der Macht.«

Er sah sowohl fasziniert als auch entzückt aus. »Macht, was zu tun?«

Ein jähes Schuldgefühl. Ein fast schon endgültiges Geständnis. »Rache zu nehmen.«

Er zog die Brauen hoch. »Natürlich. Jemand hatte versucht, Sie umzubringen. Wussten Sie das damals?«

»O ja«, sagte Eva.

Er starrte sie weiter an. »Haben Sie Ihre Rache bekommen?«

Der Vorhang fiel wieder. »Dazu hatte ich nie Gelegenheit. Er ist einige Zeit später bei einem Hinterhalt durch eine rivalisierende Gang getötet worden.«

Harred strich sich übers Kinn. »Das muss bei Ihnen widerstreitende Gefühle ausgelöst haben.«

Eva antwortete nicht.

Irgendwo in der Nähe öffnete sich eine Tür und schloss sich wieder. Schritte klackten in einem Korridor. Harred wandte den Blick ab. »Das wird wohl meine Schirmherrin sein«, sagte er.

Von der anderen Seite der Halle kamen zwei Frauen auf sie zu.

»Detective Inspector Harris«, sagte Harred laut, »darf ich Ihnen Berta Nicholson und Lily Yu vorstellen? Berta finanziert dieses Projekt ganz allein«, fügte er hinzu.

Eva verstand den Hinweis. »Sehr erfreut, Sie kennenzulernen«, versicherte sie, als die beiden Frauen vor ihnen stehen blieben. »Unter unglücklichen Umständen, aber ich habe gerade Mr Harreds Werk bewundert. Ganz außergewöhnlich.«

Nicholson strahlte. Mitte vierzig, schätzte Eva. Eine hochgewachsene Frau mit rotbraunem Haar und blasser

Haut. Sie trug ein schickes, legeres Kostüm und eine Handtasche, die bestimmt etwa ein Monatsgehalt von Eva gekostet hatte. Lily Yu stand neben ihr. Sie war eher schmal, ungefähr so groß wie Nicholson und hatte rabenschwarzes Haar, das zum Teil unter einem leichten, breitkrempigen Hut verborgen war. Sie betrachtete Eva unverwandt, versuchte gar nicht, ihr Interesse zu verhehlen.

»Wir staunen jeden Tag darüber, nicht wahr, Lily?«, sagte Nicholson. »Jeder Pinselstrich ist ein Geniestreich. Mathew widmet dem Bild seine gesamte Zeit. Er wohnt sogar in der Kirche. Eigentlich führt er ein richtiges Mönchsleben, nicht wahr, Mathew?«

Eva war sich nicht sicher, wie viel deutlicher sie noch hätte werden können. Harred jedoch wusste eindeutig, was von ihm erwartet wurde. »Ich konzentriere mich voll auf die Arbeit«, beteuerte er. »Es ist ein riesiges Unterfangen; am Ende des Tages bin ich immer ziemlich erschöpft. Dann bin ich ganz froh, mich hier allein ausruhen zu können.«

»Kannten Sie die ermordeten jungen Frauen?«, fragte Eva Nicholson.

»Ich glaube, ich habe sie ganz kurz kennengelernt«, antwortete diese. »Manchmal veranstalten wir Partys bei uns zu Hause. Es könnte sein, dass ich sie eingeladen habe, aber ich kann mich nicht erinnern, ob sie gekommen sind.«

»Ich bin mir ziemlich sicher, dass sie nicht da waren«, sagte Yu. »Das wüsste ich noch.«

Einen Moment lang standen sie verlegen schweigend da.

Eva wollte schon gehen, doch Harred wandte sich zu ihr um. »Detective Inspector, darf ich ein Foto von Ihnen machen? Mit Ihrer Erlaubnis würde ich Sie gern in das Gemälde einbauen. Bei Ihrer Vergangenheit scheint das ganz besonders angebracht zu sein.«

Eva war schon im Begriff abzulehnen, als Nicholson in die Hände klatschte. »Was für eine fantastische Idee! Bitte sagen Sie Ja, Detective Inspector. Mathew wird das ganz wunderbar machen, das wissen Sie inzwischen bestimmt.«

Eva setzte zu einem Kopfschütteln an, doch Harred hatte bereits sein Handy gezückt.

»Und wo malen Sie sie hin?«, erkundigte sich Yu.

Trotz allem wollte Eva Harreds Antwort hören.

»DI Harris ist einmalig«, sagte er zu Yu. »Ich finde, sie könnte eine einzigartige Position einnehmen.«

»Und ihre Rolle?«, wollte Yu wissen. »Welche Rolle wird sie spielen.«

»Das ist doch ganz klar«, erwiderte Harred. »Sie wird die Rolle der Zerstörerin übernehmen.«

»Hört sich voll komisch an«, meinte Flynn. »Warum zum Teufel will Harred Sie denn in seinem Bild haben? Nichts für ungut«, fügte sie hastig hinzu.

»Es war auch komisch«, bestätigte Eva.

Die vier saßen in der Einsatzzentrale, wo sich inzwischen Akten zu unordentlichen Stapeln türmten. Informationen aus der Öffentlichkeit, Fälle mit potenziellen Verbindungen zu ihrem, allgemeine Ergebnisse der Recherchen in der nationalen Datenbank der Polizei. Was sie ganz sicher wusste, war, dass sie hinter zwei Tätern her waren und die Opfer der jüngsten Morde sich im letzten Jahr die Augen hatten operieren lassen. *Und dass Semjon Razin einen Helfer hier in der Dienststelle hat,* dachte Eva. Der an ihr Laptop angeschlossene Grafikprozessor in ihrer Wohnung hatte sich durch zehn Milliarden Permutationen gewühlt, doch genau wie die anderen Fälle war auch das Passwort bislang ungeknackt geblieben.

»Harreds Alibis für die damaligen Morde sehen immer noch ganz überzeugend aus«, sagte Newton. »Aber wie kann er jahrelang an ein und demselben Gemälde arbeiten?«

»Sie müssten es sehen. Es ist eher wie Hunderte Gemälde, nur eben alle auf derselben Leinwand. Nein, nicht Leinwand.« Eva runzelte die Stirn. »Alle in demselben Fresko. Er malt direkt auf die Wand.«

»Wenn Berta Nicholson Harred einfach nur ein Gehalt zahlt, dann ist das nicht so teuer, wie sich's anhört«, überlegte Raj laut. »Wenn sie reich genug ist, um das zu tun und sich keine Gedanken darüber zu machen.«

Eva stand auf und ging abermals zu den Whiteboards hinüber, um die Fotos der Opfer anzustarren, die dort hingen. Wieder warf sie einen raschen Blick auf die horizontale Linie, die sie gezogen hatte, von »Psychopath« bis »rationales Motiv«. »Ich sehe hier andauernd diese abgeschotteten Blasen aberwitzigen Reichtums, wo normale Regeln nicht gelten. Wenn man reich genug ist, kommt man mit so viel abgedrehtem Scheiß durch. Sich die Augen auswechseln zu lassen, zum Beispiel, sein Leben in einem Tennisclub zu verbringen oder einen Maler jahrelang an einer gewaltigen Vision von einer alternativen Realität arbeiten zu lassen. Was treiben die sonst noch?«

»Glauben Sie, es gibt da eine Verbindung zu Nicholson und Yu?«, fragte Flynn.

»Nicholson hat etwas von Partys gesagt.« Eva hielt inne. »Ich hatte den Eindruck, dass das für die Kirche wichtige gesellschaftliche Ereignisse sein könnten. Yu hat gesagt, die Frauen von damals wären nicht dabei gewesen, aber ich weiß nicht, ob sie da nicht gelogen hat. Andererseits, warum das erwähnen, wenn es da eine Verbindung gibt? Wir hätten doch nichts davon erfahren.«

»Nicholson und Yu?«, meinte Jamie Newton nachdenklich.

»Raubtiertypen«, antwortete Eva. »Ich bin mir ziemlich sicher, dass Nicholson scharf auf Harred ist, und Yu scheint auf alles scharf zu sein, was einen messbaren Puls hat. Da frage ich mich doch, worum es bei diesen Partys geht.«

»Und was hat Harred mit ›Zerstörerin‹ gemeint?«, fragte Flynn.

»Keinen blassen Schimmer«, erwiderte Eva.

Aus dem Dunst wurde Nebel. Am Nachmittag senkte er sich auf die Grafschaft, kam den Fluss heraufgewabert und verwandelte nahe Gebäude in graue Silhouetten. Eva stand am Fenster und starrte hinaus. Die Welt war in eine dichte herbstliche Decke gehüllt, die den Lärm der Stadt dämpfte und ihre Sünden vor den Blicken der Menschen verbarg. Autoscheinwerfer huschten wie Chiffongespenster durch still gewordene Straßen.

Sie musste sich mit den Angehörigen von Alicia Khan treffen, und sei es nur, um sie persönlich auf den neuesten Stand zu bringen. Die Kollegen von der Angehörigenbetreuung waren bei ihnen gewesen, und Raj hatte engen Kontakt zu ihnen gehalten, aber zu ihrem Job gehörte es auch, ihr Gesicht zu zeigen. Khan war hier in der Gegend aufgewachsen. Ihre Eltern wohnten in der Nähe von Dorking. Wahrscheinlich hätte sie von zu Hause zur Uni pendeln können, dachte Eva. Aber andererseits, wer in Alicias Alter hätte sich nicht über die Gelegenheit gefreut, eine eigene Wohnung in einer lebhaften Studentenstadt zu haben, und sei es auch nur eine ganz kleine?

Eva ließ die anderen im Einsatzraum zurück und sagte in der Zentrale Bescheid, wo sie hinwollte, für den Fall, dass jemand sie dringend brauchte. Langsam fuhr sie durch neblige Straßen den Kingston Hill hinauf und weiter Richtung A3.

Als sie die Schnellstraße erreichte, vergewisserte sie sich, dass die Nebelscheinwerfer ihres Wagens an waren. Die meisten Autofahrer schienen vernünftig zu fahren und sich auf das Wetter eingestellt zu haben. Gelegentlich kam ein Volltrottel auf der ganz rechten Spur vorbeigebrettert, gab zwischen den Überwachungskameras ordentlich Gas und bremste heftig, wenn der nächste kanariengelbe Starenkasten auftauchte. *Wir brauchen mehr Verkehrskontrollen*, dachte Eva und blieb auf der linken Spur. *Es bringt doch nichts, einen Strafzettel wegen zu schnellen Fahrens auszustellen, nachdem einer von diesen dämlichen Ärschen jemanden umgebracht hat.*

Irgendwo in der Nähe von Chessington meldete sich ihr Handy. Es klemmte in einer Halterung auf dem Armaturenbrett; Eva sah, dass eine SMS eingegangen war. Sie bestand nur aus zwei Worten. Einem Namen: *Robert Isherwood.*

Wer zum Teufel ist Robert Isherwood? Sie sah auf die Nummer des Absenders. Die sagte weder ihr noch ihrem Kontaktverzeichnis etwas. Per Schlüsselwort aktivierte sie die Sprachfunktion und diktierte dem Telefon eine Frage: »Wer ist das?« Sie wartete eine Minute, doch es kam keine Antwort. »Rebecca Flynn anrufen«, wies sie das Handy an. Flynn meldete sich nach dem vierten Klingeln. »Sind Sie in der Nähe eines Computers?«, fragte Eva.

»Jetzt ja«, antwortete Flynn eine Sekunde später, gerade als Eva etwas aufblitzen sah und kurz in den Seitenspiegel schauen musste. Die Scheinwerfer eines Lasters, dessen Fahrer wahrscheinlich gemerkt hatte, dass er für diese Witterungsverhältnisse zu schnell gefahren war und beschlossen hatte, Gas wegzunehmen. Nach weiteren hundert Metern scherte der Laster hinter ihr ein.

»Ich hab gerade eine SMS gekriegt; ich weiß nicht, von wem oder worum es geht. Könnten Sie sich das bitte mal ansehen?«

»Kein Problem«, versicherte Flynn. »Was brauchen Sie denn?«

Eva gab ihr die Nummer durch.

»Der Polizeicomputer sagt, das ist 'ne Prepaid-SIM-Karte«, verkündete Flynn. »Ich habe Details angefragt. Dauert ein, zwei Minuten. Was stand denn in der Nachricht?«

»Bloß ein Name. Robert Isherwood.«

»Komisch«, meinte Flynn. »Ich recherchiere mal, ganz allgemein und im Police National Computer.«

Eva konnte hören, wie auf eine Tastatur eingehämmert wurde. Sie sah in den Rückspiegel. Der Laster war ein wenig zu nahe, also gab sie etwas mehr Gas.

Nach einigen Sekunden meldete Flynn sich wieder. »Robert Isherwood war ein Geschäftsmann hier aus der Gegend. Ist im April bei einem Autounfall ums Leben gekommen.«

»War daran irgendwas verdächtig?« Dieser Idiot von Lastwagenfahrer war ebenfalls schneller geworden. Bestimmt orientierte er sich an ihren Rücklichtern, dachte Eva. Blöder konnte man bei Nebel nicht fahren.

»Kommt drauf an, was Sie mit verdächtig meinen. Isherwood ist draufgegangen, als sein Wagen auf der M3 durch die Mittelleitplanke gekracht ist. Ach du Scheiße!«, ergänzte Flynn.

»Ich nehme an, Sie haben Fotos?«

»Ja. Vom Kühler von dem Lastwagen, der aus der Gegenrichtung gekommen ist. Isherwood hat einen Sportwagen gefahren, einen Mercedes, und das Ding hat sich überschlagen und ist direkt unter den Lastwagen gerutscht. Der Lastwagenfahrer hat zwei Wochen auf der Intensivstation gelegen, aber er hat's geschafft.«

Das ist besser als das, was diesem Wichser blüht, wenn er mir weiter so am Arsch klebt, dachte Eva und beschleunigte abermals. »Und was war passiert?«

»Das ist es ja gerade. Es gab keine Erklärung. Der Wagen

war technisch völlig in Ordnung, es war ein sonniger Tag und nicht viel Verkehr, und Isherwood hat auch nicht telefoniert. Er war zu schnell, sicher, aber nicht total aberwitzig.« Sie konnte hören, wie Flynn sich durch die Akte klickte. Der Laster beschloss zu überholen. »Keinerlei Drogen im Blut, keine bekannten psychischen Erkrankungen, nichts, was auf äußeren Einfluss hingewiesen hätte. Aber laut Zeugen hat Isherwood anscheinend ganz plötzlich die Kontrolle über sein Fahrzeug verloren, hat die Mittelleitplanke gerammt, sich überschlagen und ist dann auf der Gegenfahrbahn gelandet, wo er von einem Lastwagen plattgemacht wurde. Auf der Mittelspur«, fügte sie hinzu. »Der hat echt abgehoben.«

Ein Laster mit Gerüststangen, von irgendeiner verdammten Baufirma. Wenn der Kerl an ihr vorbeifuhr, würde sie sich das Kennzeichen merken und dafür sorgen, dass er eine schriftliche Verwarnung bekam, weil er gefahren war wie ein Vollidiot.

»Können Sie noch etwas für mich nachschauen? Gleichen Sie den Namen doch mal mit denen in der Patientendatei vom Chatham Centre ab.«

Noch mehr Tastaturgeklapper. »Na, man glaubt's ja nicht«, stellte Flynn fest. »Der war da Patient, ungefähr zur selben Zeit wie Stepanow, Swain und Markham.«

»Und schuldig im Sinne der Anklage«, fügte sie gleich darauf hinzu. »Das Suchergebnis für die Telefonnummer ist da.«

»Legen Sie los«, sagte Eva. Der Lastwagen war verdammt nahe. Sie nahm Gas weg.

»'ne Prepaid-SIM. Ich habe die Angaben zu dem Supermarkt, wo sie gekauft worden ist, aber es sieht aus, als wäre das Ding bar bezahlt worden. Ist aber in ein teures Handy gesteckt worden. Von jemandem, der nicht weiß, wie man seine Spuren verwischt.«

»Von wo kam die SMS?«

»Von einem Parkplatz, ungefähr anderthalb Kilometer die Straße runter vom Chatham Centre.«

Aus irgendeinem Grund kam Eva sofort der Name Nicola Milne in den Sinn. »Überwachungskameras?«

»Ich bin dran«, versicherte Flynn.

Die Ausfahrt Cobham lag direkt vor ihr. Der Laster schob sich an ihr vorbei. Eva schaute auf den Tacho. Inzwischen fuhr sie fast hundertzehn, was bei diesem Nebel nicht gerade klug war. Der Laster war noch schneller. Sie schickte sich an, sich zurückfallen zu lassen.

Der Laster scherte nach links aus.

Eva fühlte den Stoß, als er in die Seite ihres Wagens krachte. Ein jähes Metallkreischen, das sich grauenhaft vertraut anhörte. *Kein Unfall,* dachte sie, während sie sich mühte, den Wagen in der Spur zu halten. *Nie im Leben war das ein Unfall.* Und es war auch keiner. Er rammte sie noch einmal.

Eva schrie auf. Sie hörte, wie Flynn ins Telefon brüllte und wissen wollte, was los sei, doch sie konnte keine verständlichen Laute hervorbringen. Der Laster versuchte, sie gegen die Leitplanke zu drängen. Sie war auf dem Seitenstreifen. Er schrammte an ihr entlang. Ihre Windschutzscheibe zerbarst. Sie hing an ihm fest, kam nicht weg.

Wieder das Kreischen von Metall, diesmal auf der anderen Seite. Entsetzt starrte sie die Beifahrertür an, als die weggerissen wurde.

Sie versuchte zu bremsen, doch sie kam nicht von dem Laster los. Er würde sie zerquetschen. Gleich nach der Ausfahrt stieg die Straße an. Wenn er sie dort durch die Leitplanke drückte, würde sie zehn Meter tief auf den Zubringer darunter krachen. Die Erkenntnis traf sie wie ein Schlag. Das würde sie nicht überleben.

Tu doch was! Das Sternbild des Orion, das plötzlich verschwand. Das Bild blitzte in ihrem Kopf auf. *Nicht noch einmal,* fauchte sie innerlich. *Nicht noch mal, verdammte Scheiße!*

Das Auto war Schrott. Mach dir das zunutze, dachte Eva. Sie legte den Rückwärtsgang ein und trat das Gaspedal durch. Die halbe Karosserie wurde auf der Fahrerseite weggerissen, doch sie merkte, wie sie nach hinten glitt. Der Laster fuhr in ihre Spur auf den Seitenstreifen und versuchte, sie von Neuem zu rammen. Eva zog die Handbremse.

Plötzlich drehte sie sich. Der Wagen knallte gegen die Leitplanke und prallte ab. Die Airbags in der Fahrertür lösten endlich aus. *Gott sei Dank, dass sie das nicht schon früher getan haben.* Die Fliehkraft, die auf ihren Nacken wirkte, drängte sie zur Seite; der Gurt schnitt ihr in den Hals. Gellendes Hupen, als andere Autos versuchten, ihr auszuweichen. Ein jähes Krachen. Der Laster verlor seine Ladung. Eine Lawine aus sechs Meter langen Stahlrohren kam die Straße heruntergepoltert, doch sie stand verkehrt herum auf einer dreispurigen Schnellstraße, und der Verkehr raste im Nebel auf sie zu. Sie spürte, wie die Gerüststangen von hinten gegen ihr Auto krachten. Eine prallte vom Dach ab und kullerte auf die Mittelleitplanke zu.

Stille.

Der Motor erstarb. Der Laster war davongerollt und schon halb die Zubringerstraße hinauf. Als sie hinschaute, sah sie, dass die Tür offen stand. Der Fahrer war abgehauen, in den Nebel. Eva umklammerte das Lenkrad. *Großer Gott,* dachte sie. *Ich lebe noch.*

Dann krachte ein Auto in sie hinein.

16. Kapitel

Licht explodierte hinter ihren Augen, als ihr Kopf gegen das Lenkrad knallte. Einen Moment lang wusste sie nicht, wo sie war, doch dann drang der Schmerz zu ihr durch, und sie hob den Kopf, sah, was auf sie zukam, und schrie abermals auf. Ein Auto hatte sie gerammt; jetzt blockierte es die äußerste Spur. Durch das geborstene Fenster des anderen Wagens konnte sie das Licht von Scheinwerfern sehen, die nicht schnell genug langsamer wurden.

Noch ein Aufprall. Das andere Auto krachte abermals gegen ihres. Ihr Kopf wurde durch die Wucht nach hinten gerissen, doch ehe sich ihre Halswirbelsäule verdrehen konnte, knallte er gegen die Kopfstütze. Eine Wand aus Scheinwerfern kam schlitternd zum Stehen. Autos kreuz und quer auf der Straße. Und einen Moment lang Stille.

Eva versuchte zu fokussieren. Sie konnte wenigstens zwei andere Fahrzeuge sehen, die miteinander kollidiert waren; eines war fast genauso ramponiert wie ihres. Etwas brannte in ihren Augen. Sie spürte ein Ziehen ganz tief unten im Bauch, als sie den Geruch wiedererkannte. Aus einem der Wagen lief Benzin aus.

Ihre Tür ließ sich nicht öffnen. Sie stemmte sich dagegen, doch sie gab nicht nach. Aber als sie auf den Knopf drückte, löste sich ihr Sicherheitsgurt. Sie kroch über den Beifahrersitz und fiel aus dem Autowrack auf die Straße.

Mühsam kam Eva auf die Beine. Die Welt drehte sich um sie, doch sie schaffte es, sich aufrecht zu halten. Jetzt konnte sie außer ihrem noch drei weitere ineinander verkeilte Autos sehen. Der Fahrer des mittleren hatte aussteigen können. »Fuck, was ist denn passiert?«, wollte er wissen.

Sie sind bei Nebel zu scheißschnell gefahren, hätte sie ihn am liebsten angebrüllt. Stattdessen log sie. »Ein Laster einer Gerüstbaufirma hat seine Ladung verloren.«

»Großer Gott«, stieß der Mann hervor. Und dann: »Ich rieche Benzin.«

Es kam von dem ersten Wagen, der sie gerammt hatte. Der Airbag war aufgegangen, doch der Fahrer rührte sich nicht. Eva taumelte auf ihn zu. Als sie den Wagen erreichte, sah sie einen Mann Mitte fünfzig, das Gesicht blutverschmiert. Eva zog an der Tür, doch sie ging nicht auf. »Helfen Sie mir!«, schrie sie den Mann aus dem mittleren Wagen an. Er zögerte, also brüllte sie noch einmal: »Sofort!«

Zusammen zerrten sie an der Tür, doch sie gab nicht nach. Eva beugte sich durch das kaputte Fenster und versuchte, den Sicherheitsgurt des Fahrers zu öffnen, doch sie kam nicht an die Schließe ran.

»Lassen Sie mich mal«, sagte der Mann, doch der teilweise erschlaffte Airbag behinderte ihn zu sehr. »Moment, ich hab ein Messer im Auto.« Er rannte zu seinem Fahrzeug zurück.

Warum?, überlegte Eva, doch dies war nicht der richtige Zeitpunkt für diese Frage. Anscheinend versuchte der

Mann, das Handschuhfach seines demolierten Wagens zu öffnen. Er zerrte und zog immer wieder daran.

Zuerst erkannte sie das Geräusch nicht. Es dauerte noch einen Moment, bevor ihr Verstand ein blassorangegelbes Flackern registrierte. Der Mann aus dem mittleren Auto hatte es vor ihr bemerkt. Sie sah, wie er ihr durch die Trümmer vor ihr wild zuwinkte. *Er lebt noch,* dachte sie, als in der Nähe des Tanks Flammen aufloderten. *Er darf nicht sterben. Er hat den Aufprall überlebt. Er lebt noch.*

Wieder versuchte sie, an die Gurtschließe heranzukommen. Jetzt konnte sie die Hitze fühlen. Der Rücksitz begann zu brennen. Beißender Rauch drang ihr in Augen und Kehle. Jemand brüllte, sie konnte nicht verstehen, was.

Eva bekam den Gurt nicht auf. Sie streckte sich über die Brust des Mannes und griff nach unten, doch etwas war ihrer Hand noch immer im Weg. Der Rauch erstickte sie fast. Sie versuchte, die Luft anzuhalten, doch die Hitze der Flammen wurde allmählich schmerzhaft. Plötzlich fühlte sie einen Arm um ihre Taille, der an ihr zog. Sie versuchte zu verhindern, dass sie aus dem Fenster herausgezerrt wurde, doch sie hatte keine Kraft mehr. Sie musste den Türrahmen loslassen. Als sie das tat, sah sie, wie der Mann auf dem Fahrersitz die Augen öffnete.

Der Fahrer des mittleren Wagens schleifte sie weg, doch sie hätte die Hitze auch nicht länger aushalten können. Gemeinsam sackten sie gegen die verbogene Leitplanke und sahen zu, wie Flammen das Autowrack verzehrten, beide die Hände fest auf die Ohren gepresst.

Corrine Sutton kam auf sie zugehumpelt. Ihre entsetzte Miene sagte alles. »Was zum Teufel ist passiert?«, verlangte sie zu wissen.

»Ich hatte einen Autounfall, Ma'am«, sagte Eva. Sie saß auf einer Trage in einer Kabine der Notaufnahme und zog ein Krankenhausnachthemd eng um sich. »Ich bin okay. Ein paar Beulen und blaue Flecke, aber wenn man's recht bedenkt, bin ich noch ganz gut weggekommen.«

Sutton starrte sie an. »Sind Sie sicher, dass es ein Unfall war?«

Es gab Zeugen. Lügen hatte keinen Sinn. »Nein.«

»Also hat jemand versucht, Sie umzubringen?«

So viel war doch wohl scheißklar, dachte Eva. »Es scheint so.« Sutton wusste nichts davon, dass sie Razins Helfershelfer auf der Spur war, und sie durfte auch nichts davon wissen. Eva hatte keine Ahnung, wie sie die Quadratur dieses spezifischen Kreises bewerkstelligen sollte, doch zum Glück übernahm Sutton das selbst.

»Hat das was mit Colin Lynch zu tun?«

Es fühlte sich an, als sei ihr eine kleine Last von den Schultern genommen worden. »Ganz sicher kann ich's nicht sagen«, log Eva. »Aber wahrscheinlich, ich nehme es an.«

Sutton starrte sie weiter an. »Dann sind seine Leute also immer noch hinter Ihnen her?«

Eva konnte nur die Schultern zucken.

Kurz darauf tauchten Flynn, Newton und Chakrabati am Vorhang der Kabine auf, alle mit schreckensbleichen Gesichtern. Newton machte Anstalten, etwas zu sagen, doch es war Flynn, die sie überraschte. Sie trat in die Kabine, schlang die Arme um Evas Hals und drückte sie so fest, dass Eva sie nach ungefähr einer Minute bitten musste aufzuhören.

»'tschuldigung«, nuschelte Flynn nach einer Weile, machte abrupt kehrt und verschwand. Eva, Newton und Chakrabati starrten einander in verblüfftem Schweigen an.

Sogar Alastair Hadley wirkte betroffen, als er ihr von blauen Flecken verunstaltetes Gesicht sah. »Hat der Arzt Sie gesundgeschrieben?«

Immer schön den eigenen Arsch absichern, dachte Eva im Stillen. »Ich weiß nicht, Sir, ich bin auf eigene Verantwortung gegangen. Komisch, irgendwie habe ich das Interesse an Krankenhäusern verloren.«

Sie hatten sich wieder auf dem Bahnhof getroffen, in der Nähe der üblichen Stelle. Der Nebel hielt sich noch immer. Nicht mehr so dicht, doch die Autoscheinwerfer bildeten noch blasse Lichtschemen, die sie wie Bugwellen vor sich herschoben. Straßenlaternen erwachten flackernd zum Leben und warfen ihr Licht auf eine weitere Dunstschicht, die in diffusen Schleiern über den vom Regen glänzenden Gehsteigen hing.

Hadley stutzte, als er ihren Tonfall hörte, doch ausnahmsweise verpasste er ihr keine verbale Abreibung. »Ich nehme an, es besteht kein Zweifel daran, dass das ein Anschlag auf Ihr Leben war?«

Eva zuckte mit keiner Wimper. »Nicht der geringste, Sir.«

Hadley setzte eine finstere Miene auf. »Ich akzeptiere ja, dass Sie aufgebracht sind.«

Sie gab sich alle Mühe, ihm nicht ins Gesicht zu brüllen. »Ich bin nicht aufgebracht, Sir. Ich bin *scheißwütend!«* Sein Gesicht verzerrte sich zornig, doch ehe er etwas sagen konnte, fuhr Eva fort: »Informationen über mich an Nachrichten-Websites durchzustechen, na schön, das hat mir natürlich nicht gefallen, aber es schien eine legitime Strategie zu sein. Ein Ablenkungsmanöver, irgendwie innerhalb der Einsatzregeln, wenn Sie verstehen, was ich meine. Wenn der Typ einfach nur versucht hätte, mir auf der Schnellstraße Angst einzujagen, okay, das wäre wieder eine strategische Maßnahme gewesen, und damit hätte ich mich abfinden müssen. Hat er aber nicht. Stattdessen hat er irgendeinen leichtsinnigen Flachwichser geschickt, damit der versucht, mich plattzumachen, und hat dabei einen Mann verbrennen lassen, der zwei Kinder im Teenageralter hatte und dessen einziges Verbrechen darin bestand, ein mittelmäßiger Autofahrer zu sein. Ich muss also ehrlich zu Ihnen sein, *Sir«*, fauchte sie. »Bis jetzt hat mich dieser Fall nur interessiert, weil Sie mir im Nacken gesessen, mir Mordsdruck gemacht und mir gedroht haben. Aber jetzt ist das etwas *Scheißpersönliches.* Ab jetzt lasse ich es jederzeit drauf ankommen. Ich weiß, was das für ein Spiel ist und wie man es spielt. Aber dieses arme Schwein, das da schreiend krepiert ist, der hat einfach nur wegen des Nebels früher Feierabend gemacht. Darauf steht für mich nicht die Todesstrafe. Für so etwas muss man nicht sterben.«

»Sachte, Harris«, sagte Hadley. Einen Moment lang klang er fast mitfühlend.

»Bei allem Respekt, Sir, nein, Sir!«, brüllte Eva. »Die

Zeit für sachte ist vorbei. Wir müssen Razin eine Botschaft schicken. Der muss richtig eins vor den Koffer kriegen. Wir müssen unsere Autorität in dieser verschissenen Grafschaft wiederherstellen. Wie schlagen wir zurück, *Sir?*«, verlangte sie zu wissen. »Wie mischen wir dieses *Arschloch* auf?«

Hadley starrte sie an. Einen Moment lang war er sprachlos. Sie rechnete damit, dass er auf sie losgehen würde, und war trotz ihrer Wut verblüfft, als er es nicht tat. »Sie könnten tatsächlich recht haben«, sagte er nach kurzem Schweigen. »Razin agiert völlig ungestraft, und das muss aufhören. Er muss wissen, dass es Konsequenzen gibt. Wie machen wir das?«

Ihre Gedanken rasten. Sie hatte nicht zu glauben gewagt, dass er ihr zuhören würde, doch jetzt hatte es den Anschein, als wolle Hadley tatsächlich einen Vorschlag von ihr hören. »Es gibt da einen Pub in der einen Wohnsiedlung, der hat einen ganz miesen Ruf«, sagte sie. »Der Betreiber ist mutmaßlich in allen möglichen Scheiß involviert, aber komischerweise hat ihm nie jemand etwas nachweisen können. Kommt Ihnen das bekannt vor, Sir?«

»Bekannt und so, als ob es zum Profil passt«, stimmte Hadley ihr zu. »Denken Sie darüber nach, da mal vorbeizuschauen?«

»Ich würde gern mehr Beweise für eine Verbindung mit Razin finden, ja. Ich bräuchte einen Anlass dafür, den Laden auseinanderzunehmen. Ein Dutzend Kollegen in Uniform, die da in der Bar rumtrampeln, ich denke, das sollte eine klare Botschaft sein.«

Den Ausdruck, der jetzt auf seinem Gesicht lag, hatte sie noch nie gesehen. Hadley wirkte beinahe nachdenklich. »Was belastbare Beweise für eine Beziehung zu Razin betrifft, bin ich mit Ihnen einer Meinung, wir wollen diese Gelegenheit ja nicht vergeuden. Aber überlassen Sie das ruhig mir. Es gibt Leute, mit denen ich das besprechen kann.« Er meinte bestimmt Telefonwanzen und alle möglichen anderen elektronischen Überwachungstechniken. Fast hätte Eva geschaudert. Cowan hatte recht gehabt; Hadley war kein gewöhnlicher Polizeibeamter.

»Und die Razzia, Sir?«

»Damit bin ich prinzipiell auch einverstanden«, antwortete Hadley. »Wir müssen Razins Leute aufmischen, und zwar, ohne sie vorher zu warnen.« Ein Zug fuhr ein. Er wandte sich in Richtung Bahnsteig.

»Sir?«

»Überlassen Sie das mir«, sagte er. »Und natürlich zu niemandem ein Wort.«

»Ich brauche Ihnen wohl nicht zu sagen, dass Sie scheiße aussehen«, bemerkte Judy Wren mit deutlich mehr Schadenfreude, als Eva angebracht fand.

Finster blickte sie Wren an. »Sie haben wirklich ein gutes Herz.«

Wren lächelte. »Freut mich zu sehen, dass Sie sich davon nicht runterziehen lassen«, bemerkte sie vielsagend.

Eva legte den Kopf an die Lehne des Stuhls in Wrens Büro. »Jemand ist ums Leben gekommen. Ich weiß, es ist nicht meine Schuld, das weiß ich wirklich, aber jetzt ist jemand tot, weil jemand anderes versucht hat, mich umzubringen. Das ist in so vieler Hinsicht falsch, dass ich gar nicht weiß, wo ich anfangen soll.«

»Ja«, meinte Wren. »Sutton denkt, es waren Lynchs Leute.«

»Scheint zu passen«, log Eva. Sie wollte Wren gern vertrauen, verdammt, sie vertraute Wren ja auch, doch ihr die Wahrheit zu sagen, wäre, als würde man die Beweiskette kompromittieren. Sie brauchte einen gleichen Wissensstand, innerhalb des Reviers und bei denen, die regelmäßig mit der Dienststelle zusammenarbeiteten, sonst könnte die Anklage gegen Razins Maulwurf vor Gericht scheitern, wenn es schließlich zum Prozess kam.

»Und wie fühlen Sie sich dabei?«, fragte Wren leise.

»Judy«, sagte Eva, »Sie schneiden Tote auf, Sie sind keine Psychiaterin. Wenn ich jemals zu Ihnen komme, um eine Psychoanalyse zu machen, dann habe ich definitiv ein heftiges Problem.«

Wren lachte ein leises dunkles Lachen und drehte einen Bildschirm zu ihr herum. Darauf war ein Autopsiebericht zu sehen. »Robert Isherwood«, verkündete sie.

»Robert Isherwood«, wiederholte Eva.

»Unglücklicherweise wollte die Familie des verblichenen Mr Isherwood eine Feuerbestattung, sonst würde ich sofort eine Exhumierung beantragen. Um es zusammenzufassen: Robert Isherwood hat auf der M3 irgendwo zwischen den Anschlussstellen M25 und Sunbury in seinem Mercedes-AMG GT Roadster mit an die hundertdreißig Sachen eine ziemlich spektakuläre Flugshow abgeliefert. Und das bei fast perfektem Wetter, ohne dass er telefoniert, unter Drogen- oder Alkoholeinfluss gestanden oder irgendwelche bekannten psychischen Erkrankungen gehabt hätte. Augenzeugen sagen, Isherwood hätte anscheinend ganz plötzlich die Kontrolle über den Wagen verloren, wäre in die Mittelleitplanke gekracht und durch die Luft geflogen, hätte sich überschlagen und wäre dann auf der Gegenfahrbahn unter einen Lastwagen geraten.«

Die Beschreibung kam ihr nach den kürzlichen Ereignissen beklemmend vertraut vor. Eva schauderte. Dann sah sie Wrens schlagartig forensischen Blick. »Alles gut«, versicherte sie ihr. »Weiter.«

»Eine schwierige Autopsie«, fuhr Wren fort, nachdem sie Eva einen Moment betrachtet hatte, »weil das Auto richtig zerquetscht war. Angekokelt war's auch, aber nur ein bisschen. Das Benzin aus dem Tank hat sich auf der ganzen Autobahn verteilt und ist ziemlich schnell verbrannt. Isherwood war auf der Stelle tot, es hätte ihm also nichts ausgemacht.«

»Gott sei Dank!«

»Der Lastwagenfahrer war ziemlich schwer verletzt, hat sich aber wieder erholt. Jedenfalls, nachdem Drogen, Ablenkung und Depression ausgeschlossen waren, hat man sich auf technisches Versagen konzentriert, aber der Wagen war neu, mit Topausstattung und nach allem, was sich aus den Trümmern ersehen ließ, bestens in Schuss. Trotz des Aufpralls und der darauffolgenden Schäden war immer noch Luft auf den Reifen, und das Profil war vom Feinsten, ein Reifenplatzer war es also auch nicht. Um genau zu sein«, Wren zog eine Akte aus einem Stapel und klatschte sie vor Eva auf den Tisch, »wenn man dem Autopsie- und dem Werkstattbericht glauben kann, war es gar nichts. Offiziell hieß es: Fahrerfehler ohne ersichtlichen Grund.«

Eva musterte sie eingehend. »Aber Sie glauben das nicht?«

Wren demonstrierte mit aufgeblasenen Backen Ungläubigkeit. »Das wäre ein echt grober Fahrerfehler. Okay, er ist hundertdreißig gefahren, aber auf dieser Strecke fahren jede Menge Leute hundertdreißig. Da ist oft ziemlich wenig Verkehr, eigentlich erstaunlich, so nahe bei der M25. Ein langes, gerades Straßenstück. Aber plötzlich einfach so in die Leitplanke steuern? Das Einzige, was mir dazu einfällt, ist, dass Isherwood irgendeine Art Schock erlitten hat.«

Sie versuchte, sich die Situation vorzustellen. Dass sie hinter dem Lenkrad saß, dass irgendetwas sie aus der Fassung brachte und sie deshalb die Mittelleitplanke rammte. »Das müsste aber ein verdammt heftiger Schock gewesen sein. Ein Insektenstich? War er gegen irgendwas allergisch?«

»In der Akte seines Hausarztes steht nichts davon. Einen anaphylaktischen Schock hätte man anhand der toxikologischen Untersuchung feststellen können, und außerdem ist so etwas eine Sache von Minuten, nicht von Sekunden. Er hätte es noch bis auf den Seitenstreifen geschafft.«

Eva wedelte mit den Händen. »Was dann?«

Wren schien sich unbehaglich zu fühlen. »Ihres delikaten Zustandes wegen erspare ich Ihnen die Details, aber es genügt wohl zu sagen, dass Robert Isherwood den Lastwagen mit solcher Wucht geknutscht hat, dass es da nicht mehr viele Anhaltspunkte gab. Allerdings ist dem Pathologen trotz der massiven Schädelverletzungen etwas aufgefallen, was ihm ein bisschen ungewöhnlich erschien. Er hat Plastikfragmente in Isherwoods Augen gefunden.«

Eva überlegte einen Moment lang. »Seine intraokulären Linsen sind bei dem Aufprall zersplittert?«

»Das scheint am wahrscheinlichsten zu sein, nicht wahr?«, meinte Wren. »Es war ja auch eine Mordskollision. Wenn er harte Kontaktlinsen getragen hätte, wäre wahrscheinlich dasselbe passiert.« Sie zuckte leicht die Achseln. »Viele Studien gibt's zu dieser speziellen Verletzungskombination nicht gerade.«

Eva blickte ins Leere und versuchte abermals, sich die Situation vorzustellen. »Und wenn nun etwas mit seinen Augen war und er plötzlich nichts mehr sehen konnte? Würde das ausreichen, um die Kontrolle über das Auto zu verlieren?«

»Wie, so als ob einem bei hundertdreißig Sachen eine Kontaktlinse rausfällt? Ich kenne ein paar Leute, die beim Autofahren eine Linse verloren haben. Die sind alle noch am Leben und können sich darüber echauffieren.«

»Also hätte es etwas viel, viel Schlimmeres sein müssen.«

Wren drehte den Bildschirm wieder zu sich herum. »Wahrscheinlich werden wir's nie erfahren«, gab sie zu.

»Da bin ich mir nicht so sicher«, erwiderte Eva. »Jemand hat mir seinen Namen aufs Handy geschickt. Ich glaube, jemand weiß bereits, was Robert Isherwood zugestoßen ist, wahrscheinlich jemand vom Chatham Centre. Wir müssen herausfinden, wer das ist und wieso Isherwood ums Leben gekommen ist. Und wenn wir das wissen«, fügte sie hinzu, während sie sich erhob, um zu gehen, »wissen wir wohl auch, warum Stepanow, Swain und Markham ermordet worden sind.«

Eva stand vor dem Whiteboard in der Einsatzzentrale, auf dem immer noch der blaue Strich zu sehen war, den sie damals gezeichnet hatte. Das schien eine Ewigkeit her zu sein. Entlang der Linie hatten Flynn, Newton und Chakrabati ihre eigenen Notizen gekritzelt. *Finanzielles Motiv*, las sie, *verlassener Geliebter*, *Eifersucht*, *Rache* und ein halbes Dutzend weiterer potenzieller Motive. Eva betrachtete sie eine Zeit lang, dann wischte sie alles weg, bis nur noch die beiden Enden des Strichs übrig waren. Sie malte Kreise um die Wörter »Psychopath« und »rationales Motiv«. Unter »Psychopath« schrieb sie: *Khan, Gibson, Russell, Lloyd*, und unter »rationales Motiv«: *Stepanow, Swain, Markham.*

Eva trat von dem Whiteboard zurück und starrte es eine Weile an. Dann schrieb sie unter Markhams Namen: *Robert Isherwood?*

In ihrem Büro klappte sie ihren Laptop auf und sah sich eine Liste an, die zu einer anderen Untersuchung gehörte. Namen von Individuen, die am wenigsten dafür infrage kamen, Informationen an Semjon Razin weiterzugeben. Es war keine vollständige Liste, und sie hatte sie allein per Elimination erstellt. Die Leichtigkeit, mit der Martin Ward auf Kaution freigekommen war, hatte sie überzeugt, dass Hadley richtiglag. Irgendjemand zog hier Fäden. Wahrscheinlich mehr als eine Person.

Eva saß vor ihrem Laptop und trommelte langsam mit den Fingern auf den Schreibtisch, während der graue Himmel draußen vor dem Fenster allmählich schwarz wurde. *Wenn ich Razins Mann wäre,* dachte sie und hielt dann inne. Cowan hatte recht. Die Versuchung, dabei an Gangster und Dealer aus der Gegend zu denken, war unbestreitbar da, doch Razin war um Größenordnungen anspruchsvoller. *Wenn ich Razins Operationen hier leiten würde,* dachte sie und starrte dabei auf die Liste, *wenn ich für dieses Franchise verantwortlich wäre, welche Spielfiguren würde ich auf dem Brett haben wollen?* Ein ranghoher Polizeibeamter wäre von Vorteil. Sie hatte mehrere Kandidaten zur Auswahl, doch mehr als Indizienbeweise verband keinen von ihnen mit der Organisation. *Und ein paar Leute aus der mittleren Führungsebene.* Moresby wäre ein fantastischer Kandidat, aber Moresby schien unbestechlich zu sein. Außerdem hatte sie nachweisen können, dass er sich bei einer ganzen Anzahl signifikanter Vorfälle nicht in der Grafschaft aufgehalten hatte. Intuitiv glaubte sie nicht, dass es Moresby sein könnte, und auch ihre Indizienbeweise deuteten darauf hin, dass er nichts damit zu tun hatte.

Und niederes Fußvolk, dachte sie, *wie Arbeiterameisen. Labortechniker, Constables, Officers, die in der Asservatenkammer arbeiten. Eine Handvoll Leute, hier und dort verstreut, in jeder Position, die irgendetwas mit Beweisprozessen und Beweisverwahrung zu tun hat.*

Es würde eine Struktur geben, eine Hierarchie. Vielleicht wie in Spionagezellen im Kalten Krieg oder wie bei einer Undercover-Einheit und noch enger miteinander verwoben. So oder so, Razin konnte sich so die Polizei auf Armlänge vom Leib halten und munter seinen Geschäften nachgehen.

Aber du hast einen Fehler gemacht, dachte Eva. *Du hättest jemanden schicken sollen, der mich warnt, aber stattdessen hat jemand versucht, mich umzubringen. War das Absicht? Hast du das befohlen oder einfach nur irgendeinen Vollpfosten mit dem Job betraut?* Die Antwort war nicht wichtig. Was wichtig war, war der Tote in dem ausgebrannten Auto und eine trauernde Familie – und ein Bedürfnis nach Vergeltung, das wie ein Tumor in ihrem Innern wuchs. Sie verachtete Hadley. Sie verabscheute ihn mit jeder Zelle ihres Körpers, weil sie wusste, dass er ein rachsüchtiger Dreckskerl war. *Aber diesmal,* dachte Eva, während sie das Fenster mit der Liste auf dem Bildschirm schloss, *kann ich mir das zunutze machen.*

Sie wusste nicht, was Hadley plante. Doch sie war verdammt sicher, dass es Razins Leute aufhorchen lassen würde.

Um elf war sie wieder in ihrer Wohnung, ein Fertiggericht aus der Mikrowelle in der einen und eine Flasche Bier in der anderen Hand. Ein anderer Bildschirm. Diesmal der Laptop, an den der Grafikprozessor angeschlossen war. Die Zahl auf diesem Bildschirm war im zehnstelligen Milliardenbereich angelangt. Die Anzahl der Permutationen möglicher Passwörter, die der Computer bis jetzt durchprobiert hatte. Sie wusste, dass es noch Milliarden weitere geben würde, doch allmählich bekam sie ein Gefühl für die

Größe und Form des Codes, nach dem sie suchte. Der Prozessor würde ihn knacken, dessen war sie sich jetzt sicher. Es war nur eine Frage der Zeit.

Das ist für dich, Dom, dachte sie, als sie dem Bildschirm mit dem Bier zuprostete. *Ich kriege ihn dran, für dich.* Das Bild von Dominic Bradley blitzte in ihrem Kopf auf. Vielleicht war es das Bier, vielleicht der verspätete Schock, doch in diesem Moment wurde ihr von Neuem klar, dass sie vollkommen allein war.

Eva stellte die Flasche weg, krümmte sich mitten im Wohnzimmer in Embryonalhaltung zusammen und weinte sich in den Schlaf.

17. Kapitel

Am folgenden Morgen trug sich Eva in die Besucherliste des Archivs ein. Sie hatte eine auf ein Stück Papier gekritzelte Liste und eine geöffnete Notiz auf dem Handydisplay dabei. »Ich suche nach Unterlagen aus der Zeit der damaligen Fälle«, erklärte sie dem diensthabenden Officer, der vor der verschlossenen Tür saß.

Der Mann, über fünfzig, mit beginnender Glatze und übergewichtig, runzelte die Stirn. »Ich dachte, Ihr Team hätte schon alles abgeholt?«

»Sie haben alles abgeholt, was direkt damit zu tun hat«, erwiderte Eva in ihrem ruhigsten, professionellsten Tonfall. »Aber ich interessiere mich für alles, was um die Zeit passiert ist. Im Moment möchte ich nichts ausschließen.«

Er hatte keinen Grund, Einspruch zu erheben, und selbst wenn er es getan hätte, hätte Eva darauf keine Rücksicht nehmen müssen. Doch sie musste plausibel klingen; sie wollte es nicht an die große Glocke hängen, dass sie in den Akten stöberte. Das Ganze musste wie reine Routine aussehen. Tat es anscheinend auch, denn der Officer nickte und öffnete die Tür.

Sie trat in einen gleichmäßig erleuchteten Raum ohne Fenster. Das leise Brummen einer älteren Klimaanlage erfüllte die Luft. Regale, in denen sich Aktenboxen stapelten, ragten vom Boden bis zur Decke, mit schmalen Gängen dazwischen. Meistens reichten die Akten sieben Jahre zurück; diese Zeitspanne hatte sich als am nützlichsten erwiesen. Sie wusste, dass Akten, die noch älter waren, anderswo gelagert waren, in einem sicheren Lagerraum eines Subunternehmens namens Iron Cave, das auch magnetische Aufzeichnungen für Wirtschaftsunternehmen und andere Behörden verwahrte. Wenn sie etwas brauchte, das älter als sieben Jahre war, konnte sie eine Datenbank durchsuchen, eine Anfrage an Iron Cave schicken, und die Akten würden innerhalb eines halben Tages per Kurier bei ihr eintreffen, das wusste Eva.

Sie schaute auf ihr Handy und begann zu suchen. Hadley hatte schließlich eine Liste mit Fällen herausgerückt, deren Ausgang er für verdächtig hielt, und auf den ersten Blick musste sie ihm widerstrebend zustimmen. Weniger widerstrebend als früher. Die Drohung, die Razin darstellte, war durchaus real, das wusste sie jetzt ganz sicher.

Auf ihrem Zettel hatte sie sich elf Fälle notiert. Bei fast allen ging es um Drogen, bei einigen jedoch waren Schutzgelder, Gewalt und Prostitution im Spiel. Sie ging die Unterlagen zu den einzelnen Fällen chronologisch durch, begann mit einem Drogenfall, der fast fünf Jahre zurücklag. Anders als Ward war der Verdächtige damals ein großer Fisch gewesen, jemand, der seine Ware über internationale Kanäle bezog und vertrieb. Ein hiesiger DI, der nicht länger in der Dienststelle war, hatte Monate damit verbracht, Informationen zu sammeln und Gründe für eine Razzia bei dem Betreffenden zusammenzutragen. Evas Augenbrauen hoben sich ein wenig, als sie die Adresse des

Verdächtigen sah. Ein Haus in St Jude's Hill. Ein Durchsuchungsbeschluss war erwirkt und ein Team zusammengestellt worden, und sie hatten sich im Morgengrauen vor dem Grundstück versammelt. Doch als die Tür mit der Ramme aufgebrochen worden war und Polizisten ins Haus strömten, hatten sie es leer vorgefunden. Sogar die Möbel waren weg gewesen, sah Eva; sie waren am Abend zuvor in Möbelwagen geladen und davongekarrt worden.

Wie zum Teufel bewerkstelligte jemand so etwas, ohne dass er lange im Voraus gewarnt und die Observation manipuliert worden war? Sie überprüfte die Namen derer, die direkt mit diesem Fall zu tun gehabt hatten, doch aller Wahrscheinlichkeit nach hatte jemand von außerhalb die Operation sabotiert. Eva glich die Namen der ranghohen Polizeibeamten mit denen auf Hadleys Verdächtigen-Liste ab. Tatsächlich, es gab ein halbes Dutzend Übereinstimmungen. Aber nicht Sutton, stellte sie fest, als sie sich den nächsten Fall vornahm. Sutton war damals noch nicht hier gewesen.

Anderthalb Stunden später saß sie neben einem Stapel Aktenkisten auf dem Boden und lehnte sich an die Wand des Archivraums. Irgendwann war sie noch einmal zu ihrem Schreibtisch geeilt, um sich einen Notizblock und einen Stift zu holen. Jetzt hatte sie seitenweise Diagramme und gekritzelte Listen, die nur für sie verständlich waren.

Ein Diagramm machte ihr ganz besonders zu schaffen. Es bestand aus einem Zeitstrahl und einer Art Entscheidungsbaum und umfasste ein grobes Netzwerk aus Verbindungen, das sie hastig zu Papier gebracht hatte. Es war der

Versuch, Verknüpfungen zwischen drei separaten Fällen mit weiteren gescheiterten Drogenrazzien zu verstehen. Bei jedem Fall war es das Informationslevel von Razins Leuten, das auffiel. Entweder waren Infos ganz kurz vor dem eigentlichen Polizeieinsatz weitergegeben worden, oder jemand sehr Ranghohes hatte sie von spezifischen Ermittlungen wissen lassen, noch bevor die jeweiligen Teams angefangen hatten, die Einsätze zu planen. *Kein Wunder, dass seine Leute nie geschnappt werden,* dachte sie, während sie ihre fast unleserlichen Kritzeleien anstarrte. *Er weiß, dass wir kommen, noch bevor wir's selbst wissen.*

Was bedeutete das für sie? Hatte ein Officer auf dem Revier jemanden geschickt, um sie zu töten, ober hatte der oder die Betreffende nur Informationen an Razins Organisation hier in der Gegend weitergegeben? Sie dachte an die Gesichter, denen sie jeden Tag begegnete, auf den Fluren und in der Kantine. Wollte einer von denen wirklich ihren Tod?

Hier war nicht genug zu holen, entschied Eva nach einer weiteren halben Stunde, jedenfalls nicht genug, um einen Schluss daraus ziehen oder mit dem Finger auf jemanden zu zeigen, aber das hatte sie eigentlich auch gar nicht erwartet. Sie hatte eine Tabelle auf ihrem Handy. Eine Datei mit den Namen von fünfzehn Personen, die sie und Hadley für potenziell verdächtig hielten. Eine davon könnte Razins Informant sein, dachte sie, als sie sich die Liste ansah. Mit dem Daumen verschob sie die Namen, ordnete sie dem Rang nach, dann markierte sie die zuunterst stehenden Namen und färbte sie blau ein. Cool, sollte das heißen, unwahrscheinlich wegen des niedrigen Dienstgrades. Dann kam Gelb und darüber Rot.

Ihre rote Hotlist enthielt nunmehr sieben Namen. Sie schauderte, als sie an den Schaden dachte, den jede dieser ranghohen Personen anrichten könnte, wenn er oder sie in Razins Diensten stand.

Wenn er oder sie es wirklich darauf anlegte.

Hadley schickte ihr an diesem Nachmittag eine Nachricht von einem E-Mail-Konto. *Was diese Location angeht, hatten Sie recht*, schrieb er. *Eine eindeutige Verbindung*, fügte er kryptisch hinzu, doch sie wusste genau, was er meinte. *Ich habe für heute Abend einen Besuch organisiert.* Eva runzelte die Stirn. Sie hatte nichts davon gehört, dass irgendwelche Einsätze geplant waren. *Niemand aus Kingston*, schrieb Hadley. *Ich will vermeiden, dass sie gewarnt sind. Ich habe ein anderes Team am Start. Seien Sie um 18:00 zur Vorbesprechung an dieser Adresse.* Es folgte die genaue Ortsangabe.

Eva sah auf die Uhr ihres Handys; das war in gut zwei Stunden. Sie hatte noch jede Menge Zeit.

»Gehen Sie nach Hause, und ziehen Sie sich um«, wies Hadley sie an. »Jeans, T-Shirt, etwas Bequemes, falls es rundgeht, aber auffällig.«

Wieder legte sie die Stirn in Falten. »Warum?«, schrieb sie zurück.

Er antwortete sofort. »Sie sind der Köder.«

Um zehn Uhr fiel an diesem Abend ein leichter Nieselregen von einem einheitlich dunkelvioletten Himmel. Sie parkte ihren Ersatzwagen außer Sichtweite und ging zwischen Betontürmen hindurch zu einem Pub mit einem merkwürdigen Namen und einer Fassade im Pseudo-Tudorstil am Rand der Wohnsiedlung. »The Cross and Dragon«, verkündete das Schild über der Tür in gotischen Lettern rund um ein seltsames Bild des heiligen Georg herum, der tatsächlich auf einem fliegenden Drachen ritt. Der Laden sah verdammt zwielichtig aus, dachte Eva, als sie auf die Tür zuschlenderte, aber das lag wohl daran, dass er zwielichtig war.

Doch Hadley hatte seine Hausaufgaben gemacht. Ein Sergeant namens Walker leitete das Team. Bei der Einsatzbesprechung in einer Sporthalle in der Nähe hatte Walker die Überwachungsergebnisse präsentiert, die Hadleys andere Kontakte angeblich gesammelt hatten. Hadley war nirgends zu entdecken, doch Eva wusste, dass er zusehen würde. Beim Zuhören spürte sie, wie sich ihre Kopfhaut zusammenzog. Das meiste war Bockmist. Vieles war erfunden oder reine Spekulation, und alles zielte darauf ab, die Razzia zu rechtfertigen. Doch irgendwo im Hintergrund hatte Hadley tatsächlich die grundlegenden Fakten verifiziert. Razins Leute benutzten den Pub. Der Laden wurde geschützt und verdiente es, auf den Kopf gestellt zu werden. Wie er das zu tun geplant hatte, bestärkte sie lediglich in ihrer Einschätzung, dass er kein Mensch war, mit dem man sich leichtfertig anlegen sollte, sosehr sie ihn auch hassen mochte.

Neben der Eingangstür hingen Poster, die jemand entworfen und dann in Schwarz und ein paar Neonfarben gedruckt hatte, um die Kosten zu deckeln. Die hatte Eva bereits an ein paar anderen Stellen in der Stadt gesehen. Die meisten kündigten Poledance-Shows und Metal-Bands an, ein paar auch Stand-up-Comedians mit »Humor für Erwachsene«. *Schauen wir doch mal, ob wir heute Abend den einen oder anderen Lacher kriegen,* dachte Eva und stieß die Tür auf.

Das Erste, was sie hörte, war eine E-Gitarre, die jemand zu erwürgen versuchte. An einem Ende des Raums, in dem ungefähr hundert Tische standen, rockte eine Tribute-Band auf einer niedrigen Bühne. Vier Männer, alle mit langen Bärten, Sonnenbrillen, langem grauem Haar und nietenbesetzten Lederjacken, hämmerten ein Medley aus beliebten Rocksongs des letzten Jahrhunderts herunter. Die einzelnen Songs waren gerade eben noch wiederzuerkennen. Neben ihnen wetteiferten zwei Pole-Tänzerinnen nur mit Pailletten-Stringtangas bekleidet um die Aufmerksamkeit des Publikums. Ohne Erfolg, stellte Eva fest.

An den meisten Tischen hockten betrunkene Grüppchen, die mehr Interesse daran hatten, noch ein Bier zu kippen, als daran zuzusehen, wie zwei fast nackte Frauen miteinander herumhampelten. Gerade schob eine der Frauen die Hand vorn in den Tanga der anderen. Eva überlegte, was wohl beschämender war. Sich so auf der Bühne zu entblößen, während man simulierte, die andere zu befriedigen, oder dabei glatt ignoriert zu werden. Während sie dem Treiben zusah, kam eine stark übergewichtige Frau durch eine Tür an der Rückseite des Pubs gestürmt und zwängte sich zu einem Tisch durch, wo sie drei sturzbetrunkenen Kerlen und einer wachsamen Frau große Tüten mit frisch frittierten Pommes hinstellte. Gejohle ertönte. Fritten waren wohl ein Grund zum Feiern.

Eva ging auf die Bar zu. Köder, hatte Hadley gesagt, und jetzt verstand sie, was er damit gemeint hatte. Sie hatte sich für enge Jeans und ein bauchfreies T-Shirt unter einem langen, offenen Mantel entschieden. Nicht direkt Femme fatale, dachte sie, während sie sich zwischen den Tischen hindurchschlängelte, aber sie zog ein paar interessierte Blicke auf sich. Wenigstens hatte Hadley sie vorgewarnt. Unwillkürlich fragte sie sich, ob irgendeiner der Handvoll Leute, die sie anglotzten, sie wohl wiedererkannte. Rasch sah sie sich im Raum um. Vielleicht war er ja hier, der Mann, der den Lastwagen gefahren und versucht hatte, sie umzubringen. Die Wahrscheinlichkeit lag bei über fünfzig Prozent, entschied sie.

An der Bar bestellte sie sich einen Wodka Tonic bei einem dürren jungen Mann mit Aknenarben und bezahlte bar, während ein anderer Mann – übergewichtig, struppiger Bart und zum Pferdeschwanz nach hinten gezurrtes graues Haar – am Tresen saß, den Pub beobachtete und an einem Bier nippte. Der Betreiber, wusste Eva, ein Mann namens Warren Muir. Wenn Hadley richtiglag, organisierte Muir Razins hiesige Ganoven, das Fußvolk und die Schläger, die er gelegentlich fürs Grobe brauchte. Zum Beispiel, um Polizeibeamte von der Straße zu drängen. *Dir steht ein Wahnsinnsabend bevor,* dachte Eva im Stillen und schlenderte von der Bar weg.

Sie spürte ein Vibrieren in der Tasche; ihr Telefon hatte

eine SMS empfangen. *Hat Sie jemand erkannt?* Von Hadley.

Noch nicht, schrieb Eva zurück. *Ich zeige mich mal ein bisschen.*

Eine Zeit lang stand sie vor der Bühne und sah zu, wie die Band im Viervierteltakt mit den Köpfen ruckte. Ein paar weitere Betrunkene hingen ebenfalls hier herum und scherten sich nicht um die stümperhaften Überleitungen zwischen den Songs. Sie nippte an ihrem Drink und ließ den Blick durch den Raum wandern. Niemand schien sie zu beobachten; niemand schien besonderes Interesse an ihr zu haben. *Du musst dir mehr Mühe geben,* befahl sich Eva.

Ein Gefühl der Vorfreude wuchs in ihr, als sie sich im Pub umsah. Es fühlte sich toll an, gestand sie sich ein, während sie zwischen den Tischen herumwanderte. Ausnahmsweise würde sie mal nicht das Opfer sein. Auch wenn dies ja eigentlich Alastair Hadleys Veranstaltung war, würde sie heute Abend mal auf der Seite stehen, die austeilte. Razins Leute würden diesen Abend nicht vergessen, da war sie sich sicher.

Die Band hörte auf zu spielen, und die Tänzerinnen beendeten ihre Darbietung. Eva traute ihren Augen kaum, als die beiden fast nackten Frauen von der Bühne stiegen und anfingen, von Tisch zu Tisch zu gehen und in Biergläsern Trinkgeld einzusammeln. Die Aufmerksamkeit – die wenige, die vorhanden gewesen war – war nicht mehr auf die Bühne gerichtet, also stellte Eva ihr kaum angerührtes Glas auf einem Tisch ab und ging zurück zur Bar.

»Willst du 'n Drink?« Als sie sich umdrehte, sah sie eins

der Bandmitglieder hinter sich stehen, ein dümmliches Grinsen im Gesicht. »Ich hab dich vorn an der Bühne gesehen«, sagte er. »Ich bin Terry; ich spiel Leadgitarre, aber das hast du ja wohl gemerkt.« Erschreckenderweise war dem so. »Du bist heut Abend wohl in Stimmung für'n bisschen Rock 'n Roll, wie?«

Eva schaffte es, sich ein interessiertes Lächeln abzuringen. Sie musste ein Gespräch anknüpfen, und wenigstens hatte er sie angesprochen. »Ich steh auf Metal«, sagte sie. »Und, ja, ich würd gern was trinken. Ich bin übrigens Eva«, setzte sie hinzu und ließ sich von einem grauhaarigen Rocker, der fast doppelt so alt war wie sie, an die Bar abschleppen.

Terry machte einiges Gewese darum, ihr einen auszugeben. Eva nahm noch einen Wodka Tonic, während Terry darauf wartete, dass sich der Schaum auf seinem Guinness setzte. »Macht ganz schön durstig«, ließ er sie wissen und kippte das halbe Glas in einem Zug runter.

»Spielt ihr oft hier?« Sie behielt die Bar und den Rest des Pubs im Auge. Ein paar Leute hatten flüchtig zu ihr herübergeblickt. Vielleicht würde jemand sie ja irgendwann als Polizistin vom Revier in Kingston wiedererkennen.

»Alle paar Monate. Wir sind viel auf Tournee, reisen im Land rum.« Betrübt schüttelte er den Kopf. »Is' ganz schön einsam auf der Straße.«

Das soll doch wohl ein Witz sein, dachte Eva. *Du bist alt genug, um mein Großvater zu sein. Du baggerst mich doch nicht etwa allen Ernstes an, oder?* Doch sie zwang sich zu einem mitfühlenden Stirnrunzeln.

»Und was is' mit dir?« Terry grinste lüstern. »Ich find deine Frisur voll klasse.«

Sie fuhr sich mit der flachen Hand über den Kopf und lehnte sich mit dem Rücken an die Bar. »Mir gefällt's so. Ist schön frisch.« Sie sah, dass Warren Muir ein bisschen näher gerückt war. Jetzt, da die Musik aufgehört hatte, konnte er ihre Unterhaltung mithören.

Terry feixte. Er sah hocherfreut aus. *Na klar freut er sich,* dachte Eva. *Ich komme bestimmt rüber, als sei ich leicht zu haben.*

»Wie jetzt, hast du eines Tages einfach beschlossen, alles abzuschneiden?«

Ein paar andere Männer kamen allmählich zur Bar geschlendert. Sie bemerkte, dass Muir mit dem einen oder anderen Blicke wechselte. Muir war misstrauisch, das konnte sie sehen. Misstrauisch zu sein war sein Geschäft. Razins Leute würden sie ihm gezeigt oder sie zumindest erwähnt haben, nahm sie an, und wenn nur als die Neue hier. Jemand, den er vielleicht wiederzuerkennen glaubte, war jetzt in seinem Pub aufgetaucht, und wenn sie die Situation richtig deutete, bat er gerade ein paar seiner eigenen Leute, sie sich mal näher anzuschauen. Sie merkte sich die Gesichter. Dann beschloss sie, dass es Zeit wurde, einen Zahn zuzulegen.

»Nein«, sagte sie zu Terry. »Es ist nur, vor ein paar Jahren war ich im Krankenhaus. Da mussten sie mir den Kopf rasieren, um ein paar Tests zu machen, und mir hat's gefallen, wie sich mein Haar angefühlt hat.«

Terry blinzelte. »Tests?«

»Ja.« Eva nippte an ihrem Drink. »Die dachten, ich hätte einen Hirnschaden. Jemand hat versucht, mich umzubringen, verstehst du?«

Eva konnte sehen, wie sich die Zweifel, die ihm allmählich kamen, auf seinem Gesicht abzeichneten. »Wieso soll dich denn jemand umbringen wollen? Bist du so lästig?«

Sie lachte laut und rau und legte ihm dann ganz kurz die Hand auf den Arm, als wäre der Spruch tatsächlich witzig gewesen. »Nein, natürlich nicht. Wobei, vielleicht doch. Das war ein Drogendealer. Ich hab ihn observiert, und er hat versucht, mich mit einem Laster in einem Graben zu versenken.«

Terrys Lächeln geriet ins Rutschen. Vier Männer kamen allmählich näher, während Warren Muir zusah. »Observiert?«

Eva lachte abermals. »Entschuldige, das hätte ich dir sagen sollen.« Sie zog ihren Dienstausweis hervor und sorgte dafür, dass ihn wirklich jeder sehen konnte. »Detective Inspector Eva Harris, Surrey Police. Aber keine Angst, ich bin nur hier, um in Ruhe was zu trinken und mich ein bisschen zu entspannen. Oh, es sei denn«, sie nippte an ihrem Drink und stellte ihn auf die Bar, »es sei denn, ich finde das Arschloch, das gestern versucht hat, mich mit einem Laster voller Gerüstteile um die Ecke zu bringen. In diesem Fall habe ich vor, mir ein paar krasse polizeiliche Übergriffe zu erlauben.«

Einer der Männer, die sich an die Bar herangeschoben hatten, meldete sich zu Wort. »Ich denke, wir hätten's gern, wenn Sie jetzt gehen«, ließ er sie wissen.

Eva wandte sich um, um ihn anzulächeln, richtete ihre Worte jedoch an Muir. »Warren, ist das eines von Ihren abgerichteten Äffchen oder der, nach dessen Pfeife Sie tanzen? Erzählen Sie mir doch mal, wie das bei Semjon Razin so läuft, das möchte ich nämlich unheimlich gern wissen.« Irgendwann würde sie sich mit dieser »Sarkastische Zicke«-Tour eins in die Visage oder Schlimmeres einhandeln, das wusste sie.

Muir und die vier Männer, die auf sie zugekommen waren, begriffen, dass etwas nicht stimmte, auch wenn ihnen nicht klar war, was.

»Wer ist Razin?«, fragte Muir.

Eva drehte den Kopf und schlug einen anderen Ton an. »Das kommt jetzt nicht sehr überzeugend, Warren. Inzwischen muss Ihnen doch klar sein, dass wir diesen Laden elektronisch überwachen. Wir wissen, dass Sie für Razin arbeiten und irgendjemand hier einen Autofahrer auf der A3 auf dem Gewissen hat. Die Frage ist: Was treiben Sie sonst noch so? Wir machen uns ein bisschen Sorgen wegen Ihnen, Warren. Wenn's nur Drogen und ein bisschen Schutzgeld wären, dann würden wir das wahrscheinlich übersehen, das lohnt sich für uns einfach nicht. Aber wenn's mehr ist als das, dann wird's ein Problem.«

»Ich weiß nicht, wovon Sie reden«, erwiderte Muir. »Und ich will, dass Sie meinen Pub verlassen, sofort.«

Einer der Männer packte sie am Arm, doch Eva machte sich los. Muir und vier andere standen um sie herum. Das schienen mehr als genug zu sein. »Bevor Sie irgendwelche Dummheiten machen, denken Sie mal über Folgendes nach.« Sie holte ein kleines, durchsichtiges Plastikkästchen aus der Manteltasche, stellte es auf den Tresen und öffnete es. »Semjon Razin ist kein einfacher Drogendealer mehr«, erklärte sie. In dem Kästchen waren zwei gelbe Dinger, die wie etwas größere Pillen aussahen. Eva nahm sie heraus, klemmte je eines zwischen Daumen und Zeigefinger und fing an, sie zu rollen. »Seine Operationen haben eine Größe erreicht, die ihn zu einem größeren Problem macht.« Als die Dinger weich genug waren, stopfte sie sich eins in jedes Ohr. »Sie haben ein Ausmaß angenommen, das sie als wirtschaftliche Bedrohung klassifiziert. Verstehen Sie, was das heißt?« Einer von Sergeant Walkers Leuten hatte ihr die Ohrstöpsel gegeben. Als sie die Sporthalle betreten und gesehen hatte, wie die Männer ihre Waffen luden, war ihr klar geworden, wie gefährlich Hadley wirklich war. Walkers Leute waren keine normalen Polizisten; das war eine Antiterroreinheit, in schwarzer Körperpanzerung und mit Sturmgewehren. Hadley hatte Beweise manipuliert, um die Operation als Antiterroreinsatz darzustellen.

Sie vergewisserte sich, dass die Ohrstöpsel tief genug saßen, und holte dann noch etwas aus der Manteltasche. Einen kleinen Metallzylinder mit einem Knopf am oberen Ende. Die Männer um sie herum glotzten sie an, als wäre sie blöd oder einfach nur geisteskrank, doch Eva wollte dieses Gefühl wachsender Vorfreude auskosten, nur einen Moment lang. *Ich weiß, was als Nächstes kommt, ihr Sackgesichter,* dachte sie. *Ihr habt ja keine Ahnung, was hier gleich für eine Scheiße abgehen wird.*

»Also, Warren«, sagte sie und konnte ihre eigenen Worte

kaum hören, »ich habe zwei Fragen an Sie. Erstens, wie sollte die Polizei Ihrer Ansicht nach auf Bedrohungen der nationalen Sicherheit reagieren? Und zweitens«, setzte sie hinzu und drückte auf den Knopf des Zylinders, »glauben Sie etwa, ich bin allein hier?«

Etwas kam in den Schankraum gerollt. Die Tür zum Pub hatte sich ein paar Zentimeter weit geöffnet, und mehrere Gegenstände klackerten über den Boden. G-60-Blendgranaten, hatte Walker ihr erklärt, Standardausrüstung des CTC, des Counter Terrorism Command.

Sie schloss die Augen. Obwohl sie, als sie auf den Knopf gedrückt hatte, gewusst hatte, was kommen würde, fuhr sie zusammen. Multiple Detonationen. Grelle Lichtblitze, die sie durch die geschlossenen Lider sah. Der Lärm zu Boden stürzender, schreiender Menschen. Niemand würde verletzt werden, das wusste sie, doch keiner der Anwesenden dürfte auch nur den blassesten Schimmer haben, was zum Teufel los war. Als sie die Augen öffnete, hatten sich die Männer um sie herum geduckt. Schock und Grauen spiegelten sich in ihren Gesichtern. »Sie haben sich mit dem falschen Bullen angelegt, Warren«, erklärte Eva Muir fröhlich, obgleich sie wusste, dass er sie nicht hören konnte, weil das Krachen der Blendgranaten ihm noch in den Ohren dröhnte.

Drei Sekunden später stürmten zwanzig von Walkers Männern aus vollem Hals brüllend in den Pub und richteten die Maschinengewehre auf jeden, der sich bewegte. Leuchtpunktvisiere malten rote Laserlinien in den Rauch der Granaten, der sich allmählich lichtete. Menschen stolperten umher. Walkers Männer rissen sie zu Boden. Sie sah, wie ein Betrunkener Anstalten machte, auf einen von ihnen loszugehen, doch ein Stiefel in den Bauch schickte ihn auf die Bretter, bevor er etwas letal Dämliches anstellen konnte. Zwei der Männer kamen sofort zu Eva herüber. Als der Typ, der versucht hatte, sie am Arm zu packen, Einspruch erheben wollte, landete auch er auf dem Boden. Die anderen drei schmissen sich aus freien Stücken hin, als sie sahen, wie die roten Leuchtpunkte der Sturmgewehre Striche auf ihre Gesichter zeichneten. Eva drehte sich um und wollte sehen, wie Warren Muir reagierte, doch Muir war verschwunden.

Sie fluchte, pulte sich die Stöpsel aus den Ohren und griff über die Bar hinweg. Packte den jungen Mann, der sie bedient hatte, am Kragen und zerrte ihn zu sich heran. Brüllte ihm ins Gesicht. »Wo ist er? Wo *ist* er, verdammte Scheiße?« In diesem bizarren Moment wollte sie, dass er sie fürchtete. Und in seinen Augen sah sie, dass er genau das tat.

Der Junge antwortete nicht. Stattdessen schaute er zu einer Tür hinter der Bar hinüber.

Eva schlug einem der Counter Terrorism Officers auf die Schulter und schrie: »Mitkommen!«

Nach oben. Sie rannte eine schmale Holztreppe hinauf, die seit einer Generation nicht mehr gestrichen worden war. Noch immer klebte Nikotin an den Wänden. Hinter sich hörte sie die Stiefel des Mannes aus Walkers Team poltern. Muir musste hier irgendwo sein, dachte sie, als sie in einem Flur im ersten Stock herauskam.

Sie rannte von Zimmer zu Zimmer. Alle sahen aus wie

Veranstaltungsräume, die seit Jahren nicht mehr benutzt worden waren. Muir war nicht hier.

»DI Harris!«, bellte einer der CTOs.

Als sie zu ihm hinschaute, sah sie, dass er auf eine zweite enge Treppe zeigte. Zweiter Stock. Diesmal rannten die Männer mit erhobenen Waffen voraus. Es sah aus wie ein Apartment, dachte Eva. Vielleicht verschwendete Muir ja hier seine Lebenszeit.

In einem schäbigen Schlafzimmer mit einem schmalen Kleiderschrank fanden sie Warren Muir bei dem Versuch vor, ein Feuer zu entfachen. Er hockte auf dem Boden, den Inhalt einer Metallkassette vor sich und ein Feuerzeug in der Hand. Das Ding funktionierte nicht, sah Eva. Einer der Männer trat zu ihm und nahm es ihm weg. Da zwei Gewehre auf ihn gerichtet waren, versuchte Muir gar nicht erst, Widerstand zu leisten.

Er sackte zusammen. Kniete auf dem Boden vor dem Schrank und sah aus wie ein Mann, der akzeptiert hatte, dass er zum Tode verurteilt worden war. Und das sollte er auch.

Eva zitterte fast vor freudiger Erwartung, als sie den Haufen aus Schnipseln und Papieren vor ihm anstarrte. *Wenn das da das ist, was ich glaube,* dachte sie, *dann finden Razins Leute dich, egal, wo du bist.*

Sie trat an ihm vorbei, raffte den Inhalt der Kassette zusammen, hob sie auf und legte alles wieder hinein. »Wissen Sie, wir können Ihnen einen Deal anbieten«, sagte sie zu Muir.

Er lachte. »Träumen Sie weiter«, spie er ihr entgegen. Er

sagte ihr nur das, was ihr ohnehin schon klar war. »Glauben Sie etwa, ich bleibe noch lange am Leben, wenn die rausfinden, dass ich das Zeug da aufbewahrt habe?«

»Und was ist das?«, wollte sie wissen, obgleich sie auch das bereits wusste.

»Meine Rentenversicherung«, zischte Muir. Er starrte zu Boden, als einer von Walkers Männern ihn auf die Beine zerrte. Mit dem Kopf deutete er auf die Metallkassette. »Passen Sie gut darauf auf«, sagte er. »Die lassen das Ding aus Ihrem Revier verschwinden, bevor Sie auch nur blinzeln können.« Aus seiner Miene sprachen Furcht und absoluter Hass auf sie.

Egal. Eva nickte.

»Ich weiß«, sagte sie zu Muir, als die Männer ihn abführten. »Dann ist es ja gut, dass es da nicht hinkommt.«

18. Kapitel

Suttons Miene hatte große Ähnlichkeit mit dem Unwetter draußen vor dem Fenster. »Ein Antiterroreinsatz!«, brüllte sie Eva an. »Eine bewaffnete Razzia, bei der die Leute in einem Pub hier in der Gegend mit *Blendgranaten* außer Gefecht gesetzt worden sind, und niemand ist auf die Idee gekommen, mich vorher davon in Kenntnis zu setzen? Wofür zum Teufel sind wir denn da, nur um nach der CTC-Parade die Pferdescheiße wegzuschaufeln?«

Eva stellte fest, dass sie allmählich recht gut darin wurde, ihre Kollegen anzulügen. »Viel kann ich Ihnen nicht sagen, Ma'am«, antwortete sie. »Superintendent Hadley hat mich erst gestern Nachmittag angerufen. Er hat gesagt, da liefe eine Operation, ich wäre dafür erforderlich und das Ganze würde noch am selben Abend stattfinden. Ich wurde explizit angewiesen, diesen Fakt niemandem mitzuteilen.«

Sutton funkelte sie immer noch an. »Ist wohl ein Freund von Ihnen, dieser Superintendent Hadley, wie?«

Anscheinend war sie doch keine so gute Lügnerin. »Nein, Ma'am«, fauchte Eva zurück. »Ich bin Superintendent Hadley vor ein paar Jahren zum ersten Mal begegnet. Ich würde nicht sagen, dass wir ein besonders herzliches Arbeitsverhältnis haben. Aber ich weiß sehr gut, wenn er sagt: ›Spring‹, dann lautet die vorgeschriebene Antwort: ›Wie hoch?‹«

Einen Moment lang standen sie sich schweigend gegenüber. Dann setzte Sutton sich hin. »Und hinter was waren Hadley und das CTC in einem zwielichtigen Pub her?«

»Ich habe keine Ahnung«, versicherte Eva hartnäckig. »Die Blendgranaten haben sie wegen der Schockwirkung geschmissen, denke ich, es war nämlich niemand mehr scharf drauf, sich zu wehren, als zwanzig bis an die Zähne bewaffnete Antiterrorpolizisten da reingeprescht kamen. Als sie alle Gäste auf dem Boden hatten, haben sie den Laden zerlegt, als würden sie nach etwas Bestimmtem suchen.«

»Und Hadley war auch da?«

»Nein.«

»Also haben die vom CTC die Durchsuchung allein durchgeführt?«

»Ja.«

Sutton beugte sich über ihren Schreibtisch. »Und Sie sind nicht auf den Gedanken gekommen zu fragen, warum?«

»Die haben dasselbe geantwortet wie Hadley. Ich bräuchte es nicht zu wissen.«

»Haben sie was gefunden?«

»Ich weiß es nicht.«

Sutton verlor die Beherrschung. »Na, Sie sind ja heute die Quelle aller Weisheit, wie? Gibt's sonst noch etwas, was Sie nicht wissen? Zum Beispiel, wer zum Teufel hier Leichen die Augen rauspult?«

Eva biss die Zähne zusammen. Der Ärger war unvermeidlich gewesen. Sie hoffte, dass die bei der Razzia erbeutete Kassette mit den Dokumenten, die jetzt unter ihrem

Bett versteckt war, das Ganze wert war. »Es sind zwei Fälle.« Sie riss sich zusammen und antwortete leise und mit fester Stimme: »Alicia Khan beweist das. Wenn wir beide als einen betrachten, kommen wir nicht weiter.«

»Im Moment kommen wir auch nicht weiter«, blaffte Sutton. »Worauf warten Sie denn, auf noch einen Mord?«

»Vielleicht haben wir den schon.« Eva berichtete Sutton von Robert Isherwood.

»Eine anonyme SMS?«

Suttons Gesichtsausdruck war nicht gerade vielversprechend, fand Eva. »Die kurz vor dem Unfall direkt an mein Handy geschickt worden ist. Flynn hat den Absender zu einem Parkplatz in der Nähe vom Chatham Centre zurückverfolgt.«

»Videoüberwachung?«, fragte Sutton schroff.

»Leider nicht. Aber ich glaube, jemand vom Chatham Centre versucht, uns etwas zu sagen. Ich hätte gern die Erlaubnis, die Mitarbeiter gründlich unter die Lupe zu nehmen.«

»Ich nehme an, ihre polizeilichen Führungszeugnisse haben Sie schon überprüft?«

»Keinerlei Vorstrafen, wie man's bei so einem Laden erwarten würde. Die gehen doch keine offenkundigen Risiken ein. Nein«, fuhr Eva fort, »ich möchte, dass Raj sich die Finanzen der Firma und ihre Prinzipien gründlich anschaut. Dazu brauche ich die Befugnis.«

»Beweise?« Wieder ein Blaffen.

»Ein anonymer Hinweis und vier anscheinend miteinander zusammenhängende Todesfälle. Wir sollten die Finanzen sowieso durchleuchten, und sei es nur, um ein mögliches Motiv auszuschließen.«

Sutton trommelte mit den Fingern auf den Tisch. »Und was ist mit Alicia Khan?«

Eva holte tief Luft. »Es gibt so gut wie nichts, was es rechtfertigen würde, sich noch näher mit Mathew Harred zu beschäftigen, aber wir wissen, dass die Opfer von damals eine flüchtige Verbindung zu New Thought hatten. Alle drei waren irgendwann mal in der Kirche, allerdings ist das nicht weiter bemerkenswert. Der Grund war Harreds Gemälde; das verdammte Ding ist wie ein Magnet. Die Studentenvereinigung der Universität hat ein paar Gruppenbesuche organisiert. Dass sich jemand an einem präraffaelitischen Werk von dieser Größe versucht, hat das Bild zu einer Sehenswürdigkeit gemacht; die Tatsache, dass es auch noch verdammt gut ist, macht es unwiderstehlich. Ich glaube, Harred ist geradezu überrannt worden von Leuten, die ihm Modell stehen und auf dem Fresko sein wollten. Das ist immer noch so; er kann unter den attraktivsten Männern und Frauen der ganzen Grafschaft wählen. Dass die Entscheidung dabei ganz allein bei ihm liegt, macht ihn aber nicht zum Mörder. New Thought hätte die Universität bestimmt nicht davon abgehalten, Studenten in die Kirche zu schicken, das waren schließlich alles potenzielle Konvertiten und Modelle für Harred. Das eigentliche Problem ist, dass New Thought eine Lockfalle ist. Die haben Geld, eine Art kultigen Glamour und dieses unbeschreibliche Gemälde. Wenn wir Harred mal außen vor lassen, besteht zwischen New Thought und den damaligen

Opfern trotzdem eine hinlängliche Verbindung, um weitere Ermittlungen zu rechtfertigen.«

Sie hielt kurz inne. Sutton verarbeitete die Informationen, die sie von ihr bekam. Fast konnte sie sehen, wie ihre Vorgesetzte Details auf die eine oder andere von zwei imaginären Waagschalen packte und die Fakten abwog. Für ihr nächstes Anliegen musste Eva Druck machen. »Es gibt keinen wirklichen Grund dafür, das akzeptiere ich«, versicherte sie eindringlich, »aber ich möchte mir Berta Nicholson noch einmal ansehen. Ich halte sie nicht für eine Mörderin, aber es ist zumindest vorstellbar, dass jemand, den sie kennt, ein Mörder sein könnte.«

»Noch mal Finanzen?«, fragte Sutton. Sie meinte eine eingehende Hintergrundüberprüfung, doch Eva schüttelte den Kopf.

»Nein. Sie ist stinkreich, so viel steht fest, aber ich glaube nicht, dass es bei den Morden an Khan und an den anderen Frauen um Geld ging. Bei Nicholson würde ich direkter vorgehen. Ich habe so ein Gefühl, dass das bei ihr klappt.«

Sutton blieb eine Weile stumm, während sie sich das alles durch den Kopf gehen ließ. »Wenn es zwei Mörder sind«, sagte sie dann, »scheint es ja ein verdammter Jammer zu sein, dass unser erster beschlossen hat, wieder loszulegen. Wie wahrscheinlich war das?«

Die Frage überraschte Eva. Die Antwort erschien ihr offensichtlich. »Ich hätte gesagt, ziemlich wahrscheinlich, wenn wir davon ausgehen, dass Stepanow und die anderen von einem Täter mit einem rationalen Motiv umgebracht worden sind und Khan von einem Psychopathen. Stepanows Mörder hat versucht, die früheren Morde als Tarnung zu benutzen. Khans Mörder hat das gesehen und wollte wieder mitspielen. Jetzt zehren sie voneinander. Nicht auf irgendeine koordinierte Art und Weise, sondern durch die Medien. Einer gibt dem anderen beinahe die Erlaubnis, zu töten.«

Sutton starrte sie an. »Sie glauben also, die sind noch nicht fertig.« Es war keine Frage. Sutton kannte die Antwort bereits.

»Nein«, antwortete Eva. »Die machen weiter, bis wir sie stoppen.«

Jetzt fiel ihr noch etwas ein. »Judy? Könnten Sie jemanden töten?«

Wren blickte von der Leber auf, die sie gerade wog. »Ist das eine Bitte? An wen genau haben Sie denn gedacht?«

»Ich meine, hypothetisch.«

»Wenn's meine Schwägerin wäre«, erwiderte Wren. »Ich lege hier kein Geständnis ab oder so, aber der Gedanke ist mir schon mehr als einmal gekommen.« Sie zuckte die Schultern. »Wahrscheinlich eher so zwanzig- bis dreißigmal allein dieses Jahr.« Als Eva nicht antwortete, legte Wren die Leber zur Seite. »Wo drückt denn der Schuh?«

Eva stützte die Ellenbogen auf den Edelstahltisch und achtete nicht auf das Organ, das in einer Schale lag. »Warum zieht er sie aus?«

Wren streifte ihre Latexhandschuhe ab, warf sie in den Mülleimer und wusch sich dann die Hände, die von den

Handschuhen stanken. »Er zieht sie aus, weil er Angst hat, an den Kleidern forensisches Beweismaterial zurückzulassen. In seinem Fall höchstwahrscheinlich Blutstropfen. Auf nackter Haut sieht man die besser. Mit einem Alkoholtupfer kriegt man sie weg, sodass wir, will sagen, ich, die Rückstände nicht analysieren können.«

»Okay. Und warum machte er sich solche Gedanken wegen des Blutes?«

»Höchstwahrscheinlich, weil sich in seinem Hinterkopf der Gedanke festgesetzt hat, dass wir das Sedativ anhand der Chargennummer zurückverfolgen können«, erklärte Wren aufs Neue. »Da liegt er natürlich falsch, aber andererseits bringt er Menschen um und will nicht geschnappt werden. Vorsicht ist die Mutter der Porzellankiste, nehme ich an.«

»Schön«, brummte Eva. »Und warum sediert er sie?«

»Das ist jetzt natürlich nur geraten« – Eva hörte den Sarkasmus in Wrens Stimme –, »aber ich würde meinen, weil er nicht will, dass sie rumzappeln, während er ihnen die Augen rausschneidet.«

»Wahrscheinlich«, stimmte Eva zu. »Aber warum bringt er sie dann nicht gleich um?« Ihr war klar, dass sie eine Saite zum Klingen gebracht hatte, denn Wren antwortete nicht. »Schauen Sie sich das da an.« Sie zeigte auf die Leber.

»Hab ich schon.«

»Das Ding haben Sie also gerade aus jemandem rausgeschnitten, stimmt's? Sie haben ein Skalpell genommen, den Bauch aufgeschlitzt, mit den Händen reingefasst und das verdammte Ding rausgeholt.«

»Ich würde behaupten, ein bisschen mehr fachliches Können war da schon dabei.«

Eva winkte ab. »Zurück zu meiner ursprünglichen Frage: Judy Wren, könnten Sie, die Sie gerade irgendein armes Schwein praktisch in der Mitte durchgeschnitten haben, könnten Sie jemanden töten?«

Wren zögerte. »Nicht aus Notwehr?«

»Vorsätzlich. Könnten Sie jemanden kaltblütig umbringen?«

»Es fällt mir sehr schwer, mir das vorzustellen«, gab Wren nach kurzem Schweigen zu.

»Okay.« Eva suchte sich einen Hocker und setzte sich vor den Sektionstisch. »Stellen Sie sich trotzdem vor, Sie könnten es. Rein hypothetisch«, fuhr sie fort, bevor Wren Einspruch erheben konnte. »Wie würden Sie das anstellen?«

Wren seufzte. Dann nahm sie die Schale mit der Leber, stellte sie in einen Kühlschrank, zog sich einen zweiten Hocker heran und setzte sich ebenfalls an den Edelstahltisch. »Ich möchte hier nicht einen auf Stereotyp machen«, sagte sie nach einem Moment des Überlegens, »aber als Frau würde ich wahrscheinlich auf Gift zurückgreifen. Ich mag Schusswaffen nicht, und außerdem komme ich auch gar nicht an so was ran. Ich weiß nicht, ob ich die physische Kraft hätte, ein Messer zu benutzen, wenn das Ganze auf ein Handgemenge hinauslaufen würde, und das würde es ganz sicher.«

»Ein stumpfes Instrument?«

»Wie bei Alicia Khan? Das würde mir auch echt schwerfallen.«

Eva nickte bestätigend. »Nächstes Gedankenspiel. Sie sind ein eins achtzig Meter großer Mann. Wie machen Sie's jetzt?«

Eine längere Pause. »Was habe ich davon? Sexuelle Erfüllung? Rache? Töte ich aus Hass, aus Gehässigkeit oder zu einem bestimmten Zweck?«

»Sagen wir, der Mord ist einfach etwas, das erledigt werden muss. Sie haben einen Grund, ein rationales Motiv. Sie sind zu dem Schluss gekommen, dass diese Person sterben muss. Und außerdem wollen Sie nicht gefasst werden. Wie machen Sie's jetzt?«

»Irgendwie kann ich sehen, worauf Sie hinauswollen«, meinte Wren, »aber Sedierung gefolgt von Exsanguination erscheint mir doch ziemlich extrem.«

»Ich denke, das kommt auf Ihren Ausgangspunkt an. Also, Judy Wren, Sie sind jetzt eins achtzig groß, fit und irgendwo in den Dreißigern. Wenn Sie jemanden umbringen müssten, könnten Sie persönlich ihm dann mit einem Hammer den Schädel einschlagen?«

Wren dachte kurz nach. »Wahrscheinlich nicht.«

»Dann also ein Messer?«

Wren schüttelte den Kopf.

»Wie wär's mit einem Strick? Erwürgen oder erdrosseln?«

»Was wird das hier, Cluedo?«

Eva spreizte die Finger und legte die Hände auf den Tisch. »Ich will nur etwas verdeutlichen. Sie sind Pathologin, Sie verdienen sich Ihren Lebensunterhalt damit, Leichen aufzuschneiden, und doch würde es Ihnen Ihrer eigenen Aussage nach schwerfallen, jemanden umzubringen.

Ich glaube, dasselbe trifft auf den Mörder von Irina Stepanow zu. Ich glaube, im Grunde ist er zimperlich.«

Wren verschränkte die Arme. »Ach, kommen Sie.«

»Überlegen Sie doch mal«, beharrte Eva. »Stellen Sie sich Robin Chatham vor. Zu dessen Tagewerk gehört es, anderen Leuten die Augen aufzuschneiden. Heißt das zwangsläufig, dass er imstande ist, jemanden umzubringen?«

Wren antwortete nicht.

»Ich glaube, derjenige, nach dem wir suchen, verfügt über chirurgische Fachkenntnisse, hat aber kein echtes Verlangen zu morden. Er tötet aus einem ganz bestimmten Grund.«

»Das müsste aber ein verdammt guter Grund sein.«

»Müsste es auch«, pflichtete Eva ihr bei. »Gut genug, dass er seine natürliche Zimperlichkeit überwindet. Ich glaube, wir haben das Ganze bisher von der falschen Seite betrachtet. Finde das Motiv, dann findest du auch den Täter.« Sie hatte Wren zum Teil überzeugt, das konnte sie sehen.

»Vielleicht«, meinte die Pathologin, »aber es hört sich an, als ob Sie mit einer ganz simplen Begründung rechnen. Ich bezweifle sehr, dass es so sein wird. Schauen Sie sich doch an, wie ausgeklügelt diese Morde sind. Glauben Sie, der Grund dafür ist weniger kompliziert?«

Da war etwas dran, das musste Eva zugeben, wenn auch nur im Stillen.

»Und außerdem«, fuhr Wren fort, »was sagt das dann über den Mörder von Alicia Khan?«

Wieder winkte Eva ab. »Ach, das ist doch sonnenklar. Der hat einen totalen Sprung in der Schüssel«, erklärte sie

Wren. »Der ist ein Psychopath und fast vollkommen unberechenbar. Abgesehen davon, dass sie attraktiv waren, haben sich die Frauen nicht einmal ähnlich gesehen. Ich weiß, sie waren alle Studentinnen«, wehrte sie ab, als Wren etwas einwenden wollte, »aber ich glaube, das war ein Zufall, weil es hier einfach viele Studenten gibt. Leichter Zugang zum Opfer.«

»Und wie wollen Sie ihn dann jemals schnappen?«

Eva rutschte auf dem Hocker herum. »Ich werde versuchen, eine Einladung zu einer Party an Land zu ziehen.«

Berta Nicholson ließ sich auf einem weißen Sofa nieder, das in der Mitte eines Zimmers mit weißen Wänden und weißen Teppichen stand, und lächelte ein fast nachsichtiges Lächeln. »Sie glauben also, einer meiner Freunde ist ein Mörder«, sagte sie zu Eva.

»Ich glaube, dass alle drei Frauen eine Verbindung zu New Thought hatten.« Eva wählte ihre Worte mit Bedacht, so wie ein Bogenschütze einen Pfeil auswählt. »Ich meine das nicht als Anklage, aber die Verbindung ist da. Ich denke, es wäre mehr als nur nachlässig, wenn wir, die Polizei, nicht jedem Ermittlungsansatz nachgehen würden.«

Nicholson zuckte mit keiner Wimper. »Sie sagen also, hier geht es um die Sorgfaltspflicht, die Sie erfüllen müssen?«

»Ja«, erwiderte Eva, »in gewisser Weise geht es wohl genau darum.« Sie wartete einen Moment. »Ich habe noch eine Frage. Hat Lily Yu gelogen, als sie gesagt hat, die Frauen wären auf keiner Ihrer Partys gewesen?«

Nicholson lachte auf. Es war ein leiser, intimer Laut.

»Das kommt darauf an, was Sie mit ›gelogen‹ meinen. Lily hat gesagt, sie würde sich daran erinnern, wenn eine der Frauen auf einer der Partys gewesen wäre. Das ist wahrscheinlich nicht wahr. Lily ist eine echte Partylöwin; sie wäre durchaus in der Lage, so etwas zu vergessen. Bitte verstehen Sie mich nicht falsch. Lily ist meine allerliebste Freundin, und ihr fehlt jeglicher böswillige Instinkt, aber ich würde sie niemals der Verlässlichkeit bezichtigen.«

Sie hatte mit so etwas gerechnet. »Erinnern Sie sich an die drei?«

»Ich will vollkommen aufrichtig zu Ihnen sein, Detective Inspector«, sagte Nicholson. »Oder darf ich Sie Eva nennen? Ich erinnere mich nicht daran, dass die Frauen auf meinen Partys waren. Allerdings heißt das nicht kategorisch, dass sie nicht da waren. Meine Freunde bringen Freunde mit, und ich kann mir nicht alle merken.«

Eva behielt ihr Gesicht im Auge. »Sie hätten also hier sein können?«

»Ja, das stimmt«, bestätigte Nicholson.

»Und Alicia Khan?«

Nicholson spreizte die Hände. »Ehrlich, ganz ehrlich, Eva, ich weiß es einfach nicht.«

Wenn Eva es recht bedachte, war sie geneigt, Berta Nicholson zu glauben. Sie war eindeutig eine intelligente Frau. Wenn sie lügen müsste, dann weniger dreist. »Und haben Sie noch weitere Partys geplant?«

»Immer«, versicherte Nicholson. »Ich meine, dieses Jahr noch drei oder vier.«

»Bald?«

Nicholson musterte sie eingehend. Diesmal runzelte sie die Stirn. »Sie denken doch nicht etwa daran, eine Razzia zu organisieren, oder? Ich muss sagen, davon wären meine Anwälte ganz und gar nicht erbaut. Wissen Sie, das hier ist kein heruntergekommener Pub am falschen Ende von Kingston. Meine Freunde sind ziemlich einflussreich.«

»Nichts dergleichen«, beteuerte Eva. Sie holte tief Luft. »Aber ich habe überlegt, ob ich vielleicht eine Einladung bekommen könnte.«

Einen Moment lang geriet Nicholsons perfekte Fassade ins Rutschen. Sie wirkte fast schockiert. »Sind Sie sich über die Natur dieser Zusammenkünfte im Klaren? Meine Freunde und ich treffen uns für kurze Liaisons. Ist Ihr Interesse privat oder beruflich?«

»Beruflich«, antwortete Eva rasch. »Mich interessiert nichts anderes als der Fall. Zumindest im Moment«, fügte sie hinzu.

»Ich weiß nicht.« Nicholson schlang die Hände umeinander, rang sie fast schon. »Das Ganze ist Teil des Ethos' von New Thought, Teil unserer Auffassung von Transzendentalismus. Wir ehren das Individuum und seine Freiheit. Das bedeutet auch, Verhalten zu akzeptieren, das andere fragwürdig finden könnten. Unter anderem«, sie legte die Hände wieder in ihren Schoß, »Polizeibeamte.«

Eva dekodierte die verschlüsselte Aussage. »Sie sagen, dass auf Ihren Festen Partydrogen im Umlauf sind.«

»Das habe ich ganz bestimmt nicht gesagt«, erwiderte Nicholson. »Aber Sie können gern Ihre eigenen Schlüsse ziehen. Wenn dergleichen vorhanden wären, dann ausschließlich zum persönlichen Konsum. Meine Freunde sind keine Drogendealer, Eva. Diese Events sind für Erwachsene gedacht, die alle in der Lage sind, ihre eigenen Entscheidungen zu treffen. Niemand tut etwas, das er nicht tun will, niemand nimmt etwas, das er nicht nehmen will. Und am allerwichtigsten: Niemand verliert die Kontrolle. Zwischen uns existiert ein starkes Band des Vertrauens. Das ist von entscheidender Bedeutung.«

»Das klingt …« Eva suchte nach Worten.

»Hedonistisch? Ist es auch. Es geht um Vergnügen und darum, dass niemand den Stab über anderen bricht. Das einmal beiseite«, Nicholson beugte sich vor, »verstehe ich immer noch nicht, was Sie sich davon erhoffen.«

Wusste sie das selbst genau? »Der Mörder muss seinen Opfern irgendwo begegnet sein«, erklärte Eva, nachdem sie ihre Gedanken geordnet hatte. »Vielleicht an der Universität. Vielleicht in einem Club hier in der Stadt. Ich lasse diese Möglichkeiten noch einmal von meinen Leuten überprüfen, so wie sie es getan haben, als die ersten drei Frauen umgebracht worden sind.« Sie ertappte sich dabei, dass sie wie Nicholson die Hände ineinander verschlang. »Aber das sind alltägliche Begegnungsorte, und es waren keine alltäglichen Verbrechen. Der Täter ist mit an Sicherheit grenzender Wahrscheinlichkeit ein Psychopath, aber das allein reicht als Erklärung nicht aus. Er hat ein Grundprinzip, angenommen, es ist ein Er. Die Verstümmelungen sind alle gleich, und die Schnitte sind beinahe identisch. Der Täter hat ein Muster geschaffen, und dafür gibt es einen Grund, ganz gleich, wie pervers er sein mag.«

Nicholson starrte sie weiter an. »Wieso erzählen Sie mir das alles?«

»Weil ich Ihre Hilfe brauche«, gestand Eva. »Ich glaube nicht eine Sekunde, dass Sie irgendwie involviert sind, aber es besteht die Chance, dass einer Ihrer Freunde etwas mit den Morden zu tun haben könnte.«

»Aber selbst wenn ich Sie teilnehmen lasse, wie wollen Sie das herausfinden?«

Dieselbe Frage hatte sie sich selbst gestellt, wieder und wieder. »Ich glaube, der Täter wird durch etwas auffallen, durch einen physischen Hinweis. Das Muster ist seine Obsession, diese Streifen, die er in die Frauen hineinschneidet. Was haben sie zu bedeuten? Was bedeuten sie für ihn? Sie sind eindeutig wichtig – vier Jahre später, und Alicia Khan hatte genau dieselben Schnitte. Warum?«

»Haben Sie eine Ahnung?«

Eva schüttelte den Kopf. »Nein, und darum geht's auch eigentlich gar nicht. Ich brauche nicht zu wissen, welche Bedeutung das für den Täter hat, jedenfalls im Moment nicht. Alles, was ich wissen muss, ist, *dass* es für ihn relevant ist und irgendein Aspekt seines Lebens sich eindeutig darum dreht. Wenn das der Fall ist, wird etwas von diesem Symbolismus an ihm sichtbar sein, glaube ich. Irgendetwas, wahrscheinlich nicht mehr als ein Zeichen. Ein Tattoo vielleicht oder ein Schmuckstück, jedenfalls etwas nahe am Körper, eine Devotionalie. Und ich glaube, er wird es nicht verbergen können, wie ein verräterischer Tick beim Pokern.«

Nicholson überlegte eine Weile. »Und wenn Sie sich irren?«

Sie zuckte die Schultern. »Dann habe ich ein paar Stunden vergeudet. Ist ja nicht so, als würde ich Haus und Hof darauf wetten. Es ist einfach nur ein vertretbarer Ermittlungsansatz.«

Das Schweigen hing eine Zeit lang im Raum. »Jetzt verstehe ich«, sagte Nicholson schließlich. »Ich teile Ihre Ansicht nicht, aber ich verstehe. Ich halte keinen meiner Freunde für fähig, so etwas zu tun. Ich kenne sie alle gut«, sie lächelte, »sehr, sehr gut, aber ich akzeptiere Ihre Argumente. Ich habe gegen Ende dieses Monats eine Party geplant; die kann ich leicht vorziehen. Ich lade Sie gern ein, aber unter einer Bedingung.«

Dies schien nicht der richtige Moment zu sein, um zu widersprechen. Eva nickte.

»Sie werden Dinge sehen, die ungesetzlich sind. Niemand kommt zu Schaden, jede Handlung ist einvernehmlich, aber es gibt da Sachen, für die man verhaftet werden könnte. Ich muss wissen, dass Sie derlei ignorieren werden. Ihre Anwesenheit hat nur einen einzigen Grund. Alles andere bleibt unbeachtet.«

»Mich interessiert nur eins«, stimmte Eva zu. »Eigentlich ist das Ganze eine einvernehmliche Polizeiüberwachung.«

Nicholson prustete los. »Das freut mich zu hören. Ich kann die nächste Party auf das kommende Wochenende vorverlegen; niemand wird etwas dagegen haben. Ganz im Gegenteil sogar.« Sie musterte Eva von oben bis unten. »Und vielleicht finden Sie ja tatsächlich etwas, was Ihnen zusagt. Oh«, fügte sie hinzu, als Eva aufstand, um zu gehen, »und bringen Sie einen Badeanzug mit.« Ihr Mund verzog sich zu einem lüsternen und schiefen Grinsen. »In der Annahme, dass Sie denken, Sie brauchen einen.«

Eva war erst seit fünf Minuten unterwegs, als ihr Handy klingelte. Die tief stehende Herbstsonne blendete sie, Blätter leuchteten im Vorüberfliegen bernsteingelb und scharlachrot. Die Straße war leer. Es kam ihr vor, als fahre sie durch das Land der Toten.

»Wo sind Sie?« Es war Flynn. Die Anspannung in ihrer Stimme fiel Eva sofort auf.

»Nur ungefähr eine halbe Stunde vom Revier entfernt. Wollen Sie mir das melden, was ich denke?«

Flynn zögerte nicht. »Ich fürchte, ja. Wieder in St Jude's Hill. Ich schicke Ihnen die Adresse. Aber, Ma'am?«

Eva sagte nichts. Sie wollte nicht sprechen.

»Raj hat die Patienten vom Chatham Centre gecheckt, und der Name dieses Opfers war auch dabei.«

Die Straße bog nach rechts ab. Eva musste sich auf die Kurve konzentrieren, was Flynn nicht wissen konnte.

»Ich glaube, damit haben wir den Beweis«, fuhr Flynn fort. »Der Kerl mordet nach einer Liste. Wir glauben, wir wissen, wer seine nächsten Opfer sein werden. Jetzt können wir den Drecksack kriegen, das glaube ich wirklich.«

19. Kapitel

Katarzyna Lieges Grundstück lag dem der Stepanows fast genau gegenüber am anderen Ende von St Jude's Hill, stellte Eva fest. Dahinter verlief eine Straße außerhalb der Villenanlage, und obgleich der Zaun, der es von ihr trennte, hoch und das Gelände hinter dem Haus dicht bewaldet war, wäre es nicht allzu schwer, auf das Grundstück zu gelangen. Diesmal war der Mörder durch eine nicht abgeschlossene Terrassentür ins Haus gekommen.

Eva ging zu Moresby, der vor dem Haus stand und eine Liste in seinem Notizbuch studierte, während die Leute von der Spurensicherung das Grundstück durchkämmten. »Wer hat die Leiche gefunden?«

»Eine Fahrerin von ›Essen auf Rädern‹, ist das zu fassen? Anscheinend gibt's hier drei oder vier Häuser, die die manchmal beliefern, natürlich ältere Bewohner. Dabei geht's nicht um Geld, sondern um Kontakt. Mrs Liege hat allein gelebt.«

Eva zog eine Braue hoch. »Und die Fahrerin hat sie gefunden?«

»Äh, nein«, antwortete Moresby. »Nicht direkt, 'tschuldigung. Es hat sich niemand gemeldet, als sie geklingelt hat, also hat sie in der Tagespflegestätte hier in der Nähe angerufen. Die haben uns verständigt, und wir haben eine Streife hergeschickt. DS Flynn und DS Newton sind gleich nach denen aufgekreuzt und haben darauf bestanden, dass sich die Kollegen Zutritt zum Haus verschaffen. War nicht weiter schwer, die Terrassentür war nämlich schon offen.«

Als Eva Judy Wren fand, wirkte die Pathologin ungewohnt bedrückt. »So eine verdammte Schande«, verkündete sie, als Eva mit Überschuhen und Handschuhen ausgestattet zu der Leiche trat.

»Was genau?«

Katarzyna Liege lag rücklings auf dem Esszimmertisch. Die Augenlider waren abgetrennt und ihre Augäpfel entfernt worden. Anders als bei den anderen Leichen waren die Wunden mit Blut verschmiert. Wie Tränen aus Wein war es ihr die Wangen hinuntergelaufen und hatte eine Lache um ihren Hinterkopf gebildet. Sie trug einen dunkelblauen Morgenmantel, und ihr Haar war zu einem adretten Dutt geschlungen, der jetzt tiefrot gefärbt war. Ihre Arme lagen ordentlich neben dem Körper.

Obgleich Wren immer vorsichtig mit den Opfern war, schien sie bei Katarzyna Liege besonders behutsam vorzugehen. »Das alles hier«, sagte sie und zuckte die Achseln. »Heute ist er ein bisschen von seinem Muster abgewichen. Ich kann mir denken, warum.«

»Ach ja?«

»Angefangen hat er genauso wie bei den anderen. Er ist eingebrochen, hat sich an sie herangeschlichen und sie getasert. Das Problem war nur, Mrs Liege war zweiundsiebzig Jahre alt und ihr Herz nicht gerade bestens in Schuss. Ich glaube, sie hatte einen Herzstillstand und ist gestorben, bevor er Gelegenheit hatte, sie zu sedieren.«

»Also hat er ihr ohne Exsanguination die Augen rausgeschnitten?«

»Was macht ein bisschen Blut schon aus«, meinte Wren, »wenn man gerade jemanden so Begabtes wie Katarzyna Liege ermordet hat?« Sie trat von dem Leichnam weg und führte Eva in ein anderes, sehr viel kleineres Zimmer.

Etliche Plakate hingen an den Wänden, ein paar Erinnerungsstücke standen auf einem Tischchen aus Kirschholz. »Sie war Tänzerin«, erklärte Wren. »Hat beim polnischen Staatsballett getanzt, vor vielen Jahren natürlich. Wissen Sie, ich glaube, ich habe sie sogar mal gesehen.«

Eva hörte den Unterton in Wrens Stimme und begriff. Aus irgendeinem Grund hatte dieser eine unter all den Morden sie persönlich getroffen.

»Das muss jetzt fast vierzig Jahre her sein; da wäre ich so etwa fünfzehn gewesen. Damals war sie beim Kirow-Ballett, wenn ich mich richtig erinnere, die haben in London *Spartacus* aufgeführt. Großer Gott, wenn man gedacht hätte, beim Ballett geht's nur darum, dass da irgendwelche Leute in Tutus rumhopsen, dann hätte diese Vorstellung ausgereicht, um einen für alle Zeiten eines Besseren zu belehren. Die Männer hatten die vollkommensten Körper, die man sich nur vorstellen kann, und sie haben barfuß getanzt. Ich hab ganz dicht vor der Bühne gesessen; ich konnte das Blut an ihren Füßen sehen. Und die Frauen waren so elegant, umwerfend und schamlos erotisch. Es war unbeschreiblich. Liege war im Corps de Ballet; keine große Rolle, ich musste sie googeln.«

»Judy?«

Wren umfasste eine kleine Bronzestatue einer Tänzerin mit der Hand und packte so fest zu, dass ihre Knöchel weiß wurden. »Ich will diesen Arsch kriegen«, verkündete sie Eva. »Ich will diesen Arsch so dringend drankriegen, dass es wehtut.«

Flynn und Newton saßen in einem anderen Zimmer des Hauses, das nach vorne hinausging. Das Wohnzimmer, nahm Eva an. Vom Fenster sah man auf eine gepflegte Rasenfläche, die jetzt mit Herbstlaub bedeckt war. Flynn und Newton saßen auf Sofas und hatten Laptops vor sich.

»Es ist eine Liste«, sagte Flynn, ohne aufzublicken. »Ganz bestimmt. Diese Leute sind alle im Chatham Centre operiert worden, im Abstand von wenigen Wochen.«

Eva schaute ihr über die Schulter. Katarzyna Lieges Name stand tatsächlich auf der Liste. »Sieht so aus«, sagte sie zu Flynn, »aber noch wissen wir nicht, wo die Liste anfängt und wo sie aufhört. Diese Patienten«, sie deutete auf einige Zellen der Tabelle, »sind nicht überfallen worden. Woher wissen wir, ob die auf der Liste stehen oder nicht?« Als Flynn Einspruch erheben wollte, hob Eva die Hand. »Ich sage ja nicht, dass Sie nicht recht haben, ich sage nur, wir sehen noch nicht das ganze Bild. Wird der hier das nächste Opfer sein?« Sie tippte mit dem Finger auf eine Zelle. »Oder der hier? Eine Information fehlt uns immer noch.« Sie legte Flynn die Hand auf die Schulter.

Flynn blickte auf und lächelte.

»Trotzdem, gut gemacht. Wir haben's fast.«

»Da bin ich mir nicht so sicher, Ma'am«, bemerkte Newton. »Erinnern Sie sich noch an das SQL, das Sie mir gezeigt haben? Ich dachte, ich schau mich mal in den Dateien um, die uns das Chatham Centre geschickt hat.«

Eva ging zu Newton hinüber und stellte sich hinter ihn. Es stimmte. Er hatte eine der Dateien geöffnet und überprüfte die interne Struktur der Datenbanktabellen. Beinahe hätte sie ihn umarmt.

»Bedeutet das hier das, was ich denke?«

Eva schaute genauer hin. Sie sah auf dem Bildschirm nur ein paar Kommas, zwischen denen nichts stand. »Wenn Sie meinen, da sind ein paar Felder gelöscht worden, ja, das stimmt. Das wird uns zwar nicht helfen, zu verstehen, wer auf der Opferliste steht und wer nicht«, erklärte sie Newton und Flynn, »aber es verrät uns, dass diese Daten manipuliert worden sind.« Sie sah die beiden an. »Ihr seid echt der Hammer. Wenn wir das nächste Mal an 'nem Pub vorbeikommen, geht das Bier auf mich.«

Flynn blickte wieder auf ihren Bildschirm. »Was Neues von Ihrer anonymen Quelle, Ma'am?«

»Nein, aber ich versuch's weiter. Ich glaube, die benutzt ihre SIM-Karte abwechselnd in einem Arbeits- und einem Privathandy. Nachrichten kriegt sie also nur, wenn die Karte gerade im richtigen Handy steckt. Aber ich rechne damit, dass sie antwortet«, sagte Eva ebenso zu sich selbst wie zu den beiden. »Ich kann's fühlen.«

»Sollen wir Katarzyna Lieges Finanzen überprüfen, Ma'am?«, erkundigte sich Jamie Newton.

Eva zog ihre Nase kraus. »Nein, nein. Fahren Sie jetzt zurück auf unser Revier, und helfen Sie Raj bei den Hintergrundrecherchen zum Chatham Centre. Das alles hier«, sie wies mit dem Finger auf die beiden Bildschirme vor sich, »bedeutet, dass wir der Lösung Schritt für Schritt näher kommen.«

Als sie darüber nachdachte, worauf sie sich da eingelassen hatte, stellte Eva fest, dass sie keine Ahnung hatte, wie sie reagieren würde. Einerseits schien es gegen alles zu verstoßen, woran sie glaubte. Nicholson hatte zugegeben, dass die Partys im Grunde eine Gelegenheit waren, sich Partner für ein paar Stunden zu suchen, und angedeutet, dass illegale Betäubungsmittel zu haben sein würden. Andererseits hatte Nicholson auch klargestellt, dass es sich bei allen Beteiligten um verantwortungsbewusste Erwachsene handeln würde, die ihr Recht auf freie Selbstentfaltung wahrnahmen. Inwiefern war das schlimmer, als samstagabends auszugehen, sich in einem Club fast ins Koma zu saufen und dann einen One-Night-Stand abzuschleppen? Ihr war klar, dass sie sich aufs Wesentliche konzentrieren musste. Vielleicht würde ein verschwendeter Nachmittag dabei herauskommen, doch zumindest bestand die Möglichkeit, eine Verbindung von jemandem zu Kelly Gibson, Olivia Russell und Grace Lloyd zu finden. Man musste diese Möglichkeit überprüfen, doch Eva hatte absolut keinerlei juristische Grundlage, um gegen Berta Nicholson vorzugehen. So brauchte sie keine; Nicholson hätte nicht hilfsbereiter sein können. Hätte sie Druck gemacht, das wusste Eva, so hätte Nicholson eine unüberwindliche Mauer aus Anwälten hochgezogen. Aber indem sie ihr auf halbem Weg entgegengekommen war, hatte Eva wenigstens bis zu einem gewissen Grad ihr Vertrauen gewonnen.

Sie bog in die Einfahrt von Nicholsons Prachtvilla in Virginia Water ein und parkte ihren Wagen inmitten einer Horde deutscher und italienischer Markenmodelle. Von ihrem Platz hinter dem Lenkrad aus beobachtete sie, wie ein großes, elegantes Paar an der Haustür klingelte. Er war Mitte vierzig, sie sah aus, als wäre sie nur halb so alt. Jemand öffnete die Tür und begrüßte die beiden mit Wangenküsschen. Eine Frau, sah Eva, doch sie kam ihr nicht bekannt vor. *Bringen wir's hinter uns,* dachte sie und stieß die Wagentür auf.

Dieselbe Frau öffnete ihr, als sie klingelte. Ihre Miene drückte herzliches, fast schon entzücktes Willkommen aus. »Sie müssen Eva sein«, sagte sie, während sie ihr die Tür aufhielt. »Berta hat so gehofft, dass Sie es schaffen. Sie waren noch nie auf einer von ihren Partys? Na, nur keine Angst«, fuhr sie fort, ehe Eva antworten konnte. »Ist alles sehr entspannt und formlos. Und es ist egal, ob Sie nur zuschauen oder mitmachen wollen, niemand wird sich daran stören. Das Wichtigste ist, dass Sie Spaß haben. Ich bin übrigens Elisabeth«, fügte sie hinzu, als sie Eva ins Haus lotste. »Wir genehmigen uns gerade ein paar Drinks am Pool. Wollen Sie sich umziehen? Sie können eins von den Schlafzimmern benutzen, das dritte links im ersten Stock ist wahrscheinlich frei. Ich bin hier, wenn Sie runterkommen, und bringe Sie dann zu Berta. Sie wird sich ja so freuen, Sie zu sehen.«

Eine breite Treppe wand sich an den Wänden der Eingangshalle entlang. Eva ging hinauf. Von irgendwoher hörte sie die Geräusche einer beginnenden Party. Menschen begrüßten einander und lachten über schlechte Witze. Das Ploppen eines Korkens, ein Platschen, als jemand in einen Swimmingpool sprang. *Ich werde hier auffallen wie ein bunter Hund,* dachte sie, als sie im ersten Stock stand. *Vielleicht bleibe ich ja nur eine Stunde.*

Eine Frau kam aus der Tür, die sie ansteuerte; die Blondine, die sie eben ins Haus hatte gehen sehen. Sie trug einen Badeanzug und hochhackige Schuhe. Als sie Eva erblickte, strahlte sie sie an. »Kommen sie auch zur Party? Sie werden's toll finden. Berta ist die Größte. Wir sehen uns unten«, bemerkte sie im Vorbeigehen.

Eva trat in das Schlafzimmer und schloss die Tür hinter sich. Fünf ordentliche Kleiderstapel lagen auf einem langen niedrigen Tisch am Fenster. Ein großes Doppelbett stand in der Mitte des Raums. Eva ließ ihre Tasche aufs Bett fallen und holte den Badeanzug heraus, den sie erst heute Morgen im Stadtzentrum gekauft hatte. Er war schwarz und schlicht; hoffentlich würde sie damit nicht allzu großes Aufsehen erregen. Sie zwang sich dazu, sich umzuziehen.

Elisabeth holte sie am Fuß der Treppe ab. Sie gab sich alle Mühe, nicht zu glotzen, doch Eva sah, dass sie unwillkürlich die Narbe anstarrte, die sich von ihrem Knie fast bis zum Schritt emporzog. »Ich hatte einen Autounfall«, sagte sie, bevor das Ganze für Elisabeth peinlich werden konnte. »Und ich habe aufgehört zu versuchen, das da zu verstecken. Glauben Sie, das stört hier jemanden?«

»So eine Party ist das nicht«, versicherte Elisabeth, die

plötzlich sehr ernst geworden war. »Sie werden sehen, die Leute hier sind sehr tolerant.« Rasch sah sie Eva von der Seite an. »Ich hoffe, Sie sehen das genauso.«

Nicholson begrüßte sie wie eine lang verschollene Cousine, als sie in den großen Raum mit dem Pool trat, der etwa zwanzig Meter lang war. Sie umarmte sie innig und reichte ihr eine Champagnerflöte. Die war aus Plastik, stellte Eva fest, was bei einer Poolparty wahrscheinlich durchaus sinnvoll war. Der Champagner jedoch schmeckte teuer, nicht wie Billigschampus. Eva nippte an dem Glas, während Nicholson sie herumführte.

»Speis und Trank«, verkündete sie und wedelte mit der Hand in Richtung einer Tischreihe neben dem Pool; allerdings ignorierte sie dabei demonstrativ die anderen Substanzen. Neben den alkoholischen Getränken stand ein halbes Dutzend Silbertabletts. Auf einem lagen Tütchen mit Kokain, auf einem anderen bereits gerollte Joints, und auf einem weiteren waren Pillen wie Pralinen zu einem kleinen Berg arrangiert. Es gab auch noch andere Drogen. Auf den ersten Blick schätzte Eva, dass auf den Tabletts Narkotika im Wert von etwa tausend Pfund angerichtet waren. Nicholson starrte sie an, doch Eva hielt ihr Versprechen und zuckte lediglich die Achseln.

»Nur damit Sie Bescheid wissen«, flüsterte Nicholson, »hier ist alles und jeder zu haben, außer«, damit nahm sie Eva am Ellenbogen und drehte sie herum, »Simon.« Mit dem Kopf deutete sie auf einen Mann in Badehose und orangerotem T-Shirt am anderen Ende des Pools. Ein Rettungsschwimmer, begriff Eva. »Nach der Arbeit ist er freigegeben, aber jetzt sorgt er erst mal dafür, dass niemand im Pool in Schwierigkeiten gerät.«

Eva zog eine Braue hoch. »Ein Rettungsschwimmer?«

Nicholson nahm sie abermals am Ellenbogen. »Wir sind hier, um uns zu amüsieren. Dass jemandem etwas zustößt, ist nicht meine Vorstellung von Spaß.«

Der scheinbare Widerspruch, den Berta Nicholson darstellte, verwirrte sie. Harte Drogen und unverbindlicher Sex schienen völlig in Ordnung zu sein, solange alle beaufsichtigt wurden. Als sie zum Pool zurückblickte, sah sie, dass ein halbes Dutzend Leute beschlossen hatte, sich dort hineinzustürzen. Als sie noch einmal hinschaute, sah sie, dass alle nackt waren.

»Es könnte sein, dass ich versehentlich etwas Falsches gesagt habe«, meinte Nicholson, während sie mit ihr eine gemächliche Runde um den Pool drehte. »Ich glaube, mindestens zwei von den Mädchen, von denen Sie gesprochen haben, waren hier auf den Partys. Ich habe herumgefragt«, erklärte sie rasch. »Olivia Russell ist mit Marcus und Danielle gekommen; die hatten sie bei New Thought kennengelernt, als sie Mathew Modell gestanden hat. Kelly Gibson könnte auch hier gewesen sein, aber wenn, dann hat sie sich nur mit ihrem Vornamen vorgestellt.«

»Kommt Mathew Harred manchmal auch zu diesen Partys?«

Nicholson lachte. »Schön wär's. Ich habe nicht geschwindelt, als ich behauptet habe, Mathew lebt in seiner Obsession mit seinem Gemälde beinahe wie ein Mönch. Verstehen Sie mich nicht falsch, es freut mich sehr, dass er das alles so ernst nimmt, aber es wäre nett, wenn er hin und wieder hier auftauchen und sich ein bisschen gehen lassen würde.«

Im Pool trieben einzelne Personen und Paare anscheinend allmählich aufeinander zu. »Wo haben Sie ihn denn gefunden?«

»Er hat uns gefunden. Mathew kam vor ungefähr fünf Jahren zu New Thought. Wie viele andere wollte er mehr über uns erfahren. Fredrick Huss hat entdeckt, dass er Künstler ist. Fredrick interessiert sich sehr für Fotografie, also haben die beiden sich auf Anhieb verstanden. Als Fredrick seine Arbeiten gesehen hat, hat er mich sofort angerufen. Ich liebe die Präraffaeliten, und Sie haben ja gesehen, wie Mathew malt. Damals hatte er kein rechtes Ziel, hat versucht, Aufträge an Land zu ziehen. Er war seit ein paar Monaten regelmäßig zu New Thought gekommen, als Fredrick die Idee mit dem Fresko hatte. Ich war natürlich Feuer und Flamme; Mathew war ein bisschen zurückhaltender. Aber als Fredrick gesagt hat, er könne die ganze Nordwand dafür haben, na ja, ich meine, wie konnte er da widerstehen? Es ist eine Riesenaufgabe, aber andererseits ist es für ihn auch eine Riesenchance. Das Gemälde wird seinen Ruf begründen. Danach wird er überall malen können, und zwar alles, was er will, und das weiß er auch. Es ist also nicht weiter überraschend, dass er so fokussiert ist. So eine Gelegenheit kommt nur einmal im Leben.«

Die Gruppe im Pool hatte es anscheinend aufgegeben, Zurückhaltung vorzutäuschen. Eva konnte nicht anders, als ungläubig zuzusehen, wie die Frau, der sie im ersten

Stock begegnet war, die Beine um die Taille eines Mannes schlang, während sie einen zweiten lange und heftig küsste, der von hinten ihre Brüste massierte. Ein kleines Stück entfernt waren ein Mann und zwei Frauen ebenfalls ineinander verschlungen. Am Tisch öffnete ein Paar Kokaintütchen, schnupfte gemeinsam den Inhalt und begann dann, sich langsam gegenseitig auszuziehen. Eva war, als schaue sie aus der Ferne zu, was ja in gewisser Weise auch der Fall war. Nicholson sah, wie sie starrte, und lächelte, sagte jedoch nichts.

»Und Lily Yu?« Eva wusste, dass sie gerade rot wurde.

»Lily ist hier irgendwo. Soll ich sie suchen?«

»Das meine ich nicht«, versicherte Eva hastig. »Ich habe nur überlegt, wie sie in dieses Bild passt.«

»Lily lebt mit mir zusammen. Sie ist meine Partnerin, aber wir erheben keinen Exklusivanspruch aufeinander. Wo bliebe denn da der Spaß?«

»Ich habe gemeint, in Bezug auf die drei Frauen.«

»Nun mal nicht so schüchtern, Eva«, antwortete Nicholson. »Sie wollen wissen, ob sie mit ihnen gevögelt hat?« Sie zuckte die Achseln. »Tja, möglicherweise. Spielt das eine Rolle?«

»Wahrscheinlich nicht.« Immer mehr Leute strebten auf den Pool zu und ließen dabei die Hüllen fallen. Wahrscheinlich waren an die vierzig Gäste im ganzen Haus verteilt, die sich betranken, zudröhnten oder flachlegen ließen. Alle außer ihr. Einen Moment lang verspürte sie ein unerwartetes Aufwallen von Neid.

»Also«, sagte Nicholson schließlich, »wenn Sie mich jetzt

entschuldigen; ich habe das Gefühl, dass ich eine schlechte Gastgeberin bin. Ich sollte mich ein bisschen um meine anderen Gäste kümmern«, lachte sie und warf dabei einen raschen Blick zum Pool hinüber. »Die haben's weiß Gott nötig.« Bevor Eva Gelegenheit hatte, irgendetwas zu erwidern, streifte Nicholson ihren Badeanzug ab, kippte ihren Wein hinunter und sprang ins Wasser. Als sie wieder hochkam, drehte sie sich zu ihr um. »Kommen Sie doch auch rein«, rief sie. »Was haben Sie schon zu verlieren?«

Einen Moment lang geriet sie beinahe in Versuchung. Dann schwammen zwei Männer und eine Frau auf Nicholson zu und packten sie. Sie kreischte vor Lachen, und alle vier kamen fast augenblicklich zur Sache. Vom Rand des Pools aus konnte Eva nicht genau erkennen, wer mit wem Sex hatte, wobei sich das auch ständig änderte. Jetzt waren fast zwei Dutzend Personen im Pool; alle in Gruppen. Sie stöhnten und wanden sich, während sie immer wieder die Partner wechselten. Es war wirklich alles erlaubt, sah Eva. Niemand erhob gegen irgendetwas Einspruch. Sie schüttelte den Kopf; sie wusste nicht, ob sie dazu bereit war. Es erschien ihr überwältigend. Obwohl sie mit dem Auto da war, beschloss sie, sich noch ein Glas Champagner zu holen.

Dann wanderte sie durch den Rest des Hauses. In einem Wintergarten, der an den Garten angrenzte, fand sie Lily Yu. Yu war stoned, das sah Eva, aber nicht völlig zugedröhnt. Ihr fiel wieder ein, was Nicholson über Vertrauen und Kontrolle gesagt hatte. Yu gehörte eindeutig zu einer anderen Gruppe, die auf den Rasen hinausgetrudelt war.

»Detective Inspector«, begrüßte Yu sie etwas undeutlich,

während sie Evas Badeanzug anstarrte. »Sie haben eindeutig zu viel an.« Yu war ebenfalls nackt.

»Ist alles ein bisschen viel«, gestand Eva.

Yu lachte und nahm sie am Arm. »Ist schon okay. Normalerweise braucht man ein paar Partys, bis man wirklich Lust aufs Mitmachen bekommt. Ist kein Problem. Trinken Sie ein bisschen Wein, rauchen Sie einen Joint, sehen Sie sich die Show an, und amüsieren Sie sich. Tun Sie, wonach Ihnen gerade ist.« Yus Augen wurden groß. »Oh, Sie sind doch auf Mathews Bild abgefahren, nicht wahr? Ich wette, dann würde Ihnen Bertas Sammlung auch gefallen.«

»Berta hat eine Sammlung?« Ganz schwach war sich Eva der Tatsache bewusst, dass sie von einer Frau, die splitternackt war und unter Drogen stand, durch ein Haus gezerrt wurde. Bizarrerweise machte ihr das nichts mehr aus, wenn sie recht darüber nachdachte.

Dass Nicholson eine eigene Kunstsammlung besaß, überraschte sie ebenfalls nicht. Durch einige oberflächliche Finanzrecherchen wusste sie, dass Nicholsons Vermögen von ihrer Familie stammte, die irgendetwas mit einem Wald irgendwo im Osten Russlands zu tun gehabt hatte. Ein Wald war ihr nicht gerade wie eine sprudelnde Einkommensquelle vorgekommen, bis sie diesen Wald auf einer Landkarte gesehen und den Bericht eines Gutachters dazu gelesen hatte. Um neun Uhr morgens war er mit anderen in einem Hubschrauber losgeflogen, um den Wald zu Versicherungszwecken in Augenschein zu nehmen. Am selben Nachmittag um drei Uhr waren sie immer noch darüber geflogen.

In einem Flur, von dem aus man in den Garten sehen

konnte, kamen sie an einer Frau vorbei, die an eine Wand gelehnt Sex hatte. Genau wie Yu hatte sie langes dunkles Haar. Sie hatte ein Bein um den Mann geschlungen, der sie gegen die Wand drückte. Mit den Nägeln der einen Hand fuhr sie ihm über den Rücken, in der anderen hielt sie eine Champagnerflöte. Als die Frau sie erblickte, nippte sie daran und bot das Glas dann Yu an. Yu ließ Evas Ellenbogen los, nahm das Glas, trank einen Schluck und reichte es der Frau zurück. Die liebkoste das Hinterteil des Mannes, während er wieder und wieder in sie hineinstieß. Dabei ließ er eine Hand von der Brust der Frau rutschen und griff Yu zwischen die Beine. Die kicherte. »Später, Schatz.«

Die Frau keuchte, als Yu abermals Evas Arm nahm und sie den Flur hinunterführte.

»Es braucht Ihnen nicht peinlich zu sein«, versicherte Yu im Gehen. »Das gehört einfach zu dem, was wir tun. Wir machen auch Kunst«, fuhr sie fort, als sie eine Tür aufstieß. Noch ein Wohnzimmer, groß und dem Licht nach Richtung Norden gelegen, schätzte Eva. Die weißen Wände hingen voller Fotos und Gemälde.

Es mussten vierzig oder fünfzig Bilder sein. Rund um das Zimmer herum sah Eva auf Tischen eine Handvoll Bronzeskulpturen stehen, doch es war die Kunst an der Wand, die ihre Aufmerksamkeit fesselte. Einige Zeichnungen in dem Stil, in dem Mathew Harred malte. Unter einer war eine Plakette. *Jane Morris*, stand darauf, und: *Dante Gabriel Rossetti*. Auch ein Datum konnte sie lesen. Doch ihr Blick blieb an einem anderen Werk hängen. »Das ist ja ein Picasso!«, entfuhr es ihr.

Yu kicherte von Neuem.

Eva fragte sich, wie sie sich wohl fühlen würde, wenn sie von diesem High wieder herunterkam.

»Ich weiß. Toll, nicht?«

Eva betrachtete ein paar der anderen Werke aus etlichen unterschiedlichen Kunstperioden und in unterschiedlichen Stilen. Die meisten war figürlich, auf einem Großteil der Bilder waren menschliche Gestalten zu sehen. Es war keine Überraschung für sie, dass Nicholson sich hauptsächlich für Menschen interessierte.

Auch eine ganze Anzahl Fotografien hing an den Wänden. Mehrere Aufnahmen von Annie Leibovitz, deren Bilder ebenfalls etwas Präraffaelitisches hatten. Zwei Fotos waren der Beschriftung nach von Diane Arbus. Vor einem anderen blieb Eva stehen. Sie musste zweimal hinsehen. »Sind Sie das?«

»Ja!« Lily Yu kreischte beinahe vor Begeisterung. »Ich war schon gespannt, ob Sie mich erkennen!« Das Foto war schlicht, schwarz-weiß mit warmen grauen Mitteltönen. Es zeigte Yu, die, wieder splitternackt, irgendwo draußen lag, wo es ungeheuer heiß gewesen sein musste. Lange Schatten fielen über sie. Eva starrte die Aufnahme an. Starrte immer weiter. Yu trat dichter an sie heran. Eva bemerkte es kaum.

»Wer hat das Foto gemacht?«, wollte sie schließlich wissen.

»Würden Sie's glauben, wenn ich Ihnen sage, dass das von Fredrick Huss ist?«, flüsterte Yu Eva ins Ohr. »Das war in Marrakesch vor ungefähr fünf Jahren. Fredrick ist klammheimlich ein toller Fotograf. Er ist kein Profi, aber ab und zu bringt er etwas echt Bemerkenswertes zustande, sagt Berta.« Das Bild brannte sich fast auf Evas Netzhaut ein. Jetzt konnte sie Yus Atem auf ihrer Schulter spüren.

»Sind Sie sicher, dass Sie Ihren Badeanzug anbehalten wollen?«

Sie wollte weg, doch vorher musste sie verstehen, was sie da vor sich sah. Kurz darauf wandte sie sich Yu zu. »Ich muss gehen.«

Yu machte ein tief betrübtes Gesicht. »O Eva, es tut mir leid«, begann sie, doch Eva schüttelte den Kopf.

»Das hier ist nicht mein Ding. Verstehen Sie mich nicht falsch; ich fühle mich geschmeichelt, aber das ist auch nicht der Grund. Ich muss wirklich gehen«, sagte sie, während sie sich umdrehte und sich anschickte, den Raum zu verlassen. Yu sah so geknickt aus, dass Eva sie flüchtig auf die Wange küsste. »Passen Sie gut auf sich auf, Lily.« Sogar sie selbst konnte die Polizistin in ihrer Stimme hören. »Und sagen Sie Berta, ich glaube, ich habe gefunden, wonach ich gesucht habe.«

20. Kapitel

Die SMS von Hadley machte sie stinkwütend. Ein paar knappe, schroffe Sätze: Ob sie mit der extra inszenierten Razzia nicht Zeit und Mühe verschwendet hätten. Auf ihrem Bett, die Stahlkassette aus Warren Muirs Safe sicher neben sich, war Eva überzeugt, dass dem nicht so war, allerdings war sie nicht geneigt, das Hadley jetzt schon mitzuteilen. Stattdessen schickte sie eine sorgfältig formulierte, nichtssagende Nachricht zurück, in der von stetigen Fortschritten die Rede war. Unwillkürlich schaute sie rasch auf den Bildschirm des Laptops auf ihrem Tisch. Die Zahl stieg noch immer. Noch hatte es keinen Durchbruch gegeben, doch das war nur noch eine Frage der Zeit, dessen war sie sich sicher, obwohl sie nicht hätte sagen können, warum. Die Unvermeidlichkeit der Zahlenverarbeitung, nahm sie an. Die Wahrheit lag immer in den Daten.

Dann sah sich Eva ihre anderen Nachrichten an. Als sie eine von einer Telefonnummer erblickte, die sie inzwischen auswendig wusste, hätte sie vor Aufregung beinahe nach Luft geschnappt. *Grau Laska*, stand auf dem Display. *Aber seien Sie BITTE vorsichtig.* Die freudige Erregung verflog fast augenblicklich und machte Verwirrung Platz. Was oder wer war Grau Laska? Eine Firma, ein Mensch, ein Ort? Eva seufzte und begann, ihrerseits Nachrichten zu schreiben.

Flynn, Newton und Chakrabati würden sie jetzt im

Stillen verfluchen, dachte sie. Es würde eine lange Nacht werden.

Die drei saßen in perplexem Schweigen da, als Eva ihre Erlebnisse auf Berta Nicholsons Party schilderte.

»Sie haben also mehr oder weniger auf 'ner Orgie abgehangen«, stellte Flynn fest, als sie geendet hatte.

»Und uns nicht eingeladen«, beschwerte sich Newton.

Raj hob abwehrend die Hände. »Ich bin glücklich verheiratet. Das weiß ich, das sagt mir meine Frau nämlich andauernd. Die hätte Ohrringe aus meinen Eiern gemacht, wenn ich da hingegangen wäre.«

»Versucht mal, euch aufs Wesentliche zu konzentrieren«, brummte Eva, um zu überspielen, dass ihr das Ganze peinlich war. »Das Foto, das ist wichtig. Die Schatten.«

»Ist schwer, das zu verstehen, ohne das Bild zu sehen«, meinte Newton. »Sie haben kein Handyfoto davon gemacht?«

»Ich hatte mein Handy nicht zur Hand«, antwortete Eva und beließ es dabei. »Hört zu, es geht um die Schatten. Lily Yu lag *genauso* da, wie der Täter die Frauen hinlegt, aber es waren die Linien aus Licht und Schatten, die das Bild bemerkenswert gemacht haben. Sie lag unter einem Geländer oder Gitter. Das Foto ist in Marrakesch aufgenommen worden, hat sie gesagt. Die Kontraste waren echt scharf; die Sonne muss sehr hell geschienen haben. Die Schattenlinien sahen genauso aus wie die Schnitte an den Leichen.«

»Was war mit ihren Augen?«, wollte Flynn wissen.

Gute Frage. Eva überlegte. »Ich konnte sie nicht sehen. Ich meine, sie waren auf dem Foto nicht sichtbar wegen des Spiels von Licht und Schatten. Die Schatten sind genau über die Augen gefallen. Ja«, beschloss sie, »das stimmt. Man hätte denken können, sie hätte keine Augen, denn dieser Teil ihres Gesichts lag vollständig im Dunkeln.«

»Scheint mir ein Wahnsinnszufall zu sein«, bemerkte Newton.

»Nicht wahr?« Eva holte tief Luft. »Und das ist nicht alles.« Sie erzählte ihnen von der SMS, die sie bekommen hatte, bevor sie sie benachrichtigt hatte.

Raj klatschte entzückt in die Hände. »Da oben meint's heute aber jemand gut mit uns. Und was ist Grau Laska?«

»Äh … keinen blassen Dunst.«

»Klingt wie 'ne Biersorte«, überlegte Flynn laut. Es klang fast sehnsüchtig. Eva zog eine Braue hoch.

Raj wandte sich seinem Computer zu. »Nicht sehr hilfreich«, verkündete er kurz darauf. »Zu dieser Kombination gibt es nichts, aber für jedes Wort allein jede Menge Treffer, von einer bestimmten Art Shirts bis hin zu einer Stadt irgendwo im Nirgendwo. Da werden wir ein bisschen suchen müssen.«

»Kriegen Sie das hin?«, erkundigte sich Eva.

Raj grinste. »Ich habe eine Aufgabe, einen Computer und eine Liste mit Lieferdiensten. Und meine Eier habe ich auch noch. Was will man mehr?«

Eva grinste zurück und wandte sich an Newton. »Macht's Ihnen was aus, die Finanzen vom Chatham Centre zu übernehmen?«

Newton nickte. »Kein Problem. Raj kann mir ja helfen, wenn ich nicht weiterkomme. Aber ganz ehrlich, ich habe schon öfter Finanzberichte, Bankauszüge und Sachen vom Handelsregister gesichtet. Vielleicht treibe ich mich mal ein bisschen auf ein paar von den Broker-Seiten rum, um rauszufinden, ob irgendjemand Marktinformationen über die sammelt. Dafür müsste ich aber vielleicht ein paar Infos kaufen.«

»Fragen Sie mich vorher«, wies Eva ihn an. »DCI Sutton reißt mir den Arsch auf, wenn wir ihr Budget überziehen. Becks«, wandte sie sich an Flynn. »Sie nehmen sich Fredrick Huss und New Thought vor, das volle Programm. Beschaffen Sie sich alles über die Kirche, was Sie kriegen können, aber legen Sie den Fokus auf ihn.«

»Nur wegen einem einzigen Foto«, stellte Flynn fest.

»Man muss es gesehen haben«, erwiderte Eva. Dann zuckte sie die Schultern. »Sie wissen schon, was ich meine. Hätte ich ein Bild von dem Foto machen können, würden Sie's verstehen, aber das ging einfach nicht. Und ich will nicht noch mal zu Berta Nicholson fahren, könnte ja sein, dass ihr das Angst macht und sie dann etwas ausplaudert. Ich meine, ich vertraue ihr, aber es gibt Grenzen.«

»Geht klar«, sagte Flynn. »Eine Tiefenrecherche zu Fredrick Huss, Pastor der Tranzendentalisten-Kirche New Thought, der einen irren Maler jahrelang 'ne Wand aufpeppen lässt.«

Eva ignorierte ihre Skepsis. »Mathew Harred ist ein interessanter Charakter. Er ist Künstler, aber anlegen möchte sich niemand mit ihm.« Sie beschrieb ihn Flynn.

»Vielleicht sollte ich mal hingehen und ihm selber Fragen stellen, Boss«, bemerkte Flynn.

Eva ignorierte ihren lüsternen Blick. »Tun Sie das, wenn's nötig ist. Aber ich glaube nicht, dass er etwas damit zu tun hat. Besser, Sie konzentrieren sich auf Huss. Trotzdem gilt: Schließen Sie nichts aus.«

»Tu ich nie«, behauptete Flynn. Eva wusste, dass das gelogen war.

»Danke, Leute«, sagte sie, als sie die Besprechung beendete. »Wird Zeit für ein bisschen Parallelrecherche, also schauen wir mal, was wir rausfinden können, bevor's zu spät wird.« Sie hielt kurz inne. »Ich muss mal für etwa eine Stunde weg, aber ich komme später wieder. Mein Handy ist lautlos gestellt; schickt mir eine SMS, wenn etwas Dringendes ist.«

»Alles in Ordnung?«, fragte Flynn. Ihre Sorge schien aufrichtig zu sein. Der Vorfall mit dem Laster hatte schon eine ganze Weile als Elefant in der Zimmerecke gestanden.

»Ja«, versicherte Eva. Rasch suchte sie nach einer Ausrede. »Ich muss nur mal eben was erledigen«, sagte sie und verließ den Raum.

Das war eine der Redewendungen ihres Großvaters, eine, an die sie seit Jahren nicht mehr gedacht hatte. Die Worte brachten Erinnerungen an warme Sommertage im West Country zurück, ans Verstecken im hohen Gras und daran, sich sanfte Hügel hinunterrollen zu lassen. Der Satz konnte alles bedeuten, das hatte sie schon sehr früh verstanden; von einem Ausflug in den Pub bis zum Gang aufs Klo. Mal eben was erledigen. Zum Beispiel unangekündigt vor Jeffrey Cowans Tür aufkreuzen.

Er schien überrascht, sie zu sehen.

»Entschuldigung, passt es gerade nicht?«, fragte Eva, als er ihr nicht die Tür aufhielt.

Cowan wirkte ein wenig verstört. »Ich habe Familienbesuch«, erklärte er nach kurzem Zögern. »Ich versuche immer, Familie und Arbeit zu trennen.«

»Sie sind doch in Pension«, wandte Eva ein.

»Trotzdem.«

Sie holte tief Luft. »Es dauert auch nicht lange. Ich wollte Sie nur nach einem Fall fragen.«

Cowan machte ein gereiztes Gesicht, doch dann nickte er.

»Erinnern Sie sich an einen Restaurantbesitzer namens Philip Jennings?«

»Ist ja nicht so, als könnte man den vergessen«, erwiderte Cowan. »Das war ein Riesenfall, hat uns monatelang umgetrieben. Jennings hatte eine ganze Reihe Läden. Einer davon war an der London Road, eine Pizzeria, wenn ich mich richtig erinnere. Wir hatten Informationen, dass das eine Fassade für Geldwäsche war. Es hat eine Razzia gegeben, das Übliche eben.«

»Und was ist passiert?«

Cowan zuckte die Achseln. »Das Ganze hat sich als komplizierter erwiesen, als es zuerst den Anschein hatte. Unsere Leute waren überfordert. Irgendwas Komisches ist da in dem Restaurant gelaufen, aber Geldwäsche war's nicht. Jennings hatte Steuern hinterzogen, aber als wir tiefer nachgebohrt haben, kam raus, dass all seine Unternehmen legal waren. Schwer durchschaubar, er hatte eine Reihe Restaurants in ganz Europa und hat die Inhaberschaft immer hin und her geschoben. Die Steuer- und die Zollbehörde waren sehr verstimmt, konnten aber nichts machen.«

Eva lächelte. »Wie sich herausgestellt hat, ist das nicht der Fall«, sagte sie.

Cowan verstand nicht. »Was?«

Sie zog ihr Handy hervor und hielt es ihm hin. Das Display zeigte ein Foto eines der Dokumente, die sie in Warren Muirs Stahlkassette gefunden hatte, in der, die er seine Rentenversicherung genannt hatte. Muir und die Schlägertypen, die in dem Pub im Allen-Estate herumlungerten, waren das Fußvolk von Razins hiesigem Netzwerk gewesen. Muir musste wissen, in welchen Kellern sämtliche Leichen lagen, im wahrsten Sinne des Wortes. Eva wischte von einem Bild zum anderen. Noch mehr Dokumente. »Sie hatten Jennings fast. Er hat nicht nur Geld gewaschen, sondern auch eine der Hauptversorgungsrouten gemanagt, die Razins Organisation benutzt hat, um Drogen ins Land zu bringen und zu vertreiben. Jennings hat zwischen zwanzig und dreißig Millionen im Jahr umgesetzt und seine Restaurants dazu benutzt, die Einnahmen zu verschleiern. Er hatte sogar Lieferfahrer auf Mopeds, die das Zeug an den Mann gebracht haben. Das war eine große Nummer; wenn die aufgeflogen wäre, hätte das Razins Operation echt schaden können. Dann wären die weiteren Verbindungen offensichtlich gewesen. Aber jemand hat Jennings gewarnt. Razins Leute hatten Notfallpläne. Jennings Netzwerk wurde fast über Nacht abgewickelt, die Coverstory dafür war längst vorbereitet. Jemand hat Jennings wissen lassen, was kommt, jemand Ranghohes. Ich bin dicht dran herauszufinden, wer.«

Aus dem Haus hörte sie eine Stimme. »Daddy? Wer ist denn da?« Eine Frauenstimme, Eva kam sie zittrig und ein bisschen weinerlich vor.

»Ist nicht weiter wichtig, Schatz!«, rief Cowan zurück. »Bin gleich wieder da.« Er wandte sich noch einmal an Eva. Der verstörte Gesichtsausdruck war nicht verschwunden, sah sie, ganz im Gegenteil. »Um Gottes willen, Eva«, flüsterte er. »Seien Sie vorsichtig. Die haben schon mal versucht, Sie umzubringen. Wenn die erfahren, dass Sie das da haben, werden sie's wieder tun. Diese Leute sind die gefährlichsten Typen, denen Sie jemals begegnet sind. Vergessen Sie Colin Lynch, verglichen mit denen war er ein Amateur.«

Eva zuckte mit keiner Wimper. »Das weiß ich.«

Cowan schien den Blick, mit dem sie ihn bedachte, nicht zu bemerken. Er schaute immer wieder rasch ins Haus. »Ich weiß, dass Sie mich etwas fragen wollen, aber ich kann jetzt nicht antworten. Kommen Sie in ein paar Tagen wieder.« Er schlug ihr die Tür vor der Nase zu.

Einen Moment lang starrte sie den Türklopfer an – ein verzierter Messingklumpen in Form eines sinnbildlichen Fisches. Sie hätte ihn einfach anheben und fallen lassen können, und dann noch einmal und noch einmal, um Cowan zu zwingen zurückzukommen. Wie viel Probleme würde das Cowans Tochter bereiten? Wie würde sie reagieren? Eva stand noch ein paar Sekunden da und betrachtete den Klopfer. Dann drehte sie sich um und ging.

Es war an diesem Abend, als sie im Supermarkt stand und versuchte herauszufinden, welches Fertiggericht am kürzesten in die Mikrowelle musste. Neonlicht erhellte den riesigen Raum und vertrieb die Schatten. Kalte Luft trieb aus den Kühlregalen heran und ließ sie schaudern. Irgendwo zwischen Lasagne und Spaghetti Carbonara hatte Eva plötzlich das überwältigende Gefühl, dass ihr jemand folgte.

Sie schaute den Gang hinauf und hinunter, doch sie war allein. Als sie zu den Regalen mit Bier, Wein und Spirituosen ging, sah sie nicht mehr als ein Dutzend anderer Kunden mit Körben dort herumlungern. Sie blieb vor einem orangeroten Sonderpreis-Schild stehen und sah sich verstohlen um. Das Gefühl wollte einfach nicht weggehen.

Was hatte sie gesehen? Etwas aus dem Augenwinkel, eine Gestalt, die einmal zu oft in ihre Nähe gekommen war? Mustererkennung, rief sie sich ins Gedächtnis, die stärkste kognitive Fähigkeit des Menschen. Eine unserer Gehirnfunktionen, die sich entwickelt hat, um Raubtiere im Unterholz und Beutetiere in der Savanne zu erkennen. Sie hielt weiter Ausschau für den Fall, dass ihr jemand auffiel, eine Silhouette oder ein Profil, ein Umriss, der ihr bekannt vorkam. Doch sie entdeckte nichts. Kunden füllten ihre Einkaufskörbe. Das Fertiggericht und ein paar Flaschen Importbier waren alles, was sie wollte. Eva sah sich weiter um, während sie zur Expresskasse ging, blickte beim Scannen der Barcodes immer wieder auf. Nichts, dachte sie, als sie den Supermarkt verließ, nichts und niemand. Trotzdem ging das Gefühl nicht weg.

Als sie in dieser Nacht im Bett lag, stellte sie sich vor, dass ein Schwert über ihr hing, nur von einem dünnen Faden gehalten. Noch eine Geschichte aus ihrer Kindheit. Eva fragte sich, wieso diese Erinnerungen jetzt häufiger auftauchten. Ein Schwert, das an einem Faden hing, und es war nur eine Frage der Zeit, bis dieser Faden riss. Nur eine Frage der Zeit, bis Razins Leute noch einmal versuchten, sie umzubringen.

Hadley wusste das bestimmt auch, dachte sie. Er musste es wissen, dann Hadley hatte alles eingefädelt. Ihre vorzeitige Beförderung, ihre Versetzung, den Kontakt zu Cowan. Alles ging auf ihn zurück. Hadley war kein richtiger Polizist, er war etwas anderes; sie wusste nicht genau, was. Ein Geheimdienstler, hatte Cowan gesagt, doch Eva war klar, dass das bei Weitem nicht alles war. Eine Art Puppenspieler. Ein Manipulator mit einer Vielzahl von Kontakten, der tun würde, was er sagte, nämlich, sie nach Belieben benutzen und wegwerfen, denn schließlich wusste Alastair Hadley Bescheid.

Über dich werde ich auch bald Bescheid wissen, dachte Eva und starrte die Zimmerdecke an. Nebenan zählte der Prozessor der Unendlichkeit entgegen. *Ich besorge mir die Beweise, ich weiß, wo sie sind.* Sie rollte sich auf die Seite und versuchte zu schlafen.

Sie sind so nahe, dass ich sie fast berühren kann.

Etwas weckte sie gegen zwei Uhr morgens. Sie wusste nicht, was. Alles, was sie wusste, augenblicklich und intuitiv, war, dass sich etwas verändert hatte. Sie setzte sich im Bett auf, schlagartig hellwach, und lauschte, doch nur der ferne Verkehr war zu hören, der noch immer durch die Nacht brummte. Eva stieg aus dem Bett und tappte barfuß durch die Wohnung. Unten auf der Straße sah sie einen Lastwagen darauf warten, dass die Ampel umsprang. Als das geschah, rollte er an und wurde von einem Lieferwagen überholt. Gelegentlich kam ein Auto unter ihrem Fenster vorbei, sonst nichts.

Eva ging ins Wohnzimmer. Sie hatte die Vorhänge nicht zugezogen; die Mühe machte sie sich nur selten. Ihre Wohnung lag im fünften Stock, und kein Gebäude in der Nähe war höher. In der Ferne sah sie die Lichter eines einsamen Flugzeugs, das zur Landung in Heathrow ansetzte.

Etwas hatte sie geweckt, irgendetwas hatte ihren Schlaf gestört. Ein Albtraum? Sie konnte sich an keinen bösen Traum erinnern. Aus reiner Gewohnheit ging Eva zum Tisch und stupste die Maus an, die an den Laptop angeschlossen war. Als der Bildschirm hell wurde, begriff sie etliche Sekunden lang nicht, was sie da vor sich sah. Als es ihr klar wurde, musste sie sich einen Freudenschrei verkneifen. Anstelle des Zählwerks zeigte der Bildschirm eine Nachricht:

FuckU2hell!?

Der Grafikprozessor hatte das Passwort geknackt. Sie zählte die Zeichen; insgesamt zwölf, zwei Großbuchstaben, eine Ziffer und zwei Sonderzeichen. Kein schlechtes Passwort, das musste sie zugeben. Kein Wunder, dass der Prozessor so lange gebraucht hatte. Aber es war typisch für ihn, ein Stück hasserfüllte Böswilligkeit, die die Schwärze widerspiegelte, die seine Seele gewesen war. *Fuck you to hell,* dachte sie und starrte auf den Bildschirm. *Genau das habe ich getan. Und das weißt du auch, nicht wahr?*

Als sie das Fenster minimierte und sich die Statistiken ansah, stellte sie fest, dass das Programm, das der Prozessor verwendet hatte, tatsächlich kaum zwanzig Minuten nachdem sie ins Bett gegangen war, angehalten hatte. Es war kein Audio-Alarm programmiert, also war es nicht das Ende des Suchprozesses gewesen, das sie aufgeweckt hatte. Aber etwas hatte sie geweckt. Ihre Kehle war plötzlich trocken. Eva ging wieder ins Schlafzimmer und trank einen Schluck Wasser aus dem Glas, das auf ihrem Nachttisch stand. Sie schluckte und atmete dann tief durch, bereit, sich den Laptop vorzunehmen. Und hustete. Hustete noch einmal. Merkte, dass sie nicht aufhören konnte zu husten.

Irgendetwas stimmte hier nicht. Sie machte überall Licht. Ein dünner grauer Nebel hing dicht vor der Tür des Wohnzimmers, vor der, die in den Wohnungsflur führte. Eva ging hin und öffnete sie.

Der Flur war voller Rauch.

Sie knallte die Tür zu, rannte zum Fenster und streckte den Kopf hinaus, doch sie konnte nichts sehen. Keinen wabernden Rauch, keine orangerot flackernden Flammen. Brannte es nur in ihrer Wohnung? Panik begann tief in ihrem Bauch zu rumoren; sie rannte ins Bad, schnappte sich ein Handtuch und tränkte es mit Wasser. Dann wickelte sie es sich ums Gesicht, holte Luft und öffnete die Tür zum Flur.

Rauch wallte herein. Eva kauerte sich hin und kroch auf allen vieren auf die Wohnungstür zu. Als sie sie erreichte, berührte sie sie mit dem Handrücken. Sofort riss sie die Hand weg.

Sengende Hitze. Ein Feuer draußen im Hausflur. Warum war der Feueralarm nicht losgegangen? Blöde Frage, wies sie sich selbst zurecht. Der Feueralarm war nicht losgegangen, weil daran herumhantiert worden war. Jemand versuchte wieder, sie umzubringen, und denen war es egal, wer noch dabei draufging. Ein jäher Gestank. Stechend, ihre Augen tränten. Jemand hatte die Tür mit brennbarer Flüssigkeit präpariert.

Das Erste, was Eva tat, war, die Wohnzimmertür zuzuknallen und das Handtuch in den Spalt zwischen Türblatt und Fußboden zu stopfen. Dann suchte sie ihr Handy und wählte den Notruf. Als sich die Zentrale meldete, nannte sie ihren Namen, Dienstgrad, Dienststelle und Dienstnummer. »Das hier könnte sich zu einer schweren Notlage entwickeln«, erklärte sie. »Ich kann Brandbeschleuniger riechen.«

»Wollen Sie damit sagen, es handelt sich um Brandstiftung?«

Sie hörte die Zweifel in der Stimme des Mannes. »Ich sag Ihnen mal was«, fauchte sie, »kommen Sie doch her und schnuppern Sie selbst. Schauen Sie doch mal, ob Sie das riechen können, was ich rieche. Entweder das, oder Sie schicken die Polizei und die Feuerwehr her, und zwar sofort.«

»Die sind schon unterwegs«, versicherte der Mann eilig. »Die Türen sollten halten. Wie ist die Luft im Zimmer?«

Sie konnte Rauch unter der Wohnzimmertür hervorkriechen sehen. Der Mann hatte recht, doch die Wohnungstür geriet anscheinend schneller in Brand, als sie eigentlich sollte. »Nicht gut, ich glaube, die haben irgendwas über meine Tür gekippt. Ich hoffe, nur über meine.«

»Drei Löschfahrzeuge und vier Rettungswagen sind in ein paar Minuten bei Ihnen«, sagte der Mann. »Können Sie den Feueralarm auslösen?«

»Ich glaube, der Alarm ist manipuliert worden.« Die Luft wurde allmählich dicker, als rolle ein schwarzer Nebel herein. Eva fing wieder an zu husten

»Die Türen werden halten«, versicherte ihr der Mann hartnäckig. »Bleiben Sie ruhig.« Plötzlich leckten Flammenzungen an den Rändern der Tür zum Flur.

Eva gab einen Laut von sich, der irgendwo zwischen einem Schrei und einem Fluch lag. »Fünfter Stock!«, brüllte sie den Mann an. »Und, nein, die Türen werden nicht halten, wenn irgendein Arschloch da Azeton drüber gekippt hat.« Die Wohnzimmertür fing Feuer.

»Die Einsatzkräfte sind in drei Minuten vor Ort«, sagte der Mann. »Halten Sie sich dicht am Boden, und bedecken Sie Ihren Mund …«

Sie musste das Telefon fallen lassen. Jähe Hitze; eine schwarze Rauchwolke quoll ins Zimmer. Eva wusste, wie schnell Feuer war. Sie verstand Feuer; sie hatte während der Ausbildung Lernvideos gesehen. Erfahrung aus erster Hand war etwas ganz anderes.

Sie musste hier raus. Die Türen würden nicht halten. Der Rauch würde sie umbringen, bevor die Löschfahrzeuge eintrafen und die Feuerwehrleute es bis in ihr Stockwerk schafften. Vielleicht konnte sie vom Balkon aus in die Wohnung unter ihr klettern. Rasch schaute sie zum Fenster. Sie musste es versuchen. Eva rannte zu der Tür, die auf den winzigen Balkon hinausging, dann jedoch hielt sie inne. Der Rauch bildete bereits eine dichte Schicht unter der Decke. *Das wollen die doch.*

Sie kauerte sich auf den Boden und versuchte nachzudenken. Wenn sie die Balkontür öffnete, würde der plötzliche Luftschwall das Feuer noch mehr anfachen. Sie würde auf den Balkon hinausgetrieben werden. Vielleicht würde es ihr gelingen, von da aus hinunterzuklettern, doch selbst wenn, würde der Inhalt ihrer Wohnung in Flammen aufgehen. Genau das war es, was die wollten. Vielleicht würde sie überleben, vielleicht würde sie umkommen. So oder so, die Beweise würden vernichtet sein.

Von wegen! Sie eilte in die Ecke des Zimmers, die am weitesten von der Tür entfernt war, und kauerte sich abermals hin. Der Rauch brannte in ihrer Lunge, doch sie schaffte ein Dutzend tiefe Atemzüge. Dann rannte sie ins Schlafzimmer, tauchte unters Bett und zog die Kassette hervor. Ihre Augen schmerzten. Von dem stechenden Brandbeschleuniger tränten sie so sehr, dass sie nicht sehen konnte, wo sie hintrat. Wieder runter auf den Boden. Kriechen. Die Kassette mitzerren. Zum Fenster. Noch einmal.

Sie rannte zurück ins Wohnzimmer und riss den Laptop von seiner Ladestation. Wieder in die Zimmerecke. Noch ein Schritt, dachte Eva, während die schwarze Rauchschicht, die sich unter der gesamten Zimmerdecke ausgebreitet hatte, auf sie herabsank. Sie riss die Balkontür auf.

Hinter ihr ein Flammenstoß, als das Feuer neue Nahrung bekam. Eva rannte auf den Balkon, gerade als eine Flammenzunge ganz kurz herausleckte, und spürte die Rauchgasentzündung, als Frischluft ins Zimmer gesaugt wurde. Die Fensterscheiben sprangen. Selbst auf der anderen Seite des Raums wurde die Hitze allmählich schlimm.

Dichte schwarze Rauchwolken wallten durch die offene Balkontür. Von irgendwoher hörte sie einen Aufschrei und dann Gebrüll. Unten auf der Straße kamen Löschfahrzeuge schleudernd zum Stehen. Sie sah ein Dutzend Feuerwehrleute aus den Wagen auf das Gebäude zustürmen. In ihrer Wohnung brannten die Möbel. Der Balkon war kein sicherer Hafen. Das Feuer würde auch ihn in den nächsten paar Minuten verschlingen.

Sie musste hinunterklettern.

Eva wollte das nicht tun, barfuß und nur in Slip und T-Shirt. Der Weg nach unten machte ihr eine Heidenangst, doch sie wusste, dass ihr nichts anderes übrig blieb. *So schwer ist das doch nicht,* versuchte sie, sich einzureden. *Du schaffst das.* Sie zog die Kassette und den Laptop näher an das Metallgeländer des Balkons. Dann schwang sie ein Bein darauf und kletterte hinüber.

Festhalten! Als ob sie sich das noch extra sagen müsste. Fünf Stockwerke. Senkrecht hinunter auf einen Betongehsteig, der wunderschöne Flecken abkriegen würde, wenn ihr Schädel darauf barst. Eva ließ sich immer weiter hinab, bis sie am Geländer hing wie ein Kind an einem Klettergerüst, und bemühte sich verzweifelt, den Balkon unter ihr mit dem Fuß zu ertasten. Ganz kurz pendelte sie hinaus ins Leere, und ihr Bein strampelte in der Luft. Ihre Hände rutschten am glatten Metall des Geländers. Sie sackte ein paar Zentimeter tiefer, und ihr Magen verkrampfte sich vor Angst. Dann stieß ihr Fuß gegen etwas Kaltes, Hartes. Jäh fand sie sich zwischen zwei Balkonen wieder, die Füße auf dem einen Geländer, während sich ihre Hände an die unterste Stange des anderen klammerten. Sie wusste nicht weiter.

Eine Rauchwolke sank herab. Die Geschwindigkeit des Feuers war furchterregend. Einen Moment lang drückte sie das Kinn an die Brust, holte Luft und schaute dann über den Rand des Steinbodens auf den Balkon über ihr. An die Kassette konnte sie herankommen. Eva streckte einen Arm unter dem Geländer hindurch, packte sie und zerrte sie zu sich heraus. Sie auf den unteren Balkon fallen zu lassen, war nicht sehr schwer.

Mit dem Laptop würde es nicht so einfach sein. Tiefe Atemzüge; die Hitze wurde unerträglich, doch wenigstens war sie jetzt über ihr und stieg nach oben. Sie griff unter dem Gitter hindurch nach dem Laptop, doch die Hitze versengte ihr den Arm, und sie ließ den Computer fallen. *Noch mal,* befahl sie sich. Sie blickte hoch, über den Balkonboden hinweg, stieß den Arm durch die Lücke unter dem Geländer und packte den Laptop mit einer einzigen fließenden Bewegung. Zog ihn hindurch. Schwang ihn gerade auf den unteren Balkon zu, als das Fenster über ihr schließlich zerbarst. Dünne Glassplitter flogen über sie hinweg, schimmernd und funkelnd im Schein der Flammen. Plötzlich ein ohrenbetäubendes Krachen, als noch etwas zu Bruch ging, vielleicht ein Metallrohr, etwas, das der Hitze nicht mehr gewachsen war. Der Knall war so laut, dass sie zusammenfuhr.

Der Laptop rutschte ihr aus den Fingern.

Sie schaute nach unten, als er den Balkon streifte und dann ins Leere wirbelte. Fast hätte sie versucht, danach zu greifen, doch dann überwältigte sie heißkalte Furcht vor dem Fallen, und sie konnte nur zusehen, wie er auf den Gehsteig zustürzte. *9,81 Meter pro Sekunde zum Quadrat*, meldete sich irgendetwas in ihrem Hinterkopf. Der Laptop zerschellte wie ein gläserner Kelch, als er auf dem Gehsteig aufschlug.

Furcht, Zorn, Wut, Todesangst, sie konnte sich nicht entscheiden, welches Gefühl am stärksten war. Die Hitze von oben war jetzt unerträglich. Es fühlte sich an, als stünden ihre Hände am Metall des Geländers in Flammen. Sie musste loslassen, doch ihre Füße balancierten noch immer auf dem Geländer des Balkons unter ihr. Eine Fifty-fifty-Chance. Entweder würde sie auf den Balkon fallen oder auf den harten Beton des Gehsteigs. Das Metall über ihr war zu heiß, um sich daran festzuhalten. Eva machte sich bereit, ein letztes Risiko einzugehen. Wieder ein Krachen. Die Tür zum unteren Balkon wurde aufgerissen. Ein Mann in hellbrauner Montur stürmte hindurch und packte sie um die Taille. Sie fühlte, wie sie von Armen heruntergezerrt wurde, gegen die sie sich nicht zur Wehr zu setzen gedachte.

Wie sie wie ein Sack Kartoffeln herumgewuchtet, fast auf den Boden geschmissen und dann an einen zweiten Feuerwehrmann weitergereicht wurde. »Alles okay, Miss?«, brüllte der.

Ihre Hände schmerzten. Eva betrachtete sie, doch sie waren nicht verbrannt. Sie nickte, als die beiden Männer sie wegzerrten. Das Letzte, was sie sah, als sie über das Balkongeländer schaute, waren die Überreste ihres Laptops, die unten auf dem Gehsteig verstreut waren.

21. Kapitel

Einer von Moresbys Männern stellte ihr Fragen. Sein Name war Daniels, so viel wusste sie noch. Er stand neben dem Rettungswagen und wirkte nervös. »Ich sollte ihn aufwecken, Ma'am«, sagte er und wusste nicht recht, wo er hinschauen sollte. Er meinte Moresby.

Eva hatte sich eine Rettungsdecke aus Metallfolie um die Schultern geschlungen, doch sie hatte nichts, womit sie ihre Beine bedecken konnte. Egal. Es kümmerte sie einen Scheiß. Jemand hatte versucht, sie umzubringen, schon wieder. Diesmal jedoch hatte sie eine Ahnung, wer es gewesen sein könnte. Es war nur ein Name, ein Zufall bei einer alten polizeilichen Untersuchung, von dem Warren Muir geglaubt hatte, damit für seinen Platz an der Sonne zahlen zu können oder für seinen Pub im West Country oder vielleicht auch für seinen *Scheiß*-Altenheimplatz. Eva kochte vor Wut. Nicht nur hatten die sie umbringen wollen, sie hatten auch alle anderen in ihrem Wohnblock in Gefahr gebracht, und dabei kannte sie ihre Nachbarn noch nicht einmal. Razins Schuld, Hadleys Schuld – und auch ihre Schuld, gestand sie sich im Stillen ein. Am liebsten hätte sie auf etwas eingedroschen, auf irgendetwas, doch sie wusste, dass sie es sich nicht leisten konnte, aus der Rolle zu fallen. »Lassen Sie ihn schlafen«, war alles, was sie zu Daniels sagte. »Er erfährt's ja noch früh genug.«

Die Rettungshelferin stemmte die Hände in die Hüften. »Ich würde Sie wirklich gern ins Krankenhaus bringen, damit Sie richtig untersucht werden können. Es könnte ja doch etwas kaputt sein.«

»Es ist nichts kaputt«, erklärte Eva ihr. »Und daraus wird nichts. Ich rühre mich hier nicht weg, bis mir die Leute von der Feuerwehr bestätigen, dass sie alle anderen rausgeholt haben.« Sie wandte sich an Moresbys Constable. »Sie könnten wohl nicht mal schauen, ob irgendjemand auf dem Revier etwas zum Anziehen für mich besorgen kann? Ich glaube nicht, dass mein Kleiderschrank das überlebt hat.«

Daniels begann zu telefonieren.

»Und ein Handy«, fügte sie hinzu, als er sich abwandte. »Ein Handy brauche ich noch dringender als Klamotten.«

Hinterher fuhr Eva aufs Revier. Sie hatte nicht auf Daniels gewartet. Noch immer in T-Shirt, Slip und einer silbernen Rettungsdecke, achtete sie nicht auf das Glotzen des Officer am Empfang, sondern tappte hinauf in die Einsatzzentrale und begrub die Metallkassette, die sie aus ihrem Schlafzimmer gerettet hatte, in einem Schrank unter Akten. Dann versteckte sie den Schlüssel zu dem Aktenschrank in ihrem Schreibtisch. Das würde genügen müssen, beschloss sie. Besser bekam sie es im Moment nicht hin. Mit ein bisschen Glück würden der oder die Brandstifter denken, die Kassette sei verbrannt, vorausgesetzt, die hatten überhaupt erraten, dass sie das Ding in ihrer Wohnung versteckt hatte. Vielleicht hatten sie sie ja einfach nur umbringen wollen. Vielleicht hätte ihnen das gereicht.

Eva saß an ihrem Schreibtisch und starrte die Wand an. *Fuck.* Noch eine Minute länger, und der Rauch hätte ihr den Rest gegeben. Wäre sie nicht genau in diesem Moment aufgewacht, wäre sie erstickt. Wenigstens hatte der Einsatzleiter der Feuerwehr bestätigt, dass es keine Toten gegeben hatte. Die Rettungswagen hatten ein paar Bewohner des Hauses mit Verdacht auf Rauchvergiftung ins Krankenhaus gebracht, aber niemand war ernsthaft verletzt worden. Sie hatte sich von einem Streifenwagen aufs Revier mitnehmen lassen, weil sie im wahrsten Sinne des Wortes nirgendwo sonst hinkonnte. Alles, was sie besaß, war vernichtet worden, und jetzt war der Laptop auch noch hinüber.

Das Bild, wie er auf dem Gehsteig zerschellte, kam zurück. Doch vielleicht spielte das gar keine Rolle, dachte sie und richtete den Blick auf das Telefon auf ihrem Schreibtisch. Auf dem Laptop war ein Disk Image der Festplatte eines anderen Computers gewesen, und dieser Computer lag noch immer in einem Asservatenschließfach. Wenn sie sich eine neue Kopie besorgen konnte, konnte sie bei der das Passwort anwenden. Das Problem dabei war, dachte sie, während sie mit der Idee spielte, den Hörer abzuheben, dass sich dafür jemand unter Vorspiegelung falscher Tatsachen Zugang zu einem bewachten Schließfach in der Asservatenkammer verschaffen musste. Möglich war das, das wusste sie; das hatte nämlich schon einmal jemand für sie getan. Doch die Vorstellung, eine Freundin bitten zu müssen, noch einmal ein solches Risiko für sie einzugehen, wog so schwer, dass es sich anfühlte, als würde sie sie zermalmen. Als sie jedoch über die Alternativen nachdachte, wurde Eva klar, dass sie keine Wahl hatte. Sie griff nach dem Hörer und wählte eine Nummer, die sie auswendig wusste. Beim ersten Mal sprang nach sechs Klingeltönen am anderen Ende die Mailbox an, also legte sie auf und versuchte es noch einmal. Dasselbe geschah beim zweiten Mal, also versuchte sie es wieder. Nach vier Klingeltönen meldete sich jemand.

»Wenn das jetzt so'n verdammter Werbeanruf ist …«

»Tisha«, zischte sie. »Hier ist Eva.«

Nuscheln. »Eva? Was'n los?« Leticia North schien verwirrt, aber um halb fünf Uhr morgens würde auch jeder verwirrt wirken. Aber der Klang ihrer Stimme. Es tat gut, wieder eine echte Freundin zu hören. Eva kannte Tisha seit ihrem allerersten Tag bei der MPCCU. Sie hatte ebenfalls Informatik studiert, und sie und Eva hatten sich auf Anhieb verstanden. Tisha, ihre Cornrows und das ständige Gejammer, das Eva jedes Mal hatte ertragen müssen, wenn sie die hatte straffen lassen. Tisha kannte sie. Sie wusste sogar den größten Teil der Wahrheit über Colin Lynch. Von allen Menschen wollte Eva Tisha am allerwenigsten ihre Probleme aufhalsen, weil sie wusste, dass Tisha tun würde, was immer sie konnte, um ihr zu helfen. Und doch tat sie jetzt genau das.

»Ich habe Ärger«, gestand sie und erzählte Tisha von dem Brand.

Sie hörte, wie Tisha nach Luft schnappte. »Großer Gott, Eva, bist du okay? Waren das Lynchs Leute?«

»Nein«, antwortete sie, doch dann wurde ihr klar, dass ihre Antwort nicht eindeutig war. »Ich meine, ja, ich bin okay, aber nein, mit Lynch hatte das nichts zu tun.« Sie wollte das mit Semjon Razin nicht erklären, dies war nicht der richtige Zeitpunkt. »Das ist ein anderer Fall, und Hadley mischt dabei mit. Tisha«, sagte sie und wagte kaum, es auszusprechen, »der Grafikprozessor hat funktioniert. Ich hab das Passwort.«

»Sollte er verdammt noch mal auch«, knurrte Tisha. »Das Ding war getunt bis zum Anschlag. Ich hab ihn selber gepimpt.«

»Aber der Laptop hat's nicht geschafft. Der ist mir runtergefallen, als ich über den Balkon ein Stockwerk tiefer geklettert bin.«

Das Schweigen am anderen Ende der Leitung verriet, dass Tisha das Problem erkannt hatte. Eva wartete auf ihre Antwort.

»Ich muss dir ein neues Disk Image machen.« Es klang nicht so, als hielte Tisha das für eine Frage.

Sie hatte gewusst, dass ihre Freundin sofort verstehen würde. »Ist das möglich?«

»Möglich ist alles«, begann Tisha.

Eva beendete den Satz für sie. »Aber ob's machbar ist, das ist eine ganz andere Frage.« Ein alter Witz, über den sie früher oft gelacht hatten. Es kam ihr vor, als kehre er jetzt zurück, um sie zu peinigen. Sie wartete weiter.

»Dafür muss ich noch mal an das Asservatenschließfach ran«, meinte Tisha. »Einen Laptop kann ich da nicht mit reinnehmen, das lässt die Wache nicht zu. Die Hälfte von dem Zeug in der Asservatenkammer sollte eigentlich versiegelt und verplombt sein.«

»Ist verdammt viel verlangt, ich weiß.«

»Das ist es gar nicht«, erwiderte Tisha. »Es geht nur um die praktischen Aspekte. Aber ein Handy und einen USB-Stick könnte ich da schon reinschmuggeln«, fuhr sie nach einer kurzen Pause fort. »Irgendeine Ausrede fällt mir bestimmt ein. Du willst nicht, dass ich einfach das Passwort bei dem Originalcomputer anwende?«

»Großer Gott, nein«, wehrte Eva ab. »Ich will auf keinen Fall, dass du an diese Daten rangehst, die sind scheißtoxisch.« Sie zögerte kurz. »Wenn du's schaffst, kannst du mir den Stick mit der Post schicken?«

»Wohin denn? Ich dachte, dir ist gerade die Bude abgefackelt worden?«

»Aufs Revier«, antwortete Eva.

»Ist das eine gute Idee?«

Eva leckte sich die Lippen. »Hast du noch welche von diesen Briefumschlägen?« Sie meinte die Umschläge, die die Abteilung für Cyberverbrechen vor ein paar Jahren bei einer Drogenrazzia beschlagnahmt hatte. So genial seitens des Dealers, dass die ganze Einheit über diese Dreistigkeit gestaunt hatte.

Tisha lachte. »Wie, die mit dem gefälschten Logo vom Finanzamt und dem Aufdruck ›persönlich – vertraulich‹ drauf? An die komme ich ran. Du hast recht, niemand, der bei klarem Verstand ist, fasst einen Brief vom Finanzamt an.« Wieder lachte sie. »Du fehlst mir, du Idiotin.« Eva konnte die nächste Frage kommen hören. »Bist du sicher, dass du okay bist?«

Jäh sackten ihre Schultern herab. Eva stützte den Kopf

auf die Hand und umklammerte den Telefonhörer. »Überhaupt nicht«, gab sie zu. »Ich sollte überhaupt nicht hier sein. Das bin ich doch gar nicht. Ich bin als DI für Cybercrime gepusht worden, für einen Tech-Job. Gegen die Einsätze in den anderen Abteilungen hatte ich nichts; ich wusste ja, dass die nur ein paar Monate dauern würden. Aber dann ist Lynch aufgetaucht, und jetzt hat Hadley mich am Arsch.«

»Du musst da raus.«

»Ich *kann* nicht«, stieß Eva hervor. »Hadley benutzt mich. Er weiß, dass er mich in der Hand hat. Ich kann nicht raus, solange ich ihn am Hals habe. Und jetzt werden hier tatsächlich Menschen ermordet, und ich soll dafür sorgen, dass das aufhört. Wie mache ich das, verdammte Scheiße? Ich bin doch gar kein richtiger DI. Okay, ich habe die Prüfungen bestanden, aber das schafft doch jeder, der ein Gehirn hat. Richtige DIs bringen jahrelange Berufserfahrung mit, nicht ein paar Jahre als DS und ein Informatik-Diplom«, wütete sie. »Irgendjemand versucht, mich umzubringen, und Hadley ist das scheißegal. Du weißt ja, wie der ist. Wenn ich heute Nacht verbrannt wäre, hätte er sich einfach das Revers abgeklopft und weitergemacht wie immer.«

»Er ist ein fieser Drecksack«, pflichtete Tisha ihr bei. Dann holte sie tief Luft. »Aber mit Hadley wirst du fertig.«

»Vielleicht«, brummte Eva.

»O doch«, beharrte Tisha, »und das weißt du auch. Harris, du bist der gnadenlos logischste Mensch, dem ich je begegnet bin. Dutzende Male hab ich dich schon erlebt, wenn du ein Problem hattest, und du lässt es nie gut sein. Du bist dogmatisch, eine Nervensäge und mäßig bis total durchgeknallt, aber du gibst niemals auf. *Trial and error.* Was anderes gibt es nicht, es gibt keinen besseren Lösungsansatz. Man versucht es immer wieder, man macht immer wieder Fehler, man fällt auf den Arsch, aber man steht sofort wieder auf, und schließlich kriegt man's hin. Hör mir zu.«

Eva starrte den Telefonhörer an. Aus irgendeinem Grund schien er zu verschwimmen. Sie hatte wohl immer noch Rauch in den Augen, denn sie musste sie heftig reiben.

»Ich kann dir ein neues Disk Image besorgen«, fuhr Tisha fort. »Und das werde ich auch tun, ich versprech's. Was ist mit dem Arschloch, das deine Wohnung in Brand gesteckt hat?«

»Mach dir um den keine Sorgen«, flüsterte Eva. »Den kriege ich noch früh genug.«

»Siehst du? Scheißerbarmungslos. Damit hättest du also schon zwei von deiner Liste gestrichen. Und dieser andere Mörder?«

»*Diese* anderen Mörder«, korrigierte Eva.

»Bist du dicht an denen dran?«

»Ich komme ihnen allmählich näher.«

»Siehst du, was ich meine? Du hast vielleicht keine jahrelange Berufserfahrung, aber du bist klug und hartnäckig. Ich weiß, dass du einstecken kannst, das wissen wir alle. Wir haben's ja weiß Gott gesehen.« Tisha hielt kurz inne. »Aber, Eva? Es wird Zeit, auch mal auszuteilen. Hör zu, vergiss das mit dem Umschlag. Ich richte einen Link zu einem sicheren Server außerhalb der EU ein, dann kannst du dir das Disk Image von da runterladen. Da brauche ich was Illegales, damit die Traceroute nicht gefunden wird, aber das ist kein Problem. Du kriegst den Link im Laufe des Vormittags, ich versprech's dir. Aber du musst diesen Arsch fertigmachen. Du kannst doch nicht zulassen, dass er dir den Rest deines Lebens im Nacken sitzt. Würg ihm eine rein, da, wo's wehtut«, wies Tisha sie an. »Fackel ihn ab. Er hat's verdient. Du weißt, dass du das schaffen kannst.«

Eva packte den Hörer noch fester. »Geht klar. Danke, Tisha«, fügte sie hinzu. »Und du hast recht. Zwei sind schon fast erledigt. Bleiben noch zwei.«

»Weißt du schon, was du als Nächstes machst?«

»O ja«, antwortete Eva. »Ich weiß genau, was ich als Nächstes mache.«

Flynn kam um kurz vor sechs in ihr Büro geplatzt. Sie trug einen Jogginganzug und keinerlei Make-up, und sie starrte Eva an. »Sie wissen schon, dass das langsam mal aufhören muss? Entschuldigen Sie meine Ausdrucksweise, Boss, aber das läuft hier allmählich aus dem Scheißruder. Was haben Sie denn mit diesem Lynch gemacht, dass der so sauer auf Sie ist?«

»Ich habe ihn kaltmachen lassen«, antwortete Eva, bevor sie nachdenken konnte. Tishas Stimme zu hören hatte sie unvorsichtig gemacht.

Flynn sah perplex aus. »Na ja, das hat wahrscheinlich gereicht. Los, kommen Sie«, fuhr sie fort und hielt die Tür auf. »Ich habe ein Gästezimmer und was zum Anziehen für

Sie. Sie können ein paar Stunden schlafen, und ich erkläre solange Sutton, warum die Dienststelle Ihnen neue Klamotten schuldet.«

Müdigkeit und Schock drohten sie zu überwältigen. »Sind Sie sicher, dass Ihnen das nichts ausmacht? Ich könnte wirklich ein bisschen Schlaf gebrauchen, aber ich gehe Ihnen bestimmt nicht lange auf die Nerven.«

Flynn machte eine wegwerfende Geste. »Bleiben Sie, so lange Sie wollen. Im Moment habe ich keinen Freund, es ist also nicht so, als würden Sie bei irgendwas stören.« Sie furchte die Stirn. »Aber das braucht Sutton nicht zu wissen.«

Eva fiel absolut kein Grund ein, warum sich DCI Sutton für DS Flynns Bettgeschichten interessieren sollte, doch sie fragte trotzdem. »Warum?«

»Ich hatte was mit dem Gewerkschaftsvertreter.« Flynn grinste. »Ich glaube, Sutton weiß, dass es mehr Ärger als Vorteile einbringen kann, wenn man da reinpfuscht«

Um kurz nach zwölf war sie wieder auf dem Revier. Flynn hatte Wort gehalten. Während Eva geschlafen hatte, hatte sie bei DCI Sutton ein Budget ausgehandelt, und nachdem sie aufgewacht war, waren sie im Stadtzentrum shoppen gegangen. Am späten Vormittag hatte sie etwas zum Anziehen und Taschen gehabt, in denen sie ihre neuen Sachen verstauen konnte. Haute Couture war es nicht gerade, dachte Eva, als sie sich im Kaufhaus im Spiegel betrachtete, aber doch wenigstens etwas.

Auf dem Revier schob sie eine SIM-Karte in ihr neues

Handy und loggte sich dann in einen Cloud-Server ein, um ihre Daten herunterzuladen. Als sie ihren Posteingang überprüfte, sah sie einen Haufen E-Mails, darunter eine, die aussah wie Spam von einer Filesharing-Firma in Mauretanien. Tisha, dachte Eva und versteckte die Mail in einem Archivordner. Wieder einmal hatte sie sie nicht enttäuscht.

»Ich brauche einen neuen Computer«, erklärte sie Sutton.

Ihre Vorgesetzte schien nicht über so etwas reden zu wollen. »Harris«, begann sie.

Eva schüttelte den Kopf. »Können wir das bitte erst mal lassen? Ich bin wirklich nicht in Stimmung dafür. Wenn ich anfange, darüber nachzudenken, drehe ich durch, also muss ich mit den Problemen weitermachen, die ich lösen kann. Ich muss arbeiten können. Mein Laptop war in der Wohnung.«

Sutton sah sie unverwandt an. Eva schaute nicht weg.

»Ich kann der IT-Abteilung Bescheid sagen, dass das Priorität hat«, sagte Sutton schließlich.

»Ich mach's lieber selbst, Ma'am«, wehrte Eva ab. »Die von der IT-Abteilung werden echt sauer auf mich sein, aber ich will ein paar MPCCU-Tools installieren. Tut mir leid, dass ich so krass klinge, aber im Moment gibt es nur eins, was ich von Ihnen will.«

Sutton funkelte sie an. »Und das wäre?«

»Geld.«

Sie wusste, dass Sutton ein Notfallbudget hatte, und sie hatte vor, es nach Kräften auszunutzen. Eva ging abermals ins Stadtzentrum und klapperte rasch die Handvoll Läden ab, die Computer verkauften. Schließlich stand sie in einem Geschäft mit einem glänzenden Logo und zahlte einen horrenden Preis für ein silbernes Gerät, das so leistungsfähig war, dass sie darauf wahrscheinlich einen Spielfilm hätte animieren können. Aber das war ihr ganz recht. Sie verließ das Geschäft, kehrte aufs Revier zurück und richtete bei geschlossener Bürotür an ihrem Schreibtisch den Computer ein. Sie hatte nicht die Absicht, das IT-Subunternehmen, das normalerweise den Support für die Polizei der Grafschaft stellte, auch nur in die Nähe dieses Laptops zu lassen. Ihren Netzwerkaccount und die Zugangsdaten hatte sie noch, von dem Laptop, den sie gestern Abend mit nach Hause genommen hatte. Alles andere beabsichtigte sie selbst einzurichten.

Der Computer im Computer. Sie unterteilte die Festplatte und installierte zwei separate Betriebssysteme, dann machte sie sich daran, in jedem davon virtuelle Maschinen zu erschaffen. Sie loggte sich ins Netzwerk ein und lud eine ganze Anzahl Anwendungen von ihrem MPCCU-Account herunter, die ihr sowohl dabei helfen würden, ihre eigenen Spuren zu verwischen, als auch, den Spuren anderer zu folgen.

Eva schaute zur Tür. Anscheinend traute sich niemand, sie heute Nachmittag zu stören. Oder Flynn hatte allen gesagt, sie sollten sie in Ruhe lassen und ihr ein bisschen Raum geben. Trotz Flynns knallharter Schale durchschaute Eva die Polizistin allmählich, und was sie sah, gefiel ihr. Im Augenblick fühlte sie sich sicher, also benutzte Eva die

MPCCU-Tools, um zu verschleiern, was sie tat, und holte sich Tishas Disk Image von einem Server in Mauretanien.

Der Download dauerte dreißig Minuten. Eva versteckte das Disk Image in einer bereits verborgenen Location auf ihrer Festplatte und verschlüsselte dann auch die. Erst als sie sicher war, dass nichts und niemand ohne ihre Erlaubnis da herankommen würde, probierte sie das Passwort aus.

Den Namen des User-Accounts wusste sie bereits. Sie tippte *FuckU2hell!?* ein und wartete einen Moment, während ein blauer Kreis sich drehte. Eine Maschine in einer Maschine. Eine Emulation des Laptops, der in einem Asservatenschließfach lag, mit allen Daten und allen Sicherheitsschichten, die ihn schützten. Alles jetzt von dem Grafikprozessor zugänglich gemacht, den Leticia North ihr geschickt hatte. Durch den und durch Hunderte Stunden Zahlenverarbeitung. Evas Magen krampfte sich zusammen, während der Kreis sich drehte. Dann, langsamer als üblich, weil es ja nur ein virtueller Computer war, verschwand das Anmeldefeld, und das Image des Laptops baute sich auf.

Eva hielt den Atem an. Sie folgte sämtlichen üblichen Pfaden, suchte an allen üblichen Orten. Ein ordentlicher User war er nicht gewesen. Seine Dateien waren nicht gut strukturiert, doch das spielte keine Rolle. Sie machte sich auf die Suche und fand, worauf sie aus war. Den Offline-Backup seines E-Mail-Ordners. Als sie ihn öffnete, wusste sie nicht, ob sie lachen oder weinen sollte.

Du Drecksack, dachte sie und starrte auf den Bildschirm. *Jetzt hab ich dich, du Arsch.* Da drin war alles, was sie sich jemals hätte erhoffen können. Seine Mails, die Mails der anderen. Vermeintlich für immer verloren, doch sie hatte gewusst, dass es irgendwo eine Backup-Datei geben würde. Eva speicherte noch eine zweite Kopie an einer anderen Location ihres Laptops, dann fuhr sie den virtuellen Computer herunter.

Einer weniger. Sie hatte die Kugel; abdrücken würde sie zu einem Zeitpunkt ihrer Wahl. *Bleiben noch drei.* Eva stand auf, öffnete die Bürotür und ging zur Einsatzzentrale. Drei Augenpaare sahen sie an; niemand wusste, was er oder sie zu erwarten hatte.

»Raj, Jamie.« Sorgsam achtete sie darauf, dass ihre Stimme ruhig und fest blieb. »Könnten Sie mir alles bringen, was Sie über die Finanzen des Chatham Centre und zu Grau Laska gefunden haben?«

Raj und Jamie saßen vor Evas Schreibtisch. Flynn lehnte am Türrahmen. Das störte Eva nicht, sie hatte nur keine große Lust, ihren neuen Computer auf dem Revier herumzuzeigen, für den Fall, dass sich jemand gut genug auskannte, um irgendwelche Schlüsse zu ziehen. Wahrscheinlich war das reine Paranoia, gestand sie sich ein. Andererseits hatte jemand mittlerweile zweimal versucht, sie umzubringen.

»Erzählen Sie mir etwas über Chatham.«

»Das Unternehmen läuft gut«, meinte Jamie. »Ungefähr fünfzehn Millionen Umsatz, acht- oder neunhundert Patienten pro Jahr. Jeder von denen zahlt im Schnitt so um die zwanzig Riesen für die Behandlung. Chatham Centre Limited Liability Partnership steht auf sicheren Füßen. Bei

Chatham Centre Holdings Ltd.«, fuhr er fort und schob ihr einen Ausdruck zu, »ist das etwas anders.«

Eva warf einen kurzen Blick auf das Dokument, wartete jedoch darauf, dass er es erklärte.

»CCH sieht aus wie ein Anlageinstrument; es ist ein Joint Venture mit ProOptica SRO in der Slowakei. Das ist der Linsenhersteller, von dem Sie gesprochen haben.«

Eva recherchierte während Jamies Ausführungen, nicht nur mit Standardbrowsern, sondern auch mit Darknet- und Deep-Web-Tools. »Über wie viel reden wir hier?«

»Sechzig Millionen Pfund.«

Sie fand die Website von ProOptica fast sofort. Außerdem ein halbes Dutzend anderer Accounts für diverse Collaboration Services. Eva begann, mit den MPCCU-Tools zu sondieren, es dauerte nicht lange. Ein paar der Accounts hatten schwache Passwörter. »Wie gut ist Ihr Slowakisch?«

»Nicht vorhanden«, antwortete Newton. »Ist so was legal, Ma'am?«

»Begründeter Anfangsverdacht«, erwiderte Eva, doch ganz überzeugt sah er nicht aus. »Woher kommen die Investitionen?«

»Aus dem Privatvermögen der Aktionäre. Jeremy Odie, der Geschäftsleiter, hat anscheinend den Löwenanteil beigesteuert. Sollte man wohl auch erwarten.«

»Irgendwas Ungewöhnliches?«

»Ich glaube, das Ganze belastet sie ziemlich. Anscheinend finanzieren sie die Forschungsabteilung dieser Firma in der Slowakei, und noch zahlt sich das nicht aus.«

Die Posts der Collaboration Services waren nicht gerade

eine Offenbarung. Sie ließ ein paar davon von einem Tool übersetzen. Sie waren banal. Konversationen über Projektabschnitte und Deadlines.

»Etwas habe ich aber noch gefunden«, sagte Newton. »Da ist eine Wirtschaftsprüferin eingesetzt worden.« Er nickte DS Chakrabati zu. »Raj hat beim Handelsregister ein paar Details über sie gefunden. Sie arbeitet für eine von den großen Beratungsfirmen und ist darauf spezialisiert, Firmen auf den Verkauf vorzubereiten, vor allem an größere Unternehmen in den Vereinigten Staaten. Wir glauben, sie entwirft eine Exit-Strategie.«

Eva warf den beiden einen raschen Blick zu.

»Das heißt, die vom Chatham Centre haben vor, aus ihren Investitionen Kapital zu schlagen und auszusteigen. Diese Nummer mit der Linse, von der Sie gesprochen haben …«

»Bright Eyes«, sagte Eva.

»Das sieht nach einer Riesensache aus. Chatham Centre hat in ihre Entwicklung investiert, hat sie bei Patienten angewendet und will sie jetzt verkaufen. Anscheinend ist das ein ziemlich übliches Vorgehen. Ein Unternehmen übernimmt bei einem Projekt sämtliche Risiken und gibt es dann an eine andere Firma weiter, die es weiterentwickeln kann. Die Geschäftsführer des ersten Unternehmens machen dabei einen Mordsreibach.«

Eva suchte immer noch weiter. »Und wo ist der Haken?«

»Wir können keinen finden«, antwortete Newton. »Außer dass die sehr auf Kante genäht sind. Sie müssen bald verkaufen oder sich von irgendwoher Geld beschaffen.«

»Könnte das ein Problem sein?«

Newton spreizte die Finger. »Wer weiß? Alles kann ich aus den gesetzlich vorgeschriebenen Unterlagen für so ein Unternehmen auch nicht rauskriegen. Es kommt darauf an, ob jemand denkt, dass sie bald aufgekauft werden. Aber ich kann mir nicht vorstellen, dass Chatham es sich leisten kann, das Ganze noch länger weiterzufinanzieren.«

»Und Grau Laska?«

Chakrabati gab sich alle Mühe, kein selbstgefälliges Gesicht zu machen, doch es gelang ihm nicht. »Grau Matous Laska«, verkündete er. »Geboren am 14. Dezember 1984 in Prĕsov in der Slowakei. Hat an der Comenius Universität in Bratislava in Optik, Laseroptik und optischer Spektroskopie promoviert. Ein Haufen Artikel von ihm sind in wissenschaftlichen Fachzeitschriften veröffentlicht worden, mit Titeln, die ich kaum lesen, geschweige denn verstehen kann. Der Typ ist so intelligent, dass ich Zahnschmerzen davon kriege. Er arbeitet bei ProOptica als führender Linsendesigner.«

Evas Hände erstarrten über der Tastatur. »Was?«

»Ich nehme mal an, Laska ist das Gehirn hinter Bright Eyes. Wenn Bright Eyes verkauft wird, müsste Laskas Vertrag Teil des Deals sein, das wäre das übliche Verfahren.«

»Und wenn er nicht Teil des Deals wäre?«

Raj zuckte die Achseln. »Gut möglich, dass es dann keinen Deal gibt. Er bringt das Detailwissen mit, wie das alles funktioniert. Wenn man ihn nicht hat, hat man dieses Wissen nicht. Schlimmer noch, dann könnte er von einem Konkurrenten angeheuert werden. Grau Laska hat bei

ProOptica eine ganz starke Position, auch wenn er das vielleicht noch nicht weiß.«

»Das ist ja nun ein bisschen schade«, bemerkte Eva.

Raj runzelte die Stirn. »Wieso?«

Eva drehte ihren Laptop zu ihnen herum. Der Bildschirm zeigte die Übersetzung eines Posts auf ProOptica Workplace. »Weil Grau Laska vor drei Monaten bei ProOptica gekündigt hat.«

22. Kapitel

An diesem Nachmittag machten sie und Flynn sich auf den Weg zu New Thought. Eva ließ Flynn fahren. Vor Chertsey standen sie zehn Minuten in einem Stau an einer Baustelle. Eva sah zu, wie der mechanische Arm eines Baggers einen zackigen Klumpen aus der Straße herausriss und ihn auf einem Haufen dunkler Trümmer fallen ließ. Wie tranchiertes Fleisch. Dabei musste sie daran denken, wie Irina Stepanows Haut aufgeplatzt war, als Wren ihren Arm mit dem Skalpell aufgeschnitten hatte, um die leeren Venen und Arterien freizulegen. Sie sah durchtrennte Röhren entlang des Grabens, die Ränder schartig. Hätten Stepanows Blutgefäße von Nahem so ausgesehen?, fragte sie sich.

Als Flynn sich zu Wort meldete, riss sie Eva aus ihrem morbiden Tagtraum. »Was haben Sie damit gemeint, als Sie gesagt haben, Sie hätten Lynch kaltmachen lassen?«

Eva hatte diesen Ausrutscher sofort bereut, denn ihr war klar gewesen, dass er Flynn nicht entgangen war. Und sie würde es auch nicht gut sein lassen. Es erschien ihr am sichersten, ihre Frage zu beantworten, so gut sie konnte.

»Nach ein paar Monaten konnte ich wieder zur Arbeit. Bei den Ermittlungen gegen Lynch durfte ich nicht mitmachen, der war verschwunden, nachdem er Dom umgebracht und versucht hatte, auch mich umzubringen. Nicht weiter überraschend, aber das hieß, dass es kaum Informationen über ihn gab, bis ein Gerücht von einer bevorstehenden Opiumlieferung aus Afghanistan aufgetaucht ist. Eine große, aber Lynch hat auch nur im großen Stil gehandelt. Ich habe den Hintergrund besser gekannt als jeder andere, also durfte ich vorübergehend wieder dabei sein.« Sie verstummte eine Zeit lang.

Flynn wartete geduldig.

»Ich wollte den Dreckskerl einfach nur drankriegen«, gestand Eva. »Inzwischen habe ich gewusst, wie er arbeitet. Wir haben ihre Route ›Black Alpha‹ genannt, weil wir wussten, dass sie übers Schwarze Meer zum Balkan führt. Von da aus dürfte sie durch Norditalien verlaufen sein und schließlich in die Niederlande, wo das Zeug dann in einem Container in irgendeinen Hafen im UK verschifft worden wäre. Ich habe Opium gesagt, aber eigentlich meine ich die Morphinbase, die man daraus gewinnt. Die endgültige Heroinherstellung wäre hier bei uns erfolgt, unter Lynchs Kontrolle. Er hatte einen Chemiker, der hätte das Zeug hergestellt und es dann verschnitten, fertig für den Vertrieb. Diese Lieferung war ein Riesending, sogar für Lynch, und ich wusste, er würde bestimmt sicher sein wollen, dass all seine Leute am richtigen Ort sind.«

»Und was ist schiefgegangen?«

Eva zuckte die Achseln. »In der Ukraine gibt es einen Mann namens Semjon Razin. Razin ist heute einer der einflussreichsten Kriminellen der Welt, er ist als ›der Boss der Bosse‹ der russischen Mafia bekannt. Seine Organisation ist wie eine multinationale Kapitalgesellschaft, mit verschiedenen Sparten und Franchise-Unternehmen. Wir wussten, dass Razins Leute im UK Colin Lynch nicht leiden konnten. Soweit es die betraf, war Lynch ein Konkurrent. Ich war dafür zuständig, Informationen über das Treffen von Lynch und seinen Leuten zusammenzutragen und sie an diejenigen weiterzuleiten, die darüber Bescheid wissen mussten. Irgendwie ist Razins Organisation an diese Infos rangekommen.«

Die Baustellenampel sprang um. Flynn fuhr an. »Ich verstehe nicht, wieso das Ihre Schuld sein soll. Wenn man erst mal anfängt, Informationen rauszugeben, besteht doch immer die Möglichkeit, dass irgendwas durchsickert. Und was dann? Ist jemand aufgetaucht und hat Lynch abgeknallt?«

Eva schaute in die Ferne. »Es gab da ein Gehöft namens Winter's Gate Farm, am Rand vom New Forest. Ein Bauernhaus aus dem 15. Jahrhundert, das von irgendeinem Bauunternehmer restauriert worden war. Das hat Lynch manchmal für seine Treffen benutzt. Da hat er damals auch unser Auto in den Graben gerammt, als wir ihn observiert haben. Irgendjemand hat rausgefunden, dass Lynch und seine Leute an einem Abend wieder da aufschlagen wollten.«

Flynn wartete darauf, dass sie zu Ende erzählte. Schließlich musste sie nachhaken. »Und?«

»Die Winter's Gate Farm gibt es nicht mehr. Irgendwer hatte Sprengstoff aus einem Steinbruch in der Nähe in eine alte Kohleschütte hinten am Haus gepackt und den Zünder mit dem Lichtschalter verdrahtet. Als Lynch das Licht angemacht hat, ist das Zeug hochgegangen und das Bauernhaus gleich mit. Es war im wahrsten Sinne des Wortes nichts mehr davon übrig, außer einem Krater von dreißig Metern Durchmesser. Wir haben genug von Colin Lynch gefunden, um sicher zu sein, dass er seinen Tod nicht vorgetäuscht hat. Kleine Stücke«, meinte Eva und sah aus dem Fenster. »Sehr kleine Stücke.«

»Und Lynchs Leute geben Ihnen die Schuld daran?«

»Ich weiß es nicht«, log Eva. Dann sagte sie die Wahrheit. »Und es ist mir auch wirklich egal.«

Die Tür von New Thought stand offen. Sie hatte gewusst, dass es so sein würde. Außerdem wusste sie, was Flynn sagen würde, wenn sie das Fresko erblickte. »Verdammte Axt.« Eva sah zu, wie sie auf die Wand zuging. »Das ist ja voll der Scheißhammer.«

»Freut mich, dass es Ihnen gefällt.«

Mathew Harred erschien oben auf einem Gerüstturm und kam eine Leiter heruntergeklettert. Er trug ein T-Shirt, und sein Bizeps wölbte sich, als er sich auf den Boden herunterließ. Eva sah Flynns Gesichtsausdruck. Ihr Mund stand ein wenig offen, also stupste Eva sie diskret an.

»Schön, Sie wiederzusehen, Eva«, sagte Harred. »Und freut mich, Sie kennenzulernen«, fuhr er fort und streckte Flynn die Hand entgegen.

»Das ist DS Rebecca Flynn«, sagte Eva.

Harred lächelte sein freundlichstes Lächeln. Flynn war rot geworden.

»Worum geht's in dem Bild?«, fragte Flynn unbeholfen.

Harred zuckte die Schultern. »Um Ihre Träume. Um die guten«, setzte er rasch hinzu. »Ich nehme mal an, als Polizistin kriegen Sie Dinge zu sehen, die Ihnen böse Träume bescheren. Es ist eine Vorstellung von unserem wahren Selbst. Von dem, was wir wirklich sind, nicht von dem, was uns diese traurigen kleinen Gefilde aufzwingen, in denen wir alle gegenwärtig existieren. Von einem Reich, in dem wir Helden und Legenden sein können. Einem viel besseren Ort, obwohl die Interpretation dieser Dinge natürlich oft im Auge des Betrachters liegt«, erklärte er ihnen. Dann sah er Eva an. »Aber das wissen Sie ja schon, nicht wahr?«

Eva hatte keine Ahnung, was sie darauf antworten sollte. Sie war sich nicht sicher, ob Harred das ehrlich meinte oder sie verunsichern wollte. »Ich habe einen ersten Entwurf von Ihnen in das Bild gemalt«, sagte er zu ihr. »Wollen Sie's sehen?«

Plötzlich stumm, konnte Eva nur nicken. Sie hatte keinerlei Kontrolle darüber, wie Harred sie darstellte; er konnte tun, was er wollte. Jäh stieg unerwartete Furcht in ihr auf. Was hatte er getan? Sie konnte ihr Unbehagen nicht verbergen. Jetzt war es an Flynn, sie anzustarren.

Harred lächelte, sagte jedoch nichts. Er ging ihnen zu einem anderen Gerüstturm voraus, der hinter den Plastikplanen stand, die den unvollendeten Teil des Freskos verbargen. Sie mussten eine lange, schräge Metallleiter hinaufsteigen, doch das war nicht weiter schwer.

Dann standen Eva, Flynn und Harred auf Holzplanken, die an dem Metallgerüst festgeschraubt waren.

Flynn schnappte nach Luft, als sie sah, was Harred ihnen hatte zeigen wollen. »Mann, Boss, das ist ja unglaublich! Das sind tatsächlich Sie.«

Eva konnte nicht widersprechen. Auf dem Hang eines Hügels erkannte sie sich selbst, auf einer Welt, die unter etwas schwebte, das wie ein gigantischer Gasplanet aussah. Jedenfalls erkannte sie ihr Gesicht. Sie trug ein klassisches Gewand und hielt einen Speer in der Hand. Auf der anderen Hand hockte eine Eule.

Harred musterte sie, während sie das Bild anstarrte. »Ich war so frei, Sie mir als Pallas Athene vorzustellen«, erklärte er. »Die griechische Göttin der Weisheit und der Kriegskunst.«

Er hatte ein Foto von ihrem Gesicht gemacht, daher überraschte es sie nicht, wie akkurat er sie getroffen hatte. Was sie eher verstörte, war ihre Figur. Ihr Körper.

Auch den hatte er vollendet wiedergegeben; sogar durch das dünne Gewand konnte sie das erkennen. Es war, als hätte er durch sie hindurchgeblickt, um die Struktur der Muskeln und Knochen zu sehen, aus denen sie bestand. Das Abbild *fühlte sich an* wie sie. Er hatte ihre Haltung genau getroffen.

»In der *Ilias* und der *Odyssee*«, meinte Harred, »hat Homer Athene oft den Beinamen ›Glaukopis‹ gegeben. Das heißt ›strahlenäugig‹ oder ›mit leuchtenden Augen‹. Ich fand das angemessen. Sie nicht?«

Sie drehte sich um und sah ihn an. Machte er sich über sie lustig? »Was haben Sie mit ›Zerstörerin‹ gemeint?«

»Ich glaube, das wissen Sie«, erwiderte Harred. »Ich vertraue fest darauf, dass Sie denjenigen finden, der diese Leute umbringt. Das glaube ich wirklich, Eva. Und wenn Sie ihn finden, werden Sie sein Ende sein.«

Wieder wusste sie nicht, was sie antworten sollte. »Auf jeden Fall werde ich ihn ins Gefängnis bringen«, sagte sie nach kurzem Zögern.

»Na, das ist doch ein Ende, nicht wahr? Für den, der die Frauen tötet, wäre eine Haftstrafe genug, um ihn zu vernichten.«

Das hatte er nicht gemeint. Sie sah ihm unverwandt in die Augen und war sich verdammt sicher, dass er das ganz und gar nicht gemeint hatte. Als Harred ihr Misstrauen bemerkte und die Stirn runzelte, konnte Eva seine Enttäuschung sehen.

»Vielleicht war Athene ja doch nicht die richtige Wahl«, sagte er. »Vielleicht hätte ich es mit einem Racheengel versuchen sollen.«

Es war möglich, dass hier einfach nur das Ego des Künstlers sprach, das Anerkennung für sein Werk suchte. Sie hatte sich ja nicht gerade vor Begeisterung überschlagen. Das war wahrscheinlich nicht fair, beschloss sie. »Mathew, es ist toll. Geradezu erschreckend gut. Es ist einfach nur ein Schock, sich selbst derart realistisch abgebildet zu sehen. Ich fühle mich geschmeichelt«, versicherte sie ihm. »Wirklich.«

Seine Erleichterung war fast mit Händen zu greifen. »Es freut mich, dass es Ihnen gefällt, Eva. Ich fand Sie gut getroffen, sowohl Ihr Äußeres als auch Ihren Geist.« Eine Weile standen sie da und schwiegen verlegen.

»Und wo sind Sie?« Unverhofft platzte Flynn in diese seltsame Stimmung hinein. Harred und Eva drehten sich zu ihr um. »Hier sind Hunderte von Menschen, und die sehen alle toll aus«, sagte Flynn, »aber wo sind Sie? Malen Sie sich denn nicht selbst in das Gemälde hinein? Das sollten Sie wirklich tun.«

Harred lächelte sie an wie ein Vater, der Nachsicht mit seinem Kind hat. »Das möchte ich auch«, gab er zu, »aber ich weiß noch nicht, wo. Aber ich habe ja wohl noch eine Weile Zeit, mich zu entscheiden. Ich weiß nicht einmal, als was ich mich selbst porträtieren soll.«

Flynn verzog spöttisch das Gesicht. »Warum nicht als Sie selbst? So wie jetzt, in Jeans und T-Shirt und mit einem Pinsel. Sie brauchen doch gar nichts an sich zu ändern. Das Gemälde ist toll. Sie müssen die Leute nur wissen lassen, dass Sie der Typ sind, der es gemalt hat.«

Sie hatte ihn überrumpelt, das konnte Eva sehen. Er suchte mühsam nach einer Antwort.

»Mathew? Eigentlich sind wir gekommen, um mit Fredrick Huss zu sprechen. Ist er da?«

Harred riss den Blick von Flynn los und sah Eva an. »Nein. Er ist verreist. Ich glaube, in Kirchenangelegenheiten. Amerika«, fügte er hinzu. »In ein, zwei Tagen ist er wieder da.«

»Können wir ihn irgendwie kontaktieren? Wir müssen wirklich mit ihm reden.«

»Ich weiß es nicht.« In einer Geste der Entschuldigung streckte er die Hände zur Seite aus. »Fredrick verreist oft wegen Kirchengeschäften. Verschwindet für eine Woche oder so. Er findet, New Thought kann sehr fordernd sein, das hat er mehrmals zu mir gesagt. Das ist wohl mit jedem Job so«, fügte Harred hinzu und zuckte die Achseln. »Sogar als Maler. Wenigstens hat Fredrick etwas, wobei er ganz sicher abschalten kann.«

Eva bemerkte einen Unterton in seiner Stimme. »Und das wäre?«

»Er ist Fotograf«, antwortete Harred. »Er nimmt seine Kamera überallhin mit.«

Als DCI Corrine Sutton sich das nächste Mal sehen ließ, ging sie nicht mehr am Stock. Eva schielte rasch auf ihren Fuß und sah, dass auch der Gips weg war. Sutton ging fast völlig normal, auch wenn sie den Fuß noch ein wenig schonte. Sie kam in Evas Büro, schloss die Tür und nahm vor ihrem Schreibtisch Platz, ohne zu fragen, ob es ihr passte. »Wie ich höre, sind Sie bei Flynn eingezogen«, sagte sie.

»Nur bis auf Weiteres.« Eva klappte ihren Laptop zu. »Die von der Versicherung sind ziemlich umgänglich, ich sollte mir bald was Neues suchen können.«

»Noch mehr Stress, den Sie nicht brauchen können«, stellte Sutton fest. Sie betrachtete Evas Gesicht, und dieser ging auf, dass Sutton anscheinend nicht gerade allerbester Laune war. »Warum versuchen Colin Lynchs Leute immer noch, Sie umzubringen?«

Es war genug Zeit gewesen, sich eine Lüge auszudenken. »Die haben wohl noch eine Rechnung offen. Vielleicht hat ja jemand Lynchs Tod persönlich genommen, ich weiß es nicht. Ich denke, irgendwann geben sie's auf.«

»Oder sie haben Erfolg«, sagte Sutton. »Für den Fall ist das nicht gerade hilfreich, nicht wahr?«

»Für die Fälle«, insistierte Eva.

Sutton zog eine Braue hoch, beharrte jedoch nicht auf ihrem Standpunkt. Sie versuchte es immer noch, das konnte Eva sehen, auch wenn die Argumente, die für einen einzigen Täter sprachen, sich inzwischen fast gänzlich in Luft aufgelöst hatten.

»Und Sie glauben, Sie haben einen Verdächtigen? Fredrick Huss, den Pastor, oder wie auch immer sie so was bei New Thought nennen.«

»Huss hatte Kontakt zu allen vier Frauen. Wir wissen jetzt, dass Alicia Khan mindestens einmal in der Kirche war. Der Ausflug war von der Universität organisiert worden. Eigentlich, um Harreds Gemälde zu sehen, aber Huss war bestimmt auch da. Wir können also zumindest sagen, dass Khan Kontakt mit New Thought hatte. Dass die Theorie darüber hinaus ein bisschen dünn wird, akzeptiere ich ja.«

Sutton sah aus, als würde sie dem nicht widersprechen wollen. Allmählich machte ihr Verhalten Eva Sorgen.

»Flynn ist an Huss dran?«

»Anscheinend ist er ein paar Tage in den Vereinigten Staaten. Die Stammkirche von New Thought ist in New York, und er muss mehrmals im Jahr dorthin. Wir sprechen mit ihm, wenn er zurückkommt.«

Sutton ließ sich ihre Worte durch den Kopf gehen. »Und das Chatham Centre?«, fragte sie schließlich.

»Irgendjemand«, sagte Eva und klappte ihren Laptop wieder auf, »versucht definitiv, uns etwas zu sagen. Ich weiß aber nicht, ob es dabei direkt um die Morde geht.« Sie drehte den Bildschirm so, dass Sutton ihn sehen konnte.

»Ich habe zwei Nachrichten bekommen; die eine mit dem Namen Robert Isherwood und die andere mit dem Namen Grau Laska.« Auf dem Bildschirm waren drei Dokumente geöffnet und überlappten einander teilweise. Eins war Isherwoods Autopsiebericht, das zweite waren Rajs Informationen über Laska und das dritte der Bericht von Jamie über Chathams Finanzen. »Das mit Isherwood verstehen wir nicht. Er ist bei einem ungeklärten Autounfall auf der M3 ums Leben gekommen. Das mit Grau Laska verstehen wir auch noch nicht, aber wir wissen, dass er ein Linsendesigner und von einiger Wichtigkeit für ProOptica ist. Das ist eine Firma, an die eine Beteiligungsgesellschaft vom Chatham Center signifikante Rechtsansprüche hat. Wir wissen auch, dass diese Beteiligungsgesellschaft Cashflow-Probleme hat, und haben den Verdacht, dass sie versucht, sich aufkaufen zu lassen. Da geht's um sechzig Millionen. Das könnte ein Mordmotiv sein.«

Jäh knallte Sutton die flache Hand auf den Schreibtisch. »Für Mord, ja, für Verstümmelungen nicht.«

Eva gab sich alle Mühe, nicht zurückzuzucken. Ihr dämmerte, dass Sutton nicht einfach nur unzufrieden mit ihren Fortschritten war. Von wegen dämmern, dachte Eva, während sie sich für das wappnete, was unweigerlich als Nächstes kommen würde. Die Erkenntnis brach über sie herein wie ein einstürzendes Gebäude.

»Sie haben keinerlei Verbindung zwischen einer mutmaßlichen angespannten finanziellen Situation und vier Menschen, denen die Augen rausgeschnitten worden sind, und Sie haben keinerlei Verbindung zwischen einem Foto, das Fredrick Huss angeblich gemacht hat, und vier Frauen, deren Haut in Streifen geschnitten worden ist wie Frühstücksspeck.«

Die Wut in Suttons Stimme war ein Schock für Eva. Einen Moment lang wusste sie nicht, wie sie reagieren sollte.

»Ich weiß, ich war sehr oft nicht verfügbar«, fuhr Sutton fort, »aber das wird jetzt anders. Ich brauche *Fortschritte,* Detective Inspector Harris. Es muss sich etwas tun. Ich wusste, dass Sie ein Risiko darstellen, als ich Sie in meiner Dienststelle aufgenommen habe, aber ganz ehrlich, damals ist mir gar nicht viel anderes übrig geblieben.« Sie hob die Hand, als Eva versuchte, sie zu unterbrechen. »Es ist kein Totalausfall, das sage ich ja gar nicht. Aber das Ganze geht nicht einmal annähernd schnell genug, und außerdem, noch einmal ganz ehrlich, habe ich nicht mit all dem persönlichen Gepäck gerechnet, das Sie mitgebracht haben. Ich sage Ihnen hier und jetzt, Harris«, schloss Sutton, während sie aufstand und sich zum Gehen wandte, »entweder sorgen Sie dafür, dass bei dieser Ermittlung einen Gang hochgeschaltet wird, oder ich suche mir jemanden, der das hinkriegt.«

23. Kapitel

Sie roch den Knoblauch sofort, als sie die Tür öffnete. Flynn hatte ihr einen Wohnungsschlüssel gegeben. Das war nett von ihr gewesen, fand Eva. Als sie ins Esszimmer schaute, sah sie dort einen gedeckten Tisch. Vier Gedecke, stellte sie fest. Bestimmt hatte Flynn Freunde eingeladen.

»Hey«, sagte sie, als sie Flynn in der Küche dabei antraf, wie sie Knoblauchbrot auf einen Teller stapelte, »ich habe nicht gewusst, dass Sie Gäste haben. Dann bin ich für heute Abend mal weg.«

»Das wäre aber blöd«, antwortete Flynn, während sie den Teller auf den Tisch stellte. »Jamie und Raj werden jeden Moment hier sein. Wenn Sie sich jetzt vom Acker machen, heißt es, ich hätte sie unter Vorspiegelung falscher Tatsachen dazu gebracht, ihren Abend zu opfern. Ich hab einfach gedacht, ein Team-Essen wäre gut, um ein bisschen runterzukommen.«

Einen Moment lang fand Eva die Vorstellung entsetzlich, doch dann wurde ihr klar, dass sie wahnsinnigen Hunger hatte. »Auf jeden Fall«, stimmte sie zu. Sie konnte sehen, wie viel Mühe Flynn sich gegeben hatte. »Danke, Becks«, setzte sie hinzu und sorgte dafür, dass es so klang, als meinte sie es wirklich ernst.

»Wir haben gehört, Sie haben vom DCI eins auf die Mütze gekriegt. Ist uns allen schon mal passiert. Im Großen und Ganzen ist sie ein prima Cop, aber manchmal springt sie eben aus der Hose. Kriegt wohl Druck von ganz oben. Ich dachte, was Italienisches und 'ne Flasche Wein helfen vielleicht ein bisschen, wenn Sie verstehen, was ich meine.«

»Ich verstehe«, versicherte Eva. »Und das ist eine verdammt gute Idee. Ich wollte, ich wäre selber draufgekommen.«

Flynn lachte. »Also, bei Ihnen zu Hause esse ich im Moment auf gar keinen Fall. Ich hab die Bilder gesehen, sieht nicht so aus, als könnten Sie auf Tripadvisor punkten.«

Eva wollte gerade etwas Flapsiges erwidern, als es klingelte.

Jamie und Raj hatten beide Wein mitgebracht, Jamie einen kalifornischen Pinot Noir und Raj einen Shiraz aus einer Gegend namens Nandi Hill im indischen Bundesstaat Karnataka. Eva hatte die beiden nicht für Weintrinker gehalten, doch als sie am Tisch saßen, schienen sie sich erstaunlich gut auszukennen. Andererseits wusste sie eigentlich so gut wie nichts über Wein, es hätte also auch sein können, dass beide irgendwelchen Blödsinn erzählten.

Gegen zehn Uhr fühlte sie sich leicht angeschickert. Nicht betrunken, dachte Eva, während sie ihr halb volles Glas betrachtete, aber ganz bestimmt sehr viel entspannter als vorhin, als sie das Revier verlassen hatte. Flynn, Jamie und Raj sahen so aus, als ginge es ihnen ähnlich. Sie saßen in Flynns Wohnzimmer – Eva und Flynn auf den Sesseln, Raj und Jamie fläzten sich auf dem Sofa.

»Ich denke mal, das alles führt uns wieder zu diesem ersten Diagramm zurück, das Sie gezeichnet haben«, meinte

Raj. »Das mit ›Psychopath‹ auf der einen und ›rationales Motiv‹ auf der anderen Seite. Huss könnte durchaus unser Irrer sein. Und das mit dem rationalen Motiv muss dann wohl einer von den Investoren vom Chatham Centre sein, denke ich.«

»War Huss auf Berta Nicholsons Party?«, wollte Flynn wissen.

Eva schüttelte den Kopf. »Nein. Ich nehme an, da war er entweder schon in den Staaten oder auf dem Weg dorthin. Sonst wäre er dort gewesen, vermute ich. Anscheinend ist Harred der Einzige, der einen Bogen um die Partys macht.«

»Dann war's also wirklich eine Orgie?«

»Aber hallo«, gab Eva zu. »Da war alles erlaubt.«

»So was gibt's hier öfter, als man denkt«, verkündete Newton. »Ist wie mit Drogen. Hier wohnen eine Menge reicher Leute, die sich langweilen und auf der Suche nach 'nem Kick sind.«

Eva fragte nicht, woher er das wusste. Flynn ignorierte die Bemerkung ebenfalls. »Glauben Sie, Nicholson könnte was mit dem Ganzen zu tun haben?«

Eva überlegte eine Weile. »Nein, das glaube ich nicht. Mir liegt da ein dämliches kleines Detail im Kopf quer. Es gab harte Drogen, jeder hat mit jedem gevögelt, aber Berta hat trotzdem darauf bestanden, dass am Pool ein Rettungsschwimmer Wache schiebt. So denkt doch jemand einfach nicht, der darauf abfährt, anderen Menschen wehzutun.«

Jamie schenkte allen nach. »Huss ist also ein paar Tage weg vom Fenster. Das heißt, wir können uns auf das Chatham Centre konzentrieren?«

Eva nickte. »Unser Informant ist Nicola Milne«, meinte sie, »die Optometristin. Zumindest glaube ich, dass sie es ist.« Sie brachte es nicht recht über sich, ihnen den wahren Grund dafür zu verraten, dass sie das glaubte, denn in einer Hinsicht widersprach es allem, was Eva bisher zu ihnen gesagt hatte. Deduktive Logik sagte ihr, dass Milne die Informantin sein *könnte,* warum sie es jedoch wirklich sein *sollte,* das war schließlich etwas ganz anderes. Sich selbst jedoch musste sie es eingestehen. Der Grund dafür, dass sie Milne für die Informantin hielt, war reine Intuition; der Ausdruck in ihren Augen, als Eva die Klinik verlassen hatte. Milne hatte sie angestarrt, hatte Blickkontakt aufgenommen und auch nicht weggeschaut, als Eva ihren eindringlichen Blick erwidert hatte. Sie hatte etwas sagen wollen, aber auf keinen Fall vor den anderen. Milne wollte mit ihr kommunizieren, also war Milne die Informantin, das spürte Eva ganz tief im Bauch.

»Okay«, knurrte Flynn, »bin ich hier die Einzige, die nicht weiß, was ein Optometrist ist?«

»Das ist eine Hackordnung«, erklärte Eva. Sie konnte hören, dass sie ein ganz klein wenig undeutlich sprach, doch das war ihr inzwischen egal. »Wenn man sich eine Brille oder Kontaktlinsen verpassen lassen will, geht man zum Augenoptiker. Man kann wohl sagen, der ist für das zuständig, was man sich vor die Augen packt. Die nächste Stufe ist der Optometrist. Der guckt sich an, was im Auge los ist. Dann kommen der Augenarzt und der Augenchirurg. Der Augenschlitzer«, sagte Eva. »Die letzten beiden hocken ganz oben auf der Hierarchieleiter. Die führen die eigentlichen Eingriffe am Auge durch, und die scheffeln auch die fette Kohle.«

»Da krieg ich 'ne Gänsehaut«, verkündete Flynn. »Bei allem, was mit Augen zu tun hat. Vielleicht würde ich mich ja lasern lassen, aber da müsste ich schon echt kurzsichtig sein.«

»Höchstwahrscheinlich würdest du mit fünfzig trotzdem eine Lesebrille brauchen«, erwiderte Raj. »Lasern verhindert das nicht. Meine Tante hat sich lasern lassen«, fügte er hinzu.

Eva ließ ihren Wein im Glas kreisen. »Deswegen ist Chatham ja so hin und weg von Bright Eyes. Er behauptet, durch das Implantat kann man den Rest seines Lebens perfekt sehen. Keine Brille mehr, keine Besuche beim Optiker, nie wieder. Nur hundert Prozent Sehkraft bis zum Tod.«

»Kein Wunder, dass die sechzig Millionen investiert haben«, bemerkte Jamie. »Wenn sie den richtigen Käufer finden, sind das Peanuts.«

»Aber ein Motiv liefert uns das trotzdem nicht«, entgegnete Eva und trank noch einen kleinen Schluck. Dann zog sie die Stirn in Falten. »Es sei denn, jemand versucht da, etwas zu vertuschen.«

»Aber was denn?«, fragte Raj. »Chatham hat diese Linse doch schon fast tausend Patienten implantiert, ohne dass es irgendwelche Probleme gab. Ich meine, sicher, man hört von Skandalen wegen fehlerhafter Operationen, wie bei diesen Brustimplantaten, die nicht in Ordnung waren, aber etwas über Chathams Linsen wäre uns doch inzwischen bestimmt zu Ohren gekommen?«

»Viele von den Brustimplantaten sind eingesetzt worden, bevor das Problem entdeckt wurde«, gab Jamie zu bedenken.

»Robert Isherwoods Linsen sind bei dem Aufprall kaputtgegangen«, bemerkte Flynn.

Eva zuckte ein wenig zusammen. »Und der Rest von seinem Kopf auch. Der ist so heftig gegen den Lastwagen geknallt, da wär's ein Wunder gewesen, wenn die Dinger heil geblieben wären.« Ganz konnte sie die Theorie jedoch nicht abtun. »Wenn Nicola Milne diejenige ist, die uns die SMS schickt, hat sie uns aus irgendeinem Grund auf Isherwood und Laska hingewiesen. Entweder weiß sie etwas, oder sie hat einen Verdacht.«

»Könnte auch nur Bosheit sein«, gab Flynn zu bedenken.

»Stimmt«, pflichtete Eva ihr bei. »Aber nehmen wir mal fürs Erste an, es ist keine Bosheit. Was mit Isherwood war, ist nicht eindeutig klar, aber indem wir uns Laska angeschaut haben, haben wir mehr über ProOptica erfahren. Das Problem ist, wir haben nicht mit ihm reden können, weil er nicht mehr bei ProOptica arbeitet. Hatten Sie Glück dabei, ihn aufzuspüren?«

Raj schüttelte den Kopf. »Die slowakische Polizei habe ich nicht kontaktiert, dafür hätte unser Anliegen nicht genügt, also bin ich die öffentlichen Verzeichnisse durchgegangen. Ich bin so sicher, wie ich nur sein kann, dass Laska nicht irgendwo im Straßengraben gefunden worden ist, trotzdem ist er verschwunden. Aber das muss ja nichts Schlimmes heißen«, fügte er hinzu. »Es ist nur schwer, jemanden aus solcher Entfernung zu finden, wenn er nicht gerade Geschäftsführer eines Unternehmens ist oder polizeilich gesucht wird.«

Jamie prustete abfällig. »Wenn wir also keinen Grund finden, einen internationalen Haftbefehl zu beantragen oder eine Vermisstenmeldung herauszugeben, hilft uns keiner dabei, Laska zu finden?«

»So in etwa«, bestätigte Eva. Dann runzelte sie die Stirn. »Es sei denn, wir können Milne überreden, einen direkten Kontakt mit ihm herzustellen. Vorausgesetzt, sie weiß, wo er ist.«

»Würde sie das tun?«

»Ich habe nicht die leiseste Ahnung. Einen Versuch könnte es wert sein.«

»Moment mal«, warf Raj ein, »reden wir hier wirklich davon, in die Slowakei zu fahren, um zu versuchen, Laska zu vernehmen?«

Eva schien das kein ernsthaftes Hindernis zu sein. »Warum nicht? Ist ja nicht das Ende der Welt, oder? Kostet einen Tag, höchstens zwei. Der Flug dauert etwa zweieinhalb Stunden; ich hab's schon überprüft«, setzte sie hinzu.

»Das genehmigt DCI Sutton nie«, meinte Flynn.

»Und außerdem, was würden Sie denn da tun?«, fragte Jamie. »Bloß Laska Fragen stellen, vorausgesetzt, Sie finden ihn? Oder auch mal bei ProOptica vorbeischauen?«

Eva antwortete ihm nicht. Stattdessen fragte sie Raj: »Könnten Sie sich den Hintergrund von ProOptica auch mal genauer anschauen? Ist das schwierig?«

Raj setzte eine fast schon verächtliche Miene auf. »Nicht

mit einer Übersetzer-App. Die gesetzlichen Strukturen sind alle an den Rest der EU angepasst, wahrscheinlich kann ich da mit ein bisschen Arbeit genauso viel rauskriegen wie über jede Firma hier bei uns.«

»Dann brauchen wir also nur noch rauszufinden, ob Nicola Milne weiß, wo Laska steckt, und ob sie uns helfen wird«, stellte Newton fest. Er hielt mit seiner Skepsis nicht hinter dem Berg. »Vorausgesetzt, sie ist die Informantin, und vorausgesetzt, Sutton genehmigt die Reisekosten.«

Er hatte recht, skeptisch zu sein, dachte Eva. Das Ganze schien sehr weit hergeholt. Trotzdem hatte sie immer noch das Gefühl, dass sie dem nachgehen mussten. »Na ja«, sagte sie und griff nach ihrem Handy, »da gibt's nur eine Möglichkeit.«

Raj und Jamie gingen gegen elf, nachdem sie Flynn geholfen hatten, Ordnung zu machen und die Spülmaschine einzuräumen. Kurz danach kroch Eva in ihr Bett. Ihr Kopf brummte ein wenig. Der Wein. Sie wusste, dass sie zu viel getrunken hatte, doch als sie daran zurückdachte, wurde ihr klar, dass Suttons Anpfiff sie wirklich getroffen hatte. Nicht weil sie dabei besonders schroff gewesen war – sie hatte von Hadley schon viel Schlimmeres zu hören bekommen –, sondern weil sie, Eva, nicht damit gerechnet hatte. Eigentlich machten sie doch Fortschritte, sagte sie sich, während sie dalag und die Decke anstarrte. Sie hatten in einem vier Jahre alten Fall neue Ermittlungsansätze gefunden und eine Verbindung zwischen den Opfern der letzten Morde hergestellt. Sutton war uneinsichtig. *Dabei weiß sie nicht mal die Hälfte von all dem, was hier abgeht,* dachte Eva.

Sie hatte dem unbekannten Informanten eine Nachricht geschickt. Nicola Milne. Eva war überzeugt, dass die SMS zu Isherwood und Laska von der Optometristin des Chatham Centre stammten, allerdings schien es ihr keine gute Idee zu sein, sie direkt anzusprechen. Was wusste sie, wenn sie denn überhaupt etwas wusste? Doch was auch immer es war, Eva wollte nicht riskieren, sie zu verlieren. Vielleicht würde sie antworten, vielleicht auch nicht. Sie hatte die Nachricht geschickt. Mehr konnte sie nicht tun. *Wir brauchen Ihre Hilfe,* hatte sie geschrieben. *Wir müssen dafür sorgen, dass das aufhört. Wir wissen Bescheid über Laska. Können Sie uns helfen, Kontakt zu ihm aufzunehmen, ohne ihn dabei in Gefahr zu bringen?*

Der Wein. Sie war eindeutig nicht daran gewöhnt. Eigentlich sollte sie jetzt schlafen, doch stattdessen gingen ihr Gedanken durch den Kopf. Mehr aus Gereiztheit als aus irgendeinem anderen Grund setzte Eva sich auf und öffnete ihren Laptop. Und wenn Milne nun antwortete? Wenn sie sagte, sie würde ihnen helfen? Wie würde sie es anstellen, sich Zutritt zu ProOptica zu verschaffen?

In Anbetracht dessen, wie wenig sie vorzuweisen hatte, würde die slowakische Polizei ihr wahrscheinlich nicht helfen. Sie konnte es ihnen nicht verdenken, wenn sie sich als unkooperativ erwiesen. Jede für sich betrachtet waren die Einzelheiten so dürftig, dass sie wie ein Zufall aussahen, zusammen jedoch ergaben sie allmählich ein Muster. Also ein Dilemma. Sie brauchte mehr Informationen, um die

Ermittlungen voranzutreiben, aber um mehr Informationen zu bekommen, mussten die Ermittlungen weiter vorangetrieben werden. Viel zu viel Wein, entschied sie.

Wenn sie sich im Rahmen einer polizeilichen Angelegenheit an die Firma wandte, hätte ProOptica allen Grund, ihr höflich den Zutritt zu verwehren, auch wenn sie Anlass zu der Vermutung hatte, dass das Unternehmen etwas mit den Morden zu tun hatte. Wo stand sie also? Sie ging online, um ihre Fakten zu überprüfen.

Auf der Website des *College of Policing Authorised Professional Practise* überflog sie noch einmal die Vorschriften. *Paragraph 26(8) des Regulation of Investigative Powers Act stellt den gesetzlichen Rahmen für den legalen Einsatz von verdeckten Ermittlern (Under Cover Officer) als Covert Human Intelligence Sources dar,* las sie. *Daraus entsteht eine Unterscheidung zwischen einem öffentlichen CHIS und einem polizeilichen UCO.*

Okay, dachte sie, *also muss ich nicht sagen, dass ich Polizeibeamtin bin, wenn die Beweislage die Aktion stützt.* Das machte den nächsten Schritt zumindest leichter. Doch was war der nächste Schritt? Worauf würde ProOptica anspringen?

Als sie das nächste Mal auf die Zeitanzeige ihres Computers sah, war es fast zwei Uhr morgens. Die Wirkung des Weins war inzwischen verflogen. Sie hatte über zwei Stunden lang alle möglichen Websites abgegrast, war Links gefolgt und hatte sich in einem Textdokument auf ihrem Desktop Notizen gemacht. Ein Bild hatte begonnen, Gestalt anzunehmen. Zumindest glaubte sie das. Eva starrte ein Vier-Buchstaben-Akronym an, das sie in der Notiz farbig markiert hatte. Das könnte die Antwort sein, dachte sie, als sie den Laptop schließlich herunterfuhr und ihn unters Bett schob. Es könnte wirklich die Antwort sein.

Das Problem dabei war, sie würde Hilfe brauchen, um das durchzuziehen. Und das hieß, sie musste sich abermals an den Teufel in Menschengestalt wenden.

Alastair Hadley sah mehr als nur irritiert aus. »Und wieso interessiert mich das?«

Ein Zug rumpelte durch den Bahnhof. Der Maschendrahtzaun trennte sie voneinander. Hadley stand im Schutz des Bahnsteigdachs. Eva stand im Regen.

»Weil Sutton mir Druck macht, mit den Mordfällen voranzukommen, und das lenkt mich signifikant von der Suche nach Razins Maulwurf ab. Ich habe eine Shortlist; ich habe das Gefühl, ich komme der Antwort allmählich näher, aber ich kann mich nicht darauf konzentrieren, wenn Sutton mir im Nacken sitzt. Wenn ich eine Verbindung zwischen ProOptica und den Morden finden kann, verschafft mir das Zeit.«

Hadley starrte sie an. »Sie haben eine Shortlist? Wann hatten Sie vor, mir das mitzuteilen?«

»Wenn ich da noch ein paar Namen mehr gestrichen hätte«, antwortete Eva rasch. »Ich will Ihnen nichts Halbgares liefern.«

Dagegen konnte er nichts sagen. Eindeutig noch immer irritiert wechselte er das Thema. »Und was soll das jetzt sein, eine Regierungsbehörde?«

»MHRA«, antwortete Eva. »Steht für Medicines and Healthcare products Regulatory Agency. Unter anderem sind die hier im UK für sämtliche Implantate zuständig.« Sie hielt ihr Handy hoch. Auf dem Display war eine Internetseite der MHRA mit dem Titel: *Internationale Prüfer inspizieren im UK.* »Der Knackpunkt ist, dass jeder Angehörige einer Regulierungsbehörde in jedem Land berechtigt ist, in einer Firma aufzutauchen und die Richtigkeit der Zulassungsdossiers zu überprüfen. Im Grunde heißt das, dass sämtliche Dokumentationen gecheckt werden können, um sicherzustellen, dass Standards eingehalten werden. Die anderen dürfen das bei uns, und wir dürfen es im Ausland. Ein fundamentaler Teil der Abkommen, die erlauben, dass medizinische Produkte international vertrieben werden dürfen.«

»Okay«, sagte Hadley. »Und?«

»Und damit komme ich bei ProOptica rein. Wir haben nicht genug Beweise, um eine gerichtliche Verfügung zu erwirken oder die slowakische Polizei um eine zu bitten. Aber wir haben genug, um zu glauben, dass es eine Verbindung zwischen ProOptica und vier Morden gibt. Eine Observierung durch einen verdeckten Polizeiermittler ist damit gerechtfertigt. Ich habe genug Material, um damit zum Office of Surveillance Commissioners zu gehen.« Eva hielt inne und war gespannt, ob Hadley den Köder schlucken würde.

Er tat es. »Oder ein Superintendent kann einen UCO genehmigen, wenn der Fall für dringend gehalten wird«, brummte er gedehnt. »Ich kann das genehmigen.«

Bei Hadley überraschte sie nur sehr wenig. »Ich brauche das schriftlich, Sir, damit ich damit zu Sutton gehen kann.«

Er verzog abfällig den Mund. »Das lässt sich einrichten. Sonst noch etwas?«

»Ausweispapiere und ein Bestätigungsschreiben von der MHRA, dass Sie eine kurzfristige Überprüfung von ProOpticas Zulassungsdossiers durchführen wollen. Vielleicht mit dem Zusatz, dass die Firma nach dem Zufallsprinzip ausgesucht worden ist, damit die da keinen Schreck kriegen.«

Jetzt grinste Hadley schon beinahe hämisch. »Na, viel verlangen wir ja nicht gerade, wie? Wie viel Zeit für die Suche nach Razins Mann werden Sie dabei verlieren?«

»Zwei Tage, Sir, wenn es dazu kommt.«

»Wie jetzt?«

Ihr war klar, dass sie ihn Schritt für Schritt durch den Prozess hindurchlotsen musste. »Es hat keinen Sinn, zu ProOptica zu gehen, wenn uns das nicht zu Laska führt. Selbst wenn ProOptica irgendetwas vertuscht, ist es unwahrscheinlich, dass wir ohne Laskas Hilfe herausfinden, was es ist. Wenn Nicola Milne sich meldet und einverstanden ist, dann müssen wir schnell handeln können.«

»Und bis dahin?«

Eva gab sich alle Mühe, nicht vor Wut zu kochen. Es war ja nun nicht gerade schwer, das auszuknobeln. »Warten wir«, antwortete sie.

Auf dem Rückweg vom Bahnhof kam das Gefühl, das sie im Supermarkt das erste Mal gehabt hatte, mit voller

Wucht zurück. Das Gefühl, dass ihr jemand folgte. Eva blieb an einer Straßenecke stehen und sah sich um, während sie darauf wartete, dass die Ampel umsprang. Sie kannte keinen der Menschen, die die Geschäfte im Stadtzentrum betraten und aus ihnen herauskamen, doch das hatte nichts zu sagen. Es gab so viele Verstecke, so viele Möglichkeiten, sich zu verbergen, dass es schwierig sein würde, einen Verfolger zu entdecken, wenn ihr tatsächlich jemand folgte.

Wieder Razins Leute? Oder jemand, der etwas mit den anderen Fällen zu tun hatte? Sie spürte ein Kribbeln auf der Kopfhaut, als ihr eine kühle Brise übers Haar wehte. Unwillkürlich schauderte sie.

Eva überquerte die Straße und ging schneller zum Revier von Kingston zurück als vorhin zum Bahnhof.

An diesem Abend überredete Flynn sie, ins Fitnessstudio mitzukommen. Sie besorgte Eva eine Gästekarte. Eva hatte sich unterwegs in einem Sportgeschäft Shorts und Sportschuhe kaufen müssen, doch der Gedanke an ein Workout sagte ihr zu. Als sie die hell erleuchtete Halle am Ende der Hauptstraße betraten, schlug ihr vertrauter Schweißgeruch entgegen. Fast konnte sie die Hitze von dreißig oder vierzig menschlichen Leibern spüren, die rannten, sich dehnten oder sich mit Gewichten abmühten. Sie sah mehrere Kollegen aus dem Revier. Auf einer Bank, das graue T-Shirt dunkel vor Schweiß und eine Vierzig-Kilo-Hantel in jeder Hand, lag Moresby.

»Die Slowakei?« Moresby ächzte, als er die Hanteln in

die Höhe stemmte und sie dort einen Moment hielt, als überlegte er, was er mit ihnen machen sollte. »Macht DCI Sutton da mit?«

»Ihr wird nichts anderes übrig bleiben«, antwortete Eva zwischen zwei Ausfallschritten. »Ich kann mir von einem Superintendenten eine UCO-Ermächtigung und eine Coverstory besorgen. Sie hat gesagt, sie will, dass ich einen Zahn zulege. Das tue ich damit.« Sie sah sein Stirnrunzeln.

»Sie haben vor, da allein hinzufahren?«

»Das ist eine Dokumentenprüfung, keine Razzia. Ich tauche da auf wie eine Bilanzprüferin, ich kann nicht mit geballter Polizeiwucht aufschlagen.«

Moresby ließ die Hanteln zu Boden sinken und setzte sich auf. Eva legte sich auf den Bauch und begann mit Liegestützen.

»Und Lynchs Leute?«, wollte er leise wissen, während er die Hände faltete und ihren Rücken betrachtete. »Was, glauben Sie, machen die in der Zwischenzeit?«

Ihr war klar, dass sich die Lüge allmählich abnutzte. »Ich glaube nicht, dass die in Bratislava viel Interessantes finden werden«, wich sie der Frage aus. »Und außerdem ist Pro-Optica in einer Stadt namens Banská Bystrica. Das sind vom Flughafen aus ungefähr zwei Stunden mit dem Auto.«

»Das Ganze ist ja ein bisschen theoretisch«, bemerkte Flynn, während sie sich mit einer Langhantel von respektablem Gewicht abmühte, »wenn Nicola Milne nicht mitspielt.«

Das stimmte. Eva rannte zwanzig Minuten lang auf dem Laufband, dann suchte sie sich einen Sandsack und ein

Paar Handschuhe. Sie wusste, dass ihr morgen früh alles wehtun würde. Doch es fühlte sich gut an, die stupiden Wiederholungen beim Trainieren. Eine Zeit lang konnte sie alles ausblenden, bis auf das Ziehen in den Muskeln und den dumpfen Aufprall, wenn ihre Fäuste den Sack trafen. Nach einiger Zeit streifte sie die Sportschuhe ab und übte Roundhouse-Kicks. Ihre Oberschenkel brannten, aber das befriedigende Geräusch, das ihr Fuß machte, wenn er gegen den Sack klatschte, kompensierte das. Noch weitere zwanzig Minuten drosch und trat sie auf den Sack ein. Danach entschied sie sich für eine Runde Planking.

»Wie stehen unsere Chancen?«, erkundigte sich Flynn, als sie sich neben ihr auf der Matte niederließ.

Eva legte ihr Handy vor sich hin und startete die Stoppuhr, dann stemmte sie sich auf die Ellenbogen und drückte die Hände flach in die Matte.

»Wenn Sie eine Wettquote wollen, ich habe keinen blassen Dunst«, brummte sie, während die Stoppuhr völlig sinnlos Hundertstelsekunden zählte. »Milne, wenn's denn Milne ist, hat es bisher für angebracht gehalten, uns zwei Hinweise zu geben. Ob sie noch mehr für uns tut, hängt vermutlich davon ab, wie exponiert sie sich fühlt. Und da ist noch was«, fuhr sie fort, während die Stoppuhr fünfundvierzig Sekunden anzeigte und weiterlief. »Sagt Milne uns etwas über die Morde oder etwas über Isherwood? Ist das dasselbe, oder läuft da noch etwas anderes, wovon wir noch nichts wissen?«

»Mord ist das eine«, ächzte Flynn. »Wenn im Chatham Centre irgendwelche krummen Dinger laufen, dann weiß ich nicht, ob wir die Ressourcen haben, uns damit zu befassen.«

Eine Minute dreißig, stellte Eva fest.

Flynn ließ sich auf die Matte plumpsen.

Sie war seit einiger Zeit zum ersten Mal wieder im Fitnessstudio und wollte es nicht übertreiben. Eva beschloss, es mit zwei Minuten Planking gut sein zu lassen. Sie sah zu, wie die Sekunden vorübertickten.

Die Stoppuhr verschwand vom Display.

Stattdessen tauchte eine SMS auf. *Jemand wird wissen, dass Sie bei ProOptica sind,* stand da. *Dieser Jemand wird versuchen, Laska dazu zu bringen, sich bei Ihnen zu melden.*

Mit einem Wolfsgrinsen ließ sich Eva ebenfalls auf die Matte fallen und hielt das Handy so, dass Flynn die Nachricht sehen konnte. »Sieht aus, als würde endlich mal was klappen.«

AUSSTIEGSSTRATEGIE

24. Kapitel

Eine dünne Schneeschicht lag auf der Landebahn des Flughafens M.R. Štefánik in Bratislava. Der ersterbende Schub der Flugzeugmotoren wirbelte sie zu kleinen, horizontalen Tornados auf, während die Maschine langsam auf das Terminal zurollte. Eva schaute durch das Flugzeugfenster auf die anonymen Gebäude aus Glas und Aluminium. Das könnte überall sein, dachte sie, als sich die Fluggastbrücke der Tür des Fliegers entgegenstreckte, überall auf der Welt. Das Flugzeug, die Uniform der Flugbegleiter, die Architektur der Flughafengebäude – ganz gleich, wohin man reiste, sie blieben gleich, eine konstante, vorhersagbare internationale Grammatik. Hier auf dem Boden bot nur die Farbe des Himmels einen Hinweis darauf, wo sie sich befand. Über den Wolken blieb selbst diese unverändert.

Sie holte sich die Schlüssel für das Auto an einem der üblichen Mietwagenschalter in der Ankunftshalle ab und fand anhand der mehrsprachigen Schilder den Weg zum Parkplatz. Das Auto war weiß. Das Lenkrad war links, doch sie brauchte nicht lange, um sich daran zu gewöhnen. Eva klemmte ihr Handy in die Halterung auf dem Armaturenbrett, öffnete die Navigations-App und verließ den Flughafen. Die Fahrt würde zwei Stunden dauern. Als sie aus Bratislava herausfuhr, war die Straße glatt und gerade, und es herrschte nur wenig Verkehr. Sie fuhr durch Felder und durch eine flache Landschaft, die sie an Nordfrankreich erinnerte. Weiter von der Hauptstadt entfernt jedoch, als sie auf das Bergland um Cerová zuhielt, stieg die Straße allmählich an und führte durch immer hügeligeres Gelände, ein Vorgebirge der Hohen Tatra. Die Hohe Tatra, so ließ der Reiseführer auf ihrem Handy sie wissen, lag auf der Grenze zu Polen.

Eva kam um kurz nach zwölf Uhr mittags in Banská Bystrica an. Die Straße durch die Stadt führte an einem großen, für Autos gesperrten Platz vorbei, wo Markisen vor Geschäften und Bars ausgefahren waren. Ein Springbrunnen plätscherte trotz der zentimeterdicken Schneeschicht, die ihn bedeckte. Auch hier wirkte der Stil der Gebäude vertraut, doch dieser Ort hatte mehr Charakter als der langweilige Flughafen. Die Architektur war größtenteils die des 18. Jahrhunderts, und die Häuser waren gut in Schuss. Keine reiche Stadt, dachte sie, während sie nach ihrem Ziel suchte, aber auch keine arme. Ein eisgrauer Himmel lastete schwer auf allem. Von den Bergen im Norden wirbelte noch mehr Schnee herbei. Es war kälter hier, dachte Eva, als sie vor dem kleinen Hotel hielt, viel kälter.

Die Frau mittleren Alters, die an der Rezeption saß, lächelte, als sie eintrat. Eva hatte nur Handgepäck dabei; mit ein bisschen Glück würde sie Laska bald treffen und schnell wieder auf dem Heimweg sein. Sie unterschrieb die Anmeldung und gab der Frau ihre Kreditkarte zum Einlesen, dann brachte sie ihr Gepäck aufs Zimmer. Das Hotel gehörte zu keiner Kette. Es wirkte ein bisschen verlebt und hätte etwas frische Farbe vertragen können, andererseits ging ihr Zimmer auf den Platz hinaus, und das Haus hatte einen ganz eigenen Charme. Eva stellte ihren kleinen Koffer auf den Tisch, suchte ihre Papiere zusammen und machte sich auf den Weg zu ProOptica.

Die Büroräume von ProOptica SRO befanden sich in einer Straße namens Kapitulská, nur gute zehn Minuten zu Fuß von Evas Hotel entfernt. Sie blieb vor einem modernen Bürogebäude mit einem ansprechend gestalteten Schild stehen. Daneben war ein Asphaltplatz, auf dem etwa vierzig Autos parkten. Sah ganz gewöhnlich aus, dachte sie, während sie die drei Stufen zum Eingang emporstieg. Nichts daran wirkte irgendwie seltsam.

Die junge Frau am Empfang sprach Englisch. »Ich möchte Antonin Jelen sprechen«, erklärte Eva ihr. »Mein Name ist Eva Harris, ich bin von der britischen MHRA.«

Die junge Frau runzelte die Stirn. »*Strýc* Jelen erwartet Sie, aber er wusste nicht, wann genau Sie kommen. Ich versuche, ihn zu finden. Bitte«, fügte sie hinzu und deutete auf ein Sofa neben der Tür. Während Eva sich setzte, griff sie zum Telefon und begann, verschiedene Nummern abzutelefonieren.

Frauen und Männer gingen durch die Empfangshalle. Eva wartete fast eine halbe Stunde, bis Antonin Jelen, ProOpticas Hauptgeschäftsführer und die Person, die auf den Zulassungsdossiers der Firma namentlich genannt wurde, endlich auftauchte.

»Ich hoffe doch, es gibt hier keine Probleme«, bemerkte Jelen. Er stand über ihr und entschuldigte sich nicht dafür, dass er sie hatte warten lassen. Jelen, Ende vierzig, mit rasiertem Kopf und rötlichem Teint, war gebaut wie ein Ringer. Er sah aus wie ein Schläger, fand Eva, hatte eine hemdsärmelige Brutalität an sich, die ihr sofort missfiel. Seine Hände ballten sich anscheinend von selbst zu Fäusten, und er schaute auf sie herab, als verdiene sie als Frau keinerlei Rücksichtnahme. Sein Auftreten machte sie sofort wütend, sie hatte nicht vor, sich einschüchtern zu lassen. Jelen war nicht besonders groß. Als Eva sich erhob, stand sie ihm Auge in Auge gegenüber.

»Ich rechne nicht mit Problemen, *strýc* Jelen«, antwortete sie und benutzte die Anrede, von der sie hoffte, dass sie korrekt war. »Es ist ja nur eine Inspektion nach dem Zufallsprinzip. Mir ist durchaus bewusst, dass das lästig ist, aber je eher wir anfangen, desto früher kann ich wieder gehen.«

Einen Moment lang antwortete Jelen nicht. Er traf eine Entscheidung, nahm sie an, die Entscheidung, ob er kooperativ oder schwierig sein wollte. Eva fand eigentlich, dass sie den Routine-Aspekt des Besuchs recht gut hinbekommen hatte, letzten Endes jedoch hing ihr Erfolg davon ab, wie Jelen auf sie reagierte. Schließlich schien er zu einem Entschluss gekommen zu sein.

»Warum fangen wir nicht damit an, dass wir Ihnen was zu trinken besorgen?«, meinte er mit einem Blick zu der Frau hinter dem Empfangstresen. »Es war bestimmt eine lange Reise.«

Sie saßen in einem Konferenzraum, und Eva nippte an ihrem Kaffee. Jelen hatte Tee bestellt, doch er tat nicht einmal so, als würde er ihn trinken. »Sind Sie schon lange bei der MHRA?«

»Das hier ist meine erste Inspektion«, antwortete Eva. »Bis vor sechs Monaten war ich Bilanzprüferin.«

Jelen lächelte. Ein verkniffenes Lächeln. Obwohl sie dachte, sie hätte ihn besänftigt, schrillten dabei Alarmglocken in ihrem Kopf. »Welche Dokumente würden Sie denn gern inspizieren?«

War die Frage eine Falle? »Ich werde gar nichts inspizieren«, antwortete sie. »Ich werde einfach nur bestätigen, dass die Kopien der Dokumente, die Sie mir aushändigen, unter meiner Anleitung erstellt wurden und ich Zeugin war, wie Sie sie kopiert haben. Inspiziert werden sie von den zuständigen Experten meines Landes.«

»Und welche Dokumente sollen das sein?«

»*Strýc* Jelen«, sagte Eva, »ich weiß, dass Sie sich über Ihre Verpflichtungen gemäß der Richtlinie 93/42/EWG im Klaren sind.« Sie holte einen USB-Stick aus der Tasche. »Die letzten drei Jahre sollten genügen.«

»Das könnte einige Zeit dauern«, meinte Jelen. Sein Lächeln änderte sich nicht.

Eva lächelte ebenfalls, diesmal jedoch war ihr Lächeln kälter als seins. »Lieber nicht«, sagte sie, »das könnte nämlich zu einer sofortigen Aussetzung der Zulassung im UK führen. Wir müssten all Ihre Vertriebsstellen davon in Kenntnis setzen, dass sie Ihre Produkte ab sofort nicht mehr verwenden dürfen.«

»Sie haben mich falsch verstanden«, schnurrte Jelen fast. »Mit einiger Zeit meine ich eine Stunde oder so, um die

Dokumente zusammenzustellen und auf Ihren Stick zu kopieren.« Er streckte die Hand aus und nahm ihr den USB-Stick ab.

»Dann ist es ja gut«, seufzte Eva. »Das ist natürlich akzeptabel.« Sie erlaubte ihrem Lächeln, sich ein wenig zu erwärmen. »Eine Stunde oder so? Perfekt. Dann haben wir ja genug Zeit für einen Rundgang durch Ihre Fabrik.«

Jelen entschuldigte sich gleich zu Beginn der Führung und übergab sie einem schlaksigen jungen Mann namens Marik. Marik, mit strähnigem Haar und etwas, das Ähnlichkeit mit einem Kinnbart hatte, erwies sich als Labortechniker, der Englisch sprach.

»Möchten Sie die Buchhaltung sehen?«, erkundigte er sich im Gehen bei Eva.

»Nein, Marik«, erwiderte sie, so höflich sie konnte. »Ich habe schon viele Buchhaltungsabteilungen gesehen, und Ihre Buchhaltung ist bestimmt in bester Ordnung. Was ich wirklich gern sehen würde, ist der Bereich, wo Sie die Linsen herstellen.«

Sie musste ihren Mantel an einem Haken am Eingang des sauberen Bereichs zurücklassen und einen Overall, eine Haube und Überschuhe anziehen. »Sie wissen ja, wir dürfen da nicht rein«, sagte Marik. »Aber wir können durch die Fenster gucken. Ist das okay?«

Es würde reichen müssen. Der Bereich außerhalb der Herstellung galt ebenfalls als sauber, der Raum selbst jedoch war als steril klassifiziert. »Im Fabrikraum herrscht ein höherer Luftdruck als draußen, um den Staub fernzuhalten«, erklärte Marik, während er sie zu einem großen Fenster führte. »Diese Maschine da«, fuhr er fort und zeigte auf einen nichtssagenden braunen Kasten von der Größe einer Kühltruhe, »das ist der 3-D-Drucker. Der baut die Linsen auf, immer eine Schicht nach der anderen.«

Eva stand da und betrachtete den braunen Kasten. Es geschah genau gar nichts. »Dauert es lange, eine Linse herzustellen?«

»Eine Stunde und siebenundvierzig Minuten.« Marik zuckte die Achseln. »Es gibt da eine Redewendung auf Englisch. Als ob man Farbe beim Trocknen zusieht. So ist das mit den Linsen.«

»Eindreiviertel Stunden für eine Linse?«

Marik machte ein V-Zeichen mit den Fingern. »Zwei Linsen. Wir haben zwei Drucker.«

»Also zwölf Linsenpaare am Tag.« Kein Wunder, dass die Dinger so teuer waren.

»Eigentlich dauert es noch länger«, erwiderte Marik. »Wenn die Linse hergestellt ist, schicken wir sie weg, um sie mit einem Spezialharz beschichten zu lassen, das ihr Stabilität verleiht. Das nimmt noch mal einen zusätzlichen Tag in Anspruch, aber die Firma, die das macht, kann fünfzig Stück auf einmal bearbeiten. Die Herstellung der Linse«, er zeigte auf den Drucker, »das ist das Geniale.«

Eva verstand nicht ganz. »Aber andere Firmen haben doch bestimmt auch solche Geräte?«

»Ein paar schon«, gab Marik zu. »Aber wir haben den Bauplan für die Linse entwickelt.« Er schüttelte den Kopf. »Ich habe die Berechnungen gesehen; ich sage Ihnen, das ist wie allgemeine Relativität oder so was. Ich konnt's gar nicht glauben. Sie würden's auch nicht glauben.«

Eva leckte sich die Lippen. »War das Grau Laskas Werk?« Sie wusste nicht, wie Marik auf den Namen reagieren würde, doch er brüllte fast los. Es war, als hätte sie gerade seinen Lieblingsfußballstar erwähnt.

»Ja, das war Laska! Ich sage Ihnen, das war brillant. Eine dermaßen dünne, dermaßen perfekte Quadfokallinse. Wer hätte sich so was vorstellen können?«

Sie wählte ihre nächsten Worte mit Bedacht. »Aber Laska ist nicht mehr bei ProOptica?«

Marik spielte diese Tatsache herunter. Es schien ihn überhaupt nicht zu stören. »Nein, aber er war auch fix und fertig. Laska musste sich mal ausruhen. Eine Auszeit nehmen, wissen Sie? Aber er kommt zurück«, versicherte Marik. »Er ist ein Genie. Er wird gar nicht anders können.«

Jelen erwartete Eva, als sie ihren Rundgang durch die Firma beendete. Sie hatte sich ihren Mantel über den Arm gelegt; es war zu warm gewesen, um ihn wieder anzuziehen, als sie den sauberen Bereich verlassen hatte.

»Ihre Dokumente«, sagte Jelen und hielt ihr den USB-Stick hin. »Ich gehe davon aus, dass alles in Ordnung ist.«

»Ich bin sicher, dass die Dokumente völlig in Ordnung sind, *strýc* Jelen«, antwortete Eva. »Ich schaue sie mir heute Abend an und spreche morgen früh mit meinen Kollegen in London darüber. Wahrscheinlich wird es ein paar Fragen geben, das ist immer so. Morgen Nachmittag komme ich wieder und schließe das Ganze dann hoffentlich ab.«

Einen Moment lang sah Jelen enttäuscht aus, dann jedoch versuchte er, das zu überspielen. Hinter der Glastür war die Sonne untergegangen, und im Schein der Straßenlaternen konnte Eva Schneeflocken zu Boden rieseln sehen, so groß wie Geldmünzen. Sie zog ihren Mantel an und knöpfte ihn zu, dann schlug sie den Kragen hoch und steckte die Hände in die Taschen.

Jelen zuckte die Achseln. »So etwas ist eben notwendig«, gab er schließlich zu. »Natürlich ist es lästig, man hat immer Sorge, etwas könnte übersehen worden sein. Aber vielleicht«, wieder zuckte er die Schulter und bedachte Eva mit einem durchdringenden Blick, »ist es ja letzten Endes gar nicht nötig, dass Sie morgen Nachmittag noch mal wiederkommen. Vielleicht ist ja alles in Ordnung.«

»Vielleicht.« Sie versuchte zu lächeln, doch die Antwort blieb ihr beinahe im Hals stecken. Das Stück Papier, das sie gerade in ihrer rechten Manteltasche gefunden hatte, war nicht dort gewesen, als sie den Mantel vor dem sauberen Bereich aufgehängt hatte. Der Drang, es herauszuholen und nachzusehen, was es war, war fast überwältigend, doch sie wusste instinktiv, dass Jelen es nicht sehen sollte, ganz gleich, was es war.

»Reden wir morgen weiter«, sagte Jelen.

Eva nickte und zog die Eingangstür auf.

Sie wartete damit, nachzusehen, was ihr jemand in die Tasche gesteckt hatte, bis sie wieder in ihrem Hotelzimmer war. Als sie das Stück Papier herausholte, stellte es sich als Briefumschlag heraus, schlicht und ohne Adresse. Er war zugeklebt. Eva riss ihn auf und fand ein zusammengefaltetes DIN-A4-Blatt. Darauf stand: *Národná, 22:00.*

Was zum Teufel war Národná? Sie nahm ihr Handy und begann zu recherchieren. Eine Übersetzungs-Website verriet ihr, dass das Wort Slowakisch für »national« war. Sie fand dazu Websites der Nationalbank, des Nationalrats, sogar der nationalen Lotterie, aber nichts, gar nichts, das ihr irgendetwas dazu sagte, was die Nachricht zu bedeuten hatte. Andererseits, dachte Eva, während sie die Treffer durchging, musste es etwas so Offensichtliches sein, dass derjenige, der ihr die Botschaft in die Tasche gesteckt hatte, gedacht hatte, sie würde es sofort verstehen. Tja, knurrte sie stumm in sich hinein, dem war nicht so.

Zehn Minuten voller wachsender Gereiztheit später hatte sie herausgefunden, dass Národná außerdem der Name einer kurzen Straße war, die ebenfalls nur ein paar Gehminuten entfernt war. Sie führte zum Fluss, dem Hron, stellte sie fest, als sie auf den Stadtplan sah. Die Univerzita Mateja Bela lag an ihrem anderen Ende.

Was sollte sie tun? An einer Straßenecke stehen und das Beste hoffen? Laut ihrem Handy war es 19:05 Uhr. Wenigstens hatte sie noch Zeit, etwas zu essen. Aus reiner Neugier beschloss sie, den USB-Stick mit den Dokumenten zu überprüfen, den Jelen ihr gegeben hatte. Während die Dateien auf ihren Laptop kopiert wurden, ging sie nach unten, um sich in der leeren Hotelbar ein Sandwich zu bestellen.

25. Kapitel

Um Viertel vor zehn schneite es heftig. Der Schnee blieb liegen, und sie musste achtgeben, als sie die Stufen vor dem Hotel hinunterging. Der Routenplaner auf ihrem Telefon wies ihr den Weg. Sie bog nach links ab und marschierte die Straße hinunter, den Kragen hochgeschlagen und den Mantelrand zum Schutz vor der eisigen Nachtluft über den Mund gezogen. Eine Mütze hatte sie nicht. Schneeflocken ließen sich auf ihrem kurzen Haar nieder und schmolzen, gelegentlich rann ihr Wasser den Nacken hinunter. Ihre Schritte knirschten in dem frisch gefallenen Schnee, abgesehen davon schluckte die weiße Decke jedes Geräusch.

Erst als Eva sich halb herumdrehte, um eine Straße zu überqueren, merkte sie, dass sie verfolgt wurde. Zumindest glaubte sie das, als sie zwei Männer fünfzig Meter hinter ihr anstarrte. Das sagte ihr ihr Instinkt. Sie hielten an, wenn sie stehen blieb, gingen weiter, wenn sie sich wieder in Bewegung setzte, hielten jedoch Abstand. Rasch schaute sie auf ihr Handy. Noch hatte sie Zeit. Sie verschob die blaue Linie auf dem Routenplaner aufs Geratewohl und zwang die App, einen anderen Weg zur Národná zu finden. Trotzdem konnte sie um zehn dort ankommen, das sah sie, als sich die Wegbeschreibung änderte.

Eva ging über die Straße und bog ab. Die Straße war schlecht beleuchtet; sie eilte zwischen den Schatten hindurch und schaute sich um, um zu sehen, ob die Männer noch hinter ihr waren. Hatte sie sich das nur eingebildet? War das einfach nur Paranoia, als Fremde in einem fremden Land, kombiniert mit ihren Erlebnissen der jüngsten Zeit? Ihre Füße glitten mehr als einmal auf dem glatten Beton unter der Schneeschicht aus. Mülltonnen stapelten sich neben einer Garage. An der nächsten Kreuzung wies ihr Telefon sie an, sich nach links zu wenden. Hinter ihr tauchten die beiden Männer am Ende der Straße auf.

Jetzt gingen sie schneller; bestimmt war ihnen klar geworden, dass sie sie gesehen hatte. Eva versuchte, ebenfalls rascher vorwärtszukommen, doch die Bürgersteige waren nicht gestreut, und zweimal wäre sie beinahe hingefallen. Flocken schwebten herab und verbargen die Stadt vor den Blicken. Die Stille in den Straßen wurde beklemmend.

Noch einmal nach links, dann nach rechts. Der Routenplaner berechnete eine neue Strecke, mit dem Ergebnis, dass sie jetzt um drei Minuten nach zehn am Ziel eintreffen würde. So lange würde Laska doch wohl warten, wenn es denn wirklich Laska war, mit dem sie sich treffen sollte? Sie hatte keinerlei Beweise dafür, dass jemand sie zu ihm führte, doch die beiden Männer waren ihr von dem Moment an gefolgt, als sie das Hotel verlassen hatte.

Ein jähes Bohren tief im Bauch. Und wenn das nun ein Hinterhalt war? Wenn Jelen ihr die Nachricht selbst in die Tasche gesteckt hatte? Wie konnte man eine lästige Besucherin besser loswerden, als dadurch, dass man ihr eins auf den Hinterkopf gab und ihren Leichnam in das aufgewühlte Wasser des Hron warf?

Die beiden kamen näher. Eva versuchte loszurennen, doch sie rutschte aus, fiel, stützte sich ab, bevor sie auf dem Boden aufschlug, und schaffte es, wieder hochzukommen. Der Routenplaner war nicht länger relevant. Sie bog ein paarmal auf gut Glück ab und stieß auf einen kleinen Platz von nicht einmal hundert Quadratmetern mit einer Handvoll schneebedeckter Bäume und ein paar Bänken. Sie war tatsächlich auf der Národná, stellte sie fest, als sie hastig auf ihr Handy sah. Am Ende der Straße, kaum ein Dutzend Meter entfernt, konnte sie den Fluss sehen.

Die Straße war still und leer, bis auf sie und die beiden Männer. Es musste eine Falle sein. Sie könnte versuchen, sich zu verstecken, doch dann wurde ihr klar, dass ihre Spuren im Schnee sie verraten würden. Rasch durchquerte sie den kleinen Park und suchte nach einem anderen Weg zurück zum Hotel. Die beiden Männer tauchten auf der anderen Straßenseite auf.

Sie musste losrennen, musste versuchen zu fliehen. Eva wandte sich in Richtung Stadtzentrum und setzte zum Sprint an, doch in diesem Moment kam eine Hand aus dem Nichts und packte sie von hinten. Sie hielt ihr den Mund zu. Ein Arm schlang sich um ihre Schultern und zerrte sie rückwärts in die Schatten. Eva griff nach oben, um die Hand von ihrem Gesicht loszureißen. So stark schien sie nicht zu sein, doch dann flüsterte ihr eine Stimme eindringlich »Still, bitte« ins Ohr. Auf der anderen Seite des kleinen Parks spähten die zwei Männer suchend in die Dunkelheit.

Sie würden ihre Spuren sehen, ganz bestimmt. Dann

wandte sich der eine Mann an den anderen und sagte halblaut etwas. Der zweite zuckte die Achseln und ging davon.

Nach ein paar weiteren Sekunden löste sich die Hand von ihrem Mund. »Entschuldigen Sie«, flüsterte die Stimme. »Ich wusste nicht, ob sie Ihnen etwas antun wollten, aber ich war mir sicher, dass sie nichts Gutes vorhatten.«

Sie drehte sich in den Schatten. Ein dritter Mann, sehr schlank, das Gesicht noch immer in der Dunkelheit verborgen. »Sie sind Detective Inspector Harris«, sagte er, als sei ihr diese Tatsache nicht bekannt. »Ich bin Grau Laska.«

Laska holte Kaffee für sie beide. Er stellte zwei Becher auf den Tisch eines Nachtcafés am Hron, weit weg von dem Fenster, durch das man Schnee auf die verlassenen Straßen von Banská Bystrica fallen sah. In einiger Entfernung sah sie den Widerschein der Straßenlaternen auf Wasser glitzern. Von den Männern, die sie verfolgt hatten, war nichts mehr zu sehen.

»Ist Ihnen klar, was hier vorgeht?«, fragte Laska sie. Obwohl er erst Anfang dreißig war, war sein Haar von Grau durchzogen. Sein Gesicht war schmal, fast schon ausgezehrt, obgleich er durchaus gesund wirkte. Aber müde, dachte Eva, als sie die dunklen Ringe unter seinen Augen betrachtete. Er hatte sich eindeutig seit Tagen nicht mehr rasiert. Die Stoppeln an seinem Kinn warfen noch mehr Schatten auf Unterkiefer und Kehle. Laska machte den Eindruck eines Menschen, der dringend etwas loswerden musste. Das war ihr nur recht.

»Ich weiß, dass es um Geld geht«, sagte sie und nippte

an ihrem schwarzen Kaffee. Er war bitter und abgestanden und brannte auf der Zunge.

Laska nickte heftig. »Ja.« Er hauchte das Wort, als wäre er erleichtert, es laut auszusprechen. »Die Frage ist, wie kommt man an dieses Geld und wozu ist man bereit? Antonin Jelen wäre zu vielem bereit.«

»Ich fand Jelen als Geschäftsführer eines Unternehmens, das Linsen herstellt, etwas seltsam«, bemerkte Eva.

»Jelen«, sagte Laska, »ist Geschäftsmann.« Er malte Anführungszeichen in die Luft, als er das letzte Wort aussprach. »Ein Mann des Geschäfts. Leute wie Jelen gibt es in jedem Land. Sie bauen eine kleine Firma auf und sorgen mit allen verfügbaren Mitteln dafür, dass sie wächst, und dann verkaufen sie sie und kaufen sich bei einer anderen ein. Jelen hat im Baugewerbe angefangen. Es heißt, er hätte Verträge an Land gezogen, indem er die Konkurrenz unterboten und dann Sand in den Beton gemischt hat, um seine Kosten zu deckeln. Er ist von einer Firma zur nächsten gesprungen, hat sie sozusagen als Trittsteine benutzt und sie dann hinter sich untergehen lassen. Aber Sie sollten ihn nicht unterschätzen. Jelen ist in den Jahren nach dem Zusammenbruch der Sowjetunion aufgewachsen, in den unruhigen Dekaden danach. Das waren schwere Jahre, haben meine Eltern mir erzählt, da haben nur die Harten Erfolg gehabt. Ich habe keine Zweifel daran, dass er eine Vorgeschichte voller Gewalt hat, aber er war immer allen einen Schritt voraus. ProOptica war ein Familienunternehmen. Jelen hat es von der Familie gekauft, als einer von deren Hauptkunden plötzlich verkündet hat, woanders hingehen zu wollen. Kaum hatte Jelen die Firma übernommen, hat der Kunde natürlich genauso plötzlich beschlossen, doch zu bleiben. Wegen dieser vorgetäuschten Krise, die er eingefädelt hatte, hat Jelen einen Spottpreis bezahlt. Nicht lange nachdem er ProOptica übernommen hatte, ging es dem Unternehmen wieder prächtig.«

»Und Bright Eyes?«

Laska nickte. »Das war nicht seine Idee, wie man sich ja vorstellen kann. ProOptica hat schon vorher Geschäfte mit dem Chatham Centre gemacht, hat ihm ganz normale Multifokallinsen geliefert. Chatham war nicht der größte Abnehmer, aber die Gewinnmarge war sehr viel besser als die eines normalen Kontaktlinsenherstellers. Jelen hat sich mit Sir Robin Chatham getroffen. Eine Art Höflichkeitsbesuch, wissen Sie? Wahrscheinlich hat Chatham davon gesprochen, dass Linsenimplantate die Zukunft sind und dass die Suche nach einer besseren Linse so etwas ist wie die nach dem Heiligen Gral. Nun, der Geschäftsmann Jelen hat die Gelegenheit erkannt. Und sofort zugegriffen.«

Eva starrte in ihren Kaffee, während sie sich bemühte, die nächste Frage zu formulieren. »Aber Jelen kann doch nicht verstanden haben, was das bedeutete.«

Laska machte ein finsteres Gesicht. »Jelen ist nicht dumm. Sicher, er ist ein Spieler, er geht Risiken ein, vor denen die meisten Leute zurückschrecken würden, und er ist mit an Sicherheit grenzender Wahrscheinlichkeit kriminell. Aber halten Sie ihn bloß nicht für einen simplen Gangster. Jelen versteht das Geschäft, und er versteht den Markt, besser, als ich es je könnte. Er hat mich gefragt:

›Was hindert Sie daran, die perfekte Linse zu entwickeln?‹ Ich habe ihm gesagt, es wären die Materialien, der Kunststoff, den wir verwenden. ›Keine Sorge‹, hat er gesagt, ›stellen Sie sich einfach vor, wir hätten den besten Kunststoff, den man sich nur denken kann. Gehen Sie bei Ihren Entwürfen davon aus.‹ Das sei wie ein Gedankenexperiment, eine Art Roadmap. So wie es die Firmen machen, die Siliconchips produzieren. Er hat gesagt: ›Stellen Sie sich vor, was für Herstellungstechnologien es in fünf Jahren geben wird, und richten Sie Ihre Designs danach aus.‹« Laska seufzte. »Das ist Teil seines besonderen Geschicks. Er hat mich beauftragt, die Kinoform für Bright Eyes zu entwickeln. Wie konnte ich so einer Herausforderung widerstehen?«

Eva runzelte die Stirn. »Ich glaube, das Wort habe ich schon mal irgendwo gehört.«

»Kinoform? Stellen Sie sich das als das Profil der Linse vor. Fast wie ein Hahnentrittmuster, aber jede verlängerte Ecke bricht das Licht ein klein wenig anders. Es ist ganz schön kompliziert.« Er sah sie kurz an. »Ich meine, richtig kompliziert. Die Berechnungen haben es in sich. Es ist einfacher, die Flugbahn einer Mondlandung für eine Rakete zu berechnen als die Kinoform einer refraktiven Linse wie Bright Eyes.«

»Aber das ist Ihr Beruf?«

»Das ist mein Beruf«, bestätigte Laska. »Meine Familie hat schon seit vier Generationen mit Optik zu tun; das liegt uns im Blut.« Ganz kurz machte er ein wehmütiges Gesicht. »Ich bin in einem Haus voller Linsen und Prismen aufgewachsen«, erklärte er Eva. »Meine allerersten Erinnerungen sind die an einen Regenbogen an der Wand über meinem Babybett. Ein Spektrum ist das Schönste, was ich mir jemals vorstellen könnte. Als Jelen mich also aufgefordert hat, mich mit dem Problem zu befassen, habe ich sofort zugesagt.«

Sie verstand immer noch nicht ganz. »Was denn für ein Problem?«

Er ließ den Kaffee in seinem Becher kreisen. »Ich würde es als das refraktive Limit bezeichnen. Stellen Sie es sich als die maximale Lichtmenge vor, die ein Stück Glas krümmen kann. Jelen wollte einfach das Limit einer kombinierten refraktiven Linse erhöhen, um klareres und schärferes Sehen zu ermöglichen, als die meisten Menschen jemals auf natürlichem Wege erfahren können.«

Für sie klang das wie eine außergewöhnliche Leistung. Zumindest ansatzweise konnte sie sich das Können und das Wissen vorstellen, das man brauchte, um so etwas zu bewerkstelligen. »Und Sie haben das tatsächlich geschafft?«

Laska zuckte zusammen. »Das kommt darauf an, was Sie meinen. Es stimmt, ich habe eine Kinoform entworfen, die solche Sehqualität bieten kann. Aber sie hatte ein ernstes Handicap.« Er schob seinen Becher hin und her und starrte auf die Tischplatte. »Man kann Licht mit einer Linse krümmen. Man kann es mit einem Prisma brechen. Beides kann man separat tun und das Licht dann wieder zusammenführen, um es auf einen einzigen Punkt zu fokussieren. Licht ist ein Wunder. Es ist sowohl eine Welle als auch ein Teilchen und das Allerschnellste, was es im Universum gibt. Nichts ist schneller als die Lichtgeschwindigkeit, absolut nichts. Und doch fangen wir Licht in Glas ein, wir krümmen es mit Linsen nach unserem Wunsch. Ja, mit einem hypothetischen Kunststoff konnte ich den Effekt erreichen, den Jelen wollte. Das Problem daran war, dass die Linse, um den Lichtverlust zu minimieren, so dünn sein musste, dass sie nicht verwendbar war.«

»Aber Bright Eyes funktioniert doch«, wandte Eva ein. »Irina Stepanow hat ihren Freundinnen erzählt, es wäre das Tollste, was sie je gemacht hätte, und dass sie unfassbar gut sehen könnte.«

»Das hat auch sicher gestimmt«, meinte Laska. »Eine Zeit lang. Aber das kann ich nicht als mein Verdienst ansehen, das war Jelens Beitrag. Wenn es funktioniert hätte, hätte es sämtliche Probleme gelöst, aber Sie wissen ja, wie man so schön sagt: Wenn etwas zu schön erscheint, um wahr zu sein, dann ist es wahrscheinlich nicht wahr.«

Sie wartete darauf, dass er weitersprach. »Jelen wollte einen Prototyp herstellen«, sagte er. »Das kam mir verrückt vor, aber ich habe zugestimmt. Den Kunststoff durchsichtig genug zu machen, war kein Problem, aber ihn haltbar zu machen, war unmöglich. Die Linsen waren zu dünn; sogar Jelen hat verstanden, dass sie zu zerbrechlich waren, um ohne weitere Zusätze ins menschliche Augen implantiert werden zu können. Also ist er aufgrund seiner Erfahrung im Baugewerbe auf die Idee gekommen, sie mit Kunstharz zu beschichten, damit sie stabiler werden.« Laska hielt kurz inne. »Die Schwierigkeit dabei war, dass das Harz die optische Qualität der Linse beeinflusst hat. Jelen hatte einfach wieder das refraktive Limit in die Gleichung hineingerechnet.«

Jetzt sah er müde aus, fand Eva; mehr als nur müde und erschöpft. Grau Laska schien der Welt vollkommen überdrüssig zu sein.

»Was das betrifft, unterscheiden sich Menschen wie Antonin Jelen wohl von uns anderen«, fuhr er schließlich fort. »Jelen wollte nicht aufgeben. Er hat eine andere Firma aufgetan, die sich auf so etwas spezialisiert hatte, und hat die im wahrsten Sinne des Wortes Tausende Materialformeln durchprobieren lassen, bis sie schließlich ein Material gefunden haben, das die Qualität der Linse nicht beeinflusst hat.« Einen Moment lang sah er beinahe schuldbewusst aus. »Ich kann Ihnen gar nicht beschreiben, wie sehr wir uns gefreut haben. Eine Weile hatte es den Anschein, als hätten wir tatsächlich den Heiligen Gral gefunden. Sogar ich habe das geglaubt und Sir Robin Chatham auch. Ein Wunder, so hat er es genannt. Und wenn es funktioniert hätte, wäre es auch eins gewesen.«

»Aber?«

»Aber das Kunstharz hat sich als instabil erwiesen, es war anfällig für ultraviolettes Licht. Es war, als würde Jelen wieder Sand in den Beton mischen. Im Laufe der Zeit, im Laufe von Jahren zersetzt sich das Harz. Es zerfällt. Wenn das passiert, werden die Linsen so spröde wie ein trockenes Blatt. Und sie werden zerbrechen. Sie werden in Ihren Augen zerspringen, und es gibt keine Möglichkeit, die Bruchstücke zu entfernen. Dieses Detail hat Jelen natürlich für sich behalten«, stieß Laska wütend hervor. Verbitterter

Zorn schwang in seiner Stimme mit. »Ich habe eine Weile gebraucht, bis ich das begriffen habe.«

»Mein Gott«, presste Eva hervor. »Ist es das, was Robert Isherwood passiert ist?«

»Zum Teil.« Er überlegte kurz. »Sie haben sich als Mitarbeiterin der MHRA ausgegeben, der britischen Regulationsbehörde für solche Dinge. Wissen Sie, wie das alles funktioniert?«

Sie hatte den größten Teil ihrer Recherchen im Flugzeug gemacht. »Ich weiß, dass sie die European-Medical-Device-Verordnung als Kriterium verwenden, die europäische Medizinprodukterichtlinie, und sich nach den CE-Standards richten.«

»Ja, es gibt einen ganzen Haufen Vorschriften. MDD 93/42/EEC, ISO 15223–1. ISO 11135, ISO 10993–6 und noch jede Menge mehr. Die Nummern habe ich auswendig gelernt. Die Sache ist nur die, die werden alle von etwas überprüft, das man als Benannte Stelle bezeichnet. Das ist keine Regierungsbehörde, sondern ein Privatunternehmen, und diesem Privatunternehmen ist es erlaubt, für bestimmte Aufgaben Subunternehmen einzusetzen. Raten Sie mal, welches Subunternehmen die Harzbeschichtung für Bright Eyes verifiziert hat?«

Eva schnappte nach Luft. »Doch wohl nicht ProOptica?«

»Nicht unter diesem Namen, aber eine Firma, die Jelen zu diesem Zweck gegründet hatte. Angeblich sollen die Linsen das ganze Leben lang halten. In Wirklichkeit kann man von Glück sagen, wenn sie acht oder zehn Jahre halten, bevor das Harz sich zersetzt.«

Eva überlegte kurz. »Isherwood hatte die Linsen doch erst seit ein paar Monaten.«

»Stimmt«, bestätigte Laska. »Und genau das versucht irgendjemand zu vertuschen. Isherwood, Stepanow und die anderen hatten Linsen einer fehlerhaften Charge. Bei denen hat das Harz nicht Jahre gebraucht, um sich zu zersetzen, sondern nur Monate. Als das mit Isherwood passiert ist, hat Jelen total Panik bekommen. Wenn irgendjemand, der auch nur halb bei Verstand war, sich Isherwoods Linsen näher angeschaut hätte, wäre ihm klar geworden, dass die Angaben zu dem Kunstharz falsch waren und dass *alle* Bright-Eyes-Linsen einen fatalen Fehler haben.«

Sie dachte an ihren Besuch im Chatham Centre zurück. Robin Chatham hatte gesagt, sie hätten fast eintausend Linsenpaare implantiert. Waren das zweimal eintausend Zeitbomben? »Aber was ist denn nun Isherwood passiert?«

Laska bedachte sie mit einem Grinsen, dem jeglicher Humor fehlte. »Soll ich raten? Er hat wahrscheinlich geniest. Der intraokulare Druckanstieg dabei hätte ausgereicht, um die Linsen zerbrechen zu lassen, wenn sie nicht durch das Harz geschützt waren. Das ist das Wahrscheinlichste. Das Harz hatte sich zersetzt und durch den täglichen Einfall von ultraviolettem Licht aufgelöst. Isherwood ist hundertdreißig gefahren, hat geniest und war ganz plötzlich nicht nur schlagartig blind, sondern hatte auch Kunststoffsplitter in den Augäpfeln, die sich von innen ins Gewebe gebohrt haben. Das muss wahnsinnig wehgetan haben.«

Eva versuchte, sich das vorzustellen. An einem hellen,

sonnigen Tag hinter dem Lenkrad zu sitzen und ohne Vorwarnung auf einen Schlag nichts mehr sehen zu können. Kein Wunder, dass er das Steuer verrissen hatte. Der Schock hätte jeden ins Schleudern geraten lassen, ganz zu schweigen von der Tatsache, dass Isherwood unerträgliche Schmerzen gehabt haben musste. »Wie viele Linsen waren es denn? In der fehlerhaften Charge, meine ich.«

»Etwas mehr als eine halbe Tagesproduktion, glaube ich«, antwortete Laska. »Sieben Paare.«

Sieben Menschen, dachte Eva. Sie musste herausfinden, wer die letzten beiden Personen waren. »Jelen hat also Angst davor, verklagt zu werden?«

Laska verzog höhnisch den Mund. »Nein. Für so was nimmt man sich Anwälte, die gegen andere Anwälte antreten, und sorgt dafür, dass der Fall jahrelang vor Gericht festhängt. Jelen hat Angst vor etwas viel Unmittelbarerem.« Er stützte die Ellenbogen auf den Tisch. »Sir Robin Chatham ist ein extrem guter Verkäufer. Jeder weiß, dass er mit Bright Eyes etwas anscheinend Außergewöhnliches anbietet. Das qualitativ beste Sehen, das man sich nur vorstellen kann, sagt er das nicht so? Nun, manche Leute glauben ihm. Manche Leute sind bereit, einen Haufen Geld für Bright Eyes zu zahlen. Mit ›manche Leute‹ meine ich ein amerikanisches Unternehmen, das auf multinationaler Basis Pharmazeutika und Konsumgüter vertreibt. Und mit einem Haufen Geld meine ich ungefähr eine Dreiviertelmilliarde Dollar.«

Eva konnte die Zahl nicht fassen. »Das ist nicht Ihr Ernst«, brachte sie schließlich heraus.

»Na, lesen Sie mal die *Financial Times«*, bemerkte Laska mit sanftem Spott. »Wenn solche Deals über die Bühne gehen, sind das die Summen, die die Unternehmen zahlen. So viel ist Kleinmann bereit, für Bright Eyes zu zahlen, also für das Chatham Centre, die dortigen Mitarbeiter und ProOptica. So etwas nennt man im Geschäftsjargon eine Ausstiegsstrategie. Der Punkt, an dem man Kapital aus seinen Investitionen schlägt, indem man das fragliche Objekt mit riesigem Gewinn verkauft. Das ist Jelens und Chathams Ausstiegsstrategie. Und die anderen Geschäftsführer der verschiedenen Firmen können ihre Anteile auch gewinnbringend veräußern. Über siebenhundertfünfzig Millionen Dollar für ein Unternehmen, das eventuell fünfzehnmal so viel einbringen könnte, wenn die Amerikaner eine Möglichkeit finden, es maßgeblich zu vergrößern. Daraus wird natürlich nichts werden, aber das wissen sie ja nicht, wenn sie ihre Unterschrift unter den Kaufvertrag setzen. Jelen ist selbst auf das allergründlichste Wertfeststellungsverfahren vorbereitet. Glauben Sie nicht, dass jemand für ein großes Stück von *diesem* Kuchen bereit sein könnte zu töten?«

Eva rechnete rasch im Kopf. Angenommen, jemand besaß auch nur zehn Prozent der Anteile, dann könnte jeder Mord für ihn oder sie über zehn Millionen Dollar wert sein.

»Ja«, pflichtete sie ihm bei, »ich denke, das würde als Anreiz reichen. Irgendjemand vertuscht also die Tatsache, dass aus Bright Eyes in etwa zehn Jahren Blind Eyes werden wird. Zehn Jahre sind eine lange Zeit, lange genug für jemanden wie Jelen, um still und heimlich von der Bildfläche zu verschwinden.«

»Es muss nur zu einem Deal kommen, und Jelen, Chatham und sein Team müssen noch zwei oder drei Jahre durchhalten. Danach kann man die Manufakturprobleme dem neuen Management oder neuen Herstellungsprozessen anlasten. Sie können Ihr Leben drauf verwetten, dass Jelen bereits einen Plan hat, wie er die langfristigen Manufakturfehler vor den neuen Besitzern verbergen kann. Vielleicht wartet er ja auch die Überweisung der zweiten Hälfte der Kaufsumme gar nicht ab – mit etwas mehr als fünfunddreißig Millionen Dollar wären die meisten Leute auf Dauer zufrieden.«

Eva lehnte sich auf ihrem Stuhl zurück. »Dann ist Jelen also unser Täter?« Noch während sie es aussprach, hörte sie die Unsicherheit in ihrer Stimme.

Laska schüttelte den Kopf. »Ich weiß es nicht«, antwortete er. »Es könnte Jelen sein, er könnte einen von seinen Handlangern zu Ihnen geschickt haben, um das Problem zu vertuschen. Aber es könnte auch jemand vom Chatham Centre sein. Einen Grund haben sie alle. Sie haben alles riskiert. Sie werden alle wahnsinnig viel Geld machen, wenn das Unternehmen gekauft wird, und wahnsinnig viel verlieren, wenn der Deal durchfällt. Manche von ihnen haben ihre Häuser und noch mehr für Bright Eyes verpfändet. Es würde sie ruinieren, wenn der Defekt herauskommt. Aber ich habe keine Ahnung, wer von denen tatsächlich davon weiß. Jelen hat seine Spuren bestimmt hervorragend verwischt. Weiß Sir Robin Chatham, dass er Linsen implantiert, die innerhalb einer Dekade zerbrechen werden? Würde er weiteroperieren, wenn er es wüsste? Ich kenne den Mann nicht persönlich, also kann ich es nicht sagen. Ich weiß nicht, ob die anderen Beteiligten von dem Defekt wissen oder nur den Verdacht haben, dass etwas nicht stimmt. Nicola Milne hat diesen Verdacht, aber ich glaube nicht, dass sie die ganze Wahrheit kennt. Und ich wollte sie nicht in Gefahr bringen, indem ich es ihr erzähle.«

»Aber Ihnen ist doch klar, dass jemand versucht, das Ganze zu vertuschen?«

»Natürlich«, beteuerte er, »deswegen bin ich ja von ProOptica weggegangen. Aber ich kann es nicht beweisen. Nicht, ohne mein eigenes Leben in Gefahr zu bringen, und ich habe kein besonderes Bedürfnis, das zu tun. Die slowakische Polizei wird das Ganze nicht interessieren, die Linsen werden hier ja nicht verwendet.« Laska zuckte die Achseln. »Und das bringt uns zum anderen Teil des Problems«, gestand er. »Ich habe absolut keine Ahnung, wer der Mörder ist.«

26. Kapitel

Mithilfe ihres Handys zeichnete Eva eine so förmliche Aussage von Laska auf, wie es eben ging.

»Ich schicke Ihnen noch eine E-Mail«, sagte er, während er sie am Hron entlang zum Hotel zurückbrachte. »Sie haben die Typen vorhin ja gesehen. Ich weiß nicht, ob die hinter Ihnen her waren oder hinter mir, aber es scheint keine gute Idee zu sein, das herauszufinden. Keine Ahnung, was Jelen tun würde«, gab er zu und rang dabei die Hände. »Ob er töten würde, weiß ich nicht; ich glaube, er wäre schwer in Versuchung. Aber irgendjemand. Irgendwer hat diese Grenze überschritten.« Ein Schulterzucken. »Vielleicht weiß Jelen nicht, wer, oder er hat Angst vor ihm oder ihr.« Jetzt sah er ihr in die Augen, und der Schmerz, den er empfand, malte sich auf seine Züge. »Es tut mir leid, dass ich Ihnen nicht mehr helfen kann.«

Bright Eyes war Laskas Lieblingsprojekt gewesen. Er hatte nicht wissen können, dass Jelen seine verrückte Vision in einen Albtraum verwandeln würde. »Sie haben mir schon mehr geholfen als jeder andere«, erwiderte Eva. »Ich weiß nicht, wer hinter den Morden steckt, aber jetzt weiß ich wenigstens, warum sie passiert sind.«

Eva verließ Banská Bystrica am nächsten Morgen um kurz nach sechs. Das Frühstück ließ sie ausfallen. Sie ging, ohne zu bezahlen, weil sie wusste, dass das Hotel das Geld von ihrer Kreditkarte abbuchen würde, und eilte zu ihrem Mietwagen. Ehe sie einstieg, inspizierte sie die Reifen und schaute unter den Wagen. Der uralte Witz fiel ihr wieder ein, doch sie konnte nicht darüber lachen. *Nur weil du paranoid bist,* ermahnte sie eine Stimme in ihrem Kopf, *heißt das noch lange nicht, dass sie nicht hinter dir her sind.* Als sie den Motor angelassen hatte und nicht mal zwanzig Meter weit gefahren war, machte sie eine Vollbremsung. Soweit sie es beurteilen konnte, war an den Bremsen nicht herumgepfuscht worden.

Sie fuhr auf die R1, wo diese an der Stadt vorbeiführte, und trat das Gaspedal durch. Genau wie in Frankreich galt eine Geschwindigkeitsbegrenzung von achtzig Stundenkilometern, doch Eva fuhr die ganze Strecke bis nach Bratislava hundert. Sie hatte ihren Dienstausweis in der Tasche; wenn die Polizei sie anhielt, würde sie es drauf ankommen lassen.

Alle paar Hundert Meter schaute sie in den Rückspiegel, konnte hinter sich jedoch nichts entdecken. Überhaupt nichts.

Um kurz nach zwei Uhr nachmittags parkte sie am Revier. Der Verkehr wühlte sich noch immer an den Baustellen in den Einbahnstraßen vorbei. Sanfter Regen benetzte noch immer die Straßen. Von der Wetterfront, die Banská Bystrica Schnee beschert hatte, war nichts zu merken. Alles, was sie am Himmel sah, war das allgegenwärtige englische Grau. Zurück in die Realität, dachte sie und knallte die Autotür zu; zurück zu ihren vier Ermittlungen.

Der Flieger war nicht voll gewesen, trotzdem hatte sie fürs Umbuchen bezahlen müssen. Während des Fluges hatte sie sich Grau Laskas Aussage noch einmal angehört. Er hatte erklärt, warum er sich von ProOptica abgesetzt hatte und wie die Zulassungen für die Linsen gefälscht worden waren. Die Aufnahme allein war kein Beweis, aber sie könnte sie recht schnell zu Beweisen führen, daran glaubte sie fest. Jetzt, dachte Eva, während sie die Treppe zur Einsatzzentrale hinaufstieg, brauchte sie bloß noch Sutton davon zu überzeugen, was ihrer Ansicht nach als Nächstes passieren sollte.

Sutton schien nicht besonders erfreut, sie zu sehen, fand Eva, als sie an ihre Bürotür klopfte. Aber Sutton schien nie besonders erfreut zu sein, irgendjemanden zu sehen.

»Ich habe Sie erst morgen erwartet«, bemerkte ihre Vorgesetzte, als Eva Platz nahm. »Hat der Trip was gebracht?« Zumindest gab sie sich Mühe, sich ihre Skepsis nicht anmerken zu lassen.

Eva achtete nicht darauf. »Ich glaube schon«, antwortete sie, holte ihre Notizen aus ihrer Handtasche und legte sie auf den Schreibtisch. Sie musste die Lampe zur Seite schieben, um Platz zu schaffen. Suttons Augenbrauen zuckten irritiert, doch sie sagte nichts. »Zumindest weiß ich, warum die Morde begangen worden sind und wer der Nächste sein wird.« Dann erzählte sie Sutton von Laska, von den Linsen und der fehlerhaften Charge.

Sutton blinzelte während ihres Berichts kaum. »Sie wollen damit sagen, bei dem Ganzen ging es nur um schadhafte Implantate?«

»Darum«, bestätigte Eva, »und um einen Riesenhaufen Geld. Wenn jemand entdeckt hätte, dass die Implantate fehlerhaft waren, hätte das jede Chance zunichtegemacht, das Unternehmen und seine Technologie an den Meistbietenden zu verkaufen, und das müssen sie tun. Niemand hätte die Firma noch mit der Kneifzange angefasst, wenn bekannt geworden wäre, dass deren Linsen in den Augen der Patienten zerbrechen. Diese US-Firma Kleinmann oder zumindest eine Sparte des Unternehmens ist ein respektabler, weltweit führender Hersteller von Medizinprodukten. Die machen alles, von Herzschrittmachern bis Brustimplantaten und auch Augen. Das ist ein Riesengeschäft.« Eva blätterte in ihren Papieren und fand die Seite, auf der sie Informationen von der Website der Firma notiert hatte, während sie im Flugzeug mit ihrem Handy recherchiert hatte. »Fünfzig Prozent der Bevölkerung auf dem gesamten Planeten benötigen Sehhilfen. Für 2050 wird damit gerechnet, dass 4,8 Milliarden Menschen kurzsichtig sein werden. Und im Moment leiden hundert Millionen Menschen an durch Grauen Star verursachter Blindheit, die vermeidbar wäre. Bright Eyes würde all diese Probleme mit einer einzigen Behandlung lösen, wenn die Linsen funktionieren würden. Für eine Chance, auf einem Markt von dieser Größe mitzumischen, erscheinen einem eine Dreiviertelmilliarde fast wie Peanuts. Verglichen mit dem Forschungs- und Entwicklungsbudget eines multinationalen Unternehmens wie Kleinmann ist das ein Tropfen im Ozean.«

»Und dieser Jelen«, meinte Sutton, »der glaubt, er kann einen US-Multi austricksen?«

»Er versucht ja gar nicht, Kleinmann auszutricksen. Er lässt sie sich selbst austricksen. Vergessen Sie nicht, Chatham hat fast tausend Patienten, die alle mit ihren Implantaten sehr glücklich sind. Die qualitativ beste Sehschärfe, die man sich nur vorstellen kann, behauptet er, und die Leute mit den Bright-Eyes-Linsen werden das bestätigen. Was denen nicht klar ist, ist, dass sie in zehn Jahren blind sein und fürchterliche Schmerzen haben werden.« Sie legte ihr Handy auf Suttons Schreibtisch. Auf dem Display war ein Browser mit mehreren Lesezeichen geöffnet. »Schauen Sie sich doch einfach mal die Liste der fehlerhaften Medizinprodukte an. Undichte Brustimplantate, Schlingen für Gebärmuttersenkungen, die schrumpfen und unerträgliche Schmerzen verursachen, verstellbare Magenbänder, die zu postoperativen Infektionen führen, Hüftimplantate aus Metall, die Chrom und Kobalt ins Blut abgeben. Daneben sieht Bright Eyes schon jetzt aus wie ein Wahnsinnserfolg. Eintausend Befürworter. Nach allem, was wir wissen, könnte Chatham den Wert seiner Firma viel zu niedrig ansetzen.«

»Könnte sein«, pflichtete Sutton ihr bei, »wäre da nicht dieses eine Detail.« Sie lehnte sich auf ihrem Stuhl zurück und legte die Fingerspitzen aneinander. »Wird Laska vor Gericht aussagen?«

»Ja, aber nur wenn wir herausfinden, wer die Leute umbringt, die die Implantate aus der fehlerhaften Charge bekommen haben. Er hat Angst. Und das aus gutem Grund.«

»Aber er hat keine Ahnung, wer der Mörder ist?«

»Er ist sich ziemlich sicher, wer es nicht ist. Es ist nicht Nicola Milne. Bevor ich abgereist bin, dachte ich, dass sie die anonyme Quelle ist, und er hat das quasi bestätigt.«

»Sie braucht Personenschutz«, meinte Sutton. »Was muss jetzt in Sachen Chatham passieren?«

Eva holte tief Luft. »Die Klinik muss dichtgemacht werden. Ehrlich gesagt weiß ich nicht, wie wir das anstellen sollen, aber die dürfen keinen einzigen Patienten mehr operieren. Und noch was: Es gibt mindestens zwei weitere potenzielle Opfer der Person, die versucht, das Ganze zu vertuschen.«

»Haben Sie Namen?«, blaffte Sutton.

»Ich habe Nummern«, sagte Eva. »Ich kann die Namen rauskriegen, indem ich die Nummern mit denen auf der Liste abgleiche, an der Flynn gearbeitet hat.«

»Tun Sie das«, befahl Sutton. »Und dann nehmen Sie sich ein paar Leute von der Streife und lassen die beiden in Schutzhaft nehmen. Ich möchte nicht, dass irgendjemand sagt, wir hätten nicht gehandelt, als wir die Informationen hatten.« Sutton griff zum Telefon und wählte persönlich Flynns Büronummer. »Jedenfalls«, fuhr sie fort, nachdem sie Flynn angewiesen hatte, in ihr Büro zu kommen, »müssen Sie mit Becks reden. Sie hat nach Fredrick Huss gesucht, während Sie weg waren.«

Der jähe Kurswechsel verblüffte Eva. »Ma'am?«

»Laut der Grenzkontrolle hat Huss das Land nicht verlassen. Er war die ganze Zeit hier, wir haben bloß keine Ahnung, wo.«

Eva schloss die Tür der Einsatzzentrale. Zumindest war Sutton mehr oder weniger mit an Bord, dachte sie und schmiss ihre Notizen auf einen Schreibtisch. Jetzt musste sie nur noch Flynn, Jamie und Raj überzeugen.

Während sie sie auf den aktuellen Stand brachte, starrte Raj ihre kaum leserlichen Notizen an und machte ein triumphierendes Gesicht. »Ich hab gewusst, dass die verkaufen wollen, sobald ich die Hintergrundinfos der Bilanzprüferin gesehen habe. Für so einen Deal holt man sich einen Spezialisten. Und der wird dabei auch gewaltig absahnen.«

»Aber wird Kleinmann das denn nicht merken, wenn sie die Linsen testen?«, wollte Jamie wissen. »Sie werden sie doch testen, oder?«

»Sie werden die Linsen auf ihre optische Qualität hin überprüfen«, antwortete Eva, »um sicher zu sein, dass sie halten, was ihnen versprochen worden ist. Die Kinoform ist das Clevere daran, hat Laska gesagt. Das Harz wird als ganz normales Kunstharz ausgegeben, das bereits durch ein CE-Zeichen verifiziert ist. Er rechnet damit, dass sie umfangreiche Computersimulationen mit der Kinoform durchführen werden, aber sie haben keinen Grund, die Zulassung des Harzes anzuzweifeln.«

»Ein klassischer Taschenspielertrick«, verkündete Jamie. »Das Problem vor aller Augen verstecken.«

»Aber jetzt ist die Katze doch aus dem Sack, richtig?«, sagte Flynn. »Jetzt geht der ganze Deal wegen Laskas Aussage den Bach runter?«

»Ja, das stimmt«, bestätigte Eva, »irgendwann. Aber das

muss alles über die Regulierungsbehörden laufen. DCI Sutton redet gerade mit den Anwälten, um sich mit dem Prozedere vertraut zu machen. Aber bei den Morden hilft uns das nicht direkt weiter. Wir wissen den Grund, aber wir wissen immer noch nicht, wer sie begangen hat. Wenn die Regulierungsbehörden sich sträuben, kann es sogar sein, dass Chathams Deal mit Kleinmann doch noch über die Bühne geht.«

»Können wir Kleinmann nicht einfach alles erzählen?«, fragte Flynn.

Raj schnaubte spöttisch. »Kannst du dir den Shitstorm vorstellen, den wir dann abkriegen würden? Die Polizei mischt sich aufgrund unbestätigter Beweise in einen Businessdeal ein? Chatham würde die Polizei verklagen; irgendein oberschlauer Anwalt würde schon darauf kommen, wie das geht. Wenn die mit uns fertig sind, würden wir Sutton dafür bezahlen, dass wir hier arbeiten, nicht andersrum.«

Eva musste ihm recht geben. »Wir müssen Bright Eyes den Regulierungsbehörden überlassen, eine andere Option gibt es nicht. Aber das heißt nicht, dass wir tatenlos auf unseren Ärschen sitzen müssen«, fügte sie hinzu und raffte ihre Notizen zusammen. »Raj, Jamie, wir fahren zu Chatham. Mal sehen, ob wir diesen Baum so lange schütteln können, bis was runterfällt.« Flynn zog eine Braue hoch. »Sie suchen weiter nach Fredrick Huss«, erklärte Eva ihr. »Scheiß auf die Samthandschuh-Nummer, ich will, dass er gefunden und festgenommen wird, weil er des Mordes an Alicia Khan verdächtig ist und auch mit den Morden an Kelly Gibson, Olivia Russell und Grace Lloyd in Verbindung steht. Ich weiß, die Beweislage ist dürftig«, wehrte sie ab, als Flynn Anstalten machte zu widersprechen, »aber mehr haben wir nicht. Etwas muss sich bewegen«, sagte sie zu ihrem Team. »Hoffen wir nur, dass wir's überstehen.«

Sir Robin Chathams Mund stand ein wenig offen. Seine Pupillen waren erweitert, stellte Eva fest, obgleich sie wusste, dass keinerlei Chemikalien im Spiel waren. Eine Zeit lang war er unfähig, Worte hervorzubringen. Als er die Sprache wiederfand, triefte seine Stimme geradezu vor Gift.

»Sind Sie vollkommen wahnsinnig?«

Eva klopfte sich die Hosenbeine ab, faltete die Hände im Schoß und gab sich alle Mühe, ihn nicht anzubrüllen. »Das hier ist ein Höflichkeitsbesuch, Sir Robin. Die Polizei ist nicht verpflichtet, Ihnen irgendetwas zu sagen, da sich jetzt die Regulierungsbehörde der Sache annimmt. Aber Sie waren bisher so freundlich, mit uns zu kooperieren, daher erscheint es nur vernünftig, Sie davon in Kenntnis zu setzen, was wir herausgefunden haben. Ihre Genehmigung, Bright Eyes zu implantieren, wird innerhalb der nächsten Stunden widerrufen werden. Das habe ich Ihnen hiermit mitgeteilt, wenn Sie also doch noch jemanden operieren, bin ich verpflichtet, Sie wegen Körperverletzung zu belangen.«

»Sind Sie wahnsinnig?«, schrie Chatham. »Sie schenken den Worten irgendeines osteuropäischen Fabrikarbeiters mehr Glauben als meinen?«

»Dieser Fabrikarbeiter hat Ihre Linsen entworfen.« Eva war nicht gewillt, sich provozieren zu lassen. »Er dürfte besser qualifiziert sein, sich zu diesem Thema zu äußern, als Sie.«

Chatham schien kurz vor einem Anfall zu stehen. »Das wird uns ruinieren, das müssen Sie doch wissen. Das ist vollkommen inakzeptabel. Wo sind die Beweise?«

Jamie und Raj standen weiter hinten in Chathams Büro.

»In vier Augenpaaren, die chirurgisch entfernt worden sind.«

»Na, so ein Glück«, erwiderte Chatham höhnisch.

Jetzt hätte sie ihm am liebsten ins Gesicht gespuckt. »Und in zwei Augenpaaren, die noch nicht herausoperiert worden sind. Wir haben die beiden anderen Personen identifiziert, denen die fehlerhaften Linsen implantiert worden sind.«

»Dann geben Sie mir wenigstens die Chance, ihnen zu helfen!«, brüllte Chatham und schlug mit der Faust auf seinen Schreibtisch. Der Bildschirm seines Computers machte einen kleinen Satz. Eva merkte, wie Newton einen Schritt vortrat für den Fall, dass Chatham gewalttätig werden sollte.

»Das geht nicht«, antwortete Eva, »bis bewiesen ist, dass Sie da nicht mit drinstecken. Ich weiß«, fuhr sie fort, als er Anstalten machte, sie zu unterbrechen, »ich weiß, wie unwahrscheinlich das ist, aber momentan scheint es so zu sein, dass die vier Morde mit Ihrer Absicht zusammenhängen, Bright Eyes an Kleinmann Incorporated zu verkaufen.«

»Es sind doch nur sieben Linsenpaare«, donnerte Chatham. »Ich habe fast tausend implantiert.«

Die Tür von Chathams Büro öffnete sich. Eva erinnerte sich an das Gesicht, das fragend hereinspähte.

Jeremy Odie, der Geschäftsführer, trat halb ins Zimmer. »Ist alles okay?«, erkundigte sich Odie. Sein Tonfall war genauso perplex wie seine Miene.

»Nein.« Chatham schrie beinahe. »Diese …«, er verkniff sich eine Beleidigung, »die Polizei will, dass wir Bright Eyes nicht mehr verwenden. Anscheinend hat's da eine Beschwerde gegeben. Aus der Slowakei«, grollte er.

Odie machte zwei Schritte ins Zimmer hinein. Newton und Raj traten vor und stellten sich neben Evas Stuhl. Neal Garrick, der zweite Augenchirurg, tauchte hinter Odie auf.

»Es gibt Beweise für einen Zusammenhang zwischen einer fehlerhaften Linsencharge und den Morden«, erklärte Eva noch einmal. »Es erscheint wahrscheinlich, dass der Täter versucht hat, die Tatsache zu vertuschen, dass die Linsen bald nach der Implantation zerspringen, was jeden Deal mit Kleinmann verhindert hätte.«

»Eine fehlerhafte Charge«, fauchte Chatham.

Eva drehte sich wieder zu ihm um. »Die einen Herstellungsfehler in allen Linsen aufdeckt.«

»Das ist doch gequirlte Scheiße!«

Als Eva sich wieder umwandte, sah sie, dass der Kraftausdruck von Garrick gekommen war. Mit geballten Fäusten war er ins Zimmer getreten.

Newton schob sich zwischen ihn und Eva.

»Das ist Schwachsinn!«, brüllte Garrick. »Wo kommt dieser Scheiß her?«

»Von dem Mann, der die Linse entwickelt hat.« Eva

erhob sich und trat neben Newton. »Die Kunstharzhülle wird durch längere Bestrahlung mit UV-Licht spröde. Im Laufe der Zeit zerfällt sie, und dann zerbrechen die Linsen. Irgendjemand in Ihrer Firma weiß das. Jemand wollte es vertuschen, um sicherzustellen, dass der Verkauf an Kleinmann klappt.«

»Sie haben keinerlei Beweise!«, brüllte Chatham.

»Wir werden demnächst welche haben«, erwiderte Eva. »Wir werden Probeexemplare von Bright Eyes in einem forensischen Labor ultraviolettem Licht aussetzen. Die können dort innerhalb weniger Tage zehn Jahre simulieren. Wenn die Linse am Ende dieses Prozesses noch intakt ist, dann ist Bright Eyes aus dem Schneider, und Sie brauchen sich nur wegen dieser einen fehlerhaften Charge den Kopf zu zerbrechen.« Sie hielt es nicht für nötig, die andere Möglichkeit näher auszuführen.

Chatham fuhr sich mit den Händen durchs Haar. Mit weit aufgerissenen Augen stemmte er sich hoch und stand direkt vor ihr. Rechtschaffene Entrüstung stand ihm ins Gesicht geschrieben. »Ich bin Arzt«, verkündete er und raffte seine Würde um sich wie einen Mantel.

Wenn alles gesagt und getan war, stellte Eva fest, war ihr das scheißegal. »Ja, Sir Robin«, bestätigte sie. »Und ich bin Polizeibeamtin.«

Newton und Chakrabati flankierten sie, als sie zu dritt auf die Eingangstür des Chatham Centre zumarschierten. Ein Dutzend oder mehr Mitarbeiter waren aufgetaucht. Die meisten wirkten verwirrt. Sie sahen aus, als wüssten sie, dass etwas nicht stimmte. Dass etwas Bedeutsames geschehen war, etwas, das sich auf ihr Leben auswirken würde, doch sie hatten keine Ahnung, was. Sie waren verwirrt, und dank Garricks Gebrüll wurden sie allmählich zornig.

Newton schaukelte beim Gehen, bemerkte Eva. Seine Schritte waren ein bisschen größer als sonst, die Schultern ein wenig hochgezogen. Die Hände hatte er nicht ganz zu Fäusten geballt, könnte das jedoch innerhalb von Sekundenbruchteilen tun. Raj vermittelte den Eindruck eines Mannes, der nicht zurückweichen würde. Er war kompakter gebaut als Newton, und sie nahm an, dass er tief und hart zuschlagen würde. Nicht, dass die zwei dabei allein sein würden, schwor Eva sich im Stillen. Sie hatte während der letzten zwei Jahre ja nicht umsonst in diversen Fitnessstudios auf Sandsäcke eingedroschen.

Doch die beiden hielten ihr die Tür auf, und sie verließen das Chatham Centre unbehelligt. Plötzlich blieb ihr etwas im Hals stecken. Ein jähes Wissen, ein Gedanke, der ihr bisher nicht gekommen war und der sie scharf Atem holen ließ. *Das ist mein Team,* begriff Eva, als sie ins Auto stiegen. *Sie gehören zu mir.*

Newton entspannte sich erst, als sie das Firmengelände des Chatham Centre verlassen hatten. In Wahrheit erschien es unwahrscheinlich, dass einer der Mitarbeiter handgreiflich geworden wäre, doch andererseits, dachte Eva und schaute in den Rückspiegel, waren Menschen in Stresssituationen oft unberechenbar. Sie war froh, dass Jamie und Raj dabei gewesen waren.

»Garrick ist ganz schön jähzornig«, bemerkte Newton, während Eva die gewundene Straße entlangfuhr, die sie zur Schnellstraße zurückbringen würde. »Er ist auch Arzt; er sitzt im Aufsichtsrat und hält Anteile am Chatham Centre und an Chatham Centre Holdings.«

»Chatham ist auch nicht viel besser«, brummte Raj.

»Robin Chatham kann nicht der Mann sein, der versucht hat, Will Moresby umzubringen. Er ist einfach nicht mehr fit genug«, gab Eva zu bedenken.

Newton warf ihr einen raschen Blick zu. »Könnte es Garrick gewesen sein?«

Sie dachte an den schwarz gekleideten Mann, der ihr das Ohr aufgerissen und ihren Arm für kurze Zeit mit einem Taser gelähmt hatte. Ganz in Schwarz, mit einer Brille mit insektenartigen Gläsern, die seine Augen verbarg; nur seine Größe, sein Körperbau und seine allgemeine Sportlichkeit hatten Hinweise auf seine Identität geliefert. »Könnte sein«, antwortete sie. »Ich meine, er erfüllt alle Kriterien, nicht wahr?«

Keiner der beiden widersprach. »Haben Sie Nicola Milne gesehen?«, wollte Raj wissen.

Nein, hatte sie nicht. Eva wies ihr Telefon an, Will Moresby anzurufen. »Wir müssen noch jemanden in Gewahrsam nehmen«, sagte sie zu ihm. »Ich glaube, die Betreffende könnte in Gefahr sein, aber es muss diskret ablaufen.«

»Die anderen beiden haben wir«, meldete Moresby. »Lucy Shapiro und Thomas Pearce. Sind beide ziemlich durcheinander und ganz schön sauer. Ich bin mir noch nicht ganz sicher, wie ich's ihnen sagen soll.«

Wie fing man so ein Gespräch an?, fragte sich Eva. *Ach übrigens, die Augenoperation, mit der Sie so zufrieden waren, war in Wirklichkeit ein Desaster, das dazu führen wird, dass Sie in ein paar Jahren blind sein und höllische Schmerzen leiden werden?* Fast hätte sie geschaudert. »Überlassen Sie das DCI Sutton«, wies sie Moresby an. »Sie müssen Nicola Milne vom Chatham Centre ebenfalls in Gewahrsam nehmen, aber ihre Kollegen sollen am besten nicht mitbekommen, wie sie von Polizisten in Uniform abgeholt wird.«

»Ob Sie's glauben oder nicht, wir können auch diskret sein«, erwiderte Moresby. »Ich lasse ihre Handynummer tracken. Wir kassieren sie ein, wenn sie allein ist, aber von jetzt an haben ein paar von meinen Jungs immer ein Auge auf sie.«

Damit fühlte Eva sich zumindest ein bisschen wohler.

Nachdem sie das Gespräch beendet hatte, beugte sich Raj vom Rücksitz nach vorn. »Wir haben gar keine Linse mitgenommen.«

»Stimmt«, gab Eva zu. »Ich habe gelogen, was das mit dem Labor angeht. Aber das ist jetzt Sache der Regulierungsbehörde, und mit denen befasst sich Sutton. Wenn wir damit angefangen hätten, dann hätten wir uns am Ende bloß in einem juristischen Minenfeld wiedergefunden. Mit ein bisschen Glück haben wir wenigstens die nächsten beiden Morde verhindert. Jetzt müssen wir den Arsch finden, der die anderen verübt hat, und ihn einbuchten.« Dann runzelte sie die Stirn. »Aber Sie haben recht damit, dass alle Kriterien auf Garrick zutreffen, vor allem, dass er Chirurg ist. Alle anderen haben wir finanziell durchgecheckt. Können wir uns noch mal den Werdegang der Anteilseigner vornehmen und genau überprüfen, ob da irgendwelche medizinische Ausbildungen auftauchen, die wir beim letzten Mal übersehen haben?«

»Bin schon dabei«, verkündete Raj. Er zückte sein Handy und begann zu tippen. »Allerdings haben die meisten von denen irgendwas mit Medizin gelernt. Aber ich checke nicht alle Anteilseigner, okay? Ich beschränke mich auf Männer im Alter von … unter fünfundvierzig. Und ich suche nach chirurgischen Kenntnissen. So geht's schneller.«

Eva bog auf die Schnellstraße ab und trat das Gaspedal durch. Es herrschte nicht viel Verkehr. Mit knapp unter hundertsechzig Stundenkilometern fuhr sie in Richtung Guildford. Als sie sich der Stadt näherten, wurde sie langsamer und wies ihr Handy an, Rebecca Flynn anzurufen.

Flynn meldete sich nach dem vierten Klingeln.

»Wo sind Sie, Becks?«, wollte Eva wissen.

»Vor New Thought, vor der Kirche«, antwortete Flynn, und alle hörten das Zaudern in ihrer Stimme. »Hier stimmt was nicht.«

»Vergewissern Sie sich zuerst, dass Sie nicht in Gefahr sind«, blaffte Eva. »Dann erzählen Sie mir, was los ist.«

»Ich bin okay, aber die Kirche ist abgeschlossen. Ich dachte, die schließen nie ab.«

»Vielleicht hat Huss da ja bloß übertrieben. Was noch?«

»Da drinnen ist Licht. Nicht das normale Licht. Die Scheinwerfer in der Halle in dem alten Gebäude sind an, da, wo das Gemälde ist. Die Sache ist die, ich kann's sehen. Alles. Neben der Tür ist ein kleines Fenster, da kann ich reingucken. Die Gerüsttürme sind zurückgerollt worden, und das Licht scheint auf das Bild. Sieht unglaublich aus. Es ist genauso, wie Harred gesagt hat, ein Tor zu einem anderen Universum. Ich sehe, mein Gott, ich kann's kaum beschreiben. Es ist wie ein endloser Tunnel, der sich in die Unendlichkeit krümmt. Und so verdammt *real.* Überall Sterne und Planeten und Menschen. Die sehen alle aus, als könnte man einfach hingehen und mit ihnen reden. Ich bin nicht nahe genug dran, um alle Einzelheiten zu erkennen, aber sogar von hier aus haut's einen glatt um. Das Ding ist so groß wie die ganze Wand. Riesengroß. So was hab ich noch nie gesehen.«

»Becks?« Sogar Newton schien der ehrfürchtige Tonfall in Flynns Stimme Angst zu machen.

»Aber da kommt man schon ins Nachdenken«, sagte Flynn. »Echt jetzt.« Sie hielt kurz inne. »Eva? War es das, was Sie gesehen haben?«

»Becks«, blaffte Eva noch einmal.

»Ich bin okay«, beteuerte Flynn. »Wirklich. Aber da gibt's etwas, das Sie wissen müssen.«

Eva wartete.

»Das Gemälde. Es ist fertig. Ganz bestimmt. Die Scheinwerfer leuchten drauf. Ich dachte, Harred hätte noch ein paar Jahre dran zu arbeiten, oder?«

Eva schürzte die Lippen. »Ich auch.«

»Es ist echt der Hammer«, fuhr Flynn fort. »Und da frage ich mich noch was.«

Im Auto beugten sie sich alle drei vor und warteten darauf, dass sie weitersprach.

»Wenn man so was geschafft hat, etwas so Unfassbares wie das hier, wenn's dann vorbei ist…«

Sie konnten ihre Schritte auf dem Kies knirschen hören; sie versuchte, eine Stelle zu finden, von der aus sie das Bild besser sehen konnte.

»Was bleibt einem dann noch zu tun?«

27. Kapitel

Nachdem sie Raj und Jamie am Revier abgesetzt hatte, bog Eva in das Einbahnstraßengewirr ab, überfuhr eine rote Ampel, überquerte die Kingston Bridge und missachtete dann während der gesamten Fahrt nach Virginia Water die Geschwindigkeitsbegrenzung.

Die Sonne war an einem wolkenlosen Himmel untergegangen; der Mond war noch nicht zu sehen. Während sie die von Bäumen gesäumte Straße entlangraste, schaute sie nach oben und sah das Sternbild des Orion tief über der Silhouette der Dächer hängen. Rigel und Betelgeuse schimmerten blau und rot. Jetzt löste der Anblick der Wintersterne immer ein Gefühl der Furcht aus. Eva spürte dasselbe Rumoren im Bauch, an das sie sich von damals her erinnerte, vor mehr als zwei Jahren. Als versuche irgendetwas, sich aus ihren Eingeweiden ins Freie zu fressen. Eine unheilvolle Vorahnung. Auch Flynn hatte die gehabt. Es war nicht nur die Tatsache, dass Huss das Land nicht verlassen hatte, und auch nicht, dass New Thought verrammelt und verriegelt war. Es war etwas an dem Gemälde, dachte Eva. Eine Verbindung, die sich ihr entzog, obwohl sie wusste, dass sie da war. Etwas, das vor aller Augen versteckt wurde.

Sie parkte neben der Kirche. Das einzige andere Auto auf dem Parkplatz gehörte Flynn. Einen Moment lang konnte sie sie nicht sehen, und das unergründliche Angstgefühl war sofort wieder da. Doch dann trat Flynn aus dem Schatten.

»Noch immer kein Lebenszeichen?«, fragte Eva und schlug die Wagentür zu.

Sogar im Dunkeln konnte sie sehen, dass Flynn den Kopf schüttelte. »Nichts. Ich hab's mit Klingeln versucht. Wenn Harred also da drin ist, geht er nicht an die Tür.« Sie stockte, und Eva wartete. »Boss? Sie glauben doch nicht, dass er sich umgebracht haben könnte, oder?«

»Wie kommen Sie denn darauf?«

»Ich weiß nicht«, antwortete Flynn, »irgendwas ist faul an dem ganzen Laden hier. Hat mir echt Angst gemacht, als ich das erste Mal hier war. Irgendwas an dem Bild. Es ist unglaublich, es ist absolut umwerfend, aber ...«

»Aber was? Kommen Sie schon, Becks, raus mit der Sprache.«

»Es ist, als ob es zu gut ist«, meinte Flynn. »Als ob es einer Wahrheit zu nahe kommt, die wir nicht kennen sollen. Sollen wir so was wirklich sehen? Was muss in Harreds Kopf abgegangen sein, das ihn so etwas hat malen lassen? Kein Wunder, dass er von Ihnen fasziniert war. Bestimmt hat er gedacht, Sie könnten auf das Bild zeigen und sagen: ›Jawohl, genauso ist es.‹«

Eva stapfte zu ihrem Wagen zurück, öffnete den Kofferraum. »Und warum sollte er sich umbringen?«, fragte sie.

»Er hat mindestens fünf Jahre lang daran gemalt. Fünf Jahre der absoluten Konzentration, wenn man Berta Nicholson glauben kann. Das muss doch das Bedeutsamste sein, woran er jemals arbeiten wird; nichts anderes wird dem auch nur nahekommen. Die Depression, wenn er das begreift, wird echt heftig sein.«

Da war etwas dran, dachte Eva, während sie unter dem Reservereifen herumkramte. Was konnte Harred nach diesem Werk noch tun? Ein weiteres Fresko malen vielleicht, doch selbst wenn das ebenso gewaltig wäre, es würde niemals wieder so sein wie beim ersten. »Ich denke, wir sollten uns dieses verdammte Gemälde mal genau ansehen«, sagte sie, richtete sich wieder auf und zeigte Flynn den Montierhebel für den Reservereifen. »Ich verstehe nicht viel vom Schlösserknacken, also versuchen wir's mal mit einem einfachen Einbruch.«

Zusammen rammten sie den Hebel in den Türspalt. Eva zerrte daran, Flynn drückte gegen die Tür.

»Tun Sie mal so, als wären Sie Moresby«, keuchte Eva, während sie sich abmühten, die Tür dicht oberhalb des Schlosses aufzuhebeln.

»Der würde das Ding einfach eintreten«, japste Flynn.

Es dauerte einige Minuten, doch schließlich hörten sie das befriedigende Krachen splitternden Holzes, und die Tür ging auf.

In der Eingangshalle der Kirche war es dunkel. Eva sah den Lichtschein aus dem Kirchenschiff unter der nächsten Tür hervorkriechen, doch das ließ die nahen Schatten nur noch dunkler wirken. Beide schalteten die Taschenlampen ihrer Handys ein und hielten sie vor sich. Ehe sie weitergingen, reichte Flynn Eva etwas. Eine kleine Dose Pfefferspray, stellte diese fest, als sie es anleuchtete.

»Ich hab noch eine«, erklärte Flynn und hielt eine zweite Dose zusammen mit dem Handy hoch, während sie auf das Licht zugingen.

Eva musste stehen bleiben, als sie die Flügel der Tür aufzogen, die ins Hauptschiff führte. Einen Moment lang blendete sie das gleißende Licht der Scheinwerfer, doch ihre Augen gewöhnten sich schnell daran. Dann schnappte sie nach Luft.

Die Gerüsttürme waren von der Wand weggerollt worden und standen ordentlich aufgereiht an derselben Wand, in der auch die Tür war, wie in Kunststoffplanen gehüllte Belagerungsmaschinen. Sie hatte freie Sicht auf das Bild, genau wie Flynn gesagt hatte, und ihr wurde klar, dass sogar ihr Blickwinkel von außen gesteuert wurde. Statt auf dem Fußboden standen sie jetzt am Anfang mehrerer schmaler Stege aus Metall, etwa dreißig Zentimeter über dem Boden. Die Bodenplatten darunter waren pechschwarz gestrichen worden, und darauf leuchteten LED-Lämpchen. Wieder schnappte Eva nach Luft. Wenn sie nach unten schaute, war es, als blicke sie auf einen Ozean aus Sternen hinaus.

Sämtliche Wände waren mit schwarzem Stoff verhängt, und überall darauf leuchteten kleine LED-Dioden, auch an der Decke. An der gegenüberliegenden Wand, auf der ganzen Breite von fünfundsechzig Metern, prangte das Gemälde.

Damals hatte es sie in Erstaunen versetzt. Jetzt, ohne Gerüste und Kunststoffplanen, von verborgenen Scheinwerfern angestrahlt und aus ihrem durch die sorgfältig platzierten Stege vorgegebenen Blickwinkel, überwältigte es sie. Als stände man am Tor einer Brücke, die in die Unendlichkeit führte. Eva blickte nach oben. Hoch über sich konnte sie sich selbst sehen, gekleidet wie Pallas Athene, den Speer in der Hand. Sie sah Kelly Gibson, Olivia Russell und Grace Lloyd ihre Schriftrolle studieren. Als sie genauer hinschaute, sah sie, dass sich eine vierte Frau zu ihnen gesellt hatte. Alicia Khan. Zusammen standen sie auf einer bewaldeten Scheibeninsel, die wie ein wundersamer Asteroid einen roten Stern umkreiste, der seinerseits dicht an der Wand des Tunneluniversums dahintrieb. Auf dem Gemälde mussten an die zweihundert Personen abgebildet sein, jede so wirklichkeitsgetreu wie eine Fotografie.

»Diese Farben, ich kann's nicht glauben«, flüsterte Flynn. »Als würden die mehr strahlen als in Wirklichkeit, mehr als alles, was ich je gesehen habe.«

»Das kommt von der Beleuchtung«, antwortete Eva. »Und von der Farbe selbst.« Sie kniff die Augen ein wenig zusammen. »Als ob die ein kleines bisschen fluoresziert. Ich frage mich, ob Harred da was reingemischt hat.« Fünf Jahre, dachte sie, während sie das Bild ebenfalls wie gebannt anstarrte. Trotzdem musste Harred Tag und Nacht daran gearbeitet haben.

»Wo ist Berta Nicholson?«

Flynns Frage riss sie aus ihren Gedanken. Eva ließ den Blick über die Wand wandern. Sie brauchte fast eine Minute, um Nicholson und Lily Yu zu finden. Als sie sie entdeckte, musste sie näher an die Wand herantreten.

Die beiden saßen nackt am Rand eines türkisblauen Sees

und schwelgten mit seligen Mienen im Schein einer fremden Sonne. Ein Baum mit Blättern wie spitze Palmwedel wuchs ganz in der Nähe und warf lange, scharfe Schatten auf sie. Die Schatten zogen sich als gerade Linien über ihre Gesichter und an ihren Körpern hinunter und verbargen ihre Augen.

Eva starrte die beiden Frauen an. Kurz darauf hob sie ihr Handy, öffnete die Kontaktliste und wählte.

»Boss«, sagte Flynn, den Blick auf die beiden Figuren geheftet.

»Ich weiß.« Eva wartete ein paar Sekunden. »Berta geht nicht dran.«

Sie hielten vor Nicholsons Haus. Kurz darauf kam ein Wagen mit rotierendem Blaulicht und zwei Streifenpolizisten ebenfalls dort zum Stehen. Das Tor zur Auffahrt war geschlossen.

Eva drückte auf den Knopf der Gegensprechanlage, doch selbst nach einer oder zwei Minuten meldete sich niemand. »Wir müssen da rein«, erklärte sie den Polizisten, die sie als Verstärkung angefordert hatte. »Die Bewohner könnten in Gefahr sein.«

Die beiden betrachteten das Tor. Einer ging zum Auto zurück und holte eine Ramme heraus. Damit kam er zurück und trat vor das schmiedeeiserne Tor, während der andere mit einer Taschenlampe auf den Schließmechanismus leuchtete. Dann ließ er die Ramme dagegenkrachen.

Nach fünf Stößen gab der Mechanismus nach, und das Tor sprang aus seiner Schiene. Zusammen zerrten die zwei

Polizisten einen der beiden Flügel weit genug zurück, sodass ein Auto hindurchpasste.

»Wir zuerst«, erklärte der Ältere Eva, und sie erhob keinen Einspruch.

An der Haustür ließ Eva sie ein paar Sekunden lang auf die Klingel drücken, während sie um die Hausecke trabte. Der Rasen war hell angestrahlt. Durch eine Hecke konnte sie Lichtreflexe über das Gras tanzen sehen. Sie rannte zurück zur Haustür.

»Die Poolbeleuchtung ist an«, berichtete sie. »Vielleicht sind sie ja bloß schwimmen gegangen.«

»Glauben Sie das?«, wollte einer der beiden Polizisten wissen.

In der Dunkelheit schüttelte Eva den Kopf. »Nein.« Mit einer Kopfbewegung deutete sie auf die Tür. »Ich glaube wirklich, dass sie in Gefahr sind. Brechen Sie die Haustür auf.«

Das musste sie ihnen nicht zweimal sagen. Die Ramme krachte gegen die Tür, die Tür sprang auf. »Polizei!«, brüllte einer der Männer, als er ins Haus trat. »Jemand zu Hause?«

Flynn fing an, überall Licht zu machen. Eva schickte sich an, durch den Flur zum Pool zu gehen, doch der ältere Polizist blaffte: »Hey, wir gehen vor. Das ist unser Job.«

Rasch schritten sie den Flur hinunter, die Schlagstöcke einsatzbereit vor dem Körper. Als sie den Pool erreichten, blieben sie stehen. Die Lichtspiegelungen wirbelten an der Decke, ihre Schritte hallten ein wenig in dem leeren Raum.

Eva sah sich um. Nichts, dachte sie, während sie in die Finsternis hinter der Glasscheibe starrte. Hier war nichts,

nichts und niemand. Dann schaute sie in den Pool und begriff, wie sehr sie sich geirrt hatte.

Kaum eine Welle kräuselte die Oberfläche. Das Wasser war still, nicht einmal der Filter hatte es in letzter Zeit aufgewühlt. Sie sah sie in der Mitte des Beckens; Berta und Lily Yu, nackt wie auf dem Gemälde, rücklings auf dem Grund ausgestreckt, so friedlich, als würden sie sich sonnen.

Eva ballte die Fäuste. Vor blinder Wut, die sie zu übermannen drohte, hätte sie am liebsten losgeschrien, hätte ihren Zorn über die völlige verdammte Sinnlosigkeit des Ganzen herausgebrüllt. Sie konnte sich nicht beherrschen. »Sie haben nie irgendjemandem etwas getan!«, wütete sie. »Berta hat sich ein Bein ausgerissen, um sicher zu sein, dass auf ihren Partys niemandem etwas passiert. So eine *Scheißvergeudung*.«

»Ganz ruhig, Boss«, sagte Flynn.

Eva beachtete sie nicht.

»Ich geh rein«, erbot sich der jüngere der beiden Officers. Er zog sich bis auf die Unterhose aus und machte Anstalten, sich ins Wasser gleiten zu lassen.

»Warten Sie«, wies Eva ihn an, die Kiefer so fest aufeinandergepresst, dass es wehtat. »Erst Fotos. Ich möchte, dass alles dokumentiert wird, bevor wir sie rausholen. Becks«, sagte sie zu Flynn, »rufen Sie bitte Will Moresby an, und schauen Sie, ob er Judy Wren herbringen kann. Das hier soll eine Freundin machen.« Dann fotografierte sie den Tatort mit ihrem Handy.

Sie machte Fotos und Videos. Fünf Minuten lang dokumentierte sie jedes Detail, das sie finden konnte. Die Kamera war zwischen ihr und den Leichnamen, und sie stellte fest, dass es ihr so lieber war. Doch nach einer Weile gab es keine Fotos mehr zu machen, also nickte sie dem Constable zu, der geduldig in Unterhose dastand und wartete. Er ließ sich ins Wasser gleiten und schwamm zu den Leichen.

»Das sollten Sie auch filmen«, meinte der ältere Polizist. Eva nickte stumm und hob abermals das Telefon.

Der jüngere tauchte kurz unter. Als er wieder hochkam, hielt er etwas in der Hand. Er brachte es zum Beckenrand.

»Sie sind beschwert worden«, meldete er. »An Handgelenken und Knöcheln und um die Taille und den Hals.« Er hielt eine kleine Kugelhantel hoch, wie man sie online kaufen oder im Fitnessstudio finden konnte. »Die sind mit Nylonschnüren aneinandergebunden worden. Unter Wasser sieht man's kaum. Die Schnüre sind über sie rübergelegt worden und verhindern, dass sie an die Oberfläche kommen.«

»Hätte das ausgereicht, um sie zu ertränken?«

»Auf keinen Fall. Die Dinger sollten sie nur am Grund halten, nachdem sie umgebracht worden waren. Es sind auch keine offenkundigen Spuren von Gewalteinwirkung zu sehen. Vielleicht sind sie vergiftet worden.«

Ein Bild von Alicia Khan tauchte vor Evas geistigem Auge auf. »Schauen Sie mal am Hinterkopf nach.«

Der Mann tauchte von Neuem und blieb fast eine Minute lang unter Wasser. Als er wieder hochkam, schnappte er ein paar Sekunden nach Luft, bevor er sprechen konnte. »Hinten am Kopf, relativ weit oben auf der rechten Seite, da fühlt sich's schwammig an. Stumpfes Schädeltrauma.

Ich würde mal sagen, jemand hat ihnen mächtig eins übergezogen.«

»Sie haben bestimmt nichts mitbekommen«, sagte Flynn.

Eva schwieg. Ein weiteres Bild tauchte in ihrem Kopf auf. Nicholson und Yu, die nackt und high von irgendeinem Drogencocktail am Rand des Pools knieten und in freudiger Erregung auf ein existenzielles Erlebnis warteten, das sie dieser Daseinsebene entheben würde. Wussten sie, dass Harred das Gemälde vollendet hatte? Waren sie auf das gefasst, was ihnen angetan werden würde, oder war ihnen mit einem Trick vorgemacht worden, dass dies lediglich ein neues Spiel war, ein devotes Vorspiel für eine Ménage-à-trois? Waren sie ahnungslose Opfer oder willige Beteiligte gewesen?

Nacheinander löste der Constable die Gewichte von den Gliedmaßen der Leichen. Wegen des Wassers in ihren Lungen stiegen Nicholson und Yu sehr langsam empor, bis sie dicht unter der Oberfläche trieben. Ihre Leiber bogen sich, rollten hin und her wie tote Fische.

»Holen Sie sie raus«, wies Eva die beiden Officers an. Sie machte kehrt, um den Poolraum zu verlassen. »Und schauen Sie bitte, ob Sie irgendetwas finden, um sie zuzudecken.« Nicht dass Nicholson oder Yu sich darum geschert hätten, dachte sie im Stillen, während sie zu ihrem Auto zurückging.

»Hier habe ich verloren, Ma'am«, gestand sie Sutton während der Fahrt. »Das hab ich nicht kommen sehen; Nicholson und Yu haben einfach nicht dem Profil entsprochen. Bisher hat er sich Jüngere ausgesucht, hauptsächlich Studentinnen, und sie zerschnitten. Nichts von all dem trifft auf die beiden zu.« Sie umklammerte das Lenkrad. »Herrgott, mir kommt's vor, als hätte ich die beiden total im Stich gelassen.«

Sie hörte Sutton missbilligend mit der Zunge schnalzen. »Das ist ganz schön weit hergeholt. Keiner von beiden galt als gefährdet. Es gab überhaupt keinen Grund, anzunehmen, dass sie in Gefahr sein könnten, von der Tatsache, dass sie gelegentlich auf eigene Faust gewisse Risiken eingegangen sind, mal abgesehen.« Sutton hielt inne, fast so, als wolle sie sehen, ob ihre Worte angekommen waren. »Machen Sie sich nicht fertig, Harris«, warnte sie Eva nach einem Moment des Schweigens. »Das ist mein Job. Und wenn ich das nicht tue, dann gibt's wahrscheinlich keinen Grund, Sie fertigzumachen.«

»Ehrlich gesagt mochte ich die beiden gern, Ma'am«, gab Eva zu. »Ich meine, jemandem wie den beiden bin ich noch nie begegnet. Die waren total auf Genuss gepolt, aber nie auf Kosten von irgendjemand anderem.«

»Das ist ein ganz anderes Problem.« Am Telefon klang Sutton gar nicht so brüsk. *»Omnia mutantur, nihil interit.«*

Aus dem Mund ihrer Vorgesetzten überraschten diese Worte Eva. »Alles verändert sich, aber nichts ist wirklich verloren«, übersetzte sie. »Vielleicht geht's ja genau darum.«

»Vielleicht«, stimmte Sutton ihr zu. »Huss oder Harred?«, fragte sie dann.

Der schiere Kraftakt, die Frauen auf den Grund des

Pools zu ziehen, sie dort unten festzuhalten, während er die Gewichte platzierte. »Harred«, antwortete Eva. »Ich glaube, er hat Berta umgebracht, weil das Gemälde fertig ist. Sie konnte nichts mehr für ihn tun, und ich vermute mal, er wollte nicht, dass sie noch irgendwelche anderen Kunstwerke finanziert. Es ist sein Meisterstück; er will nicht, dass irgendetwas damit konkurriert. Er hat das die ganze Zeit geplant; sobald er den letzten Pinselstrich gemacht hatte, war ihr Schicksal besiegelt, und Berta und Lily gehörten für ihn zusammen. Er hat die beiden zu irgendeinem devoten Sexspielchen überredet und ihnen den Schädel eingeschlagen, als sie am Pool gekniet haben. Es ist Harred«, wiederholte Eva mit Bestimmtheit. »Er hat Kelly Gibson, Olivia Russell, Grace Lloyd und jetzt Alicia Khan umgebracht. Er hat sich Studentinnen ausgesucht, weil die leicht zu kriegen waren. Er kannte die Macht des Gemäldes, und er wusste, er brauchte einfach nur zu warten, bis sie zu ihm kommen. Wenn er erst wusste, wo sie wohnten, dürfte es leicht für ihn gewesen sein, an sie ranzukommen. Dann könnte er einfach aufkreuzen und behaupten, er wolle sie zeichnen. Oder er hatte irgendwelche Zeichnungen dabei, Skizzen für das Fresko, die er ihnen zeigen wollte. Irgendein Vorwand jedenfalls. Dann hätten sie ihn reingebeten. Harred ist der Augenschlitzer. Er ist der andalusische Hund.«

»Das glaube ich auch«, sagte Sutton. »Und wo ist dann Huss?«

28. Kapitel

Es überkam sie von Neuem, als sie das lange Straßenstück entlangfuhr, das sie von einem der vielen Wahrzeichen der in Dunkelheit daliegenden Grafschaft zur nächsten brachte. Dasselbe Gefühl, das sich im stillen Schnee von Banská Bystrica in ihren Kopf gedrängt hatte und das sie sowohl im Supermarkt als auch im Stadtzentrum von Kingston gehabt hatte – das Gefühl, dass ihr jemand folgte.

An einem Ende der Straße kam sie an dem alten Königspalast mit seinem Löwentor vorbei, der seit einem halben Jahrtausend am Flussufer stand. Auch er war Schauplatz von so viel Mord und Blutvergießen. Am anderen Ende würde sie auf den niedrigen Steinbogen der Brücke treffen, die zurück über die Themse führte, bei Nacht von dekorativen Laternen erhellt, die den Gesichtern der Vorübergehenden die Farbe aufgedunsener Leichname verliehen. Dazwischen die Straße, die auf beiden Seiten von uralten Mauern aus ochsenblutfarbenen Ziegeln gesäumt wurde, die die konkurrierenden Damwild-Herden zweier Parks voneinander fernhielten. Reihen englischer Eichen bildeten einen Baldachin über ihr und verbargen die Sterne vor ihrem Blick. Sie hatte keinerlei Beweise. Nichts und niemand war aufgetaucht, um ihr irgendeinen Hinweis zu geben, und doch wusste sie mit absoluter Gewissheit, dass es wahr war. Jemand beobachtete sie.

Das Gewirr der Einbahnstraßen erschien ihr fast tröstlich. Per Stimmeingabe wählte sie die Nummer eines Kontakts. Doch als Will Moresby sich meldete, verflog jegliche Erleichterung sofort. »Also, ihr Handy haben wir, aber nach Nicola Milne suchen wir noch«, gestand Moresby.

»Fuck!« Eva knallte die Hand aufs Lenkrad. »Wo haben Sie's gefunden?«

»Auf dem Parkplatz ein Stück die Straße runter vom Chatham Centre. Der, von dem Ihnen die anonymen SMS geschickt worden sind. Ihr Auto war da geparkt. Wir haben's heute so gegen vier Uhr nachmittags gefunden. Niemand drin.«

»O mein Gott, Will.« Eva schrie fast. »Sie steckt bestimmt in Schwierigkeiten.«

»Das ist eine Möglichkeit, ich weiß«, antwortete Moresby. »Ich lasse an allen uns bekannten Orten nach ihr suchen. Nicht dass wir da besonders viele haben. Eine von den Krankenschwestern vom Chatham Centre versucht, uns zu helfen, aber besonders gut kennt sie Milne auch nicht. Immerhin hat sie Vorschläge gemacht, wo wir suchen können, und wir arbeiten die Liste jetzt ab.«

»Und in der Nähe von dem Parkplatz?«

»Da habe ich ein Team mit Suchhunden im Einsatz.«

»Herrgott«, stieß Eva hervor. »Wie konnte das passieren?«

»Ich habe sofort Leute drauf angesetzt, nachdem Sie angerufen haben. Sie wissen doch noch gar nicht, ob das was damit zu tun hat, dass Sie bei Chatham waren.«

»Es wäre ein zu großer Zufall, wenn's nicht so wäre.«

»Eva, wir wissen nicht sicher, ob Milne wirklich vermisst wird. Vielleicht hat sie sich ja mit irgendwem verdrückt. Sie könnte auch getürmt sein, weil jetzt alles rausgekommen ist. Es ist zu früh, um irgendwelche voreiligen Schlüsse zu ziehen.«

Sie wusste, dass er recht hatte. »Sie zu finden hat oberste Priorität, Will.«

»Wir sind dran, ich versprech's«, versicherte Moresby.

Ihr fiel nichts mehr ein, was sie sagen könnte, also beendete sie das Gespräch.

Wo war Milne? Die Frage lastete auf ihr, doch es schien schwer zu sein, ihr überhaupt Gestalt zu verleihen. Der Schock, Nicholson und Yu so zu sehen, betäubte ihren Verstand. Ganz hinten in einer Autoschlange, die darauf wartete, dass die Ampel umsprang, schloss Eva einen Moment lang die Augen. Hätte irgendjemand es besser machen können?

Sie versuchte, so ehrlich zu antworten, wie sie konnte, doch sie stellte fest, dass ihr das selbst in Gedanken Mühe machte. Vielleicht hätte ein erfahrenerer Detective Inspector ja mehr Intuition gehabt, einen besseren Instinkt, der ihr fehlte. Doch sie bezweifelte es. Sie war mit der Hilfe ihres Teams den Spuren gefolgt, und die hatten sie zum Chatham Centre und zu Matthew Harred geführt. *Und zu Semjon Razins Maulwurf und zu meiner eigenen Privatermittlung,* rief sie sich in Erinnerung, legte den Gang ein und fuhr los, als die Ampel auf Grün sprang. Jetzt musste sie Milne und Harred finden. Nichts anderes war wichtig.

Am liebsten hätte sie Flynn, Newton und Chakrabati angerufen, um zu hören, wie sie vorankamen, so sie denn vorankamen, aber damit hätte sie nur Kollegen über die Schulter geschaut, bei denen das nun wirklich nicht nötig war.

Aus einer Laune heraus fuhr Eva am Revier vorbei und bog nach links auf die Portsmouth Road ab. Ein paar Hundert Meter weiter fuhr sie auf einen Anwohnerparkplatz und hielt an. Sie holte eine Karte mit dem Abzeichen der Surrey Police darauf aus dem Handschuhfach und legte sie hinter die Windschutzscheibe, wo sie für jeden sichtbar sein würde, der etwas dagegen haben könnte, dass sie hier parkte. Dann schloss sie den Wagen ab und ging über die Straße.

Hinter einem niedrigen Zaun aus altem schwarzem Gusseisen führte ein Dutzend Stufen zu dem Weg am Fluss hinunter. Auf der Straße über ihr dominierten von hohen Betonbordsteinen begrenzte Fahrradwege die Route in die Stadt. Hier jedoch verlief der Fußgängerweg neben dem schwarzen Wasser der Themse. Ein halbes Dutzend kleiner Boote war ganz in der Nähe festgemacht, und ein olivgrünes, kastenförmiges Gebilde mit leicht abfallendem Dach war am Ufer vertäut. Auf ein von zwei kurzen Metallstreben getragenes Schild darüber war der Name *Mold's Boathouse* gepinselt worden. Auf der Tür in der Seitenwand des Schuppens konnte sie im Schein einer Straßenlaterne über ihr gerade noch die Abfahrtzeiten und Preise für eine Bootsfahrt nach Hampton Court ausmachen. Der Anstrich des Bootshauses war verblasst. Sogar im Dunkeln sah sie, wo er abblätterte. Das Ding kam ihr vor wie ein Artefakt aus einem Zeitalter der Unschuld, aus einer einfacheren Zeit, in der eine Fahrt den Fluss hinunter schon ein Abenteuer war. Vielleicht war's ja auch eins, dachte Eva, während sie ihren Mantel fester um sich zog und sich auf einer der geschwungenen Holzbänke niederließ, die am Flussufer standen. Vielleicht würde es ja wieder eins sein.

Harreds Darstellung des Tunneluniversums ließ sie noch immer nicht los, genau wie er es beabsichtigt hatte. Sie konnte sich vorstellen, wie dieser einfache hölzerne Schuppen und das daneben festgemachte Boot die Zeitspanne lang, die von der Ewigkeit noch übrig war, einen friedlichen, endlosen Strom hinuntertrieben. In dem Licht, das sich auf dem Wasser spiegelte, konnte sie eben noch den Namen des Bootes lesen: *Kelpiette* stand vorn am Bug. Was das bedeutete, wusste sie nicht.

Moresbys Leute suchten bereits die ganze Grafschaft nach Harred und Huss ab, dachte sie und starrte in das schwarze Wasser des Flusses. Alles in allem schien es jetzt wahrscheinlicher zu sein, dass Harred Nicholson und Yu umgebracht hatte, doch was war mit Huss? War er ein Komplize oder ein Opfer? Es war Huss' Foto von Lily Yu gewesen, das sie überhaupt erst auf ihn aufmerksam gemacht hatte. Aber wenn es nun einfach nur ein Zufall gewesen war, dass Huss das Bild gemacht und Harred es als Inspiration genutzt hatte? Wenn es Harred gewesen war, der vier Frauen umgebracht und jetzt Nicholson und Yu ermordet hatte – würde sie jemals in der Lage sein, die Beweggründe des Verstandes zu verstehen, der das Fresko gemalt und Augen zerschnitten und seine Opfer aufgeschlitzt hatte, selbst wenn sie ihn zu fassen bekam?

Flynns Frage fiel ihr wieder ein. Jetzt, da das Fresko fertig war, was würde Harred als Nächstes tun? Waren Nicholson und Yu sein Schwanengesang? Er hatte sie nicht zerschnitten, dachte sie und sah zu, wie die Kräuselwellen das Licht der Straßenlaterne in fraktales Rauschen verwandelten, aber in dem Fresko so gemalt.

Etwas flog an ihr vorbei. Eine Fledermaus, dachte Eva. Bestimmt mied auch sie die Straße und folgte dem Fluss. Fürs Erste musste sie Harred Moresby überlassen. Es gab keine logischen Verbindungen mehr zu knüpfen. Moresby ließ nach Huss' Auto fahnden, Flynn durchsuchte sowohl Nicholsons Haus als auch die Kirche, sie ließen die Aufnahmen der Überwachungskameras überprüfen, und die Algorithmen der automatischen Kennzeichenerfassung registrierten jedes Fahrzeug in der ganzen Grafschaft. Sie musste sie machen lassen. Ihre jetzige Aufgabe war Milne.

Nicola Milne, leitende Optometristin und anonyme Informantin. Was genau hatte sie gewusst? Sie hatte von Laska und seinen Bedenken gewusst, was bedeutete, dass auch Robin Chatham bis zu einem gewissen Grad Kenntnis davon gehabt hatte. Hatte er die Warnungen einfach ignoriert? War die Verlockung von Ruhm und Reichtum so groß, dass er die Aussicht auf zerbrochene Linsen als etwas abgetan hatte, womit man sich später befassen konnte? Bis sich der Herstellungsfehler von Bright Eyes zeigte, wäre Chatham bereits im Ruhestand gewesen und hätte seine Tage wahrscheinlich in irgendeinem Steuerparadies damit verbracht, in der Sonne zu liegen. Die Verantwortung dafür, mit dem Fallout einer ganzen Schar Patienten zurechtzukommen, die wegen zerbrechender Linsen plötzlich erblindet waren, wäre Kleinmann Incorporated zugefallen. Bis dahin wären Chatham und Jelen längst weg gewesen.

Doch Chatham hatte Irina Stepanow und die anderen nicht umgebracht. War das einfach nur irgendein Schläger gewesen, den Jelen von der Leine gelassen hatte? Noch während sie das dachte, verwarf sie den Gedanken wieder. Es hätte ein Schläger mit so viel chirurgischem Fachwissen sein müssen, dass er die Augen entfernen und keinerlei Beweise hinterlassen konnte. Wenn Jelen die Patientengruppe, die die schadhaften Linsen erhalten hatte, von jemandem ermorden ließ, bevor die Linsen zerbrechen konnten, musste der Täter die Augen trotzdem entfernen. Sonst wäre irgendwann jemandem die Verbindung der Toten zum Chatham Centre aufgefallen, und dann wären weitere Fragen gestellt worden. Jemand wie Judy Wren wäre misstrauisch geworden. Hätte sie bei der Autopsie versucht, die Linsen zu untersuchen? Das schien zumindest möglich, und dann wäre ein neuer Verdacht aufgekommen, und der Betrug wäre allmählich ans Licht gekommen. Alles führte Eva zu dem allerersten Gedanken zurück, den sie an jenem heißen und kalten Tag gehabt hatte, an dem sie ihre Stelle in Surrey angetreten hatte. Jemand hatte das Ganze bis ins Kleinste durchdacht.

Aber sie hatten nicht mit Nicola Milne gerechnet. War sie einfach nur eine Optometristin, die den perfekten Plan eines namenlosen, gottgleichen Chirurgen vereitelt hatte?

Es spielte keine Rolle, wie viel Milne wusste, *irgendetwas* hatte sie gewusst – nämlich dass mit den Linsen etwas ganz und gar nicht stimmte. Vielleicht hatte sie erwogen, die Regulierungsbehörde einzuschalten, doch dann waren Patienten ums Leben gekommen. Hatte sie Angst vor Neal Garricks explosivem Jähzorn? Wenn ja, hatte sie anscheinend gute Gründe dafür.

Wo war Milne also? Nicht bei sich zu Hause. Und soweit Eva wusste, lag sie auch nicht tot im Gebüsch neben dem Parkplatz, von dem aus sie ihre SMS geschickt hatte. Hatte sie versucht, ihr noch eine Nachricht zukommen zu lassen? Hatte sie ihr Auto nur dort stehen gelassen und später zurückkommen wollen? Sie könnte überall sein, dachte Eva und starrte in das schwarze Wasser. Aber wo *sollte* sie sein?

Lex parsimoniae, dachte sie, das Sparsamkeitsprinzip. Sah man sich mit mehreren hypothetischen Lösungen konfrontiert, so wählte man die, die am wenigsten Mutmaßungen enthielt. Milne hätte im Chatham Centre sein sollen. Und wenn sie nun die ganze Zeit dort gewesen war?, überlegte Eva und beobachtete die Kräuselwellen auf dem Fluss. Wenn sie, wie der Mörder von Irina Stepanow, den Tatort gar nicht verlassen hatte?

Rasch sah sie auf ihr Handy. 20:37 Uhr. Um diese Zeit könnte sie in weniger als vierzig Minuten beim Chatham Centre sein. Sollte sie Moresby Bescheid sagen? Sie zögerte. Zu dürftig, beschloss sie, ihre These reichte nicht aus, um Beamte von der Suche abzuziehen, jedenfalls jetzt noch nicht. Wenn sie etwas fand, konnte sie ja Hilfe herbeirufen.

Die Kollegen würden in wenigen Minuten da sein, sagte sie sich. Andererseits, dachte sie, während sie den Himmel nach Fledermäusen absuchte, sollte sie sich wohl wenigstens bei ihm melden.

»Brauchen Sie Verstärkung?«, fragte Moresby, als sie ihn anrief.

»Wenn ich welche brauche, schreie ich«, antwortete sie. »Sie haben doch ein Team in der Nähe vom Chatham Centre, oder?« Sie wusste, dass er den Wald nach Milne absuchen ließ.

»Ist DS Flynn bei Ihnen? DS Newton hat versucht, sie zu erreichen.«

»Die ist bestimmt noch im Haus von Nicholson«, sagte Eva. »Haben Sie Judy Wren zu fassen bekommen?«

»Machen Sie sich keine Sorgen«, brummte Moresby. »Sie kümmert sich um die beiden.«

Darüber wollte Eva nicht mehr reden. Es gab nichts mehr zu sagen. Sie warf einen letzten Blick auf die dahinströmende Finsternis der Themse, steckte ihr Handy ein und ging rasch zurück zu ihrem Auto.

Etwas mehr als eine halbe Stunde später bog sie in die dunkle Einfahrt des Chatham Centre ein. Es hatte weniger Verkehr geherrscht als erwartet. Wieder einmal hatte sie sich nicht um die Geschwindigkeitsbegrenzung geschert.

Das Gebäude war dunkel. Niemand arbeitete so spät noch, so schien es zumindest. Eva drehte eine Runde über den Parkplatz und hielt Ausschau nach anderen dort abgestellten Fahrzeugen. Sie fand drei. Drei Autos, die ohne erkennbaren Grund auf verschiedenen Stellplätzen zurückgelassen worden waren, alles ältere Modelle, keins in irgendeiner Art auffällig. Keins davon war Chathams Wagen, dachte sie, während sie sie betrachtete. Er fuhr bestimmt eine teure Mercedes-Limousine. Neal Garrick hielt sie für einen Sportwagenfahrer, sie tippte auf einen Maserati oder etwas in der Richtung. Sie wusste bereits, dass Nicola Milne einen BMW fuhr und wo der gefunden worden war. Gerade jetzt, nicht viel weiter als anderthalb Kilometer entfernt, suchte eine Hundestaffel den Wald nach Milnes ausgeblutetem Leichnam ab. Wenn sie denn tatsächlich tot war. Eva betete, dass es nicht so war. Wem gehörten diese Autos also? Einen Moment lang erwog sie, telefonisch eine Überprüfung der Kennzeichen zu erbitten, doch das erschien nicht sehr sinnvoll. Wenn einer der Wagen dem Mörder gehörte, hätte der seine Spuren verwischt. Eine Kennzeichenüberprüfung würde ihr nur das sagen, was er sie wissen lassen wollte.

Eva ließ ihr Auto stehen und ging zum Eingang. Feiner, dunstiger Regen begann zu fallen, legte sich wie Schweißperlen auf ihren Nacken und ließ sie frösteln. Sie holte ihr Handy aus der Tasche, schaltete die Taschenlampe aber noch nicht ein. In der Ferne konnte sie den Schein einer Straßenlaterne sehen. Ihre Augen gewöhnten sich an die Dunkelheit; es war gerade hell genug, um ohne Taschenlampe den Weg um das Gebäude herum zu finden.

Warum sollte Milne noch dort sein? Vielleicht arbeitete sie länger, ging jedoch nicht ihrer eigentlichen Arbeit nach, sondern versuchte, aus den Unterlagen des Chatham Centre noch mehr zu erfahren. Vielleicht hatte sie ihr Auto auf dem anderen Parkplatz abgestellt, damit sie unbemerkt in die Klinik zurückkehren konnte.

Dann verfluchte Eva sich. Sie spekulierte hier doch nur. Beschaff dir ein paar verdammte Fakten, befahl sie sich. Entweder Milne ist hier, oder sie ist nicht hier. Wenn nicht, egal. Wenn doch, kannst du sie das alles selbst fragen.

Das Gebäude schien leer zu sein. Ein dekorativer Leuchtstreifen schimmerte unter dem oberen Rand des Empfangstresens, sonst konnte sie kein Licht sehen. Andererseits, dachte sie, während sie noch einmal und noch einmal nach einem Lichtschein Ausschau hielt, wusste sie ja, dass die Untersuchungszimmer und die OP-Säle keine Fenster hatten. Es gab im Chatham Centre viele Möglichkeiten, unbemerkt nachts zu arbeiten. Und wenn jemand noch hier arbeitete, ermahnte sich Eva, könnten seine oder ihre Aktivitäten auch vollkommen harmlos sein.

Doch als sie gegen die Eingangstür drückte, stellten sich ihr die Nackenhaare auf. Sie war nicht abgeschlossen. Eigentlich hatte sie damit gerechnet, um diese Zeit eine Schlüsselkarte zu brauchen, um hineinzukommen, doch die Tür war offen, genau wie tagsüber. Eva stand in der Empfangshalle und lauschte, konnte jedoch nichts hören. Der Lichtstreifen unter dem Tresen schimmerte. Jetzt, da sie drinnen war, sah sie auch eine Tafel mit dem Bright-Eyes-Logo an der Wand, mit einer sanften LED-Beleuchtung dahinter. Sie drückte gegen eine Tür, die in einen Flur führte. Chathams Büro lag etwa auf halbem Weg dort hinunter, erinnerte sie sich. Dahinter war der Operationsbereich.

Warum war das Gebäude nicht abgeschlossen? War das nur ein Versehen? Oder saß irgendwo jemand an einem Schreibtisch und las Patientenakten? Einen Moment dachte sie daran, Verstärkung anzufordern, doch es schien keinen ersichtlichen Grund dafür zu geben. Sie ging den Flur hinunter. Links war die Schwesternumkleide. Eva stieß die Tür auf und trat hinein.

Völlige Finsternis. Als die Tür sich hinter ihr schloss, konnte Eva nichts mehr sehen. Sie aktivierte die Handytaschenlampe. In dem dünnen Lichtstrahl sah der Raum genau so aus, wie sie ihn in Erinnerung hatte. Nebenan hatten sie und Chatham sich die Hände gewaschen, bevor sie in den Operationssaal gegangen waren. Sie schickte sich an, die Tür aufzuziehen, doch dann hielt sie inne.

Sie machte die Taschenlampe aus. Nur eine Vorsichtsmaßnahme, sagte sie sich. Nur für alle Fälle. Sachte öffnete sie die Tür, fürchtete, dass sie quietschen würde, und trat dann in die fast absolute Finsternis des Waschraums. Unter der Doppeltür, die in den OP führte, drang ein warmer Lichtschein hervor.

War da jemand drin? Sollte sie es wagen, die Tür aufzudrücken? Ließen sie dort immer das Licht an? Eva legte das Ohr an die Tür, achtete darauf, sich nicht zu sehr dagegenzulehnen. Sie hörte etwas, hatte aber keine Ahnung, was es war.

Selbst wenn jemand im OP-Saal war, hatte sie eigentlich keinen Grund anzunehmen, dass der- oder diejenige eine Bedrohung darstellte. Sei einfach vorsichtig, mahnte sie sich, als sie schließlich beschloss, die Tür zu öffnen.

Warmes Licht flutete die Mitte des Raums. Die Ränder lagen im Dunkeln. Es dauerte einen Moment, bis sich ihre Augen an die Lichtverhältnisse anpassten. Als sie es taten, hätte sie beinahe aufgeschrien.

Eine Gestalt lag in dem Liegestuhl in der Mitte des OPs, in dem Stuhl, wo Chatham so fachmännisch das Auge seiner Patientin aufgeschnitten hatte. Einen Moment lang erkannte Eva die Frau nicht, die mit Kabelbindern an den Stuhl gefesselt war. Pflasterstreifen hielten ihre Augen offen, bedeckten einen Teil ihres Gesichts. Nicola Milne, begriff Eva. War sie noch am Leben?

Bevor sie sich daranmachte, das herauszufinden, schickte sie Moresby eine SMS, die aus zwei Worten bestand: *VERSTÄRKUNG, SOFORT*. Moresby würde augenblicklich reagieren, das wusste sie. Eva trat in den Lichtstrahl hinein, der Nicola Milne umgab, und Milne stöhnte auf.

Ein Katheter war mit einem Pflaster an ihrem Hals festgeklebt. Der Plastikschlauch führte in einen metallenen Putzeimer hinunter. Als Eva dort hineinsah, hätte sie fast gewürgt. Mindestens ein guter Liter von Milnes Blut war in dem Eimer. Doch der Tropfenregler des Katheters war geschlossen. Jemand wollte sie verbluten lassen, hatte diesen Prozess jedoch aus irgendeinem Grund unterbrochen. Als sie noch einmal hinschaute, sah sie, dass Drähte an Milnes Fingerspitzen festgeklebt waren. Sie führten zu einem Transformator, der eigentlich die Maschine mit Strom versorgte, die während der Operationen die Augen der Patienten spülte. Da begriff Eva. Jemand war gerade dabei, Milne zu foltern.

Die Frau gab abermals einen Laut von sich. »Bitte«, keuchte sie, die Lippen wegen des Flüssigkeitsmangels aufgesprungen und die Stimme rau, »ich hab doch gesagt, wo sie sind. Bitte lassen Sie mich gehen.«

Eva berührte das Pflaster an ihrem Hals. »Nicola, ich bin's, DI Harris«, sagte sie. »Es sind noch mehr Polizisten unterwegs; in ein paar Minuten sind sie hier.« Die Kanüle des Katheters steckte tief in der Halsschlagader. Wenn sie sie herauszog, würde die Einstichwunde heftig bluten. Auf dem Instrumententisch fand sie eine Pflasterrolle. Sie riss ein mehrere Zentimeter langes Stück ab, löste das Pflaster von Milnes Hals ab und zog die Nadel heraus. Ein dünner Blutstrahl schoss heraus, doch Eva klebte das Pflaster über das kleine Loch und drückte fest darauf. Nach ein paar Augenblicken hatte sich die Wunde so weit geschlossen, dass sie loslassen konnte.

Sie löste den Pflasterstreifen von Milnes rechtem Auge. Wer immer das getan hatte, musste noch im Gebäude sein. Ihr war klar, dass sie Milne so schnell wie möglich aus diesem Stuhl herausholen musste. »Wer war das?«

»Ich weiß es nicht«, krächzte Milne. »Er hatte eine Maske auf. Er wollte die Kopien, die ich von den Patientenakten gemacht habe, von denen mit den fehlerhaften Linsen. Er löscht alles.« Milne gab einen zischenden Laut von sich, als Eva den Pflasterstreifen von ihrem linken Auge abzog. »Er hat mir Putzmittel ins Auge getropft«, schluchzte sie. »Dann hat er mit den Kabeln angefangen. Ich hatte ihm schon alles gesagt, aber er hat's trotzdem getan.«

Eva riss die Kabel von Milnes Fingern. Sie konnte

Verbrennungen sehen, wo der Strom die Haut versengt hatte. Die Kabelbinder gaben nicht nach. »Ich brauche ein Messer.«

»Schere«, keuchte Milne. »Bei den Verbandspäckchen.«

Eva zerschnitt die Kabelbinder und zog Milne von dem Stuhl, doch dabei kollabierte die Optometristin. Die Verstärkung sollte bald hier sein. *Herrgott noch mal*, fluchte Eva stumm, während sie versuchte, Milne zum Aufstehen zu bewegen, *beeilt euch*.

Ein Geräusch aus dem Flur hinter dem OP. Da kam jemand. Einer von Moresbys Männern? Sie ließ von ihrem Versuch ab, Milne hochzuheben, griff stattdessen nach der Schere und rannte zur Tür des Operationssaals. Die Schere wie ein Messer erhoben, stellte sie sich mit dem Rücken zur Wand daneben.

Sie würde ihm keine Chance geben. Wenn derjenige, der durch die Tür kam, kein Polizist war, würde sie ihm die Schere in den Hals rammen, ganz gleich, wer es war. Etwas anderes konnte sie sich nicht erlauben. Sie wartete, bereit zuzustoßen, und umklammerte die Schere so fest, dass ihre Finger schmerzten.

Eine andere Tür ging auf, eine, die im Schatten verborgen gewesen war. Eva fuhr herum und wollte mit der Schere zustoßen, doch der Taser traf sie voll ins Gesicht. Ein grelles, blendend helles Licht, als ihr Kopf gegen die Wand knallte. Dann nichts mehr.

29. Kapitel

Eva erwachte einige Zeit später. Sie hatte keine Ahnung, wie lange sie bewusstlos gewesen war. Es schien ihr, als läge sie auf der Seite, in Finsternis. Die Welt um sie herum schwebte beinahe, sie bewegte sich, schwankte auf eine Art und Weise, die ihr bekannt vorkam. Ab und zu erahnte sie einen roten Schimmer, der von irgendwo hinter ihr kam, und auch das schien vertraut. Sie brauchte eine Weile, um zu begreifen, doch nach etlichen Minuten wurde ihr klar, dass sie sich im Kofferraum eines Autos befand.

Sie konnte sich nicht bewegen. Gefesselt war sie anscheinend nicht, doch ihre Glieder fühlten sich an wie Blei. Einen Moment lang fragte sie sich, ob er ihr das Blut abgelassen hatte, so wie Milne. Doch dann dachte sie in gefühlter Zeitlupe daran zurück, wie sie kopfüber in dem umgekippten Auto gehangen hatte, an den Leichnam von Dominic Bradley neben ihr. Ein Teil von ihr staunte, dass sie so ruhig und unbeteiligt an solche Dinge denken konnte, doch dieser Teil schien vom Rest von ihr weit weg zu sein. Der Rest von ihr wollte einfach nur schlafen.

Es war nicht dasselbe. Nicht das Gefühl von Blut, das aus einer durchtrennten Arterie an ihrem Körper herunterrann, nicht das des Fallens, das die Hypovolämie ausgelöst hatte. Das hier war anders. Sie dachte eine Weile darüber nach, dann begriff sie. Der Dreckskerl hatte sie sediert.

Ihr Verstand trieb ziellos dahin. Nach einiger Zeit fiel sie abermals in traumlosen Schlaf.

Diesmal erwachte sie mit einem Ruck. Die Welt verwandelte sich binnen einer Handvoll Sekunden von Schwarz in Rot und dann in grelles, diffuses Weiß. Schweiß quoll in einem Schwall aus ihrer Haut. Ihr Herz raste, ein jähes, tachykardes Hämmern, das in ihren Ohren dröhnte und in einer Ader in ihrem Auge pulsierte. Die Brust tat ihr weh. Plötzlich war alles kalt und eng, als stürzte ihr Brustkorb in sich zusammen und zerquetschte ihre Lunge. Dann legten mit einem Mal alle ihre Regungen den Rückwärtsgang ein. Der Druck auf ihrer Lunge verschwand, und sie sog mit einem würgenden Japsen Luft ein wie ein ertrinkender Schwimmer, der die Oberfläche eines Sees durchbricht. Ihr Verstand drehte auf Hochtouren. Er hatte sie sediert, jetzt musste er die Wirkung des Sedativs mit einem Aufputschmittel aufgehoben haben.

Jäh war die Welt glasklar und scharf gezeichnet. Sie war in einem Raum, den sie noch nie gesehen hatte. Unwillkürlich suchte sie nach einem Adjektiv dafür. Der Raum sah *unfertig* aus. Nackter Betonboden, Putz an den Wänden, kein Lampenschirm um die Glühbirne, die in der Mitte der Zimmerdecke hing. Das hier würde mal eine Wohnung werden, das konnte sie sehen, vielleicht in ein paar Monaten, wenn die Maler mit ihrer Arbeit fertig waren. Jetzt jedoch war es noch keine. Sie befand sich nicht im Erdgeschoss. Da war ein Fenster. Sie konnte die Umrisse vertrauter Gebäude im Stadtzentrum von Kingston erkennen. Einer der Neubauten unten am Fluss, nahm sie an, eines von den teuren Bauprojekten am anderen Ufer, gegenüber von dort, wo ihre Wohnung gewesen war. Dritter, vielleicht vierter Stock. Ihr Verstand raste, die kombinierte Wirkung von Angst und dem Stimulans.

Sie saß aufrecht auf einem Stuhl, Handgelenke und Knöchel waren daran festgebunden. Schmerzen seitlich am Hals. Eva schaute nach unten. Ein durchsichtiger Plastikschlauch führte von ihrem Hals in einen billigen blauen Malereimer. Noch war kein Blut zu sehen, stellte sie fest, doch bald würde wohl welches drin sein. Sie wusste nicht, ob sie stumm zittern oder laut schreien sollte. Dann rauschte die Wirkung der Medikamente von Neuem durch sie hindurch, und alles, was sie empfinden konnte, war Wut.

Er kam wieder ins Zimmer, mit dem breitbeinigen Gang eines Mannes, der gerade Kokain geschnupft hatte. Natürlich maskiert. Dieselbe pechschwarze Sturmhaube mit der Radfahrerbrille, die sie in St Jude's Hill gesehen hatte. Sie wollte ihn umbringen. Mit fast schon langweiliger Berechenbarkeit war das Erste, was er tat, ihr mit der Faust ins Gesicht zu schlagen.

Ihr Kopf flog nach hinten. »Wow, voll der Superheld, jemanden schlagen, der gefesselt ist«, fauchte Eva. »Lass mich von diesem Stuhl runter, und wir machen einen fairen Kampf draus. Gib mir ein Messer, und ich schneide dir deine *Scheiß*kehle durch.« Sie merkte, wie der Speichel von ihren Lippen sprühte. Das war das Aufputschmittel, wurde ihr klar. Wahrscheinlich war sie genauso stoned wie er.

Er lachte hinter der Maske. »Daraus wird verständlicherweise nichts.« Seine Stimme wurde von der Sturmhaube gedämpft. Eine gebildete Stimme, aber noch konnte sie sie nicht identifizieren. Schwarzer Stoff verbarg ihre Identität. »Als Erstes will ich wissen, was genau hat die Polizei? Unterlagen aus der Slowakei? Haben Sie Akten von Pro-Optica? Was ist mit Isherwood? Hat jemand seinen Leichnam exhumiert?«

Er wusste nicht, dass Isherwood eingeäschert worden war, begriff Eva. »Wir haben noch was viel Besseres«, antwortete sie hämisch. »Wir haben Shapiro und Pearce in Schutzhaft genommen, wir haben Probeexemplare von den Linsen, wir haben Laskas Aussage, wir haben die Patientenakten von Milne, und die MHRA hat gerade das Prozedere in Gang gesetzt, um das Chatham Centre dichtzumachen.« Das stimmte zwar nicht alles so ganz, dachte sie im Stillen, doch dieser Drecksack hatte die Wahrheit nicht verdient. »Es wird nichts mehr übrig sein, was Kleinmann kaufen könnte.«

Einen Moment lang dachte sie, er würde noch einmal zuschlagen, doch stattdessen wandte er sich zum Fenster um und blickte hinaus. »Wir haben alles darangesetzt, damit dieser Deal klappt«, sagte er, zu sich selbst ebenso wie zu ihr. »Ich werde alles verlieren, Haus, Auto, Geldanlagen, alles. Nur weil irgend so ein abgefuckter Linsendesigner die Klappe nicht halten konnte.«

»Nein«, widersprach Eva.

Er fuhr zu ihr herum. »Was? Was wissen Sie denn davon?«

»So wie's aussieht mehr als Sie«, fuhr sie ihn an. Spucke

lief ihr übers Kinn. »Laska ist nicht Ihr Problem. Antonin Jelen ist Ihr Problem. Jelen hat die Kunstharztests gefälscht. Diese Scheiße hat Jelen verzapft, nicht Laska.«

»Es hätte geklappt!«, brüllte er. »Es hätte geklappt, verdammte Scheiße, wenn Laska nicht dazwischengefunkt hätte.«

Sie starrte in das Insektenrot, das seine Augen verbarg. »Dann wussten Sie also Bescheid über das Kunstharz.«

»So schlau war Jelen nun auch wieder nicht. Es war eine gute Idee, aber er hatte nicht das technische Know-how, um das durchzuziehen.«

Natürlich nicht, dachte Eva. Dazu brauchte man das nötige Können und die Kontakte und Kenntnis darüber, wie die Regulierungsbehörde funktionierte. Jelens Idee war aus Sicht all derer toll, die einen Riesenhaufen Kohle machen wollten, aber Jelen konnte das nicht allein durchziehen. Er brauchte mehr Expertise. Fachwissen, das aus dem Chatham Centre gekommen sein musste, und das bedeutete eine sehr kleine Anzahl Verdächtiger. Welcher von ihnen war es? Die Stimme gab ihr keinen Anhaltspunkt, doch er sprach mit einer Kadenz, die ihr vage bekannt vorkam. Sie ließ es darauf ankommen. »Die Sturmhaube sieht verdammt unbequem aus, Jeremy. Wieso nehmen Sie das Ding nicht ab?«

Einen Augenblick lang glotzte er sie an. Dann nahm er die Brille ab und zog sich die Sturmhaube vom Kopf. Jeremy Odie, der Geschäftsführer des Chatham Centre, fuhr sich mit der Hand durchs Haar und starrte sie finster an. »Wann haben Sie rausgekriegt, wer ich bin?«

»Sie waren schon immer auf meiner Shortlist. Nachdem wir das mit den Linsen rausgefunden hatten, wussten wir, dass es jemand sein musste, der mit dem Centre zu tun hat. So viele Optionen gab's da nicht, Jeremy. Ich hätte praktisch eine Münze werfen können, Sie oder Neal Garrick.«

»Weiß die Polizei Bescheid?«

»Scheiße, wofür halten Sie uns?«, tadelte Eva. »Wir reden tatsächlich ab und zu mal miteinander. Ein Whiteboard in der Einsatzzentrale ist von oben bis unten mit Fotos von Ihnen tapeziert.«

Odie fauchte zurück: »Sie denken, Sie sind so scheißclever? Schauen wir doch mal, für wie schlau Sie sich halten, wenn ich Ihr Blut in einen Eimer laufen lasse.«

»Freuen tue ich mich nicht gerade darauf«, gab sie zu und schaffte es, mit ruhiger, fester Stimme zu sprechen, obwohl sie innerlich vor Angst schlotterte. »Das heißt nämlich, dass ich nicht mehr miterlebe, wie ein Sondereinsatzkommando Ihnen das Hirn aus dem Schädel bläst.« Sie sah den Ausdruck, der bei diesen Worten über sein Gesicht huschte. »Ach, Jeremy, Sie glauben doch nicht im Ernst, dass Sie lebend aus dieser Nummer rauskommen? Als Serienmörder und Copkiller?« Sie merkte, wie die Empörung in ihr wuchs, und verspürte kein Bedürfnis, sie zu unterdrücken. »Will Moresby würde Ihnen das Genick brechen wie einen verschissenen Zweig, aber das braucht er gar nicht.« Ihre Stimme wurde lauter, wurde zu einem Brüllen. »Die Kollegen vom Sondereinsatzkommando werden zu sehen glauben, dass Sie versuchen, eine Waffe zu ziehen, auch wenn Sie gar keine dabeihaben. Haben Sie schon mal gesehen, was für eine Schweinerei ein Heckler-&-Koch-G36-Sturmgewehr aus einem menschlichen Körper macht? Die schießen Sie in Fetzen, Jeremy!«, schrie sie ihn an. »Sie werden draufgehen, und das wird *scheißweh-tun*.«

»Mir ist doch gar nichts anderes übrig geblieben!«, brüllte er zurück.

»Das ist mir *scheißegal!*«, schrie Eva. »Machen Sie mich von diesem *Scheißstuhl* los!«

Er tigerte durchs Zimmer. Machte kehrt. Griff sich ins Haar. Dann fuhr er zu ihr herum. »Was kriege ich dafür, wenn ich das tue?«, brüllte er.

»Sie kriegen die Birne nicht weggepustet. Sie kriegen, dass Sie nicht sterben, und vielleicht landet Ihre Familie auch nicht auf der Straße. Haben Sie Kinder? Die werden ins Heim gesteckt. Wie wird Ihre Frau mit Ihren Gläubigern klarkommen? Was hat sie zu bieten, um sie bei Laune zu halten? Sie sollte lieber *scheißgut* im Schwanzlutschen sein.« Das war das Aufputschmittel, dachte sie, noch während sie schrie. Es musste das Aufputschmittel sein. Noch nie hatte sie solchen Hass gekannt wie jetzt den auf Jeremy Odie, redete sie sich ein, doch schon während sie diesen Gedanken formulierte, wusste sie, dass das nicht wahr war.

Er tigerte weiter auf und ab. »Sie Miststück!«, keifte er.

Eva lachte. »Aus Ihrem Mund hat das keinerlei Bedeutung, nicht wahr? Machen Sie mich von diesem Stuhl los.«

»Ich könnte mich stellen«, bellte Odie.

Er wusste, dass er nicht gewinnen konnte. Ihm musste klar sein, dass es vorbei war. Odie war bei dem Versuch gescheitert, die Akten zu löschen, die Milne beiseitegeschafft hatte, und Laskas Aussage würde alles zunichtemachen. Ein mitleidsloser Mörder, aber kein Psychopath, sagte sie sich; konnte sie das benutzen, um ihr eigenes Leben zu retten?

»Das kommt darauf an. Wie geht es Nicola Milne?«

Einen Moment lang machte er ein verdutztes Gesicht. »Woher soll ich das wissen? Sie haben sie doch zuletzt gesehen. Ich habe Sie sagen hören, dass Sie Verstärkung angefordert hätten, also habe ich Sie in den Kofferraum verfrachtet und gemacht, dass ich wegkam.«

Diese Neuigkeit flutete über sie hinweg wie kühles Wasser. Milne war also noch am Leben. »Das ist gut, Jeremy.« Sie zwang sich, wieder ganz ruhig zu klingen, auch wenn sie beim Sprechen keuchte. »Das ist ein Pluspunkt. Was haben Sie sonst noch anzubieten?«

»Chatham.« Er hielt inne, hielt sich mit beiden Händen den Kopf, ging wieder auf und ab. Eva sagte nichts. Sie hüllte sich in Schweigen wie in einen Mantel und wartete darauf, dass er das entstandene Vakuum füllte. »Chatham glaubt, er hat eine Methode, um die Linsen zu entfernen, bevor sie Schaden anrichten. Er denkt, er kann dieselbe Maschine benutzen, um sie zu ersetzen.«

Sie erinnerte sich an den Roboter, der die Linse vor ihren Augen in ein menschliches Auge eingeführt hatte. »Dann hat Chatham also alles gewusst?«

»Am Anfang nicht«, antwortete Odie. Er hockte sich hin, als wäre er völlig erschöpft. »Keiner von uns hat alles gewusst, nicht einmal Jelen. Es hat eine Weile gedauert, bis wir es kapiert haben. Da waren die ersten Linsen schon implantiert, und Kleinmann hatte ernsthaftes Interesse geäußert.« Starr sah er ihr in die Augen. »Es geht um mehr Geld, als Sie glauben. Kleinmann wird den Kaufpreis verdoppeln, wenn wir in den ersten beiden Jahren unsere Ziele erreichen. Ich hätte fast zweihundert Millionen Dollar eingestrichen. Was würden Sie dafür tun?«

Fast konnte sie sehen, wie er den Weg zurückblickte, den er gegangen war, vom überschwänglichen Geschäftsführer, vermutlich ein klein wenig kokainsüchtig, zum Serienkiller und Folterer. Das sagte ihr sein Blick. *Scheiße, wie ist das alles passiert?*, fragte Jeremy Odie sich gerade.

»Sie müssen mich losmachen«, sagte Eva mit leiserer Stimme. »Das muss aufhören. Gut wird es nicht ausgehen, Jeremy, aber wenigstens kommen Sie lebend aus dem Ganzen raus. Wenigstens geht Ihre Familie nicht kaputt. Das ist Ihnen doch wichtig, oder? Das ist doch immer noch etwas, woran Sie sich festhalten können?«

Er sackte in sich zusammen. Seine Schultern sanken herab, als wäre die Schwerkraft plötzlich zu viel für ihn geworden. Jeremy Odie nickte mit hängendem Kopf. Dann holte er ein Skalpell aus seinem Rucksack, vielleicht dasselbe Skalpell, das er dazu benutzt hatte, Irina Stepanow die Augen herauszuschneiden.

»Wir sollten das hier richtig machen«, meinte Eva. »Verstehen Sie?«

Er verstand nicht gleich, doch dann nickte er abermals.

»Jeremy Odie«, sagte Eva, so entschlossen sie konnte, »ich verhafte Sie wegen der Morde an Irina Stepanow, Jodie

Swain, Paul Markham und Katarzyna Liege. Sie haben das Recht zu schweigen«, fuhr sie fort.

Dann ging das Licht aus.

Scheiße, was ist denn jetzt los? Odie hatte den Lichtschalter doch nicht angerührt. Sie hatte ihn doch eben noch auf sich zukommen sehen, mit dem Skalpell in der Hand, und sie war sicher gewesen, dass er die Kabelbinder durchschneiden wollte und nicht ihre Kehle. Also, was zum Teufel war passiert? War die Sicherung rausgeflogen? Dann hörte sie ein jähes Krachen, als würde eine Tür eingetreten. Jemand kam im Finstern ins Zimmer gestürmt.

Den Bruchteil einer Sekunde lang dachte sie, es könnte die Verstärkung sein, die bewaffneten Polizisten, mit denen sie Odie gedroht hatte. Dann brüllte jemand auf, ein Schrei wie ein Karate-Kiai. Kein Schmerzens- oder Angstschrei. Ein Angriffsschrei.

Odie schrie ebenfalls. In der Dunkelheit sah sie die blauweißen Funken des Tasers, als er damit nach dem Eindringling stieß. Noch mehr Gebrüll. Zwei Gestalten rangen im Dunkeln. Das Geräusch von auf gut Glück treffenden Fäusten, von Leibern, die gegeneinander- und gegen die Wand prallten. Sie taumelten an ihr vorbei. Eva bog sich von ihnen weg, so weit ihre Fesseln es erlaubten; sie hatte Angst, dass sie ihr den Katheter aus dem Hals reißen könnten. Sie hörte, wie jemand einen Treffer landete. Ein fauchendes Grollen, nicht von Odie. Noch ein Geräusch. Ein dumpfer Laut, gefolgt von einem plötzlichen Ausatmen. Dann der Aufprall eines zu Boden stürzenden Körpers.

Eine einsame Gestalt stolperte durch das Dunkel. Sie

hörte den am Boden Liegenden stöhnen. Er klang wie Odie. Die Gestalt, die noch auf den Beinen war, verließ das Zimmer. Nach ein paar Sekunden ging das Licht wieder an. Sie hatte recht gehabt. Jeremy Odie lag zusammengekrümmt auf dem Boden. Jemand stieß die Tür auf und sprang fast zurück ins Zimmer. Beinahe hätte sie vor Schreck aufgeschrien.

Mathew Harred.

Einen Moment lang stand Harred da und starrte auf Odie hinab. Er hielt etwas in der rechten Hand. Als Eva sah, was es war, schrie sie schließlich doch. Ein Hammer, schwarz, der Kopf mit Gummi überzogen. Die Waffe, mit der Nicholson und Yu getötet worden waren. Auf ihren Schrei hin sprang Harred vor und ließ den Hammer auf Odies linken Knöchel niedersausen. Auch der schrie auf, als der Knochen brach. Er wand sich und versuchte davonzukriechen, doch Harred schlug wieder und wieder zu und knurrte dabei wie ein tollwütiges Tier.

Zuerst drosch er auf Odies Beine ein, brach ihm bestimmt jeden einzelnen Knochen. Eva versuchte wegzuschauen, doch sie konnte den Kopf nicht drehen. Harred zerschmetterte Odies Rippen. Odies Augen quollen hervor, blutiger Schaum drang zwischen seinen Lippen heraus. Harred gab ein Geräusch von sich, das wie ein Lachen klang, dann ließ er den Hammer auf Odies Schädel niederkrachen. Fünf, sechs, sieben Mal. Bei jedem Schlag hörte sie Knochen brechen. Wieder brüllte Harred auf. Schlug noch einmal zu. Odies Schädel implodierte beinahe.

Mit weit aufgerissenen Augen, die Pupillen winzige Punkte, stand er über Odie. Eva bekam keine Luft. In ihrer Kehle rasselte es, als sie einzuatmen versuchte. Harred stieg über Odies Leichnam hinweg und kam auf sie zu.

Doch als er sie erreichte, blieb er stehen und ließ den Hammer zu Boden fallen. Dann drehte er sich um und lehnte sich an die Wand, die Hände in den Taschen seiner Jeans. Er trug dasselbe grüne T-Shirt wie neulich. Jetzt schaute er auf Odies Leiche hinab, als wäre sie eine seltene Kuriosität.

»Ich bin Ihnen gefolgt«, sagte er kurz darauf fast im Plauderton. Sie konnte nicht fassen, wie vollkommen sich sein Auftreten verändert hatte. Eben noch brüllend wie ein Dämon aus den Tiefen der Hölle, während er Odies Gehirn zu Brei schlug, und gleich darauf ruhig, entspannt, fast schon gesprächig.

Eva verschluckte sich, als sie zu sprechen versuchte, doch es gelang ihr, eine Frage zu stammeln. »Warum haben Sie ihn umgebracht?«

Harred zuckte die Achseln. »Warum nicht? Sie waren doch hinter ihm her, stimmt's? Er war's. Ich hab doch gehört, wie er's gesagt hat, also, jedenfalls sinngemäß. Er hat Sie bei der Klinik in seinen Kofferraum geschmissen. Da hätte ich ihn schon umbringen können, aber ich wollte hören, was er zu sagen hat.« Er sah sie an. »Und was Sie zu sagen haben. Sie haben ihn überführt, nicht wahr? Sie waren gerade dabei, ihn zu verhaften. Er wollte sich stellen, aber wo ist denn da die Gerechtigkeit? Nein«, Harred schüttelte abfällig den Kopf, »so ist es besser. Natürliche

Gerechtigkeit.« Er lachte. Kicherte fast. »Auge um Auge. Na ja, so ähnlich.«

Sie starrte ihn an, wagte nicht einmal zu blinzeln. Ein totaler Psychopath. War es am Ende die ganze Zeit Harred gewesen? Sie hatte geglaubt, dass sie verfolgt wurde, dass jemand sie beobachtete, doch sie war davon ausgegangen, dass es jemand war, der für Semjon Razins Maulwurf arbeitete. War es Harred gewesen? Sie wagte nicht, ihn zu fragen. »Sie sind mir hierher gefolgt?«

»Von der Kirche«, bestätigte er. »Von New Thought. Haben Sie das Fresko gesehen? Wie finden Sie es?«

Die fast schon kindliche Erregung in seiner Stimme drehte ihr den Magen um. Galle brannte ihr hinten im Rachen, während sie sich bemühte, Odies zerschmetterten Leichnam nicht anzusehen. Sie zwang sich, ihm zu antworten, weil ihr Leben davon abhing, dass sie ihm Beifall zollte. »Es ist unglaublich. So etwas habe ich noch nie gesehen.« Sie sah Schatten über seine Züge huschen, den Ausdruck der Enttäuschung und der Missbilligung, und da wusste sie, was er erwartet hatte. »In diesem Leben«, ergänzte sie rasch.

Seine Miene wandelte sich. »Ist es so?«

Sie tat ihr Bestes, ihn anzulügen. »Meine Erinnerung ist unvollständig«, stotterte sie. »Aber ich glaube, so soll es auch sein.« Er schien ihr nicht zu glauben; sie musste etwas finden, um ihn zu überzeugen. »Wissen Sie, was eine nackte Singularität ist?«

Plötzlich wirkte Harred wieder freudig erregt. »Natürlich«, beteuerte er und nickte enthusiastisch. »Das wäre, als ob man auf die Oberfläche eines Schwarzen Lochs blickt, in dieser Lebenswelt eine logische Unmöglichkeit. Kein Wunder, dass Ihre Erinnerung nicht klar ist.«

Scheiße, was redete er da? Irgendwelchen pseudowissenschaftlichen Schwachsinn, irgendwelches Psychogeschwätz, das es rechtfertigte, Frauen zu töten und ihnen die Augen zu zerschneiden? Was würde er mit ihr machen?

»Dieser Stuhl ist unbequem«, sagte sie so nonchalant sie konnte. Innerlich zitterte sie wie Espenlaub.

Harred runzelte die Stirn. »Ich glaube nicht, dass ich Sie laufen lassen sollte, jetzt noch nicht. Ich meine, Sie sind doch die Zerstörerin. Wer weiß, was Sie anstellen würden.«

Was in Gottes Namen meinte er? Das hier war wie ein psychotisches Verkleidungsspiel, dachte Eva, ein irres Rollenspiel. »Wenn ich die Zerstörerin bin, was sind dann Sie?«

»Der Reisende«, antwortete er sofort. »Ich bin nur für einige Zeit hier, bald ziehe ich weiter.« Das passte zumindest zu dem, was sie über seinen Hintergrund wusste. Ein wandernder Künstler auf der Suche nach Aufträgen. Ihr war klar, dass er noch etwas anderes meinte.

»Und auch ein Beobachter«, sagte Eva mit zusammengebissenen Zähnen. »Ein Zuschauer, der dokumentiert, was er sieht.«

Harred machte tatsächlich eine kleine Verbeugung. »Eine Hand kann ich losmachen«, verkündete er nach einem Moment des Schweigens. Er hob das Skalpell vom Boden auf, das Odie hatte fallen lassen, und durchtrennte die Fessel an ihrem linken Handgelenk.

Als die Hand frei war, griff Eva sofort an die Kanüle in ihrem Hals.

Er ging wieder zur Wand. »Wissen Sie, wir sind hier noch nicht fertig«, erklärte er ihr, während er sich entspannt zurücklehnte, fast so, als warte er auf einen Bus, die Hände abermals in den Taschen. »Es gibt da noch mehr, was ich verstehen muss.« Er lächelte sie fragend an. »Wer ist der Mann, mit dem Sie sich auf dem Bahnhof treffen?«

Alastair Hadley, dachte Eva. So lange hatte Harred sie also schon beobachtet. »Er ist die Inkarnation des Teufels«, antwortete sie, benutzte Worte, von denen sie glaubte, dass sie zu ihm durchdringen würden. »Er ist das Ungeheuer, das meine Träume heimsucht. Er hat mir großes Unrecht angetan. Ich werde ihn erledigen, aber das weiß er noch nicht.«

Harred grinste mit gebleckten Zähnen. »Ich könnte ihn für Sie töten.«

»Unterstehen Sie sich!«, fauchte Eva, ohne zu überlegen. »Er gehört mir. Ich erledige ihn auf meine Art.«

Er lachte. »Ist Ihre Art besser als das da?« Er zeigte auf Odies Leichnam.

Sie zwang sich, nicht hinzuschauen. »Das hat doch nur einen Moment gedauert.«

»Ah, vielleicht sind Sie ja wirklich die Zerstörerin«, meinte Harred nachdenklich. Er löste sich von der Wand, trat zu Odie und schaute auf ihn hinab. »Ich dachte, er ahmt mich nach.«

Eva warf einen kurzen Blick auf Odie, bereute es jedoch sofort. Blut rann ihm aus Augen und Ohren.

»Vielleicht habe ich mich ja geirrt.«

»Sie haben die anderen Frauen umgebracht.« Sie formulierte den Satz nicht als Frage.

»Ich habe sie freigelassen. So viel müssen Sie doch wissen. Sie aus dieser öden Daseinsebene befreit. Ich hab's nicht getan, weil ich sie verachtet habe, ich hab's getan, weil sie mir wichtig waren. Jetzt sind sie frei. Sie haben sie doch in dem Fresko gesehen.«

Anscheinend wollte er reden. Eva sagte sich, dass es ihre Pflicht war, ihn reden zu lassen. »Und warum die Augen?«

Mit einer Geste deutete Harred auf Odie. »Ich meine, sehen Sie sich den doch an. Wenn die Seele ihre Hülle verlässt, ist das, was zurückbleibt, so dermaßen banal. Die Augen sind das Faszinierendste, Einzigartigste an uns. Aber ist die Seele erst einmal entflohen, werden sie zu Spottbildern ihrer selbst, starre, armselige Erinnerungen an den Geist, der zu einer höheren Ebene aufgestiegen ist. Ich habe sie wertgeschätzt, wie hätte ich sie also von einem solchen Makel besudelt zurücklassen können?«

»Aber Sie haben damit aufgehört. Vor vier Jahren.«

Er zog die Schultern hoch. »Was sollte ich machen? Ich hätte zu gern noch mehr befreit, aber damals ist es mit dem Werk so richtig losgegangen, und mir war klar, dass ich das nicht aufs Spiel setzen durfte. Es ist so wichtig. Aber das verstehen Sie ja, nicht wahr?«

Ihr kam ein Verdacht. »War Kelly Gibson die Erste, die Sie befreit haben?«

Harred lächelte. »Das ist eine Frage für einen anderen Tag.«

Dieses Lächeln schien anders zu sein, grausamer und weniger nachsichtig. Rasch sprach Eva weiter. »Aber Sie haben Alicia Khan befreit.«

»Er hat mich dazu gebracht.« Wieder deutete Harred auf Odie. »Er hat mir keine Wahl gelassen. Ich habe gesehen, was er getan hat, und es kam mir einfach nicht richtig vor. Er hatte eindeutig nicht verstanden. Ich hatte das Gefühl, es wäre meine Pflicht zu reagieren, ihm das korrekte Vorgehen zu zeigen, zu demonstrieren, wie man es richtig macht. Aber dann ist mir klar geworden, ich war so kurz davor, fertig zu werden, dass ich mein Werk nicht riskieren durfte. Als Sie zu mir gekommen sind, da habe ich gedacht, das wäre ein Zeichen, dass gerade Sie verstehen würden, aber dann wurde klar, dass Sie Ihre eigenen Schlachten zu schlagen haben. Der Autounfall, der Pub und dann das Feuer. Sie zu beobachten war der Wahnsinn. Ich weiß, Sie haben immer noch Geheimnisse, an die ich noch nicht rangekommen bin.«

»Nur eines«, flüsterte Eva.

»Aber das ist das am besten gehütete von allen, stimmt's? Ich würd's ja zu gern wissen. Ich bin fasziniert von Ihnen, Zerstörerin. Ich will wissen, was Sie zu dem gemacht hat, was Sie sind.«

»Mir geht es mit Ihnen genauso«, antwortete sie. Ihre Stimme klang ganz anders als seine.

»Ich weiß, Sie werden's mir nicht sagen«, lachte Harred, »nicht ohne einen Anreiz.« Er trat vor sie hin. »Wissen Sie noch, was Sie über ihn gesagt haben? Dass er jedes Detail genau durchdacht hätte? Das habe ich auch getan. Ich will wissen, was Sie da so tief in Ihrem Kopf verwahren, was das letzte Geheimnis ist. Also habe ich mir ein Rätsel für Sie ausgedacht. Es ist ganz einfach: Was wird Sie dazu bringen, es mir zu sagen? Was wird Sie dazu bringen, freiwillig zu mir zu kommen und mir zu geben, was ich will?« Wieder hob er das Skalpell auf. Einen Moment lang dachte sie, er würde sie damit schneiden, doch stattdessen warf er es ihr vor die Füße. »Ich warte auf Sie, wenn Sie's kapiert haben«, sagte er und grinste von einem Ohr zum anderen. *»Jusqu'à plus tard, ma chien Andalou.«*

Damit kehrte Harred ihr den Rücken zu und verließ beinahe schlendernd die Wohnung.

30. Kapitel

Eine Zeit lang konnte sie sich nicht rühren. Sie zitterte. Das Aufputschmittel, das Odie ihr gespritzt hatte, und der Anblick, wie Harred ihn zu Tode geprügelt hatte, beides machte es ihr unmöglich, klar zu denken. Wie sie es geschafft hatte, ein Gespräch mit Harred zu führen, war für sie kaum verständlich. Selbst jetzt entging ihr die Ironie nicht, die darin lag: Nackte Angst hatte sie mutig gemacht.

Sie würgte, hustete Galle hoch und spuckte aus. Nach einiger Zeit wurde ihr Kopf klarer. Sie war nicht tot. Warum?

Das Skalpell lag zwischen ihren Füßen. Sie konnte es nicht erreichen, nicht ganz. Ein paar Minuten lang saß sie ganz still, und ihr Atem ging in kurzen, keuchenden Stößen, dann wurde Eva klar, dass sie handeln musste. Harred führte noch etwas im Schilde. Sie musste wissen, was.

Aber wie? Wie verdammt noch mal kam sie an dieses *Scheißskalpell* heran, das Harred ihr vor die Füße geworfen hatte? Noch so ein dämlicher Test, den sich ein Psychopath ausgedacht hatte. Sie musste besser sein als er. Klüger als er war sie doch wohl bestimmt?

Eva schaukelte den Stuhl hin und her. Kippelte und drehte, kippte ihn von einer Seite zur anderen. Sie stellte sich vor, wie Harred sie beobachtete und über ihre Anstrengungen lachte, doch ihr Instinkt sagte ihr, dass er nicht mehr in der Nähe war. Die ganze Zeit über war er ihr gefolgt. Wieso zum Teufel hatte sie das nicht gemerkt?

Schließlich kippte sie den Stuhl auf die Seite. Der Aufprall auf dem Boden trieb ihr die Luft aus der Lunge, doch jetzt war das Skalpell in Reichweite der Hand, die er losgeschnitten hatte. Sie fasste es ungeschickt, doch es gelang ihr, die Fessel an ihrem rechten Handgelenk zu durchtrennen. Dann befreite sie ihre Knöchel und versuchte dabei die ganze Zeit, nicht in Jeremy Odies blicklose Augen zu starren.

Der Katheter kam zuletzt. Sie wusste, dass es bluten würde, doch Odie hatte Pflaster mitgebracht, und so, wie sie es bei Nicola Milne gemacht hatte, hatte es ja funktioniert. Ein paar Minuten später stand sie mit dem Rücken zu Odie in der Mitte des Zimmers und schaute aus dem Fenster auf die Lichter der Stadt.

Was in Gottes Namen hatte Mathew Harred gemeint?

Das Gebäude stand leer, wie sie gedacht hatte. Das unfertige Apartment war das einzige, in dem Licht brannte, die Fahrstühle waren noch nicht eingebaut worden, und die Treppe hatte noch kein Geländer. Eine Hand an einer rauen Betonwand, tastete sie sich hinunter. Warum hatte Odie sich diese Wohnung ausgesucht? Doch als sie unten ankam, wurde ihr klar, dass sie falsch gedacht hatte. Ein auf einem Gerüst montierter Lastenaufzug stand an der Seite des Gebäudes: Damit musste Odie sie dort hinaufgeschafft haben.

Vor dem Wohnhaus stand ein Auto. Eva dachte, dass es eins der drei sein könnte, die sie vor dem Chatham Centre gesehen hatte, jetzt jedoch konnte sie das nicht mit Sicherheit sagen. Telefonieren konnte sie nicht; Odie hatte bestimmt ihr Handy weggeschmissen, damit man ihn damit nicht orten konnte. Sie stand mitten auf einer Baustelle, ungefähr einen Kilometer von der Kingston Bridge entfernt. Das Baustellentor war nicht abgeschlossen. Ein klarer Verstoß gegen die Arbeitsschutzbestimmungen, doch sie verspürte keinerlei Lust, sich darüber zu beschweren. Von Harred war nichts zu sehen.

Was hatte er gemeint? Die Unsicherheit nagte an ihr. Sie trabte los, hielt auf die Brücke zu. Das Fresko, die Verstümmelungen, das alles war Teil von Harreds verschrobener innerer Logik. Sie konnte nicht hoffen, das wirklich zu verstehen, aber wenigstens konnte sie eine gewisse Konsistenz darin erkennen. Das hier jedoch – was würde er als Nächstes tun, was war das für ein Rätsel, von dem er gesprochen hatte? Als sie noch einmal darüber nachdachte, wurde es ihr sonnenklar. Dies hier war der Test. Das Rätsel war das Rätsel. Genau wie sein unendlicher Tunnel war es eine schmerzhaft rekursive Frage, die sich selbst stellte. *Fuck,* dachte Eva, während sie auf die Brücke zuhastete. Was hatte sie denn von einem Wahnsinnigen anderes erwartet?

Als sie den Kreisverkehr am Fuß der Brücke erreichte, hatte sie endlich Glück. Ein Polizeiwagen hatte an einem Zebrastreifen kurz angehalten. Eva rannte geradewegs darauf zu. Der Officer auf dem Beifahrersitz erkannte sie, stieß die Tür auf und sprang aus dem Auto.

»Das halbe Revier sucht nach Ihnen«, sagte er, als sie bei

ihm ankam. Einer von Moresbys Männern. Sie riss die hintere Tür auf und stieg ein.

»Bringen Sie mich hin, bitte«, sagte sie zu dem Fahrer. »Und bitte schnell.« Das Blaulicht ging an, sobald sie ihren Sicherheitsgurt angelegt hatte, und sie rasten los. »Gibt's etwas Neues von Nicola Milne?«, fragte sie den Beifahrer.

»Die Frau aus der Klinik? Die ist in der Notaufnahme. Sie wird es schaffen, glauben sie. Wo ist der Typ, der Sie verschleppt hat?«

Sie berichtete von der Baustelle. »Er ist tot«, fügte sie hinzu. Der Beifahrer fuhr herum und starrte sie an. »Damit hatte ich nichts zu tun«, beteuerte sie.

Nur wenige Minuten später hielt der Wagen vor dem Revier. Sutton und Moresby standen am Eingang und warteten auf sie.

»Ich bin okay, Ma'am«, sagte Eva, als Sutton nach dem Pflaster an ihrem Hals fragte. »Können wir bitte alle, die greifbar sind, in die Einsatzzentrale rufen?«

Zehn Minuten später drängten sich vierzig Polizisten in dem Raum, in Uniform und in Zivil. Raj und Newton flankierten sie wie Leibwächter. »Wo ist Becks?«, wollte Eva wissen.

»Immer noch in Virginia Water«, antwortete Raj.

Eva wollte mehr wissen, doch Sutton klatschte in die Hände und nickte ihr dann zu. Die Anwesenden verstummten. Eva trat vor die Whiteboards und drehte sich zu ihnen um.

»Jeremy Odie hat Stepanow, Swain, Markham und Liege ermordet«, verkündete sie. »Odie ist tot. Sein Leichnam liegt in einem Gebäude auf der anderen Seite des Flusses. Er wollte sich gerade stellen, als er von diesem Mann zu Tode geprügelt wurde« – sie zeigte auf das Bild von Harred ziemlich weit unten auf dem Whiteboard, an dem die Fotos der Verdächtigen der Morde von damals hingen –, »weil Mathew Harred sein Stil nicht zusagte. Harred hat Alicia Khan, Berta Nicholson und Lily Yu umgebracht.« Sie sah die anderen unverwandt an, um sicher zu sein, dass sie begriffen. »Und vor vier Jahren Kelly Gibson, Olivia Russell und Grace Lloyd ermordet, aus Gründen, die zu verstehen ganz ehrlich jedem normalen Menschen schwerfallen würde. Harred ist psychotisch, nach seiner Sichtweise hat er ihnen etwas Gutes getan.«

Sutton brach das Schweigen. »Wo ist Harred jetzt, DI Harris?«

»Das ist das Problem, Ma'am, ich weiß es nicht. Harred hatte Gelegenheit, mich zu töten. Er hat beschlossen, es nicht zu tun.« Eva starrte in die Gesichter der Anwesenden. Sie musste ihnen den Rest erzählen; das war sie ihnen schuldig. Also holte sie tief Luft. »Das Ganze könnte zu etwas Persönlichem geworden sein. Harred hat mir eine Frage gestellt, ein Rätsel. Das soll ich lösen, hat er gesagt. Es gibt aber keinerlei Hinweise; er verrät nichts. Er hat nur gesagt, dass ein Rätsel existiert. Harred ist furchterregend«, gab sie zu, »weil er sowohl sehr klug als auch vollkommen geistesgestört ist. Ich glaube nicht, dass es bei dem, was er tun könnte, irgendwelche Grenzen gibt.«

Jamie Newton suchte sich genau diesen Moment aus, um den Raum zu verlassen. Sutton übernahm abermals das

Kommando. »Also Mathew Harred«, sagte sie und nahm Evas Bericht mit einem Kopfnicken zur Kenntnis. »Wir wollen, dass er gefunden wird. Ich brauche ja nicht zu sagen, dass das oberste Priorität hat, merken Sie sich einfach, dass es so ist. Das Team von DI Harris wird die Fahndung koordinieren. Fragen Sie sie, was Sie wollen, und dann gehen Sie da raus und schnappen sich Harred. Ich genehmige nötigenfalls Schusswaffengebrauch«, setzte sie hinzu und zeigte auf einen Officer in Uniform, der hinten im Raum stand. »Bitte setzen Sie sich mit Sergeant Moresby in Verbindung, und sorgen Sie dafür, dass Sondereinsatzkommandos als Verstärkung bereitstehen.« Der Mann nickte, und Sutton wandte sich an Eva. »Möchten Sie noch irgendetwas hinzufügen, DI Harris?«

Sie musste etwas sagen. Auch das war sie ihnen schuldig. »Nur dass Sie sich vorsehen sollen, Ma'am«, sagte sie und betrachtete abermals die versammelten Kollegen. »Mathew Harred ist der gefährlichste, unberechenbarste Mensch, dem ich jemals begegnet bin.«

Sutton nickte noch einmal. »Vergessen Sie das nicht«, wies sie die Versammelten an. »Und jetzt suchen wir Harred.«

Die Gruppe löste sich auf, die Leute wandten sich zum Gehen. Eva wollte gerade in ihrem Büro verschwinden, als jemand brüllte: »WARTET!«

Jamie Newton. »Alle wieder rein, sofort!«, schrie er. Sein Gesicht war grau. Eine Ader pulsierte in seinem Hals.

Sutton trat zu ihm. »Was ist los?«, verlangte sie zu wissen.

Er beachtete sie nicht. »Alle mal herhören«, forderte

Newton, noch immer mit lauter Stimme. »Hat jemand von euch in den letzten paar Stunden DS Rebecca Flynn gesehen oder mit ihr gesprochen?«

Sie brauchte Luft. Luft und einen Ort zum Nachdenken. Sutton hatte von Neuem das Kommando übernommen. Nicht dass Eva das geärgert hätte, denn die Sorge ihrer Vorgesetzten um Flynn war offenkundig und eindeutig. Doch die plötzliche hektische Aktivität, die im ganzen Revier ausgebrochen war, machte es ihr unmöglich, den Kopf frei zu kriegen. Und sie musste den Kopf frei haben, dachte Eva, während sie die Treppe zum Dach des Gebäudes hinaufstieg. Das war die einzige Möglichkeit, Harred zuvorzukommen.

Eva zog die Tür eines Notausgangs auf und trat auf das Dach hinaus. Jeder wusste, dass die paar Officers, die noch an richtigen Zigaretten festhielten, sich allen Vorschriften zum Trotz von Zeit zu Zeit nach hier oben verdrückten, um heimlich eine zu rauchen. Einige Beweise dafür lagen um den Notausgang herum verstreut, obwohl die meisten Raucher vorsichtig genug waren, die verräterischen Reste vom Dach zu schnippen. Einen perversen Moment lang wünschte sie sich, sie würde auch rauchen. Oder könnte irgendeiner anderen hirnlosen körperlichen Aktivität frönen, die als Ablenkung diente, während sie ihre Gedanken mühsam auf die Reihe brachte. Doch das ging nicht. Alles, was Eva tun konnte, war, die Hände in die Manteltaschen zu stopfen und die Lichter der Flugzeuge anzustarren, die darauf warteten, in Heathrow zu landen.

Jetzt erschien ihr Harreds Rätsel verdammt eindeutig. *Er ist verrückt,* sagte Eva sich, während sie den Lichtern am Himmel zusah. *Erwarte kein Verhalten von ihm, das auch nur annähernd rational ist.* Und genau darin lag das Problem. Harred war vollkommen wahnsinnig. Das hieß, er könnte alles Mögliche tun.

Sie fand eine niedrige Mauer und setzte sich, lehnte sich an die Hauswand und zog die Füße auf das Mäuerchen. Klappte den Kragen hoch, schlang den Mantel fest um sich und schloss ganz kurz die Augen, zwang sich zum Nachdenken. Unten im Revier rannten mit den allerbesten Absichten Cops wie kopflose Hühner herum. Rebecca Flynn, eine von ihnen, jemand, der ihnen wirklich wichtig war. Eine Nervensäge vor dem Herrn, aber unbestreitbar eine gute Polizistin und im ganzen Revier beliebt. An einem schlechten Tag war Flynn ungefähr so charmant wie Sandpapier. Genau wie Moresby konnte Eva sich keinen anderen Officer vorstellen, den sie lieber an ihrer Seite gehabt hätte.

Mathew Harred: Er mochte ja verrückt sein, aber er war ein cleverer Drecksack. Und noch dazu begabt. Das Fresko war ein Meisterstück, das ließ sich nicht leugnen. Wie würden die Menschen reagieren, wenn ihnen klar wurde, dass es von einem Serienmörder gemalt worden war? Dass er Porträts seiner Opfer dort eingebaut hatte? Sie würden hin- und hergerissen sein, dachte sie, als sie den Blick auf die Straße unter ihr richtete. Das Problem war, es waren ausnehmend gute Porträts, Bilder von der Art, wie sie sich trauernde Angehörige vielleicht wünschen würden. Und doch hatte Harred mit diesem einen Detail bewiesen, wie berechnend er war.

Ein charismatischer Psychopath, doch selbst diese klassische Definition konnte ihn nicht umfassend beschreiben. Wäre er das gewesen, dann hätten auch die Begriffe »aalglatt« und »oberflächlich« für ihn gegolten, doch Harred war alles andere als oberflächlich. Er war ein wahrer Gläubiger mit einer einzigartigen Vision und hatte ein komplettes eigenes Universum erschaffen, ein Universum, das fast siebzig Meter lang und über zwanzig Meter hoch war. Gott allein wusste, für wie viele Mega-Parsec tief er es hielt. Harreds Bild vom Jenseits, der Harred-Kult, Harred als Moses, der seine Jünger ins Gelobte Land führte – ein Land, das ihren Tod erforderte, bevor sie es betreten konnten. *Fuck*, dachte Eva. *Wie soll ich dagegen ankommen?*

»Zuerst einmal, indem du stirbst«, erklärte ihr die Stimme in ihrem Kopf, »oder jedenfalls vermeintlich.« Als sie in ihrem Innern nach der Wahrheit suchte, war ihr klar, dass der achtminütige Herzstillstand, den sie durchgemacht hatte, nicht anders war als jede andere extreme Verletzung. Ihr Herz hatte ausgesetzt, doch eiskaltes Wasser hatte ihren Schädel gekühlt, sodass ihr Gehirn vor dem Schaden bewahrt worden war, der normalerweise mit Sauerstoffmangel einhergeht, während Donna, die durchgeknallte Rettungshelferin, ihr Flüssigkeit infundiert und dem stehen gebliebenen Organ Starthilfe geleistet hatte. Ein ungewöhnlicher Fall, sicher, aber nicht einzigartig; allerdings musste sie Harred deswegen vorkommen wie der einzige Mensch auf Erden, der seine Theorien wirklich und wahrhaftig bestätigen konnte. Was für ein Zufall, dass sie in seine Kirche gekommen war und vor seinem Fresko gestanden hatte. Ein zu großer Zufall für einen hochfunktionalen Soziopathen wie Mathew Harred.

Was wollte Harred also? Eva glitt von der Mauer, trat an den Rand des Dachs und blickte hinab. Hatte er Rebecca Flynn entführt? Die Chance, dass er es nicht getan haben könnte, schien winzig klein zu sein, dachte sie, während sie eine Handvoll Autos auf der Straße beobachtete. Trieb er bloß ein Spiel mit ihr? Noch während ihr die Idee durch den Kopf ging, verwarf sie sie. Harred war anders. Er war auf etwas anderes aus. Nicht auf Sex, den hätten Berta Nicholson und Lily Yu ihm geben können, den hatten sie ihm geben wollen. Auf Nicholsons Partys hätte er ein Dutzend Frauen auf einmal haben können, hätte vögeln können bis zur Erschöpfung, doch er hatte es vorgezogen, das nicht zu tun. Keins seiner Opfer hatte Spuren von sexuellem Missbrauch aufgewiesen. Er wollte etwas anderes. Es ging um Ästhetik, nahm Eva an. Er musste wissen, dass sein Bild von der Unendlichkeit korrekt war. Ein Messias-Komplex eines Ein-Mann-Kults.

Sie versuchte, sich den nächsten Schritt vorzustellen. Sicher, es war reine Spekulation, doch was konnte sie sonst tun? Er hatte sie auf ein Podest gestellt, ihr eine Rolle in seinem erfundenen Universum zugewiesen. Jetzt wollte er sehen, ob sie dieser Rolle tatsächlich gerecht wurde. Warum? Wenn sie das Ganze so betrachtete, hatte sie das Gefühl, einen kurzen Blick auf seinen Verstand zu erhaschen. Harred war dabei, eine Feinabstimmung vorzunehmen, er sammelte Informationsbröckchen, die seinen Wahnsinn validierten. Mehr als alles andere wollte er vor der Unendlichkeit stehen und sagen können: »Ich habe recht.« Er wollte die Gedanken eines Gottes kennen, den er selbst erschaffen hatte, und war bereit, Rebecca Flynn als Mittel dazu zu benutzen. Eva brauchte Flynn. Harred wusste das. Um sie zurückzubekommen, würde sie ihm ein Stück von sich selbst geben müssen. Das würde sie auch tun, doch das war nicht genug. Sie musste wissen, dass Harred seinen Teil der Abmachung einhalten würde, wenn sie dieses Opfer gebracht hatte. Und dafür, dachte Eva und hörte, wie die Tür des Notausgangs sich abermals öffnete, hatte sie keinerlei Garantie.

Newton und Chakrabati traten zögernd aufs Dach. »Ma'am?«, fragte Jamie. »Wir dachten, Sie sind unten und versuchen rauszukriegen, wo Becks ist.«

Sie dachten, sie hätte sie hängen lassen. Das sah sie in ihren Gesichtern. Sie fragten sich, ob sie doch endlich unter der Belastung eingeknickt war. Den Zahn musste sie ihnen ziehen.

»Jamie«, antwortete Eva und wandte der Straße dort unten den Rücken zu, »ich weiß genau, wo Becks ist. *Das* ist wirklich nicht das Problem.«

31. Kapitel

Eva zählte zwanzig Autos in der unmittelbaren Umgebung von New Thought. Streifenwagen, schwarze Vans des Sondereinsatzkommandos, gepanzerte Einsatzwagen, Zivilfahrzeuge der Polizei. Sie alle waren langsam und leise vorgefahren. Keins von ihnen hatte das Blaulicht eingeschaltet.

Wo sonst könnte er Flynn hingebracht haben? Wo sonst auf dieser Welt, auf jeder Welt, würde Harred sein Endspiel durchziehen wollen? Vorausgesetzt, dass es das war, was er wollte, räumte sie innerlich ein. Vielleicht hatte er ja auch etwas anderes geplant. So oder so, Harred würde wollen, dass dieser spezielle Ausgang des Ganzen seinen Höhepunkt vor seinem Gemälde erreichte, vor seinem Lebenswerk. Es genügte nicht, dass sein Meisterstück vollendet war. Er musste jetzt damit ein grandioses Statement abgeben.

»Er weiß, dass wir kommen«, sagte sie zu Jamie und Raj. »Er hat alles geplant.«

»Sie erfüllen uns nicht gerade mit Zuversicht«, maulte Jamie.

Das tat sie wirklich nicht. Sie musste diese fatalistische Einstellung sofort abwürgen. »Entschuldigung. Hören Sie, Becks passiert nichts. Harred ist auf etwas anderes aus. Solange er bekommt, was er will, kommt sie heil aus dieser Nummer raus.«

»Und was ist das?«, wollte Raj wissen.

Eva log ihn an. »Ich bin mir nicht ganz sicher. Das ist das Nächste, was wir rausfinden müssen.«

Sie stand allein auf dem Parkplatz und blickte zu der Kirche, deren Umriss sich vor dem Nachthimmel abzeichnete. Ursprünglich normannisch, dachte sie, wie so viele alte Kirchen in der Grafschaft und im ganzen Land. Diese hier war irgendwann verfallen und wahrscheinlich säkularisiert worden. Die Versammlungsräume von New Thought, das blitzblanke Konstrukt aus Glas und Chrom, klebte an der Seite des Gebäudes wie das Nest eines metallischen Insekts. Das Hauptschiff, wo Harred sein Fresko erschaffen hatte, war unbeleuchtet. Zumindest sah es von außen so aus. *Es gibt nur zwei Möglichkeiten, hier rauszukommen,* dachte Eva, *zumindest für Harred. Entweder in Handschellen oder in einem Leichensack.*

Vielleicht würde er Widerstand gegen die Festnahme leisten; in diesem Fall würde das Sondereinsatzkommando ihn sofort erschießen. Vielleicht würde er sich auch das Leben nehmen, und seine erlöschenden Augen würden das Universum auf dem Gemälde anstarren, das er dann zu betreten hoffte.

Oder vielleicht hatte er sich ja eine dritte Möglichkeit eingebildet, dachte sie, während sie zum Kirchturm hinaufschaute. Eva sah Will Moresby einem seiner Constables an der Einfahrt des Parkplatzes Anweisungen geben und ging hinüber, um mit ihm zu reden.

Das Sondereinsatzkommando drängte sich hinter den Vans. Nach einiger Zeit war Eva mit Moresby fertig und ging zu ihnen hinüber. Der Bronze Commander des Teams, der Officer, der das taktische Kommando hatte, erklärte gerade die Lage. Eva kannte Kitson nur vom Sehen. Ein kräftig gebauter Mann, dessen Eltern in den Fünfzigerjahren von den Westindischen Inseln nach England gekommen waren. Wie Moresby strahlte er ruhige Kompetenz aus. Sie bezweifelte, dass er viel Geduld mit Dummköpfen haben würde.

»Wir sollten von einem großen, leeren Raum ausgehen, in dem der Verdächtige freie Sicht hat«, sagte Kitson gerade. »Es ist fast unvermeidlich, dass er die Geisel bedrohen wird, wenn er uns sieht. Um das zu verhindern, brauche ich Scharfschützen in Position, bereit zu feuern.«

»So wird das nicht laufen«, sagte Eva.

Kitson drehte sich zu ihr um. Er war Widerspruch nicht gewöhnt, nahm Eva an, besonders in einem so späten Stadium eines Einsatzes. »Haben Sie etwas hinzuzufügen, DI Harris?«

»Harred hat Gerüsttürme benutzt, um sein Fresko zu malen. Außerdem hat er damit angeblich unfertige Teile des Gemäldes verborgen. Als Flynn und ich uns das Bild heute Abend angesehen haben, waren Metallstege auf dem Boden aufgebaut. Er hat Türme, Metallplatten und Kunststoffplanen. Außerdem Scheinwerfer und Lichtwerk. Sie gehen davon aus, dass Sie in einen freien Raum kommen; Harred hatte genug Zeit, dafür zu sorgen, dass das nicht der Fall ist.«

Kitson mochte sauer auf sie sein, dumm jedoch war er ganz sicher nicht. »Wir brauchen visuelle Überwachung«, sagte er zu seinem Team. »DI Harris, in Ihrem Bericht war von einem Fenster die Rede?«

Eva führte ihn zum Eingang der Kirche. »Ich will hier keine Zicken machen«, versicherte sie ihm dabei, »aber dieser Typ ist klug, durchgeknallt und hatte jede Menge Zeit, sich vorzubereiten.« Als sie die Vorderseite der Kirche erreichten, blieb Eva stehen und lachte prustend auf. »Da haben Sie Ihre Bestätigung«, sagte sie zu Kitson.

»Ich sehe kein Fenster«, stellte er fest.

»Genau. Er hat es vernagelt. Vorhin konnte man da noch durchsehen. Er hat es dazu benutzt, Flynn und mich hineinzulocken. Jetzt passt es ihm in den Kram, uns den Blick zu verwehren. Er ist bereit für uns. Das hier ist jetzt sein Spiel.«

»Meine Scharfschützen haben HK417s«, erwiderte Kitson. »Die können auch Spielchen spielen.«

»Ja, klar.« Eva machte auf dem Absatz kehrt und ging zurück zu den Autos. »Die werden bestimmt gerade abdrücken, wenn ihnen ein Gerüst auf den Kopf kracht.«

Kitson ließ sich nicht beirren. »Ich will Kameras«, wies er zwei Männer aus seinem Team an, »mit Fiberoptik. Sucht euch was Hölzernes, bohrt da ein Loch durch und lasst uns mal einen Blick reinwerfen.« Die beiden gingen zu den Vans und begannen, Ausrüstung auszupacken. »Bringen wir einen Vortrupp in Stellung«, sagte Kitson zu den anderen. »Zwei außen am Eingang, sichere Position einnehmen, Stellung halten und Bericht erstatten.« Zwei Mann trabten auf das Gebäude zu. »Können Sie uns sonst noch was sagen?«, fragte er Eva.

»Er wird reden wollen«, antwortete sie.

»Verhandeln?«

»Nicht so, wie Sie es meinen. Harred will etwas, etwas ganz Spezifisches. Für uns wird es völlig sinnlos sein, für ihn aber wahnsinnig wichtig. Wir müssen rausfinden, ob wir ihm das geben können, was immer es ist, ohne DS Flynns Leben zu gefährden.«

Kitson sah sie unverwandt an. »Irgendeine Ahnung, was?«

Eva schüttelte den Kopf. »Nicht, ohne mit ihm zu reden.«

»Wollen Sie etwa vorschlagen, dass Sie verhandeln, Ma'am?«

Kitson musste zehn Jahre älter sein als sie, ungeheuer erfahren und ein absoluter Profi, doch dank einer perversen Fügung des Schicksals war Eva die ranghöhere Polizistin. Aber das würde sie ihm nicht unter die Nase reiben.

»Ich sehe keine andere Möglichkeit«, erwiderte sie. »Das wollte er schon die ganze Zeit.«

Sie hörte das leise Klappern von Körperpanzerung, als sie in die Vorhalle trat. Jetzt waren es vier Polizisten, zwei mit Sturmgewehren und zwei mit den Scharfschützengewehren, von denen Kitson gesprochen hatte. Eine zweite Vierergruppe wartete draußen, Waffen im Anschlag und Blendgranaten in den Händen. Kitson ließ einen Teil des Kirchenschiffs mit Kameras überwachen. Wie Eva vermutet hatte, hatte Harred es in ein Labyrinth verwandelt.

»Cleverer Scheißkerl«, hatte einer der Officers an den

Kameras gebrummt, als sie über seine Schulter hinweg auf den Bildschirm geschaut hatten. Er drückte das Auge an ein Okular und bediente die Fiberoptikkamera mit mehreren Steuerungshebeln. »Er hat ein Metallnetz um die Fensterrahmen getackert. Ich kann nicht sehen, was das ist, könnte einfach nur Karnickeldraht sein. Aber ganz gleich, was es ist, er hat sich schon gedacht, dass wir durchs Holz kommen, um Kameras da reinzukriegen. Ein bisschen was vom Kirchenschiff kann ich sehen. Er lässt uns ein klein bisschen gucken, das ist alles.«

»Flynn?«, fragte Eva, obwohl sie die Antwort bereits kannte.

Der Mann schüttelte den Kopf

»Wissen wir, wer der Typ ist?«, fragte Kitson. »Wo er herkommt, was er früher gemacht hat?«

»Ist alles ziemlich oberflächlich«, sagte Eva, »also ist es wahrscheinlich alles gefakt. Wir wissen, dass er sich mit Gerüsten auskennt und Erfahrung im Arbeiten in großer Höhe hat, aber das ist ja offensichtlich.«

Die beiden Scharfschützen schlichen vorwärts, um Posten zu beiden Seiten der Doppeltür zu beziehen, die ins Kirchenschiff führte. Warmes Licht drang darunter hindurch und strömte über den Boden. Es sah ein wenig anders aus, dachte sie, ein ganz klein wenig, als seien jenseits der Tür die Scheinwerfer neu ausgerichtet worden. Mit an Sicherheit grenzender Wahrscheinlichkeit war das der Fall; Harred würde wenigstens einen auf die Tür gerichtet haben, damit jeder, der hindurchkam, zunächst geblendet wäre.

Eva rollte den Kopf von einer Seite zur anderen. Ihre Halswirbelsäule knackte. Es war ein langer, anstrengender Tag gewesen. Rückstände des Sedativs und des Aufputschmittels, die Odie ihr gespritzt hatte, waren noch immer in ihrem Körper. Ihr Kopf schmerzte. Er fühlte sich wund an, misshandelt, als wäre auf ihn eingeschlagen worden. Alles, was sie wollte, war, sich zusammenzurollen und zu schlafen. Und zu versuchen, den Anblick von Nicholson und Yu auf dem Grund des Pools zu vergessen. Den Anblick von Milne, an den Stuhl im Operationssaal gefesselt, und den Anblick von Harred, der Odie vor ihren Augen totprügelte. Doch das ging nicht. Wenn sie das tat, würde Flynn sterben. »Bringen wir's hinter uns«, sagte Eva leise zu den Scharfschützen neben der Tür. Dann drückte sie die Tür auf und trat in das Kirchenschiff.

Scheinwerfer blendeten sie, genau wie sie es erwartet hatte. Sie hob die Hand gegen das Licht und ging langsam vorwärts, sorgte dafür, dass das Klacken ihrer Absätze ihre Anwesenheit und ihr gemächliches Näherkommen verkündete. Das Fresko sah immer noch prachtvoll aus. Davor jedoch hatte Harred, ebenfalls wie erwartet, eine Festung errichtet.

»Mathew!«, rief sie, während sie weiterging. »Ich bin's, Eva.« Sie achtete darauf, dass ihre Stimme nichts von dem Hass verriet, den sie für ihn empfand, die rasende Wut, Resultat des Augenblicks, als sie dagestanden und auf die Leichen von Nicholson und Yu hinabgeblickt hatte.

»Eva«, hörte sie ihn von irgendwo über ihr rufen. »Sind Sie allein?«

Sie lachte bellend auf. Draufgängertum – damit würde Harred etwas anfangen können. In seinem Kopf war sie die Zerstörerin, ganz gleich, was er mit diesem Begriff meinen mochte. »Abgesehen von den Jungs mit den Präzisionsgewehren und den Maschinenpistolen? Was haben Sie erwartet?«

»Ich glaube, das können Sie sich denken«, antwortete Harred träge und gedehnt.

Natürlich konnte sie es sich denken. Das hier war genau das, womit Harred gerechnet hatte. Planen, an Drähten aufgehängte Metallplatten und Gerüsttürme, die in der Mitte des Kirchenschiffs in einer Reihe standen. Über ihr hatte sich die Decke in ein Spinnennetz aus Kabeln verwandelt. »Hübsch haben Sie's hier«, bemerkte Eva.

»Sie werden doch keine Dummheiten machen, oder?«, wollte Harred wissen.

»Ich habe hier nicht das Sagen.« Ihr Tonfall war bissig. »Das ist ein Polizeieinsatz. Aber der Typ, der den Jungs mit den Schusswaffen sagt, was sie tun sollen, der ist echt ein ziemlich heller Kopf. Was immer er also tun wird«, antwortete Eva und ließ den Blick über die Decke wandern, »eine Dummheit wird es nicht sein.«

Er sagte eine Zeit lang nichts. »Möchten Sie raufkommen?«, fragte er schließlich.

»Darum bin ich doch hier, oder? Wo geht's lang?«

Harred antwortete nicht. Stattdessen fiel eine Plane zu Boden und enthüllte eine Leiter. Sie ging hin und schickte sich an hinaufzuklettern.

Was zum Teufel mache ich hier eigentlich?, fragte sie sich dabei. Der erste Teil der Antwort war offenkundig. Sie tat ihr Möglichstes, um Flynn lebendig hier rauszuholen, weil das ihr Job war und sie für Flynn verantwortlich war. Und auch, weil sie ihre Freundin war, das musste sie zugeben. Flynn hätte ihr das Leben auf dem Revier zur Hölle machen können; stattdessen hatte sie es erträglich gemacht.

Der zweite Teil war komplizierter; sie war ganz und gar nicht sicher, ob sie ihn verstand. Wenn sie es dem Sondereinsatzkommando überließ, das Problem zu lösen, dann würde Harred Becks umbringen, das wusste sie, und wahrscheinlich auch ein paar der Männer töten. Sie hatte nicht übertrieben, was die Gerüste betraf, dachte sie, als sie nach oben schaute, denn genau wie Odie hatte Harred das Ganze gründlich durchdacht. Sie hatte eine ziemlich klare Vorstellung davon, was er wollte, jedenfalls zuerst. Aber was kam danach? Was würde Harred tun, wenn sie es ihm gegeben hatte? Eva versuchte, sich die Szenarien im Kopf auszumalen. Doch sosehr sie sich auch abmühte, von diesem Punkt an schienen alle Wege in die Finsternis zu führen.

Die Leiter endete an einer Metallplattform. Dort war eine zweite Leiter, die sie ebenfalls emporkletterte. Als sie eine dritte hinaufgestiegen war, befand sie sich etwa zwanzig Meter über dem harten Steinboden. Sie konnte Harred noch immer nicht sehen; Planen und Metallplatten versperrten ihr die Sicht. Scheinwerfer malten unergründliche Formen und Schatten auf die Türme. Sie zog an einem davon, und er glitt auf einer Schiene zur Seite, leichter, als sie erwartet hatte. *Natürlich*, dachte sie und trat einen Schritt zurück. Genau das hatte Harred sie sehen lassen wollen.

Er stand am Rand der Plattform eines anderen Turmes, in Jeans und einer dunkelgrünen Jacke und von einem weiteren Scheinwerfer von hinten angestrahlt. Ihr Turm und der seine waren etwa fünfzehn Meter weit voneinander entfernt. Ein Metallsteg überspannte den Raum dazwischen. Der Steg hatte keine Geländer, war etwa sechzig Zentimeter breit und hing an Stahlseilen von der Decke herab. *Das soll wohl ein Scheißwitz sein,* dachte Eva. Sechzig lausige Zentimeter über einem Abgrund; ein Sturz würde sie augenblicklich töten. Doch er machte keine Witze, das wurde Eva klar, als sie Harred von Neuem ansah. Hinter ihm auf der Plattform, an Gerüststangen gekreuzigt, war Flynn.

Flynn war am Leben, so viel konnte sie an dem irren, hysterischen Blick in ihren Augen erkennen. Evas Magen krampfte sich zusammen. Flynn hatte allen Grund, hysterisch zu sein. Nicht nur schwebte sie mit zugeklebtem Mund über dem Abgrund, von ihrem Hals hing außerdem noch ein Venenkatheter herab, einer von Odies, nahm Eva an.

»Ganz ruhig, Becks!«, rief sie, und in ihrer Stimme lag eine Sicherheit, die sie nicht empfand. »Es wird alles gut.«

»Wird es auch«, pflichtete Harred ihr bei. »Entweder in diesem Leben oder im nächsten.«

Eva trat an den Rand der Plattform. »Sie glauben doch nicht im Ernst, dass ich da rübergehe, Mathew, oder?«

Er machte eine wegwerfende Geste. »Warum denn nicht? Als das Ding unten vor dem Fresko dicht über dem Boden gelegen hat, haben Sie's doch auch getan. Ist doch kein Hochseilakt oder so was, das Ding ist so stabil wie ein Felsen. Es ist ein Kinderspiel, Eva. Das heißt, vorausgesetzt, Sie fallen nicht runter.«

Sie war sich nicht sicher, gar nicht sicher. »Was machen wir hier, Mathew?«

»Was glauben Sie denn, was wir hier machen, Eva?«

Sie schnaubte spöttisch. »Personenzentrierter Therapieansatz nach Rogers? Echt jetzt?«

Harred lachte. Dann hörte er auf zu lachen. »Was glauben Sie denn, was wir hier machen, Eva?«, verlangte er erneut zu wissen. Sein Tonfall hatte sich schlagartig verändert, als hätte man einen Schalter umgelegt. *Psychopath,* verkündete er.

»Ich bin gekommen, um DS Flynn nach Hause zu bringen«, sagte Eva und versuchte, ihre Stimme genauso hart klingen zu lassen wie seine. Harreds Zerstörerin durfte keine Schwäche zeigen.

»Und was kriege ich?«

Keine Schwäche. Kein Zeichen, dass sie Todesangst hatte. Sie holte tief Luft und brüllte: »Sie wissen genau, was Sie kriegen!« Sie hörte, wie unten die Tür krachend aufflog und Scharfschützen über den kalten Steinboden rannten, um in Stellung zu gehen. Bevor Harred etwas sagen konnte, richtete Eva ihren Zorn gegen die Männer dort unten. »Raus! Sofort zurückziehen und *raus hier*, verdammte Scheiße, bis ich Ihnen sage, dass Sie vorrücken sollen!« Sie konnte sie nicht sehen, aber Harred konnte es, nahm sie an. Seinem Gesichtsausdruck nach befolgten sie ihre Anweisung.

Dann wurde seine Miene undurchdringlich. Er trat auf den Steg, machte einen Schritt. »Wir treffen uns auf halber Strecke«, sagte er.

Flynn versuchte, den Kopf zu schütteln. Eva achtete nicht darauf. Einen Moment lang dachte sie, sie könnte sich weigern, doch dann wandte Harred ihr den Rücken zu, griff um Flynn herum und öffnete den Tropfenregler des Katheters.

Nur ganz wenig. Flynns Blut füllte den Katheter und begann langsam herauszutröpfeln. Perlen aus weinroter Flüssigkeit fielen durch die Luft und platschten auf Stein. 9,81 Meter pro Sekunde zum Quadrat, minus Luftwiderstand. Ungefähr zweieinviertel Sekunden, schätzte Eva, von dem Moment an, wo das Blut aus dem unteren Ende des Katheters austrat, bis zu dem, wo es die Steinplatten befleckte. Schnell würde sie das nicht töten. Aber es würde sie töten.

Harred schlenderte auf den Steg hinaus. Wegen des Scheinwerfers hinter ihm konnte sie ihn nur als Silhouette sehen. »Also, ist das jetzt alles nur Schwachsinn, oder haben Sie etwas für mich?«

Sechzig Zentimeter breit. Damit kam sie klar. Den Blick fest auf seinen Umriss gerichtet, die Brauen zusammengezogen, trat auch Eva auf den Steg.

Sie wagte nicht, nach unten zu schauen, schritt dahin wie in Trance. Die Hände in den Manteltaschen. Den Kragen hochgeschlagen. Die Kiefer so fest aufeinandergepresst, dass ihr die Zähne wehtaten. »Ich habe etwas für Sie«, versicherte sie ihm. Und dann, in einem jähen Augenblick der

Klarheit, stellte sie ihm noch eine Frage. »Was an Fredrick Huss' Fotografie hat Sie inspiriert?«

Die Frage erwischte Harred kalt. »Die Wissenschaftler sagen, jenseits von Atomen und Elektronen und Neutronen und Quarks besteht das Universum grundlegend aus eindimensionalen Oszillationen, die sie als Strings bezeichnen. Das nennen sie die Stringtheorie. Stellen Sie sich das doch mal vor. Sie, ich und alle physische Materie auf dieser Schöpfungsebene, geformt von vibrierenden Strings. Ich glaube, durch puren Zufall hat Fredrick auf seinem Foto tatsächlich deren Schatten eingefangen, obwohl er das nicht begriffen hat. Straff und vollkommen wie gespannte Harfensaiten; das Universum zupft daran, und sie singen das Lied aller Existenz. Auf seinem Bild werfen sie ihre Schatten auf Lily, aber das war keine so gute Darstellung, wie ich sie hinbekommen konnte. Sie haben mir einen Hinweis gegeben, einen Einblick in die grundlegende Natur der gesamten Schöpfung. Wie konnte ich ihnen widerstehen?«

Anscheinend hielt er das für eine Erklärung, dachte Eva. Sie konnte es nur als weiteren Beweis für seine Verrücktheit betrachten.

Vier Meter voneinander entfernt blieben sie stehen. Er hatte nicht gelogen, dachte Eva. Der Steg war so stabil wie jeder Gehsteig.

»Und?«, fragte Harred fordernd.

Eva leckte sich die Lippen. »Ich sollte eigentlich nicht hier sein«, sagte sie. »Ich weiß, das sagen alle, aber in meinem Fall stimmt es tatsächlich. Ich bin Informatikerin; ich bin zur Polizei gekommen, weil die Leute mit meinem

Werdegang gebraucht haben. Cyberverbrechen, Hacking, Sie wissen schon. Jedenfalls, nach einer Weile haben sie mir einen Job angeboten, und die Chance, nach ein paar Jahren Ausbildung DI im Bereich Cybercrime zu werden. Na ja, also habe ich zugesagt.« Sie schaute ihn an, um zu sehen, ob er wirklich zuhörte.

Eva machte noch einen Schritt. »Wissen Sie, ich habe so einiges gesehen. Es gibt auf dieser Welt sogar noch größere Monster als Sie, Mathew«, erklärte sie ihm. »Oh, sicher, die Kollegen halten Sie für einen ganz schlimmen Finger. Den Augenschlitzer, so nennen sie Sie auf dem Revier, weil sie Sie nicht verstehen. Aber es gibt Menschen, die Jagd auf Kinder machen und Sachen tun, die Sie nicht malen würden. Deswegen habe ich beschlossen, ein Cop zu werden, weil ich im Cyberdezernat etwas dagegen unternehmen konnte. Die lassen ihre Server laufen, verstecken sich hinter Onion-Routern und flitzen in ihren Darknets herum, aber die Wahrheit ist, ich bin echt gut in so was. Vor mir können die sich nicht verstecken.«

»Zerstörerin«, meinte Harred nachdenklich.

»Vielleicht.« Eva machte noch einen Schritt.

Er hörte zu. Das konnte sie sehen. »Das Problem war, um DI zu werden, musste ich auch ganz normale Polizeiarbeit machen. Rotationen, so nennt sich das. Bei einer dieser Rotationen hat jemand versucht, mich umzubringen. Der Legende nach hat er das sogar geschafft, aber offensichtlich war's nicht von Dauer.« Eva suchte in seinen Augen. Er blinzelte nicht. »Das Problem war, er hat dabei jemanden umgebracht, der mir sehr wichtig war. Das war schon schlimm. Und als ich die Wahrheit über Colin Lynch herausgefunden habe, da war's dann zu viel.«

»Und was war das?«, fragte Harred endlich.

»O nein«, wehrte Eva ab, »das ist nicht für Sie bestimmt, Mathew. Das ist das Geheimnis von jemand anderem. Mein Geheimnis, das ist für Sie. Es wird Ihnen sowieso besser gefallen.«

Diesmal war es Harred, der sich die Lippen leckte. »Wem haben Sie es sonst noch erzählt?«

»Keiner Menschenseele.« Sie hoffte, er würde die Unterlassungslüge nicht in ihrer Stimme hören. Erzählt hatte sie es ihr nicht, doch Leticia North war wahrscheinlich dahintergekommen. Und Alastair Hadley auch, dachte sie ein wenig betrübt. »Kommen Sie näher.« Er runzelte die Stirn. »Ich will nicht, dass Becks es hört. Das ist nur für Sie.«

Eine Armlänge voneinander entfernt blieben sie abermals stehen. Eva senkte die Stimme. »Es gibt da einen Mann namens Semjon Razin«, erklärte sie Harred. »Nichts an ihm ist besonders wichtig, außer dass er sehr mächtig und sehr gefährlich ist und Colin Lynch sein Feind war. Ich weiß, dass Sie über Lynch Bescheid wissen«, setzte sie hinzu. Dann korrigierte sie sich. »Nun ja, Lynch war ein Konkurrent von Razin, das ist dasselbe wie ein Feind. Ich habe Ihnen ja gesagt, ich bin gut mit Computern. Lynch hatte ein Treffen mit seinen vertrauenswürdigsten Mitarbeitern anberaumt, weil ein Riesendeal am Laufen war. Auf einem Hof namens Winter's Gate Farm. Ich habe dafür gesorgt, dass Razins Leute wussten, wann das passieren würde.«

Ganz kurz drehte sie den Kopf weg. »An diesem Tag

habe ich den Tod von Colin Lynch verursacht«, sagte sie und starrte ihn dann wieder an. »Er wurde von einer Bombe in Stücke gerissen, für die ich den Sprengstoff organisiert und denen gesagt hatte, wo sie sie hinlegen sollten. Mord per Fernbedienung. Nur habe ich es nicht als Mord betrachtet. Es war Naturgerechtigkeit.« Sie musste es sich selbst eingestehen, weil sie es jetzt Harred gegenüber zugegeben hatte. Genauso fühlte es sich an.

Das Lächeln, das sich auf Harreds Gesicht breitmachte, wirkte beinahe obszön. Er nickte und drohte ihr mit dem Finger, als hätte er es schon immer gewusst. »Zerstörerin«, stellte er mit hämischer Freude fest. »Ich hab's gleich gewusst, als ich Sie gesehen habe.«

Eva antwortete mit der Andeutung eines Nickens. »Nun, Sie hatten recht. Und jetzt will ich, dass Sie Ihren Teil der Abmachung erfüllen. Ich will, dass DS Flynn nichts passiert.«

Stirnrunzelnd sah er sie an. »Bedeutet sie Ihnen denn so viel?«

»Es geht um Loyalität«, erwiderte sie, »darum, sein Wort zu halten. Ich weiß, dass gerade Sie, Mathew, das verstehen.« Sie achtete darauf, aufrichtig zu klingen, auch wenn ihr die Worte wie eine Gräte in der Kehle stecken blieben.

Noch immer konnte sie seinen Gesichtsausdruck nicht deuten. Er schwieg. Dann streckte er langsam die Hand aus und streichelte mit der Rückseite der Finger ihre Wange. Sie zwang sich, nicht zurückzuzucken. »Warum sterben wir nicht heute?«, flüsterte er. »Warum sagen wir nicht einfach: ›Zum Teufel mit denen‹, und treten über in die unendlichen Gefilde? Keine Tränen mehr, keine Schmerzen mehr, nur der endlose Fluss und goldenes Sonnenlicht und diese allerschärfsten Schatten, die einem den Teufel aus den Augen schneiden. Hier«, fügte Harred hinzu, während er ihre Hand packte, »tun wir's doch. Machen wir einen Schritt und reisen weiter, jetzt gleich.«

Sie fühlte das Zerren seines Arms. Er zog sie zum Rand des Stegs. »Ich habe noch Arbeit zu verrichten«, sagte sie, und die Panik in ihrem Innern wuchs. »Heute ist nicht der Tag.«

»Aber«, flüsterte er, »wenn ich nun sage, dass er's doch ist?«

Eva versuchte, sich loszureißen, doch er war viel zu stark. Ihre Hand wand und drehte sich, doch er zerrte sie trotzdem mit. »Ich habe Nein gesagt!«, brüllte sie ihn an.

Lachend ignorierte Harred sie und schickte sich an, sie über den Rand zu stoßen.

Sie hatte gewusst, dass er versuchen würde, sie umzubringen. Sie hatte es tief im Bauch gespürt, dort, wo all ihre finstersten Ängste sich wanden und ineinander verschlangen wie Schlangen in einem Nest. Natürlich würde er das tun, also war sie vorbereitet.

Eva zog Jeremy Odies Taser aus der Tasche und rammte ihn Harred gegen den Arm. Er schrie auf. Schmerz, Wut und Empörung. All das beachtete Eva nicht und trat zu, so fest sie konnte. Er taumelte rückwärts, also fuhr sie auf ihn los. Trat noch einmal zu. Mit einem zweiten Aufschrei kippte Harred rücklings ins Leere.

Und dann wurde aus dem Schrei Gelächter. Anstatt weiterzufallen, hing Harred vier Meter unter ihr in der Luft. »Ich bin beeindruckt«, kicherte er. »Ich wäre nicht ohne Klettergurt auf das verdammte Ding gegangen.«

Jetzt konnte sie das dünne Drahtseil sehen, das zu einem Flaschenzug an der Decke führte. Durch das Licht hinter ihm war es unsichtbar gewesen. Er hatte ihr einmal erzählt, dass er in einem Theater als Beleuchter gearbeitet hatte. Die Beweise dafür waren überall um sie herum, die Gerüste und Kabel. Sie hätte mit so etwas rechnen sollen. Eva wich seinem Blick aus. Vielleicht hatte sie das ja getan.

Ohne auf ihn zu achten, ging Eva über den Steg dorthin, wo Flynn an Eisenstangen gekreuzigt hing.

»Jetzt weiß ich, was Sie sind, Eva«, gluckste Harred, während er in der Luft lächerliche Schwimmbewegungen machte. »Sie sind genau dasselbe wie ich.«

»Wenn Sie das glauben«, knurrte sie und fing an, Flynn loszubinden, »haben Sie verdammt noch mal überhaupt nichts verstanden.« Sie fand den Tropfenregler und schloss ihn.

»Halt.« Wieder veränderte sich Harreds Stimme. Er hatte sich zu dem Gerüstturm hinübermanövriert. »Ein Splint«, erklärte er. »Ich brauche nur einmal ordentlich zu ziehen. Ich hab das Ganze wirklich durchdacht«, fügte er hinzu und stemmte die Füße gegen den Turm.

Eva konnte es sich vorstellen. Sie hielt inne. Der Splint würde wahrscheinlich die Befestigung der Plattform lösen, auf der sie und Flynn sich gerade befanden. *9,81 Meter pro Sekunde zum Quadrat.* Eva starrte nach unten. »Und was wollen Sie?«

»Ich würde Sie gern sterben sehen«, antwortete Harred. »Ich würde Sie gern noch einmal töten. Ich hasse Sie nicht, aber das wäre wunderschön anzusehen. Elegant, verstehen Sie? Ich glaube, ich tu's wahrscheinlich auch. Aber bevor ich's tue, was haben Sie noch?«

Eva bedachte ihn mit einem langen, scharfen Blick. »Ist das nicht offensichtlich?«, fragte sie.

Harred wartete.

»Im Falle meines Todes haben die Officers da draußen strikte Anweisung, das Fresko zu zerstören.«. Seine Miene wurde hart. Da wusste sie, jetzt hatte sie ihn.

»Mit Azeton.« Sie sah ihn immer noch an. »Ich denke, das würde funktionieren. Von oben nach unten damit besprühen. All die Arbeit. Alles endet als braune Pfütze auf dem Fußboden. All die Bilder, die dabei vernichtet werden. Das passiert, wenn ich«, mit einem Kopfnicken deutete sie auf Flynn, »wenn wir hier nicht lebend rauskommen.«

»Du verschissenes Hurenstück«, fauchte Harred sie an.

»Wahrscheinlich«, stimmte Eva zu. »Aber die Sache ist die, Mathew. Wenn Becks und ich hier rausmarschieren, dann garantiere ich Ihnen, dass dem Fresko nichts passiert. Sie haben mein Wort«, fügte sie hinzu.

Seine Hand hielt den Splint umfasst. Sie konnte sehen, wie seine Knöchel weiß wurden. Einen Moment lang dachte sie, sie hätte versagt, dass Harred den Splint herausziehen und die Plattform wegkippen würde, sie in die Luft hinausschleudern und Flynn unter sich zerquetschen würde. Dann stieß er sich mit einem wütenden Aufbrüllen von dem Turm ab.

»Ich nehme Sie beim Wort«, stieß er wütend hervor. Er griff mit einer Hand unter seine Jacke, faltete dann die Hände vor der Brust, streckte die Zehen und glitt rasch dem Boden entgegen. »Wiedersehen, Eva!«, rief er dabei hämisch. »Ich werde Sie beobachten. Sie sehen mich bald wieder.«

Sie dachte, er würde langsamer werden. Stattdessen stürzte er einer der dunkelsten Stellen entgegen, die er mit schwarzem, mit funkelnden LED-Ioden gesprenkeltem Stoff abgedeckt hatte. Als er den Stoff berührte, hüllte dieser ihn ein, und er verschwand.

Sie zog Flynn das Klebeband vom Mund.

»Verfluchte Scheiße!«, schrie diese und starrte die Stelle an, wo Harred verschwunden war. »Ist er uns etwa entwischt?«

Eva betrachtete eine Zeit lang das Fresko, dann zuckte sie die Schultern und machte sich von Neuem daran, Flynn loszubinden. »Ich hab mir schon gedacht, dass es vielleicht noch einen anderen Ausgang gibt«, meinte sie. »Das hier war eine normannische Kirche, bevor die Leute von New Thought ihre Kathedrale daraus gemacht haben. Zu solchen Kirchen gehört normalerweise eine Krypta, und da gibt's dann einen Gang, der dort hinführt, wo früher mal der Friedhof war. Ist ja auch irgendwie passend«, fügte sie hinzu, während sie Flynns rechten Arm befreite. »Mathew Harred wird nämlich Will Moresby genau in die Arme laufen. Und Moresby wird ihn begraben.«

32. Kapitel

Sutton stand hinter ihrem Schreibtisch. Die Morgensonne tauchte den Raum in poliertes Gold, Staubpartikel schwebten in der Luft und funkelten. Weder Sutton noch Eva hatten geschlafen.

»Sie haben dem Einsatzkommando nicht gesagt, dass Harred durch einen unterirdischen Gang fliehen könnte.« Sutton machte ein finsteres Gesicht, doch sie machte ja auch immer ein finsteres Gesicht, dachte Eva im Stillen. Sie hatte den Verdacht, dass ihre Vorgesetzte manchmal sogar schwere Beleidigung, glücklich zu sein, mit einem finsteren Blick quittierte.

»Ich wusste es nicht sicher«, antwortete sie. »Es war nur eine Vermutung. Aber wenn er das versuchen sollte, wüsste ich keinen Besseren als Will, um sich ihm in den Weg zu stellen.«

»Durchaus«, gab Sutton nachdenklich zu. Der finstere Blick hatte schon fast etwas Wildes. »Ich nehme an, Harred wird uns angesichts seiner Verletzungen verklagen wollen, aber ich sehe nicht, wie er damit durchkommen könnte.«

Es wäre schwer gewesen, dem zu widersprechen. »Harred hat Odie mit einem Hammer totgeprügelt. Ich finde, Wills Handeln war angemessen.«

Sutton ließ sich auf ihren Stuhl sinken. Sie forderte Eva nicht auf, sich zu setzen. »Die Frage, die sich immer noch stellt«, meinte sie und massierte ihr Bein, »ist, wo ist Fredrick Huss?«

Das Einzige, was sie nicht hatte herausfinden können. »Ich weiß es nicht. Ich weiß nicht, welche Rolle Huss bei dem Ganzen spielt. Er ist die eine Verbindung, die ich nicht verstehen konnte. Er hat Harred gefunden und ihn zu Berta gebracht, aber ich habe keine Ahnung, ob das ein harmloser Zufall oder Absicht war. Aber das Foto«, sie dachte an die Party, an das Schwarz-Weiß-Bild in Nicholsons Sammlung, »das Foto von Lily mit den Schatten über den Augen. Da war noch etwas auffällig dran. Es hat so professionell ausgesehen. Berta hatte ein paar tolle Werke in ihrer Sammlung, aber Huss' Foto hat da nicht fehl am Platz gewirkt. Wir müssen weiter nach Fredrick Huss suchen.« Die Morgensonne malte Muster auf ihr Gesicht. »Es gibt vieles, was wir über ihn nicht wissen.«

Eine Weile saß Sutton schweigend da. »Ich hatte Vorbehalte gegen Sie«, sagte sie schließlich. »Und ich habe immer noch welche. Sie sind nicht meine Sorte Cop. Sie haben diesen Job nicht jahraus, jahrein gemacht, Sie haben für Ihre Beförderung nicht Schlange gestanden. Sie haben sich vorgedrängelt. Manche Leute wären deswegen stocksauer.«

Eva überlegte, ob sie jetzt von einem Fuß auf den anderen treten oder sich schämen sollte, doch sie tat weder das eine noch das andere.

»Andererseits«, fuhr Sutton fort, »hindert das alles Sie nicht daran, eine gute Polizistin zu sein. Und entgegen aller Wahrscheinlichkeit sind Sie das auch. Nicht meine Sorte

Cop, aber die Welt ändert sich gerade mal wieder, also ist meine Sorte Cop vielleicht auch nicht das, was wir brauchen. Manchmal glaube ich, Sie kommen mit Computern besser zurecht als mit Menschen.« Sutton stützte die Ellenbogen auf ihren Schreibtisch und legte das Kinn in die Hände. »Aber die Sache ist die: Als wir uns das erste Mal begegnet sind, habe ich Ihnen gesagt, Sie sollen Ihrem Team einen Grund geben, Sie zu respektieren. Entgegen meiner Erwartungen sieht es so aus, als hätten Sie das getan.«

Eva wartete.

Sutton sah sie böse an. »Falls Sie's noch nicht kapiert haben, das ist meine Art, ›gut gemacht‹ zu sagen. Gewöhnen Sie sich dran, besser wird's nicht.«

Es war gut genug, fand Eva. Es war absolut in Ordnung. »Danke«, sagte sie. »Das ist sehr nett von Ihnen.«

Sutton zuckte die Schultern. »War eine lange Nacht«, brummte sie. »Gehen Sie sich ein bisschen ausruhen. Sie haben's sich verdient.«

»Noch mal vielen Dank«, antwortete Eva und schloss dann die Tür hinter sich. »Aber es ist noch nicht vorbei.«

Eva ging zu Fuß durch das Stadtzentrum. Auf dem alten Apfelmarkt hatten Verkäufer unter dem gestrengen Blick der vergoldeten Königin angefangen, ihre Essensstände zu öffnen. Sie schlenderte durch eine Wolke aus so starken Aromen und Düften, dass sie jedes einzelne Gericht beinahe schmecken konnte. Im Geist stellte sie sich die Länder vor, aus denen die Rezepte stammten, und nahm sich fest vor, sie eines Tages zu besuchen. Sie sah vietnamesisches gegrilltes Schweinefleisch, amerikanische Burger, japanische Gyoza und karibisches Jerk Chicken. Fürs Erste widerstand Eva diesen Verlockungen, machte jedoch in einem Café in der Fife Road halt. Sie bestellte sich eine Tasse frisch gemahlenen Kaffee aus Yirgacheffe, einer Region in Äthiopien, naturgetrocknet, sodass die Bohnen mehr Zeit gehabt hatten, den Zucker der Kaffeekirsche zu absorbieren. Sie schnupperte an der pechschwarzen Flüssigkeit, atmete den kräftigen Geruch von Früchten ein, der in ihrem Kopf zu explodieren schien, und einen Augenblick lang war nichts anderes wichtig.

Was ist richtig? Diese Frage stellte Eva sich, als sie auf einem Barhocker saß, an dem Kaffee nippte und zusah, wie die Stadt langsam erwachte. Sie stellte fest, dass sie sie nicht beantworten konnte. Vielleicht war das ja etwas, was sich nicht messen oder berechnen ließ. Vielleicht könnte sie genauso gut fragen: Was ist Wahrheit? Doch das bezweifelte sie.

Und noch einmal, vielleicht war die Frage an sich ja anmaßend. Vielleicht hatte sie gar kein Recht, sie zu stellen, weil ihre Definition von »richtig« ja kilometerweit von der eines anderen Menschen abweichen konnte. Sie formulierte ihren Gedanken andersherum. *Was ist falsch?* Mit dieser Frage fühlte sie sich sehr viel sicherer.

Falsch war, dass ein Krimineller von denen geschützt worden war, die eigentlich für Recht und Ordnung sorgen sollten, auch dann noch, als er ihre eigenen Kollegen umgebracht hatte. Wohin wandte man sich, wenn das Recht sich als korrupt erwies? Auf wen konnte man zählen, wenn die Gerechtigkeit selbst offenkundig pervertiert worden war? *Eine sehr viel einfachere Frage*, dachte Eva, denn sie kannte die Antwort bereits. Man zählte auf sich selbst.

Colin Lynch hatte bereitwillig getötet. Er hatte es verdient, hinter Gittern zu landen, doch selbst wenn er ins Gefängnis gewandert wäre, wäre er nach einer Zeitspanne wieder draußen gewesen, die einfach nur obszön angemutet hätte. In den Augen jener, die das Gesetz anwendeten, war Lynch unangreifbar gewesen. Und so hatte Eva das Recht in ihre eigenen Hände genommen.

Nach dem Vorfall war sie nach Southampton zurückgekehrt, obwohl die Vorgesetzten auf dem Revier sie dort eigentlich nicht hatten haben wollen. Dabei war nicht so sehr sie das Problem gewesen, sondern vielmehr die Erinnerung an ihr eigenes klägliches Versagen. Allerdings war Eva damals schon klar gewesen, dass nicht sie versagt hatten. Sie gaben sich alle Mühe, sie von den Ermittlungen gegen Lynch fernzuhalten, doch irgendwie fand Eva immer wieder dort Hinweise, wo sie zuvor von Neuem gescheitert waren. Nicht weiter überraschend, dachte sie, während sie zusah, wie eine Politesse einen Strafzettel an ein Auto pappte. Zu diesem Zeitpunkt wären ihre Überwachungsmethoden vor Gericht nicht mehr zulässig gewesen.

Was tut man, wenn das Recht korrupt ist? Wenn es keinerlei Zweifel gibt, keinerlei Unklarheit? Wenn der Staat und diejenigen, die das Gesetz anwenden, eindeutig für ihre eigenen Zwecke arbeiten, nicht für die der Menschen, die zu schützen sie verpflichtet waren?

Lynch war ein Monster. Das wusste Eva genau. Sie hatte Beweise, auch wenn sie sie nicht verwenden konnte. Also hatte sie zugegriffen, als sich ihr die Gelegenheit geboten hatte, ihm ein Ende zu machen.

Es war nicht schwer gewesen, Kontakt mit Semjon Razins Organisation aufzunehmen, nicht schwerer, als Warren Muirs Pub ausfindig zu machen. Sie ging E-Mails und Chatnachrichten nach, fand den Weg zu Leuten, die Entscheidungen treffen konnten – zumindest auf lokaler Ebene –, und präsentierte ihnen einen Plan. »Wer sind Sie?«, fragten sie. »Jemand, der Colin Lynch tot sehen will«, antwortete sie. »Müssen Sie noch mehr wissen?«

Sie hatte sich die Überreste der Winter's Gate Farm selbst angesehen, während Brände noch immer auf den Weizenfeldern loderten und Beamte der Spurensicherung die verkohlte Erde nach Leichenteilen absuchten. Trotz des Gestanks und des Rauchs war ihr die Luft reiner vorgekommen, als sie es seit Langem gewesen war.

Es regnete, als sie sich vor dem Bahnhof von Kingston mit Alastair Hadley traf. Diesmal sorgte sie dafür, dass er zu ihr kam. Regen durchtränkte ihr Haar und lief ihr übers Gesicht, doch er fühlte sich frisch und belebend an. Er kühlte ihre Gedanken. Ihr Verstand war klarer als irgendwann sonst seit fast zwei Jahren.

Hadley jedoch war so reizbar wie immer. »Sie haben also Ihre Mörder«, bemerkte er höhnisch. »Schön für Sie. Jetzt können Sie sich wieder darum kümmern, Razins Maulwurf zu finden.«

Eva hatte nicht das Bedürfnis, irgendeine Miene aufzusetzen. Ihr Gesicht war regungslos. Nur ihre Lippen bewegten sich, als sie eine einzige Silbe aussprach. »Nein.«

Einen Moment lang schien Hadley nicht zu wissen, wie er reagieren sollte. Er suchte in ihrem Gesicht nach Anhaltspunkten, doch sie bot ihm keine, also verlegte er sich aufs Drohen und Poltern. »Ich hoffe doch, Sie verarschen mich hier nicht, Harris. Weil, wenn doch, werden Sie demnächst die Annehmlichkeiten der Vollzugsanstalt Bronzefield genießen. Ich will wissen, wer auf Ihrer Shortlist mit Polizisten steht, die Razins Maulwurf sein könnten. Ich will die Namen haben, sofort.«

Er machte einen Schritt auf sie zu. Der Mann drohte ihr mit körperlicher Gewalt, wurde ihr klar, doch nach Harred zählte das nicht mehr viel. Der schlaksige Alastair Hadley, dem das regennasse Haar an den Wangen klebte. Als sie die ekligen Strähnen betrachtete, war sie sich plötzlich ziemlich sicher, dass er sie färbte. Also ein Fake durch und durch.

»Nein«, sagte sie noch einmal und trat einen Schritt näher, um zu zeigen, dass sie keine Angst mehr vor ihm hatte. Es wurde Zeit für ihre eigene Ausstiegsstrategie. »Ich brauche die Shortlist nicht; ich weiß, wer Razins Maulwurf ist. Und das sollten Sie auch wissen«, fuhr sie fort, bevor er etwas sagen konnte. »Sie würden es auch wissen, wenn Sie mal Ihren faulen Arsch hochkriegen und tatsächlich ein bisschen arbeiten würden, anstatt andere Menschen zu manipulieren, damit die das für Sie tun. Sie sind kein besonders guter Cop, nicht wahr, Alastair? Aber andererseits gibt's hier auch Leute, die glauben, dass Sie in Wirklichkeit gar kein Cop sind.«

Einen Moment lang dachte sie, er würde sie ohrfeigen. *Versuch's nur,* dachte sie und befingerte den Griff von Odies Taser, den sie in der Tasche verbarg. Doch Hadley war anscheinend klug genug, zu begreifen, dass sich etwas geändert hatte, und wich zurück, nur ein kleines bisschen.

»Semjon Razin ist eine Bedrohung für die nationale Sicherheit«, zischte er zwischen zusammengebissenen Zähnen hindurch. »Er ist ein Großlieferant harter Drogen und wäscht Hunderte Millionen Pfund im UK. Bei Razins Level denkt man als Cop nicht mehr in Begriffen wie Verbrechen, sondern in Begriffen wie Wirtschaftsterrorismus. Es ist zwingend geboten, dass wir ihm den Stecker ziehen.«

»Und das rechtfertigt Colin Lynch, ja?«

»Und rechtfertigt es das, was Sie mit Colin Lynch gemacht haben?« Er spie ihr die Worte entgegen. »Sie haben Lynch umgebracht. Sie haben ihm eine Falle gestellt. Ein Cop, der sich mit einem Drogendealer zusammentut, um dessen Konkurrenten zu ermorden. Im Knast werden sie jede Menge Spaß mit Ihnen haben, Harris. Sie werden als Hure von irgend so einer fetten Schlampe enden und in Bronzefield andere unter der Dusche bedienen, nur um nicht noch mal verdroschen zu werden. Ich hab's Ihnen doch gesagt, Sie gehören mir. Und jetzt geben Sie mir, was ich will.«

»Nein«, beharrte Eva, doch diesmal lächelte sie. »Aber ich habe etwas anderes für Sie.« Sie griff in ihre Tasche, vorbei an dem Taser, und holte das heraus, was sie inzwischen als ihre tödlichste Waffe betrachtete. Dann hielt sie es ihm zwischen Daumen und Zeigefinger hin. Es war ein USB-Stick.

»Hier«, sagte sie und gab ihm den Stick.

Er hielt ihn in der behandschuhten Hand und schien nicht zu wissen, was er damit machen sollte.

»Das sind die unverschlüsselten Kopien sämtlicher E-Mails, die Sie mit Colin Lynch gewechselt haben. Jeder einzelnen. Ich weiß, Sie waren vorsichtig, Alastair, aber Lynch nicht. Da sind Hunderte von E-Mails drauf; Lynch belastet Sie in etwa dreißig davon. Genug, um zu beweisen, dass Lynch von der Serious Organized Crime Agency und den Sicherheitsbehörden als ungenehmigte Operation geführt wurde. Lynch war Ihr Versuch, Razins Organisation im UK zu knacken. Lynch hätte Razins Organisation das Rückgrat brechen sollen, dann hätten Sie Lynch in Ihrer Gewalt gehabt, und alles wäre wieder unter Kontrolle gewesen, stimmt's? Aber Lynch hatte andere Vorstellungen. Er wollte sich nicht lenken lassen. Als Ihnen klar geworden ist, dass er außer Kontrolle war, hätten Sie ihm das Handwerk legen müssen. Haben Sie aber nicht. Sie haben ihn weitermachen lassen, in der Hoffnung, dass er Razin genug schadet. Stattdessen hat er PC Carrie Brenner und DI Dominic Bradley umgebracht, und Sie versuchen noch immer, das alles zu vertuschen.«

Sie trat noch einen Schritt auf ihn zu, bis ihr Gesicht dicht vor seinem war. »Sie waren derjenige, mit dem Lynch sich an dem Abend in der Winter's Gate Farm treffen wollte, als Dom ermordet worden ist. Sie haben das Ganze eingefädelt. Sie haben gewusst, dass Lynch versuchen würde, die Kollegen auszuschalten, die ihn überwacht haben, aber Sie haben danebengestanden und nichts unternommen, weil Lynch für Sie verdammt noch mal zu wertvoll war. Sie haben einen Drogendealer geschützt und haben weiter versucht, Informationen darüber zu verschleiern, nachdem er zwei Polizisten ermordet hatte. Also sagen Sie mir, wer von uns beiden wird zu mehr Jahren im Knast verurteilt?«

Hadley sah aus, als wolle er ihr den USB-Stick am liebsten in den Hals stopfen. »Das hier habe ich ja jetzt«, sagte er nach kurzem Zögern. »Und ich kann auch alle weiteren Kopien kriegen, die Sie gemacht haben.«

Da lachte sie. Sie legte den Kopf in den Nacken und bellte dem Regen ein Lachen entgegen, öffnete den Mund, sodass sie die Tropfen ganz hinten im Rachen schmecken konnte. Gott, fühlte sich das gut an!

»Seien Sie doch nicht so scheißnaiv, Alastair. Ich habe Kopien von diesen E-Mails auf Servern rund um den halben Planeten gebunkert. Die finden Sie und Ihre hirntoten Clowns nie im Leben, ich bin nämlich *richtig* gut in so was. Wenn mir irgendwas passiert, werden die E-Mails automatisch an praktisch jeden geschickt, der einem so einfällt, Polizei, Presse und Politiker. Die stecken Sie irgendwo in eine Zelle und schmeißen den Schlüssel weg. Legen Sie sich nicht mit mir an, Alastair«, warnte sie, »ich bin nämlich so was von in Versuchung, so oder so auf ›Senden‹ zu klicken. Sie wissen, dass ich recht habe. Sie wissen, dass Lynch genauso hinterhältig wie dämlich war. Sie wissen, dass das hier in einem versiegelten Asservatenschließfach gelegen hat, außerhalb Ihrer Reichweite. Aber nicht außerhalb meiner, Alastair«, zischte Eva. »Ich habe Freunde auf niedersten Ebenen.«

Sie konnte sehen, wie sich sein Brustkorb hob und senkte, während er in kurzen Stößen atmete. Und sie wusste, sie hatte ihn.

»Was wollen Sie?«, fragte er schließlich.

»Sie nie wiedersehen. Ich will Sie nicht in meiner Nähe haben. Ich will Sie nicht in der Nähe meiner Karriere haben. Ich will, dass Sie verschwinden. Wenn Sie mich jemals wiedersehen, und sei es nur durch Zufall, dann drehen Sie um und machen sich vom Acker.« Ihr Gesicht war weiterhin dicht vor seinem; sie sah ihm in die Augen, während er ihre Worte verarbeitete.

»Und Razins Maulwurf?«, fragte Hadley nach einer Weile. Er sagte nicht Ja. Doch das war auch nicht nötig.

Sie ließ ihn auflaufen. »Machen Sie sich um den keine Gedanken. Der steht als Nächster auf meiner Liste.«

Sie stand unter dem Verandadach und knallte den Messingklopfer gegen die Tür, ein einziges Mal. Das Holz war vor Kurzem neu lackiert worden, bemerkte sie. Alles an Jeffrey Cowans Haus war makellos. Keine verirrten Farbspritzer, keine Kratzer auf den roten Fliesen der Stufen zur Veranda. Cowan war pingelig, dachte sie, während sie wartete. Er kümmerte sich.

Eine Minute später öffnete er die Tür. »Eva«, sagte Cowan, eindeutig überrascht, sie zu sehen. »Ich dachte, nach gestern Nacht würden Sie sich ein bisschen ausruhen.«

»Sie haben davon gehört?« Ihr fiel auf, dass er sie anscheinend wieder nicht ins Haus bitten wollte.

»So was spricht sich herum, vor allem, wenn es um einen alten Fall geht. Zwei Mörder mit einer Klappe?«

»So was in der Art«, bestätigte Eva. »Hören Sie, ich kann nicht lange bleiben«, erklärte sie dann, obwohl das unnötig erschien, da er sie eindeutig nicht durch die Tür zu lassen gedachte. Doch sie sagte es trotzdem. »Ich bin nur vorbeigekommen, um Ihnen mitzuteilen, dass ich herausgefunden habe, wer Razins Mittelsmann auf dem Revier ist, und dass ich die Unterlagen an die Staatsanwaltschaft und an die Dienstaufsicht weiterleite. Verstehen Sie, ich halte es für das Beste, zwei separate Behörden davon in Kenntnis zu setzen, damit die Informationen nicht unterdrückt werden oder abhandenkommen können.«

Sie sah, wie seine Hand an der Tür ein klein wenig verrutschte. »Und wer ist es?«, wollte Cowan wissen.

Eva wartete darauf, dass er noch etwas sagte. Er tat es nicht, doch sie kannten ja auch beide die Antwort. »Nun, offenkundig Sie, Jeffrey. Ich weiß, Sie werden das abstreiten, aber die Spur der belastenden Dokumente bis zu Philip Jennings und seinem Unternehmen ist eindeutig, wenn man weiß, wo der Anfang ist. Ich glaube nicht, dass Sie in der Lage sein werden, es zu leugnen. Ich weiß, Sie werden sagen, Sie sind im Ruhestand, aber ich weiß auch, dass Sie noch immer ein kleines Netzwerk auf dem Revier haben. Und außerdem werden Razins Leute ja Bescheid wissen, nicht wahr?«

Sie fragte sich, ob er wohl versuchen würde, alles abzustreiten. Stattdessen sagte er: »Das können Sie nicht beweisen.«

Interessante Antwort, dachte Eva. »Doch, kann ich, mit Warren Muirs Hilfe. Oh, nicht im Wortsinn«, fuhr sie fort, als er den Anschein machte, sie unterbrechen zu wollen. »Dafür zu sorgen, dass Muir einen Sturzflug von einer Gefängnistreppe hinlegt, wird die Situation für Sie nicht verbessern. Muirs Rentenversicherung liefert die andere Hälfte der Geschichte. Aber das wissen Sie ja, Jeffrey«, meinte sie und sah zu, wie sich die Zahnräder in seinem Kopf drehten. »Deswegen haben Sie versucht, meine Ermittlungen durch anonyme Durchstechereien an die Presse zu versauen. Und deswegen haben Sie auch versucht, mich umzubringen, indem Sie meine Wohnung in Brand gesteckt haben.«

Er wich von der Tür zurück. »Ich will keinen Ärger«, sagte er.

Sie zuckte die Achseln. »Dann hätten Sie kein korrupter Polizist werden sollen. Was war's denn? Ihre Tochter? Als ich das letzte Mal hier war, habe ich sie gehört. Sie klang«, sie sah ihm unverwandt ins Gesicht, »bedürftig. Wenn ich raten sollte, würde ich sagen, drogenabhängig und auf Entzug. Haben Razins Leute Sie damit gekriegt, oder waren Sie schon immer korrupt?«

»Sie können nichts davon beweisen«, beharrte er.

»Ich glaube, doch, aber das muss die Staatsanwaltschaft entscheiden. Warren Muirs kleine Kassette … wussten Sie, dass er Kopien von Ihren Bankauszügen hatte? Nicht die in Ihrem Namen; die von dem Catering-Unternehmen, das angeblich Ihrer Frau gehört hat.«

Eva sah Cowan weiter an, während dessen Angst sich in Wut verwandelte.

»Sie sind verdammt noch mal kein Cop«, fuhr er sie an. »Kein Cop würde einem Kollegen so etwas antun. Sie sind irgend so ein erbärmlicher Technikfreak, der eine Uniform angezogen hat. Warum gehen Sie nicht zurück zu Ihren Computern und Ihren pickligen Freunden, wenn Sie überhaupt welche haben, und lassen die echten Cops ihren Job machen?«

Eine Woge der Müdigkeit und der Ernüchterung rauschte über sie hinweg. Es war egal, was Jeffrey Cowan über sie dachte. Sie wusste, dass sie ihren Job gemacht hatte, und Sutton wusste es auch. Bei manchem hatte sie Glück gehabt, manches wäre um Haaresbreite schiefgegangen, doch das eine, was sie guten Gewissens tun konnte, war, sie konnte in den Spiegel sehen und sagen: Ich habe nicht aufgegeben.

»Ich bin nicht wie Sie, Jeffrey«, sagte sie und wandte sich zum Gehen. »Ich habe vielleicht gegen ein paar Regeln verstoßen, aber ich habe immer gewusst, auf welcher Seite ich stehe. Meinetwegen ist kein Unschuldiger auf der A3 verbrannt. Ich bin überhaupt nicht wie Sie. Ich habe immer gewusst, dass das, was ich getan habe, richtig war.«

Ob es legal war, war eine andere Frage, dachte sie, während sie zusah, wie Cowan leise die Haustür schloss. Aber Fredrick Huss, wo immer er auch sein mochte, hatte sich da ja klar ausgedrückt. Naturrecht oder vielleicht auch Naturgerechtigkeit, objektiv und universell, das unabhängig vom menschlichen Begreifen existierte.

Vielleicht war es die Müdigkeit, die schiere Erschöpfung, doch plötzlich tauchte eine Formulierung aus ihrem Studium in ihrem Verstand auf. Die »ausgleichende Gerechtigkeit«, wie Aristoteles es genannt hatte: Sie diente dazu, ein Individuum für die Verletzung seiner Rechte zu entschädigen. Nun, sie hatte sich den Arsch aufgerissen, um die Verletzung von Dominic Bradleys Rechten wiedergutzumachen. Colin Lynch hatte alles bekommen, was er verdient hatte, ob das nun Geschworene verkündet hatten oder nicht. Und was Jeffrey Cowan betraf, so überließ sie die Entscheidung allein ihm.

Eva stieg in ihr Auto und fuhr davon. Sie wusste nicht, ob er eine Pistole benutzen oder sich in der Badewanne eine Schlagader aufschneiden würde. Ob er Tabletten nehmen oder sich der geballten Wucht des Gesetzes stellen würde. Das war seine Sache.

Ganz gleich, wofür er sich entschied, dachte Eva, während sie sich auf dem Rückweg zum Revier in den stockenden Verkehr einfädelte, der Naturgerechtigkeit würde Genüge getan werden.

Ein Brief von Carl

Die Idee für *Das kalte Licht des Todes* entstammt meinen persönlichen Erfahrungen. Nachdem eine Operation schiefgegangen war, fing ich an, so über das Geschäft mit dem refraktiven Linsentausch zu recherchieren, wie ich es wahrscheinlich hätte tun sollen, bevor ich mir die Augen operieren ließ. Was ich herausfand, schockierte und faszinierte mich gleichermaßen. Dank des unfassbaren Könnens der Chirurgen und Mitarbeiter der Augenklinik Moorfields und ein halbes Dutzend Eingriffe später stellte ich fest, dass ich recht leidenschaftslos auf die ganze Episode zurückblicken konnte. Doch das Thema faszinierte mich weiterhin.

Ich versuchte, mir jemand vorzustellen, der oder die sich auf eine direkte Konfrontation mit den Autoritätspersonen dieser Branche einlassen könnte und nicht nur den Mumm hätte, sich mit ihnen anzulegen, sondern sich außerdem von der Komplexität der Augenchirurgie nicht einschüchtern lassen würde, weil er oder sie selbst schon viel Schlimmeres erlebt hatte. Jemand Unerbittliches, Dogmatisches und letzten Endes Mutiges, und so entstand Eva Harris. Doch sobald sie da war, fing die Story an, ein Eigenleben zu entwickeln. Ich glaube, was mich beim Schreiben von *Das kalte Licht des Todes* am meisten überrascht hat, war, wie schnell die Figuren das Kommando übernahmen.

Mathew Harreds Kunst schien mir die Kehrseite von Robin Chathams Wissenschaftsmedaille zu sein und kam mir vor wie der Beweis dafür, dass, ganz gleich, welche finsteren Wege die Wissenschaft einschlägt, die Kunst stets noch finsterer sein kann. Harreds fasziniertes Interesse an Eva entwickelte ebenfalls ein Eigenleben, und ich glaube nicht, dass dies mit Das kalte Licht des Todes enden kann. Ich denke, Eva hat aus ihrer einzigarten, aus einer Kombination von Gewalt und Täuschung entstandenen Perspektive noch sehr viel mehr zu sagen. Sie ist mehr als einfach nur eine Überlebende; ihr Naturgerechtigkeitsempfinden macht sie auch rachsüchtig. Zum Glück ist sie von anderen Figuren umgeben, von Wren, Moresby, Sutton und ihrem Team, die sie im Großen und Ganzen auf der rechten Bahn halten.

Ich hoffe wirklich, dass Sie Freude an *Das kalte Licht des Todes* hatten, mir hat es nämlich Riesenfreude gemacht, das Buch zu schreiben. Wenn Sie über irgendwelche Details sprechen oder einfach nur darüber plaudern möchten, was Sie bedenken sollten, bevor Sie jemanden mit scharfen Instrumenten in die Nähe Ihrer Augen lassen, dann können Sie über die üblichen Verdächtigen Kontakt aufnehmen:

www.twitter.com/Carl201010
www.instagram.com/carl201010
www.facebook.com/carl201010
carl201010@gmail.com

Vielen Dank, dass Sie *Das kalte Licht des Todes* gelesen haben, ich hoffe, auch das nächste Buch gefällt Ihnen.

Danksagung

Ich schulde Sandra Sawicka von Marjacq ein Riesendankeschön, weil sie dafür gesorgt hat, dass *Das kalte Licht des Todes* veröffentlicht wird. In dem Buch steckt noch mehr wirklich toller Input drin, deshalb auch vielen Dank an Harriet Poland, Victoria Haslam, Alice Morgan und Louise Brealey. Ganz besonders großer Dank gebührt der Lektorin Sophie Wilson für großartige Vorschläge und einem absolut forensischen Blick fürs Detail. Vor allem jedoch danke ich Keshini und Lindsey von Hera dafür, dass sie *Das kalte Licht des Todes* angenommen haben.